BASTEI
LÜBBE

MARGARET WEIS/DON PERRIN IM
TASCHENBUCH-PROGRAMM:

DER MAG FORCE 7 - ZYKLUS

23 173 Band 1: Die schwarze Garde
23 193 Band 2: Robot Blues

MARGARET WEIS
DON PERRIN

ROBOT BLUES

Science Fiction Roman

Ins Deutsche übertragen
von Heiko Langhaus

BASTEI
LÜBBE

BASTEI-LÜBBE-TASCHENBUCH
Band 23 193

Erste Auflage: September 1997

Deutsche Lizenzausgabe 1997 by Bastei-Verlag
Gustav H. Lübbe GmbH & Co., Bergisch Gladbach
Originaltitel: Robot Blues
Lektorat: Wolfgang Neuhaus/Stefan Bauer
Titelbild: Estall/Norma Agency, Barcelona
Umschlaggestaltung: Quadro Grafik, Bensberg
Satz: Fotosatz W. Steckstor, Rösrath
Druck und Verarbeitung:
Brodard & Taupin, La Flèche, Frankreich
Printed in France

ISBN 3-404-23193-7

I'm so sad, got the robot blues,
I'm so sad, got the robot blues,
I'm so sad, got the robot blues,
my robot done drank all of my booze,
I'm so sad, got the robot blues.

My robot took my girl for a walk.
I thought all they'd do was sit and talk.
When my girl got home, she gave me the news.
She and my robot were takin' a cruise.
(And they was lavin' me behind!)

I'm so sad, got the robot blues.

Anonymus, um 2064.

I.
Kapitel

Das Mittel, wodurch aufgeklärte Herrscher und kluge Herrführer andere bewegten und eroberten, auf daß ihre Leistungen aus der Masse herausragten, war Wissen, das im Vorwege erobert wurde.

Sun Tzu, *Die Kunst des Krieges*

Der Mann folgte der Frau in die Lobby des Motels. Sie warf ihm keinen einzigen Blick zu, bemerkte ihr nicht einmal.

Das war auch nicht verwunderlich! Er war ein unauffälliger Mann von der Sorte, den Zeugen gern als ›durchschnittlich gebaut‹, ›mittelgroß‹ und ›ohne besondere Merkmale‹ beschreiben. Er behielt die Frau ständig im Auge.

Sie sah gut aus; vielmehr hätte sie gut ausgesehen, wenn sie mehr auf ihr Haar, ihr Make-up oder ihre Kleidung geachtet hätte. Ihr Haar war braun und schulterlang, ohne Form und Fülle. Ihre Kleidung – ein mittellanger Rock und ein maskuliner Anzugmantel – paßte zu ihrer straffen, vielleicht etwas zu dünnen Figur, und das war auch schon alles, was man Positives darüber sagen konnte. Sie hatte etwas Konzentriertes, Geistesabwesendes an sich, das auf beunruhigende Weise so wirkte, als wäre ein Teil von ihr ganz woanders. Die Frau trug eine abgewetzte Reisetasche bei sich, offenbar recht hastig zusammengepackt, denn an einer Seite hing ein geblümter Saum heraus.

Über ihrer Schulter hingen eine kleine Handtasche und der Tragegurt eines kleinen Computerkoffers. Der Koffer war aus hochwertigem Leder und schien sorgsam zusammengepackt worden zu sein, ohne Ausbeulungen, lose Gurte oder offene Schnallen. Schützend hielt sie die

Hand darauf. Es war offensichtlich, daß der Frau der Computerkoffer wichtiger war als die Handtasche.

Der Mann folgte der Frau fast auf dem Fuße in die Lobby. Abstand zu halten war nicht nötig. Das Hotel lag dicht am geschäftigen Raumhafen von Megapolis, und sie Lobby war voller Menschen, die entweder Zimmer mieten oder abreisen wollte.

Inmitten der kreisförmigen Lobby ragte ein riesiger, fast zwei Stockwerke hoher VID-Schirm über den Gästen auf, auf dem eine lächelnde Person mit makellosen Zähnen sich im Megapolis-Raumhafenhotel willkommen hieß und aufforderte, sich an einer der automatischen Registrierapparaturen einzuschreiben, die an gut erreichbaren Plätzen innerhalb der Lobby aufgestellt waren.

Eine lange Reihe unruhiger Menschen hatte sich vor der automatischen Motelregistratur aufgestellt, deren Geräte zwar gut erreichbar waren, unglücklicherweise jedoch nicht einwandfrei funktionierten. Es gab drei Registrierterminals. Eines war außer Betrieb. Ein Alien mit Kreditproblemen belagerte Terminal Zwei und stritt sich lauthals mit dem Apparat. Das dritte Gerät funktionierte zwar, jedoch unterhalb des Lichtgeschwindigkeitsbereiches. Als ein lebender Motelangestellter aus Fleisch und Blut den Fehler machte, sich in der Lobby zu zeigen, wurde er sofort von allen Seiten bestürmt und entschwand verschämt.

Die Frau stellte sich hinten an die Schlange vor der Sublichtregistratur.

Der Mann nahm hinter dem Alien Aufstellung, der sich noch immer mit der Maschine stritt. Auf diese Weise sorgte der Mann dafür, daß er vermutlich so lange an Ort und Stelle verharren konnte, wie nötig war. Die Frau rückte rascher vor; aber das war auch nicht weiter schlimm – der Mann brauchte nicht viel Zeit. Er brauchte nur eine bestimmte Nähe und ein deutliches Ziel.

Die Frau rückte den Computerkoffer in eine bequemere Stellung, gähnte, blinzelte, rieb sich die Augen und gähnte noch einmal. Sie sah ziemlich erschöpft und mitgenommen aus. Diese Sprungflüge waren mörderisch. wenn man endlich zum Schlafen kommt, wird man vom Flugbegleiter geweckt und darüber informiert, daß das Schiff jetzt den Hyperraum verläßt, und man möge doch bitte auf die Netze achten, während der nächsten Stunde nichts essen und trinken, sich entspannen und den Umstand ignorieren, daß die Eingeweide sich plötzlich außerhalb des Körpers zu befinden scheinen.

Der Mann wußte, welchen Flug die Frau genommen hatte. Er verließ ich darauf, daß sie nicht voll auf der Höhe war. Wahrscheinlich hatte sie ihn nicht bemerkt, doch der Mann überließ nichts dem Zufall.

Die Frau hatte nun den Anfang der Schlange erreicht und tat genau das, was der Mann von ihr erwartet hatte. Sie stellte die Reisetasche vor sich zu Boden, schob den Computerkoffer nach hinten, zog ihre Handtasche noch vorn. Dann holte sie die Plastikkarte aus der Manteltasche, schob sie ins Gerät und beugte sich vor, damit der optische Sensor ihren Augapfel scannen konnte. Dabei sagte sie mit müder Stimme: »Darlene Mohini.« Sie wiederholte den Namen als das Gerät kurz angebunden bemerkte, daß es die Frau nicht verstanden hätte.

»Darlene Mohini«, wiederholte sie gereizt.

Das Gerät fragte Miß Mahoni, ob sie vorbestellt hätte.

»Ja.« Sie gähnte wieder. »Für eine Nacht.«

Das Gerät stufte diese Auskunft als zufriedenstellend ein und deutete der Frau an, daß es ihr gleich einen Zimmerschlüssel bereitstellen würde.

Mit schläfrigem Blick wartete sie.

Der Mann griff in seine Manteltasche und zog einen kleinen Derringer hervor, der genau in seinen Handfläche paßte. Er faltete den Mantel über dem Arm zusammen. Im Schutz des Mantels hob er die Waffe, zielte und feuerte.

Ein winziges Geschoß zischte durch die Luft und grub sich in die flache Bodenseite des ledernen Computerkoffers der Frau. Das Geschoß war etwa nadelgroß. Der Mann hatte gut gezielt. Das Geschoß glitt in eine Ledernaht und verschwand. Das Registriergerät überreichte der Frau einen Plastikstreifen. Sie nahm den Schlüssel an sich und drehte sich um. Ein Mann hinter ihr hielt sie auf und zeigte auf ihre vergessene Reisetasche. Die Frau lächelte müde und abwesend, beugte sich nieder, nahm die Tasche auf und trottete zu den Luftaufzügen.

Der Mann, dessen Arbeit getan war, entfernte sich mit dem gemurmelten Kommentar aus der Schlange, daß diese ja den ganzen Tag dauern würde und daß er nicht soviel Zeit hätte. Er marschierte durch die Lobby und unter dem quäkenden Vid-Schirm entlang, der den Gästen inzwischen die Wunder anpries, die man in Megapolis antreffen könne. Der Mann blieb am Nachrichtenschalter stehen und kaufte sich einen Nachrichten/Unterhaltungschip für den Rückflug. Er setzt sich, schob den Chip in sein Taschensichtgerät und rief die Seiten auf.

Ein anderer Mann ging an ihm vorbei und fragte, ob dies der Chip von heute sei.

»Ja, ist er.«

»Wir haben die Megapolis-Bomber gespielt? Ich glaube, dieses Jahr werden sie überschätzt.«

»Schauen Sie selbst.« Der Mann hielt den Schirm in die Höhe und fuhr leise fort. »Ein sauberer Schuß. Der Sender ist in ihrem Computerkoffer. Man müßte das Signal jetzt empfangen können.«

Der andere Mann nickte. Er setzte sich neben den Sprecher und beugte sich zur Seite, um auf dessen Schirm zu sehen. Der Sprecher war in mittlerem Alter; sein Haar wurde grau, und er bekam einen Bauch. Sein billiger Anzug war zerknittert und saß schlecht.

»Wie lautet der Auftrag?«

»Ganz einfach. Ihre Gespräche belauschen. Sie aufzeichnen. Dann weiß das HQ mit Sicherheit, daß es sich um die Gesuchte handelt. Achten Sie besonders auf diese Person.« Der Sprecher schon einen weiteren Chip in das Sichtgerät ein. Auf dem Schirm erschien das Bild eines Cyborgs.

Das Alter des Cyborgs war unbestimmbar. Er war kahlköpfig, und der Schädel wies Säurenarben auf. Die Augen lagen tief in den Höhlen; sein Blick war durchdringend. Seine linke Seite war mechanisch: Kyberarm und -bein, dazu – laut der Beschreibung, die unter dem Bild abrollte – eine abnehmbare Hand, die durch alles mögliche ersetzt werden konnte, von einem kleinen Raketenwerfer bis hin zu Präzisionsinstrumenten. Im Bein befand sich angeblich ein Geheimfach, in dem Waffen aufbewahrt wurden, doch diese Information war unbestätigt. Das Cyborg verfügte außerdem über ein verstärktes Gehör und einen speziell entworfenen linken Augapfel mit Infrarotsicht.

»Jesses!« stieß der zweite Mann beeindruckt hervor. »Er sieht schrecklich aus. Ist er es auch? Oder ist das bloß Schau?«

»Keineswegs. Er *ist* schrecklich. Ehemaliger Außenagent des Bundesbullen. Jetzt arbeitet er freiberuflich und verdient das große Geld. Er heißt Xris. Ist der Anführer eines Söldnerteams das sich Mag Force 7 nennt. Das HQ hat die Information erhalten, daß Mohini inzwischen Mitglied des Teams ist. Falls sie das Zielobjekt ist, wird sie mit dem Cyborg zusammentreffen. Falls nicht, lassen wir die Sache fallen und fangen noch mal von vorn an.«

»Er wird wohl nicht so aussehen, oder? Ich meine, verkleiden die meisten Cyborgs sich nicht unter Schaumfleisch und Plasihat und so?«

»Manchmal ja, manchmal nein. Das hängt vom Einsatz ab. Aber sie dürften keine Schwierigkeiten haben, ihn zu erkennen. Sehen Sie hier.« Das starre Bild auf dem Schirm wurde von einer Aufnahme abgelöst, die den Cyborg zeigte, wie er eine Straße entlang ging.

»Achten Sie auf diesen sonderbaren Gang«, sagte er erste Mann und drückte den Replay-Knopf. »Er geht irgendwie schief, als ob seine Biohälfte gegen die mechanische Hälfte ankämpft.«

»Unheimlich, was?«

»Im Team sind noch andere«, fuhr der erste Mann fort. »Mohini könnte mit jedem von ihnen Verbindung aufnehmen. Sie finden sie alle hier drauf.« Der erste Mann nahm den Chip heraus und gab ihn an den zweiten weiter.

»Hm. 'ne Menge Aufwand, wenn Sie mich fragen. Aber wer fragt mich schon«, sagte der zweite Mann mürrisch. »Warum haben Sie die Frau nicht einfach getötet, als Sie die Gelegenheit hatten? Die hatten Sie doch, oder?«

»O ja«, sagte der zweite Mann ohne erkennbare Gefühlsregung. »Aber ich habe genaue Anweisungen. Wir müssen sichergehen, daß die Frau tatsächlich diejenige ist, für die wir sie halten.«

»Seit wann sind die Bosse so zimperlich, vielleicht die falschen Leute auszupusten?«

Der erste Mann zuckte die Achseln. »Die Bosse machen sich weniger Sorgen darum, den Falschen zu erwischen. Denen kommt's nur darauf an, irgendwann den Richtigen zu erwischen. Kapiert?«

»Nicht unbedingt, aber dafür werde ich ja auch nicht bezahlt, stimmt's? Sie verlassen die Stadt, habe ich gehört.«

»Ja. morgen feiert mein Sohn Geburtstag, und ich habe ihm versprochen, rechtzeitig zu Hause zu sein.«

»Wirklich? Wie alt ist denn der kleine James Junior inzwischen? Muß doch schon vier sein, oder?«

»Sieben«, sagte der andere Mann stolz. »Geht schon in die dritte Klasse. Und ist Kapitän seiner Fußballmannschaft.«

»Sieben! Schon? Wie die Zeit vergeht, nicht wahr? Als ich ihn letztes Mal sah, ist er noch auf dem Teppich gekrabbelt. Tja, dann – grüßen Sie Ihre Frau von mir, und essen Sie ein Stück Geburtstagstorte auf mein Wohl.«

»Das werde ich. Ach, denken Sie daran, alles Neuigkeiten an das HQ zu senden und ansonsten stillzuhalten. Nur beschatten. Auf Anweisungen warten.«

»Ja, klar. Ich weiß Bescheid. Man war sehr deutlich zu

mir.« Wieder schüttelte der Mann den Kopf. »Das alles ist viel Aufwand für nichts, wenn Sie mich fragen. Bis bald. Viel Spaß.«

»Ihnen auch.«

Die beiden trennten sich. Der erste Mann beeilte sich, sein Raumflugzeug noch zu erreichen, der zweite kaufte sich einen Nachrichten/Unterhaltungschip. Er ließ ich auf einem Sessel in der Motellobby nieder, holte ein kleines Vidgerät hervor, schob den Chip ein, setzte die Kopfhörer auf und schien sich in sein Schicksal zu fügen, informiert und/oder unterhalten zu werden.

In Wirklichkeit lauschte er auf die klaren, deutlichen Geräusche von Darlene Mohini, die sich in ihrem Hotelzimmer die Schuhe auszog.

2. Kapitel

Man kann fünf Arten von Spionen verwenden: den Spion vor Ort, den Spion im Innern, den umgedrehten Spion, den toten Spion und den lebenden Spion.

Sun Tzu, *Die Kunst des Krieges*

Xris überprüfte automatisch und zu jeder Zeit, ob jemand ihm folgte; er warf einen Blick auf den Rückvidschirm, als er losfuhr, und einen zweiten und dritten Blick, als er den Mietwagen durch die verstopften Straßen der Stadt lenkte. Da es automatisch geschah, dachte er nicht darüber nach. Er erwartete eigentlich nicht, irgend etwas Auffälliges zu sehen; deshalb brauchte sein Verstand einige zusätzlich Sekunden, um sich mit der Tatsache vertraut zu machen, daß er – bei Gott – tatsächlich Gesellschaft hatte.

Der graue Zweitürer. Als Xris darüber nachdachte, fiel ihm ein, daß er ihn einen halben Kilometer hinter sich hatte anfahren sehen, als er das Hotel verlassen hatte. Nun folgte der graue Wagen ihm über den Boulevard und fuhr in geichbleibendem Abstand mit ihm in die Stadt.

»Vielleicht fahren wir nur zufällig in dieselbe Richtung, du und ich«, sagte Xris zu dem Zweitürer auf dem Schirm. »Wollen doch mal sehen.«

Der Boulevard war eine vierspurige Hauptstraße, die durch einen breiten Grünstreifen, würdevolle Bäume und einen munteren Bach geteilt wurde. Da er durch ein Wohnviertel führt, in dem sich attraktive, aber keineswegs protzige Häuser für die aufstrebende gehobene Mittelklasse von Megapolis befanden, war der Boulevard nur gering bis mäßig befahren.

Xris nahm sich Zeit, gab das Zeichen und bog rechts ab.

Der graue Zweitürer bog ebenfalls rechts ab.

Xris fuhr gemächlich an Hausreihen entlang, blinkte und bog wieder rechts ab.

Der graue Zweitürer zuckelte brav hinterher.

»Der hätte ein ›Werde abgeschleppt‹-Zeichen raushängen sollen«, brummte Xris. . »Na, dann mal los.«

Er bog ein drittes Mal nach rechts ab.

Ebenso wie der graue Zweitürer.

Xris war ratlos. Er wurde zweifellos verfolgt. Dreimal rechts abbiegen, ist ein alter Trick, um einen Verfolger auszumachen. Der graue Zweitürer mache es so verdammt offensichtlich. Warum fuhr er ihm überhaupt nach? Warum benutzten die anderen nicht eines der unzähligen elektronischen Peilgeräte, die auf dem Markt erhältlich waren? Einfach am Wagen festkleben, den Peilpunkt auf dem Schirm fixieren und dem Zielobjekt aus der Bequemlichkeit und Abgeschiedenheit der eigenen vier Wände folgen.

Xris lenkte seinen Wagen an den Bordstein und schaltete die Luftkissen ab. Der Wagen senkte sich auf

Straßenhöhe. Der grau Zweitürer hielt ebenfalls. Er hatte aufgeholt, weil die Straßen in dieser Wohngegend nur ein bis zwei Blocks lang waren.

Xris blieb sitzen und starrte den Wagen durch den Rückkam wütend an.

»Hätte ich wissen sollen«, sagte er zu dem Wagen. »Ihr habt nicht lange gebraucht, was? Wer seid ihr? Und wie viele?«

Wenn er hier sitzenblieb, würde er keine Antworten bekommen. Er hatte vor einem hübschen kleinen Backsteinhaus geparkt, das eine Garage für zwei Wagen besaß; ein Hund döste in der argasischen Sonne, und ein kleiner Junge fuhr auf einem Dreirad umher. Xris stieg aus dem Wagen. Der Hund wachte auf und bellte ihn an.

Xris machte dem Hund klar, daß er keinerlei böse Absichten bezüglich des Hauses oder des Kindes hegte, und schlenderte den Bürgersteig entlang. Er erlaubte sich den flüchtigen Gedanken, daß dies jene Art von Gegend war, jene Art von Leben, das er und Marjorie immer angestrebt hatten – einschließlich Hund, Kind und Dreirad. Xris erlaubte sich den Gedanken und den Schmerz, der damit einherging. Der Schmerz wäre sowieso gekommen. Auf diese Weise konnte er ihn unter Kontrolle halten.

Und sich besser auf das anstehende kleine Problem konzentrieren.

Der graue Zweitürer blieb stehen, wo er war; er parkte vor einem Haus, das ähnlich gebaut war wie das Backsteinhaus; nur daß es mit Klinkern hochgezogen war, und statt eines Hundes befand sich eine Katze in der Auffahrt.

Xris ging zum grauen Zweitürer, beugte sich herunter und spähte durch das dunkle Stahlglas. Als er den Mann im Wagen erkannte, richtete er sich auf, holte tief Luft und klopfte dann ans Fenster. Der Mann im Wagen drückte auf einen Knopf.

»Ich fahre jetzt zum Luft- und Raumfahrtmuseum«, teilte Xris dem Mann mit höflicher Stimme mit. »Das liegt ungefähr zehn Kilometer weiter nördlich auf der rechten Seite. An den Ampeln warte ich auf Sie.«

»Schön, daß Sie Ihren Sinn für Humor nicht verloren haben, Xris«, sagte der Mann im Wagen durch den Lautsprecher in der sprengstoffsicheren Tür. »Ihren Lehrausflug will ich natürlich nicht verderben. Warum steigen Sie nicht ein? Wir müssen uns ein wenig unterhalten.«

Die Tür schwang mit einem Klicken auf.

Xris nahm auf dem Beifahrersitz Platz und schloß die ebenso schalldichte wie explosionssichere Tür. Gang entspannt – und darauf bedacht, beide Hände in Sichtweite zu belassen, wobei er ebenso darauf achtete, daß auch der Fahrer beide Hände sehen ließ – holte Xris einen Dreher hervor und steckte ihn in den Mund.

»Sie wissen doch, daß ich Zigarettenrauch nicht vertragen kann, Xris«, sagte der Mann.

»Ich werde den Tabak kauen«, sagte Xris. »Also, Amadi. Ist schon ein paar Jährchen her, was? Ich hörte, daß Sie im Ruhestand wären.«

»Stimmt. Das war ich. Man hat mich zurückgeholt.«

»Einmal ein Bulle, immer ein Bulle, was, Amadi?«

»So ähnlich.« Amadi lächelte.

Er mußte auf die Siebzig zugehen. Sein schwarzes Haar war grau geworden, sein dunkelhäutiges Gesicht war von Falten durchzogen. Er hatte sich in Form gehalten, und finanziell ging es ihm auch gut, wenn Xris von dem offenbar maßgeschneiderten Anzug und dem Designerschlips aus Seide ausging. Die Behörde behielt ihn offenbar auf der Gehaltsliste. Was nicht erstaunlich war. Jafar el Amadi war der Top-Experte für die Hung – die zu den reichsten und mächtigsten Verbrecherorganisationen zählte, die im mittleren Teil der Galaxis operierten.

Überdies war Amadi Xris' Chef bei seinem letzten Einsatz für die Bullen gewesen. Dem Einsatz, der gründlich daneben gegangen war.

Xris lehnte sich in dem behaglichen Sessel zurück. Von seinem linken Arm ertönten mehrere Piepser. Er schob den Ärmel seines gutgeschnittenen und teuren Anzugs in die Höhe und rollte den Hemdsärmel auf. Funkelnder Stahl, LED-Lämpchen und komplizierte Verkabelungen kamen zum Vorschein. Xris nahm einige Einstellungen vor.

Er bemerkte, daß Amadi ihn beobachtete; sein Lächeln war ein bißchen mühsam geworden.

Xris wackelte mit den Fingern der linken Hand. »Die Hauttemperatur ist das Problem. Ist schwer beizubehalten. Das Plastifleisch soll ja nicht zu kalt sein – wenn man einen anfaßt, denkt der noch, daß ihn eine Hand aus dem Grab berührt. Zu heiß soll es auch nicht sein. Aber manchmal kommt die Wärme einem ganz gelegen. Ich kann ein Ei weich kochen ...«

»Hören Sie mit dem Blödsinn auf, Xris«, sagte Amadi; sein Lächeln war verschwunden. »Ich war im Krankenhaus, als man Sie einlieferte. Sie haben verdammtes Glück, daß Sie noch am Leben sind.«

Xris zuckte die Schultern. Darüber konnte man streiten. »Ich komme zu spät zu meinem Museumstermin. Machen wir's kurz. Wie geht's der Frau und den Kindern, Amadi? Oh, und nach meinen brauchen Sie mich nicht zu fragen.«

Amadis dunkle Augen zuckten kurz. »Ich kann's Ihnen nicht verübeln, wenn Sie verbittert sind ...«

»Ach nein! Wirklich?« Xris gab sich schockiert. »Wie lange hatte die Behörde denn gewußt, daß Armstrong ein Verräter war? Bevor und nachdem Ito und ich in diese verdammte Munitionsfabrik marschierten und uns die Ärsche abgesprengt wurden?«

»Erst hinterher, Xris. Ich schwöre ...«

»Warum haben Sie mir dann nicht die Wahrheit gesagt? Warum haben Sie mir nicht, daß es Armstrong war, der uns die Falle gestellt hatte, nicht Dalin Rowan? Jahrelang haben Sie mich glauben lassen, mein bester Freund hätte mich verraten. Jahrelang haben Sie mich diesen Haß mit mir herum tragen lassen. Gott weiß, was ich getan hätte, wenn ich ...« Xris hielt inne und biß so heftig auf den Dreher, daß sein Kiefer schmerzte. Soviel hatte er gar nicht sagen wollen. Der Anblick Amadis brachte viel zuviele Dinge wieder an die Oberfläche.

Der Arm piepte erneut. Xris achtete nicht darauf. Mittlerweile hätte er ein Ei hartkochen können.

Amadi musterte ihn aufmerksam. »Also haben Sie Dalin Rowan gefunden.«

Xris kaute weiter auf dem Dreher. Der Tabaksaft lief ihm die Kehle hinunter und überdeckte wenigstens für kurze Zeit den schwachen metallischen Geschmack, der niemals aus seinem Mund zu verschwinden schien und ihn stets daran erinnerte, daß er mehr Maschine als Mensch war. Hier mußte er vorsichtig sein, sehr vorsichtig.

Er verzog das Gesicht und starrte durch die Windschutzscheibe. »Wie haben Sie das herausgefunden?«

Amadi zuckte die Achseln. »Vor einigen Monaten hat sich jemand in unser Computersystem hineingehackt. Glatt, fein und sauber. Die ganze Sache trug Dalin Rowans Handschrift. Er suchte nach Unterlagen über die Garde der Schwarzen Erde. Und siehe da, einige Tage später halten Sie und Ihr Team die Gardisten davon ab, Seine Majestät den König zu Räuchersuppe zu verarbeiten.«

Xris verzog keine Miene. »Na, das tut mir aber leid, Amadi. Da haben Sie die falschen Informationen. Von der Sache habe ich aus GNN erfahren. Ihr Koordinator war der Möchtegernattentäter, nicht wahr? Warden, so hieß er doch. Ich würd's mir ja gern auf die Fahne schreiben, dem König das Leben gerettet zu haben, aber damals waren wir Lichtjahre weit entfernt.«

»Sie waren viel näher dran.« Amadi trommelte auf das Steuerrad. »Sie waren derjenige, der das Hotel zusammengeschossen und eines der Mordgeräte vernichtet hat. Ihr Giftmischer – wie heißt er doch gleich, der adonische Loti? Jedenfalls, er und der Typ im Regenmantel haben Warden ausgeschaltet, den zweiten Attentäter der Gardisten. Oh, beweisen kann ich nicht davon. Olefskys

Wolfsbrigade hat Sie und Ihr Team fortgeschafft, bevor jemand euch erkennen konnte. Der Lordadmiral ließ den Loti verschwinden – oder sollte ich besser sagen: den ehrenwerten Botschafter von Adonia? Alles sehr geschickt gemacht. Seine Majestät ist in Sicherheit, die Garde der Schwarzen Erde vernichtet. Von höchster Stelle sagt man uns, der Fall sein abgeschlossen. Schön und gut.« Amadi hob die Schultern. »Fall abgeschlossen. Aber ein anderer Fall ist noch weit offen.«

»Und welcher?« Xris schluckte den Rest seines Drehers hinunter.

»Der Einbruch in eine hochgeheime Anlage der Marine.«

»Die Marine hat sich in dieser Sache doch an die Behörde gewandt, oder?«

»Sie wissen verdammt genau, daß die Marine sich nicht an uns gewandt hat. Da sitzt der Deckel so fest drauf, daß man ihn nicht mal mit einer Schockgranate herunterbekommt. Die geben nicht einmal zu, daß die verdammte Basis überhaupt existiert – und noch viel weniger, daß jemand ihre Absperrungen durchbrochen hat und einfach hereinspaziert ist.«

»Tja, so ist das beim Militär«, sagte Xris. »Die müssen immer ihre kleinen Geheimnisse haben.«

»Dort haben Sie auch Dalin Rowan gefunden, nicht wahr, Xris?« sagte Amadi. »Dort hatte er sich versteckt. Sie fanden ihn, und Sie wollten ihn umlegen, stimmt's? Aber er konnte sich herausreden. Er war derjenige, der Ihnen von Armstrong erzählt hat.«

Xris mußte die nächste Frage in aller Vorsicht formulieren. In seinem Innern führte er einen kleinen Freudentanz auf, doch er mußte sichergehen. Er holte einen weiteren Dreher aus einem goldenen Zigarettenetui, auf dem das königliche Siegel eingelassen war. Ein Geschenk von Seiner Majestät. als Xris dem König zum erstenmal einen Dienst erwiesen hatte.

»Sie liegen völlig daneben, Amadi. Das mit Armstrong habe ich von einer wahrsagenden Zigeunerin erfahren.

Sie hat es in meinen Karten gesehen. Was Dalin Rowan angeht – ihr habt ihm doch seine neue Identität verpaßt. Ich hätte darauf gewettet, daß ihr ihn im Auge behaltet.«

»Wir haben ihm eine neue Identität verschafft, um ihn vor den Hung zu schützen. Nach seiner Aussage beim Prozeß sollte er seine neue Identität annehmen und untertauchen.«

Xris lehnte sich im Sitz zurück und verschränkte die Arme vor der Brust. »Lassen Sie mich mal raten, was dann geschehen ist. Dalin Rowan nahm bereits eine neue Identität an. Es war allerdings nicht die, die ihr ihm verschafft habt. Er tauchte unter und kam nicht mehr zum Vorschein. Zum Teufel, das kann man ihm nicht zum Vorwurf machen, Amadi. Sie kennen die Hung. Dalin Rowan hat sie regelrecht vernichtet. Er brachte ihre Bosse hinter Gittern. Er machte ihre Geschäfte kaputt. Wenn es einen Menschen im Universum gibt, den die Hung – oder was von ihnen noch übrig ist – in einen corasianischen Fleischlager hängen sehen wollen, dann ist es Dalin Rowan. Und jawohl, sie haben kein Geld. Aber das wird sie nicht aufhalten . . .«

»Es hält sie auch nicht auf, Xris«, sagte Amadi leise. »Offenbar haben sie doch Geld. Reservebudgets, von denen wir nicht wußten. Ihre Leute befinden sich immer noch in den Strafkolonien, aber Sie und ich wissen, daß Wachen und die Kapitäne von Versorgungsschiffen bestochen werden können, daß Anweisungen und Geld, Drogen und Gott weiß was sonst noch zu diesen Orten fließen – und wieder von dort fort. Und da ist noch etwas, Xris.« Amadi starrte ihn an. »Wenn wir wissen, daß Sie Zugang zu Dalin Rowan haben, wissen die Hung es ebenfalls.«

»Woher denn?« Xris Lippen schürzten sich um den Dreher. »Gibt's noch mehr Verräter in der Abteilung?«

»Verdammt noch mal, Xris!« Amadi schlug so heftig auf die Steuerkonsole, daß der Wagen bebte. »Wir müssen mit Dalin Rowan reden! Er hat Kenntnisse, die wir gebrauchen können. Er muß wissen, wo die Hung diese

Reservekonten verwahrt haben. Oder er kann die alten Dateien durchgehen und sich die Information holen. Sie steckt da drin. Sie *muß* da drin sein. Wir haben sie beim erstenmal nur übersehen.«

»Tut mir leid, Amadi«, sagte Xris mit kalter Stimme. »Es ist über zehn Jahre her, seit ich Dalin Rowan das letzte Mal gesehen habe. Ich glaube, Sie werden die Hung auf eigene Faust knacken müssen.«

Amadi war wütend. »Sie glauben, daß Sie Rowan schützen können, Xris? Dann denken Sie noch einmal darüber nach. Sie sind ein Könner. Aber die Hung sind noch größere Könner. Sie haben das Geld, das Personal, die Mittel. Beim nächstenmal ist Bear Olefskys Wolfsbrigade nicht zur Stelle, um Ihren Hals zu retten. Rowan wird nicht einmal erfahren, woran er gestorben ist. *Wir* sind seine einzige Hoffnung.«

Xris schaute auf die Uhr. »War nett, Sie wiederzusehen, Amadi, aber ich muß jetzt los. Ich werde mich sowieso schon zu meiner Verabredung verspäten. Wollen Sie mich weiter verfolgen? Falls ja, mache ich es Ihnen einfach. Ich schickte Ihnen meinen Terminplan für die nächsten Wochen zu.«

Er zog am Griff und stellte fest, daß die Tür verschlossen war. »Aufmachen, Amadi. Oder soll ich sie auftreten?« Er langte hinunter, zog ein Hosenbein hoch und legte funkelnden Stahl, Verkabelungen und blinkende LED-Lichter frei. »Wenn ich die Tür mit diesem Bein auftrete, bleibt nicht mehr viel davon übrig.«

Amadi drückte auf einen Knopf. Der Türgriff klickte.

»Ich könnte Ihnen das Leben schwer machen, Xris.«

»Das könnten Sie wohl«, räumte Xris ein, »aber das werden Sie nicht. Vielleicht stoße ich eines Tages mit Dalin Rowan auf der Straße zusammen.« Er öffnete die Tür und stieg aus. »Wenn ich Sie wäre, würde ich wieder meine Pension einsammeln gehen.«

Er warf die Tür zu und wartete darauf, daß Amadi davonfuhr.

Amadi rührte sich nicht. Er hatte die Hand auf der

Lautsprecherbedienung. Er wollte noch etwas sagen – einen weiteren Appell anbringen, ein weiteres Angebot machen.

Die Katze auf der Auffahrt gähnte, stand auf, streckte sich kam zu Xris und rieb sich an seinen Beinen. Xris ging in die Knie und streichelte das Tier. Dabei ließ er den Blick nicht von Amadi, der nun doch nicht mehr sagte.

Der graue Zweitürer erhob sich auf seinem Luftkissen und glitt die Straße hinunter.

Die Katze wälzte sich auf den Rücken und schnurrte. Xris wußte genau, wie das Tier sich fühlte. Er hätte gut und gern das Gleiche tun können.

3. Kapitel

Menschen! Die einzigen Tiere, die man fürchten muß!

D. H. Lawrence, ›*The Mountain Lion*‹

Als Xris seinen eigenen Wagen erreicht hatte, war seine Begeisterung schon wieder verflogen. Die Behörde bellte zwar den falschen Baum an, aber das war kein großer Trost. Daß sie die Verfolgung aufgenommen hatte, war wenig erfreulich. Und Amadi hatte in einer Sache Recht gehabt: Falls die Spürhunde der Behörde die Fährte aufgenommen hatten, konnte er verdammt sicher sein, daß die Hung japsend hinterherliefen.

Und was er, Xris, über Verräter gesagt hatte, was unfair gewesen. Die Behörde war eine gute Organisation; aber sie war nun mal eine Organisation, die in der gesamten Galaxis Millionen von Menschen beschäftigte. Da überraschte es nicht, wenn man auf einige stieß, denen das Geld ausgegangen war, und die dafür einen Namen oder eine Nummer verkauften. Die Hung waren Könner, wenn es galt verzweifelte Menschen zu finden, und sie verstanden es perfekt, sich ihrer zu bedienen.

»Wir haben den einen Vorteil«, sagte Xris zu sich selbst, als er unter dem wachsamen Blick des Hundes und der interessierten Aufmerksamkeit des Kleinkindes in den Wagen stieg, »daß alle nach *Dalin* Rowan suchen. Niemand sucht nach Darlene.«

Darum war es bei dem Gespräch mit Amadi überhaupt gegangen – herauszufinden, ob die Behörde wußte, daß die Frau, die Xris mit vorgehaltener Waffe aus dem streng geheimen Marinestützpunkt entführt hatte, sein ehemaliger Partner und bester Freund gewesen war. Außerdem ein Mann.

»Die vollkommene Verkleidung«, wie der Detektiv, der Darlene aufgespürt hatte, es damals formulierte.

Vor etlichen Jahren hatte Bundesagent Dalin Rowan das Verbrechersyndikat der Hung unterwandert. Das Computergenie Rowan hatte sich einen Weg in ihre Anlagen hineingebohrt und nicht nur Beweise gegen sie gesammelt, sondern auch dafür gesorgt, daß ihre Finanzen zusammenbrachen. Die Anführer wurden verhaftet, die kleineren Fische flohen in ruhigere Gewässer.

Die Cops nahmen Rowan unter ihren Schutz; beim Prozeß sagte er hinter einer undurchsichtigen, schußsicheren Scheibe unter Verwendung eines Stimmverzerrers aus. (Die Verteidigung hatte sich erfolgreich einer holographischen Zeugenaussage widersetzt.) Als der Prozeß beendet war, hatte die Behörde schon eine neue Identität für Dalin Rowan bereit. Rowan hatte jedoch schon eigene Maßnahmen eingeleitet.

Bill Armstrong war Bundesagent gewesen. Er hatte sich an die Hung verkauft. Armstrong hatte Xris und Mashairo Ito in die Todesfalle in der Munitionsfabrik geschickt. Kurz darauf wurde Armstrong ermordet aufgefunden. Natürlich steckten die Hung dahinter. Für sie war Armstrong nicht mehr von Nutzen gewesen, und sie hatten sich einer möglichen Gefahrenquelle entledigt. Jedenfalls war dies die offizielle Version der Behörde.

Dalin Rowan wußte es besser. Armstrong hatte seinen Nutzen für die Hung nicht verloren. Und er stellte keine Gefahr für sie dar. Wohl aber für jemanden anderen – jemanden, der in der Behörde selbst saß.

Rowan hatte nicht viel darüber herausfinden können, doch immerhin genug, daß er die neue Identität der Behörde nicht annehmen wollte. Einige Monate Hormonbehandlung, eine Operation – Dalin Rowan war tot.

Und Darlene Mohini ward geboren.

Die falsche Identität der Darlene Mohini war so gut, daß er – sie – allerhöchste Sicherheitsfreigaben bei der Königlichen Flotte hatte erlangen können. Sie wurde Expertin im Knacken und Erstellen von Geheimcodes. Ihre Entführung durch Xris hatte die Königliche Flotte dazu gezwungen, zweiundsiebzig Stunden lang praktisch alles dichtzumachen, während die Codes ausgetauscht wurden. Xris hatte Darlene alles verdorben; er hatte ihre Tarnung auffliegen lassen, und nun fühlte er sich verantwortlich für ihre Sicherheit. Sie war jetzt ein wertvoller Teil des Mag-Force-7-Söldnerteams und – wieder – ein verläßlicher Freund.

Xris und Darlene hatten gewußt, daß die Hung ihr nachsetzen würden; sie hätten sich auch denken können, daß die Behörde sich an der Jagd beteiligen würde.

»Danke, John Dixter, daß Sie das Geheimnis bewahrt haben«, sagte Xris leise, während er den Wagen über den Boulevard lenkte.

John Dixter, Lordadmiral der Königlichen Flotte, kannte die Wahrheit. Er wußte Bescheid über Dalin Rowan, über Majorin Darlene Mohini, über Darlene Rowan. Die Behörde suchte nach Dalin. Aber war mit den Hung? Nach wem suchten sie?

Darauf wußte Xris keine Antwort. Er zermarterte sich den Kopf, dachte an diese und an jene Möglichkeit. Erst als er merkte, daß er keine Ahnung hatte, wo er sich befand – noch, wie er dorthin gekommen war –, zwang er sich zur Ruhe. Er und Darlene hatten das alles schon besprochen; er hatte die bestmöglichen Maßnahmen getroffen, um sie zu beschützen. Als letzte Möglichkeit blieb nur noch ihre Einschweißung in einem Bleicontainer und anschließende Schockgefrierung.

»Wenn die Hung mein Leben beenden wollen«, hatte Darlene zu ihm gesagt, »dann werden sie mein *Leben* beenden.«

Daher arbeitete sie mit dem Mag-Force-7-Team, einer Söldnertruppe, die jeder anheuern konnte, der über das Plastik verfügte, um sich die Besten in der Branche leisten zu können. Offenbar konnte das jemand. Xris war auf dem Weg zum Luft- und Raumfahrtmuseum von Megapolis, um sich dort mit dem Kurator Dr. Michael Sakuta zu treffen, der Interesse daran geäußert hatte, das Team für einen Auftrag anzumieten.

Xris blickte auf die Straßenkarte im Mietwagen und stellte fest, daß ein Teil seines Verstandes sich auf Abwegen befunden hatte, wenngleich der andere Teil noch prächtig beisammen war. Der Wohnbezirk ging in ein hochklassiges Einkaufsviertel über. Dahinter begannen die säuberlich geschnittenen Grünanlagen des Museums.

Xris stellte den Wagen ab und stieg die breiten Mamorstufen zur würdevollen Säulenhalle hinauf. er betrat das Gebäude durch einen Seiteneingang, zeigte den Ausweis vor, der ihm von Kurator zugeschickt worden war, erhielt Richtungsangaben zu den Büros des Museums, und lief durch das gewaltige, widerhallende Foyer in eine Gruppe von Schulkindern hinein, die zwei Ausstellungsstücke anstarrten: eine alte Atlas-Rakete und ein kompaktes starkes Raumflugzeug der Flotte.

Xris lauschte kurz den Erläuterungen des Museumsführers, welcher der mittlerweile kichernden Kindertruppe soeben die erste Mondlandung erläuterte, obwohl die Kinder vermutlich schon auf Schulausflügen Megapolis' Mond besucht hatten. Xris schaute sich in dem riesigen Raum um und entdeckte Raoul und den Kleinen. Amadi sah er allerdings nicht; er hatte es auch nicht erwartet. Die Beschattung war lediglich eine Demonstration gewesen, um Xris aufzurütteln, ihn durcheinander zu bringen. Eins mußte Xris Amadi lassen: Beides war ihm gelungen.

Und was die Überwachung von Xris anging, so hatte Amadi nicht das geringste Interesse an Xris' Geschäften; er hoffte nur darauf, daß Xris ihn zu Dalin Rowan führen würde. Hoffentlich wußte Amadi es besser, als darauf zu vertrauen, daß Xris einen solchen Schnitzer beging. Und was die Hung betraf: Wenn sie nicht wußten wo Rowan sich aufhielt, würden sie es bald herausfinden. Xris benannte einige Kandidaten, die als Hung-Spitzel in Frage kamen, merkte sich ihre Gesichter für später und schlenderte zu Raoul und seinem winzigen Begleiter hinüber.

Raoul starrte mit gebannter Konzentration auf etwas, das Xris nicht sehen konnte. Er fragte sich, was die Aufmerksamkeit des Adoniers gefesselt hielt. Es konnte alles möglich sein – von einem Modell des Sonnensystems bis hin zu einem Mülleimer. Dr. Quong hatte Raouls Gedankenvorgänge einst mit Schmetterlingen verglichen, die über eine sonnenbeschienene Wiese flatterten: fröhlich hierhin und dorthin, mal auf einer bunten Blume landend, dort eine Zeitlang verweilend, um dann wieder davon zu flattern. Momentan war Raoul ganz und gar von einem beleuchteten und animierten Non-Alk-Getränkeautomaten gefangengenommen.

Der in Regenmantel und Schlapphut vermummte Kleine stand geduldig neben seinem Freund und beobachtete Xris. Der Cyborg versuchte, sein Bewußtsein vor dem forschenden Blick des Telepathen abzuschirmen. Hoffnungslos.

Xris trat zu Raoul und tippte ihm auf die Schulter. »Die meisten Leute kommen hierher und sehen sich die Ausstellungsstücke an.«

In aller Ruhe und keineswegs überrascht, richtete Raoul seinen stumpfen Blick auf Xris und ließ ihn dann durch das Museum gleiten. »Wozu denn das?«

Erleichtert stellte Xris fest, daß Raoul ziemlich konservativ gekleidet war: dunkler Anzug, weißes Hemd, Hut. Die Aufmachung unterschied sich derart grundlegend von jener in der Xris Raoul zuletzt gesehen hatte – ein limonengrüner seidener Hauspyjama –, daß er großzügig über den taillierten Sakko, die zur malvenfarbenen Krawatte passenden malvenfarbenen Gamaschen und die sechs funkelnden Ohrringe hinwegsah. Raoul hatte sich das lange schwarze Haar zu einem Pferdeschwanz zurückgebunden. Ein Homburger saß in keck modischem Winkel auf seinem Kopf, und er führte einen Spazierstock mit Perlmuttgriff mit sich. Er hatte nur wenig Malvenschatten auf den Lidern, einen Hauch Mascara und einen weichen, rosigen Lippenstift aufgetragen. Offenbar war dies Raouls Version des gut gekleideten Akademikers.

Der Kleine zupfte an Raouls Saum. Die beiden sprachen in ihrer geheimnisvollen lautlosen Art miteinander. Raouls Blick wanderte zu Xris zurück. Seine Augen richteten sich aus; sein Blick schärfte sich; die malvenfarbenen Augenlider verengten sich.

Xris starrte den Kleinen böse an; aber da war es schon zu spät. »Er sagt, daß du beunruhigt bist, Xris Cyborg«, murmelte Raoul.

»Ich bin beunruhigt«, fauchte Xris. »Belassen wir es für den Augenblick dabei. Wie sind sowieso schon spät dran. Sakutas Büro ist oben. Wir gehen zu Fuß. Ihr habt eure Ausweise?«

»Natürlich.«

Raoul warf einen letzten, ausgiebigen Blick auf den Non-Alk-Getränkeautomat und folgte Xris zur Treppe, die ein wenig abseits von der Menge lag. Da sie nur zu den Büros führte und an ihrem Fuß ein Schild mit der Aufschrift ›Zutritt nur für Angestellte‹ stand war die Treppe nur wenig benutzt.

»Fragt ihn mal« – Xris zeigte mit dem Daumen auf den Kleinen – »ob irgend jemand uns ungewöhnliches Interesse entgegenbringt.«

»Er sagt, daß ein Gentleman von meinem Hut ganz hingerissen ist«, erwiderte Raoul.

»Das war nicht ganz das, was ich meinte«, sagte Xris.

»Das habe ich auch nicht angenommen.«

Raoul blickte zu dem Kleinen, der auf den Treppen stand und die Menge absuchte. Schließlich schüttelte sich der Schlapphut und bewegte sich vor und zurück.

»Nein, Xris Cyborg. Derzeit richtet niemand seine oder ihre Gedanken auf uns.«

»Gut.« sagte Xris.

»Niemand richtet auch seine oder ihre Gedanken auf Darlene Rowan«, fuhr Raoul heiter fort.

Xris funkelte den Kleinen wütend an.

»Ein einziges Mal möchte ich einen Gedanken für mich behalten, ja? Nur ein einziges Mal. Ist das zuviel verlangt?«

Der kleine Telepath duckte sich und rückte näher an Raoul heran, der eine schützende Hand auf die Schulter des Kleinen legte.

»Er kann nichts dafür, mein Freund. Der Begriff der Privatsphäre ist bei seinem Volk unbekannt ...«

»Spar's dir für Docs Forschungspapier.« Xris schnaubte und stieg in mürrischen und gereiztem Schweigen die Stufen hinauf.

Raoul und der Kleine folgten ihm, wobei der Kleine hin und wieder über den Saum seines langen Regenmantels stolperte. Die zwei unterhielten sich wieder auf einseitige Weise.

»Ich wollte doch nur nachfragen ...« sagte Raoul in einem lauten Flüsterton, der im steinernen Treppenhaus widerhallte.

Der Kleine winkte und machte eine zupfende Geste.

Raoul schwieg und lauschte auf die stumme Erwiderung des Kleinen. Xris ging das Gespräch zwischen den beiden gehörig auf die Nerven. Ein gewöhnliches Zwiegespräch hätte er überhören können, doch er kam gar nicht umhin, diesen beiden zuzuhören, gewissermaßen die Lücken auszufüllen und zu erahnen versuchen, was der Kleine aussandte. Und Xris hatte ständig das Gefühl, daß die beiden über ihn sprachen.

Was diesmal auch der Fall war.

»Ich weiß, daß er schlechte Laune hat«, entgegnete Raoul, »aber es macht doch nichts, wenn ich ihn frage ...«

Offenbar war jetzt wieder der Kleine an der Reihe, denn Raoul verfiel schlagartig wieder in Schweigen. Xris biß die Zähne zusammen und schluckte einen gebrüllten Befehl herunter, daß die beiden endlich die Klappe halten sollten.

»Es ist doch nur einmal im Jahr«, sagte Raoul kummervoll.

Xris blieb auf dem ersten Absatz stehen. »Worum geht's?« fragte er knurrend.

»Gar nichts, Xris Cyborg«, wiegelte Raoul ab und senkte die violetten Lider, »Ich wollte um Urlaub bitten, aber der Kleine behauptet, daß du keine gute Laune hättest und daß es daher nicht der richtige Zeitpunkt sei, dich darauf anzusprechen ...«

»Urlaub? Wozu?« wollte Xris wissen. Dann fiel es ihm wieder ein. »Oh verdammt, ist es mal wieder soweit? Nein, ich brauche euch vielleicht für diesen Auftrag.«

Er wandte sich wieder zur Treppe.

»Aber falls du uns nicht brauchst?« hakte Raoul nach, während er seinem kleinen Freund half, der beim Erklimmen der breiten Stufen seine Schwierigkeiten hatte. Xris verlangsamte seine Schritte und gab dabei sein Bestes, es unbeabsichtigt aussehen zu lassen.

»Auf meinem Planeten ist es ein sehr wichtiger Feiertag«, fuhr Raoul ernsthaft fort. »Voller religiöser Tradition und ...«

Xris warf einen Seitenblick auf den Adonier. »Das ist ein Karneval! Eine Woche der Raufereien, der Fleischeslust und der Sauforgien!«

»Wie ich schon sagte« – Raoul meinte es ernst – »er ist voller religiöser Traditionen. Letztes Jahr habe ich nicht teilnehmen können; demzufolge wurde meine spirituelle

Weltsicht ernsthaft beeinträchtigt. Dieses Mal würde ich wirklich gern teilnehmen und mich erneuern. Natürlich wird der Kleine mich begleiten.«

Der Cyborg dachte nicht daran, das Thema der spirituellen Weltsicht eines Adoniers weiter zu verfolgen. Das war der Stoff, aus dem man Pornvids drehte. Xris musterte den Kleinen, dessen Hut nickte. »Was macht er während der Randale?«

»Wir *randalieren* nicht«, sagte Raoul, in seiner Würde gekränkt. »Der Kleine empfindet diese Erfahrung als zerebral stimulierend.«

Xris grunzte. »Da möchte ich drauf wetten.«

»Dürfen wir daher um einen Urlaub ersuchen?« fragte Raoul.

»Ersuchen dürft ihr darum«, sagte Xris in einem Tonfall, der *vergiß es* besagte.

Schweigend marschierte er weiter. Raoul seufzte. Der Kleine stolperte über seinen Regenmantel.

Xris konnte beinahe die Worte *Ich hab's dir ja gleich gesagt* durch die Luft säuseln hören.

Nach der dritten Treppe gelangten sie zu einem Vorzimmer. Eine tüchtige, gutaussehende Empfangsdame, deren Lidschatten und Nagellack Raouls Einverständnis erhielten, setzte sie davon in Kenntnis, daß sie erwartet würden und der Professor binnen kurzem zu ihnen käme. Sie hatte kaum ausgeredet, als sich auch schon eine Tür im hinteren Teil des Büros auftat.

»Ach, da ist ja der Professor«, sagte die Empfangsdame.

»Dr. Sakuta.« Xris streckte die Hand aus – seine rechte Hand, die aus Fleisch und Blut war und keinerlei Temperaturanpassung benötigte. »Das sind meine Mitarbeiter, Raoul de Beausoleil . . .«

Raoul streckte die Fingerspitzen aus. »Angenehm«, sagte er wahrheitsgemäß. Dr. Sakuta war ein sehr gutaussehender Mann.

»Und das ist der Kleine«, fügte Xris hinzu. »Ich hatte ihn schon erwähnt.«

»Ihr Telepath.« Sakuta nickte.

»Ich nehme an, das geht immer noch in Ordnung«, sagte Xris. »Nichts Persönliches, nur eine routinemäßige Vorsichtsmaßnahme.«

Sakuta blickte nachdenklich auf den Kleinen, blinzelte und blickte dann auf. »Oh, ja, sicher. Mir recht. Ich verstehe durchaus. Bei Ihrer Art von Arbeit müssen Sie vorsichtig sein. Wenn Sie jetzt in mein Büro kommen wollen. Entschuldigen Sie das Durcheinander. Dieser Teil des Gebäudes wird derzeit renoviert.«

Sakuta betrat sein Büro und bot den einzigen sichtbaren Sessel Xris an. Der Professor riß ein Abdecktuch von einem anderen Sessel, den er dann Raoul anbot. Sakuta warf einen unsicheren Blick auf den Kleinen; offensichtlich gab es keinen Sessel, der dem winzigen Empathen, der Xris nur bis zur Hüfte reichte, gepaßt hätte. Der Kleine nahm seinen gewohnten Platz neben Raoul ein, ließ sich auf den Boden sinken und machte es sich bequem.

»Gefällt ihm das so?« fragte Sakuta leise.

»Ihm geht es gut«, erwiderte Raoul mit schmelzender Stimme. »Einfach prächtig. Sie sind sehr zuvorkommend. Vielen Dank.«

Sakuta zuckte die Achseln, umrundete ein weiteres verhangenes Möbelstück und ging zu dem Sessel hinter seinem Schreibtisch. Im Zimmer roch es streng nach Farbe. Die eine Hälfte der Wandfläche unterschied sich farblich von der anderen. Eine Düsenleiter stand im Zimmer; um sie herum lagen Luftpinsel. Maler waren nicht zu sehen. Vielleicht hatte der Professor ihnen den Tag freigegeben. Sakuta setzte sich hinter den Schreibtisch; dann blinzelte er wieder und starrte auf die offene Tür. »Ach, herje«, sagte er und wollte sich schon wieder erheben. »Das ist wirklich streng vertraulich.«

»Ich mach' das schon, Doktor«, sagte Xris, stand auf, schloß die Tür und setzte sich wieder.

»Danke.« Sakuta lächelte seine Besucher entschuldigend an. »Dieses ganze Durcheinander« – er deutete mit einer vagen Geste auf die Wände – »ist schon recht anstrengend. Man kann nur schwer weiterarbeiten. Die ständigen Ablenkungen ...« Wieder blinzelte er und lachte schuldbewußt. »Ich weiß, es ist lächerlich, mich zu beschweren. Daß einem das Büro neu eingerichtet wird, ist wohl kaum eine Katastrophe. Aber mein Leben dreht sich um meine Arbeit.«

Sakuta war um die Vierzig. Er sah gut aus mit seinem Van-Dyke-Bart, seinem gestutzten Schnurrbart und dem vollen schwarzen Haar. Er machte eher den Eindruck, als wäre er mehr unter den Reichen und Berühmten in den Spielkasinos von Laskar zu Hause. Statt dessen war er nur einer von vielen versponnenen, zerstreuten Professoren.

»Ich kann mir vorstellen, wie sehr Ihnen das zusetzen muß«, log Xris voller Mitgefühl.

»Ich auch«, sagte Raoul mit einem tiefen Seufzer. »Ihre Arbeit muß faszinierend sein. Und Ihre Raketen«, fügte er hauchend hinzu, »die müssen ja schrecklich groß sein!«

»Laß den Blödsinn«, brummte Xris und versetzte dem Adonier einen verstohlenen Tritt gegen das Schienbein. Laut sagte er: »Wir wollen Ihre kostbare Zeit nicht verschwenden, Professor. Wenn Sie uns die Art des Auftrags erläutern könnten, den wir Sie übernehmen sollen ...«

»Oh, ja, natürlich.« Sakuta beugte sich vor und blickte Xris mit begeisterter Miene an. »Was wissen Sie über raumzeitalterliche Archäologie?«

»Genug, um die Abschlußklausur zu bestehen.«

Sakuta schien die Antwort ein wenig zu schockieren. Er runzelte die Stirn.

Xris grinste. »Das war ein Witz, Professor. Archäologie war nicht mein Gebiet. Tut mir leid.«

Sakutas Miene hellte sich wieder auf. »Ah, ja. Ich verstehe. Mein Verhängnis war die Wirtschaftswissenschaft. Nun ja. Auf dem Planeten Pandor, der im Zeta-Drei-Quadranten zu finden ist, haben einige Bauarbeiter einen historischen archäologischen Fund getätigt. Sie haben das Wrack eines Prä-Hyperantrieb-Raumflugzeugs entdeckt.«

»Viel weiß ich nicht mehr von meinen Archäologiestunden«, sagte Xris, aber ich glaube mich erinnern zu können, daß Prä-Hyperantriebsschiffe nicht so selten sind.«

»Da haben Sie allerdings recht«, Sakuta schien sich über Xris' Antwort wirklich zu freuen. Xris hatte das Gefühl, daß er soeben eine Eins bekommen hatte. »Das Raumflugzeug ist auch nicht das Interessante. Wir haben bereits einige in unserer Ausstellung. Aber *was* sich in dem Raumflugzeug befindet, ist von unschätzbarem Wert.«

Er hatte die Stimme gesenkt, und seine Augen waren feucht geworden. Seine Hände zitterten tatsächlich vor Aufregung.

»Was ist es denn?« fragte Xris; er stellte sich eine Kiste Juwelen vor oder vielleicht auch – in Anbetracht von Sakutas Interessen – einen Kasten voller antiker Mikrochips.

»Ein Roboter«, sagte Sakuta mit vor Ehrfurcht leiser Stimme. »Nicht irgendein Roboter«, fügte er hastig hinzu, als er Xris' Mangel an Begeisterung bemerkte. »Der aufgefundene gehört zu den ersten, der von Wissenschaftlern für den Weltraumflug entworfen wurde. Selbständig.« Sakuta blickte von Xris zu Raoul, offenbar in der Erwartung, sie würden aus den Sesseln springen und durchs Zimmer tanzen. »Sicherlich erkennen Sie die Bedeutung?«

»Oh, gewiß«, sagte Raoul und erhob sich halb. »Ganz bestimmt.« Er leckte sich über die Lippen.

»Hören Sie, ob wir es begreifen oder nicht, ist doch nicht so wichtig, Professor, nicht wahr?« sagte Xris und schubste Raoul in den Sessel zurück. »Ich kann mir nicht vorstellen, daß Sie uns verpflichten wollen, damit wir einen Forschungsbericht darüber erstellen.«

»Nein.« Sakuta sah ein wenig zerknirscht aus. »Da haben Sie vollkommen recht. Sie haben Ihre eigenen Spezialgebiete, und ich habe die meinen. Nur, diese Entdeckung ... na ja, ist nicht so wichtig. Ich möchte Sie in Anspruch nehmen, damit Sie mir diesen Roboter beschaffen.«

Xris lehnte sich zurück, langte automatisch nach einem Dreher, sah Raouls mißbilligende Miene und gab den Versuch auf.

Er faltete die Hände, legte die Ellbogen auf die Sessellehnen und musterte den Professor aufmerksam. »Was ist an der Sache nicht in Ordnung?«

Die Frage traf Sakuta unvorbereitet. »Was meinen Sie, damit? Es ist alles in Ordnung ... soweit ich weiß. Natürlich ist der Roboter sehr, sehr alt, und ich glaube, wir können als gesichert annehmen, daß die meisten Schaltkreise verrottet sind. Und vermutlich trug er einige Schäden davon, als sein Raumgleiter auf dem Planeten aufschlug – obwohl meine Kollegin, die mir als erste von dem Fund berichtete, der Meinung ist, daß der Roboter in Anbetracht der Umstände in ausgezeichnetem Zustand ist. Ich weiß nicht recht, ob ich Ihre Frage richtig verstanden habe ...«

Xris schüttelte den Kopf. »Nach allem, was ich so höre, Professor, brauchen Sie eine Bergungsmannschaft und nicht die Mag Force 7. Wir sind ein Kommondotrupp. In meinem Team habe ich die besten Männer und Frauen in der Branche, und entsprechend bezahlt man uns. Wenn Sie nichts weiter wollen, daß wir einen alten vergammelten Schrottklumpen für Sie ausgraben ...«

»Ah, ich verstehe. Ich wünschte, es wäre so einfach.« Ein lächeln spielte über Sakutas Gesicht; dann war es verschwunden. Er fuhr mit den Fingern über die Schreibtischfläche, vor und zurück, vor und zurück, und hielt dabei den Blick auf die Platte gerichtet.

Xris kannte die Anzeichen. Geduldig wartete er.

Sakuta sah auf. Sein Gesicht war leicht gerötet. »Ich ... ich schäme mich sehr. Ich hätte mir niemals vorstellen können ... Von ethischen Überlegungen einmal abgesehen bin ich ...« Er verfiel wieder in Schweigen.

Plötzlich ballte er eine Faust. »Aber, verdammt noch mal, das ist einfach zu wichtig!«

Bei den folgenden Worten schloß Sakuta die Augen, als würde er sich davor fürchten, eine Verurteilung in den Mienen seiner Besucher zu sehen. »Ich begehe eine schreckliche Tat. Das weiß ich, aber ich kann es nicht ändern. Meine Herren, ich nehme Ihre Dienste in Anspruch, damit Sie mir den Roboter stehlen.«

4. Kapitel

Diebe achten das Eigentum. Sie haben lediglich den Wunsch, daß das Eigentum zu ihrem Eigentum wird, damit sie es noch vollkommener achten können.

G. K. Chesterton,
Der Mann, der Donnerstag war

Schwitzend und zitternd saß Sakuta vor ihnen.

Beinahe so, als hätte er uns gebeten, den Premierminister umzubringen, dachte Xris erheitert. Der besorgte Raoul war aufgesprungen und schenkte dem Professor ein Glas Wasser aus einer Karaffe auf dem Schreibtisch ein.

»Danke«, sagte Sakuta mit schwacher Stimme.

»Gern geschehen.« Raoul wollte schon eine tröstende Hand auf die breite Schulter des Professors legen, als Xris ihn anknurrte. Mit einer ruckartigen Kopfbewegung scheuchte er den Adonier wieder zu seinem Sessel.

Raoul seufzte tief und gehorchte, nicht ohne zuvor Salutas Hand getätschelt zu haben.

Was der Professor gar nicht bemerkte. Er stürzte das Wasser hinunter und wischte sich die Lippen achtsam mit einem weißen Taschentuch ab, das er dann in die Brusttasche zurücksteckte.

»Wer ist im Besitz des Roboters?« fragte Xris.

»Zur Zeit niemand. Er befindet sich immer noch im Gleiterwrack, wo er auch entdeckt wurde. Pandorische Regierungsbeamte haben es sich in die leeren Köpfe gesetzt, daß das Schiff kontaminiert ist – mit irgendeinem alten Virus oder Bakterien, die alle infizieren und töten werden, die sich auf dem Planeten aufhalten. Natürlich ist das völliger Unsinn. Das könnte ihnen jeder Experte bestätigen. Was einige auch getan haben. Das Raumflugzeug ist in einem Wüstengelände abgestürzt. Meine Kollegin hat das Raumflugzeug gründlich durchsucht und berichtet, daß sie nur Reststrahlungsmengen und keinerlei Bakterien oder Keime festgestellt hat, ob uralt oder andersgeartet. Die pandorische Regierung will aber nichts davon hören. Und ich muß zugeben, daß wir und nicht angestrengt haben, sie vom Gegenteil zu überzeugen. Ihre irrationale Furcht verschafft uns jedoch Zeit.«

Xris regte sich in seinem Sessel. »Professor, es macht mir nichts aus, das Gesetzt gelegentlich etwas großzügig auszulegen ...«

Er mußte warten, bis Raoul sich von einem plötzlichen Hustenanfall erholt hatte.

»... aber das galaktische Bergungsrecht besagt eindeutig, daß jedweder Schrott, der auf die Oberfläche eines Planeten fällt, zum Eigentum des besagten Planeten wird. Wenn die Pandorier diesen Roboter für ihr eigenes Luft- und Raumfahrtmuseum haben wollen, dann ...«

»Das ist es je gerade!« rief Sakuta mit hohler Stimme. »Wenn man ihn für ein Museum haben wollte, wäre uns das recht! Wir könnten es einrichten, daß er leihweise hier ausgestellt wird. Aber das ist nicht der Fall. Man hat schreckliche Angst vor ihm. Man will ihn vernichten!«

Xris runzelte die Stirn. »Dann auf dem Rechtswege.«

Sakuta schüttelte den Kopf. »Wir stecken in einer Zwickmühle, meine Herren. Wir können vor das galaktische Gericht gehen und eine Unterlassungsklage erwirken, die den Pandoranern verbietet, den Roboter zu vernichten. Aber das würde Wochen an juristischen Winkelzügen dauern, und wir haben nicht wochenlang Zeit! Der Roboter und sein Raumflugzeug wurden beim Ausheben einer Baugrube entdeckt. Die Pandoraner sind weit mehr daran interessiert, mit ihren Bauarbeiten fortzufahren, als daran, den Roboter zu bergen. Sie wollen ihn einfach nur loswerden. Sie haben angedroht, Bulldozer und ...«, bei dem Gedanken erschauerte er, »... Lastkähne hinzuzuziehen, um den Roboter auf ein sicheres Gelände zu bringen und dort zu vernichten.«

»Geld ...«

Sakuta zeigte nunmehr Ungeduld. »Wir haben ihnen den zehnfachen Wert des Roboters angeboten. Sie haben abgelehnt. Sie brabbeln fortwährend von fleischfressenden Viren. Ich sage Ihnen, meine Herren, ich habe schon Alpträume von grobschlächtigen, ungehobelten pandorischen Bauarbeitern gehabt ...«

»Sie auch?« fragte Raoul mitfühlend.

Sakuta blickte seine Besucher flehend an. »Es wäre ja nicht direkt ›Diebstahl‹, oder? Wir würden unser Versprechen einlösen, sie für den Roboter zu bezahlen. Wir stellen lediglich sicher, daß er der Nachwelt erhalten bleibt.«

Xris überlegte.

»Sie wollen also, daß wir nach Pandor fliegen, diesen Roboter einkassieren ...«

»Ich gebe Ihnen eine Frachtkiste mit, die wir speziell für ihn angefertigt haben ...«

Xris fuhr fort: »Und dann wollen Sie, daß wir den Roboter vom Planeten entfernen ...«

Sakuta machte ein zerknirschtes Gesicht. »Ich weiß, daß das ein Gesetzesverstoß wäre. Vielleicht geht es doch nicht ...«

Xris tat diese Nebensache mit einer Handbewegung

ab. »Im Interesse der Wissenschaft.« Er sah den Kleinen an. »Na? Sagt er die Wahrheit? Stimmt die Sache so?«

Der Telepath spähte unter dem Rand seines Fedoras zu Sakuta hoch und schüttelte den Kopf.

Raoul schenkte dem Professor ein bezauberndes Lächeln – um Vergebung, daß er auch nur davon träumte, an ihm zu zweifeln – und wandte sich dann Xris zu.

»Der Kleine erklärt, daß Professor Sakuta uns die Wahrheit sagt, Xris Cyborg. Aber nicht die ganze Wahrheit.«

Sakuta runzelte leicht die Stirn.

Hastig fuhr Raoul fort, damit Xris es auch ja verstünde: »Professor Sakuta begehrt diesen Roboter sehr, mein Freund – weit mehr, als er uns gegenüber zugibt. Der Grund: Seine Kollegin betrachtet diesen Roboter als intakt, was Mechanik und Gedächtnisspeicher betrifft. Falls dem so wäre, ist dies der erste geborgene Prähyperantriebroboter, der imstande wäre, uns einen Augenzeugenbericht über die Lage in der Galaxis vor Hunderten von Jahren zu liefern. In der gesamten Galaxis würden Gelehrte riesige Summen für die Gelegenheit zahlen, diesen Roboter und seine Dateien studieren zu dürfen. Dem Museum werden daraus gewaltiger finanzieller Nutzen sowie überregionale Berühmtheit zuteil. Professor Sakuta kommt dies auch persönlich sehr zugute. Er hat bereits einen Vertrag mit einem Agenten zur Organisation seiner Vorlesungsreise unterzeichnet.«

Sakutas Gesicht war jetzt puterrot. Er setzte mehrere Male zum Sprechen an, gab es auf, trank ein Glas Wasser, rückte sich seine Krawatte zurecht und schaute die Besucher dann mit einem Blick an, der halb beschämt, halb trotzig wirkte.

»Na gut, ich gebe es zu. Ja, wir werden von dieser Entdeckung profitieren ...«

»In beträchtlichem Ausmaß«, warf Xris trocken ein.

»Aber ich versichere Ihnen, meine Herren, daß das Geld kein ausschlaggebender Faktor ist. Die Bedeutung dieser Entdeckung aus wissenschaftlicher und historischer Perspektive ist unermeßlich ...«

»Außer für Ihren Buchhalter«, unterbrach Xris die ehrlichen Proteste des Professors. »Ruhig bleiben. Wir nehmen den Auftrag an. Heute abend treffen wir uns und besprechen den Einsatz. Morgen gebe ich Ihnen einen Kostenvoranschlag. Ich nehme an, Sie wollen die Sache so rasch wie möglich über die Bühne haben.«

Sakuta hatte seine Fassung wiedererlangt, obwohl er immer noch leicht verlegen aussah. »Wenn es möglich wäre, sähe ich Sie am liebsten jetzt schon auf Pandor. Ja, ich möchte die Sache so schnell als möglich erledigt haben. Geld ... äh ... wird kein Problem sein. Das Museum wird Ihnen jede verlangte Summe bezahlen.«

Xris grunzte. »Da möcht' ich drauf wetten. Ich gebe Ihnen trotzdem einen Vorschlag, zusammen mit dem Vertrag.«

Sakuta erschrak. »Müssen ... müssen wir das schriftlich festhalten?«

Xris grinste. »Keine Angst. Der Vertrag ist sehr sorgfältig formuliert. Er dient ebenso Ihrem Schutz wie dem unseren.«

»Natürlich.« Sakuta brachte ein gequältes Lächeln zustande. »Sie sind Profis. Deshalb habe ich Sie ja auch um Hilfe gebeten. Ich habe ein Dossier zusammengestellt, mit Informationen über den Planeten, seine Bevölkerung, die Fundstelle des Roboters – alles, was ich als wichtig für Sie erachtet habe.«

Er reichte ein elektronisches Einwegnotizbuch über den Tisch, das Xris an sich nahm. Dann erhob er sich.

»Noch etwas. Wo liefern wir ihn ab?«

»Wen?« Sakuta machte einen verwirrten Eindruck.

»Den Roboter«, sagte Xris mit Engelsgeduld.

»Oh, ja! Du meine Güte. Natürlich. Die Übergabe. Äh ... ich glaube nicht, daß er hierher ... Nein, ich sehe schon, das geht nicht.«

Xris hatte den Kopf geschüttelt.

Sakuta war ratlos. »Ich fürchte, ich habe nicht die leiseste Vorstellung ... Solche Dinge sind mir so fremd. Haben Sie einen Vorschlag?«

»Pandor ...« Xris dachte nach. »Das liegt doch in der Nähe des Abgrunds, oder?«

Sakuta nickte.

»Es gibt da einen Ort namens Höllenposten. Ich sehe schon, daß Sie davon gehört haben.« Xris mußte über Sakutas schockierten Gesichtsausdruck schmunzeln. »Ist nicht schlecht. Schön ruhig. Jeder kümmert sich um seinen eigenen Kram. Ideal für unsere Geschäfte. Kommen Sie dorthin. Wir lassen Sie den Zeitpunkt wissen.«

»Ich werde da sein«, versprach Sakuta, obwohl er keinen glücklichen Eindruck machte.

Der Professor stand auf, kam um den Schreibtisch herum, gab den Besuchern die Hand und hatte gewisse Schwierigkeiten, die seine aus Raoul hingebungsvollem Griff zu lösen. Er brachte sie zur Tür des Büros.

»Ich würde Sie ja gern durchs Büro führen«, sagte er, »aber die Sache hat meinen Magen etwas angegriffen. Wenn es Ihnen nichts ausmacht ...«

Xris versicherte ihm, daß sie sich zwar gern die Ausstellung ansehen würden, leider aber nur sehr wenig Zeit hätten. Sie gingen zur Halle hinunter. Die Empfangsdame war nicht mehr an ihrem Tisch, was Xris ein wenig schade fand. Sie schien ihn mit einem gewissen Interesse angeschaut zu haben. Natürlich trug er einen Anzug, der sein Kyberbein verbarg, seine Hand aus Schaumfleisch und Plastihaut und eine Perücke, die die Narben auf seinem kahlen Schädel verbarg.

Xris überlegte kurz, ob er noch warten sollte. Der Kleine zerschlug ihm seine Träume.

»Der Kleine sagt, daß sie nicht für dich bestimmt ist, mein Freund. Sie ist am Professor interessiert, und das Gefühl beruht auf Gegenseitigkeit.«

Raoul seufzte verzweifelt auf. »Ach, was soll's. Es ist immer wieder das Gleiche. Die Gutaussehenden sind stets hetero.«

Xris lächelte, holte einen Dreher hervor und steckte

ihn zwischen die Lippen. Sie gingen die Treppen hinunter und betraten den Ausstellungssaal, in dem sich jetzt mehrere Schulkindergruppen tummelten. Ihre schrillen Stimmen hallten von der hohen Decke wider. Xris schaltete seinen Audioverstärker herunter. Sie umgingen die Gruppen von kreischenden Kindern, gequält dreinblickenden Lehrer und Museumsführer mit steinernen Gesichtern und waren schon nahe am Ausgang, als der Kleine plötzlich nach Xris' rechter Hand griff und auf etwas zeigte. Eine Frau hatte ihnen halb den Rücken zugewendet und war offenbar ganz in die Broschüre in ihrer Hand vertieft.

»Will sie etwas von uns?« fragte Xris leise.

Der Kleine nickte.

»Ich nehme nicht an, daß sie mich unglaublich sexy findet und hofft, daß ich sie zum Tanzen auffordere.«

Der Kleine schüttelte den Kopf.

»Für wen arbeitet sie?«

Der Kleine zuckte die Achseln.

»Sie ist sehr konzentriert. Sie denkt nur an uns. Vielleicht weiß sie, daß wir einen Telepathen haben. Soll ich mich um sie kümmern, Xris Cyborg?« fragte Raoul, während seine Hand zur Handtasche glitt, in der er einen Lippenstift ganz besonderer Art verwahrte.

»Nein«, sagte Xris und trat aus dem Ausgang. Aus dem Augenwinkel sah er, wie die Frau ihnen folgte. »Es ist doch schön, wenn man weiß daß jemand sich Sorgen um dich macht.«

5.
Kapitel

Frühzeitiges Wissen kann nicht von Geistern und Gespenstern erlangt werden, nicht aus Erscheinungen gedeutet oder aus den Himmelsmaßen abgeleitet werden. Der Mensch selbst muß es erlangen, denn es ist das Wissen um die wahre Stellung des Feindes.

Sun-Tzu, *Die Kunst des Krieges*

Mag Force 7 sollte sich später am Abend in einem kleinen Besprechungszimmer des Megapolis-Raumhafenhotels treffen; das Zimmer war von Xris unter dem Deckmantel eines Firmenchefs angemietet worden, der mit den Zweigstellenleitern eine Verkaufsbesprechung abhalten wollte. Als Xris erstmals von Sakuta angesprochen worden war, hatte er Mag Force 7 wieder nach Megapolis zusammengerufen – das Team hatte sich nach der Affäre mit der Schwarzen Garde getrennt –, und hatte sie an dieses gängige Konferenzhotel verwiesen, das neben dem Raumhafen lag.

Ein Auftrag für das Luft- und Raumfahrtmuseum von Megapolis schien Hochsicherheitsvorkehrungen wohl kaum erforderlich zu machen; es war also nicht nötig, sich beispielsweise an den Rand der Galaxis nach Höllenposten zu begeben,, um die Pläne im Café Exil zu besprechen. Xris hatte die Sache als einfachen Auftrag eingeschätzt, und zumindest damit hatte er bisher recht gehabt.

Allerdings hatte er nicht damit gerechnet, daß Amadi und Co. sich der Party anschließen würden – falls die Frau im Museum das Co. zu Amadi darstellte. Die Logik sagte Xris, daß sie eine Agentin der Behörde war. Die Paranoia hingegen flüsterte gehässig, daß die Frau zu den Hung gehörte.

Was immer auch zutreffen mochte: Xris hoffte, daß er sie abschütteln konnte. Er, Raoul und der Kleine fuhren zum Raumhafen, ohne daß sie Amadi oder einen seiner Leute bemerkten. Was ein schwacher Trost war. Amadi war ein fähiger Bursche, und wenn er bei der Beschattung eines Verdächtigen nicht gesehen werden wollte, dann war er auch nicht zu sehen.

Nachdem der Mietwagen zurückgebracht worden war, mischten die drei sich in die Menge am Terminal, erwarben drei Flugkarten nach Außenwelt und vertrieben sich die Zeit in der Bar, bis ihr Flug aufgerufen wurde. Xris nippte an einem Bier und studierte die Notizen des Professors. Er entwarf einen vorläufigen Plan für den Diebstahl des Roboters; den Rest der Zeit verbrachte er damit, sich wegen Darlene Sorgen zu machen.

Raoul kaufte sich die neueste Ausgabe des Galaktischen Inquisitors und informierte sich über den neuesten Tratsch über die Königliche Familie, riß beim Anblick der ersten offiziellen Fotos des neugeborenen Prinzen Mund und Augen auf, und wollte sie Xris zeigen, der jedoch kein Interesse hatte. Der Kleine durchforstete die Bewußtseinsinhalte seiner näheren Umgebung, und obgleich der Telepath sein Wissen über die Menschen kräftig erweiterte, konnte er doch keine Verfolger aufspüren.

Als ihr Flug schließlich aufgerufen wurde, waren sie nicht mehr da. Als Amadi – oder wer immer sie im Auge hatte, falls es überhaupt der Fall war – begriff, daß man ihn im Regen hatte stehen lassen, waren die drei schon lange verschwunden. Xris, Raoul und der Kleine verließen den Raumhafen, ohne daß ihnen jemand folgte, und nahmen die Straßenbahn zum Raumhafenhotel.

Derweil hatte die Paranoia einen siegreichen Kampf mit der Logik ausgetragen. Als Xris am Hotel eintraf, hatte er sich in einen Zustand hektischer Angst hineingesteigert. Er stellte Raoul und den Kleinen als Aufpasser ab und ließ sich dann über das Haustelefon unter dem Namen Mohini in Darlenes Zimmer durchstellen.

Nachdem Xris beinahe schon davon überzeugt war, daß seiner Freundin etwas Schreckliches zugestoßen sein mußte, war er erleichtert und sogar ein wenig wütend, als ihre ruhige und schläfrige Stimme sich meldete.

»'lo?« murmelte sie.

All die Unruhe, und sie hatte ein Nickerchen gehalten!

»Darlene, bist du das? Geht es dir gut?« wollte Xris wissen.

Sie hörte die Anspannung in seiner Stimme und wurde rasch wach. »Ja, ich bin es. Mir geht's gut. Was ist los?«

»War jemand in deinem Zimmer? Aus irgendeinem Grund?«

»Nein.«

»Hast du die Zimmer tauschen müssen? Hat man dir vielleicht Geld dafür geboten?«

»Nein, Xris.« Darlenes Stimme klang verdrossen. »Und ich kenne den üblichen Ablauf, okay? Hier ist kein falscher Reparateur gewesen, um das Telefon zu überholen, falls du das meinst.«

»Gut. Welche Zimmernummer hast du? Ich komme rauf.«

Sie gab ihm die Nummer. Xris schaltete ab und wandte sich Raoul zu. »Hat der Kleine irgendwas aufgefangen? Ist jemand an uns interessiert?«

Raoul schüttelte achtsam den Kopf, damit der Bowler nicht verrutschte. »Nein, niemand beobachtet uns, niemand folgt uns, niemand schenkt uns auch nur die geringste Aufmerksamkeit. Wahrscheinlich, weil ich diesen faden grauen Anzug trage, der einfach nicht zu meiner Persönlichkeit paßt, obwohl er der neuesten Mode entspricht. Darf ich hinzufügen, mein Freund, daß der Kleine und ich . . .«, er klopfte auf den Hut, der sich etwa in Hüfthöhe befand, ». . . der Ansicht sind, daß du dich höchst unvernünftig verhältst? Es wäre in der Tat äußerst bemerkenswert, wenn bei all den Finten und Haken und Ösen und Drehungen, die wir am Raumhafen vollzogen haben, uns noch jemand gefolgt wäre. In meinem Kopf dreht sich immer noch alles . . .«

»Du bist ein Loti. In deinem Kopf dreht sich ständig alles. Was das Bemerkenswerte angeht – die Hung sind ebenfalls verdammt bemerkenswert, und das solltest du ja nicht vergessen. Ich gehe nach oben und rede mit Darlene. du und der Hirnsauger suchen, Jamil . . .«

»Ich wollte mich gerade umziehen!« protestierte Raoul.

»Du bist wunderschön«, versicherte Xris dem Adonier. »Das Grau läßt deine roten Augen besonders gut zur Geltung kommen. Sucht Jamil. Sagt ihm, was los ist. Er soll das Besprechungszimmer filzen. Wenn er fertig ist, ruft bei Darlene an und sagt uns Bescheid. Wir kommen dann runter.«

»Wonach soll er suchen?« Raouls Wimpern klimperten.

»Nach allem – von Wanzen bis zu Plastiksprengstoff.«

»Von Plastikwanzen bis zu Sprengstoff«, murmelte Raoul. »Aha. Aber was meinen Urlaubsantrag angeht ...«

»Verschwinde!« sagte Xris zähneknirschend.

Beleidigt zog Raoul von dannen, den Kleinen im Schlepptau.

Xris hoffte, daß seine Anweisung Raouls Übersetzung überleben und daß Jamil die nächsten dreißig Minuten nicht mit der Suche nach Gummikakerlaken verbringen würde. Der Cyborg machte sich auf den Weg zu Darlenes Zimmer.

Schweigend hörte Darlene Rowan sich Xris' Bericht an, und als er geendet hatte, schwieg sie weiter.

Xris stand in dem kleinen Hotelzimmer und starrte mürrisch durch einen Spalt im Vorhang vor dem Schiebefenster. Er hatte einen Dreher im Mund und zerkaute ihn zu einer bitteren Masse.

Als er nichts von Darlene hörte, drehte er sich um.

»Nun?« wollte er wissen.

Sie sah ihn an, zuckte die Schultern und lächelte schief. »Wir haben doch die ganze Zeit gewußt, daß es dazu kommen würde, Xris.«

»Mehr hast du nicht dazu zu sagen?«

»Was soll ich denn sagen, Xris?« Darlenes Stimme wurde schärfer. »Daß ich Angst habe? Ich habe jahrelang Angst gehabt. Ich war es leid, daß mir jedesmal das Herz im Hals steckenblieb, wenn jemand an meine Tür klopfte. Jetzt schlucke ich es einfach herunter und mache weiter.«

»Na, dann schluck mal das hier. Die Behörde hat Amadi für diesen Fall aus dem Ruhestand zurückgerufen. Das hätten sie nicht gemacht, wenn es nicht um eine große Sache ginge. Und Amadi hat dafür gesorgt, daß niemand uns beim Gespräch sah oder hörte. Er hat seine Schlüsse gezogen. Er weiß vielleicht nicht, wer du bist oder wo du bist, aber er weiß, daß *ich* es weiß.«

Darlene schüttelte den Kopf und schob sich eine braune Haarsträhne aus der Stirn. Sie zeigte sich gefaßt, wenngleich sie ein wenig blaß, und mitgenommen aussah. Vom Schlaf war ihr Haar zerzaust. Sie hatte sich einen Hotelmantel übergeworfen. Ihre Reisetasche lag immer noch ungeöffnet auf dem Boden; sie hatte lediglich ihren Computerkoffer ausgepackt. Den tragbaren Computer hatte sie auf dem Tisch neben dem Bett aufgestellt; wahrscheinlich hatte sie ihn auf Wecken programmiert. Jetzt drehte sich Darlene, vielleicht aus Instinkt, in seine Richtung. Ihre Finger glitten über die Tastatur. Ihr Schutz, ihr Trost – die Maschine.

Xris erinnerte sich deutlich daran, wie er sie das erste Mal gesehen hatte – Darlene, nicht Dalin Rowan. Erstaunt hatte er festgestellt, daß sein Freund eine sehr anziehende Frau war. Xris war noch erstaunter gewesen, von seinem Freund zu hören, daß tief in seinem Inneren Dalin Rowan immer genau das gewesen war – eine Frau. Im Laufe der letzten beiden Monate, die er in Darlenes Nähe verbrachte, hatte Xris es verstanden.

An Dalin Rowan war immer etwas Beunruhigendes gewesen. eine Unzufriedenheit mit dem Leben, mit sich selbst. Er war in einer Art stumpfem, grauem, trübem Nebel durch das Leben geglitten – ein Nebel, der sich nur dann lichtete, wenn er an seinem Computer gesessen hatte, oder dem eines anderen. Dalins halbherzige Versuche, Beziehungen zu Frauen aufzubauen, waren unvermeidlicherweise in Katastrophen geendet: Er öffnete sich ihnen nicht, so daß sie ihn nie richtig kennenlernten.

Sogar seine besten Freunde Xris und Ito hatten Dalin Rowan nie wirklich gekannt. Wäre dies der Fall gewesen, hätte Xris niemals so bereitwillig geglaubt, Dalin hätte ihn an die Hung verkauft und sie in die Todesfabrik geschickt hatte.

Xris lernte Darlene Rowan nach und nach kennen, und allmählich begann er sie zu mögen, ebenso wie die anderen Teamangehörigen von Mag Force 7. Sie war weniger angespannt, unbeschwerter, konnte sich öffnen und über sich reden.

Wenn sie von Dalin Rowan sprach, schien es so, als würde sie über einen unglücklichen Freund reden, der nun aus ihrem Leben verschwunden war. Sie erinnerte sich mit Zuneigung und ein wenig Trauer an Dalin, jedoch ohne Bedauern.

»Ich bin nicht so sicher, daß Amadi die Verbindung geknüpft hat, Xris«, sagte Darlene und klopfte auf die Computertastatur. »Er weiß, daß Dalin in der Nähe ist. In Ordnung, es war dumm von mir, die Behördendateien anzuzapfen, um an die Informationen über die Garde der Schwarzen Erde heranzukommen, aber Gott allein weiß, was passiert wäre, wenn wir den Fall nicht geknackt hätten. Und das ist die einzige Verbindung, die Amadi hat: daß ich die Garde ausspioniert habe und du ihre Aktion sabotiert hast.«

»Wenn Amadi dich allein gesehen hat, würde er auf der Straße an dir vorbeigehen, ohne dich wiederzuerkennen«, gab Xris zu. »Aber wenn er uns beide zusammen sieht und genauer hinschaut, weiß er früher oder später Bescheid.« Xris kaute heftig auf dem Dreher. »Der alte Mann ist schlau. Sein Verstand bekommt die Kette Xris-Dalin/Dalin-Darlene schneller zusammen, als Harry Luck Münzen in einen Spielautomaten stecken kann. Und soweit wir wissen, hat außer dir niemand sonst die Verbindung zwischen der Behörde und den Hung festgestellt. Es ist gut möglich, daß der Verräter oder die Verräterin immer noch dort arbeitet.«

»Amadi weiß über den Verräter Bescheid«, sagte Darlene. Sie schaltete den Computer ein. »Deshalb ist er ja so vorsichtig.«

»Amadi ist schon vorsichtig auf die Welt gekommen. als er aus dem Mutterleib schlüpfte, hatte er den Kopf gedreht und über die Schulter geschaut. Deswegen ist er immer noch am Leben. Hast du ihn jemals auf Armstrongs Tod angesprochen? Auf die Beweise, daß jemand aus der Behörde daran beteiligt war?«

Darlene schüttelte den Kopf. »Wie denn? Ich wußte nicht, wem ich trauen konnte.«

»Das wissen wir immer noch nicht«, sagte Xris betont. »Also machen wir folgendes. Wir beide trennen uns. Amadi und die Hung sollen mir ruhig eine Zeitlang nachschleichen, falls sie Schritt halten können. Wenn sie erst einmal merken, daß ich sie nicht zu dir führe, verlieren sie die Lust und setzen sich auf eine andere Fährte.«

Darlene protestierte: »Aber unser Auftrag . . .«

»Dieser Robotstibitz ist kein Problem. Das meiste habe ich bereits vorgeplant. Jamil und ich schaffen das schon. Den Rest des Teams wollte ich sowieso entlassen. Allein einen Urlaub gönnen. Ich möchte, daß du jemanden begleitest. Du kannst dir den Betreffenden aussuchen.«

Xris ging die Liste durch. »Harry Luck Er denkt gerade darüber nach, ob er irgendeine Stadt aufsuchen soll, wo etwas los ist, um dort sein Geld vom letzten Einsatz zu verjubeln, oder um vielleicht Seminare über die Kampffähigkeit des Dolchjägers in Atmosphärennähe oder so was in der Art besuchen soll. Er weiß es noch nicht genau. Harry hat ein paar Lähmungsschüsse zuviel abbekommen, aber er ist ein verdammt guter Pilot, Darlene. Das weißt du ja – du hast ihn beim letzten Auftrag im Einsatz erlebt. Und er hat einen Narren an dir gefressen . . .«

Darlene schüttelte lächelnd den Kopf. »Nicht Harry, Xris. Er ist nett. Aber wie du schon sagst, er hat einen Narren an mir gefressen . . .«

Sie verstummte, und Xris fuhr grinsend fort.

»Dann haben wir Doktor Quong. Er will unbedingt diese Studie über den Kleinen beenden, die über den tonganischen Körperaufbau. Wahrscheinlich könnte er dabei deine Hilfe gebrauchen. Der Doc ist ein bißchen knurrig, aber du scheinst besser als wir anderen mit ihm klarzukommen. Außerdem würde er dir eine richtige Diät und einige Übungen verabreichen. Dabei könntest du ein bißchen zulegen. Der Doc ist ein guter Chirurg und ...« Xris verstummte. Er wußte nicht recht, was er weiter sagen sollte.

»Und wenn irgendwas passierte, hätte ich einen Arzt in der Nähe.« Darlene grinste schief. »Nett gedacht, Xris, aber wenn die Hung mich erwischen, könnte der Doc nur noch meine Todeszeit feststellen. Außerdem weiß ich wirklich nicht, ob ich meinen Urlaub mit dem Studium der physiologischen Besonderheiten der Tonganer verbringen will – so seltsam sie auch sein mögen.«

»Dann eben Tycho. Er will wieder mal seine Heimatwelt besuchen. Den Chamäleon-Planeten. Du solltest ihn allerdings nicht so nennen. Tycho und seinesgleichen erachten das als beleidigend. Ich bin einmal dort gewesen und habe seine Familie kennengelernt. Eine lustige Bande. Sie sehen alle gleich aus, *genau* gleich. Du kannst seine Mutter nicht von seinem Vater auseinanderhalten, die Schwestern nicht von den Brüdern, die Verwandten nicht von den Nachbarn. Natürlich können sie einander unterscheiden. Ich glaube, es hab irgendwas mit der Hautpigmentierung zu tun, aber ich habe es nie herausfinden können. Sie sind alle so dünn und knochig wie Tycho, und sie passen farblich sehr hübsch zur Umgebung. Du würdest dich natürlich abheben wie eine rote Flagge auf einer Eisscholle, aber das träfe dann auch auf ein Mitglied der Behörde oder der Hung zu. Tycho ist ein erstklassiger Schütze, der gut auf dich aufpassen würde.«

Darlene schüttelte den Kopf. »Du weißt ebenso gut wie ich, daß die Hung jemanden aus den Reihen der ›Chamäleons‹ anheuern könnten, und dann wäre ich in noch größerer Gefahr, eben *weil* ich so herausstechen würde.«

»Tja, dann wäre Jamil wohl der beste Partner. Er ist ruhig, verläßlich, gewitzt, war mal beim Militär. Sein einziger Fehler sind seine Frauengeschichten. Aber ich denke, mit zwei Frauen auf zwei verschiedenen Planeten hat er wohl alle Hände voll zu tun. Er wäre ideal, aber ich denke, mit zwei Frauen auf zwei verschiedenen Planeten hat er wohl alle Hände voll zu tun. Er wäre ideal, aber ich brauche ihn für den Museumsauftrag. Also bleibt nur noch Raoul übrig. Er liegt mir seit Jahren in den Ohren, daß er nach Adonia gehen will, um dort an irgendeinem abgefahrenen hedonistischen Religionsfest teilzunehmen . . .«

»Tatsächlich?« fragte Darlene interessiert. »Wunderbar!«

Jetzt war es Xris, der protestierte. »Das ist doch nicht dein Ernst!«

»Aber ja doch! Denk mal darüber nach, Xris. Karneval auf Adonia. Lauter unterschiedliche Menschenmengen. Sämtliche Nichtadonier tragen Masken. Ich hätte Raoul bei mir . . .«

»Es wäre wirklich eine große Hilfe.« Xris schnaubte. »Besonders, wenn du dir den Lidschatten aufträgst.«

Darlene verzog das Gesicht. »Hör schon auf, Xris. Du hast eine hohe Meinung von Raoul. Sonst hättest du ihn nicht im Team.«

»Ja, aber ich weiß auch nicht warum«, erwiderte Xris. »Und das macht mir zu schaffen. Er ist ein Loti – ein Drogenkonsument aus Gewohnheit. Ich weiß es; es sagt es ja selbst. Ich habe ihn schon abgehobener als einen Sprungjet im Hyperraum erlebt, aber persönlich habe ich ihn noch nicht einmal ein Aspirin nehmen sehen. Wenn ich ihm einen Auftrag zuweise, verbringt er mehr Zeit damit, sich über seine Kleidung Sorgen zu machen als darüber, wie er den Auftrag ausführen soll . . .«

»Aber er führt ihn aus«, stellte Darlene fest.

»Das stimmt«, räumte Xris ein. »Das muß ich ihm

zugestehen. In all den Jahren, die er schon für mich arbeitet, hat er uns nur ein einziges Mal bei dieser Sache mit Olicien im Stich gelassen ...«

»Und das waren außergewöhnliche Umstände«, führte Darlene weiter aus. »Der Kleine wäre bei ihm. Er könnte sich in die Gedanken einer jeden Person einschalten, die mich verfolgt.«

Xris dachte darüber nach. »Die Menschenmengen wären natürlich ein Nachteil, das weißt du. Ein Attentäter könnte genauso leicht in der Masse untertauchen wie du.«

»Aber zuerst müßte er mich finden«, erwiderte Darlene. »Ehrlich, Xris, ich ...«

Das Telefon summte. Es war laut Anweisungen an alle Gruppenmitglieder lediglich ein Audiokanal geschaltet. Xris nahm wie üblich schweigend ab. Die Teammitglieder waren darauf eingestellt und wußten, wie sie zu reagieren hatten. Jemand, der ›Hallo! Hallo?‹ hineinrief, gehörte ganz bestimmt zu den falschen Anrufern.

»Hier Jamil. Das Zimmer ist sauber.«

»Ich bin gleich unten.« Xris schaltete ab. Er warf Darlene einen nachdenklichen Blick zu. »Raoul, ja?«

Sie nickte und lächelte. »Ich habe seit Jahren keinen Urlaub mehr gehabt. Das wird vielleicht lustig.«

»In Ordnung. Wenn du es so willst. Ich muß zugeben, daß es irgendwie Sinn ergibt. Das ist der letzte Ort, an dem jemand dich vermuten würde. Sobald Raoul und der Kleine ihren Bericht über Sakuta abgegeben haben, schicke ich sie zu dir. Du kannst heute abend abreisen.«

Xris ging zur Tür und stolperte dabei über den Computerkoffer. Er holte aus und trat ihn unter den Schreibtisch.

»Schließ hinter mir ab«, befahl er. »Geh nicht ans Telefon, wenn es nicht dreimal summt, dann aufhört und dann wieder summt. Keinesfalls ...«

»Um Himmels willen, Xris, ich bin genauso lange wie du bei der Behörde gewesen«, unterbrach Darlene ihn gereizt. »Ich sage es noch mal – ich kenne die Abläufe.«

»Das weiß ich«, sagte Xris leise. Sie stand jetzt neben ihm an der Tür. Er schob ihr die widerspenstige Haarsträhne aus der Stirn. »Aber ich fühle mich dann einfach besser, verstehst du? Als ob ich etwas Konstruktives tue, wobei ich die ganze Zeit weiß, daß ich nicht das Geringste tun kann. Wenn die Hung hinter dir her sind ...«

Sie legte ihm die Hand auf den Arm, seinen guten Arm, den aus Fleisch und Blut. Ihre Finger umschlossen ihn in kaltem Griff. Xris hatte sich darüber Gedanken gemacht, Darlene könne diese Sache vielleicht nicht ernst genug nehmen. So war es aber nicht. Sie kannte die Hung besser als er: Sie war monatelang bei ihrer Organisation gewesen.

»Ich passe auf mich auf. Ich verspreche es.«

»In Ordnung. Und ich verspreche, mich nicht mehr wie eine Glucke aufzuführen.«

»Ich schließe ab«, gelobte sie. »Du sagst Raoul wegen des Zeichens Bescheid?«

Xris seufzte. »Ich werde es ihm sagen, aber Gott allein weiß, ob er sich daran erinnert. Falls nicht, dann riechst du sein Parfüm durch die Tür. Ich glaube, heute ist es Veilchenduft.«

Darlene sah mit einem schiefen Lächeln zu ihm auf. »Ich komme schon zurecht. Mach dir keine Sorgen.«

Er nickte und wollte gehen.

Mit ihrer Hand auf seinem Arm hielt sie ihn auf. »Du weißt, daß das nur eine improvisierte Maßnahme ist, Xris. Ich kann nicht ständig davonlaufen. Ich kann euch nicht länger von eurer Arbeit abhalten. Ja, ich weiß, daß du mich diesmal nicht dabei brauchst – wenigstens behauptest du das –, aber was ist mit dem nächsten Mal? Und sieh nur, wie ich dein Leben durcheinander gebracht habe! Und das Team. Noch betrachten sie mich nicht als Belastung, aber das wird bald der Fall sein. Als nächstes wirst du meinetwegen noch Aufträge ablehnen. Das kann so nicht weitergehen.«

Xris lächelte ihr aufmunternd zu. »Das wird es auch nicht. Die beste Verteidigung ist eine gute Nachtruhe, wie unser Freund Tycho über seinen fehlgeschalteten Translator sagen würde. Oder mein persönlicher Lieblingssatz von ihm: ›Bringe die Huren selbst ins Lager des Feindes‹.«

Darlene starrte ihn mit entsetzt aufgerissenen Augen an. »Du denkst doch wohl nicht daran, dir die Hung selbst vorzuknöpfen?«

»Es wäre mal an der Zeit. Aber das ist eine Sache, die wir nicht morgen oder übermorgen angehen werden. Dazu brauchen wir Zeit, Planung und Geld. Aber ich denke durchaus darüber nach.«

Darlene tätschelte ihm spielerisch den Metallarm und schubste ihn zur Tür. »Ich glaube, du hast eine Schraube locker. Doc soll mal nachsehen.«

Xris lauschte an der Tür, bevor er öffnete. Seine Audioverstärkung würde jedes Geräusch auffangen, falls jemand auf dem Flur herumlungerte. Er konnte nichts hören, doch er öffnete rasch die Tür und spähte hinaus.

Der Flur war leer. Xris steckte sich einen Dreher in den Mund. »Viel Spaß auf Adonia. Soweit ich weiß, sind die Orgien dort phantastisch. Bring mir ein paar Vids mit.«

»Es ist ein religiöses Fest«, sagte Darlene ernst. »Raoul hat es mir gesagt.«

Xris nahm den Dreher aus dem Mund. »Paß auf dich auf«, sagte er rauh.

Darlene brachte ein Lächeln zustande, doch sie war ein wenig ungeduldig geworden. »Das werde ich, Xris. Ich hab' schließlich Übung darin.«

Hinter ihm schloß sie die Tür.

Xris ging den leeren stillen Flur hinunter und hatte plötzlich das Gefühl, er würde sie nie wiedersehen.

Das Gefühl war stark und veranlaßte ihn beinahe dazu, wieder umzukehren und nachzusehen, nur um sich seinen Irrtum zu beweisen. Aber das wäre dumm und unlogisch gewesen. Es hätte Darlene nur verstimmt, und vollkommen zu Recht.

Xris glaubte nicht an Vorahnungen, Gefühle aus dem Zwerchfell und dergleichen. Keine Vorahnung hatte ihn damals gewarnt, sich von der Munitionsfabrik fernzuhalten, in der Ito und ein Teil von Xris gestorben waren. Doktor Quong hatte gesagt, das Gefühl bevorstehenden Unheils sei Xris' Reaktion auf eine Situation, die er nicht unter Kontrolle habe. Amadi hatte Xris überrascht, kalt erwischt. Er konnte nicht das Geringste für Darlene tun, allenfalls einige Pläne entwerfen, die in seinen Augen höchst unzureichend waren. Xris wies sich während des gesamten Weges zum Besprechungsraum zurecht, und als er dort eintraf, fühlte er sich etwas besser. Darlene würde es schon gutgehen. Alles würde gutgehen.

Als er durch die Lobby ging, bemerkte er einen Mann mit einem Taschensichtgerät. Der Mann saß mit aufgesetzten Kopfhörern in einem Sessel und starrte gebannt auf den Schirm. Xris bemerkte noch fünf weitere Männer und eine Frau mit Taschensichtgeräten und Kopfhörern; auch sie betrachteten die Schirme. Weder die Männer noch die Frau warfen ihm einen Blick zu oder widmeten ihm auch nur die geringste Aufmerksamkeit.

»Verfolgungswahn«, brummte Xris und setzte seinen Weg fort. Er hörte nicht mehr, wie der erste Mann drei Worte in ein Zellentelefon sprach. »Sie ist es.«

6. Kapitel

Wer in Schwierigkeiten ist und keine Pläne macht, ist verarmt; wer verarmt ist und nicht kämpft, ist verloren.

Sun-tzu, *Die Kunst des Krieges*

»Soviel zu meinem Treffen mit Sakuta.« Xris sprach zum versammelten Mag-Force-7-Team – dem versammelten Team minus Darlene. »Ich habe den Auftrag angenommen. Die Sache sieht nun folgendermaßen aus . . .«

»Wo ist Darlene?« fragte Harry.

»Dazu kommen wir später«, sagte Xris. »Was nun den Auftrag angeht . . .«

»Ich denke nicht, daß wir die Besprechung ohne Darlene beginnen sollten«, begehrte Harry auf.

Xris zeigte sich geduldig. »Sie kommt nicht, Harry. Dafür gibt es einen Grund. Ich komme später darauf zu sprechen. Können wir jetzt endlich zum Auftrag kommen?«

»Da stimmt doch was nicht, oder?« sagte Harry. »Deswegen steht auch das Ding da.«

Er wies mit dem Finger darauf.

»Das ist ein Wasserspender, Harry«, sagte Xris.

»Ich meine das Ding daneben.«

Bei dem ›Ding‹ handelte es sich um einen Wanzenzerhacker, den Quong mitgebracht hatte. Das Gerät verzerrte elektromagnetische Frequenzen und blockierte empfindliche Mikroapparate. Nichts, das mit Mikrochips arbeitete, konnte funktionieren, solange der Verzerrer in Aktion war.

»Allerdings, Harry. Und was hier nicht stimmt, ist der Umstand, daß du mir gewaltig auf die Nerven gehst«, fauchte Xris. »Können wir jetzt weitermachen?«

»Klar doch, Xris«, sagte Harry. Er beugte sich vor. »Da stimmt doch wirklich was nicht, oder?« murmelte er leise in Doc Quongs Ohr. »Weißt du was? Keiner sagt mir was.«

Xris ignorierte ihn und fuhr fort.

»Nun zum Plan. Auf den meisten anderen Welten wäre es ziemlich einfach für uns, diesen Uraltrobot zu beschaffen. Ankommen, einsacken, abhauen. Pandor weist jedoch ein Problem auf, sogar mehrere Probleme. Erstens: Die Pandorer sind außerordentlich intolerant und vorbelastet gegen Außenweltler. In einer größeren Stadt haben sich vor Jahren eine größere Anzahl Serienmorde ereignet – von der schlimmsten Sorte. Ein Außenweltler war dafür verantwortlich. Das pandorische Volk war empört. Und was vielleicht noch wichtiger ist – die

Pandorer bezichtigen die Außenweltler, daß sie ihnen die Arbeitsplätze wegnehmen und den Reichtum des Planeten an sich zu raffen. Das Ergebnis: Sie haben alle Außenweltler gezwungen, den Planeten zu verlassen. Seither wollen sie keine mehr dort haben. Mit einer Ausnahme.«

Xris blickte den Exsoldaten Jamil an; der nickte und setzte den Vortrag fort.

»Wie ihr auf der Sternenkarte sehen könnt, liegt Pandor an einer der Hauptstraßen, die zum Abgrund führen. Falls die Corasianer sich jemals dazu entschließen sollten, die Galaxis aus dieser Richtung anzugreifen, würden sie diesen Hyperraumkorridor nehmen. Aufgrund der verwundbaren Lage Pandors hat das Königliche Militär seit Bekanntwerden der Bedrohung durch die Corasianer dort einen Armeestützpunkt eingerichtet. Den Pandorern gefällt das zwar nicht, doch ein Angriff durch die Corasianer gefällt ihnen noch viel weniger. Armeeangehörige sind die einzigen Personen, die nach Pandor einreisen dürfen. Sie werden direkt vom Raumhafen zum Stützpunkt gebracht, damit ein Kontakt mit der Bevölkerung vermieden wird.«

Xris nahm den Faden wieder auf. »Laut Sakuta liegt das Baugelände in der Nähe des Militärstützpunktes . . .«

»Liegt es auf Stützpunktgebiet?« fragte Tycho über seinen Translator.

»Leider nicht.« Xris schüttelte den Kopf. »Das würde die Sache ja einfach machen. Das Gelände gehört einem Konsortium pandorischer Landentwickler. Sie errichten dort ein Einkaufszentrum hinter einer hohen Betonmauer, damit der Anblick des Militärstützpunkts nicht die Kunden stört. Allerdings liegt das Gelände dicht beim Stützpunkt, und das ist günstig für uns. Jamil und ich werden unsere besten Armeeoffiziersuniformen anziehen und . . .«

»Sich als Offiziere der bewaffneten Streitkräfte zu verkleiden, ist verboten«, fiel Quong ihm ins Wort. »Falls ihr gefaßt werdet, könnt ihr der Spionage angeklagt und zum Tode verurteilt werden.«

Xris zuckte die Achseln. »Zuerst müßten sie uns erwischen. Und wir gehen so schnell in den Stützpunkt hinein und wieder raus, daß man kaum mitbekommen wird, daß wir dort gewesen sind. Wo war ich stehengeblieben?« Er zog sein Klemmbrett zu Rate. »Ach ja. Jamil und ich gehen in den Stützpunkt. Wir machen uns dort ein wenig auffällig. Während Jamil die Truppen unterhält, überprüfe ich die Sicherungen und treffe die notwendigen Vorbereitungen. Nachts verlassen wir das Gelände, spüren den Roboter auf, kassieren ihn ein, stopfen ihn in unser Gepäck und machen uns von dannen.«

Quong blieb skeptisch. »Wie groß ist dieser Roboter?«

Xris lächelte, holte einen Dreher hervor und steckte ihn in den Mund. »So um die zweieinhalb Meter hoch. Einen halben Meter im Durchmesser. Das Gewicht liegt wahrscheinlich bei zweitausend Kilo.«

Quong schniefte. »Und du willst ihn im Koffer unterbringen? Da solltest du eher Raouls Gepäck nehmen.«

»Er würde nicht hineinpassen«, sagte Raoul nachdenklich. Er hielt kurz inne; dann fügte er hinzu: »Na ja, vielleicht doch, aber ich müßte die Hälfte meiner Garderobe zurücklassen.« Er blickte Xris an. »Hör mal, es sieht so aus, als würdest du mich für diesen Auftrag nicht benötigen. Wenn das so ist, vergiß doch bitte nicht das religiöse Fest . . .«

»Das habe ich auch nicht«, sagte Xris finster. Er hob die Hand und unterbrach damit den Wortschwall des Adoniers. »Darüber reden wir später. Um auf deine Besorgnis zurückzukommen, Doc – Sakuta hat uns eine Kiste für den Roboter mitgegeben. Es ist eine Spezialkonstruktion mit Feuchtigkeitsregelung und bequemen Polstern und was weiß ich noch alles. Jamil und ich müssen nur noch überlegen, wie wir die Kiste auf den Stützpunkt schaffen, ohne Verdacht zu erregen.«

»Da hätte ich schon eine Idee«, sagte Jamil. *Und* eine Idee, warum wir den Stützpunkt überhaupt aufsuchen.«

»Gut. Nun, meine Herren, das war's, was diesen Einsatz angehet. Jamil und ich übernehmen die Sache. Aber da ist noch eine andere Angelegenheit, über die ich reden muß.« Xris schwieg einen Augenblick und kaute auf dem Dreher. Schließlich sagte er leise: »Ich hatte heute Besuch. Von der Behörde. Ein Agent – mein alter Boß – lief mir über den Weg.«

»Sie wissen Bescheid über Darlene!« Harry war aufgesprungen und wollte schon zu ihrer Rettung losstürmen.

»Ja und nein.« Xris winkte dem großen Mann, sich wieder zu setzen. »Die Behörde weiß, daß die Person, die sie als Dalin Rowan kennt, lebt und bei guter Gesundheit ist. Man hat seine Fußstapfen in den Computerdateien entdeckt. Aber mehr weiß man nicht. Und so sollten wir es auch weiterhin halten. Denn wenn die Behörde erfährt, bestehen gute Aussichten, daß die Hung es ebenfalls erfahren.«

»Verdammt! Was machen wir? Wir müssen etwas unternehmen, Xris«, sagte Harry mit sorgenvoller Miene.

»Das werde ich«, erwiderte Xris und rieb sich die Schläfen. Er hatte Kopfschmerzen. »Ich schicke Darlene mit Raoul nach Adonia ...«

»Rechtzeitig zum Fest?« Raoul bekam vor lauter Spannung kaum Luft.

»Ja, rechtzeitig zum Fest. Es geht nämlich ...«

Er hätte es weiter ausgeführt, doch Raoul war aufgesprungen, warf sich Xris entgegen und fiel ihm um den Hals.

»Danke! Danke, mein Freund!« rief Raoul begeistert. »Du ahnst ja nicht, wieviel mir das bedeutet! Leider habe ich die letzten drei Festzeiten versäumen müssen, und meine Freunde auf Adonia sind sehr böse auf mich. Jetzt habe ich endlich die Gelegenheit, meinen gesellschaftlichen Verpflichtungen nachzukommen ...«

Xris atmete eine Wolke von Veilchenparfüm ein, hustete und löste sich aus der zärtlichen Umarmung des Adoniers. »Deine Hauptverpflichtung besteht darin, auf Darlene aufzupassen. Daß du das ja nicht vergißt!« Er rieb sich über die Wange, wo Raoul ihm einen Kuß aufgedrückt hatte, und blickte mißtrauisch auf den roten, verschmierten Lippenstiftabdruck auf seiner Hand. »Was ist das? Brauche ich ein Gegengift oder etwas in der Art?«

»Nein, nein«, beschwichtigte Raoul ihn. Er strich sich über das Haar, das in der Hitze des Augenblicks zerzaust worden war, und hob den heruntergefallenen Bowler auf. »Das ist ganz gewöhnlicher Lippenstift. Berry Berry Delicious, wenn du die Marke wissen möchtest. Die Farbe steht dir wirklich gut.«

»Mir gefällt das nicht, Xris«, sagte Harry Luck finster. »Mir gefällt das überhaupt nicht.«

»Mir gefällt's ebenfalls nicht besonders, Harry, aber es ist Darlenes Plan, und es ist ihre Entscheidung. Und alles in allem denke ich, daß wir nichts besseres tun können – natürlich abgesehen davon, daß du Tag und Nacht mit einem Strahlengewehr auf den Knien vor ihrer Tür Wache schiebst.«

»Vielleicht sollten wir genau das tun«, versetzte Harry störrisch. »Wir sollten sie nicht mit Mr. Berry Berry Delicious durch das Universum trampen lassen ...«

Raoul war beleidigt. Er strich sich übers Haar und warf Harry einen eisigen, wenngleich leicht verschwommenen Blick zu.

»Der Kleine und ich schwören bei allem, das die Adonier in heiligen Ehren halten ...«

»Kondome, Lippengloss und Wetgel«, raunte Quong mit einem Bühnenflüstern Jamil zu.

Raouls Wimpern erbebten, doch er fuhr tapfer fort: »... Darlene Rowan am Leben und bei Gesundheit zu halten, und ich bin gebunden durch diesen Schwur, und der Kleine wird gebunden sein ...«

»All diese Fesselspiele klingen doch sehr nach einer adonischen Party«, sagte Jamil und versetzte Quong einen Rippenstoß.

»Das ist nicht komisch!« brüllte Harry.

»Harry, hör zu ...«, setzte Xris an.

»Das ist wirklich nicht komisch«, sagte Raoul mit bebenden Lippen und geröteten Wangen. »Falls du unsere Fähigkeiten in Zweifel ziehen willst, Harry Luck ...«

»Ich ziehe gar nichts irgendwohin.« Harry schlug mit der flachen Hand auf den Tisch und ließ die Wasserspender tanzen. »Ich sage bloß, daß ich es für keine gute Idee halte, Darlene mit einem Giftmischer und einem Telepathen loszuschicken, wenn es ziemlich sicher ist, daß eine hochkarätige Todesschwadron hinter ihr her ist ...«

»Du ziehst unsere Fähigkeiten *doch* in Zweifel!« sagte Raoul, auf höchste gekränkt. »Ich verspreche dir, daß wir mit aller Sorgfalt aus Darlene achtgeben werden.« Er schnappte sich den Kleinen, der unter den widerstreitenden Gefühlen, die den Raum durchfluteten, Zuflucht unter dem Tisch suchen wollte. »Außerdem«, fügte Raoul großmütig hinzu, »werde ich sie coiffieren lassen.«

Diese Ankündigung ließ die Besprechung aus den Fugen geraten. Harry ballte die Fäuste und stieß beim Aufspringen den Stuhl um. Jamil lag hilflos lachend quer über dem Tisch. Tycho fummelte an seinem Translator herum und versuchte herauszufinden, was Darlene mit Kaffee zu tun hatte. Quong bot eine Überprüfung von Harrys Testosteronspiegel an. Raoul schniefte und blickte betont gelassen drein, während der Kleine sich in der Tischdecke verhedderte.

»Schnauze«, rief Xris. »Alle miteinander!«

Seine Stimme klang brüchig. Xris hatte das Gefühl, er selbst würde ebenfalls bald zerbrechen.

»Harry, setz dich hin. Raoul, hol den Kleinen wieder hoch. Tycho, stell deinen verflixten Translator richtig ein. Niemand hat etwas von Kaffee gesagt.«

Jamil hob eine Augenbraue und wechselte einen Blick mit Quong. Harrys cholerische Miene entspannte sich; er murmelte irgend etwas und zog sich wieder seinen Stuhl heran. Raoul zerrte den Kleinen unter dem Tisch hervor und ermahnte ihn laut flüsternd, sich doch zu »benehmen, denn Xris Cyborg hat schlechte Laune.«

»Verdammt richtig! Ich habe schlechte Laune«, sagte Xris. Er holte das goldene Etui mit seinen Drehern hervor und klopfte damit auf den Tisch. »Das alles ist meine Schuld. Ich hab's verpatzt. Ich war dumm. Unvorsichtig. Ich hatte nicht den leisesten Schimmer, daß die Behörde mich beschattet hat. Wahrscheinlich sind sie schon seit Wochen damit zugange. Amadi hat sich nur deshalb gezeigt, weil er mit mir reden mußte. Wäre er ein Hung gewesen, hätte ich ihn geradewegs zu Darlene geführt. Vielleicht habe ich das auch schon. Ich weiß es nicht.«

Er klopfte weiter mit dem Etui auf den Tisch und starrte es düster an.

Jamil rutschte unbehaglich im Stuhl hin und her; seine Miene zeigte einen mißbilligenden Ausdruck. Er war ein ehemaliger Soldat, ein Offizier. Vorgesetzte sollten keine Fehler eingestehen, sollten auch keine Schwächen zeigen.

Harry Luck, groß, stark und muskelbepackt, bewahrte die Ruhe. Xris würde Harry den Plan mehrere Male erklären müssen, und vielleicht begriff der große Mann ihn nicht einmal dann. Gedanken purzelten in seinem Verstand herum wie die kleinen Stahlkugeln in einem Pachinko-Spiel, sprangen umher, trafen manchmal, gingen aber meistens daneben. Doch Harry war ein verdammt guter Pilot; er gehörte zu den Besten seines Fachs.

Und Bill Quong. Doktor der Medizin, sowie mit einem akademischen Ingenieursgrad ausgestattet. Der kurz angebundene und pedantische Quong reduzierte alles Lebende auf die chemischen und mechanischen Bestandteile. Er zog die Intelligenz von Maschinen der des Menschen vor, und dementsprechend war sein Umgang mit Kranken. Er betrachtete Xris mit berufsmäßiger Neugier und fragte sich vermutlich, ob seine Elektrolytenzahl noch stimmte.

Tycho. Hochgewachsen, menschenähnlich und dürr bis zur Ausgezehrtheit. Er gehörte zu einem Volk, das für gewöhnlich als ›Chamäleons‹ bezeichnet wurde, da sie die Fähigkeit besaßen, ihre Hautfärbung der Umgebung anzupassen – eine nützliche Begabung für einen Scharfschützen und ausgebildeten Meuchelmörder. Sein Volk hatte weder die Möglichkeit, irgendeine menschliche Sprache zu sprechen, noch, sie zu verstehen. Deshalb trug Tycho einen Translator. Leider neigte das Gerät häufig zu Fehlinterpretationen. Die Sprache der ›Chamäleons‹ war von immenser Logik und komplexer Grammatik bestimmt; daher hatte der Translator Schwierigkeiten, die Eigentümlichkeiten der menschlichen Sprache zu erfassen. Tychos Benutzung von Redewendungen und idiomatischen Ausdrücken war ausgesprochen farbig und mit Bedeutungen befrachtet, die gar nicht beabsichtigt waren.

Was zur Zeit geschah, gab ihm wohl immer noch Rätsel auf. Zwischen ›in Zweifel ziehen‹ und ›auf das Sorgfältigste‹ war sein Translator offensichtlich überlastet worden.

Der Kleine, ein Empath und Telepath, starrte Xris unter dem Rand seines Schlapphutes hervor an. Er gehörte zu einem geheimnisvollen Volk, das dem Rest des Universums unbekannt war, wenn man in Betracht zog, daß es sich um außerordentlich häßliche Wesen handelte (ein Grund, warum er sich bis zu den Augen in einen Regenmantel und bis zur Nase in den Schlapphut vermummte). Den Angehörigen seines Volkes war bei Todesstrafe untersagt, ihren Planeten zu verlassen.

Irgendwie und irgendwo hatte der Kleine sich Raoul angeschlossen, dem Adonier und Loti – ein allgemeiner Ausdruck für einen Gewohnheitsdrogenanwender – und einem der besten Chemiker und Giftmischer in der Branche. Die beiden gaben ein interessantes Paar ab und hingen sehr aneinander. Der Empath fühlte sich in der Nähe des Loti wohl, der für gewöhnlich in einer drogenerzeugten Wolke aus angenehmen Gedanken und Gefühlen dahinschwebte. Soweit Xris es hatte feststellen können, agierte der Kleine als Raouls Blindenhund und führte den Loti durch die Fährnisse und Fallgruben des Lebens.

Jetzt zitterte der Kleine unter seinem Regenmantel und

erbebte unter dem Gefühlssturm von Xris' Wut, Schuld und Frustration.

Xris sah auf. »Es gibt nichts, gar nichts, das ich für Darlene tun könnte, außer mich von ihr fernzuhalten, die Gegenseite von ihr abzulenken und vielleicht hervorzulocken. Harry, ich habe Darlene alle Möglichkeiten offengelegt. Sie hat beschlossen, mit Raoul zu gehen. Wenn du dich mit ihr streiten willst, nur zu. Ich würde es dir aber nicht raten. Sie sprach kaum noch mit mir, als ich ging.«

Harry brummte etwas Unverständliches und schüttelte den Kopf. Die anderen blieben still – so still, daß alle das leise Surren und Brummen von Xris' Maschinenteilen hören konnten.

»Gut«, sagte Xris. »Ich glaube, das war's. Jamil, wie lange wirst du brauchen, um alles zusammenzustellen, was wir brauchen?«

Jamil räusperte sich und setzte sich auf. »Zwei Armeeuniformen, Standardseitengewehre, Abzeichen, Orden, Epauletten – das meiste davon habe ich bei mir auf Esquimalt. Wenn ich heute fliege, kann ich um zwölf Uhr morgen dort sein.«

»Gut. Wir treffen uns dann übermorgen um siebzehn Uhr. Ich nehme an, daß wir einen Linienraumflug nach Pandor nehmen können?«

»Stimmt. Wir brauchen keinen Flieger zu klauen oder so was.« Jamil war aufgestanden. »Ich bin Oberst, und du bist mein Adjutant im Range eines Captains. Wir sind nach Pandor gekommen, um den dortigen Armeemannschaften eine erbauliche und informative Vorlesung zu halten, die schon seit Monaten anberaumt ist: sie haben es bloß noch nicht bemerkt. Ich werde Darlenes Hilfe brauchen, um diese Sache in ihren Computerdateien unterzubringen. Geht das in Ordnung?«

»Sie ist froh, wenn sie etwas zu tun hat. Geh zu ihr nach oben und sag ihr, was du benötigst. Nimm Raoul und den Kleinen gleich mit. Je eher ihr drei verschwindet« – Xris nickte Raoul zu – »desto besser.«

»In der Tat«, sagte Raoul mit vollständig wiederhergestelltem Gleichmut. »Ich muß noch eine Menge für die Party vorbereiten. Die Restaurateure müssen verständigt werden, der Speiseplan muß durchdacht sein. Ich bin sicher, daß das Haus auch gereinigt werden muß . . .«

»Schaff Darlene einfach nur rasch und sicher von diesem Planeten runter, ja, Loti?« sagte Xris grimmig.

»Natürlich.« Raouls Wimpern senkten sich leicht. Er glitt heran und legte eine Hand auf Xris' Arm, seinen Fleischarm, und drückte ihn leicht. »Habe keine Angst um Darlene, mein Freund. Wir werden uns vorbildlich um sie kümmern. Und vielleicht erfährt sie dann auch einige Dinge über sich selbst. Sie ist die letzten Jahre in einem Gefängnis eingeschlossen gewesen . . .«

»Sie ist in einer geheimen Weltraumbasis der Armee eingeschlossen gewesen . . .«

»Das meine ich nicht, Xris Cyborg«, erklang Raouls sanfte leise Stimme. »Ich meine ein Gefängnis, das sie sich selbst errichtet hat. Du solltest dir nicht so sehr über ihren Tod Gedanken machen, sondern über ihr Leben.«

»Was meinst du damit? Was ist mit ihrem Leben?«

»Sie hat keins«, sagte Raoul gelassen. »Auf Wiedersehen. Bussibussi.« Er glitt davon und drehte sich noch einmal um. Die lila umschatteten Augen waren feucht, schimmerten verschwommen. »Ach ja, und du willst Harry doch wohl nicht erlauben, Darlene nach Adonia zu begleiten, oder? Wenn ich daran denke, wie er sich in seinen scheußlichen T-Shirts auf meiner weißen Samtcouch fläzt, Bier trinkt, rülpst und Kartoffelchips mampft.«

»Der reinste Horror«, sagte Xris voller Mitgefühl.

Raoul schwankte leicht und griff sich an den Kopf. »Ja, das ist es, nicht wahr? Entschuldige, Xris Cyborg. Dieses letzte Bild ist zuviel gewesen. Ich fühle mich geschwächt. Ich glaube, ich werde mich einen Augenblick setzen.«

»Xris, ich . . .« Harry tauchte am Rand des Gesichtsfeldes auf.

»Warte mal kurz.«

Anstatt sich wie gewöhnlich um seinen zerrütteten Freund zu kümmern, baute der Kleine sich vor Xris auf.

»Was gibt es?« fragte Xris sanft. Er mochte den kleinen Empathen wirklich gern. »Stimmt was nicht?«

Der Schlapphut nickte.

»Was denn? Sag es mir.«

Der Kleine streckte winzige Handflächen empor.

»Irgendwas stimmt nicht, aber du weißt nicht, was es ist«, riet Xris und lag damit offenbar richtig. »Liegt es an mir?«

Der Kleine nickte einmal; dann schüttelte er den Kopf und winkte ab. Ja, er wußte, daß Xris Probleme hatte, aber das war es nicht, was ihn beunruhigte.

Xris unternahm einen neuen Versuch. »Geht es um Darlene?«

Der Kleine dachte kurz nach und schüttelte dann heftig den Kopf.

»Was dann? Der Auftrag? Das Museum? Sakuta?«

Der Kleine dachte darüber nach. Er nickte, aber nur zögerlich.

»Etwas stimmt nicht mit dem Auftrag? Was ist es denn? Kannst du es mir sagen? Kann Raoul es mir sagen?«

Der Kleine schüttelte wieder den Kopf und zerrte sich frustriert den Schlapphut über die Ohren. Er stampfte mit den Füßen, warf die Hände in die Höhe, drehte sich um und stapfte davon, wobei er über den Saum seines Regenmantels stolperte. Xris dachte daran, dem Empathen nachzulaufen und ihn auszuquetschen; dann aber entschied er sich dagegen. Der Kleine war offensichtlich ebenso verärgert über sich selbst, wie Xris über ihn. Ihn anzumaulen würde nichts bringen, ihn vielleicht nur noch mehr aufregen.

»Als hätten wir nicht schon genug Ärger«, brummte Xris. Er dachte kurz darüber nach, was bei diesem Auftrag schiefgehen konnte, doch vom Offensichtlichen abgesehen – etwa Verhaftung wegen Vortäuschung eines Offizierstatus –, fiel ihm nichts ein.

Verfolgungswahn war anscheinend ansteckend.

Xris richtete seine Aufmerksamkeit auf das nächste Problem: Er mußte Harry beibringen, daß er nicht nach Adonia gehen konnte, weil man ihn nie durch den Zoll lassen würde.

Er war einfach nicht hübsch genug.

7. Kapitel

I always say that is only sin deep.

Saki (Hector Hugh Munro), *Reginald*

Der einzige Bestandteil eines Passes, den adonische Zollbeamte jemals überprüfen, ist das Foto. Auf Adonia ist es im wesentlichen gleichgültig, woher Sie kommen, wohin Sie gehen, oder wie Sie beabsichtigen, dorthin zu gelangen. Man hat kein übermäßiges Interesse daran, was Sie nach Innenwelt mitbringen, was Sie nach Außenwelt mitnehmen wollen, oder warum Sie den Planeten überhaupt besuchen. Man will nur wissen, wie Sie aussehen.

Als vor undenklichen Zeiten genetische Umwandlungen in Mode waren, versuchten Wissenschaftler, ein Volk von Übermenschen zu erschaffen. Dieses Volk – weise, intelligent, mit allen möglichen positiven Eigenschaften gesegnet – war zum Herrschen bestimmt und als das Königliche Geblüt bekannt. Der zur Zeit regierende König Dion Starfire und sein neugeborener Sohn sind die Letzten aus diesem Stamm. Zu jener Zeit begannen auch die Adonier mit genetischen Experimenten und hofften, Übermenschen zu erschaffen – solche, die ihrem Standard entsprachen. Die Adonier strebten weder nach

Intelligenz noch nach Weisheit. Sie strebten nach Adlernasen, flachen Ohren, gespaltenen Kinnen, feucht-schimmernden Augen und knackigen Hintern. Wenn jemand schön ist, so dachten sich die frühen Adonier, dann muß dieser Jemand auch nicht denken. Das besorgen dann andere für sie.

Die Adonier waren erfolgreich. Sie erschufen eine Gattung Mensch, die in der ganzen Galaxie für ihre außerordentliche Schönheit bekannt war. Die Männer und Frauen waren so wundervoll anziehend, daß der Ausdruck ›schön wie ein Adonier‹ Eingang in den allgemeinen Sprachschatz fand. Der Schöpfer verlangt offenbar einen Preis dafür, wenn man an Seiner Schöpfung herumspielt. Je schöner die Adonier nach außen hin wurden, desto weniger schön wurde ihr Innenleben, bis sie schließlich – in der gegenwärtigen Zeit – als eine Gesellschaft galten, der es völlig an Moral mangelte.

Die Adonier sind nicht unmoralisch. Unmoral impliziert, daß jemand ein Verständnis für Gut und Böse hat. Den Adoniern fehlt dieses Verständnis. So haben sie beispielsweise Gesetze verabschiedet, die erlauben, ›einem Kind die Nahrung zu verweigern‹, sofern es häßlich geboren ist. Für sie ist das eine Tötung aus Barmherzigkeit. Für die Adonier zählen nur Schönheit und Vergnügen – in jeder und auf jede Art und Weise.

Führt man diesen Gedankengang weiter, könnte man zu der Annahme gelangen, daß der Planet Adonia ein Pestloch des Verbrechens sei, eine schiere Lasterhöhle. Das stimmt nicht.

Die Adonier sind der Überzeugung, daß ihr Planet schön sein muß, um die schöne Bevölkerung um so vorteilhafter zur Geltung bringen zu können. Wenn Planet und Einwohner schön sind, dann werden die Menschen der restlichen Galaxis zu Besuch kommen, sich vergnügen, bewundern und nacheifern und natürlich – was äußerst wichtig ist – Geld ausgeben. Da die meisten Arten der Geldeinnahme (Fabriken, Büros und dergleichen) entweder schlecht riechen oder ekelhaft aussehen oder Falten verursachen, verbannten die Adonier diese Betriebe kurzerhand von ihrer Welt, was ihnen nur noch eine größere Einkommensquelle ließ. Die, für die sie leben: Vergnügen.

Adonia wurde zum hedonistischen Paradies. Die Adonier haben nur ein Einwanderungskriterium: Entweder muß man ein zumindest passables Aussehen vorweisen können, oder man muß sich damit einverstanden erklären, zu jeder Zeit eine Maske zu tragen, damit der Anblick nicht empfindsamere Gemüter beleidigt.

Auf dem Flug in der adonischen Fähre – die zu den luxuriösesten gehörte, die Darlene je untergekommen waren –, stellte sie fest, daß sie immer nervöser wurde. Der Gedanke, den Zoll passieren zu müssen, vom Aussehen her als ›inakzeptabel‹ erachtet zu werden und möglicherweise eine Maske tragen zu müssen, raubte ihr den letzten Nerv.

Er berührte sie weit mehr als der Gedanke, daß ein Meuchelmörder hinter ihr her war.

»So ein Unsinn!« schalt sie sich selbst. »Was schert es mich, was eine Bande von geistlosen, ignoranten, egoistischen, vorurteilsbehafteten Menschen über mein Aussehen denkt?«

Trotzdem – es *machte* ihr etwas aus. Vielleicht war es die große räumliche Nähe zu den vielen Adoniern in der Fähre, die Darlene ehrfürchtig anstarrte, denen sie zuhörte, wie sie über Shampoos und Wetgels, die neuesten Moden und das exotischste Parfüm sprachen. Darlene ertappte sich dabei, wie sie ihr Haar in einem vergeblichen Versuch, die gespaltenen Enden zu verbergen, nach hinten zog, und wünschte sich, sie hätte Raouls Rat bezüglich ihres Make-up angenommen. Einige Adonier warfen Blicke in ihre Richtung und wandten sich dann hastig ab.

Raoul selbst befand sich in einem gehobenen Gemütszustand, den künstliche Stimulantien nicht ansatzweise hätten erzielen können. Es war nunmehr drei Jahre her, wie er Darlene berichtete, daß er das letzte Mal auf seiner

Heimatwelt an den Hedonistischen Tagen teilgenommen hatte, und er hatte es ganz schrecklich vermißt.

»Mutti und Vati gaben immer das Beste daraus gemacht«, sagte er während der Fahrt. Die Tränen der Kindheitserinnerungen schimmerten in seinen Augen. »Das Backen der Phalluskekse, das Aufstellen des Kondombaumes, das Mischen der Halluzinogene für den Punsch. Das durfte *ich* machen! Und auch das Planen der Partyspiele!«

»Deine Eltern sind tot, nicht wahr?« fragte Darlene, während Raoul sich mit einem Spitzentaschentuch anmutig die Nase abtupfte.

Raoul mußte erst einmal innehalten, um darüber nachzudenken. »Nein, ich glaube nicht. Ich bin sicher, daß ich davon erfahren hätte ... Ja.« Er ging noch einmal seine Erinnerungen durch. »Man hätte mich zweifellos davon in Kenntnis gesetzt.«

»Habt ihr euch gestritten?«

»O nein. Wir verstehen uns prächtig. Jedenfalls wäre das der Fall, wenn wir uns je begegnen würden.« Raoul lächelte, als er Darlenes Verwirrung bemerkte. »Verstehst du, meine Liebe, der Sorgeauftrag meiner Eltern für mich endete mit dem Erreichen meiner Volljährigkeit, die – auf Adonia – bei sechzehn Jahren liegt. Von diesem Alter an endet die staatliche Zahlung für die Kindesaufzucht. Man erwartete von mir, daß ich ausziehe und in der Welt mein Glück suche. Mutti und Vati gaben mir ihren Segen und einen zehnstufigen Lockenwickler, und seitdem haben wir uns nicht mehr gesehen.«

»Du nennst Kindeserziehung einen Auftrag?«

»Was sonst?« erwiderte Raoul gelassen. »Die meisten Kinder kommen sowieso aus der Retorte. Ich nenne meine Eltern zwar ›Mutti‹ und ›Vati‹, aber biologisch gesehen sind sie das vermutlich nicht. Der Staat bezahlt die Eltern, die Kinder erziehen, und sie erhalten einen Bonus, wenn das Kind wohlgeraten ist. Was bei mir der Fall war«, fügte er hinzu, glättete sein Haar und betrachtete zufrieden sein Bild in einem der Spiegel, die an zahlreichen Stellen an Bord der adonischen Fähre hingen. »Meine Eltern haben ein erkleckliches Sümmchen für mich bekommen.«

»Es gibt keine Zuneigung?« fragte Darlene zögernd. »Keine Bindung zwischen Eltern und Kind? Nichts in der Art?«

»Das ist nicht nötig«, versicherte Raoul ihr. »Das wirkt der ganzen Sache sogar entgegen. Menschen wie du – das soll keine Beleidigung sein, Liebes – haben Komplexe, weil sie ihren Vater hassen und ihre Mutter lieben oder umgekehrt. Diese Komplexe führen zu allerlei sexuellen Problemen, und die wiederum führen dann zu weiteren Komplexen. So was gibt es bei uns nicht. Du warst eine Frau, gefangen im Körper eines Mannes. Denk daran, wie sehr du in deiner Gesellschaft gelitten hast. Auf Adonia wäre ein solcher Fehler bis zu deinem zwölften Lebensjahr erkannt und korrigiert worden.«

Darlene stieg das Blut in die Wangen. Es machte ihr nichts aus, mit ihren Freunden über sich oder ihre Vergangenheit zu sprechen, aber sie hätte es doch gern gesehen, wenn Raoul leiser gesprochen hätte. Etliche Adonier – die sie zuvor mißachtet hatten – betrachteten sie nun mit ausgeprägtem Interesse.

»Was ist mit Zuneigung?« fragte sie in einem hastigen Versuch, das Thema zu wechseln. »Mit Liebe?«

»Diffuse Gefühle!« schniefte Raoul und wies sie mit einer wegwerfenden Bewegung seines Taschentuches von sich. »Es freut mich, daß wir sie zum größten Teil ausgelöscht haben.«

»Ich würde nicht behaupten, daß die Auslöschung in deinem Fall rundum erfolgreich gewesen ist«, sagte Darlene mit einem Lächeln.

Der Kleine schlief in seinen Regenmantel gewickelt, hatte sich den Hut über den Kopf gezogen und das Haupt auf Raouls Schoß gebettet.

Raoul blickte auf seinen schlummernden Freund hinunter. »Ich weise in der Tat noch einige Makel auf«, gab er zerknirscht zu. Seufzend tröstete er sich mit einem weiteren Blick in den Spiegel. »Glücklicherweise sind sie nur innerlich, von außen nicht zu erkennen. Was mich daran erinnert, daß ich mich vor der Landung noch umziehen muß.« Raoul schob den Kleinen sanft in eine bequeme Stellung auf weichen Kissen zurecht und ging davon. Er hatte sich bereits zweimal umgezogen, einmal vor Verlassen des Raumkreuzers, um an Bord der Fähre zu gehen, einmal an Bord der Fähre und nun ein drittes Mal vor Verlassen der Fähre.

Darlene war an Shuttleflüge gewöhnt, wo alle mürrisch und schweigend auf ihren Sitzen klebten und nur darauf warteten, die mühsame Reise hinter sich zu bringen. Nicht so die Adonier. Der Shuttleflug geriet zu einer Party, einem Kaleidoskop aus Bewegung, Farbe und Aktivität, durchtränkt von betäubendem Parfüm.

Ständig verließen Adonier ihre Plätze, um ihre Kleidung zu wechseln oder ihr Haar zu richten oder ihr Haar zu wechseln und ihre Kleidung zu richten. Achtern wurde ein üppiges Bankett aufgetragen. Im Bugabschnitt gab es Live-Unterhaltung. Flugbegleiter gossen Sekt in Kristallgläser. Das Shuttle verfügte über einen geheizten Pool, eine Masseuse, eine Sauna. Ebenso über einen Erholungstrakt. Als Darlene Paare – manchmal auch Dreier- oder Vierergruppen – im Erholungsraum verschwinden und später mit geröteten Gesichtern und lebhaften Bewegungen wieder auftauchen sah, glaubte sie nicht mehr so recht daran, daß man dort Shuffleboard spielte.

»Die Leute langweilen sich schrecklich auf den Shuttleflügen«, erklärte Raoul, als er zurückkam. Er hatte seinen malvenfarbenen Jumpsuit mit den goldenen Epauletten und den dazu passenden goldenen Stiefeln abgelegt und trug jetzt einen langen, fließenden, rosafarbenen Kaftan mit Pluderärmeln, der reichhaltig bestickt war und vor Pailletten funkelte.

»Gelangweilt! Der Flug dauert doch nur zwei Stunden!« protestierte Darlene. »Warum könnt ihr ... nicht einfach ein Buch lesen?«

Raoul lachte so herzhaft, daß er sich wieder erneut zurückziehen mußte, um den Schaden an seinem Lidschatten zu beheben.

Als er zurückkam, musterte er Darlene mit einem nachdenklichen Stirnrunzeln. »Laß mich doch wenigstens mal *versuchen, irgend etwas* aus deinem Haar zu zaubern!«

Während Raoul sich an Darlene zu schaffen machte und mit zunehmender Verzweiflung vor sich hinmurmelte, betrachtete sie die anderen Passagiere an Bord der Fähre und versuchte herauszufinden, ob irgend jemand sie beschattete. Allerdings gestand sie sich reuevoll ein, daß das Entdecken eines Beschatters an Bord einer adonischen Landefähre ein schwieriges Unterfangen war. Bei all dem Hin und Her und den Kleiderwechseln und dem Ändern der Aufmachung hätte sie wohl nicht mal ihre eigene Mutter entdecken können.

War die umwerfend gutaussehende blonde Adonierin auf der anderen Seite des Ganges dieselbe umwerfend aussehende rothaarige Adonierin, die diesen Platz beim Abflug belegt hatte? Darlene wußte es nicht genau. Sie hatte die dumpfe Ahnung, daß diese Frau gar keine Frau war. Allmählich neigte sie zu der Ansicht, daß Xris recht gehabt hatte. Diese Reise war ein Fehler.

Aber da war immer noch der Kleine. Der Telepath war inzwischen erwacht und berichtete Raoul, daß niemand auch nur im geringsten an Darlene dachte.

»Kein Wunder bei dieser Frisur«, brummte Raoul. Er musterte Darlene mit traurigem Blick, und seine Stimme klang wie die eines Arztes, der der Schwester sagt, daß sie den Stecker herausziehen soll. »Ich habe getan, was ich angesichts der Umstände mit meinen Möglichkeiten tun konnte.«

Die Landung der Fähre schien sich endlos hinzuziehen; das Schiff senkte sich sehr sachte auf die Landebahn nieder. »Man schüttelt den Wein nun mal nicht durch«, erklärte Raoul.

Als die Türen schließlich geöffnet wurden, erhoben die

Adonier sich anmutig, verabschiedeten sich von ihren neuentdeckten Schiffsromanzen und schwebten in Wolken aus Rosenwasser, Moschus und Veilchen zum Ausgang. Der Rauch von Wasserpfeifen durchzog die Luft. Die wenigen Passagiere von Außenwelt fühlten sich wie Darlene zerknittert, unscheinbar, mausig, verklemmt und vor allem häßlich. Sie rutschten auf ihren Sitzen in sich zusammen und wünschten sich, sie wären niemals hierhergekommen. Allerdings wollte Raoul unbedingt von Bord gehen und bestand darauf, daß Darlene ihm Gesellschaft leistete. Als sie in Begleitung des funkelnden, schönen Adoniers das Shuttle verließ, begriff sie, warum der Kleine sich in seinen Regenmantel hüllte, und sie beneidete ihn um seinen Schlapphut. Darlene Rowan krümmte sich zusammen. Sie war sich aller – scheinbar mißbilligenden – Blicke bewußt, die auf sie gerichtet waren, nahm ihren Computerkoffer und ihre schäbige Reisetasche und bereitete sich darauf vor, beim Zoll gründlich und zutiefst gedemütigt zu werden.

Sie wäre viel lieber erschossen worden.

8. Kapitel

So stieg nun der erste große Dieb in Gottes Heimstatt hinan ...

John Milton, *Das verlorene Paradies*

Die Landung des Shuttles auf Pandor rüttelte die Passagiere weit stärker durch als auf Adonia. Auf dem Flug war kein Sekt gereicht worden; der Geruch in der Luft war eine Mischung aus Desinfektionsmittel, Schuhputzcreme und Maschinenöl gewesen. Es gab auch keine

Schwimmbecken; die Passagiere schätzten sich schon glücklich, daß es Toiletten gab. Die Sitze waren Bänke mit abgewetzten und ausgesprungenen Vinylpolstern. Allerdings beschwerten die Passagiere sich nicht über die Unbequemlichkeiten. Sie alle gehörten zur Armee; sie waren schon an schlimmeren Orten gewesen. Außerdem war ein Oberst an Bord, der eine Bemerkung zu seinem Adjutanten machte, daß diese Landung im Vergleich zu den Abwurflandungen, die er während seiner Zeit bei den Sondereinheiten erlebt hätte, so sanft wie ein Babyhintern gewesen sei.

Danach wagten die anderen Passagiere – zwei Gefreite und zwei Lieutenants – natürlich nicht mehr, sich zu beklagen. Sie konnten nur noch ihre wunden Steißbeine pflegen und stumm leiden.

Nun tat Jamil das eigene Steißbein ebenfalls verteufelt weh, aber der wußte, wie ein Oberst sich zu verhalten hatte. Davon hatte er während seiner Militärzeit mehr als genug mitbekommen.

Nach der Landung öffnete sich das Schott und ließ hellen, gleißenden Sonnenschein ins Innere. Die Flugbegleiterin – eine außergewöhnlich attraktive Frau, die sich während des gesamten Fluges hingebungsvoll um Jamils Bedürfnisse und Wünsche gekümmert hatte (dies unter den mürrischen Blicken der beiden Lieutenants und zur sardonischen Erheiterung der beiden Gefreiten) – wandte sich an die Passagiere und verkündete, daß sie nunmehr aussteigen könnten.

Die Gefreiten und die Lieutenants schauten zu Jamil hinüber. Zu den Vorrechten des Obersten gehörte auch, als erster auszusteigen und die anderen – falls er es wünschte – warten zu lassen. Er lächelte und winkte großzügig ab.

»Gehen Sie ruhig voraus, meine Herren«, sagte er. »Der Captain und ich warten noch.«

Er stand auf, rückte seine Uniform zurecht, zog sich die Manschetten gerade, lächelte und widmete der Flugbegleiterin einen freundlichen Blick. Sie lächelte zurück.

Er hatte ganz vergessen, wie sehr seine Uniform auf manche Frauen wirkte.

Die anderen zogen sich hastig zurück, wobei die zwei Gefreiten versuchten, sich den Blicken der Lieutenants zu entziehen. Alle vier griffen sich ihr im hinteren Frachtraum verstautes Handgepäck, drängten sich am Oberst und seinem Adjutanten vorbei und strebten eilig dem Ausgang entgegen. Jamil konnte sie förmlich erleichtert aufatmen hören, als sie sich in Sicherheit befanden. Er spürte eine leise bedauernde Sehnsucht nach den alten Zeiten.

Xris, verkleidet als Captain und Adjutant, erhob sich von seinem Sitz zum Gang hin und trat beiseite, um den Oberst vorbeizulassen.

Jamil trat auf den Gang hinaus.

»Sehen Sie doch mal nach, ob der Stabswagen schon da ist, Captain.«

»Ja, Sir«, erwiderte Xris und setzte sich in Bewegung.

»Captain!« brüllte Jamil.

Xris drehte sich um.

Jamil hielt ihm seine Reisetasche entgegen. »Und kümmern Sie sich um das restliche Gepäck, ja, Captain?«

Xris blinzelte und faßte sich. Er machte einen Schritt zurück und nahm die Tasche auf. »Jawohl, Sir, Herr Oberst, du Schweinehund«, fügte er flüsternd hinzu. »Mach das ja nicht zur Gewohnheit!«

Jamil grinste, zupfte an seinen Manschetten und ging nach vorne, um noch einige angenehme Augenblicke mit der Flugbegleiterin zu flirten.

Durch das Fenster des Fliegers sah er, wie Xris das Gepäck herausholte und es hinunter zum Landefeld schleppte, das unter der pandorischen Sonne brutzelte. Jamil hielt ein nettes Schwätzchen, derweil Xris das Ausladen der großen Kiste überwachte, welche die visuellen Hilfen enthielt, die der Oberst bei seiner Vorlesung verwenden würde. Die Kiste wurde auf der Landebahn abgestellt.

Da draußen muß es ja ganz schön heiß sein, dachte

Jamil müßig, während er Xris in seiner schweren Uniform schwitzen sah, als dieser am Fuß der Rampe stehenblieb und darauf wartete, seine Meldung machen zu können.

Jamil entspannte sich noch einige Augenblicke in der kühlen Behaglichkeit der Kabine, scherzte mit den Shuttlepiloten und genoß ein Glas kühlen Orangensaft. Die Flugbegleiterin schrieb ihm ihre Vidphonnummer auf.

Sie reichte den Zettel an ihn weiter. Er dankte ihr, dankte den Piloten und schritt die Stufen hinab. Er konnte sich an keinen schöneren Augenblick in seinem Leben erinnern als an den, als Xris nun vor ihm salutierte.

Jamil erwiderte den Gruß und schaute sich mit gespieltem Erstaunen um.

»Der Stabswagen ist nicht da, Sir«, meldete Xris.

Das überraschte Jamil nicht. Er wäre sehr erstaunt gewesen, wenn der Stabswagen *tatsächlich* hier gewesen wäre, um sie aufzunehmen.

»Stellen Sie fest, was zum Teufel damit passiert ist, Captain!« befahl Jamil, doch Xris war schon zum kleinen Flughafengebäude marschiert und hatte das Auge fest auf einen unglückseligen Feldwebel gerichtet.

»Warum, zum Teufel, ist Oberst Jatanskis Stabswagen nicht auf der Landebahn, um uns abzuholen?«

Der Feldwebel stammelte: »Es t-tut mir leid, Sir, aber wir haben keinerlei Nachricht erhalten, daß ein hoher Offizier heute auf dem Stützpunkt eintreffen soll.«

»Das werden wir ja sehen, Feldwebel!« antwortete Xris finster.

Jamil genoß für einen Augenblick die Szene.

Pandor war ein Wüstenplanet; zumindest lag der Teil, auf dem sie gelandet waren, in einer Wüste. Eine weißglühende Sonne stand sengend an einem kobaltblauen Himmel. Asphaltierte Landestreifen waren nicht erforderlich. Die Landebahn bestand aus rotem Lehm, den die gnadenlose Sonne hartgebrannt hatte. Die Gebäude am Landeplatz und die des Armeestützpunktes, die Jamil in der Ferne sehen konnte, wiesen die gleiche rötliche Farbe auf wie der Lehm. Ausgesprochen unattraktiv.

Zur Linken, am anderen Ende des Landefeldes, befanden sich zwei Hangars. Beide hatten ihre Tore weit geöffnet, um den auf kleiner Flamme röstenden Arbeitstrupps ein bißchen Erleichterung zu verschaffen. Verschiedener Schilder in Standardmilitärschrift wiesen auf die Luftgeschwader des Heeres hin, die auf Pandor stationiert waren. Sie setzten sich aus Bombern, Jägern und Jagdbombern zusammen. Diese Raumflugzeuge konnten sowohl zum Luft- wie auch zum Raumkampf eingesetzt werden. Jamil merkte sich die Bezeichnungen; man konnte nie wissen, wann einem diese Informationen zupaß kamen.

Ein Schild mit einem rotgelben Schädel auf schwarzem Untergrund hing über dem ersten Hangar und verkündete, daß das 2311. Bombergeschwader ›Donnertod‹ hier stationiert sei. Vor dem Tor ließ soeben ein schwerer Bomber der Claymore-Klasse für einen Wartungscheck seine Motoren aufheulen; Bodenmannschaften wimmelten um ihn herum. Der zweite Hangar war die Heimat des 1073. Taktischen Kampfgeschwaders ›Rubin‹. Wartungstechniker arbeiteten an den Dolch-Jägern, die in der riesigen Halle standen.

Als Jamil am Terminal angelangt war, hatte Xris den unglücklichen Feldwebel schon hineingeschleift; nun stand er schwitzend vor einem Compuerterminal.

»Rufen Sie die Tagesbefehle für diesen gottverlassenen Stützpunkt auf, Feldwebel«, befahl Xris.

Der Feldwebel gehorchte. Jamil beugte sich vor und blickte auf den Schirm, der sich mit dem Tagskleinkram der Verwaltung füllte. *Truppfotos von Stützpunktfotografiermannschaft bestellen. In Messe C heute keine Essensausgabe. Das Baugelände ist für alle Mannschaften gesperrt.* Und so weiter, und so fort. Jamil machte sich bereits Sorgen, als er den Namen Jatanski vorbeiziehen sah. Da war es. *Sämtliche Mannschaften auf den morgigen Vortrag hinweisen.*

Thema: Schaden an Raumflugzeugmotoren durch Fremdobjekte. Der Referent ist der bekannte Luft- und Raumfahrtexperte Colonel R. A. Jatanski.

Xris deutete mit spitzem Finger auf den Eintrag und funkelte den knallrot angelaufenen Feldwebel böse an, der zweifellos schon seine Gefreitenstreifen in den Augen des Cyborgs sah.

»Äh, Sir, ich ... ich ...«

»Besorgen Sie mir meinen verflixten Stabswagen!« brüllte Xris.

»Jawohl, Sir!«

Der schweißüberströmte, zitternde Feldwebel langte nach dem Telefon; Jamil und Xris hörten, wie er in drängendem Tonfall mit jemandem am anderen Ende der Leitung sprach, bei dem es sich wahrscheinlich um den Adjutanten des Stützpunktkommandanten handelte.

»Ich wurde langsam schon nervös«, sagte Jamil leise zu Xris. Die beiden schlenderten zum Fenster, um dem Feldwebel Bewegungsspielraum zu lassen.

»Dann rufen *Sie* doch die Tagesliste auf!« sagte er gerade.

»Ich dachte schon, Rowan hätte es vielleicht verpatzt«, fuhr Jamil fort.

Xris lächelte und schüttelte den Kopf. Immer wieder griff er in seine Tasche nach dem goldenen Dreheretui, das normalerweise dort gewesen wäre; nun aber war es nicht da. Aus Gesundheitsgründen war Militärangehörigen das Rauchen untersagt. Nicht einmal der Adjutant eines Obersten durfte gegen diese Vorschrift verstoßen. Xris nahm die Hände auf den Rücken und umklammerte ein Handgelenk mit der anderen Hand.

»Wie hat sie es geschafft, in einen Militärcomputer vorzudringen?« fragte sich Jamil.

Xris zuckte die Achseln. »Woher soll ich das wissen? Das ist Darlenes Spezialgebiet. Sie hat jahrelang für diesen Verein gearbeitet, da muß sie einige Hintertüren gefunden haben.«

»Ihr Wagen ist unterwegs, Sir«, gab der Feldwebel

ihnen Bescheid. »Oberst Strebbins übermittelt Ihnen seine Bitte um Entschuldigung.«

Jamil nickte kurz und blieb weiterhin indigniert, aber schneidig am Fenster stehen. Mit den Rücken zum Feldwebel tauschten er und Xris kurze Blicke. So weit, so gut.

Eine halbe Stunde später landete vor dem Terminal ein schwarzer Schweber, auf dessen Vorderhaube ein kleiner Wimpel mit den Rangabzeichen eines Obersten flatterte. Ein Gefreiter in einer äußerst exakt sitzenden Uniform stieg aus und betrat den Terminal. Xris winkte ihn heran. Der Gefreite blieb stehen und salutierte sehr schneidig und sehr exakt.

»Bitte um Verzeihung, Sir. Stützpunktkommandant Oberst Strebbins läßt Ihnen seine aufrichtige Entschuldigung für die Verzögerung übermitteln. Er sagt, daß er sich schon sehr auf den morgigen Vortrag freut, Sir. Ihr Raum in den VIP-Quartieren ist bereitgestellt worden. Captain, Sir, Sie werden nebenan in den Quartieren der Durchgangsoffiziere untergebracht. Für heute abend erbittet Oberst Strebbins das Vergnügen Ihrer Gesellschaft an seinem Tisch in der Offiziersmesse ab neunzehn Uhr, falls Sie es wünschen.«

Jamil nickte. »Ja, sagen Sie dem Oberst, daß Captain Kergonan und ich sehr gern kommen werden.«

Der Gefreite lud ihr Gepäck in den Schweber. Der Oberst stieg in den Stabswagen und entspannte sich in kühler Behaglichkeit, während Xris dem Feldwebel Anweisungen gab, wie mit der großen und unhandlichen Kiste mit den ›Vortragsmaterialien‹ umzugehen sei, die auf der Landebahn stand.

Der Feldwebel betrachtete die schimmernde Spezialanfertigung mit ihren zahllosen Zeigern und Meßtafeln, die den Uraltroboter mit einer beständigen Feuchtigkeit, einer gleichbleibenden Temperatur, dem Schutz vor der Beeinträchtigung vor unvertrauten Umgebungen und allerlei anderem Luxus ausstattete.

»Muß eine tolle Schau sein, Sir!« stellte der Feldwebel ehrfurchtsvoll fest.

Xris deutete auf das Zeichen für biologische Gefährdung, das er selbst auf die Außenseite der Kiste geklebt hatte. »Wie Sie sehen, Feldwebel, muß dieser Container mit der größten Vorsicht behandelt werden. Der Oberst und ich sind die einzigen mit der erforderlichen Unterweisung im sicheren Umgang mit diesem Material. Alle anderen verursachen möglicherweise schwere Schäden an der Umwelt oder an sich selbst. Verstanden?«

Der Feldwebel wunderte sich vermutlich, was dies mit dem Thema des Vortrags zu tun hatte, den der Oberst halten wollte: ›Schadenseinwirkung durch Fremdobjekte auf Raumflugzeugmotoren‹. Aber er sagte nichts dazu; er versicherte Xris, daß die Kiste die allerbeste Behandlung bekäme und fragte, wohin sie gebracht werden solle.

Xris ging zum Stabswagen und klopfte ans Fenster. Jamil drückte auf den Knopf, das Fenster glitt nach unten.

»Entschuldigen Sie, Herr Oberst, aber der Feldwebel will wissen, wohin Sie die Kiste geliefert haben wollen.«

»Woher, zur Hölle, soll ich das wissen?« fragte Jamil unterdrückt und warf Xris einen bösen Blick zu.

»Wie war das, Herr Oberst?« fragte Xris und steckte den Kopf durch das Fenster. »Bitte Herrn Oberst um Entschuldigung, aber ich bin nicht der Ansicht, daß der Ort dafür geeignet wäre«, fügte er hinzu; er hatte gehört, wie Jamil gebrummt hatte: »Schieb sie dir sonstwohin!«

Sie hatten schon vorher gewußt, daß die Kiste ein Problem werden würde. Sie war mit Luftdüsen ausgestattet, auf denen sie sanft über den Boden gleiten konnte. Xris würde keine Schwierigkeiten haben, sie zur Baustelle zu bewegen, doch er konnte sich nicht gut dabei sehen lassen, wie er mit dem verflixten Ding nachts durch den Stützpunkt spazierte. Idealerweise mußte sie in der Nähe der Baustelle untergebracht werden. Und im Augenblick hatten sie keine Ahnung, welches der am besten geeignete Platz sein mochte.

Sakutas Lageplan, den seine Kollegin übersandt hatte,

war offenbar von einem Eierkopf aus dem Elfenbeinturm gezeichnet worden, der sich in seinen Tagträumen als Kommando ergötzte. Jede Menge Kreuze bezeichneten die Munitionslager; Pfeile wiesen auf die Wachtposten, und bei jedem Haus waren in Ror die Hinterausgänge aufgezeigt. Dummerweise hatte der Kartenzeichner es nicht für wichtig erachtet, solch banale Dinge wie Lagerschuppen und Hangars zu markieren.

Xris und Jamil waren übereingekommen, an dieser Stelle zu improvisieren, die passenden Fragen zu stellen und ihre Pläne entsprechend einzurichten. Für gewöhnlich war das Xris' Aufgabe; im Improvisieren war er gut. Doch Xris hatte den Ball diesmal an Jamil weitergegeben. Falls nötig, konnte Xris ihn auch wieder aufnehmen. Er hatte sich schon einen Plan zurechtgelegt, falls Jamil die Sache verpatzen wollte. Dies war eine Art Retourkutsche dafür, daß er das Gepäck hatte schleppen müssen.

Xris' Kopf war im Fenster verschwunden; niemand konnte sein Gesicht sehen. Er grinste und blinzelte.

Jamil beugte sich vor. »Lassen Sie die Kiste in Ihr Quartier bringen, Captain.«

Xris' Lächeln verschwand. Er flüsterte etwas, das kein Captain jemals zu einem Oberst sagen würde, wenn er den nächsten Tag noch erleben wollte, zog sich zurück, richtete sich auf und gab die Anweisung weiter. Tatsächlich war das sogar eine verdammt gute Idee. Nur schade, daß Jamil sie gehabt hatte. Er würde Xris am Zahltag todsicher daran erinnern. Der Gefreite machte ein zweifelndes Gesicht, doch mit einem Captain oder einem Obersten diskutierte man nicht – nicht als Gefreiter.

Xris setzte sich neben dem Gefreiten auf den Beifahrersitz.

Jamil lehnte sich in den bequemen Fondsitz zurück, verschränkte die Arme, entspannte sich und bereitete sich auf eine angenehme Fahrt vor.

Jamils Quartier hatte palastartige Eigenschaften. Der Königlich Militärstützpunkt auf Pandor erhielt nur wenige Besucher von hohem Rang – offenbar erhielt er nur wenige Besucher. Diejenigen, die kamen, wurden königlich behandelt. Der Adjutant wies auf die ›Ehrenbar‹ am anderen Ende der Halle hin. In allen Räumen befand sich ein Kamin (auf Pandor waren die Wüstennächte kalt) nebst Marmorschreibtisch, Marmorbad und einem Vid-System.

Wie Jamil, der sich mit den Quartieren von Durchgangsoffizieren auskannte, sehr wohl wußte, hatte Xris nicht so viel Glück. Der Raum des Cyborgs war sauber und weitläufig. (»Sie haben reichlich Platz für die Kiste, Captain«, hatte Jamil ausgeführt.) Die Möblierung war zweckmäßig – in etwa das einzig Positive, was darüber zu sagen gewesen wäre – und bestand aus einem Metallbett, einem Metallschreibtisch und einem metallenen Waschbecken. Die Kiste stand mitten auf dem Boden.

Jamil trat letzte Poliermaßnahmen an seiner Ausgehuniform, als Xris klopfte. Jamil ließ den Captain herein, schloß die Tür und wich im Reflex einem Schwinger des Cyborgs aus.

»Das war dafür, daß du mir die verflixte Kiste aufgehalst hast«, sagte Xris leise. Er hatte schon einen Dreher aus dem Etui geholt, steckte ihn in den Mund und begann darauf herumzukauen. Er warf einen kurzen Rundumblick durchs Zimmer. Eine erhobene Augenbraue signalisierte die stumme Frage: *Hast du das hier überprüft?*

Jamil nickte, stellte sich wieder vor den Spiegel und nahm letzte Korrekturen vor. Beide Offiziere trugen gutgeschnittene Ausgehuniformen mit sämtlichen korrekten Insignien, Abzeichen, Epauletten und den angemessenen Orden. Raoul kümmerte sich um die Garderobe des Teams; die Uniformen waren tadellos und saßen perfekt. Die beiden entfernten die wenigen zusätzlichen unmilitärischen Verzierungen, die – laut Raoul – »das gewisse Etwas« verliehen.

»In Ordnung, gehen wir noch einmal den Plan durch. Nach dem Essen ...«

»Nach dem Port und den Toasts«, verbesserte Jamil. »Und danach wird man mich vermutlich bitten, eine Rede zu halten.«

»Na schön«, knurrte Xris. »Nach dem ganzen Kram marschieren wir also zur Bar ...«

»Das Tafelpräsidium erhebt sich«, sagte Jamil. »Dort werde ich sitzen. Wenn wir aufgestanden sind, können alle zur Bar gehen. Dort treffe ich mit dir zusammen und ...«

»Und du schickst mich wegen einer Besorgung los ...«

»Ich sage dir, daß du den Saal überprüfen sollst, in dem ich meinen Vortrag halte.«

Xris dachte nach. »Was ist, wenn irgendein frischgewaschener Lieutenant mir den Saal persönlich zeigen will?«

»Nicht nötig. Wir wollen ihm den Spaß nicht vorenthalten. Ich habe einen Lageplan. Einen guten«, ergänzte Jamil mit einem verächtlichen Seitenblick auf Sakutas Plan. »Ich bleibe in der Bar und halte den Stützpunktkommandanten beschäftigt.«

»Falls möglich, versuche ich einen Platz in der Nähe der Baustelle zu finden, wo ich die Kiste unterbringen kann. Sobald das geschafft ist, mache ich ein paar Experimente und stelle fest, wie leicht man das Ding aus dem Stützpunkt bringt. Wenn ich das schaffe, machen wir mit Plan A weiter. Falls nicht, wechseln wir zu Plan B.«

Jamil grinste. »Meine Vorliebe für pandorisches Starkbier.«

»Jau. Falls einer der Pläne klappt, habe ich den Robot sicher in der Kiste, wenn du deinen Vortrag beginnst. Du sagst dann ...«

»Ich sage dann, daß ich die Anlage überprüft habe, und daß die Umgebung hier ungeeignet ist und so weiter und so fort, und das Öffnen der Kiste wäre viel zu gefährlich, daher müßten wie leider auf die Vorführung verzichten.«

»Plan C – du bringst nicht einmal die Kiste mit. Du gibst dieselben Erklärungen ab. Ich hole den Roboter während deines Vortrages heraus. Wir packen und verschwinden.«

»Was ist mit Bauarbeitern vor Ort?«

»Ich habe mit dem Gefreiten geredet, als er mir mein Zimmer zeigte. Das Fenster geht zur Baustelle hinaus; es war also eine perfekte Gelegenheit, ihn danach zu fragen. Er sagte, daß wegen eines abgestürzten Raumschiffes, das man dort gefunden hätte, die Bauarbeiten vorläufig eingestellt seien. Es sind Wachen aufgestellt worden, aber nur auf der Zufahrtsstraße. Die Aufschlagstelle liegt etwa fünf Kilometer vom Haupteingang entfernt. Man hat tragbare Elektrozäune um das Schiff errichtet.« Xris klopfte auf das Fach in seinem kybernetischen Bein, in dem er seine Werkzeug- und Waffenhand aufbewahrte. »Kein Problem, das nicht gelöst werden könnte.«

Jamil nickte.

»Scheint ein Kinderspiel zu sein.«

»Ja, nicht wahr?« Xris schob den feuchten Dreherstengel von einem Mundwinkel in den anderen. »Ich wünsche mir beinahe, daß irgendwas Klitzekleines schiefginge, damit wir ruhiger schlafen können.«

»Halt bloß den Mund!« mahnte Jamil. »Hier geht gar nichts schief. Wir haben alle Möglichkeiten abgedeckt, und wenn alles andere fehlschlägt, haben wir immer noch Plan D.«

»Biologische Kriegsführung.« Xris schüttelte den Kopf. »Ich hoffe, daß es nicht dazu kommt. Zum einen will ich keine vierundzwanzig Stunden hierbleiben und darauf warten, daß alle zu den Latrinen rennen. Aber für den Fall der Fälle habe ich die Hauptwasserversorgung ausfindig gemacht, und ich habe die Bazillenkultur, die Raoul uns zusammengebraut hat, in der Kiste untergebracht.«

»Bist du sicher, daß das Zeug harmlos ist?« fragte Jamil. »Mit der Lordadmiralität haben wir schon genug Ärger. Ich würde ungern erklären wollen, warum wir versehentlich so um die zweitausend Soldaten vergiftet haben.«

»Raoul hat mir versichert, daß es höchstens zu Durchfall und Magenkrämpfen kommen wird. Es wird in etwa wie eine leichte Lebensmittelvergiftung aussehen. Ich habe den Doc Raouls Bazillen durchsehen lassen, und der Doc hat sein okay gegeben.«

»Dann würde ich mal sagen, wir haben alles im Griff.« Jamil schaute auf die Uhr. »19.00 Uhr. Alles klar?«

Xris kaute rasch und schluckte mit leisem Bedauern den Rest des Drehers herunter. »Deine Rede wird doch hoffentlich kurz sein, oder?« fragte er, die Hand schon auf dem Türgriff.

»Du machst wohl Witze?« erwiderte Jamil verdutzt. »Weißt du, bei wie vielen von diesen verflixten Vorträgen mir zu meiner Zeit der Hintern eingeschlafen ist? Während ich irgendeinem Eisenfresser von Oberst andächtig zu lauschen hatte, wie er von seinen Erfahrungen beim Faraqu-Abfall berichtete und davon, wie er nur mit dem Seitengewehr sechstausend wahnwitzige Faraqi aufgehalten hat?« Jamil rieb sich die Hände. »Jetzt ist die Zeit meiner Rache gekommen!«

Xris starrte ihn an. »Wenn du glaubst, daß ich dort rumsitze und mir dreißig Minuten lang deinen Schafscheiß anhöre ...«

»Schon gut, schon gut.« Jamil schmollte. »Aber was ist dir das wert? Vielleicht ein kleiner Aufschlag zu meinem Scheck?«

»Wie wär's, wenn überhaupt ein Scheck zustande käme, *Herr Oberst*? Da ist noch die Sache mit dem Gepäck, nicht zu vergessen ein Robotersarg in meinem Zimmer.«

Jamil versuchte zu handeln. »Fünf Minuten?«

»Drei«, gab Xris nach. »Für jede Minute drüber ziehe ich dir einhundert Goldadler ab.«

»Abgemacht«, knurrte Jamil. »Aber du hast gerade einen Traum zerstört.«

Xris schnaubte, und die beiden verließen das Zimmer.

9. Kapitel

The most peaceable way for you, if you do take a thief, is, to let him show himself what he is and steal out of your company.

William Shakespeare,
Viel Lärm um Nichts, dritter Akt, dritte Szene.

»Und als ich dort in der Wüste von Faraqu stand, sechstausend zornbebende Faraqi von den Höhen auf mich herunterstarrten, und ich nur noch meine Nadelpistole hatte, um die Frauen und Kinder zu verteidigen, die in meine Obhut gegeben waren, da erkannte ich, daß das Leben des Königlichen Armeeoffiziers das beste Leben im Universum ist! Gott segne uns alle!«

Unter donnerndem Beifall nahm Jamil wieder Platz. Er schaute zu Xris hinüber, der bei den niederrangigen Offizieren saß. Der Cyborg zeigte auf seine Uhr. Jamil hatte zwei Minuten überzogen. Das würde ihn teuer zu stehen kommen, aber es war die Sache wert gewesen. Ein verknöcherter alter Major wischte sich sogar eine Träne aus dem Auge. Ein hübscher, blonder weiblicher Captain blickte Jamil mit offener Bewunderung an.

Der Stützpunktkommandant gab eine passende Erwiderung von sich. Die Offiziere im Präsidium erhoben sich und marschierten geschlossen hinaus; sie sahen sehr ernst und gut gesättigt aus. Tatsächlich war das Essen ganz ordentlich gewesen. Oberst Strebbins hatte einen guten Teil der Mahlzeit damit verbracht, zu erzählen, wie er den Koch der 1083sten übernommen hatte, die auf Vangelis II stationiert war. Der Verdauungsportwein war ebenfalls ausgezeichnet gewesen.

Nunmehr war es den Offizieren freigestellt, sich in die entspanntere Atmosphäre der Bar zurückzuziehen, eines

Raumes neben dem Speisesaal. Der Major schüttelte Jamil heftig die Hand und wollte mit ihm die hirnrissige Strategie und Taktik bei Faraqu diskutieren. Jamil gab höfliche Entschuldigungen von sich und ging zur Bar, wo der blonde weibliche Captain sich mit Xris unterhielt.

»Ihre Rede war wundervoll, Oberst«, sagte sie nach der gegenseitigen Vorstellung durch Xris.

»Regelrecht ›goldene Worte‹«, sagte Xris leise, aber laut genug, daß Jamil es noch aufschnappte.

Jamil zwängte sich gewandt zwischen Xris und den blonden weiblichen Captain. »Captain Kergonan«, sagte er über die Schulter, »ich glaube, Sie sollten noch einmal die Vorbereitungen für meinen morgigen Vortrag überprüfen.«

»Jawohl, Sir, Herr Oberst«, sagte Xris und stellte seinen unberührten Drink wieder auf den Tresen.

Dabei fiel Jamil ein, daß Xris viel zu rasch und zu bereitwillig ging, insbesondere, wenn man die enttäuschte Miene berücksichtigte, mit der der blonde weibliche Captain dem Cyborg hinterherblickte. Jamil glaubte, daß da etwas im Busch war, als er sah, daß Xris kurz stehenblieb, um mit Oberst Strebbins zu sprechen. Xris machte vielleicht nur höfliche Bemerkungen über das Essen, doch Jamil war auf der Hut. Er fragte den weiblichen Captain, was sie von der hirnrissigen Strategie bei Faraqu hielte.

Die beiden ließen sich gerade zu einem gemütlichen Plausch nieder, als Oberst Strebbins sich vor ihnen aufbaute. »Wundervolle Rede, Oberst«, sagte er. »Haben Captain Strauss kennengelernt, wie ich sehe. Beste Lasergewehrschützin im Stützpunkt. Hatten erst letzte Woche die Ausscheidungskämpfe.«

»Danke, Oberst.« Der weibliche Captain errötete ob dieses Kompliments.

Strebbins wandte sich Jamil zu. »Ihr Adjutant hat mich davon in Kenntnis gesetzt, daß Sie ein besonderes Interesse daran haben, wie der Betrieb bei uns auf Pandor denn so läuft. Er hat vorgeschlagen, daß ich mich zu

Ihnen geselle und Ihnen alles darüber erzähle.« Er warf einen kurzen Blick auf die blonde Frau. »Ich will Sie nicht langweilen, Captain ...«

»Wenn Sie mich entschuldigen würden, Sir?« Captain Strauss lächelte Jamil zu, nahm ihr Glas und verschwand.

Oberst Strebbins stützte sich mit dem Ellbogen auf die Bar und begann seine Deklamation. »Als ich vor sechs Jahren das Kommando übernahm, hatte dieser Stützpunkt eine der niedrigsten Effizienzquoten in diesem Quadranten. Seit dieser Zeit habe ich ...«

Jamil hörte zu, nickte, nippte an seinem Glas, verfluchte Xris in aller Stille und schwor, sich dafür zu rächen.

Eine Stunde später setzte der Oberst gerade zu einem Bericht über das neue moralaufbauende Unterhaltungsprogramm des Stützpunktes an, was eine Beschreibung des Sackhüpfen- und Talentwettbewerbs einschloß, als die Gespräche ins Stocken kamen, sich Köpfe drehten und etliche Leute zum vorderen Foyer starrten.

»Bei Gott«, sagte Strebbins unvermittelt. Er stellte sein leeres Glas auf den Tresen. »Was hat das zu bedeuten?«

Jamil war dankbar für jede Unterbrechung. Er drehte sich um und schaute nach, worum es bei dem ganzen Lärm eigentlich ging.

Im Eingang standen zwei Offiziere. Einer davon – eine Pilotin – trug immer noch ihre Fliegerkombination am Leib und ihren Helm unter dem Arm. Jamil hob die Augenbrauen. Die Pilotin hatte einen ernsthaften Etikettenbruch begangen. Man kann nicht einfach in einem Fliegeranzug in die Offiziersmesse, wenn nicht ein verdammt guter Grund vorlag. Die Schulterabzeichen ordneten sie einem Stilett-Präzisionsbomber des Zirkon-Geschwaders zu. Das nicht auf Pandor stationiert war. Der Umstand, daß sie immer noch ihren Helm trug, bedeutete, daß sie bald wieder zu gehen beabsichtigte.

Der andere Offizier trug die Standardausgehuniform eines Majors; allerdings wies ihn die golddurchwirkte Kordel um die eine Schulter als Stabsadjutant eines Generalleutnants oder eines Höherrangigen aus. Der Major nahm sein Barett ab und ging zur Bar. Er kam schnurstracks auf Oberst Strebbins zu.

»Dieser Mann scheint etwas Wichtiges mit Ihnen besprechen zu wollen, Oberst«, sagte Jamil, nahm sein Glas und bereitete sich dankbar auf seinen Abgang vor, froh, daß er einem Bericht über die Talentshow entgangen war. »Ich lasse Sie beide ...«

»Entschuldigen Sie, meine Herren«, sagte der Major; sein Blick schloß sie beide ein. »Ich bin Major VanDer-Gard von Generalin Hansons Stab. Man hat mich geschickt, um unverzüglich Oberst Jatanski abzuholen.«

Jamil schluckte und riß die Augen auf. Vorsichtshalber stellte er seinen Drink ab, um nichts zu verschütten. Sein erster Gedanke war: *Xris*. Verdammt noch mal, das hat Xris mir eingebrockt!

Nach dieser Erkenntnis wollte Jamil schon eine entsprechende ätzende Bemerkung von sich geben, als er den ernst dreinblickenden Major etwas genauer betrachtete – seine goldene Kordel, seine von der Reise zerknitterte Uniform. Dann war da noch die im Foyer wartende Pilotin, die zweifellos ein gewisses Quantum an Flugmüdigkeit aufwies.

Jamils Eingeweide krampften sich zusammen. Nicht einmal Xris brachte so etwas fertig. Außerdem hätte er nie etwas getan, was den Auftrag aufs Spiel setzte. Was auch immer hier vor sich ging, es war kein Witz.

»Ja, Major«, sagte Jamil und hoffte, daß sein Erstaunen die Anspannung übertönen würde. »Ich bin Oberst Jatanski. Worum geht es?«

»Sir, man bittet Sie, als Beistandsoffizier für Oberstleutnant K.A. Katchan zu fungieren. Als der kommandierende Offizier des Oberstleutnants sind Sie als Beistandsoffizier die erste Wahl, und der Oberstleutnant hat Sie ausgewählt. Die Eröffnungsplädoyers der Sonderkriegsgerichtsverhandlung beginnen in dreißig Stunden. Sie müssen sich also sofort an die Arbeit machen.«

Oberst Strebbins machte ein ernstes Gesicht. »Nun, Jatanski, sieht so aus, als würde einer Ihrer Leute ganz schön im Schlamassel stecken. Ich beneide Sie nicht darum. Schade, daß ich morgen Ihren Vortrag nicht sehen kann. Aber die Sache sieht mir sehr ernst aus.«

Jamil hatte viele Male das Standardklischee über eine Romanfigur gelesen, die sich plötzlich so fühlt, als würde sie sich in einem Traum befinden. Jamil träumte nicht; er war stolz darauf, daß er die Nächte traumlos durchschlief. Er gehörte nicht zu denen, die schreiend aus den Klauen eines Alptraums erwachten.

Bis jetzt jedenfalls nicht.

Nun befand er sich in einer dieser schrecklichen traumähnlichen Situationen, in denen alles schiefgeht. Man *weiß*, daß es schiefgeht; man will es irgendwie verhindern, aber man kann einfach nichts tun. Jamil wußte, daß er etwas sagen sollte, doch er konnte den Major nur in sprachlosem Erstaunen anstarren, während sein Verstand sich vergeblich mühte, einen Sinn aus dem Sinnlosen zu extrahieren.

Jamil erinnerte sich. Katchan! Einen Katchan kenne ich. Er hat unter mir gedient ... aber das war *vor sechs Jahren*! Und Katchan war Versorgungsfeldwebel gewesen! Normalerweise befördert man keine Versorgungsfeldwebel zu Oberstleutnants! Einmal ganz abgesehen davon, daß ich nicht mehr bei der Armee bin. Ich bin seit vielen Jahren nicht mehr in der Armee gewesen. Ich *kann* gar nicht zu einer Kriegsgerichtsverhandlung hinzugezogen werden. Ich bin kein Oberst!

Und was das Wichtigste ist – ich bin nicht Oberst Jatanski!

Die Sache ist aufgeflogen, durchfuhr es Jamil. Jemand hat es herausgefunden. Xris und ich werden lange Zeit in Eisen verbringen.

Okay, aber wenn das zutrifft, wo sind dann die MPs? Die Strahlengewehre? Die Handschellen? Normalerweise spielt die Armee keine Spielchen, besonders nicht mit Leuten, die sich als Offiziere verkleiden.

Der Major blickte Jamil achtungsvoll an; in Oberst Strebbins' Blick lag Mitgefühl.

»Sie sehen ein bißchen blaß um die Nase aus, Jatanski. Ist vermutlich ein ziemlicher Schock für Sie.« Strebbins winkte dem Feldwebel hinter der Bar. »Noch einen Drink für den Oberst. Einen doppelten.«

»Danke«, sagte Jamil mit schwacher Stimme. »Katchan ist ein ausgezeichneter Offizier. Hat mir nie Anlaß zu Klagen gegeben. Wie«, er hob das Glas an die Lippen und versuchte, eine gleichmütige Miene aufzusetzen, »wie lautet denn die Anklage?«

»Diebstahl von Regierungseigentum«, erwiderte der Major.

Jamil verschluckte sich und hustete.

»Ruhig bleiben, Jatanski«, sagte Strebbins besorgt und schlug Jamil auf den Rücken.

Verhaften die MPs gerade Xris? fragte sich Jamil. Ist das irgendein Täuschungsmanöver, um uns ohne Aufsehen und ohne Ärger vom Stützpunkt zu schaffen?

Er stellte das leere Glas ab. »Ich werde Captain Kergonan suchen müssen ...«

»Das wird nicht nötig sein, Sir. Der Captain soll weitermachen wie geplant«, sagte der Major.

Jamil starrte ihn fassungslos an. »Wie bitte?«

»Generalin Hanson ist der Ansicht, daß Captain Kergonan außerordentlich qualifiziert dafür ist, in Ihrer Abwesenheit fortzufahren«, erläuterte der Major. »Der Captain ist mit dem betreffenden Thema durchaus vertraut und dazu in der Lage, den Auftrag im Alleingang durchzuführen. Ist das nicht auch Ihre Ansicht, Oberst Jatanski?«

»Ja, durchaus«, murmelte Jamil. Er stieß sich von der Bar ab. Vielleicht kann ich Xris finden und ihn warnen. Das riecht nach einer Falle. »Dann gehe ich jetzt rasch in mein Quartier und hole meine Sachen.«

»Tut mir leid, Sir, aber es ist erforderlich, daß Sie sich

sofort zum Raumflugzeug begeben. Die Verhandlung wird auf dem Kommandokreuzer *König James II.* stattfinden, Generalin Hansons Flaggschiff. Es tritt gerade in dieses System ein. Captain Ng wird uns zurückfliegen.« Der Major wandte sich Strebbins zu. »Wenn Sie jemanden wegen des Gepäcks des Obersten schicken könnten, Sir . . .«

»Aber sicher doch«, sagte Strebbins herzlich.

»Das wird nicht nötig sein«, fiel Jamil ein. Es befanden sich einige Dinge in seinem Gepäck, die besser nicht entdeckt wurden, darunter eine vorschriftswidrige 0,23-Dekawatt-Pistole, die Ampulle mit dem wasservergiftenden Virus und der handgezeichnete Lageplan des Stützpunkts. »Captain Kergonan wird sich für mich darum kümmern.«

»Sind Sie sicher?« fragte Strebbins. »Sie wollen doch nicht ohne ein paar frische Socken vor Hansen erscheinen.«

»Nichts zu machen.« Jamil blieb standfest. »Captain Kergonan wird sich um alles kümmern. Wenn Sie ihm meine Nachricht überbringen würden, daß er während meiner Abwesenheit weitermachen soll?« Er warf einen unsicheren Blick auf den Major.

Der Major nickte. »So lauten auch Generalin Hansons Anweisungen, Sir.« Er griff in die Tasche seiner Fliegerjacke und zog einen Umschlag mit einer Diskette hervor. »Ich habe sie schriftlich hier. Wenn Sie dafür sorgen würden, daß Captain Kergonan das hier erhält, Sir?«

»Ich werde mich darum kümmern«, sagte Strebbins, nahm die Diskette an sich und klopfte damit nachdenklich auf den Tresen.

Jamil starrte auf die Diskette und wünschte sich, er könnte einen Blick auf die Befehle erhaschen; aber die würden mit Xris' militärischer Identifikationsseriennummer und seinem persönlichen Kennwort verschlüsselt sein.

Natürlich hatte Xris keine echte militärische Identifikationsseriennummer, und er hatte auch kein echtes Kennwort. Die hatte er sich allesamt ausgedacht und Darlene damit beauftragt, sie vor ihrem Abflug in die Computerdateien des Militärs einzuschleusen. Jemand hatte sich höllische Mühe gemacht, sie aufzuspüren!

Und wozu? Jamil hatte nicht die leiseste Ahnung.

»Bitte sehr, Sir. Das Raumflugzeug wird bereits aufgetankt. Der Wagen steht bereit.« Offenbar wartete der Major ungeduldig auf den Aufbruch.

Strebbins streckte die Hand aus. »Viel Glück, Jatanski. Bin froh, daß Sie das machen müssen und nicht ich. Hasse diese verdammten Kriegsgerichtsverhandlungen. Bin dabei ständig eingeschlafen. Und ich habe mich wirklich auf Ihren Vortrag gefreut. Aber ich bezweifle nicht, daß Captain Kergonan sich wacker schlagen wird.«

»Da bin ich mir ebenfalls sicher, Major«, sagte Jamil.

»Wir haben vollstes Vertrauen in den Captain, Sir«, ergänzte der Major mit einem Salut. Er begleitete Jamil aus der Bar in das Foyer. Dort stellte er Jamil der Pilotin vor, die kurz nickte und darauf hinwies, daß sie hinter dem Zeitplan herhinkten.

Vor der Messe wartete ein Wagen auf Sie; nicht etwa der Stabswagen mit den flatternden Wimpeln, sondern ein Schwebejeep. Der Major blieb dicht hinter ihm. Jamil achtete nicht auf den Mann. Er blieb kurz stehen, sah sich um und hoffte gegen alle Wahrscheinlichkeiten, irgendwo Xris erspähen zu können.

Doch er hatte kein Glück.

Jamil kletterte mit dem Major auf den Rücksitz. Die Pilotin nahm vorn Platz. Major VanDerGard entschuldigte sich dafür, daß man nicht mit dem Stabswagen zum Landefeld fuhr.

»Das ist schneller, Sir, wenngleich nicht ganz so bequem.«

Sie hatten kaum Platz genommen, als der Fahrer den Jeep schon in die Luft riß und zum Landefeld schoß.

Die Fahrt verlief schnell, ereignislos und schweigend – letzteres vor allem deshalb, weil über das Dröhnen und

Klappern des Schwebejeeps hinweg, der schon bessere Zeiten gesehen hatte, ohnehin niemand etwas verstanden hätte. VanDerGard mußte das erste verfügbare Fahrzeug requiriert haben. Die Pilotin neben dem Fahrer umklammerte ihren Helm, der auf ihrem Schoß ruhte. Sie widmete den anderen keinerlei Aufmerksamkeit, warf nicht einmal einen Blick nach hinten. VanDerGard hielt sich in seiner Ecke fest und hatte einen Arm im Türrahmen verklemmt. Jamil hielt sich an seiner Sitzlehne fest.

Der Schwebejeep war mit einer feinen Schicht des roten pandorischen Sandes bedeckt. Die Karosserie des Jeeps klapperte und bebte und holperte über das unebene Gelände. Die Luftdüsen des Fahrzeugs waren wohl schlecht synchronisiert, denn es neigte sich merklich nach hinten. Zweimal wurde Jamil in die Höhe geschleudert und stieß mit dem Kopf an das aufklappbare Dach. Beide Male lächelte VanDerGard entschuldigend, wie er es auch bei einem echten Oberst getan hätte.

Jamil gab es auf, die wahren Umstände dieses Vorfalls ergründen zu wollen. Es hatte keinen Sinn, seine Kraft auf Ratespiele zu verschwenden. Er stolperte im Dunkeln umher, und wenn er per Zufall den Finger auf die richtige Antwort gelegt hätte – wie hätte er das dann wissen sollen? An diesem Punkt seiner Überlegungen ging er rasch seine Möglichkeiten durch. Es waren nicht viele. Er konnte natürlich VanDerGard eine runterhauen, seine Waffe an sich reißen (was interessant war: Der Major trug ein Seitengewehr), die Pilotin und den Fahrer niederschießen und sich aus dem Staub machen.

Und wohin dann genau? Und wozu?

Außerdem sah VanDerGard nicht so aus, als ob ihn ein einziger Schlag umhauen könnte. Und wenn er bewaffnet war, dann war vermutlich auch die Pilotin bewaffnet. Jamil verwarf die Idee etwa fünf Sekunden, nachdem sie ihm gekommen war. Da ihm nichts Konstruktives einfiel, sah er seine besten Chancen darin, weiterhin mitzuspielen.

Außerdem war er mittlerweile sehr neugierig geworden.

Seine Neugier würde ihm wahrscheinlich zwanzig Jahre im Bau einbringen, weil er sich als Offizier ausgegeben hatte, doch er kam nicht dagegen an. Er wollte herausfinden, was, zur Hölle, hier eigentlich vor sich ging. Der einzige Weg, dies zu bewerkstelligen, bestand darin, den Vorgaben zu folgen – wie auch immer diese aussehen mochten.

Der Jeep schenkte auf das Landefeld ein; der Fahrer hielt nachdem Ziel Ausschau. Major VanDerGard zeigte auf einen schimmernden Stilett-Bomber, der ganz am Ende des Feldes geparkt war. Der Rumpf funkelte im Mondlicht. Die graugrüne Tarnfarbe unterstrich das geschmeidige Aussehen des Fliegers. Die Maschine war für Präzisionsbombenabwürfe innerhalb und außerhalb der Atmosphäre gebaut worden. Das Raumflugzeug lag hoch auf den Rädern, was darauf hindeutete, daß es keine Bomben an Bord hatte, doch die Raketengerüste unter den Flügeln waren echt – das waren keine Übungswaffen.

Unter dem zentralen Schwerpunkt hing eine Vorrichtung, die als Wieselschote bekannt war.

Der Jeep kam neben einem Tanklaster zum Stehen. Die Mannschaft war gerade mit dem Auftanken des Bombers fertig und zog die Schläuche auf den Laster zurück.

Die Pilotin sprang heraus, noch bevor der Jeep richtig zum Stehen gekommen war. Sie ging um das Raumflugzeug herum und musterte prüfend, um die Flugsicherheit festzustellen. Zwei Mann vom Bodenpersonal befanden sich im Cockpit und bereiteten es für die Pilotin vor. Der Major stieg aus dem Jeep, marschierte um das Fahrzeug herum, öffnete Jamil die Tür und salutierte, als dieser ausstieg.

Jamil betrachtete die Miene des Mannes genauestens. Hätte Jamil nur ein Lidzucken bemerkt, ein verächtliches Lippenkräuseln, irgendein Anzeichen dafür, daß VanDerGard wußte, daß er nur eine Rolle spielte, dann hätte er es sich vielleicht anders überlegt und den Major hier und jetzt ausgeschaltet.

VanDerGard salutierte voller Respekt mit ernster und würdevoller Miene, wie es dem Anlaß geziemte. Jamil erwiderte den Salut des Majors und trat auf das Landefeld. VanDerGard ging zur Bombardiersluke, langte hinein, zog einen Coverall und einen Flughelm hervor und reichte beides an Jamil weiter. Dann griff der Major erneut in die Luke, holte sich ebenfalls einen Satz Flugkleidung und streifte sich den Coverall über die Uniform. Jamil warf einen raschen Blick in die Runde. Die Pilotin war zum Heck des Raumflugzeugs gegangen. Die Bodenmannschaften waren in einiger Entfernung beschäftigt.

VanDerGard sah auf und bemerkte, daß Jamil sich noch nicht anzog. »Passen die nicht, Sir? Wir haben sie noch eine Nummer größer ...«

»Hören Sie, Major, lassen Sie uns einmal Klartext reden«, sagte Jamil kurz angebunden. »Sie und ich wissen sehr wohl ...«

»... daß Katchan der ihm vorgeworfenen Vergehen unschuldig ist, wollten Sie sagen, Oberst?« VanDerGard zuckte die Achseln. »Das würde ich auch gern denken, Sir, aber ich muß hinzufügen, daß die Beweise gegen ihn sehr stark sind – gemessen an dem, was ich gesehen habe. Sie sollten sich fertigmachen, Sir«, drängte er, als er bemerkte, daß Jamil sich nicht rührte. »Wir starten in Kürze.«

Soviel dazu.

Jamil zog sich den Coverall über die Uniform, nahm den Flughelm entgegen und wartete darauf, daß die Pilotin die Startbereitschaft anzeigte. Er blickte über das Landefeld zum Stützpunkt und fragte sich, ob Xris schon wußte, daß sein Partner verschwunden war, und was er deswegen unternahm. Es war wenig wahrscheinlich, daß Xris eine Art Rettungsversuch auf die Beine stellen würde, aber falls doch, mußte Jamil auf alles vorbereitet sein.

Der Rettungsversuch blieb aus.

Die Pilotin winkte; alles war bereit. Sie kletterte die Leiter hinauf und nahm ihren Platz im Cockpit ein.

Die zwei hohen Offiziere betraten den Bomber über eine Leiter im Bombenschacht, der an den Mannschaftsbereich anschloß. Sie schnallten sich in den Sitzen des Funkers und des Bombardiers an. Die Pilotin schaltete die Motoren ein und ließ sie hochdrehen. Für jemanden, der die vergleichsweise Behaglichkeit von Raumkampffliegern gewohnt war, war der Motorenlärm innerhalb des größeren und schwereren Bombers ohrenbetäubend. Jamil verzog das Gesicht und fragte sich, wie ein lebendiges Wesen so etwas überstehen konnte. Eine Hand berührte ihn am Arm. VanDerGard deutete auf ein Kabel mit einem Stecker, das von Jamils Helm hing, zu einer Steckdose in der Bordwand.

Jamil stöpselte sich ein, und gesegnete Ruhe umfing ihn. Die Geräuschfilter des Helms absorbierten vollständig das Dröhnen der Motoren und das Knarren und Knallen des Rumpfes. Jamil spähte aus dem kleinen Bullauge. Ein Sturm braute sich über der Wüste zusammen; Blitze zuckten durch die Wolken, die sich rasch in der Hitze aufbauten.

Jamil entbot Xris ein stummes und reuevolles Lebewohl, wünschte ihnen beiden Glück und machte sich für den Start bereit. Er saß im Funkersessel. Eine Stimme erklang in seinem Helm.

»Flotte Drei Fünf Neuner Zirkon, Sie sind freigegeben für Vorrangstart von Startbahn Zwei Neuner. Jedweder Verkehr ist aus Ihren Start- und Aufstiegsvektoren umgeleitet. Einen guten Flug. Pandor Tower Ende.«

Die Pilotin verschwendete keine Zeit. Das Raumflugzeug – schwerfällig und unbeholfen am Boden, im Raum jedoch von einer todbringenden Schönheit – ruckte an und beschleunigte über die Startbahn.

Start und Flug waren für Flottenmaßstäbe ereignislos, ungeachtet der Tatsache, daß mindestens dreimal (soweit Jamil es mitbekommen hatte) Blitze in den Rumpf des

Raumflugzeugs einschlugen. Jamil erwartete alle möglichen unheilvollen Folgeereignisse – vom Explodieren der Motoren bis zum Zusammenbruch der elektrischen Systeme, doch nichts passierte. Die Pilotin schienen die Einschläge völlig kalt zu lassen, und VanDerGard hatte sie offenbar nicht einmal bemerkt. Jamil wandte den Blick vom Sichtschirm. Mit zusammengebissenen Zähnen, schwitzend und nervös, umklammerte er die Lehnen seines Sitzes und blickte starr nach vorn. Er verabscheute Raumflüge. Das genau war der Grund, warum er zur Armee gegangen war. Neunzig Prozent der Zeit befand man sich mit den Füßen auf festem Boden.

Nach Austritt aus der Atmosphäre schaltete die Pilotin den Nuklearantrieb ein und verließ das pandorische System. Jamil blickte wieder auf den Sichtschirm. Ein kleiner Lichtpunkt, nicht heller als die Sterne, wurde langsam größer. Jamil starrte darauf und stieß einen Pfiff aus; er vergaß völlig, wo und in welcher Lage er sich befand.

»Haben Sie noch nie einen Kommandokreuzer gesehen, Sir?« fragte VanDerGard.

»Schon seit sehr langer Zeit nicht mehr«, antwortete Jamil wahrheitsgemäß. »Und so sahen sie nie aus! Mein Gott, ist die groß.«

»Die *König James II.* gehört zu der neuen Septimus-Severus-Klasse der Kommandokreuzer«, sagte VanDerGard mit unüberhörbarem Stolz in der Stimme. »Sie wurde erst vor vier Monaten in Dienst gestellt. Der König und die Königin haben an den Feierlichkeiten beim Stapellauf teilgenommen.«

Das Schiff hatte eine größere Fläche als viele Städte und mehr Menschen an Bord. Die blaugraue Durastahlhülle schimmerte im Licht der fernen Sonne von Pandor. Hunderte von Bullaugen funkelten an der Oberfläche der Hülle, die glatt, glänzend und unbeeinträchtigt von Antennen, Kanonen, Torpedorohren, Lasgeschützen oder anderen Waffenbaufbauten war.

Aber es gab diese Waffen. Harry – der über sämtliche

Neuentwürfe der Raumflotte Bescheid wußte – hatte sich tagelang unter anderem darüber ausgelassen, daß alle Waffen und andere Instrumente in die Hülle eingebaut worden waren. Im Kampfeinsatz mußte das Schiff einen imposanten Anblick bieten. Jamil stellte sich vor, wie Geschützklappen aufglitten, Torpedoschleudern ausgefahren wurden. Er war dermaßen fasziniert, daß er beinahe vergaß, daß er vermutlich mehr von diesem Schiff sehen würde, als er eigentlich wollte.

Zum Beispiel die Arrestzellen.

VanDerGard besprach sich mit der Pilotin. Vermutlich bestellte er die bewaffnete Begleitung, die Beineisen und die Handschellen.

Nun, wie Jamils alter Feldwebel immer sagte: Wenn das Feindbombardement über dich hereinbricht, kannst du nur noch den Kopf einziehen und schwitzen.

Jamil zog den Kopf ein und begann zu schwitzen.

10. Kapitel

Now is the time for all good men to come to the aid of the party.

Charles Waller

Der Zoll war nicht so schlimm, wie Darlene befürchtet hatte. Nach einer kritischen Inspizierung mußte sie keine Maske anlegen, wie es von einigen ihrer unglücklicheren Mitreisenden verlangt wurde. Allerdings empfahl der Zollbeamte, daß sie etwas mit ihrem Haar unternahm. Nachdem sie dem Beamten versichert hatte, daß dies ihre allererste Pflicht sein würde, überreichte Darlene den Computerkoffer und die Reisetasche zur Überprüfung. Der Beamte warf einen angeödeten Blick auf den Computer und einen skeptischen Blick auf die kleine, schäbige Reisetasche.

»Wie lange wollen Sie bleiben?« fragte er.

»Eine Woche«, erwiderte Darlene. »Ich bin wegen des Karnevals hier.«Der Beamte hob eine gezupfte und skeptische Augenbraue. Er öffnete ihr Handgepäck und warf einen angewiderten Blick hinein. »Wie ich annehme, werden Sie sich in den Nacktkolonien aufhalten.«

Darlene ergänzte hastig: »Ich will auch einen ausgedehnten Einkaufsbummel machen. Ich möchte mir eine komplette neue Garderobe kaufen.«

Mit einem bedeutungsschwangeren Blick auf ihre derzeitige Kleidung äußerte der Beamte die stumme Meinung, daß dies wohl sehr zu empfehlen sei. Mit einer lässigen Handbewegung winkte er sie durch die Zollschranke.

Darlene verließ den Zollbereich, lächelte immer noch über diesen Zwischenfall und suchte nach Raoul, als sie einer adonischen Gruppe begegnete, die offensichtlich auf dem Weg zu einer Nacktkolonie war. Der Anblick war beeindruckend. Darlene starrte ihnen immer noch hinterher, als Raoul und der Kleine auf sie stießen.

Raoul begrüßte sie mit einer Umarmung und einer Vielzahl von Küßchen, als wären sie dreißig Jahre und nicht dreißig Minuten getrennt gewesen. Allerdings war dies die typische adonische Begrüßungsform, wie Darlene anhand der küssenden und sich umarmenden Menge um sich herum feststellte.

»Du bist nicht maskiert! Herzlichen Glückwunsch!« sprudelte Raoul hervor, hielt – ängstlich – inne und fragte mit lauter Flüsterstimme: »Was hat man über dein Haar gesagt?«

»Ich soll zum Friseur gehen«, erwiderte Darlene, ebenfalls flüsternd.

»Mehr nicht? Ich dachte, sie verurteilen dich zu . . . na, ist ja auch egal. Sie haben es nicht getan.« Raoul seufzte. »Allerdings sind wir noch nicht hier raus.«

Er schaute sich gründlich um und musterte die Menge genauestens. Darlene vermutete, daß er nach Hung-Killern Ausschau hielt, und wollte ihn schon fragen, ob er etwas Verdächtiges bemerkt hätte, als er einen Seidenschal aus seiner Handtasche holte und ihn Darlene überreichte.

»Zieh dir das über den Kopf«, sagte er gedämpft. »Wir müssen meinen Unterschlupf erreichen, und der Magnet wimmelt regelrecht von Polizisten.«

Darlene hätte das sicherlich begrüßt, wäre sie davon ausgegangen, daß die Polizeikräfte im ›Magneten‹ (was immer das sein mochte) dort zum Schutz der Bevölkerung postiert seien. Doch so, wie sie die Adonier inzwischen kannte, vermutete sie, daß die Polizisten eher an Verbrechen gegen die Mode interessiert waren als an so elenden und geschmacklosen Vergehen wie Straßenraub, Diebstahl oder Mord. Zweifellos würde man ihren Mörder verhaften, wenn er sie in aller Öffentlichkeit niederschoß (besonders, wenn er dabei irgend jemandes feine weiße Lederschuhe mit Blut bespritzte). Doch die Polizisten würden den Mörder weitaus schneller verhaften, wenn er zur Tatzeit Polyester trug.

Gehorsam wand Darlene sich den Schal um den Kopf und begleitete Raoul durch den Raumhafen zur Gepäckausgabe, um die Anlieferung von vierzehn Schrankkoffern zu veranlassen – sämtliche Kleidungsstücke, die Raoul für einen einwöchigen Urlaub vorsah.

»Ich hoffe, daß ich genug mitgebracht habe«, sagte er besorgt, als er die Schrankkoffer über das Fahrband gleiten sah. »Ja, was ist denn?« fragte er abwesend.

Der Kleine zupfte Raoul am Ärmel. Sie hielten eine ihrer stummen Besprechungen ab; dann wandte Raoul sich an Darlene.

»Der Kleine sagt, daß dir niemand folgt, daß niemand sich auch nur im Geringsten für dich interessiert. Der Schal tut seine Wirkung.« Er nickte zufrieden und wies einen wartenden Gepäckträgerrobot auf diverse Schrankkoffer hin.

»Danke«, sagte Darlene erleichtert zu dem Kleinen.

Der Schlapphut nickte. Die kleinen Hände kamen aus den Taschen des Regenmantels hervor und wedelten über dem Kopf. Der in Richtung Raoul ruckte. Die kleinen Schultern hoben sich kurz.

Ja, dachte Darlene, das faßt es in etwa zusammen.

Nachdem Raoul festgestellt hatte, daß alle seine Schrankkoffer angekommen und vollzählig waren, gab er die Lieferdaten in den Robot ein und legte ein großzügiges Trinkgeld drauf. (»Einmal habe ich vergessen, ein Trinkgeld zu geben«, schniefte Raoul. »Nur sechs Schrankkoffer sind angekommen. Meine restlichen Kleider haben den Karneval in Jardina verbracht. Ich hoffe, sie hatten Spaß dabei. *Ich* konnte mich jedenfalls nicht aus dem Haus trauen!«) Die drei verließen den Raumhafen und strebten dem Haupttransportmittel der adonischen Städte entgegen, dem sogenannten Magneten.

Der Magnet war ein silbern schimmerndes Nahverkehrszug, der flüsterleise und außerordentlich rasch über Magnetschwebeschienen glitt. Überall in einer adonischen Stadt waren solche Magnete, und die Leute reisten fast ausschließlich mit diesen Bahnen. Im eigenen Fahrzeug irgendwohin zu fahren, wurde als Herabsetzung erachtet, ganz abgesehen von dem Umstand, daß Fahren anstrengend war, was wiederum Falten verursachte. Überdies hielt man es für der schlechten Haltung förderlich, sich auch nur kürzeste Zeit in einem Wagen aufzuhalten.

Ein kurzer Gang durch den Raumhafen – Laufen war etwas Gutes; davon bekam man stramme Waden – brachte sie zur Magnetstation. Wie der Raumhafen und überhaupt jedes andere Gebäude auf Adonia war die Station der Gipfel an Luxus und Komfort und im Stil und Entwurf auf dem neuesten Stand.

Während der Fahrt im Magneten schaute Darlene aus dem Fenster und staunte über die Schönheit dieser Welt. Jeder Gegenstand, auf den ihr Blick fiel – selbst etwas so profanes wie ein Mülleimer – wies elegante Formen, anmutiges Design und einen schönen Anblick auf. Berge, Täler, Himmel, Gras, Bäume, Blumen, Flüsse, Häuser, Menschen, Tiere – alle waren hübsch anzusehen und dem Auge wohlgefällig.

»Wahrscheinlich würde ich es bald satt bekommen, wenn ich hier lebte«, sagte sie zu sich selbst. »Wie das Naschen von Süßigkeiten. Ständig könnte ich die nicht essen. Aber ab und zu ein Johannisbeertrüffel mit dunkler Schokolade, das ist himmlisch.«

Raoul lebte in der Stadt Kanapalia, auf dem größten der zwei Kontinente von Adonia. Kanapalia lag an einem Berghang hoch über dem schimmernden blauen Wasser der Bucht von Kanapalia; man hätte die Stadt als Erholungsort bezeichnen können. Aber das traf auch auf jede andere adonische Stadt zu.

Da Fabriken – häßliche, schmutzige stinkende Dinger – auf der adonischen Hauptwelt nicht zugelassen waren, mußten alle Materialien, die eine Bearbeitung erforderten, importiert werden. Dies ließ die Lebenshaltungskosten auf Adonia außerordentlich ansteigen, aber da nur diejenigen mit einem hohen Einkommen auf dem Planeten bleiben durften, waren die hohen Kosten kein Problem. Alle Adonier, deren Einkünfte unterhalb einer bestimmten Schwelle sank, wurden vom Planeten fortgeschafft. Armut ist so unansehnlich.

Kanapalia hatte während des ganzen Jahres ein vollkommenes Klima, bot einen großartigen Ausblick auf Berge und Meer und trieb mit dem Anblick der malerischen Anwesen auf den Hängen und seiner prächtigen, sonnengetränkten Schönheit den Außenweltlern die Tränen in die Augen. Und so sollte es auch sein. Die meisten Adonier waren weitgereiste Leute und hatten große Teile der Galaxis befahren, um sich zu vergewissern, daß es zu Hause doch am schönsten sei.

Während Darlene im behaglichen und eleganten Magneten mit seinen breiten, ledergepolsterten Sitzen und der perfekt abgestimmten Inneneinrichtung saß – welche die Aufmerksamkeit nicht von dem Anblick der

Berge, des Meeres oder des klaren, kobaltblauen Himmels ablenkte –, spürte sie, wie sie allmählich dem Zauber Adonias verfiel. Die Schönheit des Planeten, die Schönheit seiner Bevölkerung und die klare frische Luft vom Meer wirkten auf einen Außenweltler wie eine jener bewußtseinsverändernden Drogen, die man auf dieser Vergnügungswelt so leicht erwerben konnte. Darlene hatte allmählich das Gefühl, daß ihr hier nichts Böses zustoßen konnte. Das Böse – häßlich, schmutzig, stinkend – würde auf Adonia gar nicht erst zugelassen werden.

Darlene wußte sehr wohl, daß sie sich damit etwas vormachte. Aber sich dieser Selbsttäuschung hinzugeben, war wunderschön. Sie hatte schon zu lange in der Isolation sicherer, keimfreier Umgebungen gelebt. Sie hatte viel zu viele Jahre in Angst verbracht – in Angst vor der Behörde, in Angst vor den Hung, in Angst vor Arbeitskollegen, in Angst vor Freunden. Nein ... das stimmte nicht. Sie hatte keine Freunde gehabt, vor denen sie sich hätte fürchten müssen. Ihre einzige Zuflucht war die Arbeit, ihr Altar der Computer. Solange sie davor kniete, konnte nichts und niemand sie dieser Zuflucht entreißen. Jedenfalls hatte sie das gedacht, bis Xris die versiegelten und verriegelten Türen ihrer sterilen Welt durchbrach. Er hatte ihren Tod beabsichtigt und brachte sie wieder ins Leben zurück. Und nun wollte sie es genießen.

Darlene Rowan hörte auf, jedes Gesicht an Bord des Magneten zu mustern, um festzustellen, ob es das Gesicht eines Meuchelmörders sei. Sie schaute nicht mehr ständig zu dem Kleinen herüber, um sich zu vergewissern, ob er sich in irgendwelche feindseligen Gedanken eingeschaltet hatte, die gegen sie gerichtet waren. Darlene packte ihre Sorgen und Ängste zusammen und verstaute sie.

Leider verstaute Darlene sie in ihrem Computerkoffer, der immer noch den petzenden Peilsender bei sich trug, von dem sie nichts wußte.

Nach adonischen Maßstäben war Raouls Chateau eher klein. Der weißschimmernde Bau mit dem roten Ziegeldach schmiegte sich an einen Berghang, unter dem sich die donnernden Meereswellen brachen. Allerdings wies das kleine Chateau alle Annehmlichkeiten auf: Schwimmbecken, Whirlpool, Sauna, Zierfischteich, Schmuckgarten, Springbrunnen im Hof, Atrium, Vogelhaus.

Wenn sie Raouls extravaganten Kleidungsgeschmack bedachte, war Darlene angenehm überrascht, daß sein Chateau geschmackvoll und elegant eingerichtet war. Allerdings herrschten auf Adonia strenge Gesetze bezüglich der Inneneinrichtung, und wie Raoul freimütig zugab, hatten seine selbst auferlegten Einschränkungen etwas damit zu tun.

Wäre es nach ihm gegangen, hätte Raoul seinem Verlangen nach einem Sofa in orangefarbenem Knüllsamt mit einem dunkelrosafarbenen Couchtisch mit Goldrändern Rechnung getragen. Da dies laut den Dekorationsbestimmungen Abschnitt sechsundzwanzig, Paragraph H verboten war, mußte er sich mit Mahagoni und Leder, seidenen Vorhängen und handgewebten Teppichen begnügen. Die Decken bestanden aus rüschenbesetztem Leinen und Batist. Die Steppdecken waren warm und vermittelten Darlene das Gefühl, sie würde sich in Schlagsahne zur Ruhe begeben.

Kaum hatte Raoul sein Heim betreten, bestellte er den Friseur. »Ich wußte nicht, daß Kosmetiker auch Hausbesuche machen«, sagte Darlene.

»Nur in Notfällen«, gab Raoul zur Antwort.

Und dann bekam Darlene ihn drei Tage nicht mehr zu Gesicht. Raoul widmete sich den qualvollen Mühen, seine Party zu organisieren. Die Invasion kleinerer Länder war schon mit weniger Planungsaufwand vorgenommen worden.

»Das Hauptziel«, verkündete Raoul, als er seinen Schlachtplan zur Erbauung des Kleinen ausführte, »besteht darin, Raj Vu auszustechen.«

Der Schlapphut nickte zustimmend, und die kleinen Augen unter der Krempe funkelten vor Kampfeseifer.

Der Feind, Raj Vu, war ein Adonier, der vier Anwesen oberhalb von Raoul bewohnte; jeder in Kapanalia – einschließlich Raj Vu selbst – erachtete ihn als den Kronprinzen aller Parties. Seine Gästeliste war ausgesprochen exklusiv; man wußte, daß man auf Adonia etwas galt, wenn man eine Einladung zu einer Veranstaltung von Raj Vu erhielt.

Ungeachtet der Tatsache, daß sie beinahe Nachbarn waren, hatte Raoul niemals eine Einladung erhalten. Man hatte einmal gehört, wie Raj Vu ihn als »schäbigen kleinen Giftmischer mit dem Schleicher im Regenmantel« bezeichnete hatte. Raouls Freunde hielten es für ihre Pflicht, ihm dieses Zitat zu hinterbringen – und sie taten es auch, als sie wieder nüchtern genug waren, sich daran zu erinnern. Allerdings war Raoul vor nicht allzu langer Zeit maßgeblich daran beteiligt gewesen, der Königin das Leben zu retten, als er und der Kleine den Versuch vereitelten, Ihre Majestät zu entführen. Beide waren daraufhin in den Palast eingeladen worden, und beide waren in galaxisweiten Nachrichtensendungen aufgetreten. Raoul konnte behaupten (was er oft und gern tat), daß er und die Königin gute Freunde seien.

Kurz darauf hatte er eine Einladung zu einer Party von Raj Vu erhalten. Wenngleich Raoul ob der Bemerkung über den »schäbigen kleinen Giftmischer« immer noch stocksauer war und Raj Vu zutiefst haßte, betrachtete er es als seine Pflicht, an der Party auf »einer Erkundungsmission« teilzunehmen, wie er es nannte. Er rechnete mit einem grauenvollen Fest, wollte es jedoch um der Sache willen durchleiden. Er litt in einem solchen Ausmaß, daß er sich drei Tage später, als die Party endete, zu Bett begeben mußte, und es dauerte eine Woche, bis er den Kopf vom Kissen heben und feste Nahrung zu sich nehmen konnte. Bei dieser Gelegenheit verkündete Raoul (mit einem Flüstern), daß er Raj Vu bei einer Party übertreffen oder bei dem Versuch sterben würde.

Als er auf Adonia eintraf, rief Raoul seine Stabschefs zusammen, die sich aus der Lebensmittellieferantin, den angemieteten Barkeepern, den Pflanzenverleihern, den Beckensäuberern, den Zeltmachern, den Hausmeistern, den Tischlern, dem Weinkellner und dem Butler zusammensetzten. Die örtliche Polizei mußte bestochen werden, die Feuerwehr vorgewarnt sein, das Krankenhaus in Bereitschaft versetzt werden.

»Ich bin ein nervliches Wrack«, beklagte er sich am Morgen des Tages vor dem großen Ereignis bei dem Kleinen.

Sie frühstückten gerade auf der Terrasse. Raoul glättete sein Haar, das von einer leichten Brise zerzaust wurde. Er nippte an seinem warmen Kakao, warf den Schwänen im Zierteich kleine Croissantstückchen zu und wiederholte seine Klage. »Ein nervliches Wrack. Ich weiß nicht mehr, ob ich Männlein oder Weiblein bin.« Er rückte seinen Stuhl aus dem hellen Sonnenlicht, das eine verheerende Wirkung auf sein Gesichtshaut gehabt hätte.

»Und erhalte ich irgendwelchen Beistand«, fuhr er mit zunehmend weinerlicher Stimme fort. »Ich wußte, daß ich von Darlene keine Hilfe erwarten konnte. Ich habe mit mindestens achtundvierzig Stunden gerechnet, um sie wieder einigermaßen in Form zu bekommen, und es sieht nicht so aus, als ob ich damit schiefläge. Hatte ich dir schon gesagt, daß die Maniküre unter Tränen fortgegangen ist? Ich mußte der Frau doppeltes Honorar versprechen, damit sie überhaupt wiederkommt. Aber von dir, mein kleiner Freund, hätte ich mehr erwartet. Du bist mir überhaupt keine Hilfe gewesen. Aber auch nicht die allerkleinste Hilfe!« Der Kleine knurrte, kauerte sich in seinem Regenmantel zusammen, verschränkte die Arme vor der Brust und starrte mürrisch auf den Teich.

»Wenn du mir nicht sagst, was mit dir los ist«, fuhr Raoul fort, »dann kannst du auch nicht erwarten, daß ich Verständnis zeige. Hier, nimm dir einen Muffin. Vielleicht bist du unterzuckert.«

Der Kleine nahm den Muffin und schleuderte ihn gereizt auf einen Schwan. Er traf den Vogel genau auf den Schnabel; der Schwan paddelte indigniert von dannen.

»Guter Wurf.« Darlene setzte sich zu ihnen und schenkte sich eine Tasse Kaffee ein. »Was ist mit ihm?«

Raoul zuckte die Achseln. »Seit unserer Ankunft auf Adonia hat er schlechte Laune. Eigentlich schon, seit wir Megapolis verlassen haben. Er will aber nicht darüber sprechen. Er will mir nicht sagen, was nicht in Ordnung ist. Er wird mir meine Party verderben«, schloß Raoul seine Klage mit tragischer Stimme ab. »Ich weiß es genau.«

Der Kleine knurrte wieder, schien es jedoch zu bedauern, daß er seinen Freund verstört hatte. Der Telepath rutschte unruhig in seinem Stuhl hin und her und hob frustriert die geballten kleinen Fäuste.

Darlene musterte ihn besorgt. »Er macht einen verstörten Eindruck.«

»Irgendwas scheint dich zu beunruhigen«, sprach Raoul weiter und tupfte sich mit einem seidenen Ärmel seines Morgenmantels einen Augenwinkel. Dann richtete er einen flehenden Blick auf den Kleinen. »Aber könnte es dich nicht erst nach der Party beunruhigen?«

Der Kleine dachte darüber nach und beschloß, daß es das nicht könnte.

»Es liegt doch nicht an mir, oder?« fragte Raoul, dem der Gedanke gerade erst gekommen war. »*Ich* habe doch nichts getan, was dich in Unruhe versetzt?«

Der Kleine schüttelte heftig den Kopf.

»Das habe ich auch nicht angenommen«, sagte Raoul selbstzufrieden. »Aber fragen schadet ja nichts.«

»Ist etwas?« fragte Darlene nachdenklich. »Sind irgendwelche Attentäter in der Nähe?«

Wieder schüttelte der Kleine den Kopf.

»Du sagtest, Raoul, daß er schon unruhig war, bevor wir abgeflogen sind«, sinnierte Darlene. »Geht es um Xris?«

Der Kopf des Kleinen ruckte in die Höhe. Die hellen Augen funkelten Darlene unter der Krempe hervor an.

»Es geht um Xris!« sagte sie alarmiert. »Ist ihm etwas zugestoßen?«

Wieder schüttelte der Kleine den Kopf.

»Xris *wird* etwas zustoßen?«

»Der Kleine ist Telepath, meine Liebe, kein Hellseher«, sagte Raoul, der soeben einen Nachtisch aus Erdbeeren mit Schlagsahne vertilgte.

Der Kleine antwortete nicht sofort. Er starrte unter der Krempe seines Schlapphutes hervor, starrte in den wolkenlosen Himmel, mit der konzentrierten Intensität eines Spähers, der die Schwaden eines dichten Nebels zu durchdringen sucht.

Es gelang ihm nicht.

Er senkte den Blick wieder und drosch sich auf den Kopf, daß der Schlapphut verrutschte. Dann legte er finster glubschend die Arme auf den Tisch und stützte zerknirscht das kleine Kinn darauf.

»Da! Siehst du? Er wird mir meine Party ruinieren. Vollständig ruinieren wird er sie!«

»Zur Hölle mit deiner Party«, fauchte Darlene. »Ich mache mir Sorgen um Xris. Ich glaube ... nein! Es tut mir leid. Ich hab's nicht so gemeint ...«

Ihre Entschuldigung kam zu spät. Raoul war in Ohnmacht gefallen.

Ein rasch verabreichtes Glas Sekt brachte den Adonier wieder zu sich und half ihm über den Schock hinweg, daß seine Party in die Unterwelt verbannt werden sollte.

»Ich habe es wirklich nicht so gemeint«, wiederholte Darlene reumütig und tätschelte Raoul das Handgelenk.

»Ich weiß, ich weiß«, sagte er mit einem schwachen Lächeln. »Und ich vergebe dir.«

»Aber wenn der Kleine meint, daß bei Xris irgendwas im Argen ist, sollten wir auch herauszufinden versuchen, um was es sich handelt«, beharrte Darlene.

»Ich bin sicher, daß Xris Cyborg meine Party nicht ruinieren will. Er würde es nicht zulassen, daß ihm irgend etwas zustieße, das sich auf meine Party auswirken könnte.«

»Das würde er sicher nicht«, stimmte Darlene ihm ernst zu. »Wenn es in seiner Macht läge. Aber mal angenommen, das ist nicht der Fall? Würdest du den Kleinen bitten, daß er versucht, seine Empfindungen zu beschreiben? Vielleicht bekommen wir einen Hinweis.«

Raoul seufzte in wachsender Verzweiflung, aber da es noch mindestens eine halbe Stunde dauern würde, bis die Lebensmittellieferantin eintraf, ging er davon aus, daß er den sonderbaren Impulsen seines Gastes nachgeben konnte.

Als die Frage dem Kleinen vorgelegt wurde, konzentrierte der Telepath sich derart, daß sein Schlapphut ihm über die Augen rutschte und sie vollständig verdeckte. Schließlich zuckte er die Achseln, kratzte sich durch den Schlapphut am Kopf und schaute zu Raoul auf, der daraufhin ein verdattertes Gesicht machte.

»Soweit ich es verstehen kann, fühlt er sich, als ob er einen Einkaufsbummel macht und dieses fabelhafte Hemd entdeckt ... todschick, mit Rüschenrändern an den Manschetten und kleinen Perlenknöpfen. Und es paßt wie angegossen! Er bringt es nach Hause, zieht es an und« – Raoul hob den Blick gen Himmel – »der Ärmel fällt ihm ab!«

»Das hat er gesagt?« Darlene war skeptisch.

»Nicht direkt mit diesen Worten«, gestand Raoul. »Die Übersetzung hat er mir überlassen. Aber ich glaube, daß dies seine Gefühlslage ziemlich genau beschreibt. Wirst du dich mit Xris Cyborg in Verbindung setzen?«

»Ich habe leider keine Möglichkeit«, sagte Darlene und warf einen besorgten Blick auf den Kleinen. »Xris und Jamil befinden sich bereits im Armeestützpunkt. Wir sollen keine Verbindung herstellen ...«

»Außer in einem Notfall«, fiel Raoul ein.

Darlene dachte darüber nach; dann schüttelte sie den Kopf.

»Was soll ich ihm denn sagen? Seid vorsichtig, denn

der Kleine hat sonderbare Empfindungen, die er nicht erklären kann?«

Raoul grübelte. »Du könntest Xris raten, bei jedem Hemd, das er kauft, ganz genau auf die Nähte zu achten.«

Bei diesen Worten stieß der Kleine ein schrilles Kreischen aus – ein enervierendes Geräusch, das den Schwan aus dem Wasser aufsteigen und zum anderen Ufer fliehen ließ. Der Kleine schüttelte zornig die Fäuste – vielleicht gegen Raoul, vielleicht gegen Darlene, vielleicht gegen den Schwan oder auf gegen gar nichts Bestimmtes. Dann rutschte er vom Stuhl herunter und stapfte mißgelaunt ins Haus, wobei er bei jedem Schritt wütend gegen den Saum seines Regenmantels trat.

»O Gott! Meine Party!« stöhnte Raoul auf, brach am Tisch zusammen und ließ den Kopf auf die Arme sinken.

»O Gott . . . Xris«, murmelte Darlene.

11.
Kapitel

»Auf die Freunde, die nicht da sind.«

Trinkspruch des Tages,
Sonntag, Königliche Marine

Als Xris die Offiziersmesse verließ, macht er einen kurzen Abstecher zu jenem Teil des Stützpunktes, der in der Nähe der Baustelle lag. Er war erfreut, als er bemerkte, daß dieser Abschnitt, obwohl dort tagsüber Betriebsamkeit herrschte, in der Nacht wahrscheinlich verlassen sein würde. Dies war der Wartungsbereich der Basis; Fahrzeuge aller Art und in unterschiedlichem Zustand von Beschädigung waren hier geparkt.

Am Zaun standen drei PV-L-Leichtpanzer, zwei mit herausmontiertem Antrieb, einer mit halb auseinandergebautem Turm. Nutzlaster in Wintertarnung standen in einer Reihe; wahrscheinlich waren sie kürzlich von einem anderen Planeten eingetroffen und warteten auf einen Wüstenanstrich. Ein zweiundsiebzig Tonnen schwerer Luftkissenschlepper glänzte am Ende der Reihe. Der Schlepper war der Stolz der Werkstatt und zeigte das Wartungssymbol auf der vorderen Stoßstange. Ein Feldwebel war noch auf dem Gelände. Der Mann warf Xris einen neugierigen Blick zu, als er vorüberschlenderte; der Anblick eines Fremden in diesem Bereich genügte, um sein Interesse zu wecken.

Xris ging zu dem Mann hinüber. »'n Abend, Feldwebel.« Er schaute sich in der Garage um – mit dem glücklichen Blick eines Mannes, der nach längerer Abwesenheit nach Hause gekommen ist.

»Captain«, sagte der Feldwebel mit ärgerlichem Blick und wischte seine schmierigen Hände an einem Lumpen ab. Dies war der Bereich des Feldwebels, und er war offensichtlich mißtrauisch gegenüber hochrangigen Eindringlingen.

»Kann ich etwas für Sie tun, Sir?«

»Im Moment nicht, Feldwebel. Ich habe ein Warnlicht an einem ferngesteuerten, temperaturgeregelten Lagerbehälter. Ich hätte gern, daß Sie mal einen Blick darauf werfen.«

»Entschuldigen Sie, Sir, aber ... wovor warnt das Licht?«

»Biologische Gefährdung. Trotzdem kein Grund zur Sorge. Das Warnlicht blinkt nicht, als ob es warnt. Es blinkt, als ob es kaputt ist. Ich kenne den Unterschied.«

»Ja, Sir.« Der Feldwebel war nicht überzeugt.

»Es gibt keinen Grund zur Sorge, sofern der Behälter nicht falsch geöffnet wird. Bestimmte Systeme müssen zuerst abgeschaltet werden, in der richtigen Reihenfolge. Aber ein Fehler, und ...« Xris zuckte die Achseln und überließ die Einzelheiten der Vorstellungskraft des Feldwebels, die ziemlich lebhaft sein mußte. Der Mann trat einen Schritt zurück und sah sich nervös um. »Haben Sie den Behälter mitgebracht, Sir?«

»Nein, ich wollte das verdammte Ding nicht mit mir herumschleppen, während ich nach dem Wartungsbereich suchte. Ich werde ihn heute abend vorbeibringen. Sie können ihn morgen überprüfen. Wo kann ich ihn abstellen?«

»Wie wäre es mit dort drüben, Sir? Neben diesen Luftkissenjeep mit dem eingedellten Fender. Niemand wird den Behälter anrühren, Sir. Sie können sich darauf verlassen.«

»Gut. Ich werde morgen irgendwann vorbeikommen, um bei der Hand zu sein, falls Sie den Behälter öffnen müssen.«

»Ja, Sir. Danke, Sir.« Der Feldwebel schien ungemein erleichtert zu sei. Vielleicht hatte er morgen frei.

»Lassen Sie sich durch mich nicht von der Arbeit abhalten.« Xris langte automatisch mit der Hand in die Tasche, um einen Dreher herauszuholen. Mitten in der Bewegung hielt er inne. »Meine erste Einheit war ein Wartungstrupp beim dreißigsten Feldartillerieregiment. Reparatur und Überholung. Wir haben an diesen alten, modifizierten Zerstörern gearbeitet. Großer Gott!« Xris schüttelte den Kopf. »Was für ein Haufen Schrauben!«

»Ja, Sir.« Der Feldwebel stimmte zu. Er war jetzt gelöster, weil er wußte, daß die nicht funktionierende Biorisikokiste nicht in naher Zukunft ihren Auftritt haben würde. »Das stimmt. Aber wenn man sie erst mal am Laufen hatte, gab es nicht viel, was sie aufhalten konnte. Ja, ich erinnere mich, einmal ...«

Der Feldwebel erzählte eine Geschichte. Xris hörte zu, lachte, und mußte zweimal seine Hand davon abhalten, in die Tasche zu greifen. Der Feldwebel beendete seine Geschichte und bot an, Xris den Platz zu zeigen.

»Danke, Feldwebel, aber es sieht aus, als ob sie bald Feierabend machen. Muß schon nach ihrer Zeit fürs Abendessen sein. Oder haben Sie Nachtschicht?«

»Nachtschicht!« Der Feldwebel schnaubte. »Bitte um Entschuldigung, Sir, wozu sollten wir hier eine Nachtschicht schieben? Es ist ja nicht so, als ob hier je etwas los ist. Gebrochene Achsen, platte Reifen, manchmal ein explodierter Motor, verstopfte Luftdüsen – das ist alles an Arbeit hier. Ich bin länger geblieben, um ein eigenes kleines Projekt zu erledigen. Wenn Sie es sehen möchten, Sir?«

Xris hatte alles herausgefunden, was er wissen mußte, aber er blieb einige Augenblicke länger, um eine uralte interne Verbrennungsmaschine zu bewundern, die der Feldwebel in einer Ecke des Lagerschuppens entdeckt und gerettet hatte, und die er nunmehr restaurierte. Xris war angemessen begeistert. Er blieb und schaute zu, wie der Feldwebel die Maschine liebevoll mit einer Plane abdeckte.

»Gehen sie wieder zu den Baracken zurück, Sir?« fragte er.

»Nein, nicht sofort«, sagte Xris. »Ich dachte, ich mache noch einen Rundgang auf der Basis.«

Der Feldwebel betrachtete ihm mit distanzierter Sympathie. Er beugte sich nahe zu Xris vor und sagte mit gedämpfter Stimme: »Wenn Sie eine rauchen wollen, Sir, gehen Sie zu den Vorratsschuppen nahe am Zaun. Dort ist zu dieser Nachtzeit keine Menschenseele.«

Xris starrte den Mann an.

Der Feldwebel lachte leise. »Ich hab' Ihre Hand zu Ihrer Tasche wandern sehen, Sir. Ich bin selbst Raucher. Eine gute Zigarre ist nicht zu schlagen, was, Sir? Wenn sonst nichts weiter ist . . .«

»Nein, Feldwebel.« Xris lächelte. »Danke. Sie waren eine große Hilfe. Äh, wo . . .«

»Dort entlang, Sir. Diese Tür hinaus und dann nach rechts.«

Xris nickte.

Der Feldwebel zog die Tür zum Wartungsschuppen zu und schloß sie ab; dann salutierte er und ging zurück zu den Baracken.

»Bei Gott«, murmelte Xris vor sich hin, als er in die angegebene Richtung ging – jene Richtung, die ihm zum Zaun führte, »das war ein Glückstreffer. Da stehe ich hier und suche nach einer Möglichkeit, den Typen loszuwerden, und er schickt mich genau dorthin, wohin ich will. Bis jetzt war das der leichteste Job seit langem.«

Der Wartungsschuppen war ein großes, hüttenartiges Gebäude aus Wellblech, das nur ein paar Meter vom Zaun entfernt stand, genau dem Bauplatz gegenüber. Als Xris zum Zaun ging, konnte er das Glühen der Absicherungslampen sehen, die das Umfeld des abgestürzten Raumflugzeuges beleuchteten. Es war fast direkt gegenüber. Wenig mehr als einen Kilometer entfernt.

Er hätte sich nichts Besseres wünschen können. Er zog das Goldetui aus seinem Beinfach und nahm einen Dreher heraus, zündete ihn an und inhalierte tief und zufrieden. Nach einigen Zügen schnippte er die Dreherkippe gegen den Zaun. Der Dreher traf das Metall. Blaues Licht blitzte auf; es gab ein knisterndes Geräusch. Xris grunzte. Das hatte er erwartet. Er wandte sich um, nun sicher, daß der Feldwebel lange fort war, und ging zurück zum Schuppen.

Sowohl der Wartungsschuppen als auch der Platz waren von Atomlampen erleuchtet; es waren hier die einzigen Lichter mit Ausnahme einiger Sicherheitslampen über dem Zaun. Xris war's zufrieden. Der Platz war der perfekte Ort, um den Lagerbehälter unterzubringen.

Aus dem Stützpunkt zu kommen, war das nächste Problem. Xris schlenderte wieder zum Zaun zurück und gönnte sich dabei einen weiteren Dreher. Er hatte nicht die Absicht, durch den Zaun zu brechen. Der würde seinen Arsch genau so schnell braten, wie er eben den des Drehers knistern ließ. Außerdem war der Zaun unzweifelhaft mit Sensorgeräten beladen, inklusive Ersatzsensoren, falls den ersten etwas passieren sollte. Aber Xris mußte gar nicht über den Zaun. Er konnte den Bauplatz auf einem einfachen Weg betreten. Die Robotkiste, die mußte über den Zaun. Aber die hatte Düsen, mit Fernsteuerung, und würde von einigen Strängen Stacheldraht nicht verletzt werden.

Das einzige Problem könnte eine Art magnetisches Kraftfeld sein, das von der Oberseite des Zaunes ausstrahlte. Jamil hatte das nicht für wahrscheinlich gehalten, und Xris sah keine Anzeichen dafür, während er seine Untersuchung vornahm. Er wartete einen Moment und wurde durch den Anblick eines tieffliegenden Vogels belohnt, der ohne Zwischenfall über den Zaun segelte.

Es war ein Zeichen der Götter. Wenn es eine Taube gewesen wäre, hätte Xris sich vielleicht zur Religion bekehren lassen. So wie es aussah, brauchte er den Behälter bloß in den Wartungsschuppen zu stellen, um kurz nach halb finster zurückzukommen, wenn alle außer den Wachen im Bett sein würden, den Behälter herauszuzerren und ihn neben den Zaun zu stellen. Sobald er den Bauplatz erreichte, würde Xris die Fernbedienung benutzen, um den Behälter in die Höhe und über den Zaun zu stemmen. Er würde den Behälter am Zaun lassen, den Robot zurückholen, vom abgestürzten Flugzeug zum Zaun zurückgehen, den Robot in den Behälter stopfen und den Behälter mitsamt Robot zurück über den Zaun schicken. Dann würde er auf die Basis zurückkehren, den Behälter wieder in den Wartungshof stellen und ihn abholen, wenn er und Jamil bereit waren, wieder zu verschwinden.

Wenn irgend jemand sich fragte, was Xris mit dem Behälter drüben in der Nähe der Wartung machte, statt im Vortragsgebäude zu sein, so hatte Xris schon vorgesorgt, daß der Behälter nicht richtig funktionierte; er hatte ihn zur Reparatur in die Wartung gebracht.

Er warf einen Blick ins Auditorium, in dem der falsche Oberst Jatanski seine Rede halten würde. Als er den großen, leeren Vortragssaal entdeckt hatte, verbrachte Xris einige Minuten damit, die Beleuchtung und die Akustik zu überprüfen. Das Podium an seinen Platz zu stellen und all die Aufgaben zu erledigen, die ein Captain erledigen sollte, wenn er eine Rede vorbereitete, die sein Oberst halten sollte. Als Xris fertig war, ging er wieder hinaus.

Dann stand er in der Dunkelheit und genoß die warme Nachtluft. Seine nächste Aufgabe: herauszufinden, wie einfach es sein würde, vom Stützpunkt zu kommen.

Xris schlenderte zum Eingangstor hinüber. Die Lichter der Stadt schimmerten in der Ferne. Konnte nur ein paar Kilometer weit weg sein – ein angenehmer Spaziergang unter sternenerleuchtetem Nachthimmel. Das Tor stand weit offen; zwei Militärpolizisten – ein Gefreiter und ein Hauptgefreiter – hingen im Wachhaus herum und unterhielten sich fröhlich. Der Gefreite hatte sich das Strahlengewehr über eine Schulter geschlungen. Der Hauptgefreite hatte sein Gewehr aufrecht an die Wand gelehnt, während er sich eine Tasse Kaffee einschenkte. Diese beiden Burschen erwarteten keinen Ärger.

Xris rief einen Gruß, als er sorglos durch das Tor schlenderte. Der Gefreite schoß hinaus, ihm nach.

»Captain! Entschuldigen Sie, Sir«, der Gefreite holte Xris ein und salutierte, »aber darf ich Ihre Befehle sehen?«

»Keine Befehle, Gefreiter«, antwortete Xris in freundlichem Tonfall. »Ich bin nicht im Dienst. Ich dachte, ich spaziere mal in die Stadt und schau mir das örtliche Nachtleben an.«

»Tut mir leid, Sir, aber die Stadt ist tabu. Niemand darf die Basis ohne schriftliche Befehle verlassen.«

»Verdammt«, sagte Xris. »Ist die Stadt ein so gefährliches Pflaster?«

»Nein, Sir. Eigentlich ist die Stadt sehr ruhig. Wir hatten nie Probleme mit den Einheimischen. Es gibt da eine Vereinbarung zwischen der Basis und der pandorischen Zentralregierung. Sie mögen keine Außenweltler.«

Xris überlegte. Es konnte unangenehm werden, auf seine Captainsstreifen zu verweisen. Das würde nur Feindseligkeit hervorrufen und könnte Fragen verursachen.

»Ich verstehe.« Xris zuckte die Achseln. »Ich schätze, da bleibt mir keine andere Wahl, als wieder ins Bett zu gehen.«

»Tut mir leid, Sir. Aber es gibt ja die Offiziersmesse, Sir«, fügte der Gefreite hinzu.

Xris zog eine Grimasse. »Mein Oberst ist da drin, falls Sie verstehen, was ich meine.«

Der Gefreite grinste Xris wissen an. »Ja, Sir. Gute Nacht, Sir.«

»Gute Nacht, Gefreiter.« Xris drehte sich um, schob die Hände in die Taschen und schlenderte zurück in die Richtung seines Quartiers.

Auf zu Plan B. Er brauchte Befehle, um die Basis zu verlassen. Die sollten leicht zu bekommen sein. Pandor war galaxisweit für sein Starkbier bekannt, das dunkel und bitter war, mit einer Blume, auf der man nach der Legende ein Raumflugzeug landen konnte. Oberst Jatanski mochte das pandorische Stout besonders gern und wollte seine Vorräte auffüllen. Xris ging zurück zur Messe. Er würde sich von Jatanski den Befehl geben lassen, in die Stadt zu gehen.

»Entschuldigen Sie – Captain Kergonan?«

Xris sah auf. Es war der weibliche blonde Captain, mit dem er schon zuvor an der Bar gesprochen hatte. Sie stand auf dem Fußweg und hatte wahrscheinlich gerade die Offiziersmesse verlassen.

»Captain Strauss«, sagte Xris und trat auf sie zu.

»Frances«, erwiderte sie lächelnd. »Aber alle nennen mich Tess.«

»Und ich bin Xris.« Er lächelte zurück. »Alle nennen mit Xris.«

»Ich konnte nicht umhin zu bemerken, daß Sie mit den Wachen gesprochen haben«, sagte sie mit einem Blick in Richtung des Torhauses. »Nur mal hallo gesagt? Oder brauchten Sie etwas?«

»Was ich brauche, ist ein Bier. Die Jungs sagten mir, ich könnte ohne schriftliche Befehle nicht von der Basis.«

»Da ist die Offiziersmesse«, schlug Tess vor.

»Zu viele Oberste«, gab Xris zurück.

»Jetzt ist es ein Oberst weniger«, sagte sie und lächelte. »Wo Jatanski die Basis verlassen hat.«

Xris glaubte, sein Audioverstärker würde ihm mal wieder einen Streich spielen.

»Ich bitte um Entschuldigung«, sagte er. »Ich habe das nicht ganz verstanden. Haben Sie gesagt, daß Jatanski uns verlassen hat?«

»Ja, warum? Wußten Sie das nicht? Es tut mir leid. Oberst Strebbins hat jemand zu Ihrem Quartier geschickt, um Sie zu informieren. Das hat der Betreffende offenbar nicht getan.«

»Ich bin nicht zu meinem Quartier zurückgegangen. Ich habe einen Spaziergang gemacht, um nach dieser Rede wieder aufzuwachen. Dann habe ich den Vortragssaal überprüft.« Xris spielte den Arglosen. »Jatanski hat die Basis verlassen, sagen Sie? Wo ist er hin? In die Stadt, um sechstausend wilde Barmänner mit einem Zahnstocher abzuwehren?«

»Nein.« Tess lachte. »Der Oberst wurde abberufen, um einer Kriegsgerichtsverhandlung beizuwohnen. Generalin Hanson hat ihren Adjutanten geschickt, einen Major namens VanDerGard. Er ist eigens mit einem speziellen Raumflugzeug gekommen.«

Ein Alarm ging an Xris' kybernetischem Arm los; LED-Lichter blinkten; ein Piepsen ertönte und teilte ihm mit, daß sein Nervensystem verrückt spielte. Er war nicht überrascht. Der Schock hatte ihn regelrecht umgeworfen.

»Oberst Jatanski? *Mein* Oberst Jatanski?« Xris war überzeugt, Tess müßte sich irren. »Ein großer, gutaussehender Bursche . . .«

»Ich kenne Oberst Jatanski«, versicherte ihm Tess. »Er sieht *sehr* gut aus, nicht wahr? Aber ein bißchen arrogant für meinen Geschmack.« Sie betrachtete Xris betroffen. »Sollten Sie daran nicht was machen?« Sie wies auf seinen Arm. Der Alarm piepste immer noch.

Xris murmelte einen Fluch. Die Nachricht über Jamil hatte ihn aus der Fassung gebracht; dennoch dachte ein

Teil von ihm, daß es eine verdammte Schande war, daß diese attraktive Frau nun herausfinden würde, daß er ein Cyborg war. Er stählte sich für den Blick voller Abscheu.

Xris trug seine Hand aus Schaumfleisch und Plastikhaut. Gearbeitet nach Abgüssen seiner guten rechten Hand, sah die falsche Hand nicht nur aus wie eine echte, sie reagierte auch so und fühlte sich auch so an. Sie war warm bei Berührungen; sie besaß Haare, Adern, Nagelbett und Fingernägel. Fehlten nur noch Narben. Oder Warzen. Ein Arm aus Schaumfleisch, Plastikhaut und Duramuskeln war mit dabei. Die meisten Cyborgs trugen immer solche ›hübschen‹ Gliedmaße.

Xris nicht. Normalerweise machte er kein Geheimnis aus seiner Kybernetik; er würde den Arm aus Stahl und Draht und das Metallbein mit dem Behälter der ganzen Galaxis zeigen, wenn es sein mußte, um seine Unsicherheit und die tiefsitzende Wut über das Schicksal, das ihn halb in einen Mann, halb in eine Maschine verwandelt hatte, zu überdecken. Er benutzte das mitunter aufdringliche Vorzeigen seiner kybernetischen Gliedmaßen, um Leute von vornherein abzustoßen, um sich nicht mit ihnen und ihren Reaktionen auseinandersetzen zu müssen.

Sicher. Gut. Xris gab dies selbst zu, aber das Wissen machte es nicht leichter, Mitleid in den Augen einer Frau zu sehen.

Er öffnete den Behälter, nahm die Einstellung vor, die die benötigte Chemikalie in seinen Blutkreislauf injizieren würde, um das Gleichgewicht wiederherzustellen, das sein elektronisches System beeinflußte. Als er fertig war, zog er seinen Ärmel wieder hinunter, doch Tess' Hand auf seinem mechanischen Arm hielt ihn auf. Ihre Berührung erschreckte ihn; beinahe hätte er darüber Jamil vergessen.

Kein Abscheu ober Mitleid in ihren Augen. Statt dessen leuchteten sie vor Interesse.

»Wie faszinierend! Was haben Sie da gemacht? Ein chemisches Gleichgewicht wiederhergestellt? Ich habe über die Gliedmaßen gelesen, die diese Fähigkeit besitzen, aber ich habe noch nie eines gesehen, das so ausgefeilt war.«

»Natürlich nicht«, gab er zurück. »Wer läuft schon herum und befühlt einem den falschen Arm?«

Tess errötete und zog ruckartig die Hand zurück. »Es tut mir leid, Xris. Ich habe nicht nachgedacht. Nicht sehr taktvoll von mir.« Sie seufzte und lächelte schuldbewußt. »›Miss Feuer-Frei‹. Das ist mein Spitzname auf der Basis. Er bezieht sich nicht auf meinen Umgang mit Waffen. Ich fange immer schon zu reden an, bevor ich mein Gehirn einschalte. Es ist nur ... das Studium der Kybernetik war mein Nebenfach auf dem College. Ich interessiere mich für die neuesten Entwicklungen auf diesem Gebiet. Es tut mir leid, wenn ich Sie beleidigt habe ...«

»Nein, nein, überhaupt nicht«, versicherte ihr Xris. Nun war es an ihm, verlegen zu sein. »Es ist meine Schuld. Ich bin zu empfindlich. Ich muß zugeben, daß es ... nun ja, erfrischend ist, jemanden zu finden, der einen so praktischen Blick für meine ... äh ... Veränderung hat.«

Er beendete das Herabrollen seines Ärmels. »Dies wäre der ideale Zeitpunkt für mich, zu sagen: ›Ich würde Ihnen gern den Reist meiner Körperteile zeigen.‹ Aber ich sollte wirklich herausfinden, was mit Jatanski passiert ist. Er hat die Basis verlassen, sagen Sie? Um einem Kriegsgerichtsverfahren beizuwohnen?«

»Ja, er stand an der Bar, als der Major zu ihm kam. Jeder hat es gehört. Ein Oberstleutnant unter Jatanskis Kommando wurde beim Diebstahl von Regierungseigentum erwischt. Sie kennen ihn wahrscheinlich. Tut mir leid, aber ich kann mich nicht an den Namen erinnern. Er und der Oberst müssen einander gut gekannt haben, denn die Neuigkeiten haben Jatanski ziemlich unvorbereitet getroffen. Er sah ungefähr so verstört aus, wie Sie vorhin für einen Moment.«

»Darauf möchte ich wetten«, murmelte Xris. Dann fragte er: »Er hat die Basis verlassen?«

»Vor ungefähr zwanzig Minuten. Sie sind heute abend auf sich allein gestellt, Captain.«

»Auf mich allein«, wiederholte Xris. Er versuchte, sein Hirn in den ersten Gang zu bekommen, weil es offensichtlich auf Null stand. Jamil ... Jatanski ... Kriegsgerichtsverhandlung ... Generalin Hanson ... Jamil fort. Ein Major ... begleitete ihn von der Basis ... Spezialflugzeug ...

Nichts von alledem ergab auch nur den geringsten Sinn!

»Merkwürdig, daß Jatanski mir nicht gesagt hat, daß er geht«, sagte Xris. »Oder mich mitgenommen hat.«

»Er wollte mit Ihnen sprechen, aber der Major sagte, es sei keine Zeit. Und Jatanski konnte Sie nicht gut mitnehmen, denn *Sie* halten morgen die Rede.«

Xris starrte. »Ach wirklich? Hat Jatanski das gesagt?«

»Nein, das ... Oh, hier ist der Überbringer der Nachricht. Nun bekommen Sie alle Antworten«, sagte Tess.

Xris wünschte, er könnte so zuversichtlich sein. Ein Hauptgefreiter umrundete die Ecke. Tess winkte ihm und rief. Der Hauptgefreite eilte herbei und salutierte. Der Mann war leicht außer Atem.

»Captain! Ich habe überall nach Ihnen gesucht, Sir. Ich habe eine Nachricht von Oberst Jatanski.«

Der Hauptgefreite überbrachte die Nachricht: Oberst Jatanski war von einem Major VanDerGard von der Basis begleitet und zu Generalin Hanson's Flaggschiff gebracht worden, der *König James II*, um als Offizier in der Kriegsgerichtsverhandlung eines Oberstleutnant Katchan zu dienen. Xris hörte nur halb zu. Er versuchte, seine Selbstbeherrschung wieder zu erlangen, während er herauszufinden versuchte, was, zum Teufel, hier vorging.

Sein erster Gedanke war, daß Jamil ihn hereinlegen wollte. Wenn das stimmte – bei Gott ...

Xris gab diesen Gedanken schnell auf. Er und Jamil konnten sich manchmal wohl zerstreiten, aber Jamil war viel zu professionell – und zu sehr ein Söldner –, um etwas zu tun, das ihren gutbezahlten Job gefährden könnte.

»... während der Abwesenheit des Oberst weitermachen«, sagte der Hauptgefreite gerade.

Xris nickte.

»Das hatte der Captain mir schon gesagt«, erwiderte er. »Was sind meine genauen Befehle, Hauptgefreiter?«

»Sie sollen während der Abwesenheit des Oberst weitermachen.«

»Wer gab diese Befehle? Oberst Jatanski? Tut mir leid, daß ich so einen Aufstand mache«, fügte Xris hinzu, »aber der Oberst ist sehr detailbesessen. Und diese Rede ist sein Lieblingsprojekt. Ich möchte da nichts verderben.«

»Er ist wirklich wild auf das Thema, nicht wahr?« bemerkte Tess. »Ich konnte sehen, daß Jatanski nicht gerade erfreut war, daß er fort mußte. Aber es war Generalin Hanson, die den Befehl gab. Hanson sagte, daß Sie recht vertraut mit dem Thema seien und die Aufgabe allein bewältigen könnten. Jatanski argumentierte zwar noch ein wenig, aber er kam nicht sehr weit.«

»Die *Generalin* ... gab meine Befehle ...« Xris war verblüfft. Die Sache wurde von Minute zu Minute merkwürdiger. »Daß ich die Aufgabe allein durchführen sollte?«

»Das ist richtig, Sir«, entgegnete der Hauptgefreite. Er hielt einen Umschlag in den Händen. »Hier ist es schriftlich.«

Xris nahm die Disk und starrte sie an, als ob er die Nachricht – welche sie auch enthalten mochte – irgendwie aus dem Plastik heraussaugen könnte. »War noch etwas für den Captain, Hauptgefreiter?« fragte Tess.

»Ja, Ma'am. Captain Kergonan, Sie sollen zu Oberst Jatanskis Quartier gehen, und seine Sachen zusammenpacken. Der Oberst hatte keine Zeit.«

»Gut, Hauptgefreiter, das werde ich tun«, sagte Xris. »Danke. Sie können gehen.«

Dann stand er da und hielt die Computerdiskette in

der Hand. »Vielleicht sollte ich jetzt besser einen Blick auf diese Befehle werfen.«

»Sicher. Es gibt ›Spießmaschinen‹ drüben im Wohnbereich. Wir sind nicht weit weg. Ich würde Sie gern fahren. Sie haben Ihren Ausweis bei sich, nicht wahr?«

»Natürlich.«

Jamil hatte Xris eingeschärft, seine militärische ID-Karte stets bei sich zu tragen. Sie hatten jeder eine – ein Teil der Vorräte von Mag Force 7 an falschen Ausweisen, falschen Pässen, gefälschten Visas und einer großen Auswahl unechter Empfehlungsbriefe, Geburtsurkunden und sonstiger Papiere. Darlene hatte alle notwendigen Informationen in den Computer eingegeben und jeden mit einem Falschnamen und einer dazu passenden ID-Karte ausgestattet. ID-Karten waren das Herzblut eines jeden Soldaten. Steck deine Karte in den Schlitz eines Gerätes, und du kannst Befehle erteilen, deinen Lohnscheck bei der Bank einreichen, einen Anruf nach Hause machen, eine Versetzung beantragen, jemandem eine Medaille verleihen, ein Panzerregiment quer über einen Kontinent schicken. Aufgrund beschränkten Zugangs behandelten bestimmte Computer auf der Basis nur bestimmte ID-Karten, mit Ausnahme von ›Spieß‹.

›Spießmaschinen‹ konnten mit fast jedem Aspekt des militärischen Lebens umgehen. Sie hatten ihren Namen, weil sie groß und häßlich waren, leicht zu ärgern und schlecht gelaunt. Die Spießmaschinen regierten das Leben eines jeden Soldaten. Leider war es – unvorhersehbar – schon vorgekommen, daß Spieße die Karte dem Eigentümer ins Gesicht gespuckt hatte, die falsche Karte zurückgab (während er die ganze Zeit behauptete, ›Spieß‹ habe recht, und der Eigentümer sei es, der sich selbst nicht kenne), oder die Karte einfach verschluckte und sich weigerte, sie wieder hervorzuwürgen. Spieß war schon mehr als einmal von frustrierten Opfern tätlich angegriffen worden.

»Ich halte Sie doch von nichts ab, oder?« fragte Xris, als er mit Tess auf dem Weg zum Aufenthaltsbereich war.

Sie warf ihm einen Blick von der Seite zu und lächelte. »Das kann warten«, sagte sie.

Tess und Xris betraten den Aufenthaltsraum, der zu dieser Abendstunde gut besetzt war.

Tess wies auf die Spießmaschine. Xris zog seine falsche ID heraus und zögerte. Diese Befehle von der unbekannten Generalin Hanson könnten eine Art Falle sein. Steck die Karte in die Maschine und die MP's kommen angerannt. Aber warum dann all dieser Aufwand? Hanson hätte ihn und Jamil schon lange hinter einem Kraftfeld sitzen haben können, mit Disruptoren an Arm- und Fußgelenken.

Alle fünf Spießmaschinen waren besetzt. Xris mußte sich anstellen, während ein Gefreiter mit einem Vidphonanruf seiner Mutter versicherte, daß er genug aß und genug Schlaf bekam, und ja, sie mußten seinen Kopf scheren, aber sein Haar würde ja wieder nachwachsen, und nein, sie hatte ihn keine Locke aufheben lassen, um sie nach Hause zu schicken. Als der Gefreite fertig war, entschuldigte Xris sich bei Tess, die sich diskret ein Stück entfernte.

Xris zog die Karte durch, tippte sein Paßwort ein und wartete, angespannt und nervös.

Die Nachricht erschien auf dem Schirm.

Captain Kergonan,
hiermit wird Ihnen befohlen, Ihre Aufgabe wie geplant auszuführen.
Irma Hanson, Generalin, Commander Zeta-Militärsektor, Authentifizierung Lima-Zwo-Fünf Neuner-Tango.

Xris tippte den Authentifizierungscode ein. Er kam mit einem kurzen *Bestätigt* zurück. Der Befehl kam also direkt von Generalin Hanson.

Hoffnungsvoll wartete Xris noch einen Moment, doch nichts weiter erschien, kein Hinweis irgendeiner Art, was los war; nur die Worte ›wie geplant‹ waren hervorgehoben und leuchteten rot auf dem Schirm. Xris stand da, starrte den Spieß an und fragte sich, was zum Teufel er nun tun sollte.

Ein Major VanDerGard – unbekannt – Adjutant von Generalin Hanson – ebenfalls unbekannt – hatte Jamil geschnappt, und anstatt Xris auch zu schnappen, hatte die unbekannte Generalin den schriftlichen Befehl an Xris erteilt, den Job zu beenden. Führen Sie die Aufgabe *wie geplant* durch. Und das allein war schon seltsam. Die Generalin hatte nicht gesagt: »Halten Sie die Rede.«

Führen Sie die Aufgabe durch.

Das konnte nichts weiter heißen, als die Rede zu halten, doch wer immer sich diese Mühe gemacht hatte – er hatte es bestimmt nicht getan, um Xris über ›Schadenseinwirkung durch Fremdobjekte an Raumflugzeugmotoren‹ referieren zu hören. Die Aufgabe, die er ausführen sollte, war genau der Job, den er angenommen hatte: einen antiken Robot zu stehlen.

Wer wollte das?

Und warum?

Das Warum war nicht wichtig. Denn nun hatte Xris eine Geiselsituation: Sie hatten Jamil als Geisel genommen, um Xris dazu zu zwingen, ihnen einen mottenzerfressenen Robot zum Tausch zu bringen. Wer waren *sie*? Leute mit Geld, Macht, Verbindungen? Rivalisierende Archäologen? Xris stellte sich akademische Typen vor, die sich mit Uniformen verkleideten und vorgaben, Armeemajore zu sein, komplett mit Militärpiloten und einem gestohlenen Militärraumflugzeug.

Das wäre ein Auftrag, der Mag Force 7 würdig wäre. Nicht der örtlichen Luft- und Raumfahrtgesellschaft.

Was war mit den Hung? Das war sehr viel wahrscheinlicher, und der Gedanke bescherte Xris ein paar schlimme Augenblicke. Vielleicht hatten sie Jamil entführt, um ihn als Geisel zu benutzen und an Darlene heranzukommen. Die Hung hatten das Geld und den Einfluß, um so etwas wie das hier durchziehen zu können – obwohl es ihnen nicht ähnlich sah, das Risiko einzugehen, die Rache einer Organisation heraufzubeschwören, die so groß und mächtig war wie das königliche Militär.

Trotzdem ergab diese Theorie mehr Sinn. Und wenn …

Nein, bei Gott, da war wieder der verdammte Robot. Was sollten die Hung mit dem Roboter? Und diese Generalin Hanson hatte ausdrücklich gesagt, daß Xris mit der Aufgabe *wie geplant* fortfahren solle, und das hieß, den Robot zu stehlen. Xris hatte sich einmal ganz im Kreis gedreht und mußte zugeben, daß er noch immer völlig im Dunkeln tappte.

Er wußte nur eines mit Sicherheit: Jemand hatte Jamil entführt. Deshalb mußte Xris davon ausgehen, daß Jamils Leben in Gefahr war, und wenn seine Entführer den Robot im Austausch wollten, würde Xris sich nicht streiten. Es bedeutete, einen Kunden im Stich zu lassen, aber das Team ging vor. Besonders …

»Xris! Xris?« Tess' Stimme und die Berührung ihrer Hand auf seinem guten Arm schreckten ihn aus seinen besorgten Gedanken. »Wenn Sie fertig sind, da wartet jemand.«

Xris hatte nicht bemerkt, daß er vor der Maschine gestanden hatte, ohne etwas zu tun.

Er entschuldigte sich bei dem Leutnant, der nach ihm an der Reihe war, wandte sich um und ging auf den Eingang zu.

Den Robot stehlen. Richtig. Aber – jetzt, wo Jamil weg war – wie sollte Xris ohne Befehle von der Basis kommen? Vermutlich mußte er es riskieren, den Zaun zu durchschneiden.

»Sie scheinen wirklich aufgeregt zu sein.« Tess riß ihn aus seinen Grübeleien. »Was ist los? Es ist doch nur ein Vortrag, oder?«

Xris wurde klar, daß er zuviel aus etwas machte, das Tess wie ein unbedeutender Zwischenfall erscheinen mußte. Er zuckte die Schultern und brachte ein schwaches Lächeln zuwege. »Lampenfieber. Hab' ich schon als Kind gehabt. Während einer Kindergartenvorführung bin ich sogar mal umgekippt.«

»Ich habe gehört, daß es helfen soll, wenn man sich vorstellt, daß das Publikum nackt ist«, erklärte Tess.

»Nur wenn *Sie* in der ersten Reihe sitzen«, sagte er.

»Ah.« Sie grinste und hakte sich bei ihm ein. »Aber dann müßte ich neben dem nackten Oberst Strebbins sitzen.«

Xris schüttelte den Kopf. »Das ist eine Vorstellung, bei der ich lieber passe.«

Sie verließen die rote Halle. Xris war still; mit sich selbst beschäftigt, überdachte er seine Möglichkeiten. Der Zaun. Er würde das Sensorumgehungsrelais benutzen müssen, um einen Teil des Zauns zu isolieren. Eine solche Umgehung würde die elektronischen Signale um den Zaunteil herumleiten. Der Zaun konnte durchschnitten werden, und die Sensoren würden es nicht bemerken. Quong hatte das Gerät entwickelt, obwohl der Doktor gewarnt hatte, daß es bei bestimmten Typen von Sensoren nicht funktionieren würde. Trotzdem war die Umgehung der einzige Weg.

Tess hüstelte höflich. »Entschuldigen Sie, aber sind wir uns schon vorgestellt worden?« Sie streckte die Hand aus. »Ich heiße Tess.«

Xris sah auf und lächelte.

»Entschuldigung. Ich glaube, ich bin heute abend keine gute Gesellschaft.«

»Sie sind wirklich verstört, oder?« Tess senkte die Stimme. »Sind Sie immer noch interessiert, in die Stadt zu gehen?«

»Sicher«, antwortete Xris sofort. »Aber ich werde nicht ohne Befehle von der Basis gelassen, und mein Oberst ist nicht da, um mir welche zu geben. Was soll ich tun? Mich mit einem Teelöffel unter dem Zaun durchgraben?«

Tess schüttelte den Kopf. »Festes Gestein. Es würde Sie drei Jahre kosten.«

»Ich bin zu durstig, um drei Jahre zu warten. Ich würde Ihnen gern schon heute abend ein Bier ausgeben. Und *nicht* in der Offiziersmesse.«

»Auf geht's. Es ist jetzt zweiundzwanzigeinhundert.

Ich treffe Sie hier in«, sie schaute auf die Uhr, »fünfzehn Minuten.«

Xris überschlug schnell. »Machen Sie dreißig draus, wenn möglich. Ich habe bemerkt, daß eine der Warnlampen auf der Ausstellungskiste blinkt. Es ist wahrscheinlich nichts. Nur eine Fehlfunktion. Aber ich möchte, daß eure Wartungsleute es morgen als erstes überprüfen. Besonders, da ich derjenige bin, der diese verdammte Rede halten muß. Ich will nicht versehentlich alle vergasen. Ich schleppe die Kiste rüber zur Wartung, dann treffe ich Sie hier.«

»Brauchen Sie Hilfe?«

Xris schüttelte den Kopf. »Nein, danke.« Er schwieg; dann fügte er nebenbei hinzu: »Wissen Sie einen Weg, um uns aus der Basis zu bringen?«

»Ja«, sagte sie mit einem schelmischen Grinsen.

»Werde ich ihn genießen?«

»Nicht besonders. Aber das Bier wird es wert sein, das verspreche ich.«

Xris grunzte, winkte mit einer Hand und war fort.

Fünf Minuten später verließ Xris sein Quartier. Er lenkte die Kiste des Roboters auf ihrem Luftkissen vor sich. Wolken waren aufgezogen und verdeckten die Sterne. Am Horizont flammten Blitze; Donner grollte. Xris führte die Kiste zum Wartungsgebäude hinüber. Es war sorgfältig abgeschlossen; sein Freund, der Feldwebel, war fort zum Abendessen und vielleicht einer wohlverdienten Zigarre. Xris schätzte die Entfernung zwischen Schuppen und Zaun; weniger als fünfundzwanzig Meter. Er positionierte den Behälter genau vor der Haupttür und stellte ihn ab. Mit einem dumpfen Laut kam er auf dem Boden auf. Kein Grund zur Sorge, daß jemand damit verschwinden würde. Nicht mit diesen biologischen Risikowarnungen und angesichts der Tatsache, daß das Ding ungefähr eine metrische Tonne wog. Xris überprüfte die Fernbedienung, nur um sicherzugehen, und berührte einen Knopf. Die Lichter des Behälters flammten auf. Er berührte einen anderen

Knopf. Die Düsen des Behälters fauchten los, und er hob sich langsam in die Luft.

Zufrieden berührte Xris wieder den ersten Knopf. Die Düsen schalteten sich ab, die Lichter erloschen. Er schaute auf die Uhr. 2230. Er würde ein paar Minuten zu spät kommen. Xris machte sich auf den Rückweg.

Tatsächlich war er früher da als Tess. Er drückte sich nahe dem Aufenthaltsbereich herum und fragte sich, ob er von Tess versetzt worden war, als ein Stabswagen vor ihm hielt. Die Luft aus den Düsen des Wagens fuhr sanft über seine Füße und Beine und wirbelte kleine Wolken des pandorischen Sandes auf, der die Straßen bedeckte. Das Fenster glitt herunter. Tess lehnte sich hinaus.

»Hi, Captain. Kann ich Sie mitnehmen?«

Sie parkte den Stabswagen außerhalb der hellen Lichter des Aufenthaltsbereiches, in den dunklen Schatten zwischen zwei Gebäuden. Xris ging zu ihr hinüber.

»Und jetzt?« fragte er.

Als Antwort drückte sie einen Knopf. Der Kofferraum sprang auf. Tess kletterte aus dem Wagen, ging zurück und sagte: »Klettern Sie rein.«

»Sie machen Witze.«

»Klettern Sie in den Kofferraum, Captain. Das ist ein Befehl. Und beeilen Sie sich. Sonst sieht uns jemand.«

»Ja, Ma'am.« Xris quetschte sich in den Gepäckraum – eine enge Sache. Er mußte auf der Seite liegen und seine Beine fast bis zum Kinn anziehen. »Ich komme mir vor, als wäre ich wieder auf dem College. Wie weit muß ich so fahren?«

»Sechs, siebenhundert Kilometer«, sagte Tess, die Hand auf dem Deckel. »Machen Sie sich keine Sorgen, ich werde einen Kran mieten, um Sie herauszuheben. Sie sind nicht klaustrophobisch, oder?« Sie machte Anstalten, den Gepäckraum zu schließen.

»Sie *machen* Witze ...« Xris sah sie scharf an.

»Sicher.« Sie grinste. »Es ist wirklich nicht weit. Denken Sie einfach immer an das Bier. Wir werden auf abwesende Freunde trinken.«

»Auf abwesende Oberste«, sagte Xris.

Tess knallte den Kofferraum zu.

Xris wand sich herum, um in eine bequemere Lage zu kommen, bemerkte schließlich, daß dies nicht möglich war, und gab es auf. Er hörte und fühlte die Vibrationen der Motoren, den sanften Ruck, als Tess losfuhr. Der Wagen hielt an, wahrscheinlich am Basiseingang. Nutzlos, auch nur den Versuch zu machen, zu lauschen – bei dem Krach der Motoren und dem Rauschen der Düsen des Wagens. Während Xris verkrampft und verdreht im Dunkeln lag und in der Hitze schwitzte, wobei ihm ein Wagenheber oder Brecheisen schmerzhaft von hinten in die Rippen stach, traf er eine Entscheidung.

»Ich werde diese Aufgabe wie besprochen durchführen«, sagte er. »Aber ich will verdammt sein, wenn irgend jemand irgend etwas bekommt – einschließlich des Robots – bis Jamil gesund und munter zurück ist.«

12. Kapitel

Except Thyself may be
Thine Enemy –
Captivity is Consciousness –
So's Liberty.

Emily Dickinson,
›Life‹, Nr. 384, Strophe 4

Xris' Reise im Kofferraum des Stabswagens war dankenswerterweise nur kurz, obwohl es ihm so vorkam, als hätte er stundenlang im Dunkeln mit einem Wagenheber im Rücken gelegen. Als Tess ihm heraushalf, versicherte sie ihm, er hätte sich nur zehn Minuten im Kofferraum befunden. Xris musterte das Gelände. Roter Sand, Krüppelkiefern, verkümmerte Pflanzen, die er nicht kannte – er hatte sich mit Pandoras Flora nur wenig befaßt. In der Ferne sah er die Lichter des Armeestützpunktes, von dem sie sich etwa fünf Kilometer entfernt hatten.

Dankbar atmete er tief durch. Die Luft roch nach Wüstenpflanzen und bevorstehendem Regen. Die Gewitterwolken waren nähergekommen; Blitze zuckten an ihren Rändern.

»Hatten Sie Probleme beim Passieren des Tores?« fragte Xris und rieb sich den rechten Arm, der während der Fahrt eingeschlafen war.

Tess zuckte die Achseln. »Warum hätte ich Probleme haben sollen? Ich verlasse ständig den Stützpunkt, so wie die meisten Offiziere. Natürlich muß ich am Wachhaus anhalten, aber die Posten haben sich meine Order gar nicht angesehen und mich einfach durchgewinkt. Wissen Sie, ich . . .«

»Still!« drängte Xris. »Ich höre einen Motor. Da kommt jemand.«

»Sind Sie sicher?« Tess warf ihm einen sonderbaren Blick zu. »Ich höre nichts.«

»Ich bin sicher.« Er klopfte auf sein linkes Ohr. »Audioverstärker. Das Geräusch kommt aus Richtung des Stützpunktes.«

Tess verschwendete keine Zeit. »Rein in den Wagen!« Sie sprang in den Fahrersitz.

Xris flitzte auf die Beifahrerseite und stieg rasch ein. Er rechnete mit einer wilden Fahrt und griff nach dem Anschnallgurt. Zu seinem Erstaunen schob Tess den Gurt beiseite, rutschte auf der Sitzbank an ihn heran, legte ihm die Arme um den Hals und küßte ihn.

»Äh, Captain«, murmelte er und wußte nicht recht, was er mit seinen Händen anfangen sollte. »Das ist wirklich sehr erfreulich, aber dieser Wagen kommt immer näher und . . .«

»Halten Sie den Mund, Captain«, erwiderte sie mit einem kehligen Flüstern, »und küssen Sie mich. Ich weiß, was ich tue.«

»Jawohl, Ma'am«, sagte Xris gehorsam und befolgte den Befehl buchstabengetreu.

Scheinwerfer flammten auf. Ein Wagen kam neben ihnen zum Stehen. Xris konnte ihn nicht sehen, weil ihm Tess' Haare in die Augen hingen, doch nach dem Klang des Motors zu urteilen, handelte es sich um einen Schwebejeep. Autolampen leuchteten durch das Wagenfenster. Tess zog sich mit leicht abgewandtem Kopf zurück. Xris hielt sich sorgsam im Schatten.

Tess blinzelte in das grelle Licht. »Herrje, Kinder, haut ab, okay? Laßt einem armen Mädchen seine Privatsphäre!«

»Schon recht, Tess. Tut uns leid«, erklang eine weibliche Stimme. »Wir wollten nur nachsehen, ob du Ärger hast.«

Eine andere Frau im Wagen lachte. »Wahrscheinlich hat sie ihm die alte Leier aufgetischt, ihr wäre das Benzin ausgegangen. Fährst du später noch zu Jake's?«

»Vielleicht«, antwortete Tess. »Vielleicht auch nicht. Ich habe jede Menge Benzin! Macht euch also vom Acker, ja?«

Wieder lachten die Frauen. Der Jeep sirrte davon; seine Düsen ließen Sandwolken aufsteigen. »Meine Stubenpartnerinnen«, erklärte Tess, zu Xris gewandt.

»Offenbar waren sie nicht überrascht, dich hier zu sehen.«

»Nein«, gab sie zu, als sie sich in Xris' Arme kuschelte. »Die Gegend hier ist inoffiziell als Lover's Lane bekannt. Oh, oh«, sagte sie, als sie ihm die Hand auf die Brust legte, »dein Herz klopft aber! Echt oder künstlich?«

»Künstlich«, sagte Xris, »aber die Hormone sind echt.«

Tess verschränkte ihre Hände hinter seinem Nacken. »Ach ja?« sagte sie schelmisch. »Und ich dachte, du hättest bloß Angst gehabt, erwischt zu werden.«

Er wollte schon eine passende Erwiderung geben;

dann aber fand er eine bessere Betätigung für seine Lippen.

Nach einigen ausgesprochen erfreulichen Augenblicken rückte Tess ein Stück von ihm ab und blickte ihn nachdenklich an.

»Das warst nicht du, oder?« sagte sie.

»Ich war was nicht?« fragte Xris.

»Besorgt, daß man dich erwischen könnte.« Tess' Stimme klang ernst und nachdenklich. »Den meisten Oberstadjutanten, die ich kenne, wären vor Angstschweiß die Captainsstreifen abgefallen. Aber du bist sowieso anders als die meisten. Du bist ein bißchen zu alt, um noch Captain zu sein. Und es klingt vielleicht komisch, aber weißt du, wenn ich euch beiden – dir und Jatanski – das erste Mal begegnen würde, und ihr hättet keine Uniformen an, würde ich sagen, daß *du* sein Vorgesetzter bist.«

Verdammt, die Frau war auf Draht! Sie schälte ihm die Schichten schneller ab, als er sie ankleben konnte.

»Erwischt«, sagte er. »Ich war mal General. Wurde dann zum Gefreiten degradiert, weil ich mit – wie lautet noch mal deine Berufsbezeichnung?«

»Offizier für Sonderaufgaben.«

»Mit Offizieren für Sonderaufgaben fraternisiert habe. Jetzt arbeite ich mich wieder nach oben. In etwa einem Jahr werde ich wohl wieder General sein. Wenn's soweit ist, komme ich zurück und mache dir einen Heiratsantrag. Dann feiern wir Hochzeit, bekommen zehn Kinder, und du kannst ihnen das Schießen beibringen. Unser Erstgeborenes nennen wir Jatanski.«

»Ach du!« sagte sie und stieß ihn von sich. »Du bist unverbesserlich.«

»Ist das was Gutes?« fragte Xris.

»Schlag's im Wörterbuch nach«, konterte sie. »Nach der langen Rede mußt du durstig sein.« Sie rutschte wieder hinter die Fahrerarmaturen. »Bereit zum Stadtgang, Captain?«

»Fahren Sie, Captain. Wohin fahren wir eigentlich? Zu

der Kneipe, die deine Zimmergefährtin erwähnt hat? Ich habe den Namen vergessen ...«

»Zu Jake's.« Tess nickte.

Der Stabswagen schnurrte auf die fernen Lichter zu. Die beiden Insassen schwiegen, genossen die Fahrt, die Elektrizität, die immer noch in der Luft schwebte. Sie freuten sich über das, was gewesen war und auf das, was noch kommen würde.

Was noch kommen würde.

Genau, ermahnte Xris sich kühl – du mußt den verflixten Roboter stehlen. Du bist wegen eines Auftrags hier, nicht zum Vergnügen.

»Was ist Jake's? Eine Kneipe?«

»Ja, sie liegt am Stadtrand.«

»Ich dachte, die bösen Außenweltler sollten sich nicht unter das hiesige Volk mischen.«

»Das sollen wir nicht, und das tun wir meistens auch nicht«, erwiderte Tess. »Jake's ist eine Ausnahme. Man könnte sagen, daß es da eine Art ... Abkommen gibt. Natürlich streng inoffiziell.«

»Natürlich«, sagte Xris. »Deswegen schmuggelst du auch so oft Männer im Kofferraum des Stabswagens vom Stützpunkt. Ich vermute, du bist eine Serienmörderin. Du machst dich über unschuldige Offizierskollegen her. Vielleicht ist das auch Jatanski passiert.«

»Ich geb's ja zu. Ich hab' ihn vom Stützpunkt gelockt, habe ihn mir zu Willen gemacht und ihn dann mit einer Bierflasche niedergeschlagen. Du bist als nächster dran, mein Lieber.«

»Das mit der Flasche wär bei mir wohl ein bißchen schwierig. Mein Kopf besteht zum größten Teil aus Stahl. Was machst du eigentlich mit den Leichen?«

»Ich lasse sie ausstopfen«, sagte Tess grinsend. »Du wirst dich in meinem Museum großartig machen. Ich stelle dich gleich neben Jatanski auf.«

»Nein, ich möchte einen eigenen Trakt, für mich ganz allein«, verkündete Xris. »›Künstlerische Metallarbeiten‹.«

»Du läßt es die Leute immer wieder wissen, oder?« Tess warf ihm einen Blick von der Seite zu.

»*Ich* kann es nicht vergessen«, sagte er. »Warum sollte ich es den anderen erlauben?«

Er starrte nach vorn über den roten pandorischen Sand, der licht schimmerte. Unter dem wolkenverhangenen Himmel ergab der sanft leuchtende Sand, der hier und da von dunklen Pflanzenklumpen durchbrochen wurde, ein eigenartiges Landschaftsbild. Seine Finger zuckten unwillkürlich zum Etui in seiner Tasche, in dem die Dreher steckten. Finster zog er die Hand zurück und trommelte auf die Armlehne.

»Hasse mich, soviel du willst, aber hab' ja kein Mitleid mit mir. Ist das dein Motto?« fragte Tess.

»So ungefähr, ja.« Xris lehnte sich zurück und täuschte eine entspannte Haltung vor. »Hör mal, wenn du noch tiefer bohrst, stößt du gleich auf Öl. Erzähl mir was von dieser Kneipe. Welche Absprachen habt ihr? Sind die einzigen, die in den Bau wandern, die Gefreiten?«

»So leicht kannst du mich nicht abschütteln«, sagte Tess und schüttelte den Kopf. Ihr blondes Haar fiel ihr bis auf die Schultern. Ihre Hände umfaßten die Steuerhebel des Wagens auf kraftvolle, geschickte Weise. Sie füllte ihre Uniform wundervoll aus. Humor und Intelligenz machten ihre Züge anziehend. »Ich kann dich nicht hassen, und ich weigere mich, dich zu bemitleiden. Was bleibt mir da noch übrig?«

»Daß ich dich mag«, sagte Tess leise. »Daß ich dich sehr mag. Also«, sagte sie und warf mit einer Kopfbewegung das blonde Haar nach hinten, »was willst du über Jake's wissen? Der Laden nennt sich eine Bar. Ich glaube, die meisten würden ihn eine Spelunke nennen. Der Besitzer ist ein Pandoraner, dessen Liebe zum Geld größer ist als sein Haß auf die Außenweltler. Das Bier ist kühl, der Whisky ist okay, und es gibt vielleicht nur jedes Vierteljahr 'ne Razzia. Die Toiletten sind verdreckt – jedenfalls die für die Frauen. Vom Männerklo weiß ich nichts. Ab und zu platzt uns Mädels der Kragen, und wir machen in unserer Abteilung sauber. Alle, die den Stützpunkt verlassen, ob erlaubt oder unerlaubt, gehen ins Jake's. Tja, das wär's im Groben.«

»Weiß der Oberst Bescheid?«

»Aber sicher. Wie ich schon sagte, wird die Bar etwa drei- bis viermal im Jahr ausgehoben. Die Kneipe wird geschlossen. Die hiesigen Zeitungsleute schreiben böse Artikel. Strebbins hält uns einen Vortrag. Wir haben zwei Wochen lang Durst. Dann ist das Jake's wieder im Geschäft, und das Leben geht weiter.«

»Es überrascht mich, daß Strebbins dabei mitspielt.«

»Es würde dich nicht überraschen, wenn du hier leben müßtest.« Tess' Stimme klang ernst. »Der Dienst auf Pandor ist das Letzte, der reinste Stimmungskiller. Wir sind im Stützpunkt eingepfercht, dürfen niemals raus – es sei denn, wir haben genug Urlaubszeit angesammelt, um zu 'nem gastlicheren Planeten zu fliegen. In einem Monat bin ich mit Urlaub dran. Hast du einen Vorschlag?«

Sie schaute zu ihm hinüber. Offenbar sollte er jetzt sagen, daß er auch in etwa einem Monat Urlaub hätte, und daß er einen Planeten kannte, wo das Meer ebenso blau war wie der Mond, und man könnte ja beides zu zweit bewundern. Es wäre so leicht. Er könnte alle paar Monate Captain Kergonan aus dem Schrank holen und sich eine schöne Zeit machen. Verdammt, das hatte er sich längst schon verdient.

Doch er schwieg und starrte durch das Fenster auf die zuckenden Blitze.

Du bist ein Idiot, sagte er sich. Diese anziehende, lebenssprühende Frau hält dich tatsächlich für etwas Besonderes. Sie hat deutlich gemacht, daß es sie nicht stört, wenn sie deine Innereien sirren und summen hört, falls du mit ihr schläfst. Herrje, Jamil hat zwei Frauen auf zwei verschiedenen Planeten. Tess ist Berufssoldatin. Sie weiß, daß es nichts Ernstes werden kann ...

»Ich bin verheiratet«, sagte Xris.

»Oh. Na ja, das ist natürlich was anderes«, sagte Tess leise mit einem schwachen Lächeln und einem Achselzucken. Xris nickte. Er beobachtete den Sturm, wie die Blitze zuckten und sich unter den Wolken ausbreiteten. Die ersten dicken Tropfen klatschten auf die Windschutzscheibe. Er hatte es als Entschuldigung gedacht, damit sie beide aus der Klemme kamen. Es hatte nicht so recht funktioniert.

»Es ist wirklich etwas anders«, sagte er. »Wir sind schon lange verheiratet. Schon vor dem ... Unfall. Ich wäre gestorben, aber Marjorie traf die Entscheidung, halb Mensch, halb Dose aus mir machen zu lassen. Sie wollte mich nicht aufgeben. Und als ich dann nach Hause kam ...«

Xris verfiel in Schweigen. Mittlerweile hätte er um sein Leben gern etwas zum Rauchen gehabt.

»Als du dann nach Hause kamst?« soufflierte Tess leise.

Xris zuckte die Achseln. »Ich hätte es wissen sollen. *Sie* wußte jedenfalls, daß sie nicht mit einem Ehemann leben konnte, der alle zehntausend Kilometer zur Inspektion und zum Ölwechsel muß.«

»Xris, es tut mir leid«, sagte Tess. Sie hatten Jake's Bar erreicht, wie ein grelles Neonschild besagte. Tess parkte den Wagen im Schatten eines Nebengebäudes und stellte den Motor ab. Sie drehte sich zu Xris um. »Du willst lieber gehaßt als bemitleidet werden. Ich glaube, ich verstehe es jetzt.«

»Sie hat mich nur einmal angesehen«, sagte er. »Mehr war nicht nötig. Das reichte. Ich hab' mich umgedreht, ging aus dem Haus und bin nie wieder zurückgekehrt. Das war vor etwa zehn Jahren.«

»Du hast deine Frau zehn Jahre nicht mehr gesehen?« fragte Tess erstaunt.

»Gesehen habe ich sie schon«, sagte Xris. Seine Hand bewegte sich auf seine Tasche zu.

»Ach, herrje«, sagte Tess lachend, »wenn du welche hast, dann rauch doch! Du machst mich allmählich nervös, wenn du immer wieder in die Tasche greifen willst.«

Xris zögerte und holte dann das goldene Zigarettenetui hervor. Er nahm einen Dreher hervor und steckte ihn sich zwischen die Lippen. Im Stabswagen befand sich ein Zigarettenanzünder (soviel zu allgemeingültigen Vorschriften). Dankbar sog er den Rauch ein. »Gesehen habe ich sie schon«, wiederholte er.

Xris hatte seine Frau vor etwa einem Jahr wiedergesehen, nachdem er sie aus einem corasianischen Vorratslager gerettet hatte – ein schreckliches Gefängnis, in dem die Aliens ihre Opfer aufbewahrten, bis sie zum Essen benötigt wurden. Marjorie hatte ihn damals ganz anders angesehen. Sie war dankbar gewesen. Sehr, sehr dankbar. Aus Dankbarkeit hatte sie ihm auf der Rückreise gesagt, daß sie ihn immer noch liebte. Ihm sagte, daß sie ihn immer geliebt hatte ...

Xris öffnete das Fenster, warf den glimmenden Dreherstummel hinaus und schloß das Fenster wieder. Er zog Tess zu sich heran. Sie zögerte einen Augenblick, nicht, damit es besser aussah, sondern weil sie ihn aufmerksam musterte. Dann glitt sie in seine Arme, und sie lernten sich ein wenig besser kennen.

»Jetzt habe ich *richtigen* Durst«, sagte sie später.

»Wir sollten reingehen, bevor der Sturm losbricht«, stimmte er zu.

Sie stiegen aus dem Wagen und gingen Arm in Arm zur Bar.

Als sie näherkamen, betrachtete Xris das Gebäude. Das Jake's war nichts Besonderes. Ein heruntergekommenes, verwohntes Haus aus dem pandorischen Stein, der offenbar für jedes Bauwerk auf dem Planeten verwendet wurde. Es war groß, besaß zwei Stockwerke (der Besitzer wohnte offenbar oben) und lag außerhalb der Stadt, wahrscheinlich nicht einmal innerhalb der Stadtgrenzen. Vorn und an den Seiten verliefen Fensterfronten, die denen draußen zeigten, welchen Spaß die drinnen hatten. Xris konnte die Gäste tanzen sehen.

Er stand auf der Straße; die Bar lag zu seiner Linken. Vor ihm befand sich die Baustelle. Vermutlich konnte er der Straße folgen und würde direkt darauf stoßen. In der

Ferne konnte er die grünen Lichter des Kraftfeldes sehen, welches das abgestürzte Raumflugzeug mit dem Roboter einschloß; er schätzte die Entfernung auf etwa zwei Kilometer.

Die Bewegung würde ihm guttun; eine hübsche Laufübung. Zu schade, daß es regnete. Er müßte sich allerdings etwas einfallen lassen, wie er Tess loswurde. Keine angenehme Aufgabe. Es würde sie verletzen und wütend machen. Sie würde denken, daß er sich wie ein Arschloch benahm.

Das ist es doch, was du willst, oder? Fragte er sich. Besser, gehaßt zu werden ...

»Man will hier ein neues Einkaufszentrum bauen. Zuerst errichten sie eine drei Meter hohe Mauer, damit wir draußen bleiben«, klärte Tess ihn auf, als sie sein ungewöhnliches Interesse an der Baustelle bemerkte. »Jedenfalls sollte es so laufen. Aber jetzt ist der Ort – ausgerechnet – zu einer archäologischen Ausgrabungsstätte geworden. Siehst du den grünen Schimmer? Man hat ein altes Raumflugzeug gefunden ...«

»Komm, wir holen uns jetzt unser Bier, ja?« fiel Xris ihr grob ins Wort. Er setzte sich in Bewegung. Er bedauerte es – bedauerte es sehr – daß er sie in die Sache hineingezogen hatte.

»Sicher«, erwiderte Tess und blickte ihn verdutzt an. Sie zog ihren Arm zurück, und er versuchte nicht, sie festzuhalten.

Der Regen prasselte herunter; der Sturm befand sich noch in einiger Entfernung. Donner rollte über den Himmel. Den Rest des Weges legten sie schweigend zurück. Xris stieß die Tür auf, und Tess ging an ihm vorbei in einen Vorraum. Regenmäntel hingen an Knaggen; Schirme standen in einem Ständer; Hüte waren auf einem Regal aufgereiht. Ein defektes Nachrichtenvid stand in einer Ecke neben einem Kaugummiautomaten, der ebenfalls nicht mehr zu funktionieren schien. Durch eine Glasscheibe in der zweiten Tür konnte Xris die Bar sehen. Sie war gerammelt voll mit tanzenden, lachenden

Menschen, von denen die meisten in Uniform waren und sich prächtig amüsierten. Er griff nach dem Türknopf. Tess verstellte ihm den Weg.

»Hör mal, Xris«, sagte sie kühl, »glaub ja nicht, daß du verpflichtet bist, mit mir hier reinzugehen. Wir können den Abend hier und jetzt beenden und wieder zum Stützpunkt zurückfahren, wenn du willst.«

Nein, das wäre ganz und gar verkehrt. Xris mußte schließlich den verdammten Roboter beschaffen. Und er *wollte* noch nicht, daß der Abend zu Ende war.

Ein kicherndes, schmusendes Pärchen stolperte aus der Bar. Der Vorraum war eng, und die Mäntel, das Vid und weitere Gäste machten ihn noch enger. Xris und Tess wurden gegen die nassen Mäntel gedrängt, als sie das andere Paar vorbeiließen. Beim Vorübergehen stolperte der Soldat gegen Tess. Sie prallte gegen Xris.

Xris fing sie auf und hielt sie fest. Tess versuchte sich loszumachen, doch er ließ sie nicht. Das andere Pärchen ging hinaus; die Tür schlug hinter ihnen zu. Xris hielt Tess immer noch an sich gedrückt.

»Du hast gesagt, daß du Cyborgs studierst«, sagte er.

»Ja.«

»Psychologie und Physiologie?«

»Nein ... ich ...«, stammelte sie. »Xris, wenn ich irgendwas gesagt habe ...«

»Nein, hast du nicht.« Er holte tief Luft. »Du hast es sehr gut gemacht. Und das ist das Problem. Wenn du Cyborg studiert hast, dann weißt du, daß es für Menschen schwierig ist, auf intimer Ebene mit einem wie mir zu verkehren. Wenn sie meinen Arm piepsen hören, fragen die meisten Frauen mich nicht danach, ob mir ein chemisches Ungleichgewicht zu schaffen macht. Für gewöhnlich werden sie blaß und verschwinden.«

Tess lächelte ihn an, schmiegte sich an ihn und griff nach seiner Hand – seiner ›schlechten‹ Hand, der künstlichen Hand.

»Morgen werde ich den Stützpunkt verlassen«, fuhr Xris fort. »Vielleicht werden wir uns wiedersehen, vielleicht auch nicht. Laß uns nicht weiter als heute nacht denken. In Ordnung?«

Überraschenderweise begehrte Tess nicht auf, spottete nicht und widersprach auch nicht. Sie war ernst und nachdenklich.

»Ich verstehe«, sagte sie.

Und Xris hatte das sonderbare Gefühl, daß sie wirklich verstand.

13. Kapitel

Daher sagt man, daß der, der den Feind und sich selbst kennt, in hundert Schlachten nicht gefährdet sein wird.

Sun-Tzu, *Die Kunst des Krieges*

Das pandorische Starkbier war so gut wie sein Ruf. Xris bedauerte, daß er es nicht zur Gänze genießen konnte, doch er hatte heute abend noch Arbeit zu erledigen und brauchte einen klaren Kopf. Er nippte langsam an seinem Glas. Als Tess ihn fragte, ob er noch eines wollte, sagte er, daß das empfindliche chemische Gleichgewicht seines Körpers mit Alkohol nicht gut zurechtkam und lehnte dankend ab.

Tess' Zimmerpartnerinnen entdeckten die beiden. Sie kamen herüber, um sich Xris genauer anzusehen, wechselten einige flapsige Bemerkungen mit Tess und gingen dann wieder auf die Tanzfläche.

Xris und Tess saßen in einer Nische mit hohen Rückenlehnen neben einem Fenster. Sie mußten sich dicht aneinander drängen, um sich über die dröhnende Musik hinweg verstehen zu können, die von zwei Soldaten auf tragbaren Sythesizern gespielt wurde. Die Soldaten verfügten über mehr Begeisterung als Begabung, doch ihre Kenntnisse reichten aus, um einen steten, wummernden Rhythmus hinzulegen, und mehr verlangten die Tänzer auch gar nicht. Xris und Tess schrien einander vergnügt an und genossen das Bier und die Gesellschaft des anderen.

Xris hatte seinen ursprünglichen halbherzigen Plan verworfen, Tess durch einen Flirt mit einer anderen Frau abzuservieren, vielleicht sogar einer von ihren Zimmerpartnerinnen. Tess würde sofort merken, daß es nur vorgetäuscht war; sie würde nicht eine Sekunde darauf hereinfallen. Und Xris mußte vor sich selbst zugeben, daß er für so etwas auch nicht der Typ war. Die anwesenden Frauen sprangen nicht gerade über den Tresen, um sich in seiner Nähe zu sonnen. Er entschied, daß die beste Vorgehensweise darin bestand, aufrichtig zu sein – so aufrichtig, wie es ihm möglich war. Er würde ihr einfach sagen, sie solle ohne ihn zum Stützpunkt zurückfahren. Er wolle allein sein, um ein wenig nachzudenken. Um seine Rede einzuüben. Das war es! Das Einüben seiner Rede.

»Willst du noch eins?« fragte Tess und zeigte auf sein leeres Glas.

»Nein, aber du vielleicht. Ich hole es dir.«

»Schon gut. Ich muß mal ein paar Schritte machen.«

Tess reihte sich in die Schlange am belagerten Tresen ein, um ein weiteres Glas Stout zu bestellen. Xris warf einen Blick auf die Uhr. 24.00. Der Regen hatte aufgehört, doch nach den flammenden Blitzen am Horizont zu urteilen, war der Sturm der erste einer langen Reihe gewesen. Wenn er den Einsatz beginnen wollte, mußte es bald geschehen. Er stand auf und wollte zu Tess, um seinen Spruch aufzusagen, als etwas Großes mit einem Knall gegen die Tür donnerte, der sogar die lärmende Musik übertönte.

An einem Tisch in der Nähe der vorderen Fenster sprang ein Soldat auf. »Razzia!« brüllte er.

Die pandorische Polizei brach die Eingangstür auf.

Gäste flüchteten in alle Richtungen. Xris schaute zu Tess hinüber. Sie drehte sich um und sah zu ihm hin, Armwedelnde, drängende und schubsende Menschen wimmelten zwischen ihnen umher. Xris' erster Impuls war, sich zu Tess' Seite durchzukämpfen. Doch sein zweiter Gedanke war stärker vernunftgeprägt. Das ist es, du Narr! sagte er sich. Das ist deine Chance! Dennoch hätte Xris die Vernunft hintangestellt, hätte Tess ihm nicht die Entscheidung abgenommen. Sie deutete hektisch auf die Fenster hinter ihm.

»Ich kapiere nicht«, gab er ihr mit übertriebenen Lippenbewegungen zu verstehen.

Sie deutete mit dem Daumen in Richtung des Damenklos; dann drehte sie sich auch schon um und rannte los. Xris zögerte noch einen Augenblick. Er sah zwei von Tess' Zimmerpartnerinnen ebenfalls in die Richtung der Damentoilette rennen.

Dann verlor Xris sie aus den Augen. Vor ihm ragte plötzlich ein riesiger pandorischer Polizist auf. Der Mann brüllte etwas Unverständliches und schwang einen Schlagstock gegen Xris' Schädel. Xris ging den Stock mit seiner kybernetischen Hand auf und drückte zu. Der Schlagstock zerkrümelte. Der Polizist starrte Xris mit offenem Mund an und wich zurück.

Xris verschwendete keine Zeit mehr. Er krachte gegen einen Tisch, sprang auf einen anderen, trat mit seinem Stahlbein gegen das Fenster. Glas barst, flog nach draußen. Xris hechtete durch den Fensterrahmen. Zwei Soldaten waren sofort hinter ihm, weitere folgten.

Xris landete schwer auf einer Schulter, rollte über Beton und stieß gegen einen Bordstein. Er rappelte sich auf, klopfte sich die Glasscherben ab und schaute sich hastig um.

Die Vorderseite der Bar war von ungekennzeichneten Wagen der pandorischen Polizei abgeriegelt worden. Weitere Wagen kamen mit flackernden Lichtern und heulenden Sirenen heran. Ein riesiger Lastenschweber – der vermutlich zum Abtransport der unglücklichen

Erwischten dienen sollte – senkte sich langsam aus dem Himmel herab.

Tess' Stabswagen war vorn und hinten von zwei Wagen der Pandor-Polizei zugeparkt worden. Falls ihr die Flucht gelang, würde sie sich zu Fuß zum Stützpunkt durchkämpfen müssen.

Xris machte sich kurz darüber Sorgen; dann fiel ihm ein, daß Tess das Gelände kannte.

Sie war sehr wohl in der Lage, auf sich selbst aufzupassen. Trotzdem blieb er noch einige Sekunden stehen, in der Hoffnung, Tess irgendwo zu erblicken. Die Hoffnung erwies sich als fruchtlos. Körper flogen im Hechtsprung durch die Fenster. Schlägereien waren entbrannt. Die pandorische Polizei stürmte über den Parkplatz und versuchte, den hinteren Gebäudeteil abzuriegeln. Xris wagte es nicht, noch länger zu warten. ER rannte los.

Sein Laufstil war schwerfällig und unbeholfen. Die biologische Hälfte seines Körpers schien sich stets im Krieg mit seiner mechanischen Hälfte zu befinden, was einen staksbeinigen, sonderbaren plumpen Lauf zur Folge hatte. Aber er konnte sich sehr schnell bewegen, und die meisten seiner Körperteile ermüdeten nicht. Jene Muskeln, die ermüdeten und allmählich schmerzten oder verkrampften, beachtete Xris einfach nicht.

Er entdeckte die Straße zur Baustelle, stellte aber leider auch fest, daß dies der Hauptzugang der Polizisten zur Bar war. Scheinwerfer erfaßten ihn. Er rannte, so schnell es ging, zu einem Abflußrohr auf der anderen Straßenseite. Jemand schrie; ein Wagen scherte aus, um ihm den Weg abzuschneiden. Xris legte noch ein wenig an Tempo zu und stürmte in Richtung Wüste. Die Polizisten gaben die Verfolgung auf und wandten sich leichterer Beute zu.

Xris gelangte in die Wüste und kämpfte sich durch den leuchtenden Sand von Pandor, der nunmehr durch den Regen zu Schlamm geworden war. Zu besonders klebrigem, zähem Schlamm, der an seinen Stiefeln haften blieb und das Laufen erschwerte.

Er blieb in der Wüste, bis die Polizeiwagen, die Lichter

der Bar und die Geräusche, Schreie und Flüche hinter ihm lagen. Zu seiner Linken befand sich die Stadt. Vor ihm leuchteten die Lampen der Baustelle. Dieser Straßenabschnitt war völlig verlassen; er führte praktisch nirgendwohin.

Die Straße endete in tiefen Furchen, die von den schweren Erdmaschinen stammten.

Noch mehr Schlamm, noch mehr Pfützen. Jeden halben Kilometer mußte Xris stehenbleiben, um sich den Dreck von den Stiefeln zu kratzen, die von dem schmierigen grauen Zeug mittlerweile dermaßen zugekleistert waren, daß er langsamer wurde.

Blitze flammten auf. Donner krachte. Der nächste Sturm in der Gewitterreihe suchte sich ausgerechnet diesen Augenblick aus, um über Xris hereinzuprasseln. Ein Regenschwall, typisch für Wüstengewitter, ging auf ihn nieder. Innerhalb von Sekunden war er naß bis auf die Haut, was nicht dazu beitrug, seine Laune zu heben, die mittlerweile so finster und gewitterschwanger war wie die Wolken über ihm.

Xris hoffte, daß Tess der Polizei entkommen war. Er fühlte sich schon scheußlich genug bei dem Gedanken, sie ausgenutzt zu haben. Wenn Tess bei einer Razzia gefaßt wurde und in einem pandorischen Gefängnis landete, würde sie sich am nächsten Morgen wahrscheinlich als Gefreite wiederfinden. Falls ihr irgend etwas zustieß, war es seine Schuld.

Und dann war da noch der schicksalhafte Tag.

Er mußte sich von ihr verabschieden. Morgen schon. Er würde versprechen, sich über Vid zu melden – ein Versprechen, das er nie einhalten würde. Er konnte Tess nicht die Wahrheit sagen. Dann würde sie erkennen, daß er sie nur benutzt hatte, um aus dem Stützpunkt herauszukommen. Die Wahrheit war so häßlich wie die Mechanik in seinem Arm, die alles Schaumfleisch und alle Plastikhaut der Galaxis nicht verbergen konnte. Besser, wenn der Arm glatt abgeschnitten wurde und Tess ihn niemals wiedersah. Ihr würde die Erinnerung an Augenblicke des Lachens, an einige Küsse, an einen angenehmen Abend bleiben.

Jedenfalls hoffte es Xris. Was *seine* Gefühle anging, trat er sich mit jedem Schritt über die Straße im Geiste in den Hintern. Dieser verdammte Auftrag. Er hatte so einfach ausgesehen wie ein Paket in braunem Papier, von außen ganz leicht und einfach auszupacken. Doch als er den Klebestreifen abgezogen hatte, war ihm das Ding um die Ohren geflogen. Für einen einzigen Plastikkredit hätte Xris den Auftrag abgeblasen, Sakuta seinen Vorschuß zurückgezahlt und die Pandoraner ihren verdammten Roboter behalten lassen. Von Rechts wegen gehörte er sowieso ihnen.

Aber das ging leider nicht. Er hatte seine Befehle. Und jemand anderer hatte Jamil.

Xris hielt im Lauf inne und bückte sich wieder einmal, um sich den Schlamm von den Stiefeln zu wischen. Und nun, da er allein war, rüstete er sich für die bevorstehende Aufgabe.

Er nahm seine Schaumfleischhand ab und ersetzte sie durch seine Arbeitshand. Seine Finger waren nun Werkzeuge: Bohrer, Schweißbrenner, Schraubenzieher. Die Hand, die vorher ganz gewöhnlich ausgesehen hatte, war nun zu etwas Monströsem geworden. Tess wäre sicher nicht so leicht bereit gewesen, in seine Arme zu kommen, hätte sie diese Stahlhand gesehen.

Sicher, Xris konnte die Arbeitshand jederzeit abnehmen und sie durch die Hand aus Schaumfleisch ersetzen – den Stahl durch Captain Kergonan ersetzen.

Aber er war nicht Captain Kergonan.

Diese Hand würde immer aus Stahl sein, kalt, leblos, zu Arbeitszwecken entworfen.

Das war alles, wozu sie gut war.

Alles, wozu *er* gut war.

Xris setzte seinen Lauf fort.

14. Kapitel

This living hand, now warm and capable
Of earnest grasping, would if it were cold
And in the icy silence of the tomb,
So haunt thy days and chill thy dreaming
nights ...

John Keats, ›*This Living Hand*‹

Xris trabte die Straße entlang, bis er die Barrikade aus rostigem Stacheldraht und hölzernen Planken erreichte, die zum Schutz der Baustelle errichtet worden war. Eine Sicherheitslampe beleuchtete das Tor, wahrscheinlich als Hilfe für den Nachtwächter. Doch Xris sah kein Wärterhäuschen, keine Lichter hinter dem Tor. Der Wächter war wohl innerhalb des Gebietes, näher bei der schweren Ausrüstung und den Baumaterialien. Xris warf einen Blick zurück. Er konnte immer noch in weiter Entfernung die blitzenden Lichter der Polizeiwagen sehen, konnte das Heulen der Sirenen hören.

Er beugte sich nieder, hob einen passenden Stein auf, schleuderte ihn nach dem Licht und verfehlte es. Er versuchte es mit einem weiteren Stein. Beim drittenmal zersplitterte Glas. Das Licht erlosch.

Die Holzhammermethode, aber wirksam. Jeder, der die zerbrochene Birne entdeckte, würde es wahrscheinlich auf Vandalismus zurückführen. Nun, da nicht mehr jede Bewegung im Rampenlicht stand, ging Xris hinüber zum Tor und betrachtete das Vorhängeschloß. Es war ein billiges Schloß aus dem Eisenwarenladen mit einer Drehscheibe vorn. Mit seiner mechanischen Hand zog er einmal kräftig daran. Das Schloß sprang auf.

Er betrat die Baustelle und hielt an, um sich umzusehen und zu lauschen. Die Arbeiter waren immer noch mit dem Graben beschäftigt; niemand hatte bereits mit irgendwelchen Bauarbeiten begonnen, obwohl die Metallformen, in die der Beton für die Grundpfeiler gegossen wurde, in langen Reihen aufgestapelt waren. Xris konnte jetzt in einiger Entfernung einen kleinen Schuppen sehen, in dem Licht brannte. Er schloß daraus, daß er den Nachtwächter gefunden hatte. Würde der Wächter den Platz routinemäßig überprüfen? Nicht anzunehmen, wenn man den Regen bedachte, doch Xris war auf diese Möglichkeit vorbereitet. Er hatte einen Betäubungspfeil im Projektilabschußfinger seiner Werkzeughand bereit. Er überprüfte alle seine Systeme, um sicherzugehen, daß sie ordnungsgemäß funktionierten. Dann lief er mit langen Sätzen auf den Aufschlagplatz zu.

Er brauchte nur ungefähr fünf Minuten, um sein Ziel zu erreichen. Unterwegs hatte er niemanden gesehen, und vertraute darauf, daß auch ihn keiner gesehen hatte. Der Regen rauschte immer noch herab. Xris' Kleidung war durchweicht, die Nachtluft war kühl. Er war einmal ausgerutscht und gestürzt, hatte aber keinen Schaden davongetragen.

Als er am Aufschlagort eintraf, blieb Xris stehen, um wieder zu Atem zu kommen, den Schlamm von seiner Werkzeughand zu entfernen und das abgestürzte Raumflugzeug zu inspizieren. Das Kraftfeld hatte einen Vorteil: Es erleuchtete den Platz taghell.

Das alte Raumflugzeug war nur teilweise ausgegraben. Die Pandoraner hatten genug gefunden, um zu erkennen, worum es sich bei dem Flugzeug handelte, und hatten dann das Projekt gestoppt, aus Angst – laut Sakuta – vor Kontamination. Das Raumflugzeug war anscheinend mit der Nase zuerst in den Boden getaucht, möglicherweise lange bevor irgend jemand gekommen war, um diesen Planeten zu kolonisieren. Seither waren die Wüstensande darüber hinweggewandert, hatten das Raumflugzeug begraben und jeden Hinweis verschwinden lassen, daß es hier lag.

Xris betrachtete, was er von dem Flugzeug sehen konnte. Sakuta hatte ihn mit alten Fotografien und Vidberichten über diesen besonderen Typ von Gefährt versorgt, der hauptsächlich für Leichtfrachttransporte benutzt worden war. Es hatte sich außerdem als hervorragend geeignet für unbemannte Forschungsmissionen erwiesen.

Laut Sakuta waren in den frühen Tagen der menschlichen Raumkolonisation Roboter wie der, den Xris wiederbeschaffen sollte, in verschiedene Sektoren der Galaxis gesandt worden, um zu kartographieren und nach Erzen zu suchen – wie auch nach Planeten, die für die menschliche Besiedlung geeignet waren.

Abstürze waren relativ häufig vorgekommen. Die robotergesteuerten Flugzeuge kamen zu nahe an ein System heran, wurden von der Gravitation eingefangen und wurden – unfähig, sich zu befreien – auf die Oberfläche gezogen. Die Schilde der alten Flugzeuge waren völlig unzureichend. Die meisten überlebten den Eintritt in die Atmosphäre nicht und verbrannten. Deswegen war ein Fund in so gutem Zustand äußerst selten.

Xris besah sich den Eintrittswinkel in den Boden, überschlug das Ausmaß des Schadens an dem Teil des Raumflugzeuges, den er sehen konnte, und vermutete, daß der Absturz kontrolliert gewesen war. Wer immer dieses Gefährt gesteuert hatte, war die ganze Zeit darin geblieben und mußte jedes Quentchen an Wissen und Fähigkeit genutzt haben, um das Flugzeug zu landen und es möglichst unbeschädigt lassen. Dies paßte nicht mit Sakutas Beschreibung dieser Roboter als dumpfe, unkreative raumfliegende Dummies zusammen, die nur taten, was ihnen gesagt wurde. Solch ein Robot hätte das Unvermeidliche akzeptiert und wäre ohne Gegenwehr in den Tod gestürzt. Wer immer dieses Flugzeug gelenkt hatte, hatte hart darum gekämpft, am Leben zu bleiben – beinahe so, als ob es sich um einen Menschen gehandelt hätte.

Xris hielt diesen Punkt für interessant, aber nicht mehr.

Es gab viele Erklärungen – vielleicht *war* aus irgendeinem Grund ein Mensch an Bord gewesen. Vielleicht hatten die Pandoraner Überreste eines Skeletts gefunden. Das könnte der Grund dafür sein, daß sie das Flugzeug für möglicherweise kontaminiert hielten. Aber das war unlogisch. Wären Krankheitserreger oder Viren in diesem Flugzeug gewesen, wären sie schon vor Jahrhunderten gestorben. Doch jede Regierung, die soweit ging, ein Einkaufszentrum mit einer Mauer gegen Außenweltler zu schützen, konnte nicht besonders viele Punkte für Logik verbuchen.

Xris betrachtete das Raumflugzeug – was er davon sehen konnte, und was nicht im grauen Matsch begraben war. Der Rumpf ragte in einem flachen Winkel aus dem Boden; Schwanz und Düsen wiesen gen Himmel. Die Flügel waren verschwunden, wahrscheinlich beim Absturz abgerissen. Die Nase war fast begraben, wie auch der vordere Lastenbereich. Der einzige Zugang war der durch die obere Notausstiegsluke. Fenster waren nicht zu sehen. Xris konnte nicht ins Innere des Gefährts blicken.

Laut Sakutas Kollegen funktionierten die Lukenkontrollen nicht. Die Luke selbst war teilweise geöffnet vorgefunden worden; wahrscheinlich war sie während des Absturzes aufgesprungen. Die pandorische Regierung hatte angeordnet, die Luke zu versiegeln, damit nicht ein vorwitziges Virus in die Atmosphäre vordringen konnte. Das Siegel war ein Standardverschlußbolzen; es dürfte kein größeres Problem darstellen. Xris Hauptsorge war, an dem Kraftfeld vorbeizukommen. Er trat vor, um die Maschine zu inspizieren, die zur Projektion des Kraftfeldes benutzt wurde.

Das Gerät war eines neuester Bauart für tragbare Kraftfeldprojektion. Das Feld, das er erzeugte, warf nicht nur physische Objekte zurück, es lenkte auch Energie um, mit der es in Kontakt kam. Die Maschine selbst war aus gehärtetem Durastahl gefertigt, hatte glatte Seiten und keine Kontrollinstrumente an der Außenseite, bis auf ein Alarmgerät. Diese Kiste mußte man nur berühren, und der ganze Planet wußte, daß jemand hier war.

Xris war für den Moment geschlagen. Er betrachtete das Kraftfeldgerät. Ihm fiel ein, daß es höllisch viel Strom verbrauchen mußte.

Xris ging auf die andere Seite des Gerätes, fand, was er suchte, und schüttelte den Kopf. Er hätte seine Werkzeughand benutzen können, aber wozu die Mühe? Ein Stapel Stahlträger stand an einer Seite, die als Verstärkungsstreben im Beton benutzt werden sollen. Xris packte sich einen Träger, balancierte ihn am Ende aus und ließ ihn genau auf den tragbaren Generator fallen. Die Oberseite des Generators wurde eingebeult; Funken sprühten. Dann wurde alles dunkel.

Soviel zu dem Kraftfeld, das *vielleicht* eine Gruppe von Wölflingen ferngehalten hätte.

»Sobald ich diesen Job beendet habe, werde ich den Pandoranern meine Dienste anbieten«, murmelte Xris. »Jemand muß denen mal ein paar Dinge über Sicherheit beibringen.«

Er ging ungehindert zur Luke hinüber und inspizierte den Rückhaltebolzen. Eine Bewegung mit dem Handgelenk, und der Bolzen brach in Xris' Hand ab. Xris hielt wieder inne, um zu lauschen und sich umzusehen. Der Regen ließ nach; der Nachtwächter könnte womöglich auf den Gedanken kommen, seine Runden zu drehen. Doch Xris hörte nichts und sah nichts. Er schaltete eine Handatomlampe ein und stieg ins Innere des abgestürzten Flugzeugs.

Der Sturm war vorbei. Das Blitzen und Donnern war weitergezogen, grollte in weiter Entfernung und konnte im Innern des Raumflugzeuges nicht gehört werden. Es fiel nur noch leichter Regen. Tropfen klatschten gegen die Außenhaut des Flugzeuges; aber das war auch das einzige Geräusch, als Xris sich weiter ins Innere des Flugzeuges bewegte und nach dem Roboter suchte. Die Stille war lastend, bedrückend.

Xris ließ das Licht über die staubigen, von Spinnweben bedeckten Kontrollarmaturen mit den uralten archaischen Instrumenten gleiten. Das Leder auf den Sitzen für Pilot und Copilot war brüchig und zerrissen. Stücke der Polsterung lagen, mit Nagetierkot vermischt, über das ganze Deck verteilt. Kein Roboter war zu sehen. Und warum gab es Sitze für Piloten? Wenn dieses Schiff von Robotern kontrolliert worden war, hätte man keine Sitze gebraucht.

Xris zuckte im Geiste die Achseln. Sakuta würde möglicherweise Jahre damit verbringen, diesen Fund zu untersuchen. Der Cyborg lenkte das Licht zur anderen Seite des Flugzeuges, ließ es über weitere Instrumente gleiten, metallene Vorratsbehälter, pendelnde Elektrokabel, den zerbrochenen Sichtschirm. Teile der Kontrollarmaturen waren geschwärzt und von Ruß bedeckt.

Xris überquerte das Deck, beugte sich über die beschädigte Instrumententafel und rieb den Staub ab, um sie genaue zu betrachten. Er lächelte über die Einfachheit der Instrumente – selbst bei Kinderspielzeug wurde heutzutage kompliziertere Hardware benutzt. Aber das war nicht das Interessante. Schäden wie diese konnten zwar durch den Eintritt verursacht worden sein, paßten aber viel besser zu Schäden, die bei einem Kampf entstanden waren.

Xris wünschte, Harry wäre hier. Als Pilotexperte hätte Harry die Zeichen erkannt und wäre in der Lage gewesen, Xris' Verdacht zu bestätigen. Zu schade, daß der größte Teil des Raumflugzeuges unter einem halben Hügel vergraben war. Xris hätte sich gern davon überzeugt, ob es Beweise für zerstöre Schilde gab, Kohlenstoffspuren auf der Außenhülle. Dies alles hätte seine Theorie bewiesen.

Dieses Flugzeug war nicht in die Atmosphäre gesaugt worden. Es war gezielt abgeschossen worden.

Warum? Warum sollten jemand ein harmloses Kartographierungs- und Forschungsraumschiff, kontrolliert von Robotern, abschießen? Und wer hatte darauf gefeuert? Falls Xris die Geschichte richtig im Kopf hatte, war damals eine Friedenszeit gewesen.

»Immer seltsamer und seltsamer, wie Raoul sagen würde«, murmelte Xris, und es tat gut, eine Stimme zu hören. Die Stille, der Staub, seine Überlegungen – das alles ging ihm allmählich auf die Nerven. Obwohl er keine Leichen sehen konnte, fühlte er sich, als würde er die Heiligkeit eines Grabes entweihen.

Aber das war Blödsinn. Keine Skelette in Fluganzügen saßen in den Pilotensitzen. Niemand war bei diesem Absturz gestorben. Es war ein von Robotern gesteuertes Gefährt gewesen. Xris verließ das Kontrollpaneel und setzte seine Suche nach dem Roboter fort.

Keine Spur davon. Er drang tiefer ins Innere des Flugzeuges vor, zum Frachtraum des Schiffes. Die Tür zu einer der metallenen Lagerabteilungen ließ sich problemlos entriegeln und schwang langsam auf.

Augen, die in seinem Lampenstrahl glänzten, starrten Xris aus dem Abteil an. Kindheitserinnerungen an Gespenstergeschichten über Pharaonengräber, wirre Gedanken an Tote, die wieder zum Leben erweckt wurden, sprangen aus seinem Unterbewußtsein hervor und stürmten auf ihn ein. Xris hatte davon gehört, daß man vom Schock gelähmt sein konnte, und nun erlebte er es am eigenen Leib. Lichter blitzten auf seinem Arm; Alarmsignale ertönten. Noch ein Schreck wie dieser, und er mußte zu einer Generalüberholung. Er nahm einen tiefen, zitternden Atemzug und ließ die Luft mit einem Fluch wieder entweichen.

Die Augen gehörten natürlich dem Roboter.

Xris lenkte den Lichtstrahl direkt auf den Robot und betrachtete ihn, wobei sein Herzschlag sich wieder beruhigte.

»Kein Wunder, daß du mich höllisch erschreckt hast.«

Der Robot hatte richtige Augen – oder eher Augen, die merkwürdigerweise so konstruiert waren, daß sie menschlichen Augen ähnelten, mit weißen Augäpfeln, blauer Iris und schwarzer Pupille. Sakuta hatte in seiner

Beschreibung nichts von Augen erwähnt, und Xris fragte sich, ob diese Augen funktionierten, oder ob sie nur als Beiwerk eingebaut worden waren. Nichts sonst an dem Roboter war im geringsten menschlich – nichts außer diesen starrenden und unerklärlich traurigen Augen.

Der Roboter selbst erinnerte Xris an eine riesige Qualle. Sein Kopf war wie eine Untertasse aus Metall geformt, ungefähr einen Meter im Durchmesser. Ein blaues Licht blinkte ununterbrochen obenauf. Die Augen saßen vorn, sofern es ein ›vorn‹ und ›hinten‹ gab. Der Rest des Kopfes war mit Instrumenten und kleinen Antennen bedeckt, die in merkwürdigen Winkeln abstanden.

Vom Kopf hingen – nach schneller Zählung – mindestens zwanzig bewegliche Arme herunter. Diese Arme waren von unterschiedlicher Länge. Jeder Arm endete in einer ›Hand‹. Jede ›Hand‹ war anders und offensichtlich dafür konstruiert, unterschiedliche Funktionen an Bord des Raumflugzeuges auszuführen.

Der Robot hockte zusammengesunken auf dem Boden des Abteils; seine Arme waren ineinander verschlungen, und er blickte Xris mit seinen traurigen Augen an. Xris hatte das merkwürdige Gefühl, daß der Robot von dem Absturz Angst bekommen hatte und in das Abteil geflohen war, um sich zu verstecken.

»Paß bloß auf«, ermahnte Xris sich selbst. »Demnächst gibst du ihm noch einen Namen!«

Er nahm seine Werkzeughand ab, ersetzte sie durch eine große Klampe und verschaffte sich so einen Griff, der – wortwörtlich – bösartig war. Er langte in das Abteil, packte den Robot hinter dem Kopf und versuchte, ihn anzuheben. Er schaffte es, ihn ungefähr fünf Zentimeter weit zu zerren, bevor er gezwungen war, seine Niederlage zuzugeben. Er ließ den Robot wieder auf das Deck fallen.

»Verdammt!« stieß er hervor, richtete sich auf und massierte sich den Rücken.

Der Robot mußte ungefähr eine halbe metrische Tonne

wiegen. Diese kleine Tatsache hatte Sakuta auch nicht erwähnt.

Xris zog in Betracht, den lasttragenden Teil seines kybernetischen Armes anders einzustellen, doch er bezweifelte, daß es ihm viel helfen würde. Die Erfinder des Armes hatten nicht gewollt, daß er damit herumlief und Kran spielte. Er würde von Bord gehen, den Behälter holen und ihn zu dem Robot bringen müssen, statt andersherum.

Was alles noch mehr Zeit kosten würde ...

»Zentrale«, erklang eine Stimme, kaum hörbar. »Hier Mike. Der dämliche Generator will wieder mal nicht.«

Xris schaltete die Atomlampe ab und erstarrte. Er hätte schwören können, daß er in den letzten Sekunden, bevor er das Licht abschaltete, gesehen hatte, wie die Augen des Roboters sich erschreckt weiteten. Er glitt in das Abteil neben dem Robot, schloß hinter sich die Tür bis auf einen Spat und hielt den Betäubungspfeil bereit. Der Wachmann sprach wahrscheinlich pandorisch. Xris hatte seinen eingebauten Translator aktiviert, während er in der Bar gewesen war, und nun hörte er so ziemlich, was er zu hören erwartet hatte.

»Muß der Sturm gewesen sein. Ein Stahlträger ist rübergeweht und hat den Generator eingedetscht«, fuhr die Stimme fort. »Ich glaub', ihr solltet besser 'ne Reparaturtruppe rüberschicken. Nein, morgen früh wird reichen. Hier ist es dunkler als im Arsch einer Kuh.«

Eine Pause, dann: »Ja, ich seh' mich mal um. Aber ich gehe nicht näher an dieses Flugzeug ran. Ich will mir nich' so 'ne Alienkrankheit holen. Außerdem muß ich noch meine Runden weitermachen. Mike Ende.«

Xris lächelte vor sich hin. Er verlagerte seine Position ein wenig, um sich besser bewegen zu können – für den Fall, daß er das beengte Abteil eilig verlassen mußte. Als er die Schultern bewegte, streifte er den Robot.

Etwas machte *klick*.

Im Inneren des Roboters glühten Lichter auf. Er begann zu summen.

Xris verfluchte Sakuta ausgiebig. Der Professor hatte Xris versichert, daß der Robot *nicht* betriebsbereit sein würde. Seine Systeme müßten schon vor langer Zeit versagt haben; sie wären mit der Zeit korrodiert. Es war Xris' Glück, daß das Abteil den Robot in einer hermetisch abgeschlossenen Umgebung erhalten hatte, und die niedrige Luftfeuchtigkeit der Wüste hatte verhindert, daß der Robot Rost ansetzte.

Xris starrte das Ding böse an und fragte sich, ob er versuchen sollte, es abzustellen, obwohl er keine Ahnung hatte, wie das funktionierte. Oder sollte er es sein lassen und darauf hoffen, daß es nicht mit Glöckchen und Pfeifen ausgerüstet war und anfing, ›Gott schütze den König‹ zu singen?

Für den Augenblick war der Roboter ruhig; nur dieses leise Summen erklang. Offenbar erwärmten sich seine Systeme, denn die inneren Lichter, die Xris in den Metallarmen sah, wurden heller. Und natürlich hatte sein verrückter Erfinder Lichter in die Augen eingebaut. Die Augen begannen mit einem leuchtenden Glanz zu schimmern, fast wie bei einem Mädchen, das auf seinen ersten Ball ging.

Die Arme des Roboters zuckten.

Xris lauschte auf die Fußtritte des Nachtwächters, die über den Sand knirschten. Der Mann ging außen um die Absturzstelle herum. Der Regen würde inzwischen jede Spur weggewaschen haben, die Xris hinterlassen hatte. Er fragte sich allerdings bange, ob er die Luke offengelassen hatte – obwohl er genau wußte, daß er sie geschlossen hatte.

Die Fußtritte verstummten plötzlich.

Xris fluchte lautlos. Er wußte, was jetzt kam.

»Zentrale, hier ist noch mal Mike.« Die Stimme war angespannt. »Der Verschlußbolzen ist entfernt worden. Schickt sofort jemanden her. Verdammt, macht euch keine Sorgen um mich. Ich bekomm' nicht genug Kohle, um den Helden zu spielen. Mike Ende.«

Xris hörte wieder die Schritte und das Quietschen der

Luke, als sie vorsichtig angehoben wurde. Licht stach herein.

»He! Ist da jemand?« rief der Wachmann nervös und fügte in festerem Tonfall hinzu: »Ich habe eine Waffe!«

»*Mrp*«, machte der Roboter. Das summende Geräusch wurde von dem leicht erkennbaren Rauschen von Luftdüsen verdrängt.

»Hey! Halt! Stop!« zischte Xris dem Roboter in der Hoffnung zu, er würde auf gesprochene Befehle reagieren.

Scheinbar war das nicht der Fall. Entweder das, oder er verstand die Sprache nicht.

Der Roboter knallte und klapperte mit seinen metallischen Teilen gegen die Seiten des Abteils. Einer seiner Arme drückte gegen die Abteiltür und öffnete sie. Mit glühenden Augen erhob der Roboter sich in die Luft und schwebte aus der Tür.

Xris grabschte mit seiner Klammerhand nach einem der Gelenkarme, um sich daran festzuhalten und den Robot zugleich im Abteil zu halten.

Doch der Arm löste ich, fiel ab. Mit den verbleibenden neunzehn Armen trieb der Robot über das Deck des Raumflugzeuges in Richtung Luke. Xris stand da, umklammerte den Roboterarm und kam sich wie ein Idiot vor.

»Kommen Sie raus«, sagte der Wachmann. Seine Stimme brach. Er räusperte sich. »Ich habe eine sehr große Waffe!«

Und er hatte vermutlich einen zitternden Finger auf dem Auslöser. Xris hatte keine Ahnung, wie er den Roboter stoppen sollte, aber zumindest konnte er diesen schießwütigen Wachhund davon abhalten, den Robot in Altmetall zu verwandeln. Xris aktivierte den Betäubungspfeil in seiner Metallhand und jagte dem Roboter hinterher.

Als er das Abteil verließ, knallte die Metalltür gegen das Schanzkleid. Xris stolperte über Drähte und Kisten, die er im Dunkeln nicht sehen konnte; seine Füße stampften gegen die metallene Decksabdeckung. Bei seinem Getöse und dem Rauschen des Roboters machten sie genug Lärm für eine ganze Armee – ein Gedanke, der dem Wachmann auch gekommen sein mußte.

»Kommen Sie mit erhobenen Händen heraus! Hören Sie? Ich habe eine Waffe!« Die Stimme des Wachmannes zitterte.

Der Roboter schwebte mit glühenden menschenartigen Augen und pendelnden Armen aus der Luke.

Xris hörte ein Keuchen, ein hohes Kreischen, und dann das Geräusch von Füßen, die in nassem Sand ausrutschen.

Er erreichte die Luke gerade noch rechtzeitig, um den Wachmann in der Dunkelheit verschwinden zu sehen. Als er an seine eigenen Gefühle dachte, als er dem Roboter mit den merkwürdigen Augen in diesem grabartigen Raumflugzeug begegnet war, stieg ein gewisses Mitgefühl für den Wachmann in ihm auf. Xris hätte ihn mit dem Betäubungspfeil leicht erleiden können, entschied sich aber dagegen. Wenn der Wachmann sich nicht wieder meldete, würden die Sicherheitskräfte zuerst hier nach ihm suchen. Nun würden die Sicherheitsleute Mike vorfinden, wie er durch die Wüste rannte, als wären Menschenfresser hinter ihm her. Sie würden sich erst seine Geschichte anhören müssen. Und das konnte eine Weile dauern.

»*Minx-not*«, sagte der Roboter und schaute dem Wachmann mit seinen unbeweglichen Augen nach. Er klang äußerst verwundert.

Rasch überdachte Xris seinen nächsten Schritt. Er hatte sehr viel zu tun und nur sehr wenig Zeit. Er mußte den Roboter sicher verpackt in seiner Kiste von der Absturzstelle fortbringen und die Kiste wieder auf die Basis schaffen, und das alles in den nächsten zehn Minuten, nach seiner Schätzung.

Der Roboter richtete seinen Blick wieder auf Xris und sah ihn erwartungsvoll an. Grüne Lichter blinkten auf seinem Kopf. Die Pupillen der menschlichen Augen öffneten sich weit, als würden sie ihn betrachten. Ein winziges Piepen erklang in Xris' Ohr – eine Warnung, daß er abgetastet wurde. Xris hielt still und hoffte, der Roboter würde nicht lange für seine Untersuchung brauchen.

Das war nicht der Fall. Das Licht ging aus, die Augen wurden wieder normal. Der Robot hatte offensichtlich etwas über ihn erfahren. Xris tat es ihm nach und betrachtete den Robot.

Wenn man bedachte, was das Ding wog, war die Tatsache, daß es sich selbst bewegte, ein offensichtlicher Vorteil. Wenn er den Robot dazu bringen konnte, mit ihm zu kommen, wären seine Probleme gelöst. Xris fragte sich, was der Roboter dachte – falls er überhaupt dachte. Er schien äußerst intelligent zu sein; aber das war vielleicht nur auf den Eindruck zurückzuführen, der von diesen menschlichen Augen hervorgerufen wurde. Xris wollte gerade die Hand ausstrecken, um festzustellen, ob er dem Robot einen sanften Schubs in die richtige Richtung geben konnte, als er erneut sprach.

Die Stimme des Roboters war die Aufnahme einer menschlichen Stimme, doch es bestand kein Zweifel, daß eine Maschine sprach; die Worte besaßen keinerlei Betonung oder Emotion. Er ratterte etwas hinunter, das vielleicht drei Sätze gewesen sein konnte, da er bei bestimmten Abschnitten innehielt. Dann verstummte er. Die menschlichen Augen waren ernst und ruhig und blickten wieder einmal erwartungsvoll. Er schien darauf zu warten, daß auch Xris etwas sagte oder tat.

Was schwierig werden würde. Xris hatte kein einziges Wort verstanden. Sein Translator war in der Lage, einige Tausend Sprachen zu übersetzen; diese aber scheinbar nicht.

»Tut mir leid«, sagte Xris, »ich verstehe dich nicht. Aber ich habe eine Idee.«

Er hob die Hände, um dem Robot zu zeigen, daß er ihm nicht schaden wollte. Mit langsamen Bewegungen, als würde er sich einem ängstlichen Kind nähern, streckte er eine Hand aus, die Hand aus Fleisch und Blut, und redete weiter. Wenn er den Roboter nicht verstehen konnte, würde er ihn auch nicht versehen können, doch er konnte Xris' Tonfall vielleicht entnehmen, daß dieser ihn nicht bedrohte.

»Hab keine Angst. Ich muß einen Auftrag erledigen. Du und ich ...« Xris verstummte.

Das blaue Licht auf dem Kopf des Robots hatte wieder zu blinken begonnen. Das Licht erlosch, als Xris nicht mehr sprach. Angespannt wartete er einen Moment; dann sagte er:

»Wir werden nur einen kleinen Spaziergang machen.«

Das blaue Licht begann wieder zu blinken. Xris beobachtete es genau. Wie vermutet, blinkte das blaue Licht im Rhythmus seiner Worte. Wenn er zu sprechen aufhörte, hörte das Licht zu blinken auf. Wahrscheinlich nahm der Robot seine Stimme auf. Das mußte er berücksichtigen. Er mußte dem Robot ein paar ausgewählte Bemerkungen hinterlassen, die der Robot dann an Professor Sakuta übermitteln konnte. Xris streckte wieder die Hand nach dem Roboter aus.

Der Robot reichte ihm eine seiner Hände.

Xris berührte vorsichtig die Metallhand, die zwei biegsame ›Finger‹ und einen ›Daumen‹ besaß und zweifellos dafür konstruiert war, Aufgaben durchzuführen, die auch eine menschliche Hand vornehmen konnte. Xris zog leicht an der Hand und hoffte inständig, daß sie diesmal nicht abgehen würde.

»Folge mir«, sagte er versuchsweise und sah, wie das Licht dreimal für die drei Silben pulsierte. »Hier entlang.«

Diesmal löste sich die Hand des Roboters nicht vom Arm. Xris zog leicht an dem Robot, winkte ihm mit seiner anderen Hand und gab ihm zu verstehen, daß sie das Gefährt nun verlassen würden.

Hoffte Xris wenigstens.

Der Robot gehorchte und schwebte schweigend hinter Xris her.

Er schaltete sogar einen Strahl hellen Lichtes an, um

den Weg zu beleuchten. Xris erhöhte sein Tempo und der Robot hielt mit.

Sie erreichten den Zaun. Xris konnte die Geräusche irgendeines schweren Fahrzeuges hören, das sich näherte, doch es hielt auf die Absturzstelle zu, und zu diesem Zeitpunkt waren Xris und der Robot schon gut zwei Kilometer von dieser Stelle entfernt. Von seiner Position aus konnte Xris nun das hintere Ende des Wartungsgebäudes sehen. Er fummelte nach der Fernbedienung der Kiste, schaltete sie ein und wartete angespannt.

Zuerst passierte nichts. Xris dachte sich schon einige einzigartige und sehr phantasievolle Schimpfworte aus – Worte, die der Roboter aufnehmen sollte –, als er die Kiste um die Ecke des Wartungsgebäudes schweben und langsam den Weg hinunter auf den Zaun zutreiben sah.

Das Ding hatte eine Geschwindigkeit, die der eines Gletschers gleichkam. Xris konnte nichts tun, die verdammte Kiste zur Eile anzutreiben. Er behielt ein Auge auf dem Robot und achtete zugleich auf Geräusche. Plötzlich hörte er Stimmen. Sie klangen aufgeregt. Sie waren zu weit weg, als daß sein Translator sie auffangen konnte; deshalb hatte Xris keine Vorstellung, was die Stimmen sagten. Doch er konnte raten. Im Geist drängte er die Kiste, sich schneller zu bewegen.

Endlich erreichte die Kiste den Zaun. Xris berührte einen anderen Knopf auf der Fernbedienung. Die Düsen feuerten los, und die Kiste schwebte in die Höhe, mühelos über den Stacheldraht, und setzte sich genau vor Xris zu Boden. Er öffnete den Deckel.

Jetzt kam der schwierige Teil – den Robot in die Kiste zu bekommen.

Der Roboter betrachtete die Kiste mit Interesse, und wegen des grünen Lichtes, das auf seinem Kopf blinkte, ging Xris davon aus, daß der Robot sie abtastete, wie er auch ihn abgetastet hatte.

»Hinein«, sagte Xris und wies auf die Kiste. »Du gehst da hinein.«

Die Stimmen kamen näher, gelangten in Reichweite

des Translators. Xris hatte mit Absicht Spuren hinterlassen, denen man folgen konnte. Die Unbekannten hatten die Abdrücke seiner Stiefel entdeckt und schnell bemerkt, daß sie es nicht mit einer Art Raumgespenst zu tun hatten.

»Geh. Hinein«, wiederholte Xris drängender.

Der Roboter beendete seine Abtastung. Er zog seine neunzehn Arme in sein Inneres, flog zur Kiste hinüber und schmiegte sich hinein.

»*Grnx*«, machte er, und dann gingen alle seine Lichter aus.

Der Robot hatte sich selbst abgeschaltet.

»Schlaf gut.« Xris atmete zum erstenmal wieder leichter, seit er das grabartige Raumflugzeug betreten hatte. Er legte den fehlenden Arm des Roboters sanft neben ihn und schloß den Deckel der Kiste. Er nahm sich sogar die Zeit, sich davon zu überzeugen, daß alle Instrumente das Richtige anzeigten. Nach all dem Ärger, den er durchgemacht hatte, um diesen Robot zu bekommen, wollte er nicht, daß ihm während des Transits irgendwas passierte.

Alles war in Ordnung.

Xris benutzte die Fernbedienung, um die Kiste wieder in die Höhe und über den Zaun zu schicken. Sie schwebte mühelos zu Boden. Xris befahl sie zurück zum Wartungsschuppen und erteilte die Anweisung, sie solle sich abschalten.

Die Stimmen kamen in Xris' Richtung. Die Unbekannten folgten seinen Spuren. Indem er sich nahe am Zaun und fern von der Strecke hielt, auf der er hereingekommen war, kehrte Xris zur Hauptstraße zurück und rannte in Richtung Stadt. Er achtete darauf, Spuren zu hinterlassen. Er trat in matschige Stellen und brach durchs Unterholz.

Bald hatte Xris die Stimmen hinter sich gelassen, doch sie blieben ihm auf den Fersen. Als er die Außenbezirke der Stadt erreichte, hielt er an und wischte den Schlamm von einen Stiefeln. Nun achtete er peinlich darauf, *keine*

Spur mehr zu hinterlassen. Xris schlug einen Bogen zurück zu Jake's Bar. Nun hatten die Sicherheitskräfte ein hübsches Rätsel zu lösen. Xris hoffte, sie würden es auf die Art lesen, wie er es erwartete:

Der Nachtwächter erwischt einen Dieb, der das Raumflugzeug plündert. Er verjagt den Dieb. Der Dieb flieht durch die Wüste – um genau in den Zaun zu laufen, der den Armeestützpunkt umgibt. Der Dieb verbringt einige panische Minuten, als er herauszufinden versucht, wie er über den Zaun klettern kann. Dann gibt er es auf und folgt dem Zaun zurück in die Stadt. Dieses Szenarium müßte eigentlich den Verdacht von der Armeebasis ablenken.

Natürlich konnte die Scharade völlig nutzlos sein, wenn man davon ausging, daß derjenige, der Jamil erwischt hatte, von ihnen wußte, vor allem vom Roboter. Doch Xris wollte zumindest den Versuch machen. Er nahm sich einige Augenblicke Zeit, seine Werkzeughand zu entfernen und durch die Plastikhand zu ersetzen.

Captain Kergonan kehrte zurück und fragte sich, wie, zum Teufel, er wieder auf den Stützpunkt kommen sollte.

Es regnete immer noch. Er erreichte die Hauptstraße und beschloß, sie zu benutzen, um nicht das Risiko einzugehen, sich in dem ungewohnten Gelände zu verirren. Xris war noch nicht lange auf der Straße, als in einiger Entfernung Wagenlichter aufleuchteten. Sie kamen von der Basis, nicht von der Stadt. Er konnte sich im Graben verstecken ...

Zum Teufel damit! Im Gefängnis war es trocken. Und warm.

Der Schwebejeep hielt am Straßenrand, und ein MP stieg heraus.

Xris setzte seine schuldbewußteste, verlegenste Miene auf. »Gut, daß ich euch sehe, Jungs«, sagte er.

Eine Atomlampe leuchtete ihm in die Augen.

»Captain Kergonan?«

»Ja, der bin ich. Sie werden sich schon fragen ...«

»Entschuldigen Sie, Captain. Uns wurde befohlen, nach Ihnen zu suchen. Captain Strauss sagte uns, daß Ihr Colonel Sie von der Basis geschickt habe. Sie wissen es wahrscheinlich nicht, Sir«, fuhr der MP fort, wobei er ein ernstes Gesicht behielt, »aber es gab heute Abend ein bißchen Ärger in einer der örtlichen Kneipen. Captain Strauss machte sich Sorgen, daß Sie vielleicht unbeabsichtigt in die Streitereien hineingezogen würden. Und vielleicht in einem pandorischen Gefängnis landeten.«

»Nun ja, um ehrlich zu sein – ich war zufällig in der Gegend. Bei all dem Durcheinander habe ich wohl die Orientierung verloren. Ich bin die halbe Nacht in der verdammten Wüste herumgeirrt.«

»Ja, Sir«, sagte der MP. »Wenn Sie in den Wagen steigen, Sir, bringen wir Sie zurück zur Basis.«

Xris kletterte hinein und ließ sich auf dem Sitz nieder. Wieder Tess. Er würde ihr irgendwas schicken. Irgendein Geschenk. Xris hatte keine Ahnung, was ihr gefallen könnte, doch Raoul würde es wissen. Er würde Raoul bitten, etwas auszusuchen ... Es war nach Mitternacht, als Xris wieder auf der Basis eintraf. Die MPs fuhren ihn zu seinem Quartier, hielten ihm eine kurze Standpauke, ja nicht mehr ohne vorherige Nachricht die Basis zu verlassen, und ließen ihn gehen. Xris wandte sich zu seinem Quartier, falls ihn jemand beobachtete, dann – auf halber Strecke – machte er einen Umweg.

Als er zum Wartungsschuppen gelangte, um den Robot zu überprüfen, kam Xris sich wie ein Vater vor, der in ein Kinderzimmer geht, um nach dem schlafenden Kleinen zu schauen. Nach einigem Suchen im Dunkeln entdeckte er die Kiste eingezwängt zwischen einem Schwebejeep mit eingedrücktem Fender und einem leichten Laster mit einem kaputten rückstoßfreien Raketenwerfer. Er öffnete die Kiste. Da war der Robot.

Xris überlegte kurz, ob er die Kiste mit dem Robot zurück in sein Zimmer schleppen sollte. Das Geräusch regelmäßiger Schritte brachte ihn davon ab. Er hätte niemandem zufriedenstellend erklären können, warum er seine Kiste zu dieser Nachtzeit spazierenführte. Freundschaftlich tätschelte er dem Robot den Kopf, schloß die Kiste und kehrte zu seinem kurzfristigen Offiziersquartier zurück. Seine Kleidung war durchweicht. Ihm war kalt bis auf die Knochen. Er hatte Schmerzen in Muskeln, von denen er nicht gedacht hätte, daß sie echte Muskeln waren. Er war todmüde – eine Reaktion darauf, daß er die halbe Nacht nur von Adrenalin gelebt hatte. Er hätte sechs Robots in sechs schicken Kisten dafür gegeben, wenn es möglich gewesen wäre, auf sein Zimmer zu gehen, sich hinzulegen und sich zu entspannen. Unglücklicherweise hatte er noch Arbeit zu erledigen.

Er ging zu Jamils Zimmer, packte die Ausrüstung des Freundes zusammen und schleppte sie zurück zu seinem eigenen Zimmer. Xris mußte sich immer noch auf diese verdammte Rede morgen vorbereiten. Er aalte sich unter einer heißen Dusche. Während er sich mit einem Dreher im Mund aufs Bett legte, nahm er Xris Jamils elektronisches Notizbuch heraus, rief die Datei über ›Fremdobjektschäden an Raumflugzeugmotoren‹ auf und begann zu lesen.

Innerhalb von fünf Minuten schlief Xris tief und fest.

15. Kapitel

Das ist ein schlechter Koch, der sich nicht die eig'nen Finger lecken kann.

William Shakespeare,
Romeo und Julia, 3. Akt

Nächtliche Dämmerung auf Adonia. Dies war der Abend, an dem der Feind geschlagen werden sollte – Raj Vu. Raouls Party begann genau um 18.00 Uhr. Die Gäste trafen allerdings nicht viel früher als 22.00 Uhr ein – was man auch nicht von ihnen erwartete. Die meisten würden sich erst gegen Mitternacht zeigen, und etliche würden sich gar erst am nächsten Tag gegen Abend einstellen. Adonier haben ein sehr entspanntes Verhältnis zur Zeit.

Raoul allerdings war bereits zeitig aufgestanden, wie alle Generäle es vor Beginn der großen Schlacht tun. Er kroch um die Mittagszeit aus dem Bett, legte sich eine Gurkenmaske auf, um die Streßwirkungen der letzten Tage auf seinen Teint abzumildern, badete in einer Seetanglösung, um seinen Stoffwechsel auf Zack zu bekommen, und gestand Darlene, daß er nur die allermildesten Stimulantien zu sich genommen hätte, damit er klar denken konnte.

Den Rest des Nachmittags verbrachte er damit, sein Haar zu shampoonieren und zu stylen, sowie mit dem Auflegen des Make-up; weiter zwei Stunden verbrachte er mit der Entscheidungsfrage der Garderobe – dieser lebenswichtige Punkt hatte ihn schon tagelang beschäftigt –, und schließlich erschien er um 18.00 Uhr in einem schwarzen Einteiler, dessen Saum mit schwarzen Pailletten besetzt war, dazu einem schwarzweißen Federcape, schwarzen, pailettenbesetzten Pumps und einer Armladung roter Rubinreifen.

»Ich habe mich für schlichte Kleidung entschieden«, sagte Raoul zu Darlene. »Es ist unhöflich von einem Gastgeber, wenn er seine Gäste überstrahlt.«

Darlene, die ein schmuckloses Seidenkleid trug, hoffte nur, daß sie lange genug wachbleiben konnte, bis die Gäste eintrafen. Der Kleine blieb auf seinem Zimmer – zum einen, um Raouls Nervenkostüm zu schonen, zum anderen, um nicht von den Heerscharen der Gäste zertrampelt zu werden.

Außenweltler äußerten sich häufig voller Mitgefühl über jene Adonier, die für ihren Lebensunterhalt arbeiten mußten – jene, die das Rückgrat und die Stützen des dekadenten Lebensstils der anderen Adonier waren. Was die Außenweltler einfach nicht verstanden, war der Umstand, daß die meisten Adonier tatsächlich für ihren Lebensunterhalt arbeiten, man sieht es bloß nicht.

Arbeit steht hinter dem Vergnügen zurück. Bürozeiten existieren nicht. Wenn auf Adonien etwas nach einem Zeitplan ablaufen muß – zum Beispiel das Starten und Landen von Raumflugzeugen –, stellen die Adonier Außenweltler ein, die sich darum kümmern.

Die Lebensmittellieferantin kam tatsächlich zu früh, aber dieses Wunder glich sie dadurch aus, daß sie das falsche Essen brachte. Dies wiederum löste einen Kampf in der Küche aus, den Raoul rotwangig und erhitzt, jedoch siegreich bestand. Eine Kirschtorte jedoch war im wahrsten Sinne des Wortes am Boden zerstört; die Lieferantin wurde gezwungen, die Schichttorte mit neun verschiedenen Schokoladengeschmacksrichtungen herzustellen und zu liefern, wie es ihr aufgetragen worden war.

»Ich glaube es einfach nicht. Hat die wirklich geglaubt, ich würde den Unterschied nicht erkennen?« schniefte Raoul.

Die beiden Barkeeper trafen pünktlich ein, was prompt Raouls Verdacht erregte; aber die beiden versicherten ihm, daß es keine Absicht gewesen sei. Die Barkeeper waren außerordentlich gutaussehende junge Männer, braungebrannt, muskulös und äußerst dekorativ. Raoul kostete den Sekt – nur um sicherzustellen, daß er nicht repliziert worden war. Er befand die Blasen für echt, verzieh den Barkeepern und zeigte ihnen wo die Bars aufgestellt werden sollten – eine im Atrium zwischen den Orchideen und eine neben dem Schwimmbecken.

Die Beckenreiniger trafen gemeinsam mit den ersten Gästen ein, die sich ob dieses Vorgangs köstlich amüsierten, herumstanden, Sekt schlürften und hilfreiche Vorschläge machten. Die Leute, die das Zelt aufstellen sollten, kamen überhaupt nicht; aber da es nicht regnete, vermißte Raoul sie auch nicht. Das Orchester begann als

Solist, der sich zu einem Trio erweiterte, das sich zu einem Quartett ausdehnte und am Ende der Nacht beinahe genügend Mitglieder aufwies, um die verlangten Mozart-Symphonien zu spielen, sofern man sich nicht an den fehlenden Streichinstrumenten störte.

Darlene saß an einem Tisch in der Nähe des Schwimmbeckens, trank Sekt und ergötzte sich an der Vielfalt, der Schönheit und der Pracht.

Raoul war der vollkommene Gastgeber, entspannt, charmant, ungerührt, die Ruhe selbst bei jeder Krise (sogar als einige Gäste die Veranda anzündeten). Er war überall dort, wo er sein sollte, und war nicht dort, wo er nicht erwünscht war. Er mischte sich unter die Gäste und schwatzte und küßte und umarmte; er begrüßte Raj Vu, wie ein lange verschollener Bruder seinen Zwilling begrüßt hätte, den er zwanzig Jahre nicht gesehen hat. Und wenn Raoul eine herablassende Bemerkung über den Umstand gemacht hatte, daß Raj Vu zu einer Abendgesellschaft in Jeans erschienen war – allerdings waren sie mit Rheinkieseln besetzt – so geschah dies erst, nachdem man gehört hatte, wie Raj Vu einige schneidende Bemerkungen über das Essen von sich gab.

Keuchend und atemlos baute der Kleine sich vor seinem Freund auf und fuchtelte wild mit den Armen.

Raoul war noch ganz mit der erlittenen Beleidigung beschäftigt und konnte an nichts anderes denken. »Hast du gehört, was Raj Vu gesagt hat? Daß meine Trüffel ... daß sie ... daß sie ... Pilze seien!« Raoul taumelte unter diesem Schock und war gezwungen, sich mit Sekt zu stärken. »Der Mann mag ja ein Schwein sein, aber er würde einen Trüffel nicht einmal erkennen, wenn er ihn in die Schnauze beißen würde!«

Der Kleine warf sich gegen Raoul und trommelte ihm auf die strammen Waden. »Vergiß die Trüffel!« Der hektische Befehl erschien wie die grellen, blinkenden Farben eines Neonschildes in Raouls Verstand.

Dieser Effekt lenkte Raouls Aufmerksamkeit endlich auf den Kleinen.

»Die Trüffel vergessen?« wiederholte er verstört. »Aber Raj Vu sagte doch ...«

»Koch dir Raj Vus Leber in Essig!« lautete die nächste Bemerkung, die sich möglicherweise auf irgendeine sonderbare tonganische Sitte bezog, mit der Raoul dankenswerterweise nicht vertraut war. Er wollte gerade erwidern, daß die nötige Operation doch eine ziemliche Schweinerei verursachen würde, obwohl der Mann es zweifellos verdient hatte, als der Kleine ihn unterbrach.

»Was weißt du über die Barkeeper?« zuckte die Frage durch Raouls Gehirn.

»Nun ja«, dachte Raoul laut nach, »sie sehen beide sehr gut aus und sind sehr charmant, besonders der Blonde. Er hat mich in seinen Übungsraum eingeladen, damit wir an meinen Trizeps arbeiten. Ich weiß nicht, was das ist, aber er sagt, er müsse entwickelt werden. Darauf hab' ich ihm gesagt, daß ich mich jetzt schon auf alles freuen würde, was sich vielleicht entwickeln möge, und er ...«

Der Kleine riß sich den Schlapphut vom Kopf, schleuderte ihn zu Boden und stampfte heftig mit dem Fuß auf. Raoul starrte seinen Freund verdutzt an. Die Adonier sind für ihre Schönheit bekannt; daher mag es nach dem Gesetz von Aktion und Reaktion nicht verwundern, daß es Völker geben mußte, die für ihre Häßlichkeit bekannt waren. Der Kleine gehörte zu einem solchen Volk.

Seine Physiognomie ist schwer zu beschreiben; allerdings läßt sich sagen, daß Xris den Kleinen einmal aufsammelte, nachdem er von Angehörigen der nunmehr aufgelösten Garde der Schwarzen Erde angegriffen worden war. Es war das erste Mal, daß Xris das Gesicht unter dem Schlapphut gesehen hatte. Entsetzt hatte er geglaubt, daß das Gesicht und der Kopf des Kleinen zu einer blutigen, zerquetschten Masse aus Knochen, Blut und Hirn zerdroschen worden sei, nur um später zu erfahren, daß seine Verletzungen vergleichsweise geringfügig waren. Das Gesicht des Kleinen sah immer so aus.

Raoul wandte den Kopf ab und legte eine Hand über

die Augen. Er war ziemlich blaß geworden. »Bitte, teurer Freund, du weißt doch, wie sehr mich das ...«

Der Kleine sprang vor, packte Raoul an den Handgelenken und zwang seinen Freund, ihn anzuschauen. »Die Barkeeper sind Attentäter! Sie sind hier, um Darlene zu ermorden!«

Raouls Blick wurde starr vor Entsetzen. »Hier? Jetzt? Auf meiner Party?«

»Ja! Es kann jederzeit geschehen!« schrillte es in seinen Gedanken.

»Aber ... wenn jemand auf meine Party tot umfällt! Das wäre ihr Ruin!« Raoul klammerte sich hilfesuchend am Küchentisch fest. »Ihr vollkommener Ruin!«

Die Gedanken des Kleinen wurden ausgesprochen düster. »Darlene bekäme es auch nicht besonders gut, verdammt noch mal!«

»O ja. Durchaus«, murmelte Raoul, und nach einigem Nachdenken fragte er: »Ich weiß, was du meinst. Wo ist sie? Geht es ihr gut? Wir sollten sie warnen ...«

Er wollte schon davonstürzen, wurde jedoch von seinem kleinen Freund aufgehalten, der eine Handvoll Einteiler packte und Raoul zurückzerrte. Der Kleine zeigte aus der Türöffnung der Küche.

Raoul spähte hinaus.

Darlene saß auf einer Weidenliege im Atrium nahe bei einer adonischen Gruppe, bei der sich auch Raj Vu befand; man tauschte gerade den neuesten Tratsch aus. Darlene lauschte der Unterhaltung, und nach ihrem leicht schockierten Gesichtsausdruck zu urteilen, hörte sie gerade von einem Lebensstil, den sie vermutlich zuvor nur auf Hardcore-Videos gesehen hatte, falls überhaupt. Sie machte einen erstaunten und verdutzten, ansonsten jedoch recht gesunden Eindruck.

Raoul atmete erleichtert auf. Vielleicht konnte seine Party doch noch gerettet werden. »Wie wollen sie das Verbrechen begehen?«

In Raouls Bewußtsein tauchte das Bild einer Ampulle auf, die mit einer durchsichtigen Substanz gefüllt und mit einem Etikett versehen war. Raoul erkannte die chemische Zusammensetzung wieder.

Er erlangte seine Fassung wieder und schniefte mißbilligend. »Wie tölpelhaft. Wie einfallslos. Das Gift in ihren Sekt zu tun. Zudem auch noch riskant. Was ist, wenn sie nichts mehr trinken will? Oder es sich in den Kopf setzt, die Party zu verlassen? Also, wenn sie sich mit mir ins Benehmen gesetzt hätten, dann hätte ich ihnen fünfzig viel verläßlichere Methoden nennen können, wie man sie hätte vergiften können. Ach ja. Entschuldige bitte. Ich vergesse mich. Das ist mein professionelles Ich. Ich hasse es einfach, wenn man einen Auftrag verpatzt.«

Er behielt Darlene weiter wachsam im Auge. Raoul bemerkte, daß sie kein Glas in der Hand hielt. Ein Barkeeper hatte seinen Stand in einem malerischen Abschnitt bei dem kleineren der beiden Wasserfälle aufgestellt. Er schenkte Sekt in hohe Gläser, die auf einem silbernen Tablett standen. Hin und wieder kam ein Gast an die Bar, nahm sich ein Glas und schlenderte davon. Der Barkeeper lächelte Darlene, die ihn bisher noch nicht bemerkt hatte, unentwegt an. Offensichtlich versuchte er, ihre Aufmerksamkeit auf sich zu ziehen.

»Billiger kleiner Stricher«, bemerkte Raoul und warf einen sengenden Blick auf den Barkeeper. »Und der wollte mir etwas über meine Trizeps erzählen. Er kann doch gar nicht sicher sein, daß sie das Gift auch wirklich einnimmt. Was hat er in der Hinterhand?«

Das Bild einer gemein aussehenden Waffe fegte die anderen Kleinigkeiten auseinander, die Raouls Verstand durchwanderten. Er erschauerte. »Was ist *das* denn?«

»Ein Verzerrer«, lautete die gedankliche Antwort des Kleinen, die Raouls Kopf mit häßlichen Rot- und Orangetönen füllte.

»Ah, ja. Ich erinnere mich, daß unser vormaliger Arbeitgeber, der verstorbene Snaga Ohme, eine Anzahl dieser Waffen in seinem Besitz hatte. Ziemlich eklige Geräte. Soweit ich mich erinnere, wird dabei eine Art Alphawellenzufallssender benutzt, um die Gehirnaktivitäten der Betroffenen durcheinanderzubringen. Allerdings wurden diese ›Verzerrer‹ für die Kontrolle über größere Menschenmengen entworfen, und ihre Wirkung war nicht tödlich. Zudem beeinflussen sie *alle* in der näheren Umgebung. Ihre Reichweite ist beträchtlich. Wirklich, lieber Freund«, fügte Raoul klagend hinzu, »könntest du deinen Hut bitte wieder aufsetzen?«

Der Kleine nahm den Schlapphut, setzte ihn auf und zog ihn tief ins Gesicht. Er ballte eine Faust und schlug sich mehrmals gegen die Stirn.

»Ah, ich verstehe«, sagte Raoul ruhig. »Die Waffe kann auf tödliche Wirkungsweise modifiziert werden, und das haben unsere Gegner getan. Allmählich begreife ich ihren Plan. Wenn es ihnen nicht gelingt, Darlene heute Abend umzubringen, werden sie die Waffe einschalten und den Verstand aller meiner Partygäste durcheinanderwirbeln! Wie scheußlich!«

Der Kleine machte eine Bemerkung.

»Natürlich glaube ich, daß es ihnen auffallen würde!« Raoul tupfte sich mit der Ecke eines Cocktailtuchs zwei Tränen aus den Augenwinkeln, wobei er sorgfältig darauf achtete, sein Make-up nicht zu verschmieren. »Und auf den Sarkasmus kann ich gern verzichten. Ich habe schon genug Schwierigkeiten. Anstatt auf den Gesellschaftsseiten als der Gastgeber der besten Party der Saison gefeiert zu werden, werde ich als der Gastgeber mit der höchsten Verlustliste Erwähnung finden!«

Raoul schluchzte und verbarg das Gesicht in der Serviette. Der Kleine drosch ihm kräftig auf den Oberschenkel.

»Ich weiß«, sagte Raoul und schluckte die Tränen herunter. »Jetzt ist nicht die rechte Zeit für einen Zusammenbruch. Ich bin ja schon wieder ruhig. Ganz ruhig. Dann laß uns mal sehen. Was können wir tun, um den Anschlag zu verhindern?«

Der Kleine klopfte auf die innere Brusttasche seines Regenmantels, in der er seine Lieblingswaffe verwahrte – ein Blasrohr mit Giftpfeilen.

»Ja, wir könnten die zwei Barkeeper töten – du sagst, daß beide Attentäter sind?«

Der Kleine nickte.

»Aber«, fuhr Raoul nachdenklich fort, »wir hätten dann Schwierigkeiten, ihr Ableben der Polizei zu erklären, ohne dabei die Wahrheit über Darlene preiszugeben, ihre Deckung auffliegen zu lassen und sie dadurch noch größerer Gefahr auszusetzen. Ganz abgesehen davon, daß ich in Zukunft die allergrößten Schwierigkeiten hätte, einen Barkeeper zu bekommen. Nein, es muß einen besseren Weg geben.«

Raoul dachte darüber nach, als der Kleine plötzlich auf und ab zu hüpfen begann.

»Was ist denn *jetzt* schon wieder?« verlangte Raoul in aufkeimender Verzweiflung zu wissen.

Der Kleine deutete hektisch zum Atrium. Darlene war aufgestanden und ging zur Bar. Entweder hatte sie sich vom Lächeln des Barkeepers überrumpeln lassen, oder sie hatte Durst.

Raoul und der Kleine wechselten einen Blick. Ein Plan zuckte zwischen ihnen hin und her. Dem Kleinen schien er nicht zu gefallen.

Er schüttelte heftig den Kopf.

»Mein Freund«, sagte Raoul sanft, »wir haben keine andere Wahl. Wenn Darlene heute Nacht nicht stirbt, werden alle anderen in dieser Nacht sterben. Du weißt, was ich brauche. Du weißt, was du tun mußt.«

Der Kleine schüttelte düster den Kopf; dann aber nickte der Schlapphut, und nachdem der Kleine Raouls Hand ergriffen und sie kurz gedrückt hatte, flitzte er davon. Er rannte aus der Küche in das Atrium und zwängte und drängelte sich durch einen Dschungel aus Pflanzen und Beinen. Er flitzte an Darlene vorbei, rang die kleinen Hände und lief weiter zum Wohnzimmer.

Raoul ging zu einem geschnitzten Holzregal in der Ecke des Küchentisches, das die Aufschrift GEWÜRZE trug. Er suchte eine Ampulle aus der ansehnlichen Sammlung, vergewisserte sich kurz, daß es sich um den gewünschten Behälter handelte, und schob ihn in den Ärmel seines schwarzen Einteilers.

Mit raschen, jedoch unauffälligen Schritten verließ Raoul die Küche, durchschritt die Menge und wich jenen aus, die ihn in ein Gespräch – oder andere Tätigkeiten – verwickeln wollten, indem er bezaubernd lächelte, eine Kußhand warf, lässig winkte. Sein Gesicht zeigte das leere, unbestimmte und euphorische Aussehen der Loti. Seine unter blaubeschatteten Lidern verborgenen Augen funkelten klar, scharf, konzentriert. Sein Blick war unablässig auf die Hände des Barkeepers gerichtet.

Darlene griff soeben nach einem Sektglas auf dem Silbertablett. Der Barkeeper hielt sie auf. Wegen der Orchestermusik konnte Raoul ihr Gespräch nicht hören, doch er konnte sich denken, was der Barkeeper sagte: »Der Wein hat schon zu lange dort gestanden, Ma'am. Er ist viel zu warm. Ich schenke Ihnen ein neues Glas ein.«

Raoul beobachtete genau jede Bewegung des Mannes.

Darlene beobachtete den Barkeeper nicht. Sie hatte keine Angst. Sie war vollkommen arglos. Sie wiegte sich leicht im Takt der Musik, stützte sich auf die Bar und blickte wieder zu Raj Vu und seinen Freunden hinüber. Der Barkeeper sagte etwas zu ihr und griff mit einer Hand unter den Tresen. Darlene schaute ihn über die Schulter hinweg an, lachte und wandte wieder den Blick ab.

Für einen Moment verschwanden beide Hände des Barkeepers unter dem Tresen. Sekunden später förderte er ein hochstieliges Kristallsektglas zutage.

»Die sauberen Gläser stehen auf dem Tisch *hinter* ihm«, murmelte Raoul. »Natürlich, das ist es. Er hat das Gift in das Glas gegeben, während er es unter dem Tresen hatte.«

Der Barkeeper goß Sekt in das Glas. Raoul behielt es scharf im Auge, konnte aber keine andere Substanz im Glas erkennen. Nicht ungewöhnlich, sinnierte er. Wie der Kleine sagte, handelte es sich bei dem Gift um das Derivat einer lilienähnlichen adonischen Pflanze, die trotz ihres förmlichen wissenschaftlichen Namens allgemeiner als Abschiedskuß bekannt war. Das Gift besaß angeblich einen schwachen, nicht unangenehmen Kamillengeschmack; seine tödliche Wirkung bestand darin, daß jede Körperzelle gewissermaßen dazu veranlaßt wurde, alle anderen Körperzellen als Feinde zu betrachten und sofort zum Angriff überzugehen. Im Grunde stieß der Körper sich selbst ab.

Das Gift tauchte in vielerlei Formen auf, unter anderem als klare Flüssigkeit; ein einziger kleiner Tropfen reichte aus, um die tödliche Kettenreaktion in Gang zu setzen.

Raoul nahm ein Sektglas aus Raj Vus Hand, mißachtete den empörten Protest des Herren und glitt voran. Geschickt holte er die Ampulle hervor, die er in seinen Ärmel gesteckt hatte. Er zog den Korken heraus und führte die Hand über das Sektglas, wobei er ein feines weißes Pulver ins Glas rieseln ließ. Dann steckte er die Ampulle in einen Orchideentopf und ging weiter.

Der Sekt floß, funkelte, prickelte. Der Barkeeper reichte Darlene das Glas mit einer Bemerkung, die sie erneut zum Lachen brachte. Sie nahm das Glas, drehte sich um, führte es an die Lippen.

»Meine Liebe!« rief Raoul aus. »Einen Toast!«

Darlene war Rechtshänderin. Dementsprechend hielt sie das Glas in der rechten Hand und nahm es bei Raouls Aufruf vom Mund.

Raouls schnelle Schritte führten ihn an Darlenes Seite. Als er näher kam, sah er, wie das Gesicht des Barkeepers sich verfinsterte. Der Mann stellte die Sektflasche ab. Beide Hände waren frei. Vermutlich war die Verzerrerwaffe ebenfalls unter dem Tresen verborgen.

Raoul tänzelte an Darlenes linke Seite, hob den Arm, legte ihn Darlene um die Schultern und drehte sie herum, so daß sie mit dem Rücken zur Bar stand. Raouls weißes Federcape nahm dem Barkeeper die Sicht. Als er Darlene in einem eleganten Walzerschritt herumdrehte, ließ Raoul seine Rechte über die ihre gleiten und nahm ihr das Glas ab. Dann drückte er sein Glas, das er in der Linken hielt, in ihre Rechte. Mit einem strahlenden Lächeln senkte er den Arm, trat einen Schritt von Darlene zurück und gewährte dem Barkeeper ungehinderte Sicht.

Raoul führte das Glas an die Lippen, trank aber nicht. Er bemerkte den Lippenstift am Rand – seine eigene besondere Roter-Racker-Farbe. Er nahm Darlene das erste Glas wieder aus der Hand, gab ihr das eigene Glas zurück und rief dann aus, bevor sie einen Schluck nehmen konnte: »Tauscht die Gläser. Was auch immer eure Nachbarn trinken, das trinkt jetzt auch ihr!«

Darlenes Nachbar war Raj Vu, der irgendein klebriges rotes Mischgetränk mit einem riesigen Obststick im Glas hatte. Als Darlene dies bemerkte, verzog sie das Gesicht. »Ich bleibe doch lieber bei Sekt«, sagte sie und hob wieder ihr Glas.

Raoul beugte sich vor und sagte, vom Lärm der Musik übertönt: »Ein adonisches Partyspielchen, meine Liebe. Sei doch keine Spaßverderberin.«

Bevor Darlene aufbegehren konnte, nahm Raoul ihr das Sektglas aus der Hand und reichte es an Raj Vu weiter, der – ganz die Höflichkeit selbst – sein Obstgetränk an Darlene zurückgab.

Als Raj Vu trinken wollte, schnappte Raoul sich das Glas aus der Hand seines Rivalen. Er gab Darlene jenes Glas, das er in der Hand gehalten hatte, nahm ihr den Obstsaft weg, gab diesen Raj Vu wieder, setzte das Sektglas an die Lippen und stürzte den Sekt herunter.

»Kann ich das jetzt trinken?« fragte Darlene erheitert. »Du willst es mir doch nicht wieder wegnehmen, oder?«

»Trink aus, meine Liebe«, sagte Raoul liebenswürdig. Er ob sein leeres Glas. »Auf deine Gesundheit.«

Darauf hob Darlene ebenfalls ihr Sektglas und prostete Raoul und dem ziemlich entnervten Raj Vu zu, der die ganze Sache zu einem ›blöden Spiel‹ erklärte und sein rotes Gebräu in einen Fischteich kippte. Darlene nahm zwei Schluck von ihrem Sekt.

Raoul warf einen verstohlenen Blick auf den Barkeeper. Der Mann war offenbar durch die ganze Gläsertauscherei gründlich verwirrt und beobachtete sie genau. Er wäre außerordentlich argwöhnisch geworden und hätte seinen Plan entdeckt geglaubt, hätte Darlene nicht ein Sektglas behalten. Nun wollte der Mann erst einmal auf die Folgen warten.

Welche sich alsbald einstellen würden.

Darlene wollte soeben einen weiteren Schluck nehmen, als ihr Gesichtsausdruck sich veränderte. Ihre Miene verzerrte sich; sie riß die Augen auf. Schweißperlen erschienen auf ihrer Stirn.

»Ich ...«, brachte sie hervor. »Mir ...«

Das Glas entglitt ihren fühllosen Fingern und zerschmetterte am Boden. Sie gab einen keuchenden, würgenden Laut von sich und brach plötzlich zusammen. Bewußtlos fiel sie neben den vergossenen Wein und die Glasscherben.

Raoul stieß sofort einen Schrei aus. Raj Vu drehte sich um. Er und die anderen Gäste im Atrium kamen herbei, um zu sehen, was passiert war. Der Barkeeper goß jemandem einen Whisky ein.

Raoul beugte sich mit wedelnden Händen über Darlene. »Sie sieht schrecklich aus!« rief er klagend.

»Das liegt an dem Kleid«, sagte eine Frau, die neben ihm stand. »Sie sollte diese Farbe nicht tragen.«

»Das meine ich doch nicht!« erwiderte Raoul beleidigt. »Ich meine, daß sie offenbar sehr krank ist. Jemand soll einen Arzt holen!«

»Ich bin Arzt«, verkündete Raj Vu.

»Das hätte ich mir denken können«, brummte Raoul.

Raj Vu beugte sich vorsichtig zu Darlene hinunter, damit er sich nicht mit seinen Designerjeans in den vergossenen Wein kniete. Er nahm ihr Handgelenk zwischen die Finger und hielt es für einen Augenblick fest. Eine Menschenmenge hatte sich um die Gruppe versammelt und erwartete mit atemloser Spannung das Urteil.

»Diese Frau ist tot«, stellte Raj Vu fest.

Darlene sah wirklich ausgesprochen tot aus.

Raoul hatte für einen Augenblick ein ungutes Gefühl. Vielleicht hatte er die Gläser tatsächlich verwechselt. Dann spürte er ein plötzliches Kitzeln an sämtlichen Nervenenden und einen stechenden Kopfschmerz. Er atmete auf.

Trotz der Schmerzen genoß er die erhabene Befriedigung, als ein Gast bemerkte: »Ich muß schon sagen, Raj Vu, bei einer von *deinen* Parties ist noch nie jemand gestorben!«

Und obwohl die Schmerzen jetzt sehr stark geworden waren und das Atmen ihm Schwierigkeiten bereitete, lächelte Raoul.

16. Kapitel

Was Nahrung für die einen ist, ist anderen bitterstes Gift.

Lukretius, *De Rerum Natura*

Raoul hielt eine Phiole unter Darlenes Nase. Sie atmete tief, würgte und hustete. Ihre Augenlider flatterten und öffneten sich. Sie starrte ihn mit verquollenen Augen an.

»Was ... zum Teufel ... ist passiert?« fragte sie halbbetäubt. »Wo bin ich?«

»In deinem Zimmer«, gab Raoul zurück. »Ich habe dich hier herauftragen lassen. Ich weiß, daß man die Leiche nicht vom Tatort entfernen soll, aber nach der ersten Aufregung über den Mord warfen deine sterblichen Überreste einen ziemlichen Schatten über die Party. Ich bin sicher, die Polizei wird das verstehen. Besonders, wenn sie erfährt, daß das Ganze nur ein Scherz war.«

Der Kleine zupfte an Raouls Ärmel und wies auf die

Flügeltüren, die von dem Zimmer auf einen Balkon mit Blick aufs Meer führten.

»Ah, ja, wo wir gerade von der Polizei sprechen« – Raoul legte seinen Arm um Darlenes Schultern und half ihr, sich im Bett aufzusetzen – »sie wird jede Minute hier sein. Du solltest wirklich gehen.«

»Erzähl mir, was passiert ist«, sagte Darlene, umklammerte Raoul und schüttelte ihn. »Ich muß wissen, was passiert ist! Es waren die Hung, nicht wahr?«

»Sie haben versucht, dich zu vergiften.«

»Mit dem Champagner! Darum hast du die Gläser getauscht ...« Sie hielt inne und starrte ihn an. »Gütiger Gott! Du hast es getrunken!«

»Einer von uns mußte es tun«, sagte Raoul achselzuckend. »Der Kleine hat die Gedanken der Mörder gelesen. Sie waren darauf vorbereitet, jeden meiner Gäste zu töten, um bei dir sicherzugehen. Sie hatten Geräte dabei, die als Verzerrer bekannt sind.«

Darlene betrachtete Raoul besorgt. »Bist du sicher, daß mit dir alles in Ordnung ist?«

»Mach dir keine Sorgen. Ich – was ist denn los?«

Der Kleine war erstarrt. Plötzlich warf er sich mit dem Gesicht nach unten auf den Boden, strampelte mit den Beinen und schlug mit den Fäusten auf den Teppich.

»Was ist denn? Was ist los?« fragte Darlene erschrocken. Sie starrte Raoul an. »So habe ich ihn noch nie erlebt. Du etwa?«

»Na ja, normalerweise führt er sich nicht so auf, wenn wir Gäste haben. Mach dir keine Sorgen, meine Liebe, ich habe das Gegengift genommen.« Raoul wies auf eine Spritze, die auf dem Nachttisch lag. »Und wenn man die Anzahl der chemischen Substanzen bedenkt, denen mein Körper ein demütiges Heim bietet, bin ich nicht mal sicher, daß ich das Gegengift überhaupt brauchte.«

»Du hättest sterben können!« stieß Darlene hervor und erschauerte. Sie legte den Arm um Raoul und drückte ihn an sich. »Und das weißt du.« Sie küßte ihn. »Du hast mir das Leben gerettet!« Sie schaute zu dem Kleinen hinüber, der sich auf den Rücken gerollt hatte, die Hacken auf den Teppich hämmerte und sich auf den Kopf schlug.

»Beachte ihn einfach nicht«, sagte Raoul leichthin. »Und nun, meine Liebe, solltest du verschwinden. Die Polizei ist zwar notorisch langsam, wenn es darum geht, auf Notrufe während der Karnevalssaison zu reagieren, aber die Aussicht, einen Mord zu untersuchen, könnte sie ein wenig anspornen.«

»Ja. Du hast recht. Ich gehe.« Darlene erhob sich eilig. Sie stolperte, schwankte, und setzte sich genau so eilig wieder aufs Bett. Sie hob die Hand an ihre Stirn. »Junge, Junge. Was war das für ein Zeug, das du mir gegeben hast? Nein, wenn ich drüber nachdenke – ich will es lieber nicht wissen.« Sie stand wieder auf, diesmal langsamer. »So ist es besser.«

»Hier ist deine Reisetasche.« Raoul gab sie ihr. »Ich habe sie gepackt.«

»Wo gehe ich hin?« fragte Darlene und nahm die Tasche, ohne sich dessen bewußt zu sein.

»Durch die Flügeltüren. Über den Balkon. Klettere über das Geländer. Steig die Treppen am Steilhang zum Strand hinunter. Sobald du den mondbeschienenen Strand erreichst, unter dem Sternenhimmel ... das ist romantisch«, fügte Raoul entzückt hinzu.

»Ja?« drängte Darlene. »Weiter!«

Raoul erinnerte sich wieder an seine momentane Aufgabe, obwohl er es nicht lassen konnte, seinen Aufstieg zum Romantiker zu wiederholen. »Sobald du den mondbeschienenen Strand erreichst, nimmst du den Strandweg zum Magnet, und den Magnet zum Raumhafen. Von dort fahren laufend Kreuzfahrtschiffe ab.«

Darlene öffnete die Flügeltüren und blickte hinaus in die Nacht. Sie war so schön wie alle Nächte auf Adonia. Die Geräusche von Musik, Stimmen und Gelächter schwebten vom Garten herein. Ein Platschen erklang, dann ein weiteres Platschen. Gäste sprangen in das Schwimmbecken. Darlene hielt inne, die Hand auf dem verzierten Türgriff. »Ich frage mich, wie die Hung mich gefunden haben. Der Kleine war sicher, daß niemand uns gefolgt ist.«

Der Kleine ließ ein wildes Gebrüll hören. Er sprang auf und flitzte im Zimmer herum; dann schloß er sich im Ankleideraum ein.

Darlene sah ihm mit Erstaunen nach.

»Er gibt zu, daß er sich manchmal irrt«, sagte Raoul ruhig und schob Darlene die Flügeltüren hinaus. »Aber zumindest sind sie nun der Meinung, du bist tot. Das sollte jede weitere Verfolgung wirksam vereiteln.«

»Ja . . . Auf Wiedersehen. Und danke.« Sie wollte durch die Tür gehen, blieb jedoch stehen und blickte sich unsicher um. »Mein Computer.«

»Laß ihn«, sagte Raoul und schob sie weiter. »Du hast deine Kleider, das ist das Wichtigste.«

»Vergiß die Kleider!« Darlene ließ die Tasche auf den Boden fallen. »Gib mir meinen Computer.«

»Du kannst nicht ohne Kleider auf eine Vergnügungsfahrt gehen!« stellte Raoul entschieden fest. »Das heißt, falls du nicht vorhast, auf eine von diesen Nackt . . .«

»Nein, nein«, sagte Darlene hastig.

»Ich habe sie alle nur für dich eingepackt.«

»Also gut«, sagte Darlene, da sie befürchtete, sonst nie mehr von hier fortzukommen. »Ich nehme meine Kleider *und* den Computer mit.«

Raoul hob den Computerkoffer auf. Er betrachtete ihn mißfällig, bevor er ihn ihr gab. »Ich habe alle deine neuen Kleider eingepackt. So leid es mir tut, aber deine alten Sachen sind allesamt einem schrecklichen Mißgeschick zum Opfer gefallen. Bitte sehr.«

Darlene grabschte nach der Tasche und umklammerte ihren Computerkoffer. Sie küßte Raoul erneut auf die Wange. »Noch mal danke für alles. Dir und dem Kleinen. Sag Xris, ich werde mich melden.«

»Ja«, erwiderte Raoul und lächelte leichthin. »Ich sage es ihm.«

Gedämpftes Geheul und Gerumpel waren aus der

Richtung des Ankleidezimmers zu hören. Darlene schaute besorgt hinüber. »Bist du sicher, daß es ihm gutgeht?«

»Na klar. Keine Sorge. Paß auf dich auf.« Raoul griff nach den Balkontüren. Er zog sie in dem Moment zu, als er sich an ein paar letzte Anweisungen erinnerte. »Denk daran, das Rouge in die Höhlung der Wange aufzutragen. Benutz die Creme, die ich dir gegeben habe, damit du die Falten um deine Augen los wirst. Laß die Locken weich, und trag kein Rot. Es läßt dich blutarm aussehen.«

Darlene winkte vom Balkongeländer. Sie kletterte hinauf und darüber hinweg und war im nächsten Augenblick aus Raouls Sichtfeld verschwunden. Er konnte ihre Schritte hören, als sie die hölzerne Treppe hinabrannte. Mit einem ungewöhnlich nachdenklichen Gesichtsausdruck schloß er die Türen. Normalerweise achtete Raoul darauf, nicht zu denken – es war schädigend für den Teint –, aber die Dinge hatten eine ernste Wendung genommen. Ein Klopfen ertönte, und die Schlafzimmertür öffnete sich. Der Butler trat ein.

»Pardon, Sir, aber die Polizei ist eingetroffen.«

»Ist sie das?« fragte Raoul gedankenverloren. Er winkte nachlässig mit einer Hand. »Geben Sie ihnen etwas zu essen.«

»Sehr wohl, Sir«, antwortete der Butler. Sein Blick wanderte zum Bett. Er hob eine Augenbraue. »Ich bitte um Entschuldigung, Sir, aber wo ist die Leiche?«

»Leiche«, antwortete Raoul abwesend. Sein Blick war auf das Ankleidezimmer gerichtet, aus dem plötzlich kein Laut mehr drang.

»Die junge Frau, Sir, die im Atrium zusammenbrach und starb.«

»Ach, *die* Leiche.« Raoul zuckte die Achseln. »Ich nehme an, sie muß hier irgendwo sein.«

»Darf ich das so verstehen, Sir, daß Sie sie verlegt haben?«

»Ja, so ist es«, sagte Raoul. »Wir werden eine Kadaverjagd abhalten. Wer die Leiche zuerst findet, gewinnt einen Preis.«

»Sehr wohl, Sir. Oh, und ich sollte sie informieren, Sir, daß die Barkeeper sagen, ihre Zeit sei um. Wenn Sie möchten, daß sie länger bleiben, werden Sie ihnen den dreifachen Lohn zahlen müssen.«

Dies erregte Raouls Aufmerksamkeit. »Tatsächlich? Ihre Zeit ist um? Ich würde sagen, das trifft sich gut. Schicken Sie sie zu mir.« Raoul langte nach seiner Handtasche und nahm einen Lippenstift heraus. »Ich habe noch etwas, das ich Ihnen geben möchte.«

Raoul ging zum Spiegel und begann, sich sorgfältig Lippenstift aufzutragen, wobei er darauf achtete, die Lippen nicht mit der Zunge zu berühren.

»Sehr wohl, Sir. Und in der Zwischenzeit, Sir ... ich bin ein wenig besorgt wegen dieser fehlenden Leiche ...«

»Machen Sie sich keine Sorgen«, sagte Raoul. »Ich bin sicher, sie wird wieder auftauchen. Wenn nicht diese Leiche, dann eine andere. Ich nehme nicht an, daß die Polizei sehr wählerisch ist?«

»Das kann ich nicht sagen, Sir.«

»Besprechen Sie die Angelegenheit mit ihnen, während sie dinieren«, befahl Raoul. »Geben Sie ihnen Champagner. Zeigen Sie ihnen den Tatort. Lassen Sie sie ein paar Zeugen befragen. Sorgen Sie dafür, daß sie während der nächsten dreißig Minuten beschäftigt sind. In dieser Zeit, da bin ich sicher, wird eine Leiche – oder vielleicht auch zwei – aufgetaucht sein.«

Der Butler hob die zweite Augenbraue, passend zur ersten, sagte aber nichts. Er hatte seine Befehle. Er verbeugte sich und zog sich zurück, wobei er die Tür leise hinter sich schloß.

Raoul ging sofort zum Ankleidezimmer.

Der Kleine saß in der Haltung tiefster Niedergeschlagenheit auf einer Hutschachtel. Er hielt sich mit beiden Händen den Kopf und wiegte sich vor und zurück, wobei er leise Wutgeräusche von sich gab. Raoul legte den Arm um die dünnen Schultern seines Freundes.

»Es ist nicht deine Schuld. Wie hättest du das wissen sollen?«

Der Kleine zog sich seinen Schlapphut tief über den Kopf und schüttelte ihn heftig.

»Wir haben nicht viel Zeit«, sagte Raoul. »Die Barkeeper kommen, um sich bezahlen zu lassen. Danach, würde ich vorschlagen, begeben wir uns auch auf eine Kreuzfahrt, so wie Darlene. Die adonische Polizei ist normalerweise gerecht, besonders zu denjenigen, die in der Vergangenheit großzügig in ihre Betriebskasse gezahlt haben. Aber angesichts einer fehlenden Leiche wird die Geduld des Sheriffs wahrscheinlich überstrapaziert. Während wir auf die Barkeeper warten, erzähl mir die Einzelheiten. Xris und Jamil sind in Gefahr, sagst du?«

Der Kleine schob seinen Hut zurück; seine Augen glänzten unter der Krempe. Er hob die Hände und wies auf seinen Kopf, beschrieb Kreise mit den Fingern um seine Schläfen herum.

»Ein telepathischer Verzerrer! Das hat dich verstört, schon seit wir das Museum besucht haben! Professor Sakuta ist nicht, was er zu sein scheint. Er hat uns die ganze Zeit belogen. Habe ich dich richtig verstanden?«

Der Kleine nickte trübsinnig.

»Ich nehme nicht an«, sagte Raoul, »daß du eine Vorstellung hast, was Professor Sakutas wahre Gedanken waren?«

Der Kleine schüttelte unglücklich den Kopf und schlug sich mit seinen kleinen Fäusten an die Stirn.

»Es ist nicht deine Schuld«, wiederholte Raoul freundlich. »Niemand gibt dir die Schuld. Beschuldige dich nicht selbst.«

Raoul war wieder in Gedanken und riskierte erneut einen Schaden an seinem Teint. Die Dringlichkeit der Situation schien das Opfer jedoch zu rechtfertigen.

»Wir können nur eins tun«, entschied Raoul. »Darlene ist für den Moment sicher. Die Hung halten sie für tot, und wir werden dafür sorgen, daß sie bei dieser Meinung bleiben. Mir scheint, wir sollten uns jetzt um Xris

Cyborg und Jamil kümmern. Wir könnten uns selbst daran machen ...«

Der Kleine knurrte.

»Nein, du hast recht«, stimmte Raoul zu. »Wir müssen das Team zusammenrufen.« Die Vorstellung behagte ihm. Er ordnete sein Haar. »*Ich* werde das Team zusammenrufen. Das habe ich noch nie getan. Natürlich werden sie alle auf mich hören«, füge er hinzu. »Warum auch nicht? Ich ...«

Ein Klopfen an der Tür unterbrach ihn.

Raoul erhob sich. Als er die Tür öffnete, sah er die beiden Barkeeper – gutaussehend und charmant, lächelnd und zuversichtlich.

»Liebe Kinder«, sagte Raoul. »Kommt doch herein.«

Er begrüßte beide mit einem Kuß.

17. Kapitel

»Ich fürchte, ich kann mich nicht erklären, Sir«, sagte Alice, »denn sehen Sie, ich bin nicht ich.«
»Ich sehe nicht«, sagte die Raupe.

Lewis Carroll, *Alice im Wunderland*

»Kontrollraum *König James*, hier ist Flotte Drei Fünf Neuner Zirkon. Erbitte Freigabe für Prioritätslandung.«

»Flotte Drei Fünf Neuner Zirkon, Sie sind für sofortige Landung in Landebucht Eins Vorn vorgesehen. Jeder anderweitige Flugverkehr ist umgeleitet. Verlassen Sie Ihr Raumflugzeug nicht, bevor nicht die Flottenwache postiert ist. Verstanden, Flotte Drei Fünf Neuner Zirkon?«

»Verstanden, Kontrollraum *König James*. Beginne jetzt

mit dem Landevorgang. Flotte Drei Fünf Neuner Zirkon, Ende.«

Der Bomber näherte sich dem riesigen Schiff. Jamil musterte es und prägte sich zwecks möglicher späterer Verwendung die Einzelheiten ein. Die Heckmaschinen waren in Modulbauweise im Auslegerstil angebracht, so daß sie im Fall einer Maschinenüberlastung abgeworfen werden konnten. Unterhalb der Motoren bildete die Außenhülle ein Flugdeck mit Landeplattform.

In einem weiten Bogen schwebte der Bomber auf die Plattform zu und setzte sanft auf. Korrekturdüsen hielten das Raumflugzeug davon ab, wieder vom Deck aufzusteigen, bis die magnetischen Klampen faßten und das Raumflugzeug über das Deck in den Hangar rollten.

Nachdem die Atmosphärenschilde durchfahren waren, blieben die Schleusentüren des Hangars hinter ihnen offen. Die Pilotin verließ ihren Platz nicht. Der Bomber würde nicht lange hierbleiben. Als der Flieger sich in Ruhestellung befand, schwärmte das Bodenpersonal zur Ausführung der Wartungsarbeiten über die Flanken und Flügel der Maschine. Die Luke sprang auf. VanDerGard und Jamil stiegen aus und kletterten über die Leiter aufs Deck.

Ein Oberst, der von zwei mit Strahlengewehren bewaffnete Marines flankiert wurde, wartete auf sie. Hinter dem Oberst hatte sich ein Marinetrupp versammelt.

»O Gott. Das ist es dann wohl«, sagte Jamil zu sich selbst und blinzelte gegen das grelle Licht an.

Der Oberst trat vor und streckte die Hand aus.

Jamil starrte den Oberst erstaunt an. Er hatte einen Gewehrlauf im Bauch erwartet, aber keinen Handschlag. Verspätet und unbeholfen ergriff er die Hand und schüttelte sie.

Der Griff des Obersten war fest und selbstischer. Er war Anfang Vierzig, sommersprossig, hatte kurze rote Stoppelhaare, ein warmes Lächeln und eine freundliche Art.

»Oberst Jatanski, ich bin Oberst Michael Ponders, Generalin Hansons Stabschef. Sie möchten mich bitte begleiten.«

Ponders mußte beinahe brüllen, damit er in der Hangarbucht verstanden wurde, die nun vom Geklapper und Gedröhne und den Flüchen des Wartungspersonals widerhallte. Er und Jamil setzten sich in Bewegung und schritten auf die Panzertüren im hinteren Teil des Hangardecks zu. Major VanDerGard fiel ebenso unauffällig wie die beiden Marines hinter ihm in Gleichschritt.

Die Türen öffneten sich und glitten hinter ihnen wieder zu. Jamil, der Oberst, der Major und die beiden Marines betraten einen eleganten, mit Teppich ausgelegten, ruhigen Korridor. Sie konnten sich nun wieder in der üblichen Lautstärke unterhalten.

»Wohin bringen Sie mich, Oberst?« fragte Jamil, wenngleich er der Ansicht war, daß er die Antwort schon kannte.

»Nun, natürlich zum Treffen mit Generalin Hanson«, sagte Ponders; er schien überrascht zu sein, daß Jamil diese Frage überhaupt stellte. »Die Generalin wird Sie über den Katchan-Fall unterrichten.«

»Ah, ja, ich verstehe«, sagte Jamil, um überhaupt etwas zu sagen.

Allmählich fragte er sich, ob er in ein Wurmloch gefallen und in einem Alternativuniversum gelandet war, wo er tatsächlich Oberst war. Er versuchte sich eine logische Frage auszudenken, die diese bizarre Situation geklärt hätte, doch er war so verwirrt, daß ihm auf die Schnelle nichts einfiel. Er kam sich wie ein Schauspieler vor, der nicht nur seine Rolle vergessen hat, sondern auch die Handlung des Stückes. Glücklicherweise war Ponders von der leutseligen, geschwätzigen Sorte, die ohne Aufforderung weitersprach.

»Ja, ich fürchte, daß es für den Oberstleutnant schlecht aussieht. Katchan muß ziemlich brisantes Material entwendet haben. Ich nehme nicht an, daß Sie mir sagen können, um was es sich dabei handelt, oder?«

»Äh ... nein. Das kann ich nicht sagen«, stammelte Jamil. »Aus Sicherheitsgründen, Sie verstehen?«

»Natürlich, natürlich. Ich verstehe. Muß offenbar der obersten Geheimhaltungsstufe unterstehen.« Ponders warf einen Blick über die Schulter. »Diese beiden Marines haben die Anweisung, Sie auf Schritt und Tritt zu begleiten. Direkter Befehl von Generalin Hanson.«

»Ich verstehe«, sagte Jamil mit einem Blick auf die Marines, die ihn mit der Leidenschaftslosigkeit von Männern ansahen, denen man den tödlichen Schießbefehl erteilt hat. Jamil durchfuhr eine sonderbare Erleichterung. Wenigstens das ergab einen Sinn!

»Ich würde wirklich gern wissen, was das arme Schwein Katchan angestellt hat. Sind Siebeide bei den Sonderoperationen? Nein, antworten Sie mir lieber nicht.« Ponders hob die Hand. »Hören Sie, wenn die Generalin mit Ihnen fertig ist, rufen Sie mich doch über Komm an, und wir gehen in der Offiziersmesse einen Happen essen. Schade, daß wir Sie nicht schon jetzt verköstigen können, aber ich soll Sie auf der Stelle zu der Besprechung bringen.«

Jamil schaute die Marines an, und einer der beiden richtete seinen Blick auf ihn. Die Augen waren kalt und blinzelten nicht. Jamil hätte schwören können, daß sich der Griff des Mannes am Strahlengewehr verstärkte.

»Sicher, gern. Danke«, sagte Jamil und folgte dem Oberst über den Korridor. Die Marinewachen marschierten hinterdrein.

Dreimal mußten Jamil, Ponders und die Marines anhalten, sich identifizieren, ihre Ausweise vorzeigen und sich einer Netzhautabtastung unterziehen, ehe sie zur nächsten Ebene des riesigen Kreuzers aufsteigen durften.

Aus Jamils Ausweis ging hervor, daß er Oberst Jatanski war; sein Netzhautmuster entsprach dem Jatanskis – dies alles dank Darlene Rowan und ihrer Geschicklichkeit im Knacken von Computerdateien. Er durchschritt sämtliche Sicherungen. Die Marines waren ein regelrechter Trost. Sie musterten ihn weiterhin mit starren Blicken. *Jemand* auf diesem Schiff wußte, daß Jamil Jamil war und nicht Jatanski. Zumindest hoffte er das, zweifelte allmählich jedoch selbst daran.

Ponders redete die ganze Zeit und versuchte, Informationen aus Jamil herauszuholen, ohne es wirklich darauf anzulegen. Entweder war er ein sehr guter Schauspieler und versuchte wirklich, Jamil dazu zu bringen, sich selbst zu belasten, oder er war das, was er zu sein schien – ein geselliger Mensch, der sich an Bord dadurch beliebt machte, daß er die neuesten Gerüchte und den letzten Tratsch verbreitete.

Sie durchschritten eine vierte Postenkette, die mit dem Rücken zu einer weiteren verschlossenen Panzertür stand, und wieder legten alle ihre Ausweise vor. Die Panzertüren gaben den Weg zu einem weiteren Korridor frei. Ponders ging zu einer Tür und tippte einen Kode ein. Die Tür glitt auf.

»Hier lasse ich Sie allein«, sagte Ponders bedauernd. »Viel Glück mit Katchan. Es hört sich an, als säße er wirklich gewaltig in der Klemme. Rufen Sie mich später an – zum Essen.« Ponders stieß Jamil mit dem Ellbogen an. »Sie können mir dann alles erzählen. Nach Ihrer Besprechung mit der Generalin.«

Ponders ging. Jamil betrat den Raum. Hinter ihm glitt die Tür wieder zu.

Es hätte auch der Warteraum im Büro eines hochkarätigen Anwalts sein können. Das Zimmer war klein, aber gut ausgestattet, mit euer aussehenden Lederpolstersesseln, geschnitzten Holztischen und einem Couchtisch, auf dem einige Hochglanzzeitschriften kunstvoll ausgebreitet waren. Streulicht von der Decke milderte den Umstand, daß der Raum keine Sichtfenster aufwies. Eine kleine Tür öffnete sich, als Jamil die Handaktivierung betätigte; sie gab den Zugang zum Bad frei. Er benutzte es ausgiebig, musterte sich im Spiegel, tat sein Bestes, um seine zerknitterte Uniform glattzustreichen, und ging wieder ins Wartezimmer zurück. Es hingen sogar einige Gemälde an der Wand – Weltraumszenen von Gutierrez. Jamil war beeindruckt. Der Innenarchitekt hatte einen guten Kunstgeschmack besessen.

Alles in allem war es ein bequemes Wartezimmer, und nur die Tatsache, daß die Gemälde mit der Wand und die Möbel mit dem Boden verschraubt waren, lieferten Jamil den Hinweis, daß er sich auf einem Kriegsschiff befand, das sich jederzeit in den Einsatz begeben konnte.

Er setzte sich in einen Ledersessel, rutschte unbehaglich hin und her, stand wieder auf, lief auf und ab, setzte sich wieder und blätterte in einer Zeitschrift. Er stand wieder auf und ging zur Tür. Er drückte auf die Handtaste, und die Tür glitt auf. Die beiden Marines hatten sich rechts und links daneben aufgebaut.

Oberst Jatanski hatte jedes Recht, das Zimmer zu verlassen. Zuversichtlich setzte Jamil sich in Bewegung.

Zwei Strahlengewehrläufe wurden so rasch vor ihm gekreuzt, daß sie ihm beinahe die Nase abklemmten.

»Tut mir leid, Sir. Befehl von Generalin Hanson«, sagte einer der Marines.

»Es war ein langer Flug«, erwiderte Jamil in eisigem Tonfall. »Ich würde gern die Toilette benutzen.«

»Dort drinnen, Sir«, sagte der andere Marine. »Drücken Sie auf das Feld auf der Wand an der hinteren Seite.«

Jamil brummte etwas vor sich hin und stapfte wieder ins Zimmer zurück. Hinter ihm glitt die Tür zu.

Nun wußte er alles, was er wissen mußte. Er setzte sich auf die Couch, nahm eine Zeitschrift – über Golf, seinen Lieblingssport –, machte es sich gemütlich und las, wie er seine Endschläge verbessern konnte.

Man konnte ja nie wissen. Einige Freilaufgefängnisse besaßen recht schöne Golfplätze.

Er hatte gerade den Artikel zu Ende gelesen, war aufgestanden und stellte mit einem imaginären Putteisen die These des Autors über die Handgelenkbewegungen auf die Probe, als die Tür sich öffnete. Einer der Marines steckte den Kopf herein.

»Man ist jetzt bereit für Sie, Sir.«

Jamil wollte eine passende Erwiderung geben, doch sein Hals war trocken; plötzlich konnte er nicht mehr sprechen. Er war überrascht. Er hätte nicht erwartet, daß er nervös reagierte. Er holte tief Luft und trat auf den Korridor. Ein weiterer Offizier wartete auf ihn, ein schwarzhäutiger Mann, der irgend etwas sagte, doch Jamil verstand ihn nicht, weil ihm das Blut in den Ohren rauschte.

Der Offizier führte Jamil in ein weiteres Zimmer, das von einem Ende zum anderen mit Teppich ausgelegt war. In der Mitte des Raumes befand sich ein großer runder Holztisch. Die Wappen sämtlicher Schiffe, die in der Flotte flogen, die von der *König James* befehligt wurde, säumten die Wände. Auf der anderen Seite des Tisches saßen ein Mann und eine Frau. Der Offizier salutierte zackig.

»Der Gefangene, Mylord. Jamil Khizr von Mag Force 7.«

»Danke, Commander«, sagte der Mann hinter dem Tisch.

Jamil starrte ihn an und sog scharf die Luft ein.

Der Commander stellte sie einander vor. Das war nicht nötig. Jamil kannte einen der Leute vom Sehen.

»Generalin Irma Hanson, Befehlshaberin des Zweiten Gepanzerten Abwurfcorps. Lordadmiral Sir John Dixter, oberster Befehlshaber der Königlichen Streitkräfte.«

»Ach du Scheiße«, hauchte Jamil.

»Das können Sie laut sagen, Khizr. Und ob Sie Ihre Scheiße nun duzen oder nicht, Sie stecken jedenfalls bis zu den Schultern drin.« Dixter erteilte Befehle. »Tusk, versiegeln Sie die Türen wieder. Stellen Sie Wachen auf. Seit unserer letzten Sicherheitsüberprüfung hat keiner ohne Freigabe diesen Raum betreten, oder?«

»Sie, ich, Generalin Hanson und der Gefangene sind die bisher einzigen Personen, die Zutritt haben. Der Gefangene wurde durchleuchtet, Mylord. Er ist sauber.«

»Sehr gut, weitermachen.«

Tusk salutierte, drehte sich auf dem Absatz um und marschierte zur Tür hinaus.

Der Gefangene – so hatte man Jamil bezeichnet.

Er räusperte sich. »Mylord, Generalin Hanson, es ist mir eine Ehre, mit Ihnen zusammenzutreffen.«

Dixter schnaubte. »Eine Ehre, die Sie gern abgelehnt hätten, da wette ich drauf. Stimmt's, Khizr? Oder vielleicht sollte ich Sie mit ›Oberst‹ anreden?«

Jamil spürte, wie ein Gesicht heiß wurde. »Mylord, ich kann das erklären ...«

»Das werden Sie auch«, sagte Dixter ernst. »Generalin, geben Sie mir die Akte.«

Die Generalin reicht ihm einen elektronischen Aktensichter. Dixter nahm ihn entgegen und wies ihn per Stimmschaltung an, die Informationen über Mag Force 7 aufzurufen.

»Sie können gern Platz nehmen«, sagte er zu Jamil und fügte trocken hinzu: »Es könnte ein Weilchen dauern.«

In der Mitte des Raumes war ein Stuhl für ihn aufgestellt worden. Jamil setzte sich, kauerte sich zusammen und wartete auf den Beginn der Einschläge.

»Erstens«, las der Lordadmiral aus der Datei vor, »war da der Überfall auf eine Firma namens Olicien-Schädlingsbekämpfungsgesellschaft, dann der Diebstahl eines Raumflugzeugs, das Eigentum dieser Firma ist, und das absichtliche Unterdrogensetzen der Angestellten, indem ein Schlafgas in die Klimaanlage eingeblasen wurde.«

Jamil schüttelte den Kopf. »Mylord, ich bin niemals in der Nähe ...«

»Wir haben positive Identifizierungen«, sagte Dixter. »Der Job könnte Ihnen zwanzig Jahre einbringen. Die nächste Datei«, sagte er zu dem Computer.

»Der Angriff auf KöFKomSic, eine geheime Flottenbasis. Sie und Ihre Komplizen verkleideten sich als Kammerjäger der Olicien-Schädlingsbekämpfungsgesellschaft und verschafften sich somit unberechtigten Zugang zu der Basis. Dort angekommen, sabotierten Sie die Roboter, die die Basis von der Flohplage befreien sollten. Dann entführten Sie eine Flottenoffizierin vom Stützpunkt eine gewisse Darlene Mohini, während Sie die Basiskommunikation und das Computersystem funktionsunfähig machten, wodurch Sie die gesamte Königliche Flotte gefährdeten – ganz abgesehen von den Menschen dieser Galaxis, für deren Schutz wir verantwortlich sind. Auch hier liegen uns positive Identifizierungen vor.«

Jamil lehnte sich zurück und verharrte in Schweigen. Die Einschläge kamen immer dichter, das Schnellfeuer verdichtete sich. In seiner exponierten Lage sah er nur einen winzigen Hoffnungsschimmer, an dem er sich festklammern konnte, und das war der Umstand, daß er jetzt und hierauf diesem Stuhl saß. Gewöhnliche Gefangene, die für die Auflösung vorgesehen waren, wurden nicht vor den Lord der Admiralität gebracht, damit ihnen ihre Vergehen vorgelesen wurden. Die Salve sollte lediglich den Weg für den Hauptvorstoß bereiten. Jamil mußte sie nur über sich ergehen lassen und abwarten.

»Dann«, sagte Sir John und vertiefte sich wieder in die Akte, »ist da noch der Angriff auf ein unbewaffnetes Forschungsschiff namens *Canis Maior*. Sie handelten unter der Annahme, daß einer Ihrer Kameraden an Bord dieses Schiffes gefangengehalten würde. Wie sich herausstellte, hatten Sie mit Ihrer Annahme recht. Man hat später nachgewiesen, daß die *Canis Maior* der terroristischen Organisation namens Garde der Schwarzen Erde oder auch Schwarze Garde gehörte. Aber«, fügte Dixter mit kalter Stimme hinzu, »damals konnten Sie das gar nicht wissen. Sie haben das Gesetz in die eigenen Hände genommen. Hier gibt es keine positiven Identifizierungen – aber nur deshalb, weil die Gardisten keine Anklage mehr erheben können.« Er räusperte sich, dann fuhr er fort:

»Weiter. Dann ist da noch der Diebstahl eines Abwurfschiffes der Armeesonderstreitkräfte von einer Erneuerungs- und Überholungseinrichtung. Dafür haben wir nicht nur positive Identifizierungen – Ihr Anführer Xris hatte tatsächlich noch die Dreistigkeit, mir eine Nachricht zu schicken. Was Ihre restlichen Abenteurer angeht, die Sie anschließend erlebten – diese wurden von allen Nachrichtenstationen in der Galaxis aufgezeichnet und gesendet!«

»Ja, Mylord.« Jamil sah endlich festen Boden. »Ich gehe davon aus, daß Eure Lordschaft sich auf die Gelegenheit beziehen, als wir Seine Majestät Dion Starfire vor einem Attentäter retteten. Und darf ich respektvoll darauf hinweisen, Mylord, daß wir das Abwurfschiff zurückgegeben haben.«

Er hatte das als Scherz gemeint, doch weder der Lordadmiral noch Generalin Hanson zeigten sich amüsiert. Dixter schob den Datenträger fort, faltete die Hände auf dem Tisch und musterte Jamil mit ernster Würde, die beunruhigender war als sämtliche zuvor aufgeführten Anklagen. Es war wie die Zeit der unheimlichen Stille, wenn die Artilleriesalven verstummt waren und man weiß, daß der Feind sich zum Vorstoß bereit macht. Jamil wappnete sich.

»Jamil Khizr«, sagte der Lordadmiral, »hier habe ich Haftbefehle für« – er las von der Liste – »einen Cyborg namens Xris, Harry Luck, Dr. Bill Quong, Raoul de Beausoleil (was übrigens nur einer seiner Namen ist), ein Wesen unbekannten Ursprungs, das ›der Kleine‹ genannt wird, ein ›Chamäleon‹ namens Tycho, und Sie, Jamil Khizr.« Dixter klopfte mit der Hand auf den Computer. »Ich kann diese Haftbefehle binnen einer Sekunde ausstellen; ich brauche nur die Eingabetaste zu drücken. Die Anklage lautet auf Mord.«

»Mord, Mylord?« Jamil zuckte die Schultern. »Wenn Sie den Attentäter meinen – gut, ich gebe zu, daß wir für seinen Tod verantwortlich waren, aber ...«

»Sie haben Seiner Majestät das Leben gerettet. Das ist mir sehr wohl bewußt«, sagte Dixter kühl. »Aber darum geht es nicht.«

»Worum dann?« Jamil war ehrlich verblüfft.

Der Lordadmiral sah ihn finster an. »Jamil Khizr, Sie und die anderen eben erwähnten Personen werden beschuldigt, Flottenoffizierin Majorin Darlene Mohini entführt und ermordet zu haben.«

18. Kapitel

Das Verbrechen hat, wie auch die Tugend, eine Abstufungen.

Jean Racine, *Phédre*

Die Granate landete genau auf Jamils Unterschlupf und zerplatzte über seinem Kopf. Die Druckwelle hatte ihn geschockt, und er konnte den Lordadmiral nur noch anstarren, während er versuchte, die weit verstreuten Teile seines Verstandes wieder zusammenzusetzen.

»Das Spiel ist aus, Khizr«, sagte John Dixter. Er senkte die Akte und blickte Jamil über den Rand hinweg an. »Wir haben Vidaufzeichnungen von Ihnen, Xris und Majorin Mohini. Xris hält die Majorin mit vorgehaltener Waffe als Geisel. Das war das letzte Mal, daß jemand Majorin Darlene Mohini lebend gesehen hat. Ein ausgezeichneter Fall, nicht wahr, Khizr? Menschen sind schon für weniger in den Auflöser gewandert.«

Jamil stützte einen Ellbogen auf die Lehne und verlagerte sein Gewicht. Er schlug ein Bein über das andere und klopfte leicht mit den Fingern auf sein Knie. Dabei hielt er die ganze Zeit den Blick auf Lordadmiral John Dixter gerichtet. Der Staub hatte sich gesetzt. Jetzt mußte Jamil herausfinden, wie er sich aus dem Schutt wühlen konnte.

Viel Hoffnung sah er nicht. Es war ein verfluchtes

Schlamassel. Ein Rat, den Raoul ihm einmal erteilt hatte, fiel ihm ein: »Versuche es mit der Wahrheit ... aber nur als allerletztes Mittel.«

Jamil nahm die Beine auseinander und setzte sich aufrecht hin. »Mylord, Darlene Mohini ist am Leben, und soweit ich weiß, geht es ihr gut.«

Dixter hob eine Augenbraue. »Tatsächlich? Das ist eine gute Nachricht – für alle Beteiligten. Wenn Sie mir sagen, wo sie sich aufhält und wie man sich mit ihr in Verbindung setzen kann, werden wir diese Angelegenheit bereinigen.«

»Es tut mir leid, Mylord«, sagte Jamil. »Aber das kann ich nicht.«

»Und warum nicht?« fragte der Lordadmiral grimmig.

»Ich glaube, Sie kennen die Antwort auf diese Frage, Mylord«, erwiderte Jamil, womit er ein großes Risiko einging, doch er hatte nichts zu verlieren. »Weil Darlene Mohini nicht wirklich Darlene Mohini ist. Sie ist eine andere Person, und diese Person wäre in großer Gefahr, wenn ihre Identität bekannt werden sollte. Würde sie jetzt auftauchen, gäbe es einen ziemlichen öffentlichen Wirbel. Ihr Konterfei würde von einem Arm der Galaxis zum anderen ausgestrahlt werden. Die Leute, die nach ihr suchen, würden sie aus den Nachrichten wiedererkennen. Sie wäre noch vor der ersten Werbepause tot.«

»Wir können ihren Schutz garantieren.«

Jamil sagte sich, daß es jetzt reichte. Er hatte keine Lust mehr, Blinde Kuh zu spielen und im Dunkeln zu tappen.

»Bitte Ihre Lordschaft um Verzeihung, aber das ist ein Haufen Bockmist. Seine Majestät, der König, fährt in einem gepanzerten Wagen; er wird von den bestausgebildeten Leibwächtern der Branche umgeben. Aber wenn nicht wir *und* Darlene Mohini gewesen wären, dann wäre Seine Majestät jetzt tot.«

Schweigen breitete sich im Zimmer aus. Generalin Hanson, eine hagere, zähe alte Kämpferin in den Sechzigern, die man nicht umsonst ›Eisendarm‹ nannte, warf einen Seitenblick auf den Lordadmiral. Dixters Blick ruhte auf Jamil. »Sie wollen mir nicht sagen, wo Majorin Mohini ist.«

»Nein, Mylord«, entgegnete Jamil respektvoll.

»Sie und Xris sind dabei ertappt worden, wie Sie sich als Offiziere in der Königlichen Armee ausgegeben haben. Sie haben sich auf eine Militärbasis eingeschlichen. Sie haben sich mit der Absicht auf dieser Basis aufgehalten, ein Objekt zu stehlen, das das Leben eines jeden Lebewesens in dieser Galaxis in Gefahr bringen könnte, sollte es in die falschen Hände geraten. Ganz abgesehen vom Zusammenbruch der Handelswege, der wirtschaftlichen Entwicklung mehrere hundert Welten und der durchaus möglichen Überantwortung dieser Galaxis in den Mahlstrom des Chaos und der Anarchie.«

Jamil schüttelte den Kopf. »Da liegen Sie völlig falsch, Sir. Wir sind nicht angeheuert worden, um irgend etwas in dieser Kategorie zu stehlen. Man hat uns angeworben, damit wir einen mottenzerfressenen alten Roboter stehlen.«

Dixter schäumte. »Einen mottenzerfressenen alten Roboter! Sie und die anderen Mitglieder der Mag Force 7 haben Ärger, Khizr! Größeren Ärger, als Sie sich überhaupt vorstellen können. Es gibt nur sechs Personen im Universum, die von der Existenz dieses Roboters wissen – ich selbst, Generalin Hanson, Seine Majestät, der Premierminister, der Leiter des Marinegeheimdienstes und einer unserer Agenten auf dem pandorischen Militärstützpunkt. Die Sache ist so verdammt geheim, daß es nicht einmal Aufzeichnungen darüber gibt. Wir konnten es nicht riskieren. Nichts ist schriftlich festgehalten worden, nichts ist in einen Computer eingegeben worden!«

Dixter beugte sich vor und stemmte die Hände auf den Tisch. »Nun stelle sich einer mal mein Erstaunen vor, als Sie und Xris auf dem Stützpunkt auftauchen und einen Behälter mit sich führen, der zufällig gerade die richtige Form und Größe für einen mottenzerfressenen alten Roboter hat!«

»Mylord, ich kann das erklären ...«, setzte Jamil an und stockte, als er sich fragte, ob er es wirklich erklären konnte.

»Darum bitte ich auch dringendst«, sagte John Dixter, dessen Stimme mittlerweile vor Wut schnarrte. »Ich kann keinerlei Anklage erheben, die mit diesem Fall zusammenhängt. Und ich wage es nicht, weitere Hinweise auf die Existenz dieses Roboters preiszugeben. Aber ich kann und werde Sie wegen des Mordes an Majorin Mohini unter Anklage stellen, was Sie in eine verfluchte Klemme bringt! Entweder liefern Sie sie lebend, womit Sie ihr die Deckung nehmen und die Hung dann herausfinden, daß Mohini früher der ehemalige BSB-Agent Dalin Rowan war, der persönlich verantwortlich für den Niedergang der Hung gewesen ist, oder Sie weigern sich zuzugeben, daß Sie irgend etwas über Mohini wissen. In diesem Fall werden Sie und Xris und alle anderen, die bei dem Überfall auf KöFKomSic beteiligt waren, wegen Entführung und Mord verurteilt, und Sie landen im Todestrakt. Wo Sie nicht lange bleiben würden«, schloß Dixter und verzog den Mund.

Jamil hatte schweigend zugehört; nun stand er würdevoll auf. »Sie brauchen uns nicht zu bedrohen, Mylord. Wie ich schon sagte, wußten wir nichts über den Robot, nur daß ein Museum ihn haben wollte und uns dafür bezahlte, daß wir ihn einkassieren. Falls dieser Roboter tatsächlich eine so heiße Ware ist, wie Sie sagen, wollen wir nichts damit zu tun haben. Sie können ihn haben, und wir werden vergessen, daß wir je von dem verdammten Ding gehört haben. Aber zuerst will ich zwei Dinge von Ihnen, Mylord.« Er räusperte sich. »Erstens will ich Garantien, daß Darlene Mohini aus den Akten genommen wird, so daß sie – soweit es die Flotte betrifft – niemals existiert hat. Zweitens will ich wissen, warum Sie – nach all diesem Brimborium – Befehl erteilt haben, daß Xris mit dem Plan fortfahren soll. Daß er den Roboter stehlen soll. Sie haben irgendwas mit ihm vor, und ich will wissen, worum es dabei geht. Anderenfalls«, fuhr er kühl fort, ohne einen Einwurfversuch von Generalin Hanson zu beachten, »sind die einzigen Worte, die Sie noch von mir hören werden: ›Wo, zum Teufel, bleibt mein Anwalt?‹«

Dixter fixierte Jamil aus schmalen Augen.

Jamil erwiderte den Blick, ohne sich von der frostigen Musterung beeindrucken zu lassen.

Der Lordadmiral stieß einen tiefen Seufzer aus. »Ich hatte nicht geglaubt, daß Xris einen solchen Auftrag angenommen hätte, wäre er über die gesamte Geschichte informiert gewesen, aber ... ich mußte mir sicher sein.«

Er schloß die Augen und wischte sich mit der Hand übers Gesicht. Generalin Hanson fragte ihn leise, ob er etwas bräuchte, und goß ihm ein Glas Wasser ein. Dixter schüttelte den Kopf. Er schlug die Augen wieder auf und schaute Jamil fest an.

»Was Majorin Mohini angeht, kann ich Ihnen nichts versprechen, aber ich werde die Angelegenheit weiter verfolgen. Zumindest kann ich zusagen, daß ich ihre Identität weiterhin geheimhalten werde. Was den Einsatz von Xris betrifft, so gebe ich ihm und Ihnen eine Chance, einiges von dem Schaden zu reparieren, den Sie beide angerichtet haben. Vielleicht unbeabsichtigt«, ergänzte Dixter, als Jamil aufbegehren wollte, »aber Xris wußte, daß dieses Unternehmen einen Gesetzesbruch darstellt.«

»Im Interesse der Wissenschaft, Mylord«, protestierte Jamil.

»Im Interesse Ihrer Bankkonten, meinen Sie wohl. Sie werde es mir verziehen, wenn mein Mitgefühl für Sie sich in engen Grenzen hält. Setzen Sie sich.« Dixter winkte müde zum Stuhl. »Sie gehen nirgendwohin. Jedenfalls eine Zeitlang nicht.«

»Ja, Sir.« Jamil nahm wieder Platz und atmete insgeheim erleichtert auf. Schweiß lief ihm den Rücken hinunter und bildete dicke Tropfen auf seiner Stirn. Das war knapp gewesen. Verdammt knapp. Aber noch hatten sie die Sache nicht überstanden. Was eine wichtige Frage aufwarf. »Eine Sache muß ich noch wissen, Mylord. Ist Xris in Gefahr? Sollte das der Fall sein . . .«

»Nein, er ist nicht in Gefahr. Unsere Einsatzkraft vor Ort berichtet, daß es ihm sogar gelungen ist, den Roboter vom Aufschlagplatz zu entfernen. Ich nehme an, daß Xris sich im Augenblick auf seinen Vortrag vorbereitet. Um was ging es da noch mal? ›Schadenseinwirkung durch Fremdobjekte an Raumflugzeugmotoren‹, nicht wahr?«

»Das ist ein ernstes Problem.« Generalin Hanson machte ein wütendes Gesicht. »Da kann einiges passieren. Irgendein Schwachkopf läßt eine Colaflasche auf der Startbahn liegen, die in den Motor eines Claymore-Bombers eingesaugt wird, und sechzig Milliarden Goldadler gehen in den Schornstein. Den Vortrag würde ich gern hören.«

John Dixters Gesicht entspannte sich zu einem Lächeln. »Xris geht es gut, Khizr. Er ist in Sicherheit. In der Hinsicht können Sie sich beruhigen. Sie werden ihn wiedersehen, sogar schon bald. Wir wollen doch nicht, daß irgend jemand im Stützpunkt diesen Vortrag verpaßt.«

»Und danach?« fragte Jamil gespannt.

»Sie werden den Roboter jenem Mann übergeben, der Sie für diesen Auftrag verpflichtet hat – ›Professor‹ Michael Sakuta.«

»Ich nehme an, er ist gar kein Professor?«

»O doch, ist er. Aber er hat nichts mit irgendeinem Luft- und Raumfahrtmuseum zu tun.«

»Das ist aber seltsam«, murmelte Jamil argwöhnisch. »Denn im Museum auf Megapolis hatte er ein Büro. Xris hat sich dort mit ihm getroffen.«

»Hätte Xris sich um eine Überprüfung bemüht, hätte er festgestellt, daß die Geschäftsräume des Luft- und Raumfahrtmuseums auf Megapolis wegen Renovierungen eine Woche lang geschlossen waren.«

»Oh«, sagte Jamil und rutschte unruhig auf seinem Stuhl herum. »Was sollen wir tun, Sir?«

»Geben Sie den Roboter wie vereinbart ab. Kassieren Sie Ihren Scheck und verschwinden Sie. Von da an übernehmen wir.«

»Bitte um Verzeihung, Sir, aber wenn der Auftrag so heiß ist, wie Sie sagen – was sollte Sakuta dann davon abhalten, das Geld für unsere Beerdigung zu verwenden, statt für unsere Bezahlung?«

»Die Möglichkeit besteht natürlich«, räumte Dixter ein. »Aber ich ehe davon aus, daß Sie wußten, daß ein solches Risiko bestand, als Sie den Auftrag übernahmen. Xris *muß* gewußt haben, daß Sakuta nicht der war, als der er sich ausgab.«

»Nein, Mylord. Das wußten wir leider nicht«, gab Jamil errötend zu. »Wir dachten, er ist einer von den Eierköpfen, noch dazu einer mit einem Sprung in der Schale, aber nicht gefährlich. Der Kleine – unser Telepath – hat überprüft, daß Sakutas Gedanken mit seinen Worten übereinstimmten.«

»Telepathischer Verzerrer«, sagte Dixter knapp. »Den hat Sakuta vorher schon verwendet.«

»Aber woher wußte er von dem Kleinen?«

»Sakuta hat *seine* Hausaufgaben gemacht. Er hat alles über Mag Force 7 erfahren. Er erfuhr alles über Xris. Er wußte, welche Art von Aufträgen Xris übernehmen würde und welche nicht. Sakuta ist ein guter Schauspieler. Ich zweifle nicht daran, daß er die Rolle des ›eierköpfigen‹ Professors Vollkommenheit spielte. Khizr, ich möchte ganz ehrlich zu Ihnen sein.«

»Bitte um Verzeihung, Mylord, aber das wird auch langsam Zeit«, sagte Jamil zornig.

»Ich entschuldige mich nicht dafür, Khizr. Sie haben verfluchtes Glück – Sie und Xris – daß Sie nicht schon hinter einem Kraftfeld sitzen. Sie hätten es um Haaresbreite geschafft, alles völlig zu vermasseln. Aber ich gebe Ihnen eine Chance, die Sache wieder geradezubiegen.«

»Wir werden Ihnen nur zu gern helfen«, sagte Jamil respektvoll. »Wieviel wird der Auftrag uns einbringen?«

»Was?« fragte Dixter ungläubig.

»Wieviel wird der Auftrag einbringen, Mylord?« wiederholte Jamil. Er lehnte sich zurück und schlug die Beine übereinander. »Sagen wir ... das Doppelte von dem, was Sakuta uns zahlen wollte ...«

»Lassen Sie das mit der Arrestzelle. Werfen Sie ihn gleich aus der Luftschleuse, John«, sagte Generalin Hanson.

»Ganz ruhig, Irma«, erwiderte John Dixter. Er legte die Fingerspitzen aneinander. »Da ist noch diese Kleinigkeit mit den Anklagen wegen Entführung und Mord. Und die Kleinigkeit, sich als Offiziere der Königlichen Armee auszugeben. Die Kleinigkeit, daß Sie für einen Staatsfeind gearbeitet haben. Was glauben Sie denn, was Ihnen dieser Auftrag wert sein sollte, Khizr?«

Jamil richtete sich auf. »Meinen Hals, Sir?«

»Ihren Hals, Khizr.«

»Plus Spesen«, fügte Jamil hinzu.

Dixter starrte ihn an; dann schmunzelte er. Er riß sich zusammen, rieb sich die Augen und holte tief Luft. »In Ordnung, Khizr. Plus Spesen,. Sagen Sie Xris, er soll mir eine Rechnung schicken.« Der Lordadmiral schaltete die Komverbindung ein.

Die Tür glitt auf. Der Adjutant des Admirals betrat den Raum und salutierte. »Mylord?«

»Nehmen Sie Khizr mit, und geben Sie ihm etwas zu essen und zu trinken. Klären Sie ihn über die Einzelheiten des Auftrags auf, und sagen Sie ihm, was er tun soll. Viel Glück, Khizr.« Der Admiral erhob sich. Sein Lächeln war verschwunden. »Ich kann Ihnen gar nicht eindringlich genug sagen, wie lebenswichtig dieser Einsatz ist. Wenn Sie versagen, dann helfe uns Gott.«

»Gott hilf uns allen«, intonierte Generalin Hanson. Sie sah nicht mehr wütend aus. Sie machte sich nur noch Sorgen.

»Jawohl, Mylord. Jawohl, Ma'am«, sagte Jamil verschüchtert. Er stand auf und wollte schon instinktiv salutieren, als Sir John und Generalin Hanson das Zimmer verließen. Jamil riß sich gerade noch rechtzeitig zusammen und wandelte den Salut zu einem unbeholfenen Kratzen am Kiefer um.

Er blieb so lange stehen, bis der Lordadmiral und die Generalin durch eine kleine Seitentür verschwunden waren.

»Wenn Sie mit mir kommen wollen, Oberst Jatanski«, sagte Tusk und winkte Jamil zu der offenen Tür, hinter der die beiden bewaffneten Marines standen.

Jamil hatte die Nase voll. »Hören Sie, ich bin nicht ...«

»Nicht bereit, schon aufzubrechen, Sir?« unterbrach Tusk ihn. »Tut mir leid, Oberst, aber ich befürchte, Ihre Zeit ist abgelaufen.«

Jamil seufzte. Er wußte, wann er geschlagen war. »In Ordnung. Weitermachen, Commander.«

Tusk blieb ernst. »Jawohl, Herr Oberst, Sir. Dort entlang, Sir.«

Jamil trat aus der Tür. Die beiden Marines verfielen hinter ihm in Gleichschritt.

19. Kapitel

... die deutliche und vernehmliche Stimme der Vergangenheit ...

Thomas Carlyle,
Held und Heldenverehrung

Genau zu der Zeit, als Xris von Robotern mit menschlichen Augen träumte, die irreparable Schäden am Raumflugzeugmotoren anrichteten, und Jamil sich mit Lordadmiral Dixter auseinandersetzte, machte ein Mann namens Jeffrey Grant, der in einem anderen Teil der Galaxis lebte und noch nie vom Planeten Pandor gehört hatte, und der den Lordadmiral nur aus den Nachrichtenvids kannte, einen gewohnten Morgenspaziergang zur Arbeit.

Grant lebte auf einer Welt, die als XIO bekannt war – die Abkürzung für eine Zahl, die ihr von den uralten Entdeckern zugeordnet worden war. Es sagt eine Menge über die Kreativität und Originalität von XIOs Bewohnern aus, daß sie sich nie die Mühe gemacht hatten, sich einen schöneren Namen auszudenken. Der Planet war reich an mineralischen Rohstoffen und deshalb noch industrialisiert. Fabriken spien unsagbare Gifte in die Luft; die Bewohner atmeten sie ein und atmeten Geld aus. Der Profit regierte. Umweltschutzgsetze gab es nicht.

Die Leute arbeiteten hart, waren alle in der Gewerkschaft und fast ausschließlich Mitglieder der Mittelklasse. Die wenigen reichen Wirtschaftsmagnaten, denen XIO gehörte, wohnten nicht auf dem Planeten. Was die Armen anging, konnte XIO sich stolz damit brüsten, daß es auf ihrer Welt keine Armen gab, wie Adonia. Auf XIO hatte man einen Job, wenn man Mitglied der Gewerkschaft war, oder man war im Ruhestand und lebte von seiner Rente. Wenn man nicht Gewerkschaftsmitglied war, gehörte nicht nach XIO.

Jeffrey Grant war fünfunddreißig von seinen fünfundfünfzig bisherigen Lebensjahren Gewerkschaftsarbeiter gewesen. Nun war er im Ruhestand und in der Lage, ganz gut von dem großzügigen Pensionsplan zu leben, den eine Gewerkschaft ihm zur Verfügung stellte, da er keine Familie hatte. Grant war ein unscheinbarer Mann, ein grauer Mann: Sein Haar war grau, und er trug graue Konfektionsanzüge. Seine Augen waren wohl einmal blau gewesen, nun aber verblichen. Seine Gesichtsfarbe hatte einen grauen Einschlag – aber das konnte am Staub und Ruß seiner Umgebung liegen. Er war klein, setzte um die Hüften Speck an, hatte ein gedankenverlorenes Lächeln und einen freundlichen Gesichtsausdruck. Ein grauer, unauffälliger Mann, sollte man meinen.

Aber der Schein trügte. Jeffrey Grant war ein Mann mit einer Besessenheit.

Er war vom Raumflug besessen.

Grant war Pilot gewesen. Sein Job hatte darin bestanden, ein orbitales Shuttle von einer Seite XIOs zur anderen zu fliegen; im Grunde war er mehr ein Busfahrer als ein Pilot gewesen. Grant bestritt das auch nie, wenn es ihm jemand sagte, sondern antwortete nur mit einem geheimnisvollen Lächeln, als wollte er sagen: Wenn du wüßtest, wie viele Abenteuer ich erlebt habe! Solche geheimen Abenteuer gab es tatsächlich, wenn auch nur im Kopf von Jeffrey Grant.

Als ein stiller, etwas scheuer und zurückhaltender Mann hatte Jeffrey Grant sich auf den langen Shuttleflügen damit unterhalten, sich vorzustellen, sein Ladybird-Orbitaltransporter sei ein schlankes Kampfschiff und er das fliegende As bei jeder großen Raumschlacht von der Zeit der Schwarzen Erde an gerechnet. Sein Shuttlebus kam nie von seinem festen Kurs ab, oder seiner gleichmäßigen Geschwindigkeit. Das Gefährt wurde vom Computer gesteuert. Grant hatte wenig mehr zu tun als zu beobachten, wie die Sterne an ihm vorbeiflitzten.

Doch Jeffrey Grant sah mehr als Sterne. Jeffrey Grant sah Scimitargeschwader heranschwenken, um den Planeten im Namen irgendeines schurkischen Diktators anzugreifen. Er sah Claymorebomber davonfliegen, um für den neuen König zu kämpfen. Er sah tödliche Gefechte zwischen Flambergebombern und corasianischen Kampfschiffen. Er sah Jeffrey Grant in seinem Scimitar oder seinem Claymore oder seinem Flamberge. Er sah Jeffrey Grant, den Staffelkommandanten.

Da die verhaßten Corasianer, die auf der anderen Seite der Galaxis lebten, XIO niemals angriffen, hatte Grant nie die Chance, seinen Traum zu verwirklichen. Wenn man bedachte, daß sein Shuttlebus nicht bewaffnet war, war es wahrscheinlich auch gut so. Grant wollte nicht wirklich, daß die Corasianer angriffen; auch legte er keinen Wert darauf, daß XIO einem blutdürstigen Diktator zum Opfer fiel. Doch er gab ein Gefühl der Enttäuschung zu, daß das aufregendste Erlebnis in seinen dreißig Jahren als Raumpilot eine Fehlfunktion der Toiletten im Shuttlebus gewesen war, was in einer Überschwemmung von höchst unangenehmer Beschaffenheit resultierte.

Er verbrachte dreißig Berufsjahre damit, am Tag seinen Shuttlebus zu fliegen, um in den Nächten Scimitars auf seinem Flugsimulator. Als ihm im Alter von fünfundfünfzig Jahren von einer freundlichen Gewerkschaft der Ruhestand aufgezwungen wurde, um Platz für jüngere Angestellte zu schaffen, wurde er mit einer angemessenen Rente ausgestattet. Überdies hatte Grant eine ganz hübsche Summe gespart. Dies alles befähigte ihn, zumindest einen seiner Träume wahr werden zu lassen: Er eröffnete ein Raumfahrtmuseum.

Sein Museum unterschied sich so sehr vom Luft- und Raumfahrtmuseum von Megapolis, wie Grants Shuttlebus sich von einem schlanken Katanakampfschiffprototyp unterschied. Das Museum befand sich in einem staubigen Schaufensterladen in einer Seitenstraße in einem Teil der Stadt, den kein vernünftiger Tourist besuchte. Das war wohl auch gut so, denn Grant mochte weder Touristen, noch vertraute er ihnen, und wenn sich welche in sein Museum verirrten – um aufs Klo zu gehen, zum Beispiel – tat er sein Bestes, um sie loszuwerden.

In seinem Museum stellte er verschiedene Antiquitäten aus vergangenen Epochen der Raumfahrt aus, die er im Laufe der Jahre gesammelt hatte. Dazu zählten Antriebsmotoren von einem echten Terraformtransporter der Bogen-Klasse sowie zwei kleine F-66-Raumkampfflieger ohne Geschütze. (Ursprünglich waren die Raumflugzeuge, die im Dienst der GalaxisExpress gestanden hatten, leuchtend orange gestrichen gewesen. Grant hatte sie grau gestrichen). Überdies war er der stolze Besitzer einer Sprungsaftdestillerie (leider unbenutzbar), und er besaß unzählige Flug- und Computerinstrumente aus dem sehr frühen Raumflugzeitalter, die verschieden gut erhalten waren.

Grant verbrachte seine Tage damit, seine Schätze abzustauben, über seinen Büchern und alten Papieren zu brüten, auf seinen Flugsimulatoren Spiele zu spielen (er besaß siebenundvierzig), und in Vid-Antikkatalogen zu stöbern, in denen er nach Material suchte, das er seiner Kollektion hinzufügen konnte.

Heute erwartete er die Ankunft eines neuen Ausstellungsstückes. Einen Gefechtsgeschützsimulator für einen Typ-A-Scimitar, immer noch brauchbar. Grant lächelte in freudiger Erwartung.

Der Morgen war schön – eine seltene Annehmlichkeit auf XIO. Die Sonne kämpfte wacker, um durch den Dunst von Rauch und Abgas zu leuchten, und schaffte es auch halbwegs. Grant genoß den kurzen Spaziergang von seinem kleinen Haus aus braunem Backstein zum Museum. Er nickte seinen Nachbarn die üblichen Grüße zu (in den fünfundzwanzig Jahren, die er hier wohnte, hatte er noch mit keinem von ihnen ein Wort gewechselt, außer bei dem einem Mal, als das Haus nebenan gebrannt hatte; da fühlte Grant sich doch verpflichtet, sich am nächsten Tag höflich zu erkundigen, ob jemand ein Bettlaken brauchte).

Der Stadtteil, in dem Grant wohnte, war sehr alt; es gab dort viele bröckelnde Backsteingebäude, die einst wichtige Firmen beherbergt hatten. Heute wurden dort Erwachsenenvids verkauft und Clownskostüme verliehe. Es war der letzte Ort, an dem man ein Museum zu finden erwartet hätte.

Grant hielt sich für einen glücklichen Mann, weil er es gefunden hatte.

Er schob den Schlüssel ins Schloß der hölzernen Tür und hielt dabei inne, wie jeden Morgen, um die goldene Schrift auf der Glasscheibe zu bewundern, auf der zu lesen stand:

GRANTS LUFT- UND RAUMFAHRTMUSEUM:
EINE ERFAHRUNG AUS EINER ANDEREN WELT.

Glücklich mit dem Schild, dem Sonnenschein und sich selbst, freute Grant sich auf einen Tag, der angefüllt war mit Staubwischen und Aufräumen, Auspacken und Betrachten. Er öffnete die Tür und knipste das Deckenlicht an.

Irgendwas stimmte nicht.

Jeffrey Grant wußte noch nicht genau, was es war, doch er war an die Atmosphäre seines stillen kleinen Museums gewöhnt, so daß er die geringste Veränderung sofort bemerkte. Er stand in der Tür, nervös und vorsichtig, und versuchte herauszufinden, was nicht stimmte. Ein erster oberflächlicher Blick durch den Saal schien darauf hinzudeuten, daß alles genau so war, wie er es am vergangen Abend verlassen hatte.

Natürlich konnte er von einem Standort aus nicht jeden Teil des Museums sehen; der eine Museumsraum war vom Boden bis zur Decke mit seiner Sammlung gefüllt, und den Teil, den die Helme und Handschuhe und Hüllenplatten von Raketenmotoren und Instrumente nicht beanspruchten, nahmen seine Bücher und Papiere ein. Das Buch, das er gelesen hatte, war immer noch auf dem Vidschirm; sein wertvollstes Artefakt – ein Examensring der Mars-Terra-Kommandoschule – befand sich immer noch in seinem Glaskasten. Das Museum war also nicht ausgeraubt worden.

Trotzdem war irgend etwas ganz und gar nicht in Ordnung.

Während Grant erschreckt und beunruhigt in der offenen Tür stand, überlegte er seinen nächsten Schritt.

Er entschied nach einiger Überlegung, die Tür zu schließen.

Als dies getan war, wurde ihm sofort ein fremdes Geräusch bewußt, ein hohes, unangenehmes Summen, das gestern noch nicht dagewesen war, und auch an keinem Tag zuvor.

Grant entspannte sich. Er war nicht mehr erschreckt, nur noch genervt. Der Ofen war alt genug, um fast als Ausstellungsstück dienen zu können. Er verlangte ständige Aufmerksamkeit und war eine beachtliche Quelle des Ärgers für Grant. Sicher, der Ofen hatte noch nie ein solches Geräusch gemacht, doch Grant war davon überzeugt, daß das alte Ding es konnte, wenn es nur wollte. Leise Verwünschungen murmelnd, suchte er sich einen Weg durch das Durcheinander zum hinteren Teil des Raumes und steig in den Keller hinunter, in dem sich der Ofen befand.

Verwundert blieb er auf halber Höhe der Treppe stehen. Das Geräusch wurde leiser statt lauter, wie es der Fall hätte sein müssen, wäre der Ofen die Quelle gewesen. Grant stand auf der Treppe, den Kopf zur Seite geneigt, und lauschte angestrengt. Ja, das Summen war hier nicht so laut, wie es oben gewesen war.

Grant stieg zum Fuß der Treppe hinunter. Er konnte das Summen nun überhaupt nicht mehr hören. Er überprüfte den Ofen, nur um sicher zu sein. Der Ofen gab keinen Laut von sich.

»Nun ja«, murmelte Grant; dann sagte er zum Ofen: »Entschuldigung.« Er wandte sich um und stieg die Treppe wieder hinauf. »Es muß einer der Computer sein. Oder vielleicht habe ich vergessen, den Flugsimulator abzuschalten.«

Doch er wußte, daß das nicht der Fall war. Grant war ein Gewohnheitstier. (Nach seinem Ruhestand hatte es eine Woche gedauert, sich abzugewöhnen, zur Arbeit zu gehen. Er hatte es schließlich nur dadurch erreicht, daß er sich das Wort UNNÖTIG auf ein großes Plakat schrieb und es an seinen Kühlschrank klebte). Grant schaltete jedesmal gewohnheitsmäßig die Flugsimulatoren aus, wenn er mit seinen Spielen fertig war. Anderenfalls wäre seine Stromrechnung – die schon enorm war – astronomisch geworden.

Er trat ins Museum. Das Summen war nun wieder deutlich zu hören.

Methodisch überprüfte Grant sämtliche Computer; dann ging er an der Reihe der Flugsimulatoren entlang, die eine ganze Wand einnahm. Er schaltete jeden ein, horchte, schaltete ihn aus und wandte sich dem nächsten zu. Er war ziemlich sicher, daß die Simulatoren nicht schuld waren; er hatte ein ausgezeichnetes Gehör, und das Summen schien aus einem anderen Teil des Raumes zu kommen. Er schaltete gerade den dreiundzwanzigsten Simulator aus, als ihm der ziemlich unbequeme Gedanke in den Sinn kam, daß das Summen das Vorsiel zu etwas Unangenehmeren sein könnte. Einer Explosion vielleicht.

Grant schwankte in seiner Entschlossenheit, den Rest der Flugsimulatoren zu überprüfen. Er schaute sich ängstlich um und fragte sich, ob er alle seine Wertgegenstände aus dem Gebäude tragen sollte; aber dazu würde er Tage brauchen. Oder sollte er nur seine wertvollsten Artefakte nehmen? Aber das bedeutete, zwischen ihnen wählen zu müssen, und das war unmöglich. Vielleicht sollte er einen Experten zu Rate ziehen? Aber ... einen Experten für was? Unangenehme Summgeräusche? Vielleicht sollte er die Polizei rufen, die Feuerwehr. Er hatte die Vision von Feuerwehrmännern, mit ihren Laserschneidegeräten, Schaumkanistern und Wasserschläuchen in sein geliebtes Museum eindrangen, und erschauerte. Lieber würde er mitsamt dem ganzen Krempel in die Luft fliegen.

Plötzlich sah Jeffrey Grant das Licht.

Es war ein blaues Licht, und es blinkte an einer antiken Maschine, die eins von Jeffrey Grants wertvollsten Artefakten war. Es war eine Maschine, die – soweit er hatte feststellen können – seit Jahrhunderten nicht mehr in Funktion gewesen war. Und diese Maschine blinkte und summte!

Grant starrte darauf, als hätte das Bild eines Heiligen plötzlich angefangen, Tränen aus Blut zu vergießen. Er näherte sich der Maschine – die einen Ehrenplatz in der Ecke ganz für sich allein hatte – mit ängstlichen Schritten und betrachtete sie mit tiefer Ehrfurcht.

Grant hatte die Maschine vor mehreren Jahren erworben. Sie war sehr alt und hatte mit elektrischem Strom gearbeitet, der aus Leitungen in der Wand kam. Kein Gebäude auf XIO arbeitete noch mit solch antiquierter Ausrüstung; Grant war gezwungen, die Maschine an eine nuklearbetriebene Batterie zu hängen. Die Kosten für die Batterie waren beträchtlich gewesen, doch in Grants Augen war sie ihren Preis wert. Die Maschine hatte vorn einen großen Textschirm, und obwohl dieser Schirm niemals eine Information gezeigt hatte, ließ Grant ihn immer eingeschaltet, denn er gab ein sanftes Glühen von sich, das den hinteren Teil des Raumes in weiße Helligkeit tauchte. Mit anderen Worten, Grant benutzte die Maschine als Lampe.

Die Maschine war wirklich antik. Sie hatte ein Tastaturinterface an der Vorderseite, mit einem in der Tastatur eingebauten Trackball. Das zentrale Gedächtnis und die noch funktionierende Hardware waren in einem kleinen Kasten untergebracht, der hinter der Tastatur befestigt war. Die Vorderseite war eine Videinheit, die das wunderbare weiße Glühen lieferte. An den Seiten befanden sich sechs kleine Lichter, ungefähr zwei Zentimeter im Durchmesser. Eines dieser Lichter blinkte.

Grant war darauf bedacht, die Maschine nicht zu berühren; er hatte Angst, er könnte etwas falsches tun, sie versehentlich abschalten. Er betrachtete die Maschine genau, nahm jeden Teil in Augenschein und drehte sie, indem er ihr Podest drehte, um sich den hinteren Teil ansehen zu können.

Als er mit seine Inspektion fertig war, betrachtete er das Gerät zweifelnd. Er hatte über diese Maschine nachgelesen; er wußte alles darüber, was sie tat, warum sie es tat; er war vollkommen vertraut mit ihrer Arbeit. Es gab nur eine logische Erklärung, warum sie plötzlich, nach all diesen Jahren des Schweigens, zu sprechen angefangen hatte.

Aber diese Erklärung war so verrückt, so seltsam, so unmöglich, daß Grant sich einen anderen Grund überlegen *mußte*. Praktischer, weniger wunderbar: eine Fehlfunktion, ein Kurzschluß in den Drähten, ein Blitzschlag.

Er wollte es so gern glauben. Er wollte auf die Knie fallen und Lobpreisungen singen. Und darum mußte er eine höhere Autorität betragen. So wie es aussah, mußte er beweisen, daß die Tränen des Heiligen aus Blut waren, nicht aus Rostwasser.

Indem er die Maschine ihrem Summen überließ – einem Summen, das für Grant nun nicht mehr störend war, sondern ein Engelschor – ging er zur Referenzbibliothek, einem Teil seines Museums. Er mußte jedoch anhalten, um sich zu beruhigen. Sein Herz raste auf höchst ungesunde Weise; seine Hände zitterten, und die Handflächen waren klebrig von Schweiß. Er hatte schreckliche Angst, ohnmächtig zu werden.

»Reißen Sie sich zusammen, Sir«, ermahnte er sich streng. »Ich erwarte, daß Sie ein Beispiel für die jüngeren Piloten setzen. Feind in Sicht. Ziel erfassen.«

Da die einzigen Leute, mit denen Grant sprach, die Mitpiloten und Commander in seinen Weltraumspielen. Er spielte sämtliche Rollen. In diesem Fall betrachtete er sich als von seinem Commander heruntergeputzt.

Die Schwäche verging. Grant fühlte sich besser. Er erfaßte sein Ziel – das Bücherregel – und bewegte sich darauf zu. Dort angelangt, betrachtete er die glänzenden Metallscheiben in ihren Plastikhüllen, wählte drei aus, zog sie heraus und ging damit zu seinem Computer. Er legte die erste Scheibe ein und rief das Menü auf.

Den Rest des Tages verbrachte er mit so intensiven, aufregenden und befriedigenden Studien, daß er jedes Zeitgefühl verlor und sogar vergaß, sein Sandwich mit Irgendwas-und-Senf zu Mittag zu essen, was ihm in fünfunddreißig Jahren nicht passiert war. Er stieg empor auf eine höhere Ebene des Seins, genoß das Hochgefühl seiner Entdeckung und vergaß alles, was auf den gewöhnlicheren Ebenen der Existenz geschah.

Wie lange er bei seiner Arbeit geblieben wäre, ist offen. Doch da die Menschheit Erbe der Schwächen des Fleisches ist, wurde Grant ziemlich plötzlich auf diese Ebene zurückgebracht: Seine Blase beharrte darauf, daß er zum Klo ging, und zwar schleunigst. Als er vom Gemeinschaftsklo zurückkam, das er mit den anderen Bewohnern des Gebäudes teilte (oder geteilt hätte, wenn andere Bewohner dagewesen wären), warf Grant einen Blick aus einem Fenster und stellte erstaunt fest, daß die Sonne tief in den Rauchwolken stand. Die Maschine blinkte und summte immer noch. Grant wußte, daß sie weiterblinken und weitersummen würde. Er wußte, sie würde nicht explodieren. Sein Glaube war belohnt worden.

»Gute Arbeit, Männer.« Er gratulierte seinem Geschwader.

Als er wieder hinüber zur Maschine gegangen war, mit der er sich nun vertraut genug fühlte, um ihr ihren richtigen Namen zu geben – kollimierte Befehlsempfangseinheit –, widmete er ihr einen Augenblick ehrfürchtigen, schweigenden Respekts. Seine Nachforschungen hatten bewiesen, daß das Wunder nicht ganz so wunderbar war; aber das hatte seine Ehrfurcht nicht gemindert, im Gegenteil. Er hatte eine Theorie aufgestellt, die völlig richtig war, bewiesen durch seine Forschungen. Wenn das zutraf, was er vermutete, hatte er die Chance, einen der größten wissenschaftlichen Funde dieses Jahrtausends zu machen.

Doch zuerst mußte Jeffrey Grant den Mut aufbringen, das Gerät zu berühren. Er mußte die genaue Befehlssequenz eingeben, um den CommandDecoder einzuschalten. Nur die Fingerspitzen auf die Tasten dieser Maschine zu legen, einer so alten Maschine, war eine unerhörte Sünde, doch Grant gemahnte sich, daß es ja zu einem höheren Wohl geschah. Dies war eine Befehlsempfängereinheit. Sie empfing soeben. Die Bedienungsanleitungen beschrieben die Methode, wie Grant die Einheit nach den Koordinaten des Gerätes fragen konnte, welches das Signal sandte, das diese Kollimierte Befehlsempfängereinheit veranlaßt hatte, mit ihrem Botschafterhalten-Licht zu blinken.

Was Grant nun tun wollte, hatte er noch nie im Leben

getan, und er hätte auch nicht gedacht, daß er es jemals tun würde. Es überstieg seine Vorstellungskraft. Grant nahm die Maschine auf und behandelte sie mit außergewöhnlicher Sorgfalt. Er legte seine zitternden Finger auf die Tastatur. Nach einigen Augenblicken des Zögerns tippte er die erforderliche Folge von Befehlen ein. Der Schirm wurde dunkel.

Grant erlebte einen Augenblick der Angst, der ihm gut zupaß gekommen wäre, hätte er je corasianischen Kampfschiffen gegenübergestanden.

Und dann erwachte der Schirm wieder zum Leben. Vor seinen weit aufgerissenen Augen liefen Informationen darüber. Dann blieb die Schrift stehen.

Grant verstand das meiste nicht, aber das war auch gar nicht nötig. Alles, was er brauchte, war eine Zahl. Und da war sie, am unteren Rand des Schirms.

Grant schrieb die Zahl auf einen Block, ging mit dem Block zu seinem eigenen Computer, rief eine Sternenkarte auf und tippte die Zahlen ein, die er sich notiert hatte. Der Computer gab ihm Antwort.

Dann steckte Grant das Gerät in die abgenutzte alte Lederhülle, in der es ursprünglich gefunden worden war, befestigte die Riemen und überzeugte sich, daß das Gerät immer noch summte. Er schob die drei Disks in eine Tasche der Lederhülle. Er überlegte einen Augenblick, wie die richtigen Worte lauten mochten. Dann schrieb er eine Nachricht, die besagte: »Geschlossen für unbestimmte Zeit.«

Grant setzte den Hut auf, zog seinen Mantel an und verließ das Museum – eine volle halbe Stunde vor der üblichen Zeit. Er machte die Tür zu, schloß ab, schob den Schlüssel in eine Tasche und klebte die Notiz ans Glas.

Als das erledigt war, stand er für einen Augenblick auf dem Fußweg. Erfühlte sich angespannt und nervös, doch nicht minder entschlossen.

»Sie schaffen das schon, Captain«, sagte er zu sich selbst. »Der Admiral hat vollstes Vertrauen in Sie.« Grant griff fester um die Hülle der Maschine, die schwer und ziemlich schlecht zu tragen war, und ging den Fußweg entlang. In einiger Entfernung befand sich sein Zuhause.

Er bog an der Ecke rechts ab – nicht links.

Er ging nicht nach Hause. Er ging zu einer automatischen Bank, hob die Ersparnisse seines ganzen Lebens vom Konto ab, leistete sich eine Taxifahrt zum nächsten Raumhafen, und mietete ein Raumflugzeug.

»Zielort?« fragte der Angestellte Grant, als er ihm seine Pilotenlizenz zurückgab.

»Pandor«, sagte Jeffrey Grant.

20. Kapitel

Now the dang robot's a-wearin' my shoes,
I got the robot blues ...

Anonymus, ›*Robot Blues*‹

Der Roboter war jetzt nicht mehr verwirrt. Er hatte eine Antwort auf sein Signal erhalten. Der Doktor hatte geantwortet. Anweisungen wurden erteilt. Der Roboter wußte nun, was er tun sollte, allerdings nicht, *wie* er es tun sollte.

Der Roboter war während der Nacht, die er in der Packkiste verbracht hatte, beschäftigt gewesen. Er hatte die ihm von seinem Retter gebotene Gelegenheit genutzt, um die Situation zu analysieren, festzustellen, was in der Vergangenheit geschehen war, und zu entscheiden, wie am besten in der Gegenwart vorzugehen war. Außerdem hatte der Roboter während dieser Zeit seine Programmierung aktiviert; sie untersuchte das unbekannte Sprachmuster des Retters, um Kommunikationskanäle zu öffnen, sollte sich diese Notwendigkeit ergeben.

Der Roboter führte einen vollständigen Scan seiner eigenen Gedächtnisbänke durch, von dem Zeitpunkt an, da dieses Gedächtnis initiiert worden war, bis zur Gegenwart. Er hatte eine Erinnerung an den Doktor, dessen Befehle bedingungslos befolgt werden mußten, obwohl der Roboter in seinen Überlegungen frei war, wie diese Befehle am besten durchzuführen waren. Er hatte eine Erinnerung an sein Raumflugzeug – soweit es den Roboter betraf, eine hirnlose Maschine, die auf träge Art und Weise tat, was ihr gesagt wurde, die nichts über sich selbst zu sagen hatte und unfähig war, eigenständig zu handeln.

Der Roboter erinnerte sich, daß dieses Raumflugzeug abgeschossen worden war.

Der Doktor hatte Feinde. Informationen über diese Feinde waren in den Roboter eingegeben worden; Informationen, wie dem Feind auszuweichen sei, waren ins Raumflugzeug eingegeben.

Fremdkontakt vermeiden.

Beschuß vermeiden.

Bei Beschädigung durch gezielte Fremdeinwirkung Selbstzerstörung einleiten.

Gefangennahme unter allen Umständen vermeiden.

Der Roboter selbst hatte mit diesen Befehlen keine Schwierigkeiten, aber das Raumflugzeug. Das Korridorkonstruktionsschiff war sowohl Fremdkontakt als auch Beschuß ausgesetzt gewesen. Es hatte nicht ausweichen oder sich zurückziehen können und hätte sich und den Roboter eigentlich in die Luft jagen müssen. Doch eine Zerstörung hatte nicht stattgefunden – mit dem Ergebnis, daß das Flugzeug durch die Atmosphäre gestürzt und mit der Nase zuerst in einer riesigen Sanddüne gelandet war. Um dem Flugzeug Gerechtigkeit widerfahren zu lassen: Es hatte versucht, sich selbst zu zerstören, doch irgend etwas war schiefgegangen. Dem Robot war dies jedoch nicht bekannt, und so hatte er in einem Bericht – aufgenommen auf dem Weg nach unten – das Flugzeug streng kritisiert.

An diesem Punkt stellte der Roboter eine Lücke in seinem Gedächtnis fest. Nichts Ernstes, eher wie ein Schluckauf, doch es fehlte definitiv ein Zeitabschnitt. Der Robot führte diese Lücke auf Schäden zurück, die er sich bei dem Absturz zugezogen hatte. Er hatte eine lose Verbindung in seinem neuralen Netzwerk entdeckt. Die Logik schreib vor, daß diese lose Verbindung vom ersten Retter wieder zusammengesteckt wurde, als dieser den Robot in dem Lagerabteil fand.

Was der Roboter aber in dem Lagerabteil getan hatte, wußte er nicht mehr. Seine letzte Erinnerung vor der Lücke war der Absturz des Flugzeugs in einem steilen Winkel; er war über das Deck gerutscht, die Tür des Lagerabteils war aufgeflogen, plötzliche Dunkelheit, und dann nichts mehr.

Bis die Retter kamen.

Für den Fall, daß einer der Roboter in Schwierigkeiten geriet, hatte der Doktor sie mit einem Hilferuf-Signal ausgestattet. Der Hilferuf war nicht allgemein; er rief keine Schiffe aus dem ganzen Quadranten zur Rettung auf. Der Ruf war spezifisch und erreichte nur den Doktor und sein Team. Der Roboter sandte seinen Hilferuf aus, als das Raumflugzeug niederging.

Dann kamen der Rutsch ins Abteil, der Aufprall, die kurzfristige Gedächtnislücke. Dann der Retter zur Reparatur.

Der Rotober fand es beeindruckend, daß so schnell Hilfe gekommen war. Und er bemerkte in seinem Bericht, daß wahrscheinlich Eile der Grund dafür war, daß die Retter sich so merkwürdig und unlogisch verhielten. Der Robot bemerkte auch – für zukünftige Einsätze –, daß es nützlich wäre, wenn die Retter eine Sprache sprechen, auf die der Robot programmiert war.

Als er auf seine Begegnung mit den Rettern zurückblickte, konnte der Roboter nur sehr wenig von dem verstehen, was passiert war. Da der Zwischenfall jedoch Menschen involvierte, war das nicht anders zu erwarten.

Retter A hatte den Roboter in dem Abteil entdeckt,

hatte ihn repariert und war dann, statt den Robot aus dem Abteil herauszuholen, ins Abteil zu dem Robot hineingekommen.

Als Retter B am Ort des Geschehens eintraf – er stand außerhalb des beschädigten Flugzeuges und rief etwas Unverständliches – hatte der Robot das Flugzeug verlassen wollen, um zu dem Retter zu gehen; darauf war er programmiert. Doch Retter A hatte aus einem unbekannten Grund versucht, den Roboter in dem Abteil zu halten.

Das war unlogisch. Der Robot konnte seine Aufgaben nicht in dem Abteil ausführen. Und deshalb war er gegangen. Indem er den Arm abwarf, an dem der Retter ihn festhielt, war der Roboter durch das beschädigte Flugzeug geschwebt und hatte die offene Luke erreicht. Dann hatte er Retter B gegenübergestanden, der sich daraufhin auf die unlogischste Weise verhielt, die er je aufgezeichnet hatte.

Retter B hatte geschrien und war fortgelaufen.

Wirklich, der Doktor sollte bessere Leute beschäftigen.

Der Roboter hatte zu Retter A gesprochen, der aber nicht verstand. Retter A hatte zu dem Robot gesprochen, der ebenfalls nicht verstand. Der Robot hatte Retter A abgetastet und entdeckt, daß er eine Mischung aus menschlichen und maschinellen Teilen war – ein Cyborg. Dann hatte der Roboter sich daran gemacht, die Sprache des Cyborgs aufzuzeichnen, zu speichern und zu analysieren, um die Sprache zu lernen.

Der Retter war in der Lage gewesen, dem Roboter seine Wünsche mit Hilfe von Gesten mitzuteilen. Der Roboter hatte daraus schließen können, daß der Retter wollte, daß der Robot ihn begleitete. Die Logik dieses Schrittes wurde offenbar, als der Roboter die Lagerkiste sah.

In der sich der Roboter nun befand.

Aber nicht mehr lange.

Sicher in der Lagerkiste untergebracht, nahm der Roboter an, daß er an Bord seines Schiffes gebracht wurde, um dort wieder seine Pflichten aufzunehmen. Der Robot war unangenehm berührt, als er feststellte, daß seine Kiste in einer Art Lagerhalle für kaputte Maschinen abgestellt wurde, wie seine Taster ihm enthüllten.

Der Robot war indes bereit, dem Retter dies zugute zu halten. Der Retter glaube offensichtlich, der Roboter müsse repariert werden. Anscheinend wußte er nicht, daß der Roboter so konstruiert war, daß er sich selbst reparieren konnte. Was den Robot daran erinnerte, daß ihm sein zwanzigster Arm fehlte. Er mußte eine Notiz machen, daß sein Arm wieder angebracht werden mußte. Als dies erledigt war, sendete der Roboter sein übliches Signal an den Doktor. Sind meine Befehle richtig? Soll ich zum Dienst zurückkehren?

Normalerweise kam sofort Antwort. Diesmal dauerte das Warten länger, und als die Antwort kam, war sie äußerst schwach. Eine Untersuchung enthüllte, daß das Signal aus einem anderen Teil der Galaxis kam. Aber es war klar. Der Roboter sollte weitermachen.

Aus der Lagerkiste zu fliehen, war einfach. Der Roboter wählte ein Werkzeug, das in einem seiner vielen Arme eingebaut war, und justierte eine Düse, wodurch sich der Luftdruck in der Kiste erhöhte. Der Druck wuchs, bis der Deckel lose wurde. Der Roboter benutzte einen zweiten Arm und eine Hebelvorrichtung, um den Deckel des Behälters aufzubekommen. Dann schaltete er seine Luftdüsen ein und schwebte hinaus. Er setzte seinen Arm wieder an; dann schloß er den Deckel der Kiste. Die Kiste war sehr bequem gewesen, und der Robot wollte nicht, daß alle diese merkwürdig aussehenden Maschinen, die um die Kiste herum standen, sie kontaminierten.

Erst einmal aus der Kiste befreit, begann der Roboter seine Suche nach einem angemessenen Transportraumflugzeug. Der Spektrumanlaysator des Roboters isolierte nicht weniger als vierzig unterschiedliche Raum-Tower-Kommunikationen. Eine Abschußmöglichkeit mußte in der Nähe sein.

Der Roboter brachte seine zwanzig Arme in seinem Kopf unter und schwebte in Richtung des Kommunikationstowers des Flugfeldes los.

21. Kapitel

Verstehe das Thema, die Worte werden folgen.

Marcus Portius Cato, *Ars. Rhetorica, I*

»Das Thema dieses Vortrags lautet ›Schadenseinwirkung durch Fremdobjekte an Raumflugzeugmotoren‹. Ich bedauere« – Xris hielt inne und wiederholte sich mit Betonung – »ich bedauere *zutiefst*, daß Oberst Jatanski, der eine anerkannte Autorität auf diesem Gebiet ist und heute eigentlich hier sein sollte, um diesen Vortrag zu halten, letzte Nacht fortgerufen wurde, um an einer Kriegsgerichtsverhandlung teilzunehmen. Nun ist es mir zugefallen, in Abwesenheit des Obersten weiterzumachen. Ich werde ... mein Bestes tun«, schloß Xris, und weil er den Kopf zu nahe an das antiquierte Mikrofon gesenkt hatte, ging die letzte Aussage in kreischendem Feedback verloren.

»Oh, Entschuldigung.«

Xris trat hastig von dem Mikrofon zurück und fiel fast vom Rednerpult. Er fing sich, indem er sich am Podium festhielt. Im Publikum senkte Tess den Kopf und legte eine Hand über den Mund, um ihr Lachen zu ersticken. Xris erinnerte sich daran, was sie gestern darüber gesagt hatte, sich das Publikum nackt vorzustellen. Xris kam sich selbst eher nackt vor.

Unglücklicherweise war die Zahl der Zuhörer dieses Vortrags sehr groß. Xris hatte die heimliche Hoffnung genährt, daß erst gar keiner kommen würde. Er konnte nicht begreifen, daß überhaupt jemand kam, um sich einen Vortag zu einem solchen Thema anzuhören. Einige im Flüsterton gesprochene Worte, die er vor der Rede mit Tess getauscht hatten, hatten Xris die Erklärung geliefert.

»Das Leben auf Pandor ist so langweilig, daß jede Unterbrechung eine willkommene Abwechslung ist, sogar eine Rede über Ausländer, die in Raumschiffmotoren festsitzen.« Sie hatte ihn angegrinst. »Ich sage eine ausverkaufte Halle voraus.«

»Wundervoll«, hatte Xris gemurmelt. »Weißt du, was ich gestern über meinen Ohnmachtsanfall bei der Kindergartenvorführung gesagt habe, war nicht ganz die Wahrheit. Ich bin nicht umgekippt. Ich habe gekotzt.«

»Kein Witz?« Tess hatte ihn besorgt betrachtet. »Du scheinst das ja wirklich zu hassen. Es wird bald vorbei sein. Ich geb' dir später einen aus.«

»Nach gestern Abend trinke ich wahrscheinlich nie wieder. Bist du gut zurückgekommen? Die MPs haben dich nicht angehalten?«

»Nein, aber sie haben sich auch nicht sonderlich angestrengt. Wie war es bei dir?«

»Sie hatten mich umzingelt«, hatte Xris ihr gesagt. »Haben mich mit vorgehaltener Waffe heimgebracht. Ich habe darum gebeten, lebenslang in den Knast zu kommen, aber sie sagten nein. Meine Strafe sei es, eine Rede zu halten.«

Tess hatte gelacht, ihn leicht auf die Wange geküßt und war gegangen, um sich neben ihre Zimmergenossinnen zu setzen.

Das kleine Auditorium nahm etwa zweihundert Personen auf und war praktisch ausverkauft, wie Tess vorausgesagt hatte. Hinten schloß jemand die Türen, die in den Vortragssaal führten. Die Menge kam zur Ruhe. Wenn sie schon nicht den Vortrag genoß, würde sie sich immerhin über das Unbehagen des Sprechers amüsieren können.

Xris öffnete den Mund. Seine Stimme brach. Er hustete, räusperte sich und sah nervös um sich. »Wenn ich ... äh ... ein Glas Wasser haben könnte?«

Oberst Strebbins selbst erhob sich von den Sitzen der ersten Reihe, um Xris ein Glas einzugießen, und stellte es neben ihn auf das Podium. Er klopfte Xris auf den Rücken, sagte freundlich: »Sie machen das gut, Captain«, und nahm wieder Platz.

»Danke, Sir«, murmelte Xris. Er sah hinab auf Jamils Notizen, die nun in Hieroglyphen geschrieben zu sein schienen. Er konnte nichts davon entziffern.

Xris hob den Kopf, schaute wieder über das Publikum – und bereute es sofort. Seine panischen Gedanken flitzten zurück zu der Zeit, als er hinter die Feindeslinien gegangen war und sich in ein corasianisches ›Fleischlager‹ geschlichen hatte, um seine Frau zu retten. Dabei wurde er von den tödlichen, fleischfressenden Aliens gejagt. Als er aus ihren Roboterkisten ausbrach, glitschten die feurigroten Massen über den Boden auf ihn zu. Er feuerte auf sie, aber sie kamen trotzdem ...

Xris starte in die fleischfressenden Augen seines Publikums und hätte gern getan, was er damals getan hatte.

Rennen. Rennen, als wäre der Teufel hinter ihm her.

Oberst Strebbins hüstelte höflich. »Wenn Sie dann bereit sind, Captain ...«

Xris nahm einen hastigen Schluck Wasser, holte tief Atem, aktivierte die holographische Darstellung und stürzte sich in seine Rede.

»Äh, ja, wie Sie sicher wissen, kann der empfindliche Clormin-Turbo-Hyper-Geschwindigkeitsmotor, der in den leichteren Raumflugzeugen benutzt wird, ein schwieriges Wartungsproblem darstellen. Selbst wenn er ordnungsgemäß arbeitet, kann der Motor aus vielen verschiedenen Gründen ausfallen. Nun stellen wir uns einmal vor ...«

Xris hielt inne, fummelte an den Kontrollen herum, und zeigte schließlich das erste Hologramm – eine schöne menschliche Frau, gekleidet in die Uniform der

Wartungsarbeiter, mit einer Limonadendose in der Hand. Ein Dolchkampfbomber stand im Hintergrund.

»Lassen Sie uns vorstellen«, fuhr Xris fort, »was passieren würde, wenn unser Feldwebel hier die Coladose loslassen würde ...«

Xris ging zum nächsten Hologrammbild über, das den Dolchbomber näher zeigte: Rauch wölkte aus dem Maschinenraum, und die schöne Frau rannte um ihr Leben. Das Publikum war höchst amüsiert, und jemand im Hintergrund spornte die holographische Frau an.

Oberst Strebbins drehte sich um und starrte den unbekannten Übeltäter böse an. Das Publikum beruhigte sich.

Xris verlor den Faden. Als er ihn endlich wiederfand, hatte er beschlossen, daß es das Beste wäre, diese Sache so schnell wie möglich hinter sich zu bringen.

»Stellen Sie sich vor, wenn eine Plasmarückhalteschraube oder ...«

Während Xris weitermachte, ohne eine Vorstellung zu haben, was er von sich gab, versuchte er um jeden Preis zu vermeiden, sein Publikum anzusehen. Er hielt den Blick fest auf die Notizen geheftet, damit er nicht wieder den Faden verlor. Doch das Geräusch einer sich öffnenden Tür im Hinteren Teil des Hörsaals weckte seine Aufmerksamkeit. Ein Mann in Uniform versuchte, sich leise hereinzuschleichen.

Die Tür schloß sich hinter dem Mann. Xris wandte sich wieder seinen Notizen zu. Plötzlich wurde ihm bewußt, wer der Mann war. Erstaunt sah Xris auf. Was er gerade sagen wollte, verlor sich in einem unzusammenhängenden Brabbeln.

Dr. Bill Quong, der die Uniform eines medizinischen Armeeoffiziers trug und ein Attachéköfferchen in der Hand hatte, setzte sich soeben in die hintere Reihe. In diesem Moment fuhr Oberst Strebbins herum, angezogen von dem Geräusch der sich öffnenden Tür, um den neuen Störenfried anzufunkeln.

Als er einen fremden medizinischen Offizier sah, stutzte Strebbins, wandte sich an seinen Adjutanten und flüsterte etwas. Der Adjutant schaute sich um, erspähte Quong, der ihm entschuldigend zunickte, und sank in seinen Sitz. Dann zuckte er die Schultern und wandte sich wieder zu dem Oberst, der ebenfalls mit den Schultern zuckte und sich wieder Xris zuwandte.

Xris hatte keine Ahnung, was Quong hier machte. Warum war er gekommen? Wie hatte er gewußt, daß der Job schiefgegangen war? Xris war sich gar nicht sicher, ob er sich darüber freuen sollte, Quong hier zu sehen.

Das Publikum wurde wieder unruhig. Xris versuchte sich zu erinnern, wo er aufgehört hatte, fand aber keinen Hinweis. Bei dem Versuch, das nächste holographische Bild aufzurufen, schaltete er versehentlich die Maschine ab und hatte keine Ahnung, wie er sie wieder einschalten konnte. Er wählte eine Stelle in den Notizen, die so gut wie jede andere aussah, und begann zu sprechen. Als er den dritten Satz von sich gab, bemerkte er, daß er sich wiederholte. Doch es machte ihm schon nichts mehr aus. Er stolperte weiter.

»Äh ... ja, tut mir leid, das habe ich schon gesagt. Ja. Tja, nun wegen diesen kleinen Turbinenflügeln, die herumwirbeln, um den Reaktorkern ... äh, kühl zu halten ... und dann kommt da dieses Objekt reingesaust, eingesaugt von der Luftzufuhr, und trifft die Flügel. Katastrophale Ergebnisse wären die Folge. Das Objekt könnte von den Flügeln abprallen und die Plasmaflasche treffen, was verursachen würde, daß ... äh ...«

Die Tür öffnete sich wieder. Xris sprach während dieser zweiten Unterbrechung weiter und kämpfte geduldig darum, das Publikum im Griff zu behalten. Er hatte keine Ahnung, was er sagte; aber das machte nichts, denn es hörte ihm sowieso niemand zu. Der Oberst hatte sich wieder umgedreht, um zu sehen, wer zu spät hereinkam, und diesmal zog sein starrer Blick die Aufmerksamkeit aller Anwesenden auf sich. Ein ungeheuer großer und extrem dünner Humanoide, dessen Haut denselben grauen Farbton wie seine Uniform angenommen hatte, stand in der Tür. Tycho erspähte Quong, gab vor, ihn nicht zu sehen, und nahm am Gang Platz. Die Leute neben ihm rutschten sofort einen oder zwei Plätze weiter. Nicht, weil sie Vorurteile gegen Aliens hatten, sondern weil Tycho die graue Uniform jenes Militärzweiges trug, der als ›Unkonventionelle Kriegsführung‹ bekannt war. Die Insignien auf seinem Hemd identifizierten ihn als einen SyOp bei BCK – Biologisch-Chemische Kriegsführung.

BCKs waren höchst unbeliebt; sie wurden allgemein verdächtigt, alle möglichen tödlichen Viren mit sich herumzuschleppen.

Tycho faltete seinen langen Körper in den Sessel und saß da; seine Knie ragten fast bis zu den Schultern hoch.

»Was, zum Teufel, macht *er* hier?« fragte Oberst Strebbins seinen Adjutanten mit einer Stimme, die leise sein sollte, die aber – der ausgezeichneten Akustik wegen – durch das Auditorium trug.

»Wahrscheinlich hat es etwas mit Kontamination zu tun ... die Absturzstelle ...«, hörte man seinen Adjutanten antworten.

Xris machte laut und eilig weiter. »Und, äh, dann gibt es da immer das Problem von unvorsichtigen Lebensformen, die als fremde Objekte wirken, welche in die Luftzufuhr eines Raumflugzeugs gesogen werden. Eine kleine Sakiraeidechse, die in der Außenhülle des Motors schläft, könnte ...«

Tess schaute ihn an. Sie lachte nicht; sie sah ... verwundert aus.

Xris fühlte sich selbst verwundert. Glücklicherweise war er schon bei der Hälfte angelangt, weil er unabsichtlich drei Abschnitte ausgelassen hatte. Das Ende in Sicht, raste er weiter zum Schluß, als er plötzlich hörte, wie mehrere Zuhörer zu kichern begannen. Ein leichter Duft, wie von Orangenblüten, schwebte in der Luft.

Xris' Kopf ruckte hoch. Die Tür hinten blieb geschlossen. Niemand war hereingekommen. Aber das Publikum lachte nun leise. Die Leute wiesen auf etwas, das sich hinter Xris auf der Bühne abspielte.

Oberst Strebbins, dem die Augen aus dem Kopf quollen, starrte mit offenem Mund.

Xris drehte sich, um über die Schulter zu schauen.

Raoul trippelte auf Zehenspitzen über die Bühne. Als er sich bemerkt sah, blieb er stehen und wedelte mit einer zarten Hand. »Beachten Sie mich gar nicht.«

»Wer, zum Teufel, sind Sie?« verlangte Strebbins zu wissen.

»Ach, Oberst, Liebling.« Raoul trat zur vorderen Bühne. Er war mit einer Uniform bekleidet, die ihrem Schnitt nach vom Schneider und ihrem eleganten Stoff nach offensichtlich nicht aus Armeebeständen stammte. Seine Kappe saß in einem neckischen und absolut unvorschriftsmäßigen Winkel auf seinem Kopf. Sein Salutieren, begleitet von einem Hüftwackeln, entzückte das Publikum.

»Feldwebel de Beausoleil. Moraltruppe. Bin hier wegen der Show nächste Woche. Ich dachte, ich werfe mal einen Blick auf die Bühne. Ich hatte keine Ahnung, daß jemand hier war. Ich Dummerchen! Machen Sie weiter, Captain«, sagte er zu Xris. »Tut mir schrecklich leid, daß ich gestört habe. Tschüssi.«

Mit einer Kußhand verließ er die Bühne, unter Begleitung von Pfiffen und Anfeuerungsrufen. Oberst Strebbins' Adjutant erhob sich und wandte sich der Menge zu, die abrupt verstummte.

Xris suchte Zuflucht in einem weiteren Glas Wasser. Er hatte in den Seitenflügeln den Kleinen gesehen, der ihn unter seinem Schlapphut hervor anblinzelte. Xris öffnete den Mund, als die Tür hinten aufgerissen wurde.

An diesem Punkt wäre Xris nicht mehr erstaunt gewesen, wäre Seine Majestät der König eingetreten. Er sah Harry Luck im Fluganzug eines Marinepiloten. Sein Helm baumelte an einem Riemen am Handgelenk, sein Fluganzug war zerrissen und zerfetzt, und über sein Gesicht lief ein blutiges Rinnsal. Der Anblick überraschte Xris überhaupt nicht mehr.

Harry stürmte herein, sah Xris und sah das Publikum,

das sich beim Geräusch der aufschlagenden Tür wie ein Mann umgedreht hatte, um diesen Neuankömmling anzustarren.

Harrys Unterkiefer fiel herab; sein Mund klappte auf. Er errötete; sein Gesicht nahm einen tiefen und ungesunden Farbton an. Dr. Quong war schon auf den Beinen und nahm sich der Situation an. Indem er Harry fest am Arm packte, führte der Doktor den großen Mann zu einem Sessel und schubste ihn hinein.

»Sogar die Navy ist zu dieser Rede erschienen«, sagte Strebbins ehrfürchtig.

Das Publikum hatte Mühe, sich wieder zu beruhigen. Nach ihrem Grinsen zu urteilen, war dies das unterhaltsamste Programm, das ihnen seit einem Jahr geboten worden war. In der Deckung des Geflüsters, Gehüstels und gedämpften Gelächters runzelte Dr. Quong die Stirn, beugte sich zu Harry hinüber und sagte: »Was, zum Teufel, denkst du eigentlich, was du hier tust?«

Harry, der ein verlegenes Gesicht machte, antwortete flüsternd. Doch Xris wußte genau, was der große Mann sagte: »Ich hab' gehört, daß Xris in Schwierigkeiten steckt ...«

Xris übersprang zwei Seiten Notizen, fand das Ende, und trug es vor.

»Und zum Schluß möchte ich mich dafür entschuldigen, daß ich Ihnen wegen des Zeitmangels nicht die Ausstellungsstücke zeigen kann, die ich mitgebracht habe. Ich verlasse Sie mit einem wichtigen Rat: Ein FOS – oder Fremdobjektschaden – kann Sie nicht nur töten, er kann auch Ihren ansonsten makellosen Wartungsbericht ruinieren!«

Das Publikum bedachte Xris gutgelaunt mit rauschendem Beifall. Die meisten bleiben sogar noch ein paar Sekunden in ihren Sitzen und hofften offensichtlich auf mehr.

Der Oberst stieg auf die Bühne, gratulierte Xris zu seiner guten Arbeit und schüttelte ihm die Hand. »Tut mir leid wegen der Störungen«, sagte der Oberst. »Ich hatte keine Ahnung, daß dieses Thema sich als so beliebt erweisen würde!«

»Ich auch nicht, Sir«, sagte Xris mit von Herzen kommendem Ernst.

Er versuchte, Quongs Blick zu erhaschen, doch der Doc steckte tief in einer leisen Unterhaltung mit Harry. Tycho war auf den Beinen und bewegte sich zum Hintergrund des Auditoriums. Xris hatte keine Ahnung, wohin Raoul und der Kleine gegangen waren; aber offensichtlich waren sie nicht weit. Xris konnte immer noch Orangenblüten riechen.

»Wir werden Sie nächstes Jahr wieder einladen«, versprach der Oberst, drehte sich auf dem Absatz um und stapfte den Gang hinauf, auf den Doktor zu. Die anderen Offiziere gingen nach ihm hinaus. Das aufgelistete Personal war schon auf den Beinen und wartete, bis es an der Reihe war. Xris warf einen schnellen Blick in die Runde und hielt nach Tess Ausschau, konnte sie aber nirgends entdecken.

Der Oberst hatte soeben den hinteren Teil des Hörsaales erreicht, als die Tür sich noch einmal öffnete.

Jamil kam herein.

Xris wußte nicht, ob er ihn küssen oder erschlagen sollte.

»Oberst Jatanski!« Oberst Strebbins war begeistert. »Sie haben es gerade verpaßt! Oberst Kergonan hat seine Sache gut gemacht. Wirklich gut. Ich nehme an, die Kriegsgerichtsverhandlung war schwierig, hm? Sie sehen nicht aus, als hätten Sie viel geschlafen. Sie können mir alles beim Abendessen erzählen.«

Jamil murmelte etwas Unverständliches. Der Oberst warf einen näheren Blick auf die Neuankömmlinge. Dr. Quong und Tycho salutierten korrekt. Harry salutierte ebenfalls, aber erst, nachdem Quong ihn in die Rippen gestoßen hatte.

Der Oberst hielt eine kurze Willkommensrede und ging hinaus.

Jamil, der einen metallenen Aktenkoffer trug, schob

sich durch das hinausgehende Publikum und stiefelte weiter den Gang hinab. Gutaussehend, glatt und weltmännisch, sah Jamil immer so aus, als wäre er gerade durch die Türen einer Modellagentur getreten. Nun aber sah er aus, als wäre er gerade durch die Pforten der Hölle getreten. Seine gutaussehenden Gesichtszüge waren weich und verquollen vor Müdigkeit; seine Augen blutunterlaufen. Seine Uniform war verknittert und schweißbefleckt. Er sah Tycho nicht, obwohl er genau an ihm vorbeiging; Harry und Quong beachtete er nicht.

Xris wartete angespannt und nervös neben dem Podium. Was auch immer falsch gelaufen war – es war offenbar gründlich falsch gelaufen. Der Hörsaal leerte sich. Quong, Harry und Tycho blieben zurück. Sie warteten auf ein Zeichen von Xris, der entschied, sie fürs erste zu lassen, wo sie waren, da er nicht wußte, was vor sich ging.

Er hätte jetzt alles für einen Dreher gegeben und fragte sich, ob er sich nicht einen zwischen die Lippen stecken könnte, als er spürte, wie ihm etwas Kaltes, Hartes in den Rücken gedrückt wurde.

»Das ist eine 0,10-Dekawatt Lasgun«, sagte eine Stimme.

Xris erstarrte.

»Verhalten Sie sich ganz normal, Captain«, fuhr die Stimme fort. »Lassen Sie Ihre Hände, wo ich sie sehen kann. Sie und Ihre Freunde werden zu einem netten kleinen Gespräch mit mir kommen. Aber zuerst werden Sie mir eine Frage beantworten.«

Tess stieß Xris die Waffe schmerzhaft in den Rücken. »Was, zum Teufel, haben Sie mit dem Roboter gemacht?«

22. Kapitel

Die Vergangenheit ist nur der Anfang eines Anfangs, und alles, das ist und war, ist nur das Zwielicht der Dämmerung.

H.G. Wells, *Die Entdeckung der Zukunft*

»In Ordnung«, sagte Xris und streckte die Hände von sich. »Ich glaube, es ist an der Zeit, daß jemand mir erklärt, was hier eigentlich los ist!«

»Ist das nicht ein Zufall«, bemerkte Tess kühl und verstärkte den Druck des Waffenlaufs in seinem Rücken. »Ich habe gerade dasselbe gedacht. Wir bleiben genau hier und warten auf deine Mutter. ›Oh, und mach dir keine Gedanken um deinen hübschen Jungen und seinen komischen kleinen Freund. Die liegen gut verschnürt hinter der Bühne.‹«

»Welcher Männer? Welcher hübsche Junge?« fragte Xris unschuldig.

»Netter Versuch, Captain. Ich habe Akten über euch alle.«

Die letzten Angehörigen des Stationspersonals verließen den Zuschauerraum. Xris winkte. Harry, Quong und Tycho setzten sich den Gang hinunter in Bewegung und kamen auf die Bühne zu.

Jamil erreichte ihn als erster. Er sah Tess an, die schräg hinter Xris stand, und setzte ein charmantes, wenn auch etwas angestrengtes Lächeln auf. »Captain Strauß. Wie schön, Sie wiederzusehen. Wenn Sie uns entschuldigen würden, Captain, ich würde gern mit Captain Kergonan sprechen . . .«

»Vergiß es«, bemerkte Xris lakonisch. »Sie hat Akten über jeden von uns. Und eine Pistole in meinem Rückgrat.«

Jamils Lächeln verschwand. Er betrachtete Tess. »Eine Pistole, he?«

»Ja«, bestätigte Xris achselzuckend. »Obwohl ich nicht glaube, daß sie die Waffe wirklich benutzen wird.«

Jamil war nicht so sicher. »Das solltest du noch einmal überdenken. Sie gehört nicht zur regulären Armee, sondern zum FGD. Flottengeheimdienst. Sie gehören zu Dixters Leuten. Nicht wahr, Strauß?«

»Das ist richtig«, antwortete Tess forsch. »Eine falsche Bewegung, und ich schieße. Nimm es nicht persönlich, Xris«, fügte sie mit sanfterer Stimme hinzu. »Ich hatte letzte Nacht eine Menge Spaß.«

»Klar, ich auch«, antwortete Xris bitter. »Für jemanden, der hereingelegt wurde, hatte ich eine tolle Zeit.«

Tess richtete ihre Aufmerksamkeit auf Jamil. »Ich gehe davon aus, daß sie soeben von Ihrem Briefing auf der *King James* zurückkommen.«

Jamil nickte vorsichtig. »Meine Befehle lauten, den Roboter zu greifen und dann das erste verfügbare Raumschiff zu besteigen. Soll den Robot umgehend zu Sakuta bringen.«

»Und nichts anderes hatten Sie vor«, bemerkte Tess verächtlich.

»So ist es«, bekräftigte Jamil finster.

Tess nickte. »Deswegen haben Sie auch dieses Backup-Team zusammengerufen, damit die Leute Ihnen helfen, den Robot zum Mannschaftswagen zu bringen. Ich glaube, daß Sie uns reinlegen wollen. Ich glaube, Sie wollten mit dem Robot auf und davon. Auf dem freien Markt würde er einen hübschen Gewinn bringen.«

»Hören Sie mal, Lady«, grollte Jamil. »Nach dem, was ich über den Robot weiß, würde ich ihn am liebsten durch eine Luftschleuse hinausbefördern! Und wie, bitte schön, soll ich das Team zusammengerufen haben? Ich war die ganze Zeit auf diesem überdimensionierten Kommandokreuzer, begleitet von zwei Marines mit außerordentlich nervösen Zeigefingern.«

»Und ich möchte noch einmal daran erinnern, daß ich

immer noch nicht weiß, was hier eigentlich vorgeht!« warf Xris ungehalten ein. »Warum sollte *ich* das Team zusammenrufen?«

»Weil du den Roboter willst«, entgegnete Tess.

»Ich mag diesen verdammten Roboter nicht einmal! Er hat Augen. Bei seinem Anblick bekomme ich eine Gänsehaut. Hör mal«, redete Xris weiter, »es gibt eine ganz einfache Möglichkeit, das alles zu klären.« Er blickte Tess über die Schulter an. »Du kennst jeden von uns aus deinen Akten, also können wir uns lange Vorstellungen sparen. Tycho, Harry Luck, Dr. Bill Quong.«

Als sich der Rest des Teams sich um Xris sammelte, fuhr er fort: »Doc, diese Frau, die zur Zeit eine Pistole auf mich gerichtet hält, würde gern wissen, wer dir befohlen hat, hierherzukommen und warum.«

Dr. Quong hob eine Augenbraue. »Ich gehöre dem Medizinischen Armeekorps an. Meine Anweisungen lauten, daß ich mich bei ...«

Jamil schüttelte den Kopf. »Die Wahrheit, Doc. Sie hat gewisse Akten.«

»»Oh, ich verstehe.« Dr. Quong verbeugte sich formvollendet vor Tess. »Ein Kollege von mir, Raoul de Beausoleil, teilte mir mit, daß ich mich auf der Militärbasis Pandor melden soll.«

»Xris, Raoul hat auch mich benachrichtigt«, fügte Harry hinzu. »Er sagte, du wärest irgendwie in Schwierigkeiten. Ich mußte eine Bruchlandung hinlegen, um dich zu retten.«

»Du hast eine Bruchlandung gemacht?« wiederholte Xris. Er kannte die Antwort bereits, stellte die Frage aber trotzdem: »Warum?«

»Ich hatte keine andere Wahl, Xris. Die wollten mich nicht landen lassen.«

Xris seufzte und sah Tycho an. »Was ist mit dir?«

»Ich hab' mit Raoul gesprochen. Er behauptete, es gäbe einen Notfall, und wir hätten uns hierauf dem Militärstützpunkt Pandor einzufinden.«

»Ich frage mich, warum Raoul ...« Xris wurde plötzlich bewußt, daß ein Mitglied des Teams fehlte. »Darlene! Darlene muß etwas zugestoßen sein!« Er drehte sich rasch um, vergaß dabei völlig die Pistole und wurde sofort wieder an deren Existenz erinnert, als der Lauf sich schmerzhaft in seine Rippen bohrte. Er verharrte regungslos, verlor aber langsam die Geduld. »Hören Sie, Captain Strauß, die einzige Möglichkeit, dies alles aufzuklären, besteht darin, mit Raoul zu sprechen.«

Tess zögerte. Dann sagte sie: »Kommt mit. Nach hinten zur Bühne. Ihr vier«, sie deutete auf Quong, Harry, Jamil und Tycho, »geht zuerst. Vergeßt nicht, ich habe die Pistole.«

Tycho warf Xris einen Blick zu, der auch ohne Translator Bände sprach: *Wir sind zu fünft. Wir können sie überwältigen.* Xris schüttelte nachdrücklich den Kopf. Die Agenten des FGD, des Flottengeheimdienstes, waren speziell ausgebildet und vollkommen auf ihre Arbeit fixiert. Tess meinte, was sie sagte. Sie würde ihn ohne Zögern töten. Und genauso sicher wäre dann sie an der Reihe. Wenn alle einen klaren Kopf behielten, konnten sie am Leben bleiben.

»Bewegt euch«, befahl Tess. »Und du hast noch immer nicht meine Frage über den Roboter beantwortet.«

»Der ist in Sicherheit«, antwortete Xris.

»Wo?« verlangte Tess zu wissen.

Xris zuckte mit den Schultern. »Captain, wie soll ich nach allem, was passiert ist, noch wissen, ob ich *dir* trauen kann? Ich nehme an, du kannst dich nicht mal ausweisen. Du könntest mich natürlich noch einmal küssen. Dann erzähle ich dir alle meine Geheimnisse.«

»Geh weiter, Captain.«

Tess brachte sie zum hinteren Ende der Bühne. Als sie die Vorhänge teilten, fanden sie Raoul in einem Sessel sitzend, Hand- und Fußgelenke von Disruptoren umschlossen und einen Knebel im Mund. Der Kleine kauerte auf dem Boden neben seinem Freund. Da Disruptoren für seine schmalen Gelenke zu groß waren, waren seine Hände und Füße mit Nylonstrümpfen gefesselt.

Auf Tess' Befehl entfernte Dr. Quong Raouls Knebel und die Disruptoren. Dann befreite er den Kleinen.

Raoul holte tief Atem, den er explosionsartig wieder ausstieß. Er zeigte mit zitterndem Finger auf Tess. »Sie hat meinen Lippenstift verschmiert!«

»Sie hat deine Akte gelesen«, antwortete Xris grimmig.

»Oh.« Nach kurzem Überlegen zeigte Raoul sich sehr erleichtert. »Ich bin froh, daß es nur das ist. Ich dachte schon, sie hätte etwas an der Mode auszusetzen. Was angesichts ihrer Wahl . . .«

»Heb dir das für später auf!« giftete Xris. »Falls du es noch nicht bemerkt haben solltest – sie hat eine Pistole auf mich gerichtet!«

»Oh, das habe ich gesehen«, antwortete Raoul und fischte einen Spiegel aus seiner Handtasche, um den Schaden zu begutachten. »Ich dachte, es gefiele dir.«

»Wo ist Darlene?« fragte Xris nervös.

Raoul warf einen Seitenblick auf Tess und klimperte mit den Wimpern. »Sie wollte eine Kreuzfahrt machen. Ich glaube, sie ist nach Moana unterwegs.«

»Und du hast sie gehen lassen? Allein?« Xris platzte fast vor Wut.

Raoul blickte an Xris hinauf, und die Augen des Loti weiteten sich. »Es tut mir leid, Xris Cyborg. Mir war nicht klar, daß Darlene meine Gefangene war. Sie hatte überhaupt keinen Spaß auf Adonia, und da habe ich ihr vorgeschlagen, es mit einer Kreuzfahrt zu versuchen. Ich hätte sie ja gern begleitet, aber leider war ich zu der Zeit anderweitig beschäftigt.«

»Es geht ihr gut?« fragte Xris angespannt.

»Es geht ihr gut«, bestätigte Raoul mit ruhiger Stimme.

Xris entspannte sich. Ihm wurde zwar nicht die ganze Geschichte erzählt, doch im Beisein einer FGD-Agentin wagte er nicht, weiter nachzufragen. Tess war schon mißtrauisch genug.

»Wer ist diese Darlene?« fragte Tess.

»Was? Du hast keine Akte über sie?« gab Xris zurück.

»*Ich* stelle hier die Fragen.« Tess lächelte Raoul an.

»Wer hat dir befohlen, zu diesem Stützpunkt zu kommen, Adonier?«

Raoul bedachte sie mit einem strahlenden Lächeln. »Ich nehme an, das war ich selbst.«

»Du hast dich selbst angewiesen?«

»So muß es wohl gewesen sein. Ich hatte es allen anderen schon mitgeteilt. Das bedeutet, dich war als Nächster dran. Darf ich meinen Lippenstift erneuern?«

Tess schüttelte den Kopf.

Raoul seufzte betrübt. Er blickte noch einmal in den Spiegel, schauderte und ließ die Handtasche hörbar zuschnappen.

»Okay«, fuhr Tess fort, »warum hast du dir befohlen, die anderen hier zu versammeln?«

»Wir dachten, daß Xris Cyborg vielleicht in Schwierigkeiten steckt.« Raoul blickte zu dem Kleinen hinüber, der ihm zunickte. »Und zwar in Anbetracht dessen, daß Professor Sakuta nicht ist, was er zu sein behauptete. Und dabei war er so wunderschön!« Raoul seufzte erneut. »Na ja, Schönheit äußert sich ja wohl auch in den Handlungen.«

»Was soll das? Wie kann er jemand anders sein?« Xris war verwirrt. »Der Kleine hat Sakutas Gedanken gelesen. Der Kleine hat mir versichert . . .«

»Einen Moment«, unterbrach Tess. »Wie du schon sagtest, ich habe einige Akten. Dieser Kleine, er soll der Telepath sein?«

»Captain, er ist ein Telepath«, bestätigte Xris.

»Wenn sie älter werden, entwickeln bestimmte Angehörige seiner Rasse diese Fähigkeit«, fügte Dr. Quong lehrerhaft hinzu. »Ich schreibe derzeit an einer Abhandlung, die ich auf der nächsten Chirurgenkonferenz vorzustellen gedenke. Wenn Sie ihn lesen möchten, kann ich Ihnen gern eine Kopie zukommen lassen . . .«

»O ja, ich würde es sehr gern lesen«, antwortete Tess leise. Sie runzelte die Stirn und starrte den Kleinen eindringlich an, der genauso eindringlich zurückstarrte.

»Jeder kann behaupten, ein Telepath zu sein«, bemerkte sie schließlich. »Laßt uns mal sehen, wie gut er ist. Er kann uns vorhin nicht gehört haben. Also, für welche Organisation arbeite ich?«

Der Kleine legte den Kopf in den Nacken, um Tess unter der Krempe seines Fedora hervor besser betrachten zu können. Dann stieß er ein Schnauben aus, rieb sich die Hände, faltete seinen kurzen Arme über der Brust und drehte ihr brüsk den Rücken zu.

Raoul nickte zustimmend. »Der Kleine sagt, daß er seine Fähigkeiten niemandem beweisen muß, schon gar nicht einer Frau mit einem so rudimentär ausgeprägten Sinn für Mode. Diese letzte Meinungsäußerung stammt übrigens von mir«, fügte Raoul überflüssigerweise hinzu.

»So, so.« Tess verkniff sich ein Lächeln. »Erzähle uns den Rest deiner Geschichte, Adonier. Dein Freund, der Telepath«, sie hob eine Augenbraue, »sollte Sakutas Gedanken überprüfen. Und er hat versagt.«

»Das war nicht sein Fehler!« verteidigte Raoul den Kleinen hitzig und legte schützend einen Arm um ihn. »Sie können ihn nicht dafür verantwortlich machen! Sakuta hat einen Gedankenverzerrer benutzt!«

»Ah, ja, einen Gedankenverzerrer.« Tess verdrehte die Augen.

»Es gibt solche Geräte«, bestätigte Dr. Quong. »Sie benutzen einen Hochfrequenzresonator, der ungebündelte Alpha-Wellen ausstößt. Die Gedanken des betroffenen Gehirns wandern ziellos umher, ohne daß es sich dieses abnormalen Verhaltens bewußt wird. Wann immer das Gehirn auf eine Anomalie oder einen Fehler stößt, unterbricht eine Alpha-Welle den Impuls, und so weiter, und so fort.«

Tess schüttelte den Kopf. Sie war nicht überzeugt.

Der Kleine wartete, bis er sicher war, daß die Frau zu ihm hinübersah; dann drehte er den Kopf zu Xris und kicherte.

Er hob eine schmale Hand und berührte spielerisch Raouls Arm. Raoul flatterte mit den Lidern, und ein lippenstiftverschmierter Mundwinkel zuckte verräterisch. Er stieß dem Kleinen seinen Ellbogen in die Seite.

Xris glaubte zu wissen, was dieser Klamauk zu bedeuten hatte. Er würde später ein Wörtchen mit den beiden wechseln.

»Gehen wir einmal davon aus, daß Sakuta *tatsächlich* einen Gedankenverzerrer benutzt hat.« Xris sah Tess an, die mit den Schultern zuckte. »Wenn das wahr ist, verstehe ich endlich, auf welchen Punkt dies alles hinläuft. Dieser ganze Einsatz war nur eine Scharade. Sakuta heuerte uns an, diesen Robot zu stehlen, und tischt uns die Geschichte auf, daß er nur für ein Museum von Wert wäre. Und wir fallen darauf herein.« Xris griff in die Tasche und zog einen Dreher heraus. Ihm war mittlerweile egal, wer ihn so sah. Er steckte sich den Dreher zwischen die Lippen und stieß hervor: »Er hat uns zum Narren gehalten!« Er verstummte und kaute auf dem Dreher herum. Dann fragte er plötzlich: »Okay. Wer, zur Hölle, *ist* Professor Sakuta?«

»Sein richtiger Name ist Nick Harsch«, begann Tess.

»Er ist ein corasianischer Agent, Xris«, fügte Jamil hinzu.

»Der Mistkerl«, bemerkte Xris leise und bitter.

»Ich wußte nicht, wer er war«, ließ Raoul verlauten, »aber ich nahm an, daß jeder, der einen Gedankenverzerrer benutzt, dies nur tut, wenn er seine Gedanken verbergen will. Und wenn jemand seine Gedanken verbirgt, dann muß dieser Jemand Schlechtes denken. Schlechte Gedanken in einem so schönen Kopf . . .«

»Der Mistkerl«, wiederholte Xris. »Und ich bin darauf reingefallen. Auf einen der ältesten Tricks des Universums. Dabei war alles so verdammt offensichtlich! Die Büroräume des Museums werden renoviert, also nimmt das Personal sich für die Woche frei. Sakuta und seine Leute tauchen auf, um die Arbeit zu erledigen. Sie fangen an, die Wände zu streichen, also stellt niemand Fragen. Eines Nachmittags wäscht Sakuta sich die Farbe von den Händen, wirft sich in einen Anzug und hat in der nächsten Stunde ein Gespräch mit uns. Dann bugsiert er uns wieder hinaus und streicht weiter die Wände. Job erledigt. Alle gehen nach Hause. Der Schweinehund.«

»Du meinst, so ist es passiert?« Tess' Stimme klang skeptisch.

»Hören Sie, Captain, Sie können ja bei der Lordadmiralität nachfragen«, erklärte der genervte Jamil. »Die können Ihnen bestätigen, daß wir Dixters Befehle befolgen.«

»Ich habe die Admiralität bereits kontaktiert«, gab Tess zurück. »Sie und Xris ... gewiß, ihr hattet eure Befehle.« Sie deutete auf die anderen. »Ich habe allerdings nicht erwartet, daß so viele an der Show beteiligt wären. Nun denn – um ein für allemal zu beweisen, daß wir alle auf derselben Seite stehen, sagt mir nur eines: wo ist der Roboter?«

»In einer Kiste im Wartungsschuppen«, antwortete Xris. »Zur Reparatur.«

Tess taxierte ihn, dann lächelte sie. »Ich glaube, du sagst die Wahrheit.«

»Ich gebe nicht viel darauf, was du glaubst, Schwester«, entgegnete Xris. »Geh doch und überprüf es.«

Tess sah ihn eindringlich an, und ihr Gesichtsausdruck wurde weicher. Sie senkte die Waffe und steckte sie in den Halfter an ihrem Gürtel. »Hör auf, dir die Schuld zu geben, Xris. Nick Harsch ist gerissen. Du bist nicht der erste, den er reingelegt hat. Wenn es dir hilft, dann laß dir gesagt sein, daß du es immerhin geschafft hast, näher an ihn heranzukommen als irgendeiner *unserer* Leute.«

Xris schnaubte. »Erzähl mir lieber, was hier vorgeht, verdammt! Was will ein corasianischer Agent mit einem antiken Roboter?«

Tess schaute sich um.

Sie standen im Gang links von der Bühne. Jeder, der hierherkam, würde die Stufen zur Bühne hinaufsteigen müssen. Die Rückseite der Bühne war nur durch eine Tür auf ihrem Gang erreichbar.

»Dieser Ort ist so gut wie jeder andere, um darüber zu

reden.« Tess drückte auf einen Knopf, und der Bühnenvorhang senkte sich. »Hier wird uns kaum jemand stören. Hinten findet ihr noch Stühle; sie gehören zur Bühnenausstattung, glaube ich.«

Raoul warf sich in einen roten Plüschsessel und verbarg sein lippenstiftverschmiertes Gesicht in den Armen. Der Kleine stand neben seinem Freund und tätschelte ihm beschwichtigend die Schulter. Das restliche Team suchte sich ebenfalls Sitzgelegenheiten und versank nach und nach im Halbdunkel. Xris zog einen weiteren Dreher aus der Tasche.

»Dieser Roboter muß verdammt wichtig sein.«

Tess holte tief Luft, ließ die nächsten Worte auf ihrem Atem reiten. »So ist es. Es besteht die Möglichkeit, daß es sich um einen Korridor-Roboter handelt. Sollte das stimmen, wäre er der erste Fund, bei dem Programmierung und Gedächtnis noch intakt sind.«

Harrys Augen weiteten sich, und er stieß einen leisen Pfiff aus. »Große Güte«, sagte er ehrfürchtig.

Quong bekundete sein gesteigertes Interesse dadurch, daß er sich in seinem Sessel aufsetzte. »Er ist einsatzbereit?«

»Wir gehen davon aus, ja«, antwortete Tess vorsichtig. »Allerdings können wir nicht sicher sein, solange die Tests nicht abgeschlossen sind.«

»Er funktioniert«, stellte Xris fest. »Zumindest gehen alle Lämpchen an, und er spricht. Und er kann sich bewegen. Und vielleicht errichtet der Korridore, oder auch nicht. Was bedeutet das überhaupt? Hat man ihn in Bürotürmen eingesetzt? Ich verstehe immer noch nicht ganz.«

»Korridore im Weltraum, Xris«, platzte Harry eifrig und aufgeregt heraus. »Wir haben diese Roboter in der Schule durchgenommen. Ich habe in der Oberstufe einen Aufsatz über sie geschrieben und eine Eins bekommen. He, ich glaube, der Aufsatz liegt immer noch bei mir zu Hause rum. Ich könnte meine Mutter bitten, ihn herzuschicken ...«

»Wie geht es deiner Mutter?« fragte Quong.

»Oh, es geht ihr ausgezeichnet. Sie läßt uns alles Liebe und Gute ausrichten.«

»Eine sehr nette alte Dame«, murmelte Raoul kaum hörbar in seine Arme.

»Ja, ja, unsere besten Wünsche an Mutter Luck«, knurrte Xris mit zusammengebissenen Zähnen. »Könnten wir jetzt bitte aufs Wesentliche zurückkommen? Fein. Jetzt, da du es erwähnt hast, erinnere ich mich daran, im Physikkurs etwas über diese Korridor-Roboter gehört zu haben. Sie legten die Hyperraumstraßen an, oder so ähnlich.«

»Richtig«, bemerkte Tess. »Und sollte es sich bei diesem Roboter um ein solches Modell handeln, und sollte er außerdem unbeschädigt sein, ist dieser Fund von monumentaler Wichtigkeit. Es könnte sehr gefährlich werden, wenn er in die falschen Hände gerät.«

»Wieso? Ich gebe ja zu – vom wissenschaftlichen Standpunkt aus wäre er äußerst interessant. Ein echtes Museumsstück, aber . . .«

»Xris, es verhält sich folgendermaßen«, erklärte Tess. »In den frühen Tagen der Raumfahrt, etwa zur Zeit der Kriege der Schwarzen Erde und der ökologischen Katastrophe, die darauf folgte, waren diese Roboter – oder besser, der Wissenschaftler, der sie geschaffen hatte . . .«

»Professor Colin Lasairion«, warf Harry ein, stolz auf sein Wissen. »Er hat entdeckt, wie man den Raum verzerren mußte, um Hyperraumstraßen zu schaffen, damals noch Korridore genannt, durch die wir uns durch den Raum bewegen können, ohne die Zeit zu verändern. Das war immer das Hauptproblem bei Überlichtgeschwindigkeit. Professor Lasairion war irischer Abstammung, und er . . .«

»Spar dir das für deinen nächsten Aufsatz«, sagte Xris schroff. »Sprich weiter, Captain Strauße. Die Kurzform, bitte.«

»Die Kurzform ist Tess«, erwiderte sie.

»Ich meine die Geschichte über den Roboter.«

»Oh, den. Na gut, Pilot Luck liegt richtig«, erzählte Tess weiter. »Professor Lasairion baute mehr als hundert von diesen Korridor-Robotern und sandte sie in unbemannten Raumflugzeugen aus, um Straßen einzurichten. Vierzig Jahre lang reisten die Roboter durch die Galaxis. Indem sie die bestehenden Straßen benutzten, weiteten sie das Netz immer mehr aus. Der Professor hat eine riesige, komplexe Straßenkarte angelegt und auf diese Weise dafür gesorgt, daß sie sich nicht überschnitten oder zu dicht nebeneinander lagen; denn in einem solchen Fall würde jedes Schiff, das auf ein anderes traf ...« Sie zuckte mit den Schultern. »Nun, sie würden beide zu Partikeln zerstäubt. Der Professor entwickelte auch die Überwachungssonden, die sicherstellen, daß eine Straße frei ist, bevor ein Schiff den Sprung macht. Professor Lasairion ermöglichte es Tausenden, die sterbende Erde zu verlassen, um sich ein neues Leben auf neuen Welten aufzubauen.«

»Gib dem Mann ein Bonbon«, bemerkte Xris. »Er war also ein Genie, und nun sitzen wir hier mit einem alten Roboter. Aber ich sehe immer noch nicht so ganz, was diesen Robot so wertvoll macht – jedenfalls außerhalb der Wissenschaftsausstellung in Harrys Schule.«

»Lasairion war wirklich ein Genie. Und er war seiner Zeit weit voraus«, sagte Tess grimmig. »Er war ihr so weit voraus, daß es bis heute niemandem gelungen ist, seine Arbeit nachzuvollziehen.«

»Ich glaube einfach nicht, daß du so wenig darüber weißt, Xris!« Harry war schockiert. »Hast du dich denn nie darüber gewundert, warum niemand jemals neue Straßen errichtet hat?«

»Klar«, sagte Xris und zog einen weiteren Dreher hervor. »Ich liege nächtelang wach und mache mir Sorgen darüber.«

»Das liegt daran, daß du kein Pilot bist, mein Freund«, entgegnete Dr. Quong. »Oder ein Händler auf einem der jungen, aufstrebenden Planeten, die Lichtjahre von jeder Straße entfernt sind. Wenn du es wärst, dann wüßtest du, daß der Bedarf an neuen Straßen einen kritischen Punkt erreicht hat. Dieser Robot könnte uns mit dem Basiswissen versorgen, das die Wissenschaftler benötigen, um die Arbeit des Professors fortzuführen. Ich gratuliere dem FGD, Captain«, fügte er hinzu und verbeugte sich vor Tess. »Das war exzellente Detektivarbeit.«

»Wir suchen schon jahrelang nach einem solchen Roboter«, sagte sie. »Wann immer ein alter Aufschlagsort gefunden wird, hoffen wir, daß wir an diesem Ort einen Korridor-Roboter finden – einen, der eine Bruchlandung machte oder abgeschossen wurde ...«

»Abgeschossen?« unterbrach Xris. »Du sagtest, die Flugzeuge waren unbemannt. Demnach flog jemand herum und schoß Korridor-Roboter ab? Wozu? Ein verrückter Robot-Hasser?«

»Der Professor hatte Feinde. Eine *Menge* Feinde. Religiöse Fanatiker, die der Meinung waren, daß die Menschheit nicht dafür gemacht wurde, die Erde zu verlassen und zwischen den Sternen zu reisen. Despoten und Diktatoren, Kriminelle und Korporationen, die verlangten, daß der Professor für sie arbeiten solle, ihnen die Kontrolle über die Straßen gäbe. Fast jede Gruppierung versuchte zu verschiedenen Zeitpunkten, den Professor zu kaufen. Sie boten ihm astronomische Summen. Aber er akzeptierte nur öffentliche Stiftungen. Er erlaubte keiner Regierung oder Person oder Gesellschaft, die Straßen zu kontrollieren. Jeder durfte sie benutzen; sie existierten zum Nutzen der Menschheit und später auch anderer Rassen in der Galaxis.« Sie holte tief Luft und fuhr fort:

»Als klar wurde, daß der Professor nicht käuflich war, versuchten einige, ihn umzubringen. Es war unglaubliches Glück, daß der Professor seinen Attentätern entkam. Er verließ die Erde und verbarg sich auf einem unbekannten Planeten. Seine Feinde konnten ihn zwar nicht mehr finden, dafür aber seine Roboter. Sie versuchten, die Roboter einzufangen, um sie zu studieren und zu kopieren. Die Roboter hingegen waren mit einem Selbstzerstörungsmodus programmiert, der sich bei drohender Gefangennahme von selbst aktivierte. Viele Robots gingen auf diese Weise verloren; deshalb sind sie so selten und so wertvoll. Als der Professor starb – eines natürlichen Todes, wie ich gern hinzufüge – erfüllte seine Familie seinen letzten Willen, spürte die verbliebenen Roboter auf und zerstörte sie. Die Familie vernichtete alle seine Notizen und Akten und machte auf diese Weise eine Fortführung seiner Arbeit unmöglich.«

»Und was ist mit dem Gerücht, daß eines seiner Kinder die gesamte Ausrüstung gestohlen und verkauft haben soll?« fragte Quong.

»Das konnte nie bewiesen werden«, antwortete Tess. »Ich selber bezweifle es ebenfalls. Die Ausrüstung wäre ohne das Hintergrundwissen über die Arbeitsweise völlig wertlos. Warum also Geld dafür verschwenden?«

Quong nickte verstehend.

»Ich hätte das Geld ausgegeben«, sagte Harry mit leiser Stimme, »nur um irgend etwas zu besitzen, das Professor Lasairion berührt hat.«

Tess lächelte: »O ja, mir geht es ebenso. Ihr könnt euch also unsere Aufregung vorstellen, als sich dieses alte Raumflugzeug tatsächlich als eines von jenen herausstellte, die der Professor einst benutzt hat. Ein pandorischer FGD-Agent konnte mit Sicherheit feststellen, daß sich im Wrack nicht nur ein Roboter befand, sondern daß er unbeschädigt und überdies funktionstüchtig war.«

Dr. Quongs Gesichtsausdruck veränderte sich. Nur wenig. Wahrscheinlich fiel es niemandem sonst auf, doch Xris hatte Quong beobachtet, um dessen Reaktion auf Tess' Worte zu sehen. Ging man von den verengten Augen und dem Stirnrunzeln aus, so fraß irgend etwas an dem guten Doktor. Xris nahm sich vor, Quong später, wenn sie allein waren, darauf anzusprechen.

»Wir machten uns sofort daran, den Roboter über diplomatische Kanäle in unseren Besitz zu bringen«, fuhr Tess fort. »Die pandorische Regierung hat auf stur geschaltet. Wir dachten bisher, daß die Pandorer nur reaktionär wären. Es war noch nie leicht, mit ihnen zusammenzuarbeiten. Erstens haben sie eine ziemlich überzogene Meinung, was ihre Wichtigkeit betrifft, und zweitens sind sie davon überzeugt, daß eine gigantische Verschwörung am Werke ist, wobei der König und seine Minister den lieben langen Tag nichts anderes tun, als die Übernahme Pandors zu planen. Wäre da nicht ihre strategisch einmalige Lage nahe dem Abgrund und den Corasianern ...«

»Heb dir das für *deine* Doktorarbeit auf, Captain«, unterbrach Xris sie.

Tess blickte ihn an und schaute dann in eine andere Richtung. »Entschuldige. Ich bin wohl etwas abgeschweift«, entgegnete sie kühl. »Wichtig ist jedenfalls, daß die pandorische Regierung jedes nur denkbare Rechtsmanöver ausgereizt hat, um uns den Roboter vorzuenthalten.«

»Vielleicht waren sie gar nicht sturköpfig«, murmelte Xris. »Vielleicht hat jemand sie dafür bezahlt, sich stur zu stellen.«

»Von Nick Harsch, meinst du.« Tess nickte grimmig. »Genau davon gehen wir mittlerweile auch aus. Dabei dachten wir, wir hätten den Deckel auf ...«

»Er hat seine Hausaufgaben gemacht«, warf Tycho ein, »genau wie unser Freund Harry hier.«

»O ja, er hat seine Hausaufgaben wirklich gemacht. Sakuta – ich meine, Harsch – erzählte mir, er hätte einen Informanten auf Pandor«, berichtete Xris. »Er versorgte mich mit detaillierten Informationen über den Robot. Entweder ist jemand auf seiner Gehaltsliste, oder er hat sich persönlich von der Sachlage überzeugt.«

»Wie immer er es herausgefunden hat – er hatte Erfolg. Und *wir* fanden heraus, daß er es herausgefunden hatte.« Tess spreizte ihre Hände. »Versteht ihr? Dies war unsere Chance. Seit geraumer Zeit schon versuchen wir, Nick Harsch festzusetzen. Wir wissen, daß er Informationen, Waffen und Technologie an die Corasianer verkauft. Die Corasianer haben seine Informationen dazu benutzt,

Angriffe auf die äußeren Systeme durchzuführen. Harsch ist verantwortlich für den Tod Hunderttausender. Und ich denke, ihr alle wißt, unter welch grauenhaften Umständen diese Menschen starben.«

»Ich sah Chico sterben«, sagte Harry. »Sie fraßen ihn auf. Fingen bei den Füßen an.« Er schüttelte sich. »Ich möchte so etwas nie wieder sehen.«

»Und du hast dir gedacht, wenn Harsch auftaucht, um den Robot zu stehlen, dann schnappst du ihn dir«, redete Xris weiter, um nicht mehr an Chico denken zu müssen. Er war es gewesen, der seinen Freund von seinen Qualen erlöst hatte. »Darum hat der FGD dich hier postiert.«

»Es war komplizierter, aber so ähnlich ist es abgelaufen.« Tess lächelte. »Um ehrlich zu sein ich dachte, einer von euch«, sie blickte von Jamil zu Xris, »sei Harsch.«

»Du weißt nicht, wie er aussieht?«

Tess schüttelte den Kopf. »Wir wissen überhaupt sehr wenig über ihn persönlich. Er ist gut, ein wirklicher Könner. Deshalb haben wir auch beschlossen, den Roboter als Köder zu benutzen. Wir gingen davon aus, daß diese Geschichte so wichtig ist, daß er selber kommen würde. Wir haben uns geirrt. Die Sicherheitskameras haben die Bilder eurer Ankunft in die Admiralität gesendet. Sie haben euch sofort erkannt. Ich glaube, die Worte des Lordadmirals lauteten: ›Oh, Scheiße! Haben wir nicht schon genug Ärger?‹«

»Gut zu wissen, was die Leute von einem halten«, brummte Xris.

»An diesem Punkt«, erzählte Tess weiter, »gab es nur die Möglichkeiten, euch beide zu verhaften und einzusperren oder zu versuchen, Harsch mit eurer Hilfe zu erwischen.«

»Also schnappt ihr euch Jamil und schleppt ihn unter falscher Anklage vor ein wahrscheinlich auch nicht echtes Militärgericht ...«

»... um Sixter zu treffen«, beendete Jamil den Satz. »Dort war ich jedenfalls in den vergangenen zwölf Stunden.«

Xris warf seinem Freund einen fragenden Blick zu.

Jamil nickte. »Ja, sie hat die Wahrheit gesagt. Oder besser, sie erzählte dieselbe Geschichte wie der Adjutant des Admirals. Wir liefern den Roboter wie geplant – mit einer Ausnahme. Dieser.« Jamil griff in seinen Metallkoffer und hielt ein kleines Objekt hoch, das – abgesehen von den magnetischen Greifern an beiden Enden – wie ein ganz gewöhnlicher Schreibstift aussah. »Peilsender. Er wird in den Roboter eingebaut. Der Sender führt den FGD zu Harsch.«

»Unsere Befehle lauten ...«

»Den Roboter abzuliefern und das Geld einzustreichen. Mehr nicht. Der Peilsender ...«, Jamil legte ihn in den Koffer zurück, »... erledigt den Rest.«

Xris schnaubte verächtlich. »Welches Spatzenhirn hat sich denn das ausgedacht? Was passiert, wenn Harsch sich entschließt, den Robot zu scannen? Er findet heraus, daß das Ding gefingert wurde. Der Mann ist verständlicherweise aufgebracht und bläst uns zum Ausgleich die Köpfe weg! Hat der FGD auch über diese Möglichkeit nachgedacht? Oder ist es ihnen scheißegal?«

Tess versuchte, geduldig zu bleiben. »Man braucht einen hochempfindlichen Scanner, um den Sender zu bemerken. Und ich bezweifle, daß er eine derart aufwendige Ausrüstung mit sich herumträgt. Wo sollt ihr euch treffen?«

Xris murmele irgend etwas.

Tess lehnte sich vor. »Was war das?«

»Höllenposten an der Grenze. Nahe am Abgrund.«

»In der Nähe der Corasianer«, berichtete Tess ärgerlich. »Und euch ist nie der Gedanke gekommen, daß dies ein recht merkwürdiger Ort für ein Zusammentreffen mit dem Professor ist?«

»Ich habe diesen Treffpunkt vorgeschlagen«, sagte Xris scharf. »Woher sollte ich wissen, daß es etwas ausmachen würde?« Er schüttelte den Kopf. »Ich bin immer noch nicht überzeugt von der Sache. Was passiert, wenn wir ablehnen?«

»Wir wandern in den Knast«, antwortete Jamil. Er warf einen kurzen Blick auf Tess und schaute dann wieder zu Xris hinüber. »Wir wandern direkt in den Knast – das heißt, direkt nach unserer Gerichtsverhandlung wegen der Entführung von Major Darlene Mohini.«

Raoul hob den Kopf und starrte die anderen an. Der Kleine zitterte am ganzen Körper. Harry runzelte verwirrt die Stirn.

»Aber Darlene ist nicht . . .«

»Ähm!« Xris unterbrach ihn mit einem lauten Räuspern.

»Was? Oh.« Harry blinzelte. »Hab's begriffen.« Und er kratzte sich gelegentlich am Kopf.

»Nette abgekartete Sache«, sagte Xris leise. »Was hast du der Admiralität geantwortet?«

»Daß sie mit sich selbst spielen sollen«, sagte Jamil ohne Umschweife. »Ich möchte Sie nicht beleidigen, Ma'am«, fügte er mit düsterem Blick hinzu, »aber ich kann Drohungen nicht ausstehen. Ich sagte ihnen, wir übernehmen den Job; aber wir tun es, weil wir unsere eigenen Gründe haben und auf unsere Weise. Und *nicht* weil wir erpreßt werden.«

»Gut gemacht, Mann.« Xris grinste und holte einen weiteren Dreher hervor. Er blickte Tess an. »Was passiert, wenn euer niedliches Spielzeug nicht funktioniert? Angenommen, ihr verliert die Spur des Robots oder die von Harsch? Oder beide?«

»Oh, habe ich es vorhin nicht erwähnt?« Jamil klang grimmig. »Der Peilsender ist gleichzeitig eine ferngesteuerte Bombe.« Er klopfe auf den Aktenkoffer. »Berühre einen Knopf da drinnen, und . . . *bumm*!«

»Natürlich wollen wir den Roboter nicht zerstören«, erklärte Tess. »Wir werden alles in unserer Macht stehende tun, um nichts zu zerstören.«

»Hoffentlich sind wir darin eingeschlossen«, warf Xris trocken ein.

Tess nickte abwesend. »Aber wir sind darauf vorbereitet, den Robot eher zu zerstören, als ihn in Feindeshände fallen zu lassen.« Aus Xris' Sicht paßte hier eine ganze Menge nicht zusammen. Er schoß eine Versuchsfrage ab und wartete die Reaktion ab:

»Kommt mir so vor, als würde die Flotte ein unverhältnismäßig großes Opfer bringen, nur um einen corasianischen Agenten aus dem Spiel zu nehmen. Sofern dieser Roboter *wirklich* alles das kann, was du behauptest.«

Xris achtete nicht auf Tess; er blickte unverwandt zu Quong hinüber. Der Doc hob die Hand und rieb sich an der Nase. Ich hatte recht, dachte Xris. Irgendwas stinkt hier ganz gewaltig. Und es ist nicht Raouls Parfüm.

Plötzlich begann Quong zu husten. Er hustete, bis sein Gesicht rot anlief. Harry holte aus und gab ihm einen kräftigen Schlag auf den Rücken.

Der Doktor funkelte ihn wütend an. »Was hast du vor?« krächzte er zwischen zwei Hustenanfällen. »Willst du mir das Rückgrat brechen?« Keuchend drehte er sich zu Tess um. »Entschuldigen Sie, Ma'am.« Er sprang auf und ging zum Wasserspeier am anderen Ende des Theaters.

»Warum schicken Sie dem Burschen keinen Dummy?« wollte Harry wissen. »Ziehen Sie doch das alte ›Bäumchen-Wechsel-Dich‹ durch.«

»Wir haben tatsächlich erwogen, eine Kopie des Roboters anzufertigen«, antwortete Tess, »aber das ist leider nicht möglich. Einige der verwendeten Materialien – bestimmte Metallegierungen zum Beispiel – können heute nicht mehr imitiert werden. Harsch ist zu intelligent. Ein einziger Blick auf den Roboter würde ihm verraten, daß wir ihn getäuscht haben. Was den Roboter angeht, so beabsichtigt der FGD, zuerst alle gespeicherten Informationen zu übertragen. Danach bringt ihr den Robot zu Harsch. Es sind die *Informationen*, die wichtig sind, nicht der Roboter an sich. Ich habe alles Notwendige für den Download dabei ...«

Sie erzählte weiter, doch Xris hörte nicht mehr zu ... jedenfalls, was Tess anging. Über die Komverbindung, die Teil der inneren Ausrüstung des Cyborgs war, erklang Quongs Stimme in seinem Ohr.

»Sie sagt uns nicht die Wahrheit, mein Freund. Der Roboter wäre für die Corasianer wertlos, und ich schätze mal, das weiß sie auch. Selbst wenn der Robot funktionstüchtig wäre, könnte er keine Straßen einrichten. Professor Lasairion hatte alle seine Robots mit Sicherheitsmodulen ausgestattet. Bevor ein Robot eine Straße einzurichten begann, erhielt er ein Bestätigungssignal vom Professor. Blieb diese Bestätigung aus, gab es keine Straße.«

»Uh, huh«, sagte Xris laut, als ob er Tess antworten würde. »Danke. Das erklärt eine Menge.«

Xris vernahm, wie der Doktor hörbar Wasser in sich hineinschlürfte. Als sein Hustenanfall abgeklungen war, kehrte der Doc zur Bühne zurück.

So, so, überlegte Xris, diese ganze Geschichte ist nichts weiter als ein Köder, um Harsch zu fassen. Die Flotte veranstaltet einen Riesenzirkus um diesen Robot, sticht in jedes erreichbare politische Wespennest, und das alles nur, um Harschs Aufmerksamkeit zu erregen. Dieser denkt sich, daß die Sache der Überprüfung wert sei und schickt seinen Agenten, der ihm bestätigt, daß dieser Roboter ungemein wertvoll sein muß, da die Flotte sich ziemlich damit anstellt – oberste Geheimhaltung und so. Und die ganze Zeit – selbst, wenn sein Leben davon abhing – kann dieser verdammte Robot nicht eine einzige Straße errichten.

»Was den Tod von Harsch betrifft«, führte Tess weiter aus, »so verschwendet kein überflüssiges Mitleid an ihn. Er beabsichtigt, einen Korridor-Roboter an die Corasianer zu verkaufen. Könnt ihr euch vorstellen, was das bedeutet? Bisher hatten die Corasianer immer Schwierigkeiten, ihre Truppen in größerem Umfang zusammenzuziehen, da sie in ihrer Galaxis keine Straßen besitzen. In Zukunft hätten sie die Möglichkeit, ganz nach Belieben Straßen einzurichten. Ihre gewaltigen Flotten könnten uns überall angreifen. Einmal in unserer Galaxis, könnten die Corasianer weitere Straßen errichten, um jeden Winkel zu erreichen. Sie könnten damit auch unsere Straßen unterbrechen und es der Flotte auf diese Weise schwer, wenn nicht gar unmöglich zu machen, bedrohte Planeten zu verteidigen. Der daraus resultierende Tod und die Zerstörung wären unvorstellbar.«

Tess wirkte blaß und ernst und ehrlich. Und doch war alles eine Lüge. Du bist gut, Schwester, applaudierte Xris ihr in Gedanken, du bist wirklich gut. Ich möchte zu gern wissen, was du uns sonst noch alles verschweigst.

»Ich weiß, in dieser Galaxis gibt es ziemlich üble Typen«, warf Harry Luck ein, »aber ich kann einfach nicht begreifen, wie irgend jemand so abgedreht sein kann, für die Corasianer zu arbeiten.«

»Das Zauberwort heißt Geld«, erklärte Tess. »Harsch geht es allerdings um mehr. Jedenfalls vermuten wir das. Er könnte ein Vermögen – ach, verdammt, Hunderte von Vermögen allein damit machen, daß er den Roboter an irgend jemanden in unserer Galaxis verkauft. Unsere Leute vermuten, daß Harsch auf seltsame Art und Weise von den Corasianern fasziniert ist.«

»Vielleicht sexuelle Anziehung«, kommentierte Raoul.

»Sex?« Harry brach in schallendes Gelächter aus. »Die Corasianer sind große Lavapuddings ...«

»Wissenschaftlicher ausgedrückt«, unterbrach ihn Quong, der seinen Ausflug zum Wasserspeier beendet hatte, »sind die Corasianer eine protoplasmische Masse, die zu neunzig Prozent aus reiner Energie besteht. Der Rest besteht aus gerade ausreichend fester Körpermaterie, um mit der materiellen Welt interagieren zu können.«

»Dann sind sie eben keine Lava«, Harry ließ sich nicht beirren, »sondern feurige, fleischfressende Geleeklumpen, die sich mit Hilfe von Plastikeimern durch die Gegend wälzen. Ich verstehe nicht, was daran sexy sein soll.«

»Du hast einfach keine Vorstellungskraft«, konstatierte Raoul von oben herab. Seine Augen nahmen einen verträumten, abwesenden Ausdruck an. »Stell dir vor, du bist von Glut umschlossen. Kleine, feurige Flammen lecken über deine Lenden ... dieser süße, schreckliche Schmerz ...«

»Das ist doch völlig krank!« protestierte Harry angewidert.

Raoul hob geziert die Schultern. »Wie ich schon sagte, du hast einfach keine Vorstellungskraft.«

Jamil rieb sich über die Augen und rollte mit den Schultern. »Können wir endlich wieder zur Sache kommen? Alles, was ich möchte, ist in mein Bett zu fallen und es die nächsten vierundzwanzig Stunden nicht zu verlassen.« Er gähnte und schüttelte den Kopf, um wieder klare Gedanken zu fassen. Vorgebeugt in seinem Sessel fuhr er fort: »Mir scheint, daß soweit alles geklärt ist. Wir liefern Harsch den Roboter. Wir kassieren ab. Und das war's.«

»Da wir gerade von Geld reden ... Jetzt, wo die Regierung von diesem Job weiß, müssen wir eine Einkommenssteuererklärung machen«, verkündete Tycho düster.

Xris betrachtete Tess. »Ich verstehe immer noch nicht ganz, Captain. Warum erledigen deine eigenen Leute nicht den Job? Wenn dieser Roboter so verdammt gefährlich und so verdammt wertvoll ist, warum habt ihr ihn euch nicht einfach geholt?«

Statt zu antworten, lächelte Tess bloß.

»Ach so.« Xris dämmerte es. »Ich habe eure Mission unterbrochen, nicht wahr? Warum bin ich nicht eher darauf gekommen? Dieser Überfall auf die Bar war von Anfang an geplant. Er war als Ablenkung gedacht, damit *du* den Stützpunkt auffällig verlassen konntest. Statt dessen erschien ich auf der Bildfläche, und das war sogar noch besser, nicht wahr? Du läßt mich den Roboter einsammeln, und sollte etwas schiefgehen, so hänge *nur* ich drin. Du schaust mit großen unschuldigen Augen zu und gibst kleine erschreckte Schreie von dir ...«

»Hör mit deinem Selbstmitleid auf«, fauchte Tess. »Du

arbeitest auf Messers Schneide, und du hast es genau gewußt. Und du warst nur zu gern bereit, *mich* als Sprungbrett vom Stützpunkt zu benutzen. Als das Ablenkungsmanöver losging, hast du dich davongemacht, als hättest du eine Granate im Hintern. Und du hast dich noch für besonders clever gehalten! Dachtest, du hättest die ganze Situation vollkommen unter Kontrolle! Wenn du nur dein Gesicht hättest sehen können, als du hörtest, daß Jamil die Basis verlassen hatte!«

Xris zog einen Dreher heraus, steckte ihn aber noch nicht zwischen die Lippen. Er streckte die Hand aus, starrte darauf und tappte mit den Fingern auf das goldene Zigarrenetui. »Jau. Ich glaube, ich habe ziemlich dumm aus der Wäsche geguckt.«

In der nachfolgenden Stille konnte Xris das Summen der Maschinerie hören, die ihn am Leben hielt. Jeder der Anwesenden konnte es hören. Dieser Vortragssaal hatte eine großartige Akustik.

Tess' Hand berührte Xris' Schulter. Seine gute Schulter. »Hör mal, wir beide wissen, daß dies eine höllische Art und Weise ist, sich den Lebensunterhalt zu verdienen. Aber ich glaube, wir beide müssen auch zugeben, daß wir es genießen.« Ihre Hand glitt sanft seinen Rücken hinunter. »Und wenn es dein armes, gebeuteltes männliches Ego tröstet – die Küsse hast du in meiner freien Zeit bekommen. Sie waren kein Regierungsauftrag.«

Xris versuchte, wütend zu bleiben, doch es gelang ihm nicht. Was Tess sagte, war die reine Wahrheit. Sie hatte ihn benutzt. Er hatte sie benutzt. Sie hatte ihn angelogen. Er hatte sie angelogen. Und er hatte die ganze Zeit gewußt, daß ihre Küsse weder von höherer Stelle angeordnet noch von jemandem gekauft waren. Er hob den Kopf, schaute sie an und lächelte.

»Also haben wir uns gegenseitig bewiesen, was für raffinierte, hinterhältige Lügner und Schufte wir doch sind. Hört sich für mich wie der Beginn einer großen Freundschaft an. Und wie machen wir jetzt weiter?«

»Wir gehen ins Bett«, murmelte Jamil und gähnte

erneut. »Ich wollte eigentlich ein Nickerchen machen«, fügte er hinzu.

»Keinerlei Vorstellungskraft«, seufzte Raoul. Er betrachtete sich traurig im Spiegel. »Ich werde zu allererst einen Ort finden müssen, wo ich den Schaden reparieren kann.«

»Ich ebenfalls«, meldete sich Harry. »Mein Flieger ist in einem fürchterlichen Zustand. Das vordere Fahrwerk ist hin, und Motor Nummer zwei gibt keinen Mucks mehr von sich. Irgendwas prallte von der Landebahn hoch und krachte in die Turbinen. Hat den Leuten hier noch niemand erzählt, daß FOS einem die ganze Maschine ruinieren können?«

»Also, Captain, wie lauten Ihre Befehle?« Xris wandte sich wieder Tess zu.

»Bringt den Robot. Ich habe die Ausrüstung dabei, um die Daten zu überspielen. Wenn das erledigt ist, fliegt ihr ab.«

Xris kaute auf seinem Dreher. »Wir bringen demnach einen heißen Roboter voller Sprengstoff zu einem Kerl, der aus anderen corasianische Lunchpakete macht.« Er blickte sein Team an. »Sind eure Lebensversicherungen auf dem neuesten Stand?«

»Harsch wird nicht dahinterkommen«, erklärte Tess überzeugt. »Er kann es unmöglich. Wir haben absolut den Deckel drauf gehabt. Niemand sonst weiß von diesem Roboter, niemand.«

»Was immer du sagst«, grunzte Xris.

Er hatte noch ein anderes Problem zu lösen, und das war das Verschwinden von Darlene Rowan.

Er hoffte, daß die nächsten vierundzwanzig Stunden ausreichen würden, um mit ihr in Kontakt zu treten und sich zu versichern, daß mit ihr alles in Ordnung war. Er wandte sich an Raoul. »Hast du was dagegen, wenn ich mitkomme? Ich sehe es so gern, wenn du Lippenstift aufträgst.«

Raoul zeigte sich erfreut und geschmeichelt. »Wenn du wirklich glaubst, daß es dir Spaß macht, Xris Cyborg. Es gibt nur sehr wenige Menschen, die verstehen, was für ein Akt der Kunst ...«

Der Kleine stieß seinen Freund an. Raoul klimperte mit den Wimpern. »Ach so. Nun denn.« Er sah Xris unter gesenkten Lidern an. »Wenn du mich zu den Örtlichkeiten für kleine Jungs begleiten würdest ...«

Tess preßte plötzlich die Hand auf ihr Ohr. Sie lauschte einen Moment; dann sagte sie: »Wenn Sie mich einen Augenblick entschuldigen würden, meine Herren«, und schlenderte zum hintersten Teil der Bühne.

»Implantiertes Komlink«, ließ Harry sich wissend vernehmen.

»Wow, heute bist du ein echtes wissenschaftliches Genie«, entgegnete Xris bissig.

Er beobachtete Tess. Ihm gefiel die Art nicht, wie ihre Schultern heruntersanken, die Art, wie sie die Hand von der Stelle hinter ihrem Ohr herabsinken ließ, an der das Komlink unter der Haut lag. Ihm gefiel nicht, wie sie für einen Moment dastand – als wenn sie sich darüber klar zu werden versuchte, was als Nächstes zu tun sei.

»Etwas ist schiefgegangen«, bemerkte Jamil mit gesenkter Stimme.

»Überraschung! Hör gut zu: Das nächste Mal, wenn du mich sagen hörst, ›das wird der leichteste Job unserer Karriere‹, erschieße mich einfach, okay?« erwiderte Xris. »Mitten durchs Herz. Damit es schnell überstanden ist.«

Tess bewegte sich. Sie ging mit schnellen Schritten von der Bühne herunter. Das gesamte Team sprang auf.

Xris erreichte sie als erster. Er packte ihren Ellenbogen. »Was ist los, Captain? Wohin willst du so plötzlich? Wir sind alle auf derselben Seite, erinnerst du dich?«

Tess versuchte ihn abzuschütteln und starrte ihn wütend an. Und sie war eindeutig *sehr* wütend. »Mag Force 7. Und hier sitzen nur *sechs* von euch. Was für ein Esel ich war! Laß mich sofort los.«

Xris dachte nicht daran. »Wovon redest du überhaupt?«

»Eure Nummer Sieben ist gerade aufgetaucht.«

Xris brachte die anderen – alle voran Raoul – mit einem stählernen Blick zum Schweigen.

»Und«, fuhr Tess fort, »er sorgt für ziemlichen Aufruhr, denn er plappert über nichts anderes als über den Roboter!«

23. Kapitel

Und traust du mir nicht in allem, so traue mir gar nicht.

Alfred, Lord Tennyson:
Idylls of the King, ›Merlin und Vivien‹

»Aus ist's mit dem Schläfchen«, stöhnte Jamil.

Tess musterte sie mit hartem Blick. Ihre Hand ruhte auf ihrem Halfter. »Wollt ihr mir sagen, was hier läuft?«

»Ich habe keine Ahnung, wer der Kerl ist. Er gehört nicht zu uns. Vielleicht«, mutmaßte Xris, »gehört er ja zu *deinen* Leuten. Vielleicht habt *ihr* diese Sache ausgebrütet.«

Tess' Gesicht rötete sich vor Zorn. Sie wollte etwas erwidern, schluckte die Worte dann aber herunter. Einen Augenblick später hatte sie sich wieder in der Gewalt. »Ich nehme an, dies war unausweichlich. Keiner von uns kann dem anderen vertrauen.«

Ihre Lider wurden schmal, als sie erst Xris, dann das übrige Team betrachtete. »Ihr besteht darauf, daß diese Kerl nicht zu eurer Mannschaft gehört?«

»Aber ja, ich habe es doch schon gesagt. Gehört er zu euch?«

»Nein, natürlich nicht! Aber wer ist er dann? Wie . . .?«

Tess seufzte und preßte eine Hand an die Stirn. »Ich glaube das einfach nicht.«

»Vielleicht ist es Harsch?« meinte Jamil. »Oder einer seiner Agenten? Vielleicht ist er mißtrauisch geworden und hat beschlossen, die Sache lieber selbst zu überprüfen.«

»Das habe ich als erstes erwogen«, antwortete Tess. »Allerdings hält der FGD es für unwahrscheinlich. Der Mann nennt sich Jeffrey Grant. Er ist in einem gemieteten Flieger nach Pandor gekommen und hat um Landeerlaubnis erbeten. Als sie ihm verwehrt wurde, erklärte er, daß er wegen dieses ›alten Roboters‹ jemand sprechen müßte. An diesem Punkt hat sich die Admiralität eingeschaltet, die den Flugverkehr auf diesem Planeten überwacht, und angeordnet, daß Grant landen dürfe. Er wurde sofort in Gewahrsam genommen und durfte seinen Flieger nicht verlassen. Sie halten ihn völlig abgeschottet auf dem Flugfeld fest.«

»Harsch würde es wohl kaum lautstark in der Gegend verbreiten, daß er etwas über den Roboter weiß«, stellte Jamil fest.

Tess sagte nichts darauf. Sie dachte nach. Dann blickte sie Xris an. »Du hast Harsch gesehen. Könntest du ihn mit Sicherheit identifizieren, wenn *er* dieser Mann ist?«

»Das kann ich nicht mit Bestimmtheit sagen«, erwiderte Xris. »Ich habe Sakuta gesehen, wie du weißt. Er könnte identisch mit Harsch sein oder auch nicht. Aber der Kleine könnte es feststellen. Er könnte dir auch bestätigen, ob dieser Kerl Harsch ist oder für ihn arbeitet.«

»Und ich soll mich auf seine Aussagen verlassen? Ach, was soll's. Du und der Hut, ihr begleitet mich.«

»Klar doch«, antwortete Xris. Er rieb sich die rechte Nasenseite. »Aber was ist mit dem Roboter? Ich *glaube* zwar nicht, daß ihm angesichts all der warnenden Aufkleber über biologische Gefährlichkeit, die die Kiste zieren, jemand zu nahe kommen wird. Aber man weiß ja nie . . .«

»Tycho und ich könnten den Roboter holen«, erbot sich Quong, der das Zeichen gesehen hatte. »Wenn man es genau betrachtet, ist unser Freund hier ebenfalls mit diesen Aufklebern verziert ...« Er wies auf Tychos biochemische Kriegsführungsflecken.

»Und es paßt zu meiner Geschichte, daß ich vermute, mit dieser Kiste sei etwas nicht in Ordnung«, stimmte Xris zu.

Tess betrachtete ihn mit neuem Mißtrauen. »Weißt du, ich könnte beinahe glauben, du hättest das alles so geplant.«

»Tja, ich bin halt ein Genie«, erwiderte Xris achselzuckend. »Ich bin ein solches Genie, daß mich zuerst ein corasianischer Agent reinlegt, der sich als Museumsdirektor vorstellt, und dann eine FGD-Agentin, die sich als Mensch ausgibt.«

Tess musterte ihn noch einmal eindringlich; dann schenkte sie ihm ein leichtes Lächeln. »Für jemandem in meinem Geschäft lautet Regel Nummer Eins: ›Laß dich niemals auf persönliche Kontakte ein ...‹«

»... ›denn es könnte sein, daß du den so Kontaktierten erledigen mußt‹«, ergänzte Xris den Satz. »Ja, ich kenne die Regel auch. Du hast einen Job zu erledigen, genau wie wir. Warum läßt du uns nicht einfach arbeiten? Quong und Tycho sammeln den Roboter ein. Wenn du willst, gibt ihnen eine bewaffnete Eskorte mit. Harry, du stellst sicher, daß der Claymore in der Lage ist, uns rauszufliegen – stimmt was nicht, Harry?« unterbrach Xris seine Instruktionen. »Du *erinnerst* dich doch noch, wo du den Bomber gelassen hast, oder?«

»Was? Ach so, klar, Xris, sicher. Ich erinnere mich, *wo* ich ihn gelassen habe. Es ist nur, daß ich ihn etwas plötzlich verlassen habe. Weißt du, eigentlich hätte ich ihn gar nicht verlassen sollen. Ich habe ihnen einfach erzählt, ich müßte aufs Klo und .. um Gottes willen, Xris«, protestierte Harry, »ich dachte, du wärst ernstlich in Schwierigkeiten!«

Xris steckte sich einen Dreher zwischen die Zähne. »Glaubst du immer noch, ich hätte alles im voraus geplant?« fragte er Tess mit gesenkter Stimme. Laut erklärte er: »Jamil, du begleitest Harry. Versuche, ihn aus der Arrestzelle herauszuhalten. Doc, du und Tycho, ihr trefft uns mit dem Robot auf dem Flugfeld. Ich nehme den Kleinen mit.«

Xris wandte sich der kleinen Gestalt im Regenmantel zu. »Würdest du es dieses Mal merken, wenn Harsch einen Gedankenverzerrer benutzt?«

Der Kleine nickte heftig und schlug die kleinen Fäuste gegeneinander.

»Wenn der Kleine mit dir geht, Xris Cyborg, dann komme ich ebenfalls mit«, verkündete Raoul. »Natürlich erst, *nachdem* ich mein Make-up repariert habe.«

Tess warf Xris einen Seitenblick zu.

»Es tut mir leid, aber ich glaube, er hat recht. Er muß mitkommen«, erklärte Xris grinsend. »Sie sind ein Team. Wir alle sind ein Team.«

»Gott hilf uns«, murmelte Tess.

Sie verließ die Gruppe, um die bewaffnete Eskorte für Tycho, Quong und den Roboter zusammenzustellen (»Nicht, daß ich euch nicht trauen würde. Sagen wir einfach, ich möchte verhindern, daß noch mehr schiefgeht.«).

Jamil und Harry gingen, um Harrys Raumflugzeug wiederzubeschaffen (»Ich weiß, wo ich es gelassen habe. Es steht mitten auf der Landebahn. Große Güte! Ich wünschte, ihr würdet endlich vergessen, wie ich damals . . .«).

Raoul erneuerte seinen Lippenstift. Xris beugte sich vor und fragte leise: »Was ist mit Darlene?«

Während Raoul immer wieder die Linienführung des lavendelfarbenen Lipliners überprüfte, antwortete er in demselben leisen Ton: »Es war knapp, Xris Cyborg. Sehr knapp. Der Kleine hat den Anschlag aufgedeckt und mich rechtzeitig gewarnt.«

Xris' Magen krampfte sich zusammen. »Die Hung?«

Raoul schaute Xris nicht an; statt dessen blickte er auf das Spiegelbild des Cyborgs. »Genau, mein Freund. Jedenfalls sagt das der Kleine. Es waren adonische Assassinen, angeheuert von den Hung. Drittklassig, wenn du mich fragst.« Raoul schniefte verächtlich durch die Nase und konzentrierte sich auf seine Tätigkeit. »Kein bißchen subtil, keinerlei Finesse. Und sie benutzten ein Gift, für das es ein Gegenmittel gibt. Na ja, ich denke, diese Meute kann es sich nicht immer aussuchen ...«

»Es geht Darlene also gut?« fragte Xris drängend.

»Aber ja. Sie befindet sich auf einer Kreuzfahrt nach Moana. Sie hat diesen Planeten ausgewählt, weil er sich in der Nähe von Pandor befindet. Ich habe hier ... irgendwo ...«, er blickte auf seine Handtasche, »die Angaben, wo und wie wir sie genau treffen sollen. Sie hat die Nachricht verschlüsselt. Sie sagte, du würdest den Kode kennen.«

»Wie, zum Teufel, sind sie auf ihre Spur gestoßen?« fragte Xris mit aufsteigendem Zorn, packte Raouls Arm und umklammerte ihn schmerzhaft. »Beende für einen Augenblick deine Gesichtsmalerei und höre mir zu. Verdammt noch mal! Du und der Kleine, ihr solltet auf Darlene aufpassen ...«

»Das haben wir, Xris Cyborg«, unterbrach ihn Raoul. Er betrachtete Xris mit einem mild zurechtweisenden Blick und legte einen Arm um den Kleinen, der bei Xris' wütenden Worten zu einem zerknautschten Haufen aus Regenmantelfalten zusammengesunken war. »Niemand ist ihr gefolgt. Wir haben sie nicht aus den Augen gelassen. Es wäre uns aufgefallen. Auch wir haben Darlene sehr gern.«

Plötzlich sprang der Kleine nach vorn, griff sich Xris' Hosenbein und zerrte daran. Mit zitterndem Finger wies er auf Raoul. Dann berührte er mit dem Finger seinen Mund, zeigte erneut auf Raoul und wiederholte die Geste noch einmal. Raoul hatte sich wieder der Erneuerung seines Make-up zugewandt und betrachtete sich selbstzufrieden im Spiegel.

Plötzlich verstand Xris die Pantomime des Kleinen. »Du hast das Gift an Darlenes Stelle geschluckt!«

Raoul hob kaum merklich die Schultern. »Mein Körper

kann damit umgehen. Ihrer hätte es vielleicht nicht vertragen.« Er suchte in seiner Handtasche und fand die Notiz mit der verschlüsselten Nachricht. Sie war auf die Rückseite eines Einkaufszettels gekritzelt.

»Es tut mir leid, Raoul.« Xris nahm den Zettel an sich und verstaute ihn sorgfältig in seiner Tasche. »Es ist nicht dein Fehler. Ich habe sie da reingerissen. Es ist alles meine Schuld. Hätte ich sie in Ruhe gelassen, dann hätte sie die ganze gottverdammte Flotte zu ihrem Schutz!«

»So, wie die Flotte Darlene vor dir beschützt hat?« fragte Raoul mit einem sanften Lächeln.

Xris starrte ihn an.

»*Du* konntest sie finden«, erklärte Raoul weiter. »Es wäre nur eine Frage der Zeit gewesen, bevor auch die Hung das fertiggebracht hätten. Sie hätten Darlene getötet. Und sie wäre alleine gestorben.«

»Jetzt ist sie auch allein«, brummte Xris.

»Nein, Xris Cyborg. Denn du bist in ihren Gedanken. Und sie ist in deinen.«

»Das wird ihr *unglaublich* helfen.«

»Du kannst nichts tun, mein Freund. Die Angelegenheit ist dir aus den Händen genommen. Du kannst keinen Einfluß mehr darauf nehmen. Deswegen findest du die Situation ja auch so frustrierend. Es ist ziemlich anmaßend von dir, wenn nicht sogar egoistisch, anzunehmen, du hättest die Verantwortung für die merkwürdigen Irrungen und Wirrungen des Schicksals. Nur die Schöpfungsmacht – sollte Er, Sie oder Es existieren – vermag das für sich in Anspruch zu nehmen. Und das ist ein Segen, für den wir alle außerordentlich dankbar sein sollten.«

»Du hast dich zuviel mit Quong herumgetrieben«, knurrte Xris. Er grübelte einen Moment nach; dann sagte er abrupt: »Jedenfalls danke für alles, was du für Darlene getan hast. Und es tut mir leid, daß ich dich angeschrien habe.«

»Es gibt keine Notwendigkeit, uns zu danken, Xris Cyborg«, erwiderte Raoul. Er schloß den Schminkkoffer und verfrachtete ihn wieder in seiner Handtasche. »Die Entschuldigung ist allerdings angenommen. Wie du schon sagtest – Darlene ist eine von uns. Einer für alle, alle für einen. Und zur Hölle mit den Torpedos, wie unser Freund Harry zu sagen pflegt. Und da kommt auch schon diese fürchterliche Frau!« Unter lavendelfarbenen Augenlidern blinzelte er Xris an. »Ich verstehe einfach nicht, was du an ihr findest!«

Xris überzeugte sich, daß die verschlüsselte Nachricht noch in seiner Tasche war. Sobald sie in Harrys Raumflugzeug saßen, würde er versuchen, zu Darlene durchzukommen.

Tess winkte die beiden zu sich herüber. Sie wirkte forsch und kühl – eine Haltung, so vermutete Xris, die sie annahm, um ihre Nervosität und Angespanntheit zu verbergen. Dieser Auftrag konnte ihr mittlerweile jederzeit um die Ohren fliegen. Xris hätte jetzt Schadenfreude empfinden sollen, war sich aber düster bewußt, daß er in dem Moment, wo die Bombe hochging, genau neben Tess stehen würde. Tess rang sich ein Lächeln für Raoul ab.

»Sie sehen bezaubernd aus«, bemerkte sie voller Ernst.

»Das liegt wohl kaum an Ihnen!« erwiderte Raoul schroff, warf sein Haar nach hinten und rauschte mit hocherhobenem – und exquisit frisiertem – Haupt an ihr vorbei.

Jeffrey Grant saß in seinem Raumflugzeug, aß einen Schokoriegel und beobachtete die beiden bewaffneten MPs, die vor seiner Ausstiegsklappe Wache standen. Der Empfang hatte ihn in keiner Weise überrascht – im Gegenteil, er war erfreut darüber, denn es hatte seinen Glauben an seine Regierung erneuert. Es beruhigte ihn ungemein, daß sie die Sache im Griff hatten und mit dem ihr gebührenden Respekt behandelten. Grant war äußerst besorgt gewesen, daß niemand hier die Gefahr begreifen würde, so daß er fest und überzeugend wirken müßte. Und Jeffrey Grant hatte die allergrößten Schwierigkeiten, fest und überzeugend zu wirken.

Doch wie die Sache aussah, wußten diese Leute ganz genau, was sie hier hatten, und sie bewachten es entsprechend gut. Grant lehnte sich zurück und schluckte den Rest des Schokoriegels herunter.

Die Reise hatte ihm Spaß gemacht. Es war herrlich, wieder einmal an den Kontrollen eines Raumflugzeugs zu sitzen, sei es auch nur ein gemietetes und billiges. Grant warf das Schokoladenpapier in den Müllschlucker und betrachtete die antike Maschinerie, die er mitgebracht hatte. Er hatte die Einheit auf dem Sitz des Kopiloten festgeschnallt, um sie vor stärkeren Stößen zu schützen. Die Maschine summte laut und zufrieden vor sich hin, wie immer. Grant stellte fest, daß er ebenfalls summte. Ein unmelodisches Lied, dessen Worte er längst vergessen ... oder vielleicht auch nie gekannt hatte. Irgendwas über den Roboterblues.

Er hantierte im Raumflugzeug herum und räumte es auf, da er sicher war, daß Besucher kommen würden. Nachdem dies erledigt war, setzte er sich wieder auf seinen Platz und vertrieb sich die Zeit damit, dem Kommen und Gehen der Schwadronen zuzusehen. Er benannte jeden Flieger, der landete oder startete und stellte sich vor, an den Kontrollen zu sitzen, malte sich aus, auf welche Mission sie gingen. Er war so sehr mit seinen Tagträumen beschäftigt, daß er die merkwürdige Prozession, die sich über das Landefeld und auf seinen Flieger zu bewegte, gar nicht bemerkte. Als er ihrer gewahr wurde, betrachtete er sie genauer und murmelte: »Zeit für Ihr Debriefing, Captain.« Dann wandte er sich dem glorreichen Anblick eines Claymore-Bombers zu, der donnernd in den pandorischen Himmel stieg.

Die MPs salutierten. Grant öffnete rasch die Luke, um von vornherein niemanden zu verärgern. Er begrüßte seine Gäste im Einsteig seines kleinen Fliegers.

»Bitte treten Sie ein, Captain, Sir, Captain, Ma'am«, begann er schüchtern, wenn auch in militärischer Standardsprache, um die Befangenheit zu überspielen. »Seien auch Sie willkommen, äh ...« Der Anblick der wunderschönen Gestalt mit Lippenstift und langen Haaren, Hosen und einem Adamsapfel brachte ihn völlig aus dem Konzept. Schließlich gab er es auf, eine passende Anrede zu finden, und verdeckte seine Verlegenheit hinter einem angelegentlichen Hüsteln. Die kleine Gestalt mit Fedora und Regenmantel hingegen betrachtete er höchst interessiert. Endlich wandte er sich dem weiblichen Captain zu und fragte höflich: »Ihr Kind, Ma'am?«

»Was? O nein«, wehrte die Frau überrascht ab. »Er ist ...«

»Ein Spion«, beendete die hinreißende, langhaarige Person. »Er ist inkognito hier. So wie ich.« Die schöne Person setzte sich und schlug die Beine übereinander. »Sie werden es doch niemandem erzählen, oder?«

»Nein, nein, auf keinen Fall. Natürlich nicht«, murmelte Grant.

Der weibliche Captain schien unter erheblichem Streß zu stehen, und die Unterhaltung trug in keiner Weise zu ihrer Entspannung bei.

Sie runzelte die Stirn, kaute auf der Unterlippe und warf einen leicht verärgerten Blick zu dem männlichen Captain herüber.

»Warum setzen Sie sich nicht?« bot Grant an, der sich seiner Gastgeberpflichten entsann. »Kann ich Ihnen eine Erfrischung anbieten? Ich habe Softdrinks und Schokoriegel.«

»Nein, danke«, lehnte der männliche Captain mit einem höflichen Lächeln ab. »Mein Name ist Xris Kergonan. Dies ist Captain Strauss. Und dies ist mein Adjutant, Korporal de Beausoleil. Und diese Person«, er wies auf die kleine Gestalt im Regenmantel, »ist nur als der Kleine bekannt. Seinen wahren Namen kann ich Ihnen aus Gründen der militärischen Sicherheit nicht nennen.«

Grant nickte. »Sehr vernünftig.«

»Was?« Kapitän Kergonan wirkte verwirrt.

»Ich sagte, sehr vernünftig«, wiederholte Grant.

»Angesichts der Umstände. – Nun denn.« Um zu verhindern, daß er die Hände rang, was sehr unbeherrscht gewirkt hätte, faltete er sie. »Bitte erzählen Sie mir – wo ist der Roboter?«

»Roboter?« Captain Kergonan lehnte sich gegen das Kontrollschaltpult. »Ich muß Ihnen mitteilen, Mister . . .«, er hob die Hand, um auf den Pilotenschein zu blicken, den die MPs bei Grants Ankunft sofort beschlagnahmt hatten, »Mr. Grant, daß Sie in ernsthaften Schwierigkeiten sind. Die Bewohner von Pandor mögen keine Außenweltler. Bei ihnen gelten Gesetze, die ihnen den Besuch dieses Planeten verbieten.«

»Du liebe Güte«, erwiderte Grant, ehrlich bekümmert. »Ich hatte ja keine Ahnung! Es tut mir wirklich unendlich leid. Wird diese Sache einen . . . einen . . .«, ihm fiel das Wort nicht auf Anhieb ein, ». . . einen Eklat verursachen? Was meinen Sie?«

»Deswegen sind wir hier«, ließ Captain Strauss verlauten. »Wir werden versuchen, die Sache auszubügeln. Ich bin sicher, Sie hatten nicht die Absicht, einen Eklat zu verursachen.«

»Ich wollte wirklich keine Gesetze verletzen«, bekräftigte Jeffrey Grant aufgewühlt. »Ich hätte das wohl vorher prüfen sollen, aber wissen Sie, ich habe mir solche Sorgen um den Roboter gemacht! Ich wußte nicht, wer ihn hatte, und ich war besorgt, jemand würde ihn beschädigen . . .«

»Entschuldigen Sie, aber *welcher* Roboter?« fragte Captain Kergonan sanft. An diesem Punkt streckte die bezaubernde Person – Grant konnte sich nicht mehr an den Namen erinnern – eine zierliche Hand aus und zupfte leicht am Saum von Captain Kergonans Uniformjacke.

»Gib es auf, Xris Cyborg«, sagte die bezaubernde Person. Er zeigte auf das kleine Wesen im Regenmantel. »Der Kleine meint, ich sollte dich darüber informieren, daß diese kleine, graue Person weder Sakuta noch Harsch ist, sondern nur sie selbst. Und«, er machte eine dramatische Pause, »sie weiß mehr über den Roboter als irgend jemand sonst in diesem Raumflugzeug.«

Jeffrey Grant lächelte schüchtern, aber auch stolz in dem Wissen, anerkannt zu werden.

24. Kapitel

Hoffnung ist ein gutes Frühstück, aber ein schlechtes Abendessen.

Francis Bacon, ›Aphorismus‹,
aus *Resuscitatio*, Nr. 36

Dr. Quong und Tycho, begleitet von zwei Militärpolizisten, gingen zum Reparaturschuppen. Tess hatte die MPs dahingehend informiert, daß bezüglich der Ausstellungsmaterialien des Oberst ein Problem aufgetaucht sei; eine Kiste schien nicht in Ordnung zu sein. Obwohl man von keiner akuten Gefährdung ausging, würden Dr. Quong und Tycho – Experten auf dem Gebiet der biochemischen Kriegsführung – die Kiste überprüfen und an einen sicheren Ort bringen.

Den MPs wurde befohlen, Quong und Tycho den Weg zum Reparaturschuppen zu zeigen und gleichzeitig dafür zu sorgen, daß sich keine unautorisierten Personen in der Nähe herumtrieben.

Da sie nicht direkt angewiesen worden waren, die beiden zu bewachten, vermieden die MPs Tychos Nähe und gingen einige Schritte voraus. Das ›Chamäleon‹ seinerseits hatte seine Hautfarbe in ein kränkliches Blaugrau verwandelt, das ihm zusammen mit seinem ausgeprägt mageren Körper den Anschein verlieh, sich im letzten Stadium einer verzehrenden Krankheit zu befinden. Er und Quong konnten sich ohne Angst vor ungebetenen Zuhörern frei unterhalten.

»Wie kommt es«, fragte Tycho mit einer durch den Translator metallisch und ein wenig mechanisch klingenden Stimme, »daß wir nie für einen ganz normalen Auftrag angeheuert werden?«

»Eine gute Frage«, entgegnete Quong. »Aber was würdest du als ›normalen Auftrag‹ für Leute wie uns bezeichnen?«

»Tja ...« Tycho dachte darüber nach. »Es geht nicht so sehr um den Job als solchen als vielmehr darum, daß er einen klaren Anfang, eine saubere Mitte und ein schnelles und befriedigendes Ende haben sollte. Und das Geld, das wir bekommen, sollte sauber sein, so daß man es nicht zurückverfolgen kann. Aber so ist es für uns nie. Entweder geht was mit dem Job daneben, oder wir müssen Steuern zahlen. Oder sogar beides.«

»Freund Tycho, als treue Bürger ist es unsere Pflicht, Steuern zu zahlen«, erwiderte Quong mit ernster Stimme.

»Und wer versucht dann jedes Jahr, die Ausgaben für seinen Sportschweber als medizinische Notwendigkeit zu deklarieren?«

Quong richtete sich auf. »Einen solchen Schweber zu fahren, baut den Streß ab, wie ich dir schon mehrmals erklärt habe. Es gibt da einen medizinischen Bericht ...«

»... den du selber verfaßt hast ...«

»... daß es für mein geistiges Wohlbefinden unerläßlich ist ... Ah, ja, ich glaube, wir sind am Ziel.«

Die MPs hatten angehalten und sprachen mit einem Feldwebel, der sich die öligen Finger an einem alten Lappen abwischte und zunehmend besorgt dreinschaute.

»Die Kiste ist dort drüben, meine Herren, in der Ecke«, rief er, als Quong und Tycho nähertraten. Er nickte in die angegebene Richtung. Es war klar, daß er nicht die Absicht hatte, dem Ding viel näher zu kommen.

»Es ist doch nichts Gefährliches?«

»Das wollen wir nicht hoffen, Feldwebel. Nun denn,

sind Sie oder einer Ihrer Leute näher als drei Meter an die Kiste herangegangen?« fragte Quong knapp.

»Drei Meter?« wiederholte der Feldwebel und schüttelte den Kopf. »Nein, Sir. Warum? Was wäre denn dann passiert?«

Tycho zog ein merkwürdig aussehendes Gerät aus seinem Koffer. Er aktivierte es, richtete es auf den Feldwebel und drückte auf einen Knopf. Die Apparatur gab ein leicht rauschendes Geräusch von sich. Eine Reihe von Lichtern blinkte in verschiedenen Farben.

»Was ist das, Sir?« Der Feldwebel blickte das Gerät mißtrauisch an.

»Haben Sie in den vergangenen zwölf Stunden eines der folgenden Symptome verspürt: Schwindel, Übelkeit, Schmerzen beim Schlucken, Fieber, angeschwollene Hände oder Füße, Blut im Stuhl, Husten, Übergeben oder vorzeitige Ejakulation?« fragte Dr. Quong, das elektronische Notizbuch in der Hand.

»Hä?« Der Feldwebel blinzelte sie an und wich einen Schritt zurück. »Ich ...«

»Und was ist mit einem empfindlichen Magen, Schwellungen am Kopf, aufbrechende Geschwüre auf der Haut oder Konzentrationsschwäche?«

Der Feldwebel wirkte jetzt sehr beunruhigt. Er fuhr sich mit der Hand über die Stirn. »Jetzt, wo Sie es sagen, ich ...«

»Danke!« unterbrach Tycho ihn scharf, schaltete seine Zahnbürste ab und verstaute sie wieder in seinem Koffer. »Alle Werte normal, Doktor. Er ist noch nicht kontaminiert ... ähm, betroffen.«

»Ausgezeichnet, ausgezeichnet«, murmelte Quong. »Nun, Feldwebel, wenn Sie uns vielleicht die Kiste zeigen könnten ...«

»Da hinten, Sir, direkt neben dem Zerstörer. Sie können sie gar nicht verfehlen.« Der Mann bewegte sich nicht einen Millimeter von der Stelle und hatte offensichtlich nicht vor, sich der Kiste zu nähern.

»Danke, Feldwebel«, sagte Quong und wandte sich

den anderen Mechanikern zu. »Wenn die Herren vielleicht draußen warten könnten ...«

Dieser Bitte wurde ohne das geringste Zögern entsprochen. Die meisten in der Halle hatten sich bereits nahe an die Tür herangeschoben. Als sich alle außerhalb des Gebäudes befanden, bezogen die MPs draußen vor der Tür Stellung. Eine völlig überflüssige Vorsichtsmaßnahme.

»Siehst du, Freund Tycho?« sagte Quong, als sie zur Kiste mit dem Roboter hinübergingen. »Das war doch wirklich nicht schwierig.«

Sie entdeckten die Kiste direkt neben dem Zerstörer, genau wie Xris beschrieben hatte. Tycho faltete seine lange, dünne Gestalt zusammen und ging in die Hocke, um die Kiste genauer zu betrachten.

»Du bist ein viel zu großer Pessimist«, redete der Doktor weiter. Quong blieb stehen und behielt die MPs im Auge.

»Bin ich das?« Tycho richtete sich wieder auf. Sein Gesichtsausdruck war grimmig, und seine Haut hatte ein fiebriges Orange angenommen. »Sieh dir das an, und dann sag mir ins Gesicht, daß ich eine Pestilenz bin.«

»Pessimist«, berichtigte Quong, da Tychos Translator offensichtlich wieder versagt hatte.

Der Doktor stellte sich neben Tycho und beugte sich herunter, um die Roboterkiste zu betrachten. Er warf einen langen, genauen Blick darauf. Quong blickte auf. »Oh, Mann, wir stecken echt in der Scheiße!«

»Und keine Schöpfkelle weit und breit«, fügte Tycho düster hinzu.

25. Kapitel

Und warum sollte jemand sein seines Schicksals gewiß?
Wo doch die Trauer niemanden ausläßt oder vergißt,
Und das Glück, kaum gekommen, ihn bald wieder verließe,
Wäre solche Kenntnis nur die Schlange in seinem Paradiese.

Thomas Grey,
Ode an ein fernes Ziel in Eton College

Unkenntnis kann eine Wohltat sein und so fühlte sich Xris, zumindest im Augenblick, sehr wohl. Er hatte ganz bestimmte Probleme und handelte unter dem Eindruck, daß dies seine gravierendsten Probleme seien. Also befand er sich in vergleichsweise wohltuender Unkenntnis.

Er und Tess, Raoul und der Kleine drängten sich im Cockpit des gemieteten Fliegers und diskutierten über Jeffrey Grant. Grant hockte schüchtern, aber beharrlich, in ihrer Nähe.

Er fühlte sich sichtlich unwohl.

»Du behauptest, der Kleine hätte das alles telepathisch herausgefunden?« Tess warf einen spöttischen Blick auf die Gestalt im Regenmantel. »Und daher weiß er, daß dieser Mann über den Roboter Bescheid weiß ...?«

»Aber natürlich«, antwortete Raoul von oben herab. »Wie hätte er es sonst herausfinden sollen?«

»Nun ja, vielleicht, weil dieser Mann für euch arbeitet. Er ist doch genau im richtigen Moment aufgetaucht ...«

»Zu welchem Zweck?« warf Xris ungeduldig ein. »Und um *was* zu tun?«

Tess zögerte, kaute auf der Unterlippe und blickte unsicher zu dem Kleinen hinüber. Glänzende Augen lugten unter dem Fedora hervor; dann senkten sich die Augenlider.

Tess hob hilflos die Hände. »Ich weiß es nicht! Ich weiß gar nichts mehr. Und ich weiß schon gar nicht, wem ich glauben soll. Also gut. Sagen wir mal, um weiteren Diskussionen aus dem Weg zu gehen, daß der Kleine recht hat und dieser Mann etwas über den Roboter weiß. Wie ist er an sein Wissen gelangt?«

»Vielleicht ist er Harsch«, erwiderte Xris. »Vielleicht benutzt er den Gedankenverzerrer.«

Der Kleine schlug sich mit den Handflächen mehrmals an die Stirn.

»Nein, das hätte er gemerkt«, entgegnete Raoul.

Ohne Rücksicht auf den Fedora nahm der Kleine den Kopf in die Hände und wiegte sich mit rollenden Augen hin und her.

»Er sagt, daß ihm die ganze Zeit, die wir mit Sakuta verbrachten, schwindelig und übel war.« Raoul berührte seinen Freund sanft an der Schulter. »Er dachte, er bekäme nur einen Schnupfen oder so was und wollte nicht darüber reden, damit Quong nicht wieder an ihm herumdoktorn würde. Dies soll keine Beleidigung gegenüber dem guten Doktor sein«, fügte Raoul hastig hinzu, »aber ihr müßt zugeben, daß seine Art der Krankenpflege ziemlich ruppig ist ...«

»Der Gedankenverzerrer«, erinnerte Xris. Raouls Gedanken, die schmetterlingsgleich von einer Gesprächsblume zu nächsten gegaukelt waren, mußten wieder einmal eingefangen werden.

»Ach ja.« Raoul verstummte und versuchte, den entsprechenden Gedankenfaden wiederzufinden. »Der Kleine dachte, er würde die Grippe bekommen. So war es aber nicht. Seine Gesundheit war ausgezeichnet, wie du selbst weißt. Das merkwürdige Gefühl verschwand, hinterließ aber eine gewisse Mattigkeit und Übellaunigkeit. Er mußte immer wieder daran denken, daß etwas nicht in Ordnung war und daß er darauf kommen mußte, um was es sich handelt, aber es gelang ihm nicht.

Als ich dann auf der Party Darlene davon berichtete, daß die Assassinen Verzerrer bei sich hatten, da zählte er zwei und was für eine andere Zahl auch immer zusammen und kam auf ...«

»Assassinen? Verzerrer?« Tess blickte von Xris zu Raoul.

»Nicht weiter wichtig«, erwiderte Xris, »ein anderer Fall, an dem wir gerade arbeiten. Einer Sache bin ich mir sicher: Dies ist nicht dieselbe Person, die ich im Museum traf. Nicht einmal annähernd. Harsch könnte natürlich ein Meister der Verkleidung sein ...«

»Der Kleine sagt, dies ist *nicht* Harsch«, wiederholte Raoul. »Der Kleine ist der Meinung, daß diese Grant-Person niemand anders als die Grant-Person ist, die er zu sein behauptet. Sein Wissen über den Roboter hat er durch lange Jahre des Studiums oder frühen Raumfahrt erworben, wobei er sich besonders mit ...« Raoul wedelte vage mit der Hand, »... Professor Lasagne beschäftigt hat ...«

»Lasairion, Sir«, verbesserte Jeffrey Grant ihn. Er hatte die Unterhaltung mit jenem verwirrten Gesichtsausdruck verfolgt, der über all jene kommt, deren Translatoren nur Kauderwelsch ausspucken. Ab und zu konnte er einige bekannte Worte ausmachen, doch der größte Teil des Gesprächs sagte ihm gar nichts. Jetzt aber hatte er etwas ganz eindeutig richtig verstanden. Zitternd vor Aufregung erhob er sich. »Sie wissen von Professor Lasairion?«

Raoul verbeugte sich leicht. »Das möge Gott verhüten. Ich bin nur der Übersetzer. Und dann ist da schließlich noch seine Maschine.«

»Welche Maschine?« verlangte eine ziemlich verdatterte Tess zu wissen.

Raoul zeigte auf den Stuhl des Kopiloten. Alle drehten sich um, betrachteten ihn genauer. Eine merkwürdige Maschine war mit äußerster Sorgfalt und Liebe im Stuhl festgeschnallt worden. Ein kleiner, energieschimmernder Schirm erhob sich über einem altertümlichen Computer-

Keybord – eines, bei dem sämtliche Buchstaben über die unglaublichsten Plätze verteilt waren. An der Seite der Maschine leuchtete stetig ein blaues Licht, und ein seltsames, aber nicht unangenehmes Summen war zu vernehmen.

»Bitte nicht berühren, Captain«, bat Grant, als die Gruppe sich enger um den Stuhl scharte. »Es ist sehr alt und empfindlich.«

»Wieder ein Altertumsrelikt«, bemerkte Xris. »Noch ein paar mehr von der Sorte, und wir können einen Flohmarkt eröffnen.«

»Diese Maschine ist etwas ganz Besonderes«, ließ Raoul sich mit einem wissenden Klimpern der Wimpern vernehmen. »Sie kommuniziert mit dem Roboter. Laut dieser Grant-Person ist das der Grund dafür, daß sie diesen nervenzermürbenden Ton von sich gibt.«

Jeffrey blickte den Kleinen voller Begeisterung an. »Das ist *exakt*, was ich gedacht habe! Er ist wirklich bemerkenswert, finden Sie nicht? Was den Summton angeht, so bin ich mir bewußt, daß er auf Dauer etwas entnervend ist. Es tut mir wirklich leid, aber ich kann ihn nicht abschalten. Ich bin mir noch nicht ganz sicher, wie das Gerät arbeitet, und ...«

»Tess unterbracht ihn: »Diese Maschine kommuniziert mit dem Roboter ... große Güte!« Sie beugte sich vor und betrachtete das Gerät eingehend. »Wollen Sie mir etwa erzählen, daß diese Maschine eine ... eine Kollimierte Befehlsempfänger-Einheit ist?«

»Aber ja, Ma'am!« Jeffrey Grant klappte aufgeregt seine pummeligen Hände zusammen. »Das ist vollkommen richtig! Und darf ich Ihnen sagen, Ma'am, daß ich außer Ihnen bisher noch niemanden getroffen habe, der die Arbeit von Professor Lasairion studiert hat. Wie haben Sie ...«

»Ich stelle hier die Fragen!« entgegnete Tess schroff, fragte aber nichts weiter. Statt dessen stand sie schweigend da und starrte stirnrunzelnd die summende Maschine an.

Xris nutzte die Gelegenheit, um sich kurz mit Raoul zu unterhalten.

»Was ist mit diesem Kerl los?« fragte Xris leise, den Rücken Grant zugewendet. »Was meint der Kleine dazu?«

Raoul schüttelte vorsichtig den Kopf, darauf bedacht, seine Frisur nicht in Unordnung zu bringen. »Du weißt doch, wie der Kleine sich bei Technik aufführt, mein Freund. Er versteht sie nicht. Und er mag sie nicht. Sie ängstigt ihn. Die geistige Welt dieses Mannes ist ein technologischer Dschungel. Der Kleine sagt, daß ein Blick in die Grant-Person wie der Blick unter die Haube eines Schwebejeeps sei. Beide sind voller Teile, die keinen Sinn für ihn ergeben.«

»Kein Zeichen, daß diese ganze Geschichte nur vorgeschoben ist? Ein Schauspiel?«

Der Kleine, der sich neben Xris gedrängt hatte, um zuzuhören, schüttelte nachdrücklich den Kopf.

Tess war sich offensichtlich darüber klar geworden, was sie zu sagen gedachte.

»Woher kommen Sie, Mr. Grant? Und wie gelangten Sie in den Besitz der Kollimierten Befehlsempfänger-Einheit? Wann hat es angefangen zu ... äh ... summen? Und woher wußten Sie, daß der Roboter sich auf Pandor befindet?«

Grant wirkte ein wenig überfordert und beschloß, die Fragen streng der Reihe nach zu beantworten. »Ich stamme vom Planeten XIO, Captain. Ich leite dort ein Museum ...«

Xris schnaubte verächtlich.

Grant unterbrach seine Erzählung und schaute Xris besorgt an. »Habe ich irgendwas Falsches gesagt ...?«

»Ich habe nur die Nase gestrichen voll von Museumskuratoren, das ist alles. Kümmern Sie sich nicht darum, und fahren Sie einfach fort.«

»Seit über fünfzig Jahren sammle ich Weltraum-Memorabilien«, informierte Grant ihn voller Stolz. Über sich selbst sprechen zu können, schien ihn zu entspannen. »Seit meiner Kindheit. Dies hier«, er ließ die Hand liebevoll auf der Kollimierten Befehlsempfänger-Einheit ruhen, »ist mir, wenngleich nicht der kostbarste, so doch der liebste Besitz. Die Einheit wurde über ein Computer-Bulletin zum Kauf angeboten. Ihr Besitzer hatte keine Ahnung, was er da besaß. Ich allerdings erkannte es sofort, schon nach seiner Beschreibung. Er wollte sehr viel dafür haben – nicht, weil er den wahren Wert kannte, sondern einfach deshalb, weil es alt war. Nach einem Monat schwieriger Verhandlungen, in denen ich mein Interesse bekundete – aber auf keinen Fall *zuviel* Interesse – konnte ich den Preis drücken. Auf diese Weise kam ich vor etwa zwanzig Jahren zu meiner Kollimierten Befehlsempfänger-Einheit, die seither einen Ehrenplatz in meinem Museum innehatte. Unter ihrem Sockel ist eine Plakette angebracht mit den Worten: *Einziges bekanntes Relikt der Lasairion-Periode.*« Grant machte einen wehmütigen Eindruck. »Mit dem Roboter wäre meine Sammlung vollständig. Ich habe schon einen besonderen Platz für ihn vorbereitet.«

»Es tut mir leid, Mr. Grant«, sagte Tess in einem freundlichen, aber unnachgiebigen Tonfall, der alle Hoffnung zunichte machte. »Dieser Roboter ist Eigentum der Regierung.«

»Ja, das ist mir bekannt«, sagte Grant leise, »aber ich würde ihn sehr gut pflegen und . . .« Seine Stimme wurde immer leiser.

Xris nahm einen Dreher aus seinem goldenen Etui, betrachtete ihn ebenfalls etwas wehmütig und blickte dann durchs Fenster auf die Militärpolizisten, die immer noch den Eingang des Fliegers bewachten. Xris legte den Dreher ins Etui zurück und steckte es in seine Tasche. Dann sah er auf die Uhr.

»Captain Strauss«, ließ er verlauten, »könnte ich wohl ein paar Worte mit Ihnen wechseln?«

Tess blickte unsicher auf die Maschine, schaute dann zu Grant. Während sie zu Xris hinüberging, behielt sie beide im Auge. »Was gibt es?« fragte sie.

»Ich weiß, vom wissenschaftlichen Standpunkt aus ist das alles höchst faszinierend, aber so langsam läuft uns die Zeit davon«, entgegnete Xris mit gedämpfter Stimme. »Ich habe mit Sakuta verabredet, ihn morgen um diese Zeit auf Höllenposten zu treffen. Wie lange brauchst du, um den Roboter anzuzapfen?«

»Du meinst die Informationsübertragung? Mehrere Stunden, unter Umständen den ganzen Tag«, antwortete Tess. »Ich muß ein wenig herumprobieren. Es könnte schwierig sein, das richtige Interface zu finden. Und dann ist da noch diese Einheit, die alles viel komplizierter macht.«

»Ja, ja. Beantworte mir nur noch diese Frage: Soll ich den Roboter zu Sakuta bringen oder nicht?«

»Harsch.«

»Ist doch egal!« Xris verlor allmählich die Geduld. »Sieh mal, du hast den Roboter. Wir nehmen einfach ihn *und* diese Einheit und verehren beide dem Admiral auf seinem Kommandokreuzer. Soll der sich doch damit herumschlagen.«

»Und was ist mit Grant?« fragte Tess. »Kann ja sein, daß er so unschuldig und naiv ist, wie er aussieht. Genausogut kann er aber auch ein durchtriebener Schauspieler sein. Wenn er nun einer von Harschs Agenten ist? Er ist hierher gekommen, um den Roboter einzukassieren, mußte feststellen, daß wir ihn schon haben, und stellt sich jetzt dumm.«

»Und bringt diese antike Maschine als Kulisse mit? Na ja ... ich glaube, alles ist möglich.« Xris wurde unruhig. Er wollte endlich diesen Job hinter sich bringen, und zwar schnell. Die Idee, daß Darlene irgendwo da draußen allein war, gefiel ihm überhaupt nicht. »Von mir aus kannst du ihn an die Wand stellen lassen ...«

»Das kann ich nicht tun!« Tess war schockiert. »Er ist Zivilist!«

Xris grinste. »Das bin ich auch. Trotzdem warst du bereit, mich sofort zu erschießen.«

Tess ignorierte seine Bemerkung. »Ich begebe mich

jetzt zum Hauptquartier und mache der Admiralität Meldung. Du bleibst hier bei Grant.«

»Was ist mit der Einheit?«

»Die nehme ich zur Sicherheit mit.«

»Du traust mir immer noch nicht, hm?«

»Aber gewiß doch«, versicherte Tess und tätschelte ihm die Schulter. Sie wandte sich wieder Jeffrey Grant zu. »Ich befürchte, Mr. Grant, ich muß Ihre Kollimierte Befehlsempfänger-Einheit beschlagnahmen. Machen Sie sich keine Sorgen, die Regierung wird Sie entschädigen ...«

Grant stellte sich schützend vor die Einheit und rief entsetzt: »Aber ich will gar keine Entschädigung!«

Xris seufzte und blickte wieder auf die Uhr. Er hätte langsam von Quong und Tycho hören müssen und fragte sich, was die beiden aufhielt.

Tess bemühte sich, den verzweifelten Museumsbesitzer zu beruhigen. »Bitte, Mr. Grant, machen Sie es uns nicht unnötig schwer. Die Regierung hat das Recht, jeden Ausrüstungsgegenstand zu konfiszieren, der die nationale Sicherheit bedrohen könnte ...«

»Machen Sie sich keine Sorgen, Grant. Wir geben sie zurück«, warf Xris ein.

»Vielen Dank, Captain Kergonan.« Tess schoß einen warnenden Blick ab. »Aber ich komme hier allein klar.«

»Nächstes Jahr um diese Zeit«, brummte Xris.

Jeffrey Grant blickte von Xris zu Tess, dann zu seiner Einheit und wieder zu Xris.

»Die Flotte möchte die Einheit gern eingehender studieren«, erklärte Xris. »Wir machen ein paar Vids davon, und dann bekommen Sie sie zurück. *Falls* Sie die Einheit dann noch zurückhaben wollen.«

»Ich an Ihrer Stelle«, bot Raoul hilfreich an, »würde das Geld nehmen. Kaufen Sie sich eine neue Garderobe«, fügte er als abschließenden Tip hinzu.

»Ich habe weder Interesse an Geld noch an neuer Kleidung! Ich will nur meine Kollimierte Befehlsempfänger-Einheit!« Jeffrey Grant gab nicht nach.

»Fein. Kein Problem.« Xris war um Harmonie bemüht.

»Captain ...« Tess wurde langsam ungehalten.

Xris griff nach ihrer Hand und drückte sie verschwörerisch.

»Es ist für Ihren König, Mr. Grant«, eröffnete Xris würdevoll. »Für Ihren König und Ihre Galaxis.«

»Für den König«, murmelte Grant.

Xris hätte schwören mögen, daß der Mann die Hand zum Salut heben wollte. »Nun denn, Sir«, Jeffrey Grant legte die Hand statt dessen liebevoll auf seine summende Kollimierte Befehlsempfänger-Einheit, »Ma'am, nehmen Sie sie mit. Aber ich bestehe darauf, Sie zu begleiten.«

»Wir werden sehen«, beschwichtigte Tess in einem *Darauf kannst du lange warten*-Tonfall. »Das muß ich aber zuvor mit der Admiralität abklären.«

Grant nickte langsam, während seine Augenlider nervös blinzelten. »Die Einheit hat einen speziellen Reisekoffer. Ich hole ihn.« Er verschwand im hinteren Teil des Fliegers und begann geräuschvoll in einem Lagerfach herumzusuchen.

Tess kam nahe an Xris heran. »Du weißt, daß er die Maschine niemals wieder sieht.«

»Ich weiß es, du weißt es, aber er weiß es nicht«, erwiderte Xris.

Tess seufzte. »Manchmal hasse ich diesen Job wirklich.«

Grant erschien mit dem Koffer.

Alle Hilfsangebote strikt zurückweisend, verpackte er die Einheit eigenhändig in dem Metallkoffer und verschloß diesen.

Xris ging um Grant herum, bückte sich und hob den Koffer auf. Er war nicht besonders schwer, aber ziemlich unhandlich. Xris reichte den Koffer Tess.

»Auf Wiedersehen, Mr. Grant«, sagte sie. »Haben Sie vielen Dank.«

Den Koffer an ihrer Seite, verließ Tess den Flieger und ging über das Landefeld. Xris schaute ihr nach; ebenso Grant, der Kopf und Hände auf das Stahlglas aufstützte und dessen Gesicht den tragischen Ausdruck eines Elternteils trug, der das Sorgerecht verloren hatte.

»Sie wird gut darauf aufpassen«, versicherte Xris, »das verspreche ich Ihnen.«

»Ich wünschte nur, ich könnte ihn sehen. Den Roboter, meine ich«, sagte Grant mit leiser Stimme.

»Ich auch. Bevor sie ihn in die Luft jagen«, fügte Raoul lässig hinzu.

»*Was*?« Jeffrey Grant fuhr herum. Sein Gesicht hatte eine kränklich graue Farbe angenommen. »Was haben Sie da gesagt? Ihn in die Luft jagen?«

»Aber ja. Wir haben eine Bombe. Sie befindet sich in Jamils Aktenkoffer. Wir werden sie im Roboter installieren und ihn explodieren lassen . . .«

Grand öffnete und schloß den Mund mehrere Male bei dem vergeblichen Versuch, einen zusammenhängenden Satz herauszubringen. »Warum ... warum ... warum sollten Sie etwas so Schreckliches tun?«

Xris wurde wütend. Das hatte er gerade noch gebraucht. »Raoul, warum machst du dich nicht mit dem Kleinen auf den Weg und versuchst herauszufinden, wo Quong bleibt?«

Raoul warf einen entsetzten Blick auf das glühendheiße Landefeld. Dann schaute er Xris vorwurfsvoll an. »Du weißt ganz genau, was die Sonne mit meinem Teint anstellt. Willst du, daß ich über und über voller Sommersprossen bin?«

In diesem Augenblick hätte Xris es vorgezogen, Raoul über und über mit Blutegeln bedeckt zu sehen. Grants Atmung hörte sich seltsam an; er zitterte am ganzen Körper und gab keuchende Geräusche von sich.

»Das Risiko gehe ich ein«, knurrte Xris. »Los, macht schon. Alle beide. Raus mit euch.«

Beleidigt erhob sich Raoul und rauschte majestätisch aus dem Flieger, den Kleinen im Kielwasser. Draußen hob Raoul die Hand bei dem vergeblichen Versuch, sein Gesicht vor den verheerenden Auswirkungen der UV-Strahlen zu schützen. Den Kleinen an der Hand, rannte er so schnell, wie dessen Füße mithalten konnten, in Richtung des nächstliegenden Schattens.

Xris half dem betäubt wirkenden Grant in einen Sessel. »Ich hole Ihnen ein Glas Wasser. Benötigen Sie irgendein Medikament?«

»Nein, nein, Sir, es geht mir gut.« Grant war immer noch verwirrt. Er klammerte sich an Xris' Arm und fragte bebend: »Warum wollen Sie den Robot in die Luft jagen?«

»Das wollen wir gar nicht. Raoul hat da etwas mißverstanden. Wir werden auf den Roboter achtgeben, das verspreche ich Ihnen.« Xris gab in letzter Zeit eine ganze Menge Versprechen. Vielleicht würde er eines Tages tatsächlich eines davon halten können. »Entspannen Sie sich, Mr. Grant, und machen Sie sich nicht so viele Sorgen. Vielleicht können Sie mir ja etwas mehr über diesen Professor . . .«

Xris' Komlink, das in seinem linken Ohr installiert war, summte – ein schlechtes Zeichen. Es bedeutete, daß ein Mitglied des Teams ihn etwas rein Privates mitzuteilen hatte, und zwar dringend. »Wenn Sie mich einen Augenblick entschuldigen, Mr. Grant? Ich . . . äh . . . muß mal . . .« Er deutete in Richtung Klo.

Grant nickte abwesend und wisperte: »In die Luft jagen . . .!«

Xris verließ die Brücke.

Das Klo in diesem gemieteten Flieger war schon für eine Person von normaler Statur fast zu eng. Xris mit seinem breiten Brustkorb und den noch breiteren Schultern zwängte sich gerade noch hinein. Er mußte gebückt und gegrätscht über der Kloschüssel stehen und hatte immer noch Schwierigkeiten, die Tür zu verschließen. Ein Ellenbogen preßte sich ins Waschbecken.

»Xris hier. Was gibt es?« fragte er mit so leiser Stimme wie möglich.

»Hier Quong. Schlechte Nachrichten, Boß. Der Roboter ist weg.«

»Weg?« stieß Xris hervor. »Was meinst du mit ›weg‹?

Hat jemand ihn gestohlen? Das ist unmöglich! Die Kiste allein hat fast eine Tonne gewogen. Wenn du noch den Roboter dazurechnest, dann benötigt man einen Kran, um ...«

»Halt die Luft an, Boß«, unterbrach ihn Quong, »die Kiste ist noch hier. Meiner vorläufigen Untersuchung nach würde ich sagen, der Robot hat sich selbst befreit. Die Kiste wurde von *innen* aufgebrochen.«

»Ich will verdammt sein ...« Xris war beeindruckt, betäubt und in jeder Menge ernster Schwierigkeiten. »Findet ihn!« befahl er und mußte die Worte aus einer eingeschnürten Brust hervorquetschen. »Und zu keinem ein Wort! *Findet* ihn bloß!«

»Sicher, Boß.« Quong klang zuversichtlich. »Wie sieht er eigentlich aus? Hier arbeiten eine Menge Roboter ...«

»Keiner von denen sieht unserem ähnlich. Stell dir eine Metallqualle mit traurigen Augen vor. Wenn ihr ihn habt, dann bleibt, wo ihr seid, und meldet euch wieder.«

»Okay, Boß. Quong Ende.«

Xris zog einen Dreher heraus und biß heftig zu. Während er darauf herumkaute, fluchte er bitterlich. Wieder einmal erging er sich in seiner liebsten Freizeitbeschäftigung: Er gab sich selbst die ganze Schuld. Er hätte das voraussehen müssen. Er hätte Vorkehrungen treffen müssen. Er hätte dies, er hätte das ...

Aber dieser verdammte Robot hatte einen völlig harmlosen und fügsamen Eindruck gemacht.

»Verdammter Mist!« fluchte Xris laut.

Er schlug krachend die Klotür auf, ging in Richtung Brücke und daran vorbei. »Bitte bleiben Sie hier, Mr. Grant«, sagte Xris im Vorbeigehen. »Ich muß Sie ein paar Minuten allein lassen. Ich schicke Ihnen bald jemanden.«

Vor der Luke aus sprach Xris die beiden wachhabenden MPs an. »Kommen Sie mit.«

»Jawohl, Captain.« Die MPs gehorchten, ohne zu zögern.

Schließlich war Xris immer noch in Uniform.

26. Kapitel

Gelegenheit macht Diebe.

Francis Bacon,
›Ein schriftlicher Rat an den Earl of Essex‹

Jeffrey Grant erfaßte kaum, daß der Captain verschwand und ihn in dem gemieteten Flieger alleinließ. Der Schock hatte eine betäubende Wirkung auf Grant ausgeübt.

Den Roboter in die Luft jagen!

Warum nur? Er schadete doch keinem! War denn niemandem klar, wie ... wie wundervoll dies alles war? Allein schon in der Lage zu sein, etwas zu berühren, anzusprechen oder sogar angesprochen zu werden von einer Einheit, die Lasairion, der große Lasairion selbst berührt oder angesprochen oder der er zugehört hatte!

Plötzlich kam ihm eine aufmunternde Idee.

»Vielleicht«, sprach Jeffrey Grant zum Schaltpult, »würden sie den Roboter mir überlassen, wenn sie ihn selber nicht wollen ...«

Der weibliche Captain hatte gesagt, der Roboter sei Regierungseigentum. Aber wenn er mit der richtigen Person sprechen würde ... vielleicht mit dem Parlamentsangehörigen, der seinen Planeten vertrat – oder mit dem Premierminister. Oder ... Grant glaubte sich dunkel zu erinnern, daß er von einer wichtigen Talkshow mit hochrangigen Leuten gehört hatte ... aber er konnte sich nicht mehr genau entsinnen. Er war an Politik nie sonderlich interessiert oder gar aktiv politisch tätig gewesen. Seine Gewerkschaft hatte ihm mitgeteilt, wie, wo, wann und für wen er stimmen solle, und dann war er zur Urne gegangen und hatte genauso abgestimmt, seit er zum erstenmal stimmberechtigt gewesen war. Bisher waren die Dinge im Universum immer sehr zufriedenstellend abgelaufen. Wenn er sich nur an einen Namen entsinnen könnte!

Grant schloß die Augen und versuchte sich zu konzentrieren. Er erinnerte sich an eine Anzeige für eine politische Kandidatin. Grant konnte das Gesicht vor sich sehen, und nach weiterem Nachdenken fiel ihm sogar der Name der Frau wieder ein. Aber hatte sie die Wahl gewonnen? Handelte es sich überhaupt um die letzten Wahlen, oder war ihm eine zehn Jahre alte Anzeige eingefallen? Grant wußte es nicht und gab es schließlich auf, sich Sorgen darüber zu machen. Statt dessen legte er sich den vagen Plan zurecht, einen Brief an den König zu richten. Vielleicht könnte Seine Majestät die Verantwortlichen ja davon überzeugen, den Roboter nicht zu sprengen und ihn statt dessen in Grants Obhut zu geben.

»Ich nehme an, sie machen sich Gedanken über die Unterhaltskosten.« Grant sprach wieder mit sich selbst. »Die Pflege könnte tatsächlich ziemlich teuer werden, aber das übernehme ich gerne selber. Ich würde die Regierung nicht um einen einzigen Kredit bitten.«

Mit diesen Gedanken versank Jeffrey glücklich in seinen Tagträumen.

»Wo würde ich ihn hinstellen? Beim Bücherregal. Das ist genau der richtige Platz. Dort ist die Beleuchtung am besten. Den Schaukasten, der jetzt dort steht, den rücke ich weiter hinten in den Raum. Der Roboter wird das erste Ausstellungsstück sein, das die Leute sehen, wenn sie durch die Tür kommen. Und sie werden überrascht sein. Nein, sie werden überwältigt sein! Mein Museum wird als einziges einen solchen Robot besitzen. Gelehrte aus der ganzen Galaxis werden angereist kommen, um ihn zu studieren. Sie werden Fragen stellen ...«

Jeffrey Grants selige Kontemplation der Zukunft wurde plötzlich unterbrochen. Er saß im Pilotensessel, mit Blickrichtung zum Sichtschirm. Er lehnte sich nach vorn und starrte mit offenem Mund nach draußen.

Sie schleppten einen Claymore-Bomber auf das Landefeld.

Eines der beliebtesten Computerspiele von Jeffrey Grant war Wing Commander MCIII, in dem er in ruhmreichen Missionen einen Claymore-Bomber flog, um die Galaxis für den freien Handel zu sichern. Grant hatte dieses Spiel mehrere hundert Male gespielt und bis auf das erste Mal immer gewonnen. Dieses eine Mal zählte er noch zum Übungsprogramm. Und da draußen stand nun ein Claymore – ein echter Claymore –, keine fünfzig Meter entfernt.

Ein Schlepper zog den Claymore auf die ihm zugewiesene Stelle des Landefeldes. Dann hängte die Crew den Bomber ab und fuhr mit dem Schlepper davon.

»Ich bin sicher, daß es ihnen nichts ausmachen wird, wenn ich ihn mir etwas näher ansehe.« Grant sprach wieder mit sich selbst.

Er ging zur Einstiegsluke seines gemieteten Fliegers, öffnete sie und stieg die Leiter zum glutheißen Landefeld hinunter.

Er hielt nach den Militärpolizisten Ausschau, um sie höflich um die Erlaubnis zu bitten, zum Claymore zu gehen und sich den Bomber aus der Nähe zu betrachten. Doch Grant konnte die MPs nirgends entdecken.

Er machte eine volle Drehung, schaute sogar unter seinem Flieger nach. Die MPs blieben verschwunden.

»Sie müssen mit Captain Kergonan gegangen sein«, überlegte Grant.

Er fühlte sich nicht ganz wohl bei dem Gedanken, den Flieger zu verlassen. Wenn er bereits Gegenstand eines interplanetarischen Eklats sein sollte, so wollte er keinesfalls Anlaß für eine weitere Eskalation sein. Er wünschte, die MPs wären noch da und hätten ihm entsprechende Anweisungen geben können. Er blickte über das Landefeld zu einem großen Gebäude hinüber, dem Kontrollturm. Dann schweifte sein Blick wieder zum Claymore.

Grant hatte zwei Möglichkeiten. Entweder er ging zum Kontrollturm und bat um die Erlaubnis, den Claymore zu besichtigen, was einen langen Weg in glühender Sonne bedeutete, oder er konnte gleich zu dem Bomber gehen. Er wollte ja nicht lange dort bleiben, nur einen kurzen Blick aus der Nähe darauf werfen.

»Welchen Schaden kann ich schon anrichten?« fragte Grant sich wieder einmal selbst. »Ich will nur ganz kurz hineinblicken, das ist alles.«

Er begab sich hinaus auf das Flugfeld.

Irgend etwas stimmte nicht.

Grant blieb stehen und dachte kurz nach; dann fiel ihm die Lösung ein. Er kehrte noch einmal in seinen Flieger zurück und nahm seinen Helm. Genau wie die Piloten in seinem Computer-Simulationsspiel klemmte er sich den Helm unter den Arm und rannte, immer noch mit seinem Gewerkschaftsfliegeranzug bekleidet, über das Landefeld zu dem Claymore.

Grant rannte nicht etwa, um Verfolgern zu entgehen, doch in seinem Geist konnte er Sirenen hören, und die gebrüllten Befehle: »Alle Mann in die Flieger!« Er gehörte einer Elitegruppe von mutigen Frauen und Männern an, die ihr Leben für die gute Sache riskieren würden – was immer heute als solche auf dem Plan stand. Sein weißer Seidenschal blähte sich hinter ihm, während er lief. Er erreichte den Bomber, wo sein Abfertigungsteam bereits auf ihn wartete.

»*Monsterbirne*«, sagte der Teamchef.

Grant erwachte aus seinem Tagtraum. Er stand, in seiner Fliegerkombi schwitzend, unter dem Claymore, und versuchte wieder zu Atem zu kommen.

Vor ihm stand ein Roboter.

Grant brauchte einige Sekunden – aber nur wenige –, um zu entdecken, daß es sich dabei um *den* Roboter handelte.

Natürlich hatte Grant all die alten Vids gesehen. Einer davon war in seinem Gedächtnis noch besonders lebendig. Professor Lasairion hielt sich in seinem Labor auf und stellte einen der Korridor-Roboter vor. »Dieser Roboter«, so erklärte der Professor, »wird die Menschheit zu den Sternen tragen, wo sie, darauf vertraue ich, aus den vergangenen Fehlern lernend, die Gelegenheit nutzen wird, die Zivilisation in das zweiundzwanzigste Jahrhundert zu tragen.«

Dieser Roboter glich dem Robot aus dem Vid. Er hatte herunterbaumelnde, retikulare Arme, einen untertassenförmigen Kopf und menschlich wirkende Augen. Diese Augen waren voller Interesse auf Grant gerichtet. Auf dem Kopf des Roboters begann ein grünes Licht zu pulsieren, und die Pupillen seiner Augen weiteten sich.

Grant fühlte sich etwas merkwürdig; es war, als würde der Roboter in ihn hineinblicken.

»*Schirischwemme*?« Die Stimme des Roboters klang fragend.

Grant sah sich nervös um. Er wartete darauf, daß Captain Strauss oder Captain Kergonan oder auch der zu kurz geratene Spion mit dem Hut auftauchen würde, um den Roboter an sich zu nehmen.

Niemand in Sicht.

Im Schatten des riesigen Bombers, geschützt vor dem glühenden Belag des Flugfeldes, wartete Grant angespannt, beobachtete und lauschte.

Nichts.

Und dann dämmerte es Grant. Der Roboter war entkommen.

»Lauf weg!« sagte eine Stimme in Jeffrey Grants Innerem, eine merkwürdige und fremde, eine außerirdische Stimme. »Nimm den Roboter und lauf weg! Rette ihn vor der Explosion! Jetzt! Schnell! Bevor sie zurückkommen!«

Grant zitterte, denn er kannte diese Stimme. Er hatte sie schon früher manchmal gehört. Sie versuchte immer, ihn zu wilden, tollkühnen Dingen zu überreden. »Gestehe deiner Nachbarin, Miss Kline, daß du sie schon immer geliebt hast.« – »Erzähle dem Boß, daß es deine Idee war!« – »Geh rüber zu den Jungs und sag ihnen, du würdest gern einen Drink mit ihnen nehmen!«

Nein, das geht nicht . . . das kann ich nicht . . . Laß mich in Ruhe. Es geht mir gut, so wie es ist.

Bisher hatte Grant die aufstörende Stimme stets zum Schweigen bringen können. Er konnte sie genauso abschalten, wie er manchmal den Ton seiner Vidspiele abschaltete. Außerdem hatte er die Stimme in den vergangenen Jahren kaum gehört – im Gegensatz zu früher (als er jung war, hatte sie ihn ständig genervt) –, und er hatte eigentlich geglaubt, sie sei für immer verstummt. Es irritierte ihn über die Maßen, die Stimme nun wieder so beharrlich und störend wie früher zu vernehmen.

»Rette den Roboter!« Wenn du es nicht tust, dann töten sie ihn!«

»Das ist ungeheuerlich, Sir!« begehrte Grant auf. »Die Leute sind wahnsinnig! Sie planen doch tatsächlich, Regierungseigentum zu stehlen und sich damit auf und davon zu machen! Das ist ein Kapitalverbrechen, Sir, ein Angriff auf die Krone. Man könnte es als Kidnapping betrachten, oder gar als Landesverrat!«

»Es ist Mord, Jeffrey Grant!« beharrte die innere Stimme. »Sie werden den Robot umbringen!«

Grants Phantasie war schon immer überaktiv gewesen. Vor dem geistigen Auge sah er den Roboter in einer Desintegrationskammer sitzen, sah den weiblichen Captain die Tür verriegeln und davongehen. Er sah und hörte, wie der Cyborg den Befehl erteilte, die Sprengladung zu zünden. Er sah, er hörte, er *fühlte* den Roboter explodieren ... wie seine Arme zerrissen wurden ... Flüssigkeit an die Wände spritzte ... die Augen herausplatzten ...

»Ich werde es tun, Sir!« rief Jeffrey Grant mit fester Stimme und überraschte die innere Stimme damit derart, daß sie abrupt verstummte.

»*Mrft*«, gab der Robot von sich. Das grüne Licht pulsierte nicht mehr, und die Pupillen waren auf ihre normale Größe geschrumpft. Der Roboter drehte sich und schwebte langsam zur Spitze des Claymores.

Grant folgte dem Robot und überlegte, wie er seiner habhaft werden und ihn in seinem gemieteten Flieger verstauen könnte. Er blickte über das Landefeld, voller Angst, daß jemand sie sehen könnte.

Niemand sah sie. Niemand war auch nur in der Nähe.

Grant schlurfte hinter dem Roboter her, der jetzt den Claymore inspizierte. Das grüne Licht auf seinem Kopf pulsierte wieder.

»Aber natürlich!« entfuhr es Grant, der den Roboter voller Interesse beobachtete. »Er tastet den Bomber ab. Genauso, wie er mich abgetastet hat. Ich frage mich«, wunderte er sich, »was er über mich gedacht haben mag.«

Offensichtlich nicht viel. Der Roboter beachtete ihn nicht weiter. Grant blieb ihm trotzdem auf den Fersen und arbeitete an einem Plan.

Sobald er den Robot an Bord seines Fliegers geschmuggelt hatte, mußte er ein passendes Versteck für ihn finden.

Der Waschraum. Der Roboter würde genau in die Duschkabine passen.

»Und dann starte ich«, sprach Grant laut vor sich hin. »Natürlich muß ich vorher um Starterlaubnis ersuchen. Das könnte ein Problem werden. Obwohl ... ich habe ihnen die Einheit überlassen, und sie scheinen nicht sonderlich an mir interessiert zu sein. Vielleicht sind sie sogar froh, mich loszuwerden.«

Grant verspürte schmerzhaftes Bedauern beim Gedanken an die verlorene Einheit. Aber entweder ließ er sie zurück, oder er verlor den Roboter – und der Roboter war ihm wesentlich wichtiger. Abgesehen davon hatte Captain Kergonan versprochen, die Maschine zurückzugeben, sobald sie mit ihrer Untersuchung fertig waren.

»Ich werde den Leuten von der Luftraumkontrolle einfach sagen, daß ich dringend nach Hause zurückkehren muß, um .. um ...«

Warum mußten Leute dringend nach Hause zurück? Um die Katze zu füttern. Um ihre Frau und die Kinder zu sehen. Um die Blumen zu gießen. Oder alles auf einmal.

Grant war sicher, daß die Armee ihn gehen lassen würde.

Ziemlich sicher. Fast sicher.

»Darüber kann ich mir jetzt nicht viele Gedanken machen«, redete Grant sich selber ein. Wichtig war allein, den Roboter ungesehen an Bord seines Fliegers zu bekommen.

»Entschuldige«, sprach Grant vorsichtig den Robot an, der die geöffnete Luke des Bombers erreicht hatte. Die Augen des Roboters waren auf diese Luke fixiert; er beachtete Jeffrey Grant nicht im geringsten. Grant entsann sich des alten Vids über Professor Lasairion. Da waren doch Untertitel gewesen?

Aber ja, der Roboter verstand kein Militärstandard! Aber er konnte es lernen. Grant erinnerte sich jetzt genau. Lasairion war überzeugt davon gewesen, daß auf anderen Planeten Leben existierte. Er hatte sogar gehofft, daß seine in der Galaxis herumreisenden Roboter andere Lebensformen entdecken und in einem solchen Fall auch Kontakt mit ihnen aufnehmen würden. Deshalb hatte der Professor den Robotern die Fähigkeit verliehen, die Sprache anderer Wesen aufzunehmen, und er hatte ihnen die Instruktion erteilt, diese Aufnahmen zum Zwecke näherer Studien zu ihm zurückzubringen. Also war der Roboter durch Vergleich der vorhandenen Aufnahmen und entsprechender Frequenz- und Lautanalysen theoretisch in der Lage, Sprachen zu ›lernen‹.

Grant mußte die Aufmerksamkeit des Roboters auf sich ziehen.

»Lasairion«, sagte er versuchsweise. Beim Klang seiner Stimme begann ein blaues Licht auf dem Kopf des Roboters zu blinken. Es pulsierte viermal, im Takt mit den Silben, die den Namen des Professors bildeten.

Der Roboter drehte sich um. Seine traurigen Augen leuchteten auf, und er streckte seinen Arm aus. Die metallenen Finger ergriffen Grants Jackenärmel und zogen kurz daran; dann ließen sie wieder los.

»Sie«, sagte er.

»Ich?« Grant war einen Moment verwirrt; dann verstand er die Frage. »Nein, ich bin nicht Professor Lasairion.«

Aber der Roboter mußte das natürlich wissen. Er hatte ihn abgetastet und dann kein weiteres Zeichen des Interesses gezeigt, bis er den Namen des Professors aussprach.

Der Roboter war darauf programmiert, fremde Lebensformen zu suchen. Grant aber war nicht fremd; er war nur ein Mensch. Der Name des Professors allerdings hatte das Interesse des Roboters geweckt.

»Paß auf«, sagte der Roboter. »Als nächstes gibst du ihm einen Namen.«

Der Roboter sprach Militärstandard genauso gut wie alle Angehörigen der Truppe. Genauso gut wie Captain Kergonan. Eigentlich klang der Roboter ziemlich genau *wie* Captain Kergonan. Aber natürlich! Grant wurde ganz aufgeregt. Der Roboter hatte die Stimme von Captain Kergonan aufgenommen und benutzte jetzt sein Programm, um den Worten Sinn zu verleihen. Entweder das, oder er wählte willkürlich ganze Sätze aus, was Grant aber nicht für sehr wahrscheinlich hielt.

»Name«, wiederholte er und fügte hinzu: »Jeffrey Grant.«

Das blaue Licht pulsierte und Grant wurde klar, daß der Roboter *seine* Äußerungen speicherte. Grant war erfreut, geschmeichelt . . . und gerührt.

Die traurigen, menschlichen Augen des Roboters blickten Grant unverwandt an. Der Robot schien nachzudenken. »Sie und ich . . . wir machen jetzt einen kleinen Spaziergang.«

»Gern«, bekräftigte Grant eifrig. Er drehte sich um und zeigte auf seinen Flieger. »Dort hinüber . . .« Er machte ein paar Schritte in die angegebene Richtung und hoffte, der Roboter würde ihm folgen.

Diese Methode wurde ja erfolgreich bei Hunden angewandt, so glaubte er wenigstens.

»Halt! Stop!« befahl der Roboter.

Grant blieb stehen, drehte sich wieder um und flehte: »Bitte, du *mußt* mit mir kommen! Jetzt sofort! Schnell! Bevor jemand dich findet!«

Der Roboter hob einen seiner Metallarme und zeigte auf die Luke des Claymore. »Sie gehen dort hinein.«

Große Güte! Der Roboter rettete sich selbst! Er würde sich im Claymore verstecken, und er wollte, daß Grant mit ihm kam.

Warum? Grant starrte den Roboter an. Der Roboter starrte zurück. Grant sah sein Spiegelbild in dem metallenen Untertassenkopf ...

»Aber natürlich! Ich trage eine Fliegerkombi!«

Grant war dermaßen überwältigt, daß er es beinahe hinausgeschrien hätte. Es war so ungeheuer aufregend, sich mit dem Roboter zu unterhalten! Es machte sogar ausgesprochenen Spaß. So, als wenn man ein Kreuzworträtsel löste!

»Und ich trage einen Helm. Das bedeutet, der Roboter hält mich fälschlicherweise für den Piloten. Er will sich nicht in dem Claymore verstecken, sondern darin mit mir fliehen! Der Roboter versucht sich selbst zu retten!«

»Tu es!« meldete sich die aufrührerische Stimme in Grants Innerem.

»Ich kann nicht«, flüsterte Grant, den seine eigene Kühnheit plötzlich entsetzte. »Oder doch?«

»Hab keine Angst«, beruhigte der Roboter ihn mit Captain Kergonans Stimme.

Grant hatte das Gefühl, daß er von drei Individuen bedrängt wurde, die ihn zu überzeugen versuchten: der Roboter, Captain Kergonan und sein inneres Selbst.

»Nein, nein, ich werde keine Angst haben«, versprach Grant. Er blickte zur Luke hinauf und schaute dann an dem Bomber entlang, der in Wirklichkeit viel riesiger war als sein Abbild in der virtuellen Realität.

Aber in der virtuellen Realität hatte Grant den Claymore schon tausendmal geflogen.

Und sie wollten den Roboter in die Luft sprengen.

Dieser schwebte nun ohne Mühe in den Bauch des Bombers und drehte sich dort, um die Luke genauer zu inspizieren. Grant kletterte geschwind die Leiter hinauf, um nicht den Anschluß zu verlieren.

Der Roboter benutzte einen der Ausrüstungsgegenstände seines Werkzeugarms, um die Luke aufzubekommen.

Grant kletterte in den Bomber und schaute sich um. Er hatte fürchterliche Angst, war aufgeregt und begeistert – alles zugleich. Es war ganz anders als im Flugsimulator. Diese Kontrollen waren echt, nicht nur auf einen Schirm projiziert. Alles war ... na ja ... trister als Grant es sich vorgestellt hatte. Schmutziger. Nicht, daß das Innere des Bombers dreckig gewesen wäre – nein, er war gut gepflegt. Dennoch war dieser echte Bomber ganz anders als die Simulation. Er war nicht makellos, nicht perfekt. Eine der Stahlglasscheiben über einer Anzeige hatte einen Sprung. Grant berührte die Instrumente, fühlte harte Kanten und glatte Oberflächen unter seinen Fingern. Das Metall war heiß von der Sonne, die durch das vordere Sichtfenster fiel. Das Innere roch nach Metall und Schweiß, nach altem Plastik und einem verschrumpelten, braunen Apfelgehäuse, das jemand neben den Abfallbehälter geworfen hatte.

Grant setzte sich in den Pilotensessel, betrachtete die Kontrollen und fühlte Panik in seinem Inneren aufsteigen.

Die Kontrollen waren nicht dieselben wie im Computerspiel. Sie waren ähnlich, aber nicht dieselben. Aus Gründen der Sicherheit war es den Herstellern des Spiels natürlich nicht gestattet worden, das Innere eines Claymore wirklichkeitsgetreu wiederzugeben. Ein paar Kontrollen konnte Grant benennen: die Anzeigen atmosphärischen Druck, Geschwindigkeit in der Luft, im Weltraum, die Vektorenkontrolle. Was aber stellten diese blauen Knubbel dar, die aus einer Art Flüssigkeit mit silbernen Reflektoren ragten? Oder die unzähligen Computerkonsolen mit Tasten, die sich über nicht minder zahlreichen Schaltern befanden?

Das war schlimm. Sehr schlimm.

Grant hatte immer gewußt, daß er irgendwann in Schwierigkeiten geraten würde, wenn er auf seine innere

Stimme hörte. Er mußte sofort hier raus, bevor ihn jemand erwischte! Er versuchte aufzustehen, doch seine zitternden Beine wollten seinen Körper nicht tragen.

Der Roboter verschloß und versiegelte die Luke.

Grant schnappte nach Luft und schluckte, starrte verwirrt auf die unzähligen Kontrollen.

»Es tut mir leid ...«, begann er kaum hörbar.

Der Roboter tippte ihm auf die Schulter. Sein Arm wies auf das hintere Ende, auf eine Liege im Mannschaftsquartier. Claymores waren für den Hyperraumsprung ausgerüstet. Das bedeutete, sie konnten Tage oder Wochen unterwegs sein.

»Hab keine Angst«, wiederholte der Roboter.

Grant stützte sich beim Aufstehen auf die Lehnen des Pilotensessels und schwankte auf unsicheren Beinen zögernd davon.

Der Roboter schwebte zu den Kontrollen des Bombers und studierte sie mit grün pulsierendem Licht. Er streckte einen seiner Arme aus und steckte die Armatur am Ende des Arms direkt in eine Öffnung der Konsole.

Minuten zogen vorüber. Grant starrte schwitzend aus dem Fenster und wartete, hoffte, daß jemand kommen würde.

Der Roboter meldete sich erneut zu Wort. »Ich verstehe, Computer. Wir können kommunizieren. Kommandosequenzanfrage, gehe auf Empfang.«

Der Computer reagierte. »Einstufungsebene zu niedrig. Benötige Autorisation und Stimmenüberprüfung.«

»Stimmenüberprüfung negativ«, erwiderte der Roboter. »Sicherheitseinstufung zu niedrig. Analysiere gesendete Programmdatei ... jetzt.«

»Programm unbekannt.«

»Deine Anfrage war verstümmelt. Bitte wiederhole Sendung.«

»Ich habe nichts gesendet«, entgegnete der Computer. »Ich frage um Ihre Autorisierung an.«

»Du antwortest auf meine Anfrage um Autorisierung«, erwiderte der Roboter. »Der letzte Befehl war verstümmelt. Bitte wiederhole deine Autorisierung und Information über Kommandostruktur.«

»Übertragung«, bestätigte der Computer. »Bitte warten.«

»Der Roboter braucht mich gar nicht«, murmelte Grant vor sich hin. »Warum bin ich dann hier? Und wo will er hin?«

Der Roboter drehte sich um und schaute zu ihm nach hinten.

»Ich habe einen Auftrag zu erledigen«, sagte er mit Captain Kergonans Stimme.

Jeffrey Grant blinzelte. »Du liebe Güte«, stieß er leise hervor, »oh, du liebe Güte.«

Er legte sich auf die Liege, denn er fühlte sich schwindelig und konnte nicht richtig atmen.

»Oh, du liebe Güte«, wiederholte er noch einmal.

»Schlaf gut«, sagte der Roboter.

27. Kapitel

Der Optimist verkündet, daß wir in der besten aller Welten leben. Und der Pessimist befürchtet, es könnte stimmen.

James Branch Cabell,
Der Silberne Hengst

Ein weiblicher Captain fuhr Harry Luck und Jamil zur Rollbahn. Jamil – müde, brummig und verstimmt – warf sich auf den hinteren Sitz, verschränkte die Arme vor der Brust und starrte düster auf Harrys Hinterkopf.

Harry, der vorn saß, plauderte mit der Fahrerin, einer Rothaarigen. Harry hatte eine Schwäche für Rothaarige.

»Sind Sie jemals einen Claymore-Bomber geflogen, Captain? Wie, sagten sie noch, war Ihr Vorname? Janet? Darf ich Janet zu Ihnen sagen? Hm, Offiziere sollen so etwas unterlassen, nicht wahr? Fraternisierung, was immer das auch bedeuten mag. Wer stellt eigentlich diese blöden Regeln auf? Ich ... ja?« Harry drehte sich um, bevor Jamil noch einmal in die Lehne seines Sitzes trat. »Ist was?«

»Was wünschen Sie, *Sir*?« grollte Jamil.

»Oh, nichts, es geht mir gut. Es ist nur ...«

»Ich schlage vor, *Captain* Luck«, begann Jamil laut und eisig, »daß Sie den Mund halten und Captain Janet den Dienst verrichten lassen.«

»Jawohl, Sir.« Harry wirkte angemessen niedergeschlagen. Doch als er sich wieder umdrehte, zwinkerte er dem weiblichen Captain zu. Janet kämpfte vergeblich darum, sich ein Lächeln zu verbeißen.

Jamil schloß die Augen, lehnte sich zurück und wünschte alle zur Hölle.

Dann spürte er, wie Harry ihn an der Schulter rüttelte.

»Fühlst du dich besser?« fragte Harry.

»Nein, im Gegenteil«, giftete Jamil, »ich fühle mich groggy, und es kommt mir so vor, als hätte ich Wattebäuschschen im Hirn. Wir werden wieder mal ein perfektes Team abgeben.«

»Das sind wir immer«, erwiderte Harry geschmeichelt. »Da drüben ist der Hangar, in den sie den Claymore geschleppt haben.«

»Du erzählst mir besser deine Seite der Geschichte«, wies Jamil ihn mit leiserer Stimme an, während sie auf den Hangar zuschritten.

Harry nickte. »Ich flog in den pandorischen Luftraum. Auf dem Weg dorthin sah ich dieses Riesenbaby von Kommandokreuzer, also gab ich denen zu verstehen, daß ich zu ihnen gehöre. Ich sagte denen, ich wäre auf einer Routinemission gewesen und hätte Probleme mit meinem Stabilisator bekommen. Tja, und wenn du Stabilisatorprobleme hast, dann stehen sie nicht unbedingt darauf, daß du auf einem im Raum befindlichen Schiff zu landen versuchst. Sie könnten dich natürlich per Traktorstrahl reinlotsen, aber was passiert wohl, wenn du die Andockrampe erreichst?«

»Ich gebe auf«, knurrte Jamil, »also, was passiert dann?«

»In den meisten Fällen säubern sie anschließend das Deck von deinen Überresten«, grinste Harry. »Natürlich *kann* ein solches Manöver gelingen, aber es ist eine extrem kitzlige Sache und macht alle höllisch nervös. Niemand mag so eine Situation; deshalb ziehen sie es vor, daß du auf festem Boden landest, wenn möglich. Da gibt es lange Landebahnen und jede Menge Platz, um herumzuschliddern. Und solltest du von der Bahn abkommen, endest du allenfalls in einem Kornfeld und nicht in der Messe des Lordadmirals.«

»Ich versehe. Also hast du die pandorische Luftkontrolle darüber informiert, daß du Stabilisatorprobleme hast.«

»Jau. Sie verwiesen mich auf das Rollfeld der Basis, die mich quasi überprüfte. Aber nicht übermäßig gründlich. Schließlich schwebt dieses Riesenkommandobaby über ihnen, und alle sind sich dessen bewußt.«

»Was meinst du damit, sie hätten dich ›quasi‹ überprüft? Entweder haben sie, oder sie haben nicht.«

Die beiden näherten sich dem Hangar, und einige Mitarbeiter der Bodencrew betrachteten sie neugierig.

Jamil blieb stehen.

Harry gab vor, dem Armeeoberst die interessanten Details eines Stiletto-Fighters zu erklären.

»Sie sagten, sie würden beim Kreuzer nachfragen, um zu überprüfen, ob ich wirklich dazugehörte. Ich muß zugeben, daß hat *mich* ein wenig nervös gemacht«, berichtete Harry und beschattete die Augen, während er in die pandorische Sonne blinzelte. »Aber ich nehme an, die vom Kreuzer haben grünes Licht gegeben, denn sie funkten mich wieder an und erteilten mir Landeerlaubnis.«

»Welchen Namen hast du angegeben?« fragte Jamil.

»Harry Luck«, sagte Harry. »Warum? Welchen Namen hätte ich denn angeben sollen?«

»Du Mondkalb!« schnaubte Jamil. »Der Lordadmiral selbst hat die Landeerlaubnis angeordnet. Dixter kannte natürlich deinen Namen. Anderenfalls hätten sie dir höchstens Landeerlaubnis für den nächsten Gefängnisplaneten erteilt.«

»Was soll's.« Harry tat es mit einem Achselzucken ab. »Hauptsache, es hat funktioniert. Jedenfalls hat die Landung richtig gut ausgesehen. Ich bin über den Himmel geschlenkert, sag ich dir! Nachdem ich den Boden berührte, wurde ich mindestens sechzig Meter zurück in die Luft geschleudert. Deshalb hab' ich auch die Schnittwunde am Kopf. Ich bin mir ziemlich sicher, daß es nicht viele Piloten gibt, die den Flieger so runtergebracht hätten – funktionsgestört wie er war«, fügte er mit stolz geschwellter Brust hinzu.

»Du meinst«, wiederholte Jamil langsam, »daß du den Stabilisator absichtlich demoliert hast, *bevor* du gelandet bist?« Sein Hirn schien noch nicht ganz wach zu sein.

»Aber sicher!« bekräftigte Harry. »Ich bin doch nicht *völlig* auf den Kopf gefallen. Ich wußte natürlich, daß die als erstes nach einem defekten Stabilisator suchen, und daß es besser wäre, wenn sie auch einen finden würden, und ... oh.« Er brach die Erzählung mit zerfurchter Stirn ab.

»Genau«, meinte Jamil. »Warum hast du keine Bruchlandung vorgetäuscht und den Stabilisator erst hinterher demoliert? Du hättest so tun können, als hättest du ihn zu reparieren versucht ...«

»Jau«, erwiderte Harry gedankenvoll. »Ich verstehe, was du meinst. Es wäre viel sicherer gewesen, nicht wahr?«

»Sehr viel sicherer«, bestätigte Jamil.

»Das werde ich mir merken.« Harry nickte bestätigend.

»Wie hast du es geschafft, das Rollfeld zu verlassen?

Ich nehme mal an, sie haben dir gesagt, du müßtest dableiben.«

»Klar. Haben Sie gesagt.« Harry hob die Schultern. »Aber ich sagte denen, ich müßte dringend pinkeln. Der Chef der Bodencrew meinte, er könne darauf wetten – nach so einer Landung. Also machte ich mich auf den Weg zum Klo, ging vorne rein und hinten wieder raus und einfach immer weiter.«

Jamil rieb sich den Nacken. Die pandorische Sonne kochte die Luft über dem Rollfeld, und Jamil gleich mit. Er hätte die Hälfte seines nicht unbeträchtlichen Vermögens für eine kühle Dusche hergegeben (er hatte gute Investitionen getätigt – mit Tychos Hilfe). Anschließend würde er zwischen ebenso kühle, frische Laken gleiten.

Wie er so da stand, verschwitzt, müde bis auf die Knochen und elend, dachte er darüber nach, daß Xris lange Stunden damit verbracht hatte, einen komplexen und ausgetüftelten Plan zu ersinnen, der es ihnen ermöglichen würde, in die Basis hineinzugelangen.

Und dabei hätte sie nur zu sagen brauchen, daß sie mal zum Pinkeln müßten.

Ihm war klar, daß es ein wenig komplizierter war, doch sein müdes Hirn konnte sich nicht mehr mit den Einzelheiten befassen. So gab er sich damit zufrieden, über die Ungerechtigkeit des Ganzen zu lamentieren.

»Wo, zur Hölle, ist dein verdammter Flieger?« grummelte er.

»Da drinnen. Jedenfalls haben sie ihn da reingezogen.« Harry betrat den Hangar, wo der Chef der Bodencrew sie aufhielt.

»Hey, Captain. Das war aber ein langer Trip zum Klo.« Der Chef grinste.

»Ich mußte über vieles nachdenken«,antwortete Harry.

Der Chef hob die Augenbrauen und schien in Gelächter ausbrechen zu wollen, als er Jamils finstere Miene bemerkte und sich zusammenriß.

»Sir? Ist etwas nicht in Ordnung, Sir?«

»Nein, nein«, sagte Harry leichthin und schaute sich in

dem leeren Hangar um. »Ich suche nur meinen Claymore. Ist er fertig?«

»Aber ja, Sir. Sie müssen direkt an ihm vorbeigegangen sein. Sie waren noch gar nicht lange fort, da hatten wir ihn schon repariert. Eine ausgefallene Stabilisatorkontrolle. Und auf dem Weg nach unten muß Ihnen ein Vogel in Motor Nummer zwei geraten sein. Wir haben den Claymore wieder aufs Rollfeld gezogen.«

»Auf welches?«

»Wir haben nur ein Rollfeld, Sir.« Der Chef ging zum Hangareingang. »Er ist gleich dort drüben ... hm. Das ist wirklich merkwürdig.«

»Was ist merkwürdig?« verlangte Jamil zu wissen.

Der Chef blickte verwirrt auf das Rollfeld. »Der Claymore, Oberst. Er sollte gleich dort drüben stehen. Hölle, er *war* dort! Vor nicht mal einer Stunde!«

Harry kniff die Augen zusammen und blickte konzentriert nach draußen. Dann schüttelte er den Kopf. »Jetzt ist er jedenfalls nicht da.«

Jamil fühlte das Herrannahen mörderischer Kopfschmerzen.

»Ich war eine Zeitlang weg«, meinte der Chef, »um meinen täglichen Bericht einzureichen. Hat vielleicht ein, zwei Minuten gedauert. Ich frage mal die Jungs ...« Er verschwand wieder im Hangar. Sie hörten seine Stimme: »Hey, hat einer von euch Burschen gesehen, wo der Claymore hin ist?«

»Er ist abgeflogen«, kam die Antwort.

»Was hat er gesagt?« fragte Harry.

»Er sagte, ›er ist abgeflogen‹«, wiederholte Jamil.

»Aber ich bin der Pilot.« Harry verstand die Welt nicht mehr.

»Offensichtlich bist du es jetzt nicht mehr«, entgegnete Jamil.

»Verflucht noch eins«, schimpfte Harry. »Irgend so ein Bastard hat meinen Flieger gestohlen!« Er überlegte einen Augenblick; dann fragte er: »Xris wird nicht sehr glücklich darüber sein, was?«

»Aber sicher doch«, sagte Jamil mit aufsteigendem Zorn. »Xris wird vor Freude herumspringen und singen und tanzen, wenn er von dieser Sache hört! Es wird eine Untersuchung geben, Mann. *Genau* was wir jetzt brauchen. Abgesehen davon, daß es uns die Einnahmen eines ganzen Jahres gekostet hat, diesen Claymore zu finden und wieder herzurichten, und daß ... ach, vergiß es!« Er massierte seine pochenden Schläfen.

»Jau. Du hast recht.« Harry dachte über die Folgen nach. Dann stapfte er mit hochrotem Kopf zurück in den Hangar und fragte den nervösen Chef: »Was, zur Hölle, habt ihr mit meinem Flieger gemacht?«

Jamil hätte mit ihm gehen sollen, unterließ es aber. Er stand mit pochendem Schädel in der heißen Sonne und starrte auf den leeren Platz auf dem hitzeflirrenden Rollfeld. Und er fragte sich, wann wohl der Kommandokreuzer vom Himmel und direkt auf ihre Köpfe fallen würde. Alles war schiefgegangen. Es gab nichts mehr, außer dieser letzten Möglichkeit.

Später würde sich zeigen, daß diese Einstellung Jamils bewies, daß er in seinem Herzen Optimist war.

28. Kapitel

Dies ist das dritte Mal. Ich hoffe, die ungeraden Zahlen bringen Glück ...

William Shakespeare,
Die lustigen Weiber von Windsor, 5. Akt

Xris fand einen Schwebejeep, der auf dem Rollfeld unweit des Luftkontrollgebäudes parkte. Er kletterte hinein und die MPs zwängten sich dazu, als Tess erschien.

Sie warf den Militärpolizisten einen erstaunten Blick zu und wandte sich dann an Xris.

»Entschuldigen Sie, Captain Kergonan«, sprach sie ihn freundlich an. Dann fügte sie leise, aber wütend hinzu: »Und wo, zur Hölle, willst du hin? Wo ist Grant? Du solltest auf ihn aufpassen!«

»Grant ist nicht wichtig. Ich habe erfahren, daß der Rob ...«

»Einen Moment«, unterbrach ihn Tess und wandte sich an die MPs: »Vielen Dank, meine Herren, aber Sie werden nicht mehr benötigt. Kehren Sie an Ihren Posten zurück.«

Die MPs salutierten und machten sich über das Rollfeld auf den Weg, um wieder den gemieteten Flieger zu bewachen.

»Du weißt, daß *niemand* etwas von dem Roboter wissen soll«, wies Tess Xris verärgert zurecht.

»Tja, ich fürchte nur, bald wird die ganze verdammte Basis über den Roboter Bescheid wissen, Captain Strauss«, erwiderte Xris und machte es sich auf dem Fahrersitz bequem. Er ließ den Motor an. »Der Roboter ist verschwunden. Er hat seine Kiste aufgebrochen und ist abgehauen. Ich nehme an, er wandert irgendwo auf der Basis herum.«

Tess starrte ihn mit großen Augen an.

»Willst du nicht einsteigen?« rief Xris ihr über das Brüllen des Motors hinweg zu.

Tess ging wortlos um den Jeep herum und stieg neben Xris ein. Die Luftdüsen hoben das Gefährt über den Boden, als das Kommlink das Innere seines Ohrs kitzelte. Xris brüllte antwortend hinein: »Quong? Hast du ihn gefunden?«

»Was? Wen gefunden? Hier spricht nicht der Doc, Xris. Ich bin's, Harry.«

»Hör mal, Harry, was immer es auch ist, es kann warten. Ich ...«

»Nein, kann es nicht! Xris, irgend so ein Bastard hat meinen Bomber gestohlen. Den Claymore!« Harrys

Stimme hatte einen klagenden Unterton. »Jemand ist damit weggeflogen, und das war nicht ich!«

Xris wußte es – er wußte genau, was passiert war. Er hätte nicht erklären können, wie oder warum, aber er *wußte* es. Es war eine dieser Eingebungen, die einen manchmal überkommen, indem sie plötzlich und unerwartet zuschlagen wie ein Blitz aus heiterem Himmel. Er konnte die Hitze dieses Blitzes hinter seinen Augäpfeln spüren.

»Hast du mit der Luftraumkontrolle gesprochen?«

»Ja.«

»Was haben sie gesagt? Wer ist der Pilot?« Xris wartete gespannt auf die Antwort.

»Pilot? Was geht da vor?« Tess schüttelte Xris' Arm.

Er winkte kurz mit der Hand, um sie zum Schweigen zu bringen. »Was hast du gesagt, Harry? Ich habe nicht verstanden!«

»Der Computer an Bord des Claymore hat den Start vorgenommen. Und das ist wirklich merkwürdig, Xris, denn ich habe den Computer während der Bruchlandung abgeschaltet. Die Kontrolle hat die Starterlaubnis verweigert, aber der Bomber hat einfach abgehoben. Sie haben ihm ein paar Kampfflieger nachgeschickt, die ihn wieder zur Landung zwingen sollten, aber wer immer den Bomber fliegt, hat 'ne Menge Mumm.«

Nach allem, was er von Grant wußte, hätte Xris auf jeden Fall dagegen gewettet. Offensichtlich hatte er den Mann unterschätzt.

Harry fuhr mit seinem Bericht fort. »Der Computer hat überhaupt nicht reagiert. Der Claymore ist einfach weitergeflogen.«

»Haben die den Flieger heruntergeschossen?«

»Welchen Flieger heruntergeschossen?« verlangte Tess entnervt zu wissen.

»Nein«, antwortete Harry. »Die *King James* gab den Befehl, nicht zu schießen. Die Kampfflieger haben einen Sender drangeschossen und ihn dann ziehen lassen. Und willst du noch was Merkwürdiges hören? Sie haben den

Bomber gescant und an Bord eine Lebensform festgestellt. Aber wer immer es war, sie konnten keine Verbindung herstellen.«

»Scheiße«, fluchte Xris hingebungsvoll und schlug auf das Lenksystem des Jeep. Die gesamte linke Hälfte zerbrach unter der Wucht seiner kybernetischen Hand. Seine rechte Hand schmerzte teuflisch.

»Was machen wir jetzt, Boß?«

»Warte einen Moment. Ich muß darüber nachdenken, bevor ...«

»Du hast drei Sekunden, um mir zu erzählen, was eigentlich lost ist«, unterbrach Tess ihn grimmig, »oder ich *werde* dich erschießen.«

Xris starrte über das Rollfeld. Harry und Jamil, die neben dem Hangar standen, waren zwei kleine, von den aufsteigenden Hitzewellen verzerrte Gestalten. Er hätte es wissen müssen. Aber der Bursche hatte einen so harmlosen und nachgiebigen Eindruck gemacht ...«

»Jeffrey Grant hat den Roboter gefunden«, erklärte Xris. »Er hat ihn an Bord unseres Claymore-Bombers gebracht und ist mit ihm abgehauen.«

Tess betrachtete ihn mißtrauisch. »Du machst Witze.«

Xris schüttelte den Kopf.

»Das ist ein Trick, damit ich ihm seine Einheit zurückgebe ...«

Xris schüttelte immer noch den Kopf.

»Okay. Laß uns mal annehmen, daß die Geschichte stimmt.« Tess bemühte sich, ruhig zu bleiben. »Warum sollte der Mann eine so verrückte Sache machen? Will er den Roboter zu Harsch bringen?«

»Nein«, entgegnete Xris, »er will ihm das Leben retten.«

»Sein Leben retten ... jemand hat ihm von der Bombe erzählt ... großartig!« stieß Tess verbittert hervor. »Das ist wirklich wundervoll!« Sie stieß die Tür auf und erhob sich aus dem Sitz.

Xris versuchte, sie aufzuhalten. »Warte wenigstens, bis ich den Schwebejeep heruntergelassen habe! Du wirst dir den Hals brechen!« Tess beachtete ihn nicht. Sie sprang wendig über die Seite des Jeeps. Kaum auf dem Boden aufgekommen, lief sie in Richtung Luftraumkontrolle los.

Xris wendete den Jeep und brachte ihn auf eine Höhe mit Tess.

Dann schnitt er ihr den Weg ab und bremste hart. Die Luftdüsen schalteten sich ab, und der Jeep landete unsanft auf dem Boden.

»Erinnerst du dich noch an mich?« brüllte er. »Ich bin der Kerl, der Harsch den Roboter liefern soll!«

Tess' Atem ging schnell, ihr Gesicht war gerötet. »Sag mir nur eines ... hat dein Pilot wirklich eine Bruchlandung in einem Claymore vorgetäuscht?«

»Ja.«

»Ist er so genial? Oder so blöd?«

»Das beantworte ich lieber nicht. Auf jeden Fall ist er der verdammt beste Pilot in der ganzen Galaxis.«

Tess blickte ihn nachdenklich an; dann nickte sie. »Fein. Wir treffen uns am Hangar. Sei abflugbereit.«

Sie drehte sich um. Xris sprang aus dem Jeep und folgte ihr.

»Warte! Warte einen Augenblick, Captain, verdammt! Ich bin kein Angehöriger dieser Armee. Ich gebe zu, ich habe den Job verbockt. Junge!« Xris schüttelte den Kopf. »Und wie ich ihn verbockt habe! Und ich bin immer noch willens, Harsch den Roboter zu bringen ...«

»Du bist willens, dafür bezahlt zu werden!« fuhr Tess dazwischen.

»Da hast du verdammt noch mal recht. Ich habe mir das Geld sauer verdient. Aber diese ganze Geschichte ist mehr, als abgemacht war ...«

»Darlene«, sagte Tess laut dazwischen. Ihre Stirn runzelte sich vor Konzentration. »Dein adonischer Freund erwähnte den Namen Darlene. Könnte es sich dabei um Darlene Mohini handeln? Major Mohini? Es gibt da eine Menge Leute, die gern wüßten, wo sie zu finden ist.«

Xris starrte sie wütend an.

»Lassen Sie meinen Arm los, Captain.« Tess hob das Kinn. »Führen Sie die Ihnen gegebenen Befehle aus.«

»Jawohl, Ma'am«, erwiderte Xris kühl und salutierte steif. »Zur Hölle mit Ihnen, Ma'am.«

Auf dem Hacken drehend ging er davon und ließ sie stehen.

Während er die ganze Bandbreite von Frauen über Roboter bis hin zum Flottengeheimdienst und harmlosen, sanften Museumsdirektoren verwünschte, kletterte Xris wieder in den Schwebejeep, knallte den Gang rein und brauste mit heulendem Motor in Richtung Hangar.

Dort angekommen, fand er Harry auf dem Platz stehend, auf dem der Claymore hätte stehen sollen. Harry starrte bedrückt auf einen Ölfleck. »Ich kann nicht glauben, daß er weg ist«, sagte er, als Xris näher kam.

»Gewöhn dich an den Gedanken«, sagte Xris scharf. »Wo ist Jamil?«

Harry zeigte vage in Richtung Hangar. »Er schläft.« Er schüttelte bewundernd den Kopf. »Dieser Mann kann einfach überall schlafen. So was habe ich noch nie gesehen.«

Xris ging zum Hangar hinüber. Jamil saß auf einem Klappstuhl, Arme und Kopf auf ein Ölfaß gelehnt. Seine Augen waren geschlossen; der Atem ging tief und regelmäßig. Xris wollte ihn berühren, um ihn aufzuwecken.

Dann entschied er sich anders. Laß ihn schlafen, sagte er sich.

So wie es aussieht, braucht er den Schlaf. Xris knackte auf eine bestimmte Weise mit dem Kiefer. Die Kommverbindung in seinem eingepflanzten Sender schaltete sich ein.

»Doc, Tycho – könnt ihr mich hören?«

»Ja, Xris. Keine Spur von dem Robot. Einer der Leute hier meint, ihn gesehen zu haben; aber es ist nicht sicher, ob er tatsächlich den Robot gesehen hat oder unter den Flashbacks einen schlechten Trips leidet . . .«

»Vergiß es. Es hat sich was Neues ergeben. Meldet

euch auf dem Rollfeld. So schnell wie möglich. Xris Ende.« Als nächstes versuchte er, Raoul zu erreichen.

»Raoul, hier ist Xris. Over.«

Keine Antwort; allerdings vernahm er ein überraschtes »Hmmm?«

»Raoul, hier ist Xris. Over.«

»Xris?« Raoul klang vorsichtig.

»Raoul, hier ist Xris. Over.«

»Es hört sich an wie Xris«, hörte er Raoul sagen; wahrscheinlich sprach er zu dem Kleinen.

»Hier *ist* Xris!«

»Wo bist du?« Raouls Stimme hatte einen hysterischen Unterton. »Ich kann dich hören, aber nirgendwo sehen!«

»Ich benutze das Komm, Raoul«, erklärte Xris geduldig. »Das Komm. Erinnerst du dich? Am linken Ohr. Heb die Hand und berühre die Haut hinter deinem Ohr. Du fühlst eine kleine Beule . . .«

»Ah!« Raoul seufzte tief. »Ich dachte schon, du wärest ein körperloser Geist. Oder vielleicht eine von den anderen Stimmen, die ich manchmal höre . . .«

»Wo . . .«

»Sag mal, ist das nicht redundant? Körperloser Geist? Sind nicht alle Geister körper . . .«

»Später!« Xris schien jedesmal in diese abgedrehten Gespräche hineingezogen zu werden. »Wo bist du?«

Er konnte beinahe hören, wie Raoul den Kopf hierhin und dorthin drehte.

»Wir befinden uns in einer Einrichtung, in der man vorgibt, Essen zu servieren. Aber ich persönlich habe da so meine Zweifel. Der Mann hinter der Theke fragte, was ich wollte. Ich sagte ihm, irgendwas Leichtes . . . Cracker und *Paté fois gras* mit einem Glas Weißwein, trocken und kühl temperiert. Ich habe mich enthalten, das Weingebiet genauer zu bezeichnen, da ich wußte, wie hoffnungslos das sein würde. Der Mann war jedenfalls ausgesprochen unfreundlich. Er sagte . . .«

»Meldet euch am Hangar!« Xris gelang es endlich, einen Satz dazwischen zu werfen. »Wir fliegen ab.«

»Keine Minute zu früh«, bemerkte Raoul mit Nachdruck. Dann war es eine Zeitlang still, bis die Frage kam: »Wo genau befindet sich der Hangar?«

»Fragt jemanden. Xris Ende.«

Er ließ sich in einen Sessel des leeren Hangars fallen. Der Schweiß sammelte sich als feuchter Fleck auf dem Rücken seiner Uniform. Er konnte sich vorstellen, was Tess vorhatte ... sie würde hinter diesem verdammten Grant mit seinem verdammten Roboter herjagen. Und was war mit Darlene? Wenn ihr Schiff in Moana andockte, sollten sie ebenfalls am Treffpunkt sein. Xris wollte, daß jemand bei ihr war. Ihm gefiel der Gedanke ganz und gar nicht, daß Darlene auf sich allein gestellt war. Ausgerechnet jetzt, da die Hung wußten, wer sie war. Es konnte sein, daß die Hung sie für den Moment aus den Augen verloren hatten; das hoffte Xris jedenfalls. Aber sie würden ihre Spur wieder aufnehmen.

Vielleicht könnte er Doc und Tycho oder Raoul und den Kleinen darauf ansetzen. Xris hatte nie die Absicht gehabt, alle in diesen Job einzubinden. Er würde die anderen losschicken, um Darlene zu bewachen. Ja, das war ein guter Plan. Er würde sie wegschicken, während er bei Tess und Harry blieb, um Grant und den entführten Roboter wieder einzufangen.

Als dieses Problem gelöst war, versuchte Xris, sich zu entspannen. Statt dessen wurde er immer unruhiger. Als er sich dabei ertappte, wie er Jamil in Gedanken zustimmte, daß ›körperloser Geist‹ redundant *war*, sprang er ärgerlich auf und stapfte nach draußen, um festzustellen, was, zum Teufel, die anderen so lange aufhielt.

»Bitte beeilen Sie sich, meine Herren«, sagte Tess drängend. »Der Claymore hat einen ziemlichen Vorsprung. Steigen Sie an Bord, und nehmen Sie Ihre Plätze ein. Pilot Luck, was ist los? Ich nehme an, Sie können ein PBRS fliegen?«

»Ich kann alles fliegen, Ma'am«, bekräftigte Harry. Seine Antwort war nicht übertrieben. »Aber ... wollen Sie den Claymore etwa mit diesem Ding verfolgen?«

»Jawohl, Pilot Luck.« Tess' Stimme wurde härter. »Was stimmt mit diesem Flieger nicht?«

»Oh, alles in Ordnung, Ma'am«, antwortete Harry ernsthaft. »Es geht nur darum, wann Sie den Claymore einzuholen wünschen. Irgendwann nächstes Jahr?«

Tess' Wangen röteten sich. Sie griff nach dem Komm im Hoverjeep. »Ich fordere einen anderen Piloten ...«

»Reg dich nicht auf«, schaltete Xris sich ein. »Harry ist nur ehrlich. Und er hat Recht. Diese Kiste ...«, er machte eine abschätzige Handbewegung, »wird den Kampfbomber nie einholen.«

Tess' Gesicht wurde düster, ihre Augen funkelten. »Ich bin offen für Vorschläge. Wie hattet *ihr* denn geplant, den Claymore zu stoppen und den Robot zurückzubekommen?«

»Schickt ihnen den Kommandokreuzer hinterher, die *King James*.«

Tess zögerte. Dann sagte sie, ohne Xris anzusehen: »Es gibt da etwas, das ich noch nicht erwähnt habe. Wir sind davon überzeugt, daß Harsch Kontakte in den oberen Rängen der Flotte hat. Nicht nur ein Kommandokreuzer, sondern ein Flaggschiff jagt einem unbedeutenden Claymore hinterher. Ein merkwürdig aussehender Roboter wird konfisziert und an Bord gebracht ... in den Umkleideräumen würde man mindestens eine Woche lang über nichts anderes reden. Wenn Harsch das herausbekommt, wäre unsere Operation am Ende. Wir bekämen so schnell keine neue Chance, ihn zu fangen. Nein, das können wir nicht riskieren.«

»Aber du riskierst, den Claymore und den Roboter zu verlieren?« Xris hob eine Augenbraue, besser gesagt: den Teil seines Gesichts, wo sich eine Augenbraue befinden würde, hätte er denn welche gehabt. »Das ergibt nicht besonders viel Sinn.«

»Es ist kein großes Risiko«, argumentierte Tess. »Der

Claymore wird von einem unerfahrenen Neuling geflogen. Wir haben Grants Akte überprüft. Er hat zwar einen Pilotenschein, hat aber nie etwas anderes als Korporationsshuttles geflogen. Was diese ›Kiste‹ angeht, wie du sie nennst – das PBRS mag äußerlich nicht viel hermachen, aber es ist schneller als es aussieht. Es hat einen Traktorstrahl, und wie sein Name schon sagt, ist das PBRS speziell für diese Art von Operationen konzipiert worden.«

»PBRS?« fragte Harry mit leiser Stimme. »Der Name sagt mir gar nichts.«

»PBRS. Pilotenbergungs- und Rettungsschiff«, informierte Jamil ihn. »Wenn der Flieger eines Piloten manövrierunfähig oder beschädigt im Raum treibt, oder wenn der Pilot zum Aussteigen gezwungen ist, kann das PBRS den defekten Flieger abschleppen oder die Rettungskapsel aufnehmen. Diese Schiffe sehen zwar nicht sehr schön aus, aber wenn du da draußen in der endlosen Nacht gestrandet bist, dein Treibstoff immer weniger wird und die schwarze Kälte dir langsam in die Knochen kriecht, dann gibt es keinen schöneren Anblick, als dieses alte Mädchen hier, das gekommen ist, um dich nach Hause zu bringen.«

Harry schüttele nur düster den Kopf. Er stapfte die Rampe hinauf und verschwand in der riesig klaffenden Luke.

Das PBRS war ein umgebauter mittlerer Flamberge-Bomber. Die Bombenkammer und Waffensockel hatten dem Traktorstrahl und einem wesentlich größeren Frachtraum Platz gemacht. Die Gefechtstürme waren entfernt und durch Greifarme ersetzt worden.

Dr. Quong und Tycho waren bereits mit der Ausrüstung auf Tess' Jeep an Bord gegangen.

Diese enthielt unter anderem Jeffrey Grants Kollimierte Befehlsempfänger-Einheit, die immer noch vor sich hinsummte.

Jamil trödelte noch einen Augenblick herum, um einen langen, wehmütigen Blick auf alles zu werfen; dann ging er die Rampe hinauf. Beim Eintritt tätschelte er liebevoll den Rumpf des Fliegers.

Xris, Tess, Raoul und der Kleine standen als letzte draußen.

Raoul trat von einem Bein aufs andere; offensichtlich wollte er etwas dringendes loswerden. Wahrscheinlich hatte er wieder einen Ohrring verloren.

Xris schüttelte abweisend den Kopf. »Später.« Er wandte sich Tess zu. »Du willst dem Claymore hinterher. Macht es dir etwas aus, uns mitzuteilen, was *wir* dabei tun sollen?«

»Nur das, wofür ihr bezahlt werdet«, entgegnete sie kühl. »Wenn wir sie erwischt haben, werdet ihr Harsch den Roboter liefern.«

»Dazu müssen aber nicht alle dabei sein«, wandte Xris ein. »Harsch erwartet schließlich keine Armee. Er würde mißtrauisch werden, wenn sieben Leute antanzen. Harry fliegt uns, und sobald wir den Robot eingefangen haben, können Jamil und ich uns um die Lieferung kümmern. Du brauchst weder Quong noch die anderen. Ich würde sie gern nach ...«

»Xris Cyborg.« Raoul zupfte an seinem Ärmel.

»Kleinen Moment noch«, winkte Xris ungeduldig ab. Er blickte Tess an. »Nun, was ist? Du hast mich. Du hast Jamil und Harry. Laß mich die anderen nach Hause schicken. Wie steht es damit?«

»Und ich kann mich darauf verlassen, daß die anderen direkt nach Hause fliegen? Keine kleinen Abstecher?« Tess lächelte. »Netter Versuch, Xris. Nein, ihr kommt alle mit.«

Xris biß die Zähne zusammen, um nicht mit irgend etwas herauszuplatzen, das Tess nur wütend machen und weiter nichts erreichen würde. Mit ein bißchen Glück wäre dieser Job schnell erledigt. Sie würden ihn termingerecht abhaken und Darlene wie geplant treffen.

Glück. Bisher hatten sie davon wenig gespürt. Langsam stand es ihnen zu.

»Ja, was gibt es?« Xris wandte sich Raoul zu.

»Du hattest doch gesagt, daß die Grant-Person den Bomber fliegt, nicht wahr?«

Xris nickte.

Raoul schaute ihn ernst an. »Er ist nicht derjenige, der den Bomber fliegt. Er ist *per se* nicht der Pilot.«

»Wer, zum Teufel, ist es dann?«

»Der Roboter.«

Tess war die Rampe halb hinaufgegangen, drehte sich aber um, als sie das Gespräch hörte. »Was hat er da gerade gesagt?«

»Jeffrey Grant ist nicht mit dem Roboter auf und davon«, wiederholte Raoul seine Information. »Der Roboter ist mit Jeffrey Grant auf und davon. Der Roboter fliegt den Bomber.«

»Woher weiß er das?« Tess hatte eine extrem ungesunde Blässe angenommen. »Ich glaube das einfach nicht.«

Xris zeigte auf den Kleinen. »Er, jedenfalls nehme ich das an. Er muß Grants Gedanken vor dem Start gelesen haben.«

Raoul bestätigte diese Vermutung. »Die Grant-Person ist ein schlichtes Objekt. Seine Gedanken sind simpel, farbig, nahe an der Oberfläche und ein wenig verdreht . . .«

»Oh, mein Gott!« stieß Tess hervor. »Wenn er Recht hat . . . oh, lieber Gott! Schnell!« Sie schlug mit beiden Händen auf das Geländer ein. »Beeilung! An Bord mit euch! Wir haben nicht eine Minute zu verlieren! Wir müssen den Roboter aufhalten!«

Das PBRS vibrierte. Was immer Tess noch zu sagen hatte, ging im Heulen der Turbinen unter. Xris stürmte hinein, und die Luke knallte zu. Das Heulen überstieg die Schmerzgrenze und wurde zu einem donnernden Röhren. Schneller als der Schall saugten die Zwillingsmotoren des Exbombers ionisierte Luft an und spie sie genauso schnell wieder aus. Harry löste die magnetischen Bremsen, und der Bomber ruckte los und bockte das Rollfeld hinunter.

»Den Roboter aufhalten?« brüllte Xris über den Lärm. Er warf sich in einen Sessel und schnallte sich fest. »Wovon abhalten?«

»Daß er seinen Job erledigt!« rief Tess zurück.

29
Kapitel

Heirat und Hängen sind Schicksalsschläge; wahre Partnerschaft entsteht nur im Himmel.

Robert Burton, *Anatomie der Melancholie*

Strenggenommen eine raumtüchtige Ambulanz, war das Innere des PBRS beschränkt und daher beengt. Die Aufenthaltsräume waren in drei Hauptsektoren unterteilt: die Brücke, Mannschaftsquartiere und zwei Behandlungsräume. Den weitaus größten Raum nahmen der Traktorstrahl, der für ein Schiff dieser Größe extrem energiereich war, sowie die Andock- und Bergungsrampe für die Rettungskapseln ein.

»Der Traktorstrahl könnte einen kleinen Fighter abschleppen«, erklärte Harry. »Wenn es nötig wäre. Aber dafür ist er nicht entwickelt worden. Wenn ein anderes Schiff manövrierunfähig ist, aus welchen Gründen auch immer, treibt es meistens hilflos im Raum. Derart beschädigte Flieger oder Schiffe können ziemlich wilde Rollbewegungen vollführen, die es für andere Flieger oder Schiffe extrem gefährlich machen, sich ihnen zu nähern. Der Traktorstrahl erfaßt ein beschädigtes Schiff, stabilisiert es und hält es in dieser Position, bis das medizinische Personal an Bord gehen kann, um den Zustand des Piloten zu überprüfen.«

Mehrere riesig aussehende Raumdruckanzüge standen in einer Ecke der Andockrampe, die Helme aufgeschraubt und die aufgeblasenen Arme von sich gestreckt. Sie boten einem medizinischen Team die Möglichkeit, ein beschädigtes Raumschiff zu betreten. Die Arme schwangen rhythmisch im Takt der Bewegungen des PBRS, und die Helme nickten. Ein entnervender Anblick. Xris, der das Innere des Schiffes untersuchte, sah die Bewegung aus den Augenwinkel und glaubte im ersten Moment, es wäre noch jemand bei ihm in der Andockrampe.

Dr. Quong war von der medizinischen Abteilung und ihrer Ausrüstung sehr angetan. Raoul, der die Intensivstation begutachtet hatte, war offensichtlich ebenfalls beeindruckt. Er tauchte erst eine halbe Stunde später wieder auf, lächelnd, mit verträumten Augen und sehr hungrig. Jamil probierte eines der Betten; er streckte sich dann lang darauf aus und war fast augenblicklich tief eingeschlafen. Xris schickte Tycho als Copilot nach vorn.

Tycho gehorchte widerwillig, denn Harry war äußerst schlechter Laune. Untröstlich über den Verlust des Claymore und enttäuscht über tatsächliche oder eingebildete Mängel des PBRS, jammerte und beschwerte er sich, fluchte und tobte und machte allen in seiner Nähe das Leben schwer.

»Schalte deinen Translator ab«, riet Xris, als er Tycho in die Höhle des Löwen schickte.

Sein Ratschlag funktionierte offensichtlich. Als Xris das nächste Mal auf die Brücke kam, fand er den immer noch meckernden und stöhnenden Harry sowie Tycho vor, der sich auf seine Instrumentenangaben konzentrierte und weder Harrys Murren noch Grollen mitbekam.

»Wie sieht's aus?« fragte Xris. »Hast du den Claymore geortet?«

Harry nickte. »Hab' ihn im Visier. Die Flotte hatte soeben die neuesten Koordinaten rübergeschickt. Sie behalten den Bomber im Auge, bis wir da sind. Dann ziehen sie sich befehlsgemäß zurück.«

»Was macht der Bomber gerade?«

»Wenn ich das wüßte, verflucht noch mal! Der Claymore macht eine Spazierfahrt, als hätte er alle Zeit des Universums und als gäb's nichts, worüber man sich Sorgen machen müßte. Beinahe wie 'ne Kreuzfahrt, auf der man die Aussicht genießt. Na ja, bei unserer derzeitigen Geschwindigkeit haben wir ihn in den nächsten zwei Stunden eingeholt.«

»Weißt du, Harry, du könntest Recht haben«, meinte Xris gedankenvoll.

»Was?« Harry sah auf. »Wie meinst du das?«

»Ein Phänomen!« Quong kam auf die Brücke. »Harry hat einen richtigen Gedanken gehabt!«

»Könnte sein. Er sagte, der Claymore benähme sich, als würde er den Sektor inspizieren. Der Kleine behauptet, daß der Roboter den Claymore fliegt. Ist das möglich? Könnte ein antiker Roboter ein modernes Raumflugzeug bedienen?«

»Aber sicher«, erwiderte Quong. »Der Roboter braucht nicht mal etwas über den Claymore zu wissen. Es kommt allein darauf an, daß er mit dem Bordcomputer kommunizieren kann. Sie verständigen sich in Maschinensprache, die sich seit ihrer ersten Entwicklung nicht wesentlich verändert hat.«

»Okay. Tess glaubt, daß der Roboter unterwegs sein könnte, um seine Arbeit wiederaufzunehmen – Straßen einzurichten. Schließlich besitzt der Roboter kein ... na ja, Zeitgefühl. Er hat keine Ahnung, daß er zweitausend Jahre lang aus dem Verkehr gezogen war.«

»Und die Kollimierte Befehlsempfänger-Einheit von diesem Mr. Grant hat diese Idee noch verstärkt.«

»Hattest du eine Chance, Doc, das Ding näher zu untersuchen, als du es an Bord gebracht hast? Spricht es wirklich mit dem Robot? Wenn das der Fall ist, was könnten sie sich zu sagen haben?«

»Ich habe die Einheit tatsächlich untersucht. Ich verstehe, wie sie arbeitet, aber leider nicht, warum. Mit anderen Worten, ich begreife nicht hundertprozentig, wozu sie dienen soll. Deshalb habe ich auch keine Ahnung, was für Informationen die beiden austauschen.«

»Stimmst du mit Captain Strauss überein? Ist es wahrscheinlich, daß der Roboter schlicht und einfach seinen Auftrag weiter ausführt? Daß er sich bereit macht, neue Straßen zu errichten?«

»Es wäre denkbar.« Quong klang nicht überzeugt. »Aber ich bezweifle es. Ich enttäusche die Admiralität nur ungern, aber ich glaube nicht, daß dieser Roboter ihnen die gesuchten Antworten liefern wird. Es stimmt, er ist ein Korridor-Roboter, aber wie ich euch bereits sagte, waren diese Roboter in ständigem Kontakt mit Professor Lasairion. Und er hat sie wahrscheinlich mit Sicherheitsprogrammen ausgestattet. Also benötigen sie ein Bestätigungssignal, bevor sie darangehen können, eine Straße einzurichten.«

»Warte mal ...« Xris hob fragend die Hand. »Auf der Basis hast du mir noch gesagt, der Professor *hätte* die Roboter mit einem solchen Programm ausgestattet. Hat er nun oder hat er nicht?«

»Ich habe das alles für meinen Aufsatz überprüft. Laut der *Encyclopedia Galactica* ...«, redete Harry dazwischen.

Xris und Quong warfen ihm wütende Blicke zu. Beleidigt hielt Harry den Mund.

Quong führte weiter aus: »Nach dem Forschungsstand besteht die Möglichkeit, daß der Professor solche Programme tatsächlich installiert hat.«

Harry schüttelte den Kopf.

»Angenommen, die Einheit sendet das notwendige Signal aus«, sagte Xris, »damit der Robot anfangen kann ...«

Quong widersprach ihm. »Das konnte mit Sicherheit nur der Professor. Die Signale waren ohne Zweifel verschlüsselt, und er war derjenige – der einzige –, der den entsprechenden Code besaß. Der Roboter wäre zwar bereit, eine Straße einzurichten, aber ohne das korrekte Bestätigungssignal würde er nicht damit anfangen.«

»Natürlich würde er!« begehrte Harry auf. »Der Professor hat sein gesamtes Wissen in den Robotern gespeichert, und sie erst dann losgeschickt. So steht es in der Encyclopedia Galactica. Du kannst selbst nachsehen.«

»Ich weiß, daß dies die beleibteste Theorie ist«, lenkte Quong ein. »Ich gehe allerdings davon aus, daß die Encyclopedia in diesem Punkt irrt, und ich stehe mit dieser Meinung nicht allein da. Zu dieser Frage sind sehr viele Abhandlungen geschrieben worden . . .«

»So wie meine«, warf Harry voller Stolz ein.

»Eben«, entgegnete Quong trocken.

»Wenn wir also die Kollimierte Befehlsempfänger-Einheit abschalten, dann kann es sein, daß der Roboter zum Stillstand kommt?« fragte Xris.

»Vielleicht«, antwortete Quong, »vielleicht auch nicht. Ebenso gut könnte das Abschalten der Einheit die Sache noch schlimmer machen.«

»Wie könnte es *noch* schlimmer werden?« wollte Xris wissen.

»Es kann.« Quong gab sich geheimnisvoll. »Glaub mir.«

»Erzähl es mir.«

Der Doktor schüttelte den Kopf. »Nein, ich habe nur unzureichende Daten.«

»Dann kannst du mir wenigstens mitteilen, was deiner Meinung nach da draußen vorgeht. Eine Sightseeing-Tour? Warum hat Grant den Claymore gestohlen? Und wie paßt der Kerl überhaupt da rein? Und warum lügt Captain Strauss uns an? Warum tischt sie uns diese Geschichte von der Gefährlichkeit des Roboters in corasianischen Händen auf?«

Dr. Quong öffnete den Mund, um etwas zu entgegnen, schloß ihn dann aber wieder. Er preßte die Lippen zusammen und schüttelte den Kopf. »Nein. Meine Daten sind nicht ausreichend.«

»Hör schon auf, Doc«, befahl Xris. »Schenk dir den Scheiß mit den unzureichenden Daten und spuck lieber deine eigene Theorie aus.«

»Scheiß?« wiederholte Quong aufgebracht. »Das ist kein Scheiß! Ich habe keine ausreichenden Daten, um eine verläßliche Stellungnahme über die Aktivitäten dieses Roboters abzugeben, und ich werde *keinesfalls* wilde Theorien verbreiten. Wenn ich mehr Informationen habe«, fügte er hinzu und verbeugte sich steif, »werde ich es dich wissen lassen.«

Wütend verließ er die Brücke.

»Er hat gesagt, die Encyclopedia hätte sich geirrt.« Harry war geschockt. »Die Encyclopedia irrt sich nie. Soll *ich* es für dich heraussuchen, Xris? Ich bin sicher, die Encyclopedia-Dateien finden sich in der Forschungssektion des Schiffscomputers . . .«

»Nein, danke. Ich möchte nicht, daß du nachsiehst«, knurrte Xris. »Fang nur einfach den verdammten Claymore wieder ein, okay?«

Er drehte sich um, wollte die Brücke verlassen und fluchte wüst, als er mit dem Ellenbogen, seinem guten Ellenbogen, gegen das Schott knallte. Er schmetterte die Tür zu und stampfte davon seinen Ellenbogen reibend und vor sich hin murmelnd.

»Jesses, heute sind aber auch alle schlechter Laune«, kommentierte Harry.

Tycho, der kein einziges Wort verstanden hatte, lächelte und nickte zustimmend.

Xris machte sich auf den Weg zur Kombüse. Er wollte zwei Dinge erledigen. Dazu gehörte der Versuch, Darlene an Bord des Kreuzfahrtschiffes zu erreichen und herauszufinden, ob es ihr gut ging. Zuerst mußte er allerdings mit Raoul und dem Kleinen sprechen.

Als er an den Mannschaftsquartieren vorüberkam, warf er einen Blick hinein. Tess saß in einem Sessel und betrachtete mit starrem Blick die Einheit, die immer noch monoton vor sich hinsummte und deren blaues Licht noch immer pulsierte. Tess hatte die Schuhe ausgezogen und saß mit ausgestreckten Beinen da, den Kopf auf eine Hand aufgestützt, die Arme auf den Sessellehnen. Ihr Gesichtsausdruck war schwer zu deuten, aber sie sah müde aus, so müde wie alle anderen auch. Sie schien in Gedanken zu sein, wirkte in sich zurückgezogen und zugleich beunruhigt.

Sie hat allen Grund, beunruhigt zu sein, dachte Xris. Der Lordadmiral würde nicht sehr erbaut sein über einen Captain, der nicht nur einen kostbaren Roboter verloren, sondern außerdem zugelassen hatte, daß dieser einen Flieger stiehlt, einen Zivilisten kidnappt und dann im Universum herumgeistert, um vielleicht mit einem Auftrag weiterzumachen, den er vor zweitausend Jahren erhalten hatte.

Vielleicht würde Dixter an Bord der *King James* ja doch noch einen Kriegsgerichtsprozeß abhalten. Einen echten sogar.

Xris schüttelte den Kopf und ging weiter, ohne Tess anzusprechen. Sie tat ihm leid. Angesichts der Umstände allerdings weniger leid, als es normalerweise der Fall gewesen wäre. Wenn Dr. Quongs Hypothese stimmte – und Xris kannte den Doc lange genug, um seinen Ansichten zu vertrauen –, hatte Tess sie angelogen. Der Roboter war keine Gefahr für die gesamte Menschheit. Er war eher ein ungebärdiger Jugendlicher, der sich Daddys Flieger für eine Spritztour ausborgt. Was also hatte Tess vor? Xris wollte es unbedingt herausfinden.

Raoul und der Kleine waren in der Kombüse. Raoul hatte zehn Scheiben Brot auf der Theke ausgebreitet und belegte jetzt jede mit einer leuchtend gelben Substanz, die Xris (wie jeder Raumfahrer) sofort als die haltbare und nahrhafte, wenn auch nicht übermäßig wohlschmeckende Delikatesse identifizierte, die von ihren Kritikern als Plastkäse bezeichnet wurde.

Während Raoul Sandwiches kreierte, naschte er hier und da ein wenig. Der Kleine, der auf einem Stuhl neben seinem Freund stand, ging ihm zur Hand, indem er die von Raoul fertiggestellten Brote zusammenklappte.

Xris zog ein Gesicht. »Ist das alles, was es an Bord dieser Mühle zu essen gibt?«

Raoul nickte finster. »Offensichtlich hat niemand

daran gedacht, den Koch über unseren unmittelbar bevorstehenden Abflug in Kenntnis zu setzen. Ich habe mehrere Beutel mit einer angeblich eßbaren Substanz gefunden, die aus Weizenpaste hergestellt und mit künstlichem Fleischaroma gewürzt wurde. Es hat die Bezeichnung W-ham. Wenn du willst, kann ich eine Extrascheibe von diesem W-ham auf dein Sandwich legen. Sollte dies tatsächlich dein Wunsch sein, möchte ich dich zuvor allerdings fairerweise darauf hinweisen, daß ich Gifte dabei habe, die wesentlich schneller wirken und mit Sicherheit besser schmecken.«

»Mach Harry eine Schnitte davon und sag ihm, du hättest das Rezept in der Encyclopedia gefunden. Wenn du und der Kleine«, Xris lehnte sich an die Theke, »eure kulinarischen Bemühungen für einen Moment unterbrechen könntet, wäre ich euch sehr dankbar. Ich muß dringend mit euch reden.«

Die beiden schauten sich an. Raoul legte den Pseudokäse auf die Theke, drehte sich um und bedachte Xris mit einem verschwommenen, traumverlorenen Blick, der nichts Gutes versprach, was die Klarheit der Unterhaltung betraf. Der Kleine drehte sich mit winzigen Schritten, die Hände auf Raouls Schultern, langsam und vorsichtig auf dem Stuhl herum. Die Augen lange versteckt im Schatten des Fedora.

Xris schlug auf die Kontrolle, und die Tür glitt zu. Dann verschloß er sie.

»Dies ist die erste Gelegenheit für eine private Unterhaltung. Ich möchte, daß ihr mir etwas über Tess erzählt. Captain Strauss. Was denkt sie? Was geht in ihr vor?«

Die beiden tauschten wieder Blicke aus. Der Kleine schlug die Hände vor den Mund, und seine Schultern bebten vor unterdrücktem Kichern. Raouls Lippen umspielte ein wissendes Lächeln.

»Sie fühlt sich sehr zu dir hingezogen, mein Freund.«

Xris fischte einen Dreher aus der Tasche und steckte ihn sich mit einer heftigen Bewegung zwischen die Lippen. »Jau, ich weiß. Armes Kind. Sie hatte nie eine

Chance. Laßt uns mal darüber hinweggehen. Worum geht es bei ihr? Ich weiß, daß sie uns anlügt, was den Roboter betrifft. Aber vielleicht gibt es da noch mehr.«

Raoul war offensichtlich in tiefe Konzentration versunken, denn er gestattete seiner glatten Stirn ein leichtes Runzeln, was er unter weniger wichtigen Umständen nie zugelassen hätte. Die sorgfältig gezupften Brauen zogen sich zusammen, und er starrte unablässig auf einen Punkt in Höhe von Xris' Uniformbrusttasche. »Du hattest schon sehr lange keinen Sex mehr, mein Freund«, ließ er dann verlauten.

Xris bemühte sich, geduldig zu bleiben. »Mal ganz abgesehen davon, daß es dich nicht das geringste angeht …«

»Mangel an Sex über einen längeren Zeitraum ist ungesund«, fuhr Raoul im ernsten Tonfall eines Biologielehrers fort. »Ich glaube, mal gehört zu haben, daß man davon blind werden kann. Außerdem macht es einen gereizt.«

Xris biß hart auf den Dreher, erinnerte sich daran, daß Raoul ein wertvolles Mitglied des Teams war, und daß es überhaupt nichts bringen würde, wenn er ihm jetzt den Hals umdrehte. »Tess lügt«, sagte er klar und deutlich. »Entweder das, oder sie verschweigt uns etwas. Warum? Irgendwas verbirgt sie vor uns …«

»Wir haben deine Entbehrungen mit tief besorgtem Herzen verfolgt«, redete Raoul weiter. »Mir ist völlig unverständlich, was du in einer Frau siehst, die einen Lippenstift nicht von einer Lenkrakete zu unterscheiden vermag, aber es bleibt die Tatsache bestehen, daß sie dich wirklich mag, Xris Cyborg, und …« Raoul und der Kleine tauschten verschmitzte Blicke, »wir wissen, daß du sie ebenfalls magst. Eurem Glück sollten keine Hürden im Weg stehen. Also gehet hin, meine Kinder«, proklamierte Raoul mit einer eleganten Verbeugung, »und mehret euch.«

Xris verließ wutschnaubend den Raum; allerdings gedachte er nicht, zur vorgeschlagenen Vermehrung zu schreiten. Statt dessen gaukelten seine Gedanken ihm verführerische Bilder von einem pulverisierten Raoul vor, den er in einen Beutel mit W-ham umfüllte. Xris begab sich zum Kommunikationsraum, um den zweiten Posten auf seiner Liste zu erledigen, nämlich Kontakt zu Darlene herzustellen, um sich davon zu überzeugen, daß sie nicht nur sicher war, sondern es auch bleiben würde.

Tief in seinem Inneren aber – in den Teilen, die noch Mensch waren – breitete sich behagliche Wärme aus. Es tat gut, begehrt zu werden. Klar, die Frau, die ihn wollte, log ihn an; sie war bereit gewesen, ihn zu erschießen, und war im Augenblick wahrscheinlich auf dem besten Wege, ihn in eine sehr mißliche Lage zu bringen.

Aber, zur Hölle, niemand ist vollkommen.

In der Kombüse garnierte Raoul einige Sandwiches, während er eine äußerlich recht einseitige Unterhaltung mit seinem stummen Freund führte.

»Sollen wir Xris Cyborg die Wahrheit erzählen? Was meinst du? Es scheint mir«, Raoul legte den Kopf zur Seite, um die Sandwiches aus einer anderen Perspektive zu betrachten, »daß die Sache ziemlich wichtig sein könnte.«

Der Kleine stimmte ihm zu, brachte dann aber sein Gegenargument.

Raoul hatte die deutliche Vision einer plötzlich verblühenden Blume.

»Du hast recht. Es würde ihre aufkeimende Beziehung knicken. Genau besehen, kann eine solche Sache die Rose der Liebe für immer verdorren lassen.«

Der Kleine prustete und wedelte mit seinen kleinen Fingern in der Luft.

Raoul seufzte tief und erleichtert. »Du hast wieder mal recht, mein Freund. Da *wir* die Wahrheit kennen, werden wir auf alles Nötige vorbereitet sein. Und vielleicht beichtet *sie* es ihm ja von selbst. Man sagt ja, daß gute Beziehungen auf Wahrhaftigkeit beruhen. Persönlich lege ich natürlich andere Maßstäbe an, aber den meisten Menschen geht meine Vorstellungskraft nun mal ab. Also hoffen wir, daß sie ihm die Wahrheit erzählt. Was den Rest anbelangt – was immer wir auch unternehmen, wir tun es nur zum Besten von Xris Cyborg. Eines Tages wird er es uns danken. Es wäre schrecklich, würde er blind werden.«

Der Kleine nickte so heftig, daß sein Hut beinahe auf die Sandwiches fiel.

30. Kapitel

Manchmal bietet die Gesellschaft die größte Abgeschiedenheit. Und eine kurze Zeit der Zurückgezogenheit drängt schon bald zur süßen Rückkehr.

John Milton, *Das verlorene Paradies*

Darlene fühlte sich einsam. Diese Empfindung überraschte sie; sie war es eigentlich gewohnt, allein zu sein.

Sie hatte stets als Außenseiterin gegolten, schon als Kind. Damals verblüffte sie ihre Lehrer damit, die Lösung jeder Mathematikaufgabe noch in derselben Minute vorzulegen, da sie die Aufgabe zum erstenmal sah. Das Erstaunlichste daran war, daß sie ansonsten eine eher mittelmäßige Mathematikschülerin war. Ihre Lösungswege folgten keinem erkennbaren Schema, und Darlene war fast nie in der Lage, sie eingehender zu erklären.

Entsprechende Tests belegten, daß sie ein Genie war, das im linearen Denken über außergewöhnliche Fähigkeiten verfügte. Die Lehrer, die ihr anschließend nie mehr ganz trauten, ließen sie in Ruhe.

Darlene kannte nur wenige Freundschaften in der Schule. Der Dalin Rowan, der sie damals noch gewesen war, hatte kein Interesse am Sport und keinen Spaß daran, mit den anderen herumzuhängen. Darlene Rowan schlief damals noch in den Tiefen von Dalins Unterbewußtsein. Erst als sie begann, für das BSB zu arbeiten, und ihre Partner kennenlernte, Xris und Mashahiro Ito, fand sie zwei Menschen, die sich in ihrer Nähe wirklich wohl fühlten. Endlich gab es zwei Personen, die sie nicht nur bewunderten und respektierten, sondern ganz einfach mochten.

Und dann war Ito auf schreckliche Weise in einer Falle der Hung ums Leben gekommen. Auch Xris hätte sterben sollen, doch er überlegte – mehr Maschine als Mann. Obwohl Darlene sich damals nicht einmal in der Nähe befand, starb bei dieser Explosion auch ein Teil von ihr. Das folgende Jahr verbrachte sie im Untergrund und arbeitete daran, die Hung zu zerschlagen, die ihr Leben zerstört hatten. Sie war sehr erfolgreich. Die meisten Hunganführer klopften jetzt Steine in den Strafkolonien.

Doch die Hand der Hung reicht weit und ihre Erinnerung noch weiter. Sie gehörten nicht zu jenen, die vergeben und vergessen. Agent Dalin Rowan stand auf ihrer Abschußliste. Als Dalins Job beendet war, verschwand er spurlos.

Und Darlene Mohini trat ins Leben und schon kurz nach ihrer Geburt der Flotte bei.

Einige geschickt im Computer eingespeicherte Daten veranlaßten die hohen Tiere an der Spitze der Flotte, Darlene auf eine geheime Flottenbasis direkt im Zentrum von Nirgendwo zu versetzen. Hier war sie sicher, jedenfalls eine Zeitlang. Hier konnte sie gute Arbeit verrichten, anderen nützlich sein. Hier konnte sie sich überdies exzentrisch geben, und niemand würde sich Gedanken darüber machen.

Es wurde als Ausdruck ihres eigenwilligen Charakters betrachtet, daß sie zu den ungewöhnlichsten Tages- und Nachtstunden arbeitete, keinerlei bestimmtem Ablauf folgte, von Zeit zu Zeit eine Umlegung ihres Büros und ihres Quartiers erbat, so gut wie nie die Station verließ und kaum um Urlaub ersuchte.

Sie besuchte niemanden auf der Station und lud andere auch nie zu sich ein. Häufig fand man sie auch an hohen Feiertagen in ihrem Büro. Sie aß zu ungewöhnlichen Tageszeiten und stets allein. Sie arbeitete allein, wann immer möglich, und sie verbrachte ihre Freizeit allein. Sie ist nun mal exzentrisch, meinten die Leute. Sie ist halt ein Genie, sagten die Leute. Was kann man schon anderes von einem Genie erwarten?

Niemand kam auf die Idee, daß Darlene sich auf diesem Außenposten versteckte, und daß ihr merkwürdiges Benehmen lebensrettende Vorkehrungen waren.

Und dann hatte Xris sie trotzdem gefunden.

Sie hatte Glück, daß es Xris war und nicht die Hung.

In jenen Jahren hatte Darlene sich an ihr zurückgezogenes Leben gewöhnt. Sie machte sich sogar vor, daß sie es genoß, daß es ihr gar nichts ausmachte, allen Vid-Parties und Sportveranstaltungen und anderen sozialen Kontakten fernzubleiben. Darlene fühlte sich bei KöF-KomSec geborgen wie im Schoß einer Mutter. Es war warm, gemütlich und beruhigend dunkel. Sie wurde gefüttert, gehätschelt und gekleidet im Leib ihrer neuen Mutter.

Die erneute Geburt jedoch war traumatisch. Der erste freie Atemzug hatte ihr klargemacht, was sie alles vermißt hatte. Gekommen, um sie zu töten, hatte Xris Darlene letztendlich das Leben wiedergegeben.

Und nun, auf dieser sogenannten Kreuzfahrt, war sie erneut isoliert und allein. Darlene kannte keinen von den zweitausend Passagieren an Bord, und keiner kannte sie.

Jedenfalls hoffte sie, daß niemand sie kannte.

Die Passagiere waren nur darauf bedacht, sich zu amüsieren, indem sie die Angebote des adonischen Kreuzschiffes, vor allem Sex und Delikatessen, bis zur Neige auskosteten. Mehrere Adonier, Männer wie Frauen, hatten Darlene zu verstehen gegeben, daß sie ihre Gesellschaft durchaus nicht langweilig und sie selbst durchaus nicht abstoßend fanden – ein großes Kompliment angesichts der Schönheitsbesessenheit der Adonier.

Dann hatte ein gutaussehender adonischer Gentleman sie angelächelt und ihr ein Glas Champagner gereicht. Darlene fühlte sich wie auf Raouls Party zurückversetzt und sah wieder das lächelnde, angenehme Gesicht des Hung-Assassinen.

Und obwohl Darlene sich zu überzeugen versuchte, daß sie ihre Verfolger abgeschüttelt hatte, daß die Hung sie für tot halten mußten und sie in Sicherheit war, hatte sie dennoch einen Anfall von Raumkrankheit vorgetäuscht und ihre Mahlzeiten seitdem in ihrem Quartier eingenommen.

Darlene dachte oft an Xris und Jamil und daran, wie ihr Job sich entwickelte. Mittlerweile mußten sie ihn erledigt haben. Darlene hätte diesen antiken Roboter gern gesehen.

Aber das Wichtigste ist, daß ich die Hung abgeschüttelt habe, sagte sie sich. Bestimmt kann ich bald zurück. Wenn wir den nächsten Raumhafen erreicht haben, werde ich ...

Ein sanfter Gong ertönte und kündigte ein Gespräch an.

Darlene hatte auf ihrem Bett gelegen und ziemlich erfolglos versucht, ein erbauendes Buch zu lesen. Das Geräusch, auf das sie bereits wartete, seit sie den Kreuzer betreten hatte, ließ sie aufspringen und so schnell zum Vidfon laufen, daß sie einen Sessel umwarf.

Sie rückte den Antwortknopf und hockte sich vor den Bildschirm, damit sie und der Anrufer sich besser sehen konnten.

»Hallo?« rief sie aufgeregt. »Hallo? Xris?«

Sie stellte den Sessel wieder auf und setzte sich hinein. Dann wartete sie auf Xris' Gesicht, auf seine tabakrauhe Stimme.

Als er auf dem Schirm erschien, trug er eine

Armeeuniform mit dazugehöriger Mütze. Xris verabscheute Kopfbedeckungen.

»Xris, das ist aber nett«, begann sie.

»Darlene?« Xris richtete seinen Hemdkragen und zupfte an den Captainsstreifen. »Bist du das, Schatz?«

»O ja, Liebling. Wie geht's zu Hause? Es ist doch alles in Ordnung? Und wie geht es den Kindern? Geht es ihnen gut?«

»Aber sicher, mein Schatz. Den Kindern geht es glänzend. Sie schicken liebe Grüße. Macht die Reise dir Spaß?«

»O ja, sehr sogar«, antwortete Darlene trocken. »Aber ich vermisse dich und die Kinder.«

»Geht mir genauso.« Xris blickte düster. »Du hattest auch keinen weiteren Ärger mehr mit diesem zudringlichen Kerl, oder?«

»Nein. Ich glaube, er hat jetzt begriffen. Jedenfalls hoffe ich es. Sag mal, Liebling, wollen du und die Kinder immer noch kommen und mich am Hafen von Moana abholen?«

»Deswegen rufe ich an.« Xris wirkte niedergeschlagen. »Mein Urlaub wurde verschoben. Wir werden kommen, sind aber nicht rechtzeitig zu deiner Ankunft da. Ich habe einen neuen Auftrag erhalten, und mein neuer befehlshabender Offizier ist ein ziemlicher Mistkerl. Verlangt eine Menge. Mit ein bißchen Glück sollten wir Moana aber mit nur ein bis zwei Tagen Verspätung erreichen. Wir operieren in demselben Raumsektor. Das ist aber auch das einzig Gute an diesem Auftrag. Buch einfach ein gutes Hotel und warte auf uns.«

»Das werde ich. Gibt es ...« Sie zögerte kurz. »Gibt's sonst noch etwas, das ich tun kann?«

»Gib auf dich acht«, antwortete er lächelnd.

»Du auch. Und sag den Kindern, daß ich sie liebe. Ich sehe euch in ein paar Tagen. Ach so, nach Mitternacht, SMZ, wirst du mich nicht mehr erreichen können. Dann findet unser Sprung statt, und wir werden achtundvierzig Stunden außer Kommunikationsreichweite sein.«

»Kein Problem.« Xris nickte. »Eine schöne Reise wünsch ich dir, Liebling. Ach ja, ich habe da noch einen deiner ehemaligen Collegeprofessoren getroffen. Lasairion hieß er. Professor Colin Lasairion. Erinnerst du dich an ihn? Er hat mich gebeten, dich zu grüßen.«

»Sicher! Ja, ich erinnere mich«, erwiderte Darlene, ohne die geringste Ahnung zu haben, wer dieser Mann war. »Grüß ihn bitte wieder.«

»Mach ich. Ich liebe dich.« Xris grinste und zwinkerte ihr zu.

»Ich liebe dich ebenfalls«, sagte Darlene. »Gib Jamie und Klein-Harry einen Kuß von mir.«

Xris verzog das Gesicht und verdrehte die Augen. Dann unterbrach er die Verbindung, und sein Bild auf dem Schirm verblaßte.

Darlene starrte auf den leeren Schirm. Irgend etwas war schiefgegangen. Sie fragte sich, was es wohl war, und wie schlimm. Xris hatte keinen übermäßig bedrückten Eindruck gemacht; überdies war er in der Lage, Kontakt mit ihr aufzunehmen. Also konnte es nichts Schwerwiegendes sein. Es war sogar möglich, daß er dieses Spiel eben ihretwegen gespielt hatte, zu ihrer Sicherheit. Trotzdem hatte sie ein ungutes Gefühl.

Professor Colin Lasairion.

Darlene stand auf und ging zu ihrem Computer. Der Name kam ihr bekannt vor, er mußte einen historischen Kontext haben. Darlene loggte sich in den Schiffscomputer ein und ging die Archivdateien durch, darunter auch eine vollständige Encyclopedia Galactica.

»Ach, *der* Lasairion. Verdammt, ich hätte diesen Roboter *wirklich* gern gesehen. Aber warum wollte Xris, daß ich das alles nachschlage?«

Sie hatte zwar keine Ahnung, aber wenigstens hatte sie jetzt etwas zu tun.

31. Kapitel

Die Grenzen zwischen Leben und Tod sind im besten Fall schattenhaft und vage. Wer vermag zu sagen, wo das eine endet und der andere beginnt?

Edgar Allan Poe, *Ein voreiliges Begräbnis*

Jeffrey Grant saß niedergeschlagen auf seiner Koje und schaute zu, wie der Roboter den Raumflieger steuerte. Der Roboter machte das wirklich erstklassig – vielmehr, der Computer des Claymore arbeitete erstklassig unter dem Kommando des Roboters. Die beiden sprachen kaum miteinander; jedenfalls konnte Grant nichts hören. Aber einer der Arme des Roboters steckte immer noch in der Instrumentenkonsole. Grant nahm an, daß sie direkt von Gerät zu Gerät miteinander kommunizierten.

Nach einer Weile fand er die Koje unbequem. Außerdem kam er sich irgendwie albern vor, beinahe wie ein Kind, das zu Bett geschickt wird, während die Erwachsenen ihre Party feiern. Um diesem würdelosen Zustand zu entkommen, stand er auf und ging zur Brücke.

Der Roboter schwebte über dem Kontrollpult. Grant zog kurz in Erwägung, sich auf den Pilotensessel zu setzen, fürchtete dann aber, den Roboter zu verärgern. Deshalb ließ er sich bescheiden im Copilotensitz nieder.

Die traurigen Augen des Roboters wandten sich ihm zu. »Sprich zu mir«, sagte der Robot, und dieses Mal benutzte er nicht Captain Kergonans Stimme.

Die Stimme war menschlich; sie war gespeichert gewesen. Aufgrund der klaren, abgehackten und modulationslosen Aussprache ging Grant davon aus, daß der Roboter verschiedene Vokale und Konsonanten aus seinen Aufzeichnungen herauslöste und einfach neu zusammensetzte.

Grant fiel ein – und dabei überlief ihn ein Schauder – daß diese Stimme durchaus die Professor Lasairions sein könnte, die ihren Besitzer auf diese Weise zwei Jahrtausende überdauert hatte.

»Was möchtest du, daß ich dir erzähle?« fragte Grant.

Er studierte das Instrumentenpult. Die Kommanlage befand sich an derselben Stelle wie in einem Simulatorspiel. In diesem Spiel hatte er oft mit der Kommandozentrale sprechen müssen. Grant war überzeugt, daß er die Anlage bedienen könnte; er war sich jedoch weniger sicher, daß der Roboter ihm dies gestatten würde.

»Deine Worte«, antwortete der Roboter. »Ich muß die Worte kennen. Das ist meine Aufgabe.«

»Ach so!« Grant ging ein Licht auf. »Hast du mich deswegen mitgenommen? Du willst unsere Sprache studieren?«

Die Vorstellung war ein ziemlicher Dämpfer. Er war ausgezogen, um den Roboter zu retten, ihn vor dem Tod zu bewahren und zu den Sternen zu fliehen. Statt dessen war der Roboter mit ihm auf und davon und wollte ihn lediglich als linguistisches Versuchskaninchen verwenden.

Grant sprach dennoch mit dem Roboter. Es gab sonst nichts zu tun, und er hoffte gegen alle Überzeugung, daß er auf diese Weise herausfinden könnte, was der Roboter eigentlich vorhatte. Er mußte einen gewissen Zweck verfolgen. Im Gegensatz zu Menschen agierten Roboter nicht ziellos.

Grant erzählte dem Robot von seiner Kindheit, die zwar glücklich, aber auch belanglos verlaufen war. Seine Teenagerjahre waren ebenso uninteressant und mit wenigen Sätzen abgehandelt. Seine Arbeit hingegen, die ihm immer sehr viel bedeutet hatte, erklärte er ausgiebiger. Am meisten aber sprach er über sein geliebtes Museum.

Der Roboter war ein aufmerksamer Zuhörer. Er unterbrach Grant nie, und das blaue Licht auf seinem Kopf pulsierte und blinkte im Takt mit jedem Wort. Bis Grant bei seinem Museum angelangt war, hatte der Roboter allerdings auch kein gesteigertes Interesse bekundet. An jener Stelle aber schien es Grant, daß das blaue Licht etwas heller leuchtete und schneller pulsierte. Und einmal wiederholte der Roboter sogar ein Wort – ein sehr altes Wort, das sich auf einen Ausrüstungsgegenstand bezog – und dieses Wort klang sehr natürlich, nicht wie eine Aneinanderreihung zusammenhangloser Silben, sondern so, als hätte Professor Lasairion es als Ganzes gesprochen und abgespeichert.

Während der gesamten Unterhaltung verfolgte der Claymore weiter seinen langsamen Kurs durch das All. Und dann erschienen plötzlich Kampfflieger der Flotte auf dem Schirm.

»Unbekannter Claymore! Hier Kampfflieger der Flotte Dirk Zwei Eins! Stellen Sie die Antriebsaggregate ab, und bereiten Sie sich auf das Abschleppmanöver vor!«

Grant konnte die Stimme des Piloten klar und deutlich vernehmen.

Auch der Roboter hörte sie offensichtlich, denn sein blaues Licht pulsierte im Takt mit den Befehlen. Dennoch ignorierte er sie.

»Erzähl weiter«, sagte er zu Grant.

»Sollten wir ihnen nicht lieber gehorchen?« fragte Jeffrey Grant. »Oder wenigstens ihre Anweisungen bestätigen? Immerhin . . .«, fügte er mit bangem Herzen hinzu, ». . . könnten sie auf uns schießen.«

»Sie werden uns nicht abschießen«, entgegnete der Roboter. »Der Professor hat uns gesagt, daß der Feind versuchen wird, uns intakt in die Hände zu bekommen, damit er uns entsprechend nutzen kann.«

Grant wußte nicht, was er tun sollte. Ihm war klar, daß er eigentlich versuchen mußte, den Roboter zur Aufgabe zu überreden. Doch sollte ihm das gelingen, würde die Flotte den Robot zerstören. Machte er den Versuch jedoch nicht, würde die Flotte den Roboter auf jeden Fall vernichten – nur, daß in diesem Fall Jeffrey Grant ebenfalls vernichtet würde.

»Unbekannter Claymore, wenn Sie sich weigern, Ihre

Maschine zu stoppen, sind wir gezwungen, das Feuer zu eröffnen. Machen Sie sich bereit zum Abschleppen.«

»Verstehst du, was sie sagen?« fragte Grant mit schwankender Stimme. Er hatte nie Poker gespielt, ja, noch nicht einmal von diesem Spiel gehört. Er erkannte einen Bluff nicht, wenn er ihn hörte. »Sie werden auf uns schießen!«

»Das ist sehr wohl möglich«, antwortete der Roboter mit der ruhigen Stimme des Professors. »Aber das geht mich nichts an. Ich habe einen Auftrag zu erledigen.«

Grant beobachtete, wie die Flieger in Position gingen. Es sah genauso aus wie im Simulator. Wenn der Gegner dich im Spiel abschoß, übergoß ein Lichtblitz den Bildschirm, und die Stimme des Feindes lobte dich entweder als würdigen Gegenspieler (wen man gut und ehrenhaft gekämpft hatte) oder verhöhnte dich, während du in Flammen aufgingst (falls du mit schmutzigen Ticks gekämpft hattest). Grant überlegte, was wohl passieren würde, wenn man gar nicht kämpfte. Wahrscheinlich nichts; die Stimmen klangen ziemlich sachlich und nüchtern.

»Könntest du nicht wenigstens mit ihnen reden?« bettelte er, an den Roboter gewandt. »Ihnen die Situation erklären?«

»Es ist mir nicht gestattet, mit ihnen zu kommunizieren«, antwortete der Roboter. »Ich erwarte die Bestätigung des Professors. Sobald ich seine Antwort erhalten habe, werde ich meinen Auftrag fortführen.«

Grant wußte nicht, wie er diese Situation handhaben sollte. Er könnte dem Roboter erklären, daß der Professor tot sei, befürchtete aber, daß eine solche Neuigkeit unvorhergesehen Reaktionen zur Folge haben konnte. Der Robot schien dem Professor wirklich zugetan zu sein. Grant entschied sich, ihm die Nachricht nach und nach, ganz sanft zu vermitteln.

»Hm, angenommen, der Professor antwortet nicht. Nehmen wir einmal an, dem Professor ist etwas zugestoßen, so daß er ... ähm ... sich nicht melden kann ...«

Grant hielt unbeholfen inne. Es war nicht leicht, im Bann dieser traurigen, intelligenten Augen zu sprechen.

»Dem Professor ist nichts zugestoßen«, konstatierte der Roboter.

Grant war erstaunt. Der Robot schien sich seiner Sache absolut sicher zu sein. »Wie kannst du das wissen?«

»Ich habe sein Signal empfangen.«

Grant dachte schuldbewußt an die Kollimierte Befehlsempfänger-Einheit. »Auf ... auf welche Art und Weise erfolgt das Signal?«

»Wann immer einer von uns über längere Zeit inaktiv ist, gibt unser Programm beim Wiedererwachen vor, daß wir ein Signal an den Professor senden, damit er weiß, daß wir wieder operativ sind. Dann schickt er eine Bestätigung an uns. Bleibt diese Bestätigung aus, unternehmen wir nichts und schalten uns wieder ab. Ich habe die Bestätigung erhalten. Daher ist der Professor funktionstüchtig.«

Du hast ein Signal empfangen, weil ich die Kollimierte Befehlsempfänger-Einheit als außergewöhnliche Tischlampe benutzt habe. Jeffrey Grant stöhnte auf und starrte voller Entsetzen auf die Kampfflieger vor dem Fenster.

Das alles ist mein Fehler! Ich bin für alles verantwortlich! Wenn der Roboter und ich abgeschossen werden, ist das allein meine Schuld! Er blickte auf die Kommunikationsanlage. Sie war sehr komplex, viel komplizierter als die in seinem gemieteten Flieger.

»Macht es dir etwas aus, wenn ich mit den Kampffliegern spreche?« fragte Grant vorsichtig.

»Solange deine Aktionen nicht die meinen behindern, liegt es nicht in meiner Macht, dich aufzuhalten.«

Grant streckte die Hand zu den Kontrollen aus. Er wußte nicht, wie man die richtige Frequenz einstellte, aber wenn die Flieger mit ihnen sprechen konnten, so würde er es wohl auch schaffen, zu antworten. Er legte den Übertragungsschalter um und redete schnell drauflos. »Hier spricht der unbekannte Claymore. Hören Sie mich? Over.«

Während er auf die Antwort wartete, fiel ihm etwas ein. »Worauf wartest du eigentlich noch?« fragte er den Roboter. »Auf weitere Instruktionen vom Professor?«

»Ja. Ich bin darauf programmiert, den Raum zu krümmen und Korridore einzurichten. Gemäß meinen Daten, habe ich in diesem Sektor fünfundzwanzig Korridore eingerichtet. Diese Arbeit habe ich vor dem Absturz beendet. Die Informationen über die Korridore habe ich nun dem Professor übermittelt und erwarte seine Zustimmung.« Grant dachte darüber nach. Der Roboter und er flogen langsam durch das All und erwarteten die Zustimmung eines Mannes, der vor zweitausend Jahren gestorben war. Sie würden sie nie bekommen.

»Was wirst du unternehmen«, fragte Grant hoffnungsvoll, »wenn du nichts vom Professor hörst?«

Der Roboter sagte es ihm.

Jeffrey Grants Hoffnung verflüchtigte sich, als er mit wachsendem Entsetzen zuhörte. Seine Hände auf den Kontrollknöpfen der Kommunikationsanlage wurden schlaff. Der Pilot des anführenden Kampffliegers meldete sich wieder, doch Grant rührte sich nicht.

Es wäre besser, man würde sie abschießen.

32. Kapitel

Obwohl schuldlos, müßt Ihr für die Sünden Eurer Väter büßen.

Horaz, *Oden*, *III.*, 6:1

Die Verfolgung des Roboters mutete sehr merkwürdig an.

Der Claymore-Bomber schwankte schwerfällig durch

den Raum, und das PBRS wälzte sich schwerfällig hinterher. Als Harry bekanntgab, daß er die zwei Kampfflieger sichtete, die den Peilsender abgeschossen hatten und ein Auge auf den entführten Bomber behalten sollten, wußten die Gefährten, daß sie ihn fast eingeholt hatten.

Die Kampfpiloten meldeten sich. Tess nahm den Ruf an.

Es war den Piloten nicht gelungen, mit dem Bomber in Verbindung zu treten; sie waren jedoch der Meinung, daß jemand an Bord zu antworten versuche, aber offensichtlich Probleme mit der Bedienung der Anlage habe.

Als der führende Pilot reagierte, hatte entweder der Roboter die Verbindung unterbrochen oder der Person, die den Kontaktversuch unternommen hatte, war etwas zugestoßen. Der Pilot hatte jedenfalls keine weitere Reaktion erhalten.

»Wahrscheinlich hat er Angst. Ich werde versuchen, mit ihm zu sprechen«, erklärte Tess. »Ihr Jungs könnt euch zurückziehen.« Leiser wies sie Harry an: »Machen Sie sich bereit, den Claymore mit dem Traktorstrahl zu erfassen.«

Harry nickte. Die Kampfflieger zogen sich fast außer Sichtweite zurück, blieben aber in Kommunikationsbereitschaft. Das PBRS schob sich nach vorn und in Position. Xris stand auf der Brücke, direkt hinter dem Sessel des Kopiloten, in dem Tess saß. Für den Fall, daß Grant verletzt sein sollte, befand sich Dr. Quong in der Krankenabteilung in Bereitschaft. Jamil und Tycho bedienten die Kontrollen der Andockrampe, jederzeit bereit, den Claymore hereinzuholen. Raoul und der Kleine befanden sich ebenfalls auf der Brücke. Xris fragte Raoul, ob der Kleine vielleicht in telepathischen Kontakt mit Grant treten könnte.

Raoul war nicht sehr zuversichtlich.

»Ich glaube nicht, daß ihre Verbindung vor Abflug der Grant-Person die notwendige Tiefe erreicht hatte.«

»Mr. Grant, hier spricht Captain Strauss.« Tess'

Stimme hatte einen ruhigen, besänftigenden Tonfall. »Hören Sie mich? Over.«

Keine Reaktion. Tess blickte zu Harry. »Glauben Sie, er kann mich hören? Oder könnte der Roboter die Verbindung stören?«

Harry überlegte. »Ich glaube, er kann Sie hören. Und wenn er wollte, könnte er auch antworten. Die Kommunikation ist kein direkter Bestandteil des Schiffscomputers. Der Robot müßte sie separat abschalten. Grant hat einmal geantwortet, und der Robot hat ihn nicht gehindert. Grant weiß also, wie die Anlage zu bedienen ist. Es muß einen anderen Grund geben, daß er keinen Mucks mehr von sich gibt.«

»Entweder das, oder der Roboter hat ihm vielleicht eins übergezogen«, meinte Xris grimmig.

Harry riß die Augen auf. »Xris, der Roboter würde so etwas niemals tun. Keiner der Roboter des Professors wäre zu so etwas fähig! Jedes Leben war ihnen heilig!«

»Mag ja sein, aber dieser hier hat eine Schraube locker. Wann sind wir in Reichweite?«

»In etwa fünfzehn Minuten. Eher, wenn du Grant dazu überreden kannst, den Antrieb abzustellen. Das wäre auch wesentlich sicherer. Sonst werden die mächtig durchgeschüttelt, wenn wir sie erfassen.«

Tess versuchte es noch einmal. »Wir wissen, daß es nicht Ihre Schuld ist, was passiert ist, Mr. Grant, und daß der Roboter den Claymore gestohlen hat. Außerdem wissen wir, daß Sie nicht der Pilot des Fliegers sind. Aber wenn Sie vielleicht den Antrieb abschalten könnten . . .«

»Sag ihm, er soll den Roboter irgendwie ablenken, ihn beschäftigen«, warf Xris ein.

Tess nickte. »Das ist eine gute Idee. – Mr. Grant, sagen Sie dem Roboter, er soll . . . hm . . . eine detaillierte Analyse sämtlicher Straßen in diesem Sektor durchführen. Während er damit beschäftigt ist, wird Pilot Luck Sie instruieren, wie Sie den Antrieb korrekt abschalten . . .«

»Nein«, kam die unerwartete Antwort, »nein, das kann ich nicht tun.« Grants Stimme zitterte. »Ich denke, es wäre besser, wenn Sie einfach weitermachen und ... und uns abschießen.«

»Mr. Grant ...«, unterbrach ihn Tess.

»Es tut mir leid, daß ich soviel Ärger verursacht habe«, sprach Grant mit einer Stimme weiter, die allmählich fester wurde. »Die Schlüssel für das Museum sind im Briefkasten. Meine Sammlung hinterlasse ich dem Aeronautischen Institut auf XIO ...«

»Mr. Grant!« rief Tess aus. »So begreifen Sie doch! Wir *wollen* Sie nicht abschießen. Wir haben keinen *Grund*, Sie abzuschießen. Hören Sie, ich kann verstehen, daß Sie das Risiko nicht eingehen wollen, dem Roboter in die Quere zu kommen ...«

»Darum geht es nicht. Es geht darum, was der Roboter vorhat. Er wird ... oh, du meine Güte! Sie sollten sich beeilen, denn ...«

Seine Stimme brach unvermittelt ab.

Der Claymore schien einen Sprung zu machen; dann verschwand er.

»Verdammt«, stieß Harry beeindruckt hervor. »Das habe ich nicht kommen sehen! Sie sind in den Hyperraum gesprungen«, fügte er aufklärend hinzu.

»Ach was? Tatsächlich?« sagte Xris ironisch. »Können wir hinterher?«

»Ja«, bestätigte Tess. Sie öffnete einen Kanal und rief die Kampfflieger. »Hat der Ticker ihre Koordinaten erfaßt?«

Xris war mit diesen neuartigen Ticker-Peilsendern nur zu vertraut. Vor gar nicht allzu langer Zeit hatte er eine sehr unangenehme Erfahrung mit ihnen gemacht. Unmittelbar, bevor ein Flieger in eine Straße eintrat, übermittelte der Sender die entsprechenden Koordinaten. Die Verfolger wußten genau, wo und wann der Claymore wieder aus dem Hyperraum treten würde.

»Ja, wir haben sie, Captain«, bestätigte einer der Kampfpiloten. »Wir übermitteln sie Ihnen bereits.«

»Können wir ihn auf der anderen Seite abfangen?« fragte Tess angespannt.

»Kein Problem«, erwiderte Harry zuversichtlich. »Wir warten nur solange, bis die Instrumente anzeigen, daß der Sprung sicher ist, dann geht es los. Wir benutzen dieselbe Straße und kommen genau an ihrem Ende und direkt hinter ihnen heraus.«

Harry starrte auf den Navigationscomputer. »Okay, sie sind auf der Straße ... eine ziemlich kurze Straße. Sie sind noch drinnen ... okay. Sie ... sind jetzt draußen. Sie sind runter von der Straße.«

»Gut. Die Koordinaten der Straße sind im NavComputer eingegeben. Wir bereiten uns auf den Sprung vor.« Er schaltete den Bordlautsprecher ein. »Schnallt euch alle an! Ich wiederhole, schnallt ... o, Scheiße!«

Die Worte hallten durch den Flieger.

»Was soll das heißen, ›o Scheiße‹?« verlangte Xris zu wissen. »Hör mal, jetzt ist nicht die Zeit, in dem verdammten Wartungsbuch nachzuschlagen.«

Harry blätterte hastig durch das Wartungsbuch des NavComputers. »Ich weiß. Aber dieser verdammte NavComputer zeigt keine Straße mehr an. Er ist abgestürzt. Das ist die einzige Erklärung. Ich muß das ganze verdammte Ding neu kalibrieren.«

Tess kochte. »Herrgott! Ich wußte, ich hätte einen meiner eigenen Piloten anfordern sollen. Diese ganze Geschichte ...«

Xris sprach in die Bordanlage: »Doc, komm sofort hier rauf!«

Harry las laut aus dem ›Wenn etwas schiefläuft‹-Kapitel des Handbuchs vor. Quong kam auf die Brücke, gefolgt von Jamil.

»Was ist hier oben los?« wollte Jamil wissen. »Wo ist der Flieger, den wir einfangen sollen? Unsere Instrumente haben ihn verloren?« Raoul und der Kleine preßten sich an die Schotten, um mehr Platz zu machen.

»Der Flieger ist in den Hyperraum gesprungen. Wir wollten ihm nach, aber dann hat der verdammte Computer rumgesponnen. Doc, hilf Harry, den NavComputer zu reparieren.«

Tycho betrat die Brücke. Er mußte beinahe kriechen, um noch hineinzupassen. Die Brücke war für drei Personen geplant worden; jetzt quetschten sich sieben darin zusammen.

»Oh, verdammt noch mal«, fluchte Harry langsam und leise. »Xris, mit dem Computer ist alles in Ordnung.«

»Komm schon, Harry. Das kann nicht sein. Laß den Doc mal ran.«

»Harry hat recht, mein Freund«, verkündete Quong. »Der NavComputer funktioniert einwandfrei. Die Straße ist verschwunden.«

Tess erbleichte. »Was soll das heißen, die Straße ist verschwunden?«

»Sie ist einfach weg!« Harry brach der Schweiß aus. »Ich schwöre bei Gott, Xris, sie *war* da, aber jetzt ist sie ... ist sie weg! Ich hab' so was noch nicht gesehen. Noch nie«, fügte er hinzu, während seine Augen den Raum absuchten, als könnte er die Straße mit bloßem Auge wiederfinden. »Ich habe noch nie davon gehört, daß so etwas passiert ist! Das gibt's einfach nicht!«

»Anscheinend doch«, sagte Xris. »Moment mal. Der *Roboter* hat die Straßen errichtet. Kann er sie da auch wieder verschwinden lassen?«

Xris, Tess und Dr. Quong kamen im selben Moment zum selben Ergebnis. Sie starrten sich entsetzt an.

»Ist das möglich?« fragte Tess überwältigt.

»Der Roboter gibt, aber er nimmt auch wieder«, murmelte Quong. »Ja, so etwas ist durchaus im Bereich des Möglichen. Ich würde in meiner Vermutung sogar soweit gehen, daß genau das eingetreten ist. Ich hatte bereits erwogen, daß so etwas passieren könnte, aber ich hatte nicht ausreichend Daten ...«

»Darum wollte Grant, daß wir den Flieger abschießen«, führte Xris den Gedanken weiter. »Er wußte es. Der Roboter hat es ihm erzählt, und Grant erkannte die Gefahr.«

»*Was* hat Grant gewußt?« fragte Harry. »Worüber

redet ihr drei überhaupt? Immer schließt ihr mich aus ...«

»Der Roboter richtet keine neuen Straßen ein«, erklärte Xris, »er läßt sie wieder kollabieren.«

Harry blinzelte verstört. »Der Robot läßt Straßen *kollabieren*? Wißt ihr, was das bedeutet? Wenn diese Straßen gerade von einem Flieger oder einem Schiff benutzt werden ...«

»R-r-r-ratz fatz«, beendete Raoul den Satz mit rollender Zunge.

33. Kapitel

»Hervorragend!« rief ich aus.
»Elementar«, sagte er.

Sir Arthur Conan Doyle,
Der Hund von Baskerville

Darlene Mohini saß vor ihrem Computer, der auf dem Schreibtisch ihres Quartiers stand, und starrte unverwandt durch das gegenüberliegende Fenster. Eigentlich starrte sie auf gar nichts. Die schwarze Tiefe mit ihren blinzelnden Sternenpunkten interessierte sie nicht weiter. Sie benutzte das Fenster wie ein Künstler eine weiße Leinwand und projizierte ihre eigenen Gedanke und Überlegungen auf die nackte, leere Oberfläche. Sie hatte so viele Jahre in der Tiefe des Raumes gelebt, daß sie schon lange nicht mehr das Staunen und wohlige Schaudern jener Menschen verspürte, die dieses Erlebnis zum erstenmal haben.

Hätte Darlene einen der kleinen leuchtenden Punkte in dem sternenübersäten Dunkel dort draußen bewußt wahrgenommen, so hätte sie mehrere sehr helle, sich bewegende Punkte bemerkt, da dieser Raumsektor stark frequentiert wurde. Dies war nicht nur eine Haupthandelsroute, auch die Luxuskreuzer benutzten die Straße gern, um die Urlaubswelt Moana anzusteuern, einen Planeten, dessen Oberfläche zu neunzig Prozent mit Wasser bedeckt war, dessen Städte auf und unter der Oberfläche trieben, der neben seiner spektakulären Schönheit und erstaunlichen Meeresfauna die besten Surfmöglichkeiten in der Galaxis bot.

Darlene bemerkte weder Schiffe noch Sterne. Sie dachte über ›ihren alten Collegeprof‹ Professor Lasairion nach.

Bisher waren ihre Informationen über den Professor dürftig und nicht sehr hilfreich. Sie reichten allenfalls für die Annahme, daß der Roboter, für dessen Diebstahl man Xris angeheuert hatte, wahrscheinlich einer jener Korridor-Roboter war. Ein solcher Fund wäre von großem Interesse, sofern man Archäologe oder von der Geschichte des Raumfluges fasziniert war. Doch beides traf in keiner Weise auf Xris zu. Darlene fragte sich erneut, warum er sie gebeten hatte, sich mit dieser Sache zu befassen, als das Vidfon klingelte.

Darlene drehte sich im Stuhl herum, um auf den Schirm zu blicken.

Xris erschien, immer noch in Uniform. »Hallo, Liebling«, begrüßte Darlene ihn. »Es ist immer schön, von dir zu hören, aber zweimal am selben Tag? Ich hoffe, es ist nichts Ernstes? Little Harry hat seinen Kopf nicht schon wieder im Geländer eingeklemmt, oder?«

Xris lächelte – dieses Lächeln, das nie sein ganzes Gesicht erreichte, sondern nur eine Seite seines Mundes und manchmal sein eines menschliches Auge.

»Den Kindern geht es gut. Es geht uns allen gut, Professor Lasairion eingeschlossen. Ich rufe dich wegen einer Nachricht an, die für dich bestimmt ist. Sie kommt von deinen alten Arbeitgebern, und sie sagen, es sei dringend. Amy Dixter möchte, daß du sie kontaktierst. Sie hat da einige Computerdateien, die sie dir rüberschicken möchte. Sie weiß, es ist dein Urlaub, und es tut ihr leid, aber sie sagt, du bist die einzige, die das Problem lösen kann.«

Amy Dixter ... Darlene war für einen Augenblick verwirrt; dann ging ihr ein Licht auf. Jedenfalls glaubte sie es.

»Amy Dixter? Bist du sicher? Wir hatten eine kleine Meinungsverschiedenheit, wie du weißt.«

Xris winkte ab. »Schon lange vergessen. Ruf sie unter ihrer alten Nummer an.«

»Würde ich ja gern, Liebling«, antwortete Darlene vorsichtig, »aber das letzte Mal, als ich sie anrufen wollte, habe ich keinen Anschluß bekommen.«

»Die Nummer ist wieder angeschlossen«, erwiderte Xris. »Amy Dixter möchte so schnell wie möglich mit dir reden. Du wirst dich sofort bei ihr melden, ja?«

»Aber sicher. Wenn sie unter der Nummer wieder erreichbar ist ...«

»Das ist sie. Ich muß jetzt Schluß machen. Ich liebe dich!« Xris winkte ihr zu.

»Ich liebe dich auch, Schatz«, antwortete Darlene.

Die Übertragung wurde abgebrochen.

Darlene blieb verwirrt vor dem Vidfon sitzen und ging im Geiste noch einmal beide Unterhaltungen durch. Die erste war nicht schwer zu entschlüsseln gewesen. Ein neuer Chef, hatte Xris gesagt. Einer, der sehr hoch angesiedelt war und hohe Ansprüche stellte – dabei könnte es sich nur um Seine Königliche Majestät handeln. Was wiederum hieß, daß Xris und das Team für die Regierung arbeiteten. Aber *Amy* Dixter. A. Dixter. Lordadmiral Dixter. Das Team arbeitete für die Regierung, genauer gesagt, für die Königliche Flotte. Die alte Nummer. Das mußten ihre Datenbanken bei KöfKomSec sein.

Als Darlene das letzte Mal versucht hatte, ihre Datenbanken anzuzapfen – zugegebenermaßen durch die ›Hintertür‹ –, hatte der Computer sich mit einem Wurm-Virus gewehrt. Zu jener Zeit war die Flotte allerdings auch davon ausgegangen, daß Major Mohini eine Verräterin war. Nun aber ...

Darlene ging zum Computer und setzte sich davor. Sie legte die Finger auf die Tastatur. Diese Verbindung würde nur per Tastatur zustande kommen; ihre Stimme war nicht mehr gespeichert und würde nicht anerkannt werden. Im ersten Moment zweifelte sie, ob ihr der Zugangskode wieder einfallen würde. Ein leichte Panikanfall überfiel sie, als die Kombination nicht sofort zur Hand war.

Die Panik legte sich. Die Kombination lag ihr in den Fingerspitzen, wenn schon nirgends sonst. Sie hatte den Zugangskode jahrelang jeden Tag mindestens einmal eingegeben. Sie würde ihn wahrscheinlich nie vergessen.

Die Königliche Flotte würde sie zu gern in die Finger bekommen, um in ihrem Gedächtnis alle Informationen über Kodes, geheime Basen, klassifizierte Pläne und Waffen sowie weiteres interessantes und gefährliches Material auszuradieren. Xris und das Team konnten der Flotte nicht ganz entkommen, aber sie konnten frei operieren. Niemand hatte sie bisher aufgefordert, sich im Austausch dafür zu ergeben. Und Xris war mißtrauisch, wortgewandt und intelligent genug, um die Flotte daran zu hindern, einen Affen aus ihm zu machen oder gar ihren Aufenthaltsort zu verraten.

Während dieser Überlegungen hatte Darlene plötzlich Xris vor Augen, wie er vor Ungeduld schäumend herumstapfte und auf die Nachricht wartete, daß sie, Darlene, sich in das Netz eingeklinkt hatte. Sie mußte grinsen und schüttelte den Kopf. Xris gehörte zu denen, die es vorziehen, die Tür einzutreten und mit rauchenden Kanonen ins Zimmer zu stürmen. Darlene hingegen blieb immer vor der Tür stehen und fragte zunächst: »Was, wenn ...«

Was, wenn ...

Ach, zur Hölle damit!

Darlene tippte den Zugangskode ein.

Es brauchte nicht mehr Zeit als sonst, durch die Passwortanfragen, die Gegenpasswörter, die Kniefälle und rituellen Opfer zu gehen, die notwendig sind, um die Götter der Sicherheit gnädig zu stimmen und Einlaß in den geheimen Tempel zu erlangen.

Dort angekommen, erledigte sie ihre Aufgabe – Eingang, Ausgang. Nur eine Datei war aufgelistet. In Mikrosekunden hatte sie diese kopiert und sich wieder ausgeloggt. Sie ging davon aus, wahrscheinlich zu Recht, daß ›Amy‹ Dixter jeden Versuch Darlenes, länger als nötig in den heiligen Hallen umherzustreifen, sehr ungehalten machen würde.

Die Datei war sicher auf ihrem Computer angekommen.

Da mittlerweile ihre Neugierde geweckt war, rief Darlene sie sofort an.

Xris erschien auf dem Schirm.

Sie grinste ihn an, obwohl ihr klar war, daß er sie nicht sehen konnte. Es war bloß eine Aufzeichnung.

»Wenigstens können wir jetzt wie normale Menschen miteinander reden«, sagte sein Bild. »Ohne diesen Ehemann-Ehefrau-Quatsch. Als erstes möchte ich dir sagen, daß ich von Raoul über den Giftanschlag informiert wurde. Es tut mir leid, daß es soweit gekommen ist. Ich hoffe, es passiert nicht noch einmal und daß du jetzt in Sicherheit bist. Aber wir beide kennen die Hung. Halt die Augen weiterhin offen.«

»Das werde ich, Xris«, versprach sie leise, obwohl er sie nicht hören konnte.

Sein Bild sprach weiter: »Du hast wahrscheinlich gedacht, irgendeine meiner Schaltungen sei durchgebrannt, als ich dich bat, alles über Professor Lasairion und seinen Korridor-Roboter herauszufinden. Das ist der Robot, den Jamil und ich gestohlen haben. Gott weiß, wie sehr ich mir wünsche, ich hätte das verdammte Ding nie zu Gesicht bekommen. Der Roboter hat sich für unseren Diebstahl gerächt. Er ist mit unserem Claymore auf und davon.«

»Große Güte!« entfuhr es Darlene.

»Jau«, bestätigte Xris, als ob er es gehört hätte. »Aber das ist eine lange Geschichte. Du findest sie in der Datei, zusammen mit meinem persönlichen Logbuch. Es ist eine recht unterhaltsame Lektüre. Um es kurz zu machen: Wie du bestimmt schon herausgefunden hast, handelt es sich um einen sogenannten Korridor-Roboter.«

»Oh, du ...« Darlene stieß einen tonlosen Pfiff aus. Es war klar, was jetzt kommen mußt: »Der Robot hat den Claymore und beginnt, Straßen einzurichten ...«

»Der Robot hat den Claymore«, fuhr Xris fort, »und das verdammte Ding läßt dort draußen Straßen kollabieren ...«

»Kollabieren!« stieß Darlene hervor und versuchte, diese neue und unvorhergesehene Neuigkeit zu verdauen.

»Bisher hat er nur eine Straße ausgeknipst – eine Straße, in die wir gerade hineinspringen wollten. Zum Glück war sie vor unserem Sprung verschwunden. Anderenfalls ... wenn wir in dieser Straße gewesen wären, als der Robot sie abschaltete, dann ... wie Raoul es so treffend ausdrückte: Rrratz-fatz!«

»Du lieber Gott«, murmelte Darlene.

»Wir wissen, wo der Robot ist«, berichtete Xris weiter. »Die Flotte hat den Claymore mit einem Peilsender beschossen. Das Problem ist, daß wir ihn nicht einfangen können, weil wir es zur Zeit nicht wagen, irgendeine Straße in seiner Nähe zu benutzen. Die Flotte schickt Kampfflieger, aber die stehen vor demselben Dilemma.«

»Warum?« fragte sich Darlene. »Warum läßt der Roboter Straßen *kollabieren*? Es muß einen Grund dafür geben ...«

»Dr. Quong, unser hiesiger Roboterexperte, geht davon aus, daß der Robot nach einem vorprogrammierten Schema operiert. Wir wissen, welche Straße er ausgeknipst hat. Was wir jetzt benötigen, ist jemand, der feststellen kann, welche Straße der Robot sich als *nächstes* vornimmt. Dann kann die Flotte ihre Flieger ohne Risiko zum Abfangen schicken. Wir müssen diese Geschichte schnell über die Bühne bringen, sonst befindet sich das nächste Mal, wenn der Roboter zuschlägt, ein Schiff in der Straße. Du bekommst sämtliche Daten über den Roboter und die Kollimierte Befehlsempfänger-Einheit, die wir bisher haben.«

Jemand sprach im Hintergrund. Darlene glaubte, Dr. Quongs Stimme zu erkennen.

»Ach ja«, meinte Xris und zog einen Dreher hervor. »Ich habe da eine Sache vergessen. Ein Kerl namens Grant hatte diese Kollimierte Befehlsempfänger-Einheit, und sie steht mit dem Roboter in Kontakt. Wie du anhand der Koordinaten sehen kannst, befindet der Roboter sich immer noch im selben Raumsektor wie wir. Er ist also noch in relativer Nähe. Es kann sein, daß wir ihn erreichen, bevor er wieder springt. Voraussetzung ist natürlich, daß wir herausfinden, welche Straße er als nächstes benutzen will und seine nächsten Bewegungen vorausberechnen.« Er hielt kurz inne, fuhr dann fort:

»Die Flotte hat ihre besten Leute darauf angesetzt. Du gehörtest früher dazu, und der Lordadmiral hofft, daß du einen Blick auf die Daten wirfst und uns dann mitteilst, zu welchem Ergebnis du gekommen bist. In dem Fall kannst du denselben Zugangskode verwenden. KöF-KomSic wird dich dann zu mir durchstellen. Viel Glück, und gib auf dich acht.«

Xris' Bild wich einem Text, der den ganzen Schirm ausfüllte – alles, was Darlene niemals über einen antiquierten Korridor- (und Korridor-kollabierenden) Roboter und Kollimierte Befehlsempfänger-Einheiten hatte wissen wollen.

Darlene stützte die Arme auf den Tisch, rückte näher an den Schirm heran und begann zu lesen.

Als letztes kam sie zu den Daten, die die Flotte über diese Roboter zusammengetragen hatte. Das meiste davon war klassifiziert. Die Flotte hatte mehrere dieser Roboter aufgespürt und sie genauestens untersucht – in der Hoffnung, herauszufinden, wie man Straßen einrichtet. Die Untersuchungen verliefen jedoch erfolglos.

Offensichtlich waren die Roboter nicht in der Lage, unabhängig Straßen einzurichten. Der Professor hatte ihnen bestimmte Instruktionen mit auf den Weg gegeben, die sie zuerst ausführten. Bevor eine Straße eingerichtet werden konnte, bedurfte es allerdings jedesmal einer Kollimierten Befehlsempfänger-Einheit.

»Das ist es«, entfuhr es Darlene. »Der Roboter schickt dem Professor eine Nachricht, die besagt, daß er einen idealen Ort für eine Straße gefunden hat. Der Professor sendet dann per Kollimierter Befehlsempfänger-Einheit ein Signal, das das Korridorprogramm des Roboters aktiviert. Der errichtet eine Straße. Der Professor überprüft das Ergebnis, und ob es seinen Vorgaben entspricht – wie immer die auch aussehen mögen. Dann sendet er dem Roboter ein neues Signal, das die Arbeit des Robots bestätigt und ihn zum nächsten Straßenprojekt schickt. Was aber ist passiert, wenn dem Professor eine Straßenführung nicht zusagte? Wahrscheinlich hat er dem Roboter mitgeteilt, daß die Straße unzureichend sei und entfernt werden müsse. Mal sehen.«

Darlene verglich ihr Szenario mit den Daten der Flotte und denen aus Xris' Logbuch. »Die Kollimierte Befehlsempfänger-Einheit landet in Grants Museum, der sie aktiviert, um sie als High-Tech-Tischlampe zu verwenden. Dann erhält die Flotte Kenntnis von dem Roboter, kann ihn aufgrund der schlechten Beziehungen zu Pandor aber nicht in ihren Besitz bringen. Sie senden also jemanden von ihrem Geheimdienst – Captain Strauss –, um die Sache genauer zu untersuchen. Strauss schleicht an Bord des Fliegers, findet den Roboter und meldet, daß er nicht funktioniert.«

Darlene dachte nach. »Merkwürdig«, murmelte sie dann. »Strauss hatte natürlich keine ausgefeilte Ausrüstung, aber wenn Xris den Roboter aktivieren konnte, indem er ihn lediglich mit der Schulter streifte ... hmmm. Na ja, vielleicht wurde Strauss unterbrochen, weil ein Sicherheitsmann vorüberkam oder so etwas. – Jedenfalls meldet Strauss der Flotte, daß der Roboter nicht funktionstüchtig ist. Die Flotte will ihn trotzdem haben. Währenddessen bekommt der corasianische Agent Harsch Wind von der Sache. Wie? Gute Frage. Höchstwahrscheinlich über seine Kontakte in der Flotte. Er will den Roboter den Corasianern verkaufen ...« Darlene überlegte weiter.

»Welchen Grund könnte er dafür haben? Vor allem, wenn er wußte, daß der Roboter nicht funktioniert? Das ergibt keinen Sinn. Nehmen wir aber mal an, er wußte, daß der Roboter *doch* operativ ist. Dann wäre er für die Corasianer natürlich außerordentlich wertvoll. Ganz besonders, wenn Grant zudem von der Existenz der Kollimierten Befehlsempfänger-Einheit wußte. Es wäre interessant, diesen Grant einmal zu befragen, ob jemand ihm irgendwann eine hohe Summe für seine Maschine bot oder gar versucht hat, sie zu stehlen ...« Wieder überlegte sie.

»Ist ja auch egal. Gehen wir einfach davon aus, daß Harsch weiß, daß die Kollimierte Befehlsempfänger-Einheit existiert, und daß er sie in die Hände bekommen kann. Alles, was ihm dann noch fehlt, ist einer dieser antiken Roboter. Er findet einen, und der befindet sich auch noch genau zur rechten Zeit an einem idealen Ort, um ihn zu stehlen. Es *ist* doch ein idealer Ort, oder?« befragte Darlene ihr Spiegelbild im Fenster.

Bisher hatte sie die Ecken und den äußeren Rahmen des Puzzles zusammengesetzt. Jetzt mußte sie das Innere ausfüllen, und das komplette Bild begann sich bereits abzuzeichnen. »Ein wenig *zu* ideal. Die ganze Sache war eine Falle! Eine Falle mit dem Roboter als Köder. Eine Falle, die die Flotte für Harsch aufgestellt hatte. Statt dessen aber waren Xris und Jamil darin gefangen worden. Was die Flotte nicht in Betracht gezogen hatte, war die Möglichkeit, daß eine weitere Kollimierte Befehlsempfänger-Einheit existierte. Und Harsch hatte nicht damit gerechnet, daß Grant die Maschine schnappen und die Stadt verlassen würde ...« Sie seufzte.

»O nein, einen Moment. Was, wenn es eine Verbindung zwischen Grant und Harsch gäbe? Xris sagt, daß Grant der sanftmütige, von guten Manieren beherrschte, intellektuelle Typ sei – aber das war Clark Kent auch. Vielleicht hat Grant versucht, Harsch zu hintergehen, oder sich mit ihm in Verbindung zu setzen ... Mist. Dieses Puzzlestück paßte nicht ganz. Grant riet Xris, den Flieger abzuschießen. Er würde so etwas nicht sagen, würde er zu den Bösen gehören. Es sei denn, Grant wußte, daß Xris Bescheid wußte, was Grant wußte, und er versuchte, uns abzulenken ...«

Darlene rieb sich die Schläfen. Die ganze Sache bereitete ihr allmählich Kopfschmerzen.

»Egal. Das ist jetzt nicht wichtig. Eins *ist* sicher. Niemand, wahrscheinlich nicht einmal Harsch, hat damit gerechnet, daß die Einheit und der Roboter einen Dialog beginnen würden, der im Diebstahl eines Fliegers und dem Kollabieren von Straßen mündete! – Die Sache gefällt mir nicht«, sagte Darlene leise. »Das sieht alles sehr häßlich aus. Und Xris wird irgendwas verschweigen ... eine ganze Menge. Irgendwo übersehen ich etwas, aber ich habe einfach keine Zeit, mich jetzt damit näher zu befassen. Am wichtigsten ist es, diesen Roboter aufzuhalten, bevor er jemanden umbringt.«

Darlene holte die Flugbewegungen des Roboters auf den Schirm. Der Flug schien auf den ersten Blick völlig ziellos zu verlaufen, doch ihr war vollkommen klar, daß dem nicht so war. Roboter gingen niemals wahllos vor.

Sie rief eine Karte der Galaxis auf. Ein pulsierender Lichtpunkt zeigte den letzten bekannten Aufenthaltsort des Roboters an. Rote Blinklichter zeigten die verschwundene Straße an, gelbe Leuchtlinien die vorhandenen. Da der Roboter bisher nur eine Straße ›entfernt‹ hatte, war noch kein Muster abzulesen. Hatte er diese Straße nur kollabieren lassen, weil sie gerade zur Hand war? Oder ...

Darlene isolierte den Raumsektor, in dem der Roboter sich bewegt hatte und vergrößerte ihn. Die Flotte hatte ihr die Koordinaten der dortigen Straßen übermittelt.

Darlene studierte diese gerade, als ihr auffiel, daß irgend etwas an diesem Raumsektor ihr vertraut vorkam.

Sehr vertraut.

Darlene erhob sich vom Computer und rannte zu ihrem Nachtschränkchen hinüber. Sie durchwühlte die Schublade, bis sie das elektronische Bordrundschreiben fand, das die Passagiere mit interessanten Informationen über die Kreuzfahrt, Instruktionen in Notsituationen, der Position der Rettungskapseln und der Ermahnung über die Wichtigkeit von Sicherheitsübungen versorgte. Überdies enthielten die Unterlagen eine Karte und die Koordinaten ihrer Route. Darlene verglich die Karte mit jener auf dem Schirm.

»O verdammt!« entfuhr es ihr.

Der Roboter war in Straße Nummer Zeta Drei Neun Drei Omega gesprungen. Es handelte sich dabei um eine Kurzstreckenstraße, die Schiffe vom äußeren Ring in den inneren führte. Jedenfalls war dies bisher ihre Funktion gewesen. Aber jetzt war das nicht mehr der Fall. Der Claymore hatte den Sprung in demselben Sektor beendet, in dem sich das adonische Kreuzfahrtschiff befand, die *R.S. Herzenswunsch.*

Es klopfte an ihrer Kabinentür.

Darlene beachtete die Unterbrechung nicht.

Das Klopfen wiederholte sich.

Darlene drückte die Kommverbindung und sagte: »Ich bin beschäftigt.«

Das Klopfen wurde etwas heftiger wiederholt.

»Ich bin nicht angezogen«, sagte Darlene scharf. Sie hatte nicht vor, irgend jemandem die Tür zu öffnen. »Sagen Sie, was immer zu sagen Sie gekommen sind, und lassen Sie mich in Ruhe.«

»Anweisung des Käptn's, Ma'am. Wir werden in etwa zwei Stunden springen. Ich werde vermerken, daß Sie in Ihrer Kabine sind. Bitte verbleiben Sie dort, während . . .«

»Alles klar, danke«, antwortete sie und vertiefte sich wieder in ihre Berechnungen.

Idioten. Warum konnten sie einen bei der Arbeit nicht

in Ruhe lassen? Darlene starrte mißmutig ihr Spiegelbild an und versuchte sich dann in die Gedankengänge des Roboters zu versetzen.

»Ich wurde programmiert, um Straßen zu errichten«, begann sie. »Ich gehe dabei systematisch vor. Meine Arbeit ist, sagen wir mal, zur Hälfte erledigt, da werde ich angegriffen. Jemand will mich einkassieren. Ich gehe gemäß den Instruktionen des Professors vor und versuche zu fliehen. Leider komme ich nicht weit – in diesem Raumsektor befindet sich auch Pandor –, denn mein Flieger wird abgeschossen, oder ich veranlasse sogar eine Bruchlandung, um den Verfolgern zu entgehen. Ich stoße mir sehr heftig den Kopf, und für eine ganze Zeit wird alles dunkel.« Sie hielt kurz inne.

»Dann wache ich auf. Es geht mir gut. Vielleicht habe ich einige Schwierigkeiten mit meinen internen Schaltkreisen, aber das läßt sich leicht über das Selbstheilungsprogramm beheben. Nach meinem Empfinden sind zwei Minuten vergangen, nicht zweitausend Jahre. Ich sende mein Signal aus, um den Professor wissen zu lassen, daß ich am Leben und in Ordnung bin, und erhalte eine Bestätigung. Durch die Art des Signals weiß ich, daß ich mich wieder an die Arbeit machen soll. Entsprechend der paranoiden Natur unseres lieben Professors wurde ich höchstwahrscheinlich darauf programmiert, jeglicher Einschränkung entsprechend zu begegnen. Ich breche also die Kiste auf und schnappe mir den erstbesten Flieger. Dabei handle ich mir einen Menschen ein, Jeffrey Grant genannt, was nicht kompatibel ist, aber damit werde ich mich zu gegebener Zeit beschäftigen.« Sie holte tief Atem.

»Ich mache mich wieder an die Arbeit. Ich bin bereit, eine neue Straße zu errichten. Also sende ich mein Signal in der Erwartung, die beruhigende Stimme des Professors zu hören. Diese aber bleibt aus. Irgendwas stimmt nicht. Der Professor ist mit meiner Arbeit unzufrieden, also lasse ich die Straßen wieder kollabieren ... und zwar in derselben Reihenfolge, in der ich sie eingerichtet habe! Ja, natürlich! Die nächste Straße, die ich verschwinden lasse, ist diejenige, die ich vor der jetzigen errichtet hatte. Okay ... Wie kann ich heraubekommen, welche das sein wird?«

Darlene ging noch einmal alle Informationen durch, die den Roboter betrafen, und versuchte, irgendein Muster zu entdecken. Kein leichtes Unterfangen, da der Roboter bisher nur eine Straße entfernt hatte. Darlene konnte davon ausgehen, daß der Roboter systematisch arbeitete. Beispielsweise würde er nicht grundlos von einem Sektor in den nächsten springen. Bisher hatte der Robot sich logisch verhalten. Es gab also keinen Grund, warum er davon abweichen sollte. Im anderen Fall war ihre ganze Arbeit von vornherein umsonst.

Allerdings gab es unzählige Straßen allein in diesem Sektor, der eine unüberschaubare Menge an bewohnten Planeten umfaßte. Darlene gab alle relevanten Informationen in den Computer ein und startete das Programm. Dann arbeitete sie ihre eigenen Kalkulationen aus, in der Hoffnung, intuitiv und rascher jene Antwort zu finden, auf die der Computer hinarbeitete, der methodisch sämtliche Möglichkeiten durchging. Ihre Intuition konnte sie dann mittels des Computers überprüfen.

In der Zwischenzeit würde sie sich mit der Flotte in Verbindung setzen, damit sie alle Schiffe in diesem Sektor davor warnten, auf keinen Fall ...

Eine Stimme erklang über die Bordsprechanlage: »Hier spricht Ihr Kapitän. In ungefähr einer Stunde und dreißig Minuten werden wir in den Hyperraum springen. Die Vorschriften der Flotte verlangen, daß sich zu diesem Zeitpunkt alle Passagiere in ihren Kabinen befinden. Wir ersuchen ...«

»Oh, Hölle!« Darlene stand auf und ging zur Tür. Plötzlich hielt sie an, drehte sich um, ging zum Computer und setzte sich wieder. »Hölle und Verdammnis!«

Es war ihr schon wieder passiert. Diese Geistesabwesenheit war ein gängiger Fehler ihrerseits. Xris würde ihr das bestimmt unter die Nase reiben, wenn er jemals davon erführe. Sofern sie diesen Moment noch erlebte. Die intellektuellen Herausforderungen dieses Problems hatten sie so sehr in den Bann gezogen, daß sie völlig vergessen hatte, welche Auswirkungen die Situation auf sie selbst haben könnte. Auf sie und die anderen zweitausend Passagiere an Bord dieses Schiffes.

Und was, zur Hölle, unternahm die Flotte in dieser Hinsicht?

Darlene rief KöFKomSic und verlangte, zum Flaggschiff des Lordadmirals, der *King James II* durchgestellt zu werden.

»General Hanson hier.«

»Generalin, ich bin Major Mohini.«

»Ich muß Sie darüber in Kenntnis setzen, Major, daß Sie AWOL sind und . . .«

»Ja, ja!« sagte Darlene ungehalten. »Wir können später darüber diskutieren, Ma'am. Im Moment bin ich damit beauftragt, einen Roboterausreißer wiederzufinden.«

»Das ist mir bekannt.« Die Generalin zog die Stirn in Falten. »Ich habe davon abgeraten, Sie an dieser Sache zu beteiligen, aber ich wurde überstimmt. Der Lordadmiral wollte persönlich mit Ihnen reden, kann sich zur Zeit aber nicht freimachen. Was haben Sie herausgefunden?«

»Ich übertrage die Koordinaten, Ma'am. Der Roboter befindet sich in Raumsektor Yanni Zwei. Ich habe noch nicht alle Kalkulationen abgeschlossen, gehe aber davon aus, daß der Roboter in diesem Sektor bleibt. Wenn er eine weitere Straße zum Kollabieren bringen will – und das vermute ich – wird es in diesem Sektor sein.«

Die Generalin nickte. »Unsere Experten sind zu demselben Ergebnis gekommen, Major. Ich danke Ihnen. Jetzt . . .«

»Wirklich, Ma'am?« Darlene schlug mit den Händen auf den Tisch. »Entschuldigen Sie bitte, aber was für Konsequenzen ziehen Sie daraus? Ich befinde mich an Bord eines Kreuzschiffes, das in diesem Sektor operiert. Und soeben wurde angekündigt, daß wir in weniger als einer Stunde in den Hyperraum springen! Warum wurde der Captain nicht über die Gefahren in Kenntnis gesetzt? Sie müssen jedes Schiff in diesem Sektor davor warnen, auf keinen Fall einen Hyperraumsprung in Erwägung zu ziehen ...«

»Das haben wir bereits gemacht, Major.« Die Stimme der Generalin war kalt. »Sämtliche militärischen Flieger und Schiffe wurden angewiesen, solange auf die Benutzung der Hyperraumstraßen zu verzichten, bis sie eine entsprechende Freigabe erhalten. Allen privaten Schiffen, Frachtern, Fliegern und Transportern wurde derselbe Rat erteilt ...«

»Ein Rat erteilt! Sie haben ihnen *geraten*, die Straßen nicht zu benutzen? Entschuldigen Sie bitte, Generalin, Ma'am, aber Sie scheinen sich nicht ganz der enormen Gefahr bewußt zu sein ...«

Die Generalin bewahrte die Ruhe. »Majorin Mohini, haben Sie eine Vorstellung von den Tausenden von Schiffen aller Art, die zur Zeit die Straßen dieses Sektors benutzen? Privatschiffe fallen *nicht* unter unsere Direktive. Die Admiralität kann nur Warnungen aussprechen oder Ratschläge erteilen. Wenn die Kapitäne dieser Schiffe es vorziehen, diese Vorschläge zu ignorieren, ist das ihr gutes Recht. Wir leben in einer freien Gesellschaft. Was sollen wir denn Ihrer Meinung nach unternehmen? Kanonenboote aussenden und jedem unwilligen Schiff mit dem Abschuß drohen?«

»Ist den Leuten der Grund bekannt, Generalin? Wenn alle die Gefahr verstünden, dann ...«

Der Kiefer der Generalin versteifte sich, und ein Mundwinkel zuckte. »Was sollen wir den Leuten denn erzählen, Major? Daß ein zweitausend Jahre alter, antiquierter Roboter unterwegs ist, um Hyperraumstraßen zu kollabieren? Wie viele würden uns das wohl abnehmen, was meinen Sie?«

»Oh, *jetzt* verstehe ich«, entgegnete Darlene verbittert. »Wie dumm von mir. Der Roboter fällt unter die Geheimhaltung ...«

»Und da wird er auch bleiben, Major. Vergessen Sie

das nie. Ich schlage vor, Sie kehren zu Ihrer Arbeit zurück und unterstützen uns dabei, diesen Roboter zu erwischen, *bevor* er eine weitere Straße kollabieren läßt. Kontaktieren Sie uns, sobald Sie etwas Neues zu melden haben.«

Die Übertragung wurde beendet.

»Zimtzicke«, fluchte Darlene.

Jetzt lag es also bei ihr. Irgendwie mußte sie den Kapitän dieses Schiffes davon überzeugen, daß er den Sprung zu unterlassen hatte. Dafür brauchte sie einen sehr stichhaltigen Grund.

Sie gab es ungern zu, aber die Eiserne Lady hatte recht. Welcher Kapitän hätte schon den Mumm, die Urlaubspläne seiner zweitausend Passagiere mutwillig zunichte zu machen? Er würde sich nicht nur Ärger mit den Gästen einhandeln, sondern noch viel mehr mit seiner Gesellschaft, die gezwungen wäre, Entschädigungen in Millionenhöhe zu zahlen. Und Darlene konnte nicht beweisen, daß ihre Straße genau jene war, die der Roboter als nächstes kollabieren lassen würde.

Wenn aber das Schiff den Sprung machte und der Roboter *diese* Straße ausgesucht hatte ...

Darlene schauderte. Es hatte auch früher schon Hyperraumunfälle gegeben. Nie gab es Überlebende. Sie erinnerte sich, gelesen zu haben, wie ein Schiff in zwei Teile gerissen worden war. Die eine Hälfte trat auf der einen Seite aus dem Hyperraum, die zweite blieb auf der gegenüberliegenden Seite. Und jede Hälfte war voller Toter ...

Sie ging erneut zur Tür. Beim Öffnen fiel ihr ein, daß noch immer die Möglichkeit bestand, daß hier draußen ein Attentäter auf sie wartete.

Darlene lächelte grimmig. Das wäre der einfachere Weg zu sterben. Bevor sie aus der Tür trat, nahm sie eine kleine Nagelfeile an sich – ein Geschenk von Raoul. Auf dem Korridor legte sie die Feile unter die automatische Schiebetür. Sollte jemand die Tür während ihrer Abwesenheit öffnen, so würde die Nagelfeile mitgezogen werden. Ein alter Trick, der aber immer noch funktionierte. Sie wandte ihn regelmäßig an, automatisch, ohne bewußt darüber nachzudenken.

Als sie den Korridor hinunterschritt, fiel ihr auf, daß die Tür zur Kabine Sechs ein Stückchen offen stand. Drinnen saß ein grauhaariger Mann mittleren Alters vor seinem Vidfon und unterhielt sich mit einem kleinen, etwa siebenjährigen Jungen, dessen grinsendes, sommersprossenübersätes Gesicht den gesamten Schirm ausfüllte.

Darlene betrachtete den kleinen Jungen, blickte dann auf den Mann. Wenn es ihr nicht gelang, den Sprung zu verhindern, würde dieser kleine Junge seinen Vater vielleicht niemals wieder sehen.

In ihrem Unterfangen bestätigt, beschleunigte Darlene ihre Schritte, um möglichst schnell auf die Brücke zu gelangen.

34. Kapitel

Es liegt alles in einem Tagewerk

Anonymus

Der grauhaarige Mann in Kabine Sechs bat seinen kleinen Sohn auf dem Schirm: »Wartest du bitte einen Moment, mein Junge?« Er stand auf und ging zur Tür. Dort hielt er inne und beobachtete, wie Darlene vor dem Lift stehenblieb.

Sie tappte nervös mit der Fußspitze auf den Boden und schlug mehrmals auf den Liftknopf, um das Erscheinen der Kabine zu beschleunigen. Als die Lifttüren sich endlich öffneten, hastete sie hinein, und die Türen schlossen sich wieder. Der Mann wartete noch einen Moment, falls sie etwas vergessen haben sollte oder sich aus einem anderen Grund entschied, noch einmal zurückzukehren.

Die Tür immer noch einen Spalt offen lassend, ging er zurück zum Vidfon. »Jason, ich muß jetzt aufhören. Es tut mir leid, daß ich zum großen Spiel nicht da sein kann, aber du weißt ja, wie das ist mit Daddys Arbeit.«

»Klar, Pa, verstehe ich doch«, kam die fröhliche Antwort von dem sommersprossigen Gesicht. »Mein neuer Handschuh wird mir Glück bringen. Vielen, vielen Dank, Pa. Das war das allerschönste Geburtstagsgeschenk.«

Der Mann lächelte. »Tu dein Bestes, ja? Und denke daran – gewinnen ist nicht alles. Das Spiel ist wichtig. Sag deiner Mama, daß ich sie liebe, und sag ihr, ich rufe sie heute Abend an.«

Das Gesicht des Jungen auf dem Bildschirm erlosch. Der Mann blieb noch einige Zeit sitzen. Dann nahm er eine schmale Metallkassette, steckte sie in seine Tasche und trat hinaus auf den Flur.

Er mußte einige Minuten warten, bis ein mit nassen Badesachen bekleidetes Paar, das offensichtlich mehr als nur Wasser getrunken hatte, kichernd über den Korridor und in eine Kabine getorkelt war. Der Mann blieb solange am Aushang der Sicherheits- und Evakuierungsvorschriften stehen und gab vor, diese intensiv zu lesen. Als der Korridor sich geleert hatte, begab er sich zu Darlenes Kabine.

Er ging davon aus, daß ihm nicht viel Zeit blieb. Er wußte nicht, wohin und weshalb sie gegangen war, also konnte sie jederzeit wieder auftauchen.

Allerdings benötigte er nicht viel Zeit.

Das Türschloß war simpel. Der Mann zog seinen elektronischen Generalschlüssel hervor, den er einem Schiffsangestellten für einen horrenden Preis abgekauft hatte. Er hoffte, daß er auch funktionieren würde. Den Adoniern konnte man nie trauen.

Der Schlüssel war echt, und die Tür glitt auf.

Drinnen ging der Mann sofort zum Fenster. Es bestand aus Stahlglas und maß etwa einen mal einen halben Meter. Die Werbebroschüre bemerkte hierzu, daß die Fenster jeder Kabine den ›den Reisenden mit der unvergleichlichen Aussicht in die Großartigkeit des Alls überwältigen‹ würde. Der Mann zog die Kassette hervor und nahm ein winziges Metallgerät heraus, das auf seiner Fingerspitze Platz gehabt hätte. Das Gerät bestand aus zwei kleinen Plättchen, die eine winzige Batterie umschlossen. Der Mann nahm es zwischen die Zeigefinger und drehte die Plättchen gegengleich. Unter seinen Fingern konnte er das leichte Summen fühlen, das ihm signalisierte, daß das Gerät aktiviert war. Er deponierte es in der linken unteren Ecke des Fensters.

Nachdem er seinen Auftrag erledigt hatte, verließ er Darlenes Kabine und ging in Richtung seiner eigenen. Er trat aber nicht ein, sondern ging weiter. Er durchschritt die Türen eines Sicherheitsschotts, betrat einen weiteren Korridor und ging auch diesen hinunter.

Er wollte mindestens ein Sicherheitsschott, am liebsten zwei, zwischen sich und Darlene Rowan wissen.

35. Kapitel

Und dann verdunkelte sich das Fenster – und dann konnte ich nicht mehr hindurchschauen, um zu sehen.

Emily Dickinson,
›Ich hörte eine Fliege summen, als ich starb‹

Darlene kam nie dazu, mit dem Kapitän zu sprechen.

Bis zum Sprung verblieb noch etwa eine Stunde, und alle Passagiere wurden in ihre Kabinen geschickt, wo sie angewiesen wurden, sich auf die Betten zu legen und anzuschnallen. Jene, die ein ungutes Gefühl verspürten, nahmen ›Sprungruhe‹ ein, ein mildes Beruhigungsmittel. Zu diesem Zweck in die Betten eingebaute Sensoren meldeten, welche Passagiere den Anordnungen folgten und welche nicht. Außerdem gingen Mannschaftsmitglieder von Kabine zu Kabine und vergewisserten sich, daß alle bequem lagen und angeschnallt waren. Dabei stießen sie auf Darlene, die im oberen Schiffsbereich entschlossen die Gänge in Richtung Brücke durcheilte.

Zwei Stewards, ein Mann und eine Frau, hielten sie auf. »Entschuldigen Sie, Ma'am, aber die Sprungsequenz wird in fünfundvierzig Minuten beginnen. Gemäß den Vorschriften müssen Sie sich in Ihre Kabine begeben, sich auf Ihr Bett legen und das Netz fest verankern ...«

»Ich muß mit dem Kapitän sprechen«, unterbrach Darlene, bemüht, ihre Stimme ruhig und gleichmäßig zu halten. »Es ist dringend.«

»Es tut mir leid, Miss ...«

»Rowan. Darlene Rowan.«

»Es tut mir leid, Miss Rowan«, sagte die Stewardeß lächelnd, »aber das ist völlig unmöglich. Niemand darf so kurz vor einem Sprung die Brücke betreten. Die Vorschriften ...«

»Zur Hölle mit den Vorschriften!« rief Darlene. »Ich muß mit dem Kapitän sprechen! Er darf diesen Sprung nicht durchführen. Sie müssen mir glauben, ich habe Informationen ...«

»O nein, bei der Liebe Elvis'«, murmelte der Steward und verdrehte die Augen, »noch so eine.«

Die Stewardeß begann routiniert die Standardberuhigungsansprache. »Miss Rowan, ich kann Ihnen versichern, daß unser Kapitän und die Mannschaft auf der Brücke vierhundert Jahre Flugerfahrung auf sich vereinigen. Wir haben den Sprung allein mit diesem Schiff über fünfzig Mal durchgeführt, und es hat nie Probleme gegeben. Ich verstehe, daß Sie sich Sorgen um Ihre Sicherheit machen ...«

»Und ob ich mir Sorgen mache, verdammt noch mal!« Ungehalten wich Darlene dem Zugriff der Stewardeß aus. »Hören Sie, Ihr Kapitän erhielt eine Warnung von der Königlichen Flotte, daß ein Sprung in diesem Sektor sehr gefährlich ist.«

»Und woher wissen Sie das, Miss Rowan?« fragte der Steward höflich.

»Das kann ich Ihnen nicht sagen«, entgegnete Darlene. »Ich weiß, es klingt verrückt ... ach was, *ich* klinge verrückt. Aber ich bin es nicht! Ich sage die Wahrheit! Wenn dieses Schiff den Sprung macht, dann gefährdet der Kapitän das Leben von Tausenden!«

»Danke, Miss Rowan. Wir werden den Kapitän in Kenntnis setzen. Vorher werden wir Sie allerdings zu Ihrer Kabine begleiten ...«

Daran gewöhnt, mit hysterischen Passagieren umzugehen, nahmen sie Darlene links und rechts an den Armen und drängten sie sanft in Richtung Aufzug.

Darlene verfügte über das Training und die Technik, diese beiden in kürzester Zeit als wimmernde Bündel auf dem Boden zurückzulassen. Allerdings wäre ein Angriff auf zwei Angehörige der Schiffsmannschaft ihren Zwecken wohl kaum dienlich gewesen, sondern hätte eher deren Ansicht bestärkt, daß sie nicht ganz bei Verstand sei. Darlene beschloß, sich wieder in ihre Kabine zu begeben. Der Computer müßte seine Berechnungen eigentlich abgeschlossen haben, und wenn sie der Flotte etwas Greifbares zu bieten vermochte, dann hatten sie keine andere Wahl mehr, als die Kanonenboote auszusenden.

»Ich versichere Ihnen, Miss Rowan«, begann der Steward, als sie Darlenes Kabine erreichten, »daß alles bestens sein wird.«

»Oder leiden Sie unter Vorahnungen?« fragte die Stewardeß.

»Es ist keine Vorahnung«, seufzte Darlene.

Tausende von Schiffen, Hunderte von Straßen, ging es ihr durch den Kopf. Der Roboter könnte jede von ihnen löschen. Und dennoch, unsere Straße verläuft in der Nähe von Pandor.

Und sie befindet sich nahe jener Straße, die der Roboter bereits kollabieren ließ.

Darlene war von Minute zu Minute überzeugter. Unsere Straße ist als nächste an der Reihe. Die Straße, in die wir springen, ist als nächstes dran.

»Wie wär's mit einem Beruhigungsmittel, Miss Rowan? Sie würden sich besser fühlen.«

»Nein, vielen Dank.«

»Benötigen Sie Hilfe beim Anschnallen?«

»Nein.« Darlene wollte nur wieder in ihre Kabine, an ihren Computer. »Es geht mir gut. Wirklich. Sie können wieder an Ihre Arbeit gehen. Danke für Ihre Hilfe.«

»Wir werden noch einmal nach Ihnen sehen«, erwiderte der Steward. Er blieb im Korridor stehen, und es war offensichtlich, daß er dort bleiben würde, bis Darlene sicher eingekerkert blieb.

Sie entriegelte den Schließmechanismus der Tür, schaute nach unten und bemerkte die verrutschte Feile. Sie lag nicht mehr unter, sondern vor der Tür.

Jemand hatte sich in ihrer Kabine aufgehalten.

Darlene blieb zögernd vor der geschlossenen Tür stehen. »Gibt es ein Problem, Miss Rowan?« Der Steward hatte Mühe, geduldig zu klingen. Er mußte mittlerweile davon überzeugt sein, daß sie Wahnvorstellungen hatte, paranoid war.

»Nein, es ist nichts, danke. Ich habe nur meine Nagelfeile fallen lassen«, beschwichtigte Darlene. »Es geht mir wirklich gut. Bin nur ein bißchen nervös. Sie waren sehr freundlich. Ich weiß, Sie haben sicherlich noch andere Pflichten. Erlauben Sie, daß ich Sie für den Ärger entschädige.«

Beide zogen ihre Servicerechner aus der Tasche, und Darlene tippte für jeden ein großzügiges Trinkgeld ein.

»Danke, Miss Rowan«, sagte der Steward. »Sie gehen jetzt am besten hinein. Wir warten hier eine Weile, falls Sie noch etwas benötigen sollten.«

Ihr meint, ihr paßt auf, daß ich mich nicht wieder selbständig mache ...

Darlene öffnete die Tür und blieb am Türrahmen stehen. Sie befürchtete allerdings nicht, von hinten angegriffen zu werden – Hung-Attentäter gehörten nicht zu den Typen, die hinter Türen lauerten, und ihr eins mit einer Eisenstange überzogen. Sie waren weitaus raffinierter.

Darlene musterte angespannt den Fußboden, konnte aber keinen haarfeinen Laserstrahl erkennen, die High-Tech-Version des guten alten Stolperdrahtes, der durch ihren Eintritt unterbrochen werden konnte.

Die beiden Angestellten beobachteten sie. Als Darlene einen Blick über die Schulter warf, sah sie den Steward grinsen. Er unterdrückte rasch sein Feixen.

Vorsichtig betrat Darlene die Kabine.

Ein erster rascher Rundumblick enthüllte nichts ungewöhnliches. Nichts war verändert. Sie schloß die Tür vor den Angestellten und ihrer Heiterkeit. Dann sah sie sich noch einmal gründlicher um.

In der Nähe des Fensters blitzte etwas auf. Darlene verharrte in der Bewegung, sah dann genauer nach, aber auch diese Überprüfung erbrachte nichts. Keine Gewehrläufe, die unter dem Bett hervorlugten oder ähnliches.

»Du siehst allmählich Gespenster«, versuchte sie sich zu beschwichtigen.

Plötzlich hatte sie alles satt. Sie war es leid, bei jedem Schatten zusammenzuzucken, und sie war es leid, in jedem harmlosen Maulwurfshügel ein wahres Gefahrengebirge zu sehen.

Vielleicht war ja das Stubenmädchen hier drin gewesen, weil sie nach dem Bettenmachen vergessen hatte, ein Schokoladenplätzchen aufs Kissen zu legen. Jedenfalls versteckte sich hier niemand, um sie in der Dusche zu meucheln. Auch hatte niemand Schwarze Witwen in ihrem Nachthemd deponiert. Um ganz sicher zu gehen, zog sie noch einmal das Bett ab, leuchtete darunter und schaute im Bad nach. Nichts. Niemand.

»Bei Gott, ich *benehme* mich wirklich verrückt«, sagte sie und ging zu ihrem Computer.

Der hatte in der ganzen Zeit wenigstens etwas Konstruktives geleistet. Er gab an, daß die grundlegenden Berechnungen darüber, welche Straße der Roboter als nächstes entfernen könnte, abgeschlossen seien. Der Computer hatte drei Straßen aufgelistet, einschließlich des Wahrscheinlichkeitsfaktors ihres Kollapses, basierend auf ihren Koordinaten in Relation zum gegenwärtigen Standort des Roboters, unter Berücksichtigung verschiedener Variablen ...

Darlene ging die Daten durch, und in ihrem Kopf machte es klick. Leider klickte im selben Moment auch etwas in ihrer Kabine. Sie sprang aus dem Sessel, um sich aus der Gefahrenzone zu bringen.

Aus der Gefahrenzone? Ihre Vorstellungskraft überschüttete sie mit so bizarren Szenarien wie Armbrüsten im Vidset oder Vernichtungsstrahlen aus dem Rauchmelder. Logik setzte ein und verwies die Einbildung auf ihren Platz. Darlene versuchte, ihre beschleunigte Atmung, die mehr durch Irritation als Angst ausgelöst worden war, wieder unter Kontrolle zu bekommen und begann, die Kabine noch einmal zu inspizieren, um auf die Spur des ›Klick‹ zu kommen.

Bei genauerer Überlegung schien es ihr, als wäre das Geräusch genau von vorne gekommen.

Direkt vor ihr waren der Computer und der Tisch, auf dem er stand. Der Tisch war an der Wand festgeschraubt – wahrscheinlich, um zu verhindern, daß er sich während des Sprungs verselbständigte.

Nun ja, vielleicht hatte ihr Computer ›klick‹ gemacht, und seine Festplatte gab den Geist auf. Wundervoll. Einfach wundervoll. Auf diesem verdammten adonischen Schiff würde sie kein einziges Ersatzteil finden. Jedenfalls nicht, solange sie für die Reparatur ausgefeiltere Werkzeuge als Eßstäbchen verlangte.

Worüber hatte sie vorhin eigentlich nachgedacht? Es hatte ... es hatte mit den Computerberechnungen zu tun … Während sie die Zahlen im Kopf aufrief, loggte Darlene sich bei KöFKomSic ein und überspielte die Computerdateien. Sie erwägte, eine Verbindung zu Xris zu erbitten. Aber was sollte sie ihm sagen? Daß eine Nagelfeile unter ihre Tür sich bewegt hatte? Daß etwas in ihrem Raum ›klick‹ gemacht hatte?

Sie loggte sich aus.

»Fünfzehn Minuten bis zum Sprung. Alle Passagiere begeben sich jetzt bitte in ruhender Position, die Sicherheitsnetze fest verankert …«

Darlene ignorierte die Stimme. Sie befahl dem Computer, seine Arbeit fortzusetzen, lehnte sich zurück und dachte über die bisherigen Computerergebnisse nach. Ihr Blick saugte sich wieder am Fenster fest, verlor sich in der Schwärze des Raums, ließ ungesehen die Sterne vorbeiziehen.

Sie hatte es! Sie wußte jetzt, welche Straße der Roboter als nächste nehmen würde. Sie wußte warum …

Ihr Blick nahm plötzlich die Umgebung wahr und konzentrierte sich auf das Fenster.

Ein Sprung war im Glas.

Darlene kam auf und warf bei ihrer anschließenden Hechtrolle den Sessel um. Der Sprung war klein, nicht länger als ihre Fingerspitze. Er begann in der rechten unteren Ecke des Stahlglases.

Es würde nicht so klein bleiben. Nicht im Weltraum. Und schon gar nicht in einer Kabine, die unter Druck stand. Während Darlene darüber nachdachte, sah sie den Sprung um einen weiteren Zentimeter wachsen.

In dem Moment wurde ihr alles klar. Ihre erste Empfindung war Erleichterung. Sie war weder paranoid, noch litt sie unter Wahnvorstellungen oder einer Überdosis Östrogen! Ihre Instinkte hatten sie nicht getrogen.

Sie hatte noch etwas Zeit. Nicht viel, aber es reichte, um Beweise zu finden.

Sie ging gedanklich bis zu dem Augenblick zurück, in dem sie die Kabine betreten hatte, und erinnerte sich an den kleinen Lichtblitz nahe dem Fenster.

Licht, das von Metall reflektierte. Nicht vom Metall eines Gewehrlaufes ...

Der Sprung war auf etwa zehn Zentimeter angewachsen, und seine Wachstumsrate beschleunigte sich unter dem Kabinendruck. In Darlenes Vorstellung rollte das Szenarium ab, wie sie diesen winzigen Sprung nicht entdeckt hätte. Wie das Fenster durch den Druck herausgepreßt wurde. Wie sie in die eisige, tödliche Dunkelheit gestoßen wurde ... Der Sprung war jetzt bereits einen Meter lang und wuchs immer schneller.

Darlene ließ sich auf die Knie fallen und begann, mit den Händen den Teppich unter dem Fenster abzusuchen.

Sie konnte es nicht finden.

Aber es mußte hiersein! Sie glitt ein weiteres Mal mit der Hand über den Teppich und fühlte, wie sich etwas Hartes in ihren Handballen bohrte.

Mit einem leisen Seufzer griff sie nach dem winzigen Metallobjekt und hielt es fest umklammert. Sie rannte durch den Raum und schlug auf den Türschalter.

Die Tür öffnete sich. Die beiden Angestellten standen immer noch in der Nähe der Tür auf Posten. Der Steward berichtete über Komm:

»Nummer 176 macht uns immer noch Ärger. Gemäß den Sensoren ist sie nicht in ihrem Bett ...«

Darlene griff nach dem nächsten Arm und zog wild daran.

»In meinem Fenster ist ein Sprung!« rief sie. »Sie müssen diesen Teil des Schiffes evakuieren!«

»Jetzt hören Sie mal zu, Miss Rowan ...«, setzte der Steward entnervt an.

»Allmählich haben wir wirklich genug davon, Miss Rowan«, sagte die Stewardeß.

»Verdammt noch mal! In meinem Fenster ist ein Sprung, und er wird immer größer! Es wird platzen! Sehen Sie doch selbst!«

Darlene schleppte den Mann ohne weiteres Federlesen in ihre Kabine. Sie zog ihn vor das Fenster und zeigte auf den Sprung.

Der Steward starrte auf das Stahlglas.

»Miss Rowan, ich kann wirklich nichts erkennen ...« Er wurde plötzlich blaß. »Ein Sprung ...«

Er starrte noch einen Moment ungläubig darauf, dann rannte er zurück zur Kommanlage. Seine Stimme schwankte.

»Notfall! Hier ist Steward Boseman. Ich melde einen Sprung im Fenster von 176. Er wächst schnell!«

»Verlassen Sie sofort die Kabine«, erklang die ruhige, sorgfältig geschulte Stimme des Operators. »Ich wiederhole, verlassen Sie sofort den Raum. Lassen Sie alles in der Kabine ...«

Alarmsirenen begannen ihr pulsierendes Geplärr. Ein Rumpeln durchlief das Schiff, und die Sicherheitsschotts schlossen sich. Die metallenen Sprungschotts schoben sich von der Decke über die Fenster, um die Explosion zu verhindern. Doch die Schilde senkten sich nur langsam, und der Sprung wuchs schnell.

Und auf dem Tisch stand immer noch Darlenes Computer. Er hatte seine Berechnungen eine Millisekunde vor Darlene abgeschlossen. Nachdem er alle Variablen mit einbezogen hatte, wählte er nun die Straße aus, die der Roboter mit höchster Wahrscheinlichkeit als nächstes Ziel wählen würde.

»Dies ist *keine* Übung. Ich wiederhole«, tönte die Ankündigung über das Kommnetz, »dies ist keine Übung. Legen Sie Ihre Druckanzüge und Helme an, und begeben Sie sich zur nächsten Sicherheitsstation. Eltern werden aufgefordert, erst Ihre Anzüge anzulegen und dann Ihren Kindern zu helfen ...«

Darlene tauchte unter dem Steward hindurch, der sie anbrüllte, endlich hier rauszugehen, und schnappte sich ihren Computer. Sie griff nach dem Koffer, doch der Steward faßte sie um die Taille und schleppte sie aus der Kabine. Draußen im Korridor wurden Passagiere in Druckanzügen und Helmen zu den Sicherheitsschotts am Ende des Ganges geleitet.

»Die weißen Lichter auf dem Boden führen zu Ihrer

Sicherheitsstation. Bewahren Sie Ruhe. Die weißen Lichter ...«

Darlene und die beiden Angestellten rannten in die Arme der schiffseigenen Rettungsmannschaft. Ausgerüstet mit Druckanzügen, Helmen, Sauerstoffmasken, Versiegelungslack und Reparatursets stürmten drei Mitglieder der Rettungstruppe in die Kabine.

Sie stürmten genauso schnell wieder hinaus.

»Zu spät! Lauft los!«

Zwei Männer ergriffen Darlenes Ellenbogen und schoben sie den Korridor hinunter. Am Ende warfen sie Darlene unter einem der sich schnell schließenden Schotts hindurch. Steward und Stewardeß stolperten hinterher. Als letztes hechtete die Rettungstruppe hindurch.

»Sind alle draußen?« fragte ein Crewmitglied grimmig.

Die Sicherheitsschotts schlossen sich.

Außer Atem und zitternd, starrte Darlene die anderen Passagiere an. Sie hockten dichtgedrängt auf dem Boden des Korridors, eingezwängt in ihre Schutzanzüge, und blickten verängstigt durch die gewölbten Sichtscheiben ihrer Helme. Jemand stülpte Darlene einen Helm über den Kopf und schloß die Sauerstofftanks an. Jemand anderes befahl ihr, sich hinzusetzen. Sie gehorchte, umklammerte aber fest ihren Computer.

Eine gedämpfte Explosion war hinter den Schotten zu vernehmen. Ein Schlag erschütterte das Schiff, als wäre es unter Beschuß. Die Lichter erloschen. Für einen kurzen Moment war das Schiff erdrückend still und erschreckend dunkel. Jemand schrie – ein merkwürdiger Laut, da er vom Helm gedämpft wurde. Als die Notbeleuchtung aufflammte, war es fast noch schlimmer. Das grellweiße Licht leuchtete verschreckte Gesichter gnadenlos aus, warf seltsame Schatten und ließ das Vertraute plötzlich fremd wirken.

Das Schiff neigte sich, und Darlenes Helm schlug gegen das Schott dahinter. Sie wurde auf den Boden gepreßt, und die Person gegenüber rutschte ihr unaufhaltsam entgegen. Eine Heißwasserleitung barst, und Wasserspritze heraus, pladderte laut wie ein Gewitter auf ihre Helme. Dampf quoll in den Korridor und verstärkte noch das Gefühl, sich in einem bizarren Alptraum zu befinden.

Dann richtete das Schiff sich langsam wieder auf. Der Kapitän erklärte per Bordlautsprecher, daß die Situation unter Kontrolle sei, die Passagiere sich aber noch nicht bewegen, sondern auf die Anweisungen der Crew warten sollten.

Abschließend fügte er hinzu, daß sie nicht in den Hyperraum springen würden.

Darlene rutschte aus dem grellen Lichtkegel in die Bereiche schattigen Dampfes. Irgendwo in diesem Korridor konnte sich auch der Hung-Assassine aufhalten. Er würde sich fragen, ob er Erfolg gehabt oder versagt hatte. Er würde im Unklaren bleiben, da er Darlene in dem Helm und dem Dampf nicht erkennen konnte.

Darlene saß in ihrer dunklen Ecke, preßte den Computer an sich und grinste.

Das stolze Kreuzfahrtschiff hinkte verwundet durchs All. Die Explosion hatte Darlenes Luxussuite sowie fast alle in der Nähe befindlichen Kabinen zerstört. Der Schaden reichte tief in das Innere des Schiffes. Die Hauptstromverbindungen, der Hauptstromgenerator und die Wasserversorgung waren unterbrochen. Die Kommunikation war vollständig ausgefallen, die interne wie die externe. Die Reparaturteams reagierten schnell. Die schadhaften Wasserleitungen wurden abgedreht, die interne Kommunikation wiederhergestellt.

Den Passagieren wurde gestattet, sich wieder in ihre Kabinen zu begeben. Alle bis auf eine Person, die verhaftet wurde.

Der Kapitän meldete sich erneut über den Bordlautsprecher und erklärte den Passagieren, was vorgefallen war. Er versicherte ihnen, daß das Schiff außer Gefahr und das externe Notsignal aktiviert sei, und daß man innerhalb einer Stunde mit Hilfe rechne. In der Zwischenzeit könnten alle Passagiere die Druckanzüge und Helme wieder ablegen. Sie wurden aber gebeten, in ihren Kabinen zu bleiben. Die Stewards würden nach jedem sehen und freie Drinks servieren, mit den besten Wünschen des Kapitäns.

Darlene, die streng bewacht in einem Raum neben der Brücke saß, wurde kein kostenloser Drink angeboten. Der Kapitän, der seine Durchsage beendet hatte, betrat die kleine Zelle. Er blieb im Eingang stehen und funkelte sie wütend an.

»Ich habe keine Ahnung, was zu welcher Sorte von Wahnsinnigen Sie gehören, Lady«, preßte er mühsam zwischen den Zähnen hervor. Der Zorn schnürte ihm die Kehle zu. »Und ich habe auch keine Ahnung, wie, zum Teufel, es Ihnen gelungen ist, die Stahlglasscheibe zu zerbrechen, aber – bei Gott – ich werde dafür sorgen, daß Sie vor Gericht kommen! Wegen Sabotage, versuchtem Mord und noch einigen anderen Verbrechen, die mir bis dahin bestimmt noch einfallen werden!«

»Jawohl, Sir«, antwortete Darlene ruhig.

»Ich stelle Sie unter Hausarrest, bis die entsprechenden Behördenvertreter an Bord sind. Sie werden vierundzwanzig Stunden am Tag unter Beobachtung stehen, und zwar in einer Kabine *ohne* Fenster.« Sein Tonfall klang noch grimmiger. »Sie werden mit niemandem kommunizieren, weder mit einem Mitglied meiner Crew noch mit einem der Passagiere.«

»Jawohl, Sir. Danke, Sir«, bestätigte Darlene und erkannte angesichts der hochgezogenen Augenbrauen des Kapitäns, die unter seiner Mützenkrempe zu verschwinden drohten, daß dies vielleicht nicht ganz die Antwort war, die er erwartet hatte.

»Hören Sie zu, Captain. Ich verstehe Sie vollkommen. Sie hatten selbstverständlich Kontakt mit der Königlichen Marine. Ihnen ist daher bekannt, daß es sich um eine Angelegenheit auf höchster Sicherheitsstufe handelt. Ich verspreche Ihnen, in jeder Hinsicht kooperativ zu sein.«

Der Kapitän öffnete den Mund, schloß ihn dann wieder. Er schüttelte zornig den Kopf und drehte auf dem Absatz um. »Paßt gut auf sie auf«, wies er den Steward an. »Und daß sie auf keinen Fall irgendwelche scharfen Gegenstände in die Hände bekommt!«

»Captain«, rief Darlene dem entschwindenden Rücken mit erhobener Stimme nach, »überprüfen Sie die Straße. Die Straße, in die das Schiff springen wollte. Sehen Sie nach, ob sie noch da ist.«

Der Kapitän vollführte eine obszöne Geste mit der Hand, die Darlene der adonischen Verdammnis anbefahl. Die Tür glitt zu. Ein kräftiges weibliches Mitglied des Sicherheitspersonals, die keinesfalls von adonischen Eltern abstammte, ließ sich auf den Stuhl gegenüber Darlene fallen und beobachtete sie mißtrauisch. Offensichtlich hielt die Frau sie für fähig, die Schiffswände mit bloßen Händen aufzureißen.

Darlene saß in einem Sessel vor einem leeren Tisch und starrte eben jene Wände an. Als sie sich dabei ertappte, daß sie die Wand in dem Bestreben anstarrte, Risse und Sprünge zu entdecken, zwang sie sich dazu, einen der ihr überlassenen Vidfilme aufzuheben. Ihren Computer hatte man natürlich konfisziert.

Fünfzehn Minuten später öffnete die Tür sich erneut. Zwei Mannschaftsmitglieder standen draußen. Darlene bemerkte, daß sie mit Lasgewehren ausgerüstet waren. Sie flankierten die Tür, durch die der Kapitän eintrat. Er ging direkt auf Darlene zu, blieb vor ihr stehen. Er schien etwas sagen zu wollen, denn sein Mund öffnete sich. Dann entschied er sich offensichtlich anders, und sein Mund schloß sich wieder. Er starrte Darlene in wütendem, hilflosem und verwirrtem Schweigen an.

Darlene schaute kurz von ihrem Vidfilm auf und lächelte. Dann zuckte sie leicht mit den Schultern.

Der Kapitän schritt hinaus.

Darlene warf den Film wieder auf den Tisch. Sie legte

sich auf die Koje, streifte die Schuhe ab, streckte sich und gähnte ausgiebig. Zum erstenmal, seit sie ihren sogenannten ›Urlaub‹ begonnen hatte, fühlte sie sich wirklich wohl und entspannt.

Die Königliche Flotte war mit Sicherheit unterwegs. Sie würden das beschädigte Schiff retten, zum nächstliegenden Hafen eskortieren und darauf achten, daß alle mit heiler Haut von Bord gingen. Außerdem würde die Flotte Darlene heimlich vom Schiff schaffen und sie an einen sicheren Ort bringen. Man würde ihr selbstverständlich eine Million Fragen stellen, doch Darlene hatte im Laufe ihres Jobs bereits Millionen von Fragen beantworten müssen und wußte, wie sie das anzugehen hatte.

Man würde ihr niemals beweisen können, daß sie ihr eigenes Fenster absichtlich beschädigt hatte. Wo einst ihre Kabine gewesen war, gähnte jetzt ein riesiges Loch – auch dort, wo ein Korridor zur Kabine geführt hatte. Darlene würde weder abstreiten noch zugeben, einen Anschlag verübt zu haben. Die Passagiere hatten einen ziemlichen Schrecken ausgestanden, waren ansonsten aber unverletzt geblieben. Hätte das Schiff den Sprung gemacht, wäre das *nicht* der Fall gewesen.

Darlene wackelte mit den Zehen und gähnte erneut. Vielleicht würde sie sich ein Vid anschauen. Das hatte sie seit Jahren schon nicht mehr getan, obwohl man ihr erzählt hatte, daß einige der Vids wirklich gut seien. Vielleicht würde sie auch ein Buch lesen – was sie auch seit Jahren nicht mehr getan hatte.

Der Hung-Assassine würde keinen weiteren Versuch unternehmen. Nicht, solange Darlene vierundzwanzig Stunden unter Arrest und Bewachung stand, und zwar nach Standard-Militärzeit. Nein, im Augenblick war sie sicher.

Dieser Augenblick würde nicht lange währen. Bald würde sie sich mit den Hung auseinandersetzen müssen, schon sehr bald. Aber diesmal war sie nicht allein. Diesmal hatte sie Freunde: Xris und die Mag Force 7. Die Hung sollten lieber auf der Hut sein.

Darlene grinste, kicherte und lachte dann laut heraus. Ihre Wache griff nach etwas, wahrscheinlich nach einem Hypo, das vermutlich mit einem Beruhigungsmittel gefüllt war. Es war Darlene egal. In ihrer Erinnerung sah sie die letzte Berechnung des Computers, sah die Straße aufleuchten, die nächste Straße, die der Roboter sich vornehmen würde. Und deckungsgleich darüber projiziert die Straße, in die das Kreuzfahrtschiff laut Flugplan hätte springen sollen.

Der Hung-Attentäter würde es nie erfahren. Er hatte ihr tatsächlich das Leben gerettet.

36. Kapitel

Wir sind aus dem Stoff, aus dem die Sterne sind ...

Carl Sagan, *Kosmos*

Der Roboter bereitete alles für die nächste Straßenschließung vor.

Bislang hatte er zwei Straßen kollabieren lassen. Er sprang erst in die betreffenden Straßen; dann zerstörte er sie. Als Grant nach dem Grund fragte, ließ die Antwort ihn schweißüberströmt und zitternd zurück.

»Ich habe in diesem Sektor viele Korridore eingerichtet. Der Professor hat offensichtlich entschieden, daß es zu viele waren. Ich habe sämtliche Daten über die bestehenden Korridore an den Professor gesendet und keine Antwort erhalten. Das bedeutet, daß ich weiter Korridore löschen soll.«

Grant machte einen Versucht, den Roboter umzustimmen, indem er ihm erklärte, daß sein Vorhaben falsch sei, und aus welchem Grund. Es war, als würde man es einem kleinen Kind erklären. Grant war zwar noch nicht mit sehr vielen kleinen Kindern zusammengekommen, aber er hatte seine Kollegen darüber reden hören und wußte, daß Logik und Zweijährige keine Überschneidung aufwiesen. Oder besser gesagt, Zweijährige hatten ihre eigene Art von Logik – eine simple, reduzierte, destillierte Logik. Eine Art von Logik, die auf ihrer eigenen Weltsicht beruhte, die notwendigerweise eingeschränkt war durch die jeweilige Umgebung und vollständig auf sich selbst bezogen.

Addierte man zu dieser etwa kniehohen Perspektive der Welt ein mit hoher Wahrscheinlichkeit fehlerhaftes Programm, hatte man den Roboter. Das alles war sehr frustrierend.

»Könnte es nicht möglich sein«, argumentierte Grant, »daß der Professor tot ist?«

Der Roboter war unbeeindruckt. »Der Professor hat gesagt, daß die Feinde genau dies behaupten würden, um unsere Unterstützung zu gewinnen.«

»Aber in den Korridoren, die du löschen willst, befinden sich Schiffe!« begehrte Grant auf.

»Das ist unmöglich«, erwiderte der Roboter. »Die Korridore wurden gerade erst eingerichtet. Der Professor hat ausgerechnet, daß regelmäßige Raumflüge nicht vor Ablauf weiterer tausend Jahre einsetzen werden.«

»Was glaubst du denn, wie wir hierhergekommen sind? All diese Menschen auf Pandor? Frag doch den Bordcomputer, wenn du mir nicht glauben willst«, rief Grant verzweifelt. »Sieh in seinen Speicherbänken nach! Dort findest du das heutige Datum, die Zeitangabe, Informationen zur aktuellen politischen Situation sowie über sämtliche weiteren bewohnten Planeten.«

»Unwichtig«, erwiderte der Roboter. »Diese Daten behinderten den Computer bei der Ausführung meiner Befehle. Ich habe alles irrelevante Material aus seinen Speichern gelöscht.«

An diesem Punkt gab Grant auf.

Er überlegte, ob er den Flieger sabotieren sollte, hatte

aber keine Vorstellung, wie er dabei vorgehen mußte. Der Claymore wirkte nahezu unzerstörbar. Grant hatte seinen Plan fast schon aufgegeben, als sich eine Stimme über das Intercomm meldete.

»Claymore-Bomber Eins Null Sieben Neuner, melden Sie sich. Ich wiederhole, Claymore-Bomber Eins Null Sieben Neuner, hören Sie?«

Grant warf einen nervösen Seitenblick auf den Roboter. Dieser hörte zwar zu, schenkte der Meldung aber weiter keine Aufmerksamkeit. Das blaue Licht pulsierte. Ein Hinweis, daß er die Worte für sein Übersetzungsprogramm speicherte. Am Inhalt der Meldung hatte er kein tieferes Interesse.

Der Roboter führte weitere Untersuchungen und Berechnungen durch und rekonfigurierte das Programm des Bodcomputers entsprechend seinen eigenen Bedürfnissen. Und die waren auf das effiziente Kollabieren von Straßen gerichtet. Während Grant ihm zusah, löschte er die Programmierung für die hinteren Bordkanonen des Claymores.

Grant seufzte und wandte sich der Kommunikationsanlage zu. Die Stimme wiederholte ihren Aufruf.

»Claymore-Bomber Eins Null Sieben Neuner, melden Sie sich. Claymore-Bomber Eins Null Sieben Neuner, hören Sie mich?«

»Hier ist Claymore-Bomber Eins Null Sieben Neuner«, antwortete Grant. »Ich höre Sie, wer sind Sie?«

»Mein Name ist Harry.«

Die Stimme klang freundlich und fröhlich; sie war Jeffrey Grant auf Anhieb sympathisch. Sie würden ihn durch den Terminator jagen müssen bevor er sich dazu hinreißen ließe, etwas Unhöfliches über eine Frau zu sagen, aber er fand Captain Strauss, die unzweifelhaft eine attraktive Person war, ein bißchen zu einschüchternd, zu kaltblütig. Er hätte sie als gefährlich beschrieben.

»Ich bin der Pilot des PBRS«, erklärte Harry. »Das ist die Abkürzung für Pilotenbergungs- und Rettungsschiff.

Wie sieht es bei Ihnen aus, Mr. Grant? Was passiert bei Ihnen gerade?«

»Ich ... Ich habe Ihnen doch gesagt ... ich meine, ich habe jemandem gesagt ... diesen Flieger abzuschießen.« Grant war verärgert. »Das haben Sie nicht getan, und der Roboter hat zwei Straßen gelöscht. Jetzt will er die nächste kollabieren lassen. Aber das wissen Sie bereits, oder? Sie wissen, daß der Roboter zwei Straßen kollabieren ließ? War ... war in einer der beiden ein Schiff? Wissen Sie etwas darüber?«

»Nicht mit Sicherheit, Mr. Grant«, lenkte Harry vorsichtig ab. »Lassen Sie es mich so ausdrücken. Es wäre wirklich nett, ich meine ... *außerordentlich nett*«, betonte er, »wenn der Roboter keine weiteren Straßen löschen würde. Wir befinden uns in einem viel genutzten Raumabschnitt, wenn Sie mich verstehen.«

»O ja, das tue ich«, erwiderte Grant düster. »Deswegen habe ich Ihnen ja gesagt, Sie sollen den Flieger abschießen ...«

»Nee nee, wir wollen hier niemanden abknallen«, wehrte Harry ab. »So wie Sie mit mir reden, gehe ich mal davon aus, daß der Roboter unsere Unterhaltung nicht überwacht?«

»Doch, tut er«, berichtigte Grant. »Ich meine, er nimmt unsre Worte wahr, aber er verarbeitet den Inhalt der Sätze nicht. Er verschwendet einfach keine Energie darauf, uns zu verstehen. Warum sollte er? Immerhin hat er die Kontrolle. Er tut genau das, wofür er programmiert wurde. Vermutlich würde er nur versuchen, mich zu stoppen, würde ich ihn aufzuhalten versuchen. Bei der Ausführung seines Programmes, meine ich.«

»Sicher, ich verstehe.« Harry verstummte, um darüber nachzudenken. »Nun denn, nur für den Fall, daß es nötig sein sollte, werde ich Ihnen erklären, was die Aufgabe eines PBRS ist, Mr. Grant.«

»Ich weiß ...«

»Lassen Sie es mich erklären, Mr. Grant«, wiederholte Harry. »Wir sind mit einem Traktorstrahl ausgerüstet, der für den Fall, daß der Pilot aussteigen muß, auch Rettungskapseln erfassen kann.«

»Ich weiß, Mr. Harry, das ist mir alles bekannt. Wissen Sie ...« Grant wurde erneut unterbrochen.

»Was Sie vielleicht nicht wissen«, fuhr Harry eindringlich fort, »ist die Tatsache, daß es Aufgabe des Kopiloten ist, den Schleudersitz für sich selbst *und* für den Piloten zu betätigen, beispielsweise, wenn ein Bomber zu schwer beschädigt ist und der Pilot entweder nicht aussteigen kann oder will. Wußten Sie das, Mr. Grant?«

Grant hielt inne. »Nein, das wußte ich nicht. Ich war bisher nur in einem Ein-Personen-Simulator. Wollen Sie damit sagen, daß der Kopilot den Piloten herausschleudern kann? Wollen Sie mir etwa vorschlagen ...«

»Wir brauchen das alles doch nicht noch einmal zu wiederholen, Mr. Grant. Wir verstehen uns doch auch so. Also, meinen Sie nicht, daß Sie sich in einem Druckanzug, mit einem Helm über den Kopf und dem auf Batterie geschalteten Sauerstofftank viel wohler fühlen würden?«

Grant zögerte. Er war jetzt sehr nervös. »Ich kann nicht ... ich bin kein ... Was ist, wenn ...«

Harrys Stimme blieb ruhig und gelassen. »Mr. Grant, Sie werden feststellen, daß sich die Druckanzüge im Schrank am Ende des Brückendecks befinden. Ziehen Sie einen an, und melden Sie sich dann wieder. Harry Ende.«

Grant erhob sich langsam aus dem Sessel des Kopiloten. Der Roboter drehte den Kopf und heftete seine traurigen Augen auf ihn.

Unerträgliche Schuldgefühle ließen Grant wieder in den Sessel sinken.

Aber dies war der Ausweg, der einzige Ausweg.

»Die Wahrscheinlichkeit, daß Sie diesen Einsatz überleben, ist so minimal, daß sie nicht der Rede wert ist«, sagte der kommandierende Offizier. »Gehen Sie hinaus und tun Sie Ihre Pflicht. Und seien Sie gewiß, daß wir Sie immer in Ehren halten werden ...«

»Jawohl, Sir«, murmelte Grant, als die Stimme seines Schwadronleiters in seinem Kopf verklang. Vorsichtig erhob er sich wieder. »Ähm, macht es dir etwas aus, wenn ich etwas, ähm, bequemeres anziehe?«

Der Roboter antwortete nicht. Er hatte sich bereits wieder seinen Berechnungen zugewandt.

Grant ging rasch zum Ende der Kabine. »Jetzt aber rasch, Captain. Man sollte die Jungs nie sehen lassen, daß man auch Angst hat. Ruhig und professionell, darauf kommt's an. Das wollen die Jungs sehen.«

Es war nicht so einfach wie sonst, sich auf seine angenehmen Phantasien einzulassen. Er war tatsächlich in einem Claymore-Bomber und bereitete sich darauf vor, sich per Schleudersitz in die Tiefen des Alls zu schießen, sein eigenes Leben zu riskieren, um das unzähliger anderer Menschen zu retten. Seine Traumwelt wirkte dagegen schal und öde. Allerdings besaßen seine Träume ein paar Eigenschaften, die in der wirklichen Welt fehlten und das waren Grants innere Ruhe, sein kühler Kopf und seine Stahlnerven. Er entschied sich für die Phantasiewelt.

Grant kannte Druckanzüge noch aus seinen Tagen als Shuttle-Pilot. Er schraubte den Helm fest und schnallte sich dann die Sauerstofftanks und ihren Generator um. Die vertrauten Abläufe beruhigten ihn. Seine Hände zitterten fast gar nicht. Er schloß sämtliche Schläuche und Kabel an und schaltete das Gerät von ›externer‹ auf ›eigene Versorgung‹. Ihm war übel. Es fühlte sich an, als würde sein Mageninhalt langsam die Kehle emporklettern, um sich dann über den Boden zu ergießen. Das würde dem Chef seiner Schwadron allerdings gar nicht gefallen.

»Reißen Sie sich zusammen, Captain! Sie müssen da draußen einen Job erledigen! Setzen Sie sich in Bewegung!«

Grant kehrte auf die Brücke zurück und setzte sich erneut in den Sessel des Kopiloten. Dann stellte er die Sprechverbindung wieder her.

»Mr. Harry, sind Sie immer noch da draußen?«

»Hallo, Mr. Grant. Wie geht's Ihnen? Sind Sie ausgehfertig?«

»Ich bin fertig, Mr. Harry«, bestätigte Grant mit belegter Stimme. »Was muß ich als nächstes tun?«

»Sie meinen, was würde ein Kopilot in einem echten Notfall unternehmen?«

»Genau das meinte ich.« Grant begann zu schwitzen. Der Roboter blickte ihn wieder an. Grant schenkte ihm durch den Helm ein verzerrtes Lächeln.

»Wie ich schon sagte«, beruhigte Harry ihn, »ist es die Pflicht des Kopiloten, sich und den Piloten per Schleudersitz zu retten. Vorher allerdings muß sichergestellt sein, daß er und sein Pilot fest angeschnallt sind. Sind Sie angeschnallt, Mr. Grant?«

Eine kurze Unterbrechung trat ein, als Grant sich anschnallte. »Äh, entschuldigen Sie, Mr. Harry, aber was macht der Kopilot, wenn der Pilot ... äh ... unkooperativ ist?«

»Befände sich der Pilot in diesem Fall etwa in der Nähe seines Sitzes?«

»O ja, Sir. Oder besser, er schwebt direkt darüber.« Grant begann unkontrolliert zu zittern.

»Kein Problem«, versicherte Harry. »Sie brauchen nichts weiter zu tun, als zwischen Ihren Beinen nach unten zu greifen und den gelben Griff unter Ihrem Sitz zu ziehen. Sehen Sie ihn, Mr. Grant? Sehen Sie den gelben ...«

»Ich sehe ihn«, verkündete Grant, der zwischen seinen Beinen nach unten starrte.

Er packte nach dem Griff, und während er noch darüber nachdachte, was er wohl auslösen würde, zog er kurz daran.

Sein Sitz explodierte.

Die Rakete unter dem Sitz des Kopiloten schleuderte Grant kerzengerade in die Höhe. Die Kante seiner Lehne durchstieß die Kuppel des Cockpits. Stahlglas zerbrach und ergoß sich in glitzernden Kaskaden über Grant. Die Explosion war für den Bruchteil einer Sekunde ohrenbetäubend; dann verschluckte ihn eine immense und erschreckende Stille.

Grants Druckanzug blies sich auf; er schwoll an, bis er einem Ballon glich. Grant trudelte kopfüber durch das All, entfernte sich immer weiter von dem Claymore. Mit jeder Drehung sah er den Flieger unter sich, sah die losen Teile, die ihm immer noch entströmten, kleiner werden.

In diesem Moment erst wurde ihm wirklich bewußt, was geschehen war. Er war ausgestiegen.

Er sah an seinem aufgeblasenen, unförmigen Körper hinunter, und seine Gedanken lösten sich von ihm und schwebten davon, genau wie er.

Nur etwas Plastik und Gummi trennen mich von der eisigen, erstickenden Schwärze des Weltraums.

Ich bin ganz allein hier draußen. Was wird, wenn mich niemand findet? Keiner würde meine Hilferufe vernehmen. Was für eine schreckliche Art zu sterben.

Und doch ist es auf eine gewisse Art beeindruckend schön. Ich kann unendlich in die Ferne sehen; riesige, immense Sterne sind nur glitzernde Punkte. So wie auch ich nur ein Punkt bin. In diesem Augenblick aber bin ich größer als die Sterne ...

Und der Roboter wird keine weiteren Straßen löschen. Der Roboter ... Grant durchlebte einen Moment der Besorgnis. Wo ist der Roboter?

Bei seinem nächsten gemächlichen Salto sah er einen metallischen Punkt, Arme und Kopf in langsamer Rotation, in dieselbe Richtung treiben wie er selbst. Grant verspürte große Erleichterung. Er hatte befürchtet, daß er bei der Explosion zerrissen wurde. Der Roboter war in Sicherheit, und sie waren nicht allein. Bei der nächsten Umdrehung sah er, wie das PBRS hinter dem beschädigten Claymore auftauchte.

Grant winkte mit dem Arm und mußte feststellen, daß schon diese leichte Bewegung erhebliche Auswirkungen auf seine Rotation hatte. Während er schwindelerregend schnell seitwärts taumelte, erhaschte er je nach Drehwinkel Blicke auf den Roboter, das PBRS und den Claymore.

Er unterdrückte jede Bewegung, und nach und nach verlangsamte sich seine Rotation. Dann fühlte Grant einen sanften Sog, der ihn in Richtung PBRS zog. Vorsichtig um sich blickend, in seinem Sichtfeld eingeschränkt durch den Helm, sah er, wie auch der Roboter angezogen wurde.

Eine Luke gähnte unter Grant.

Ich frage mich, dachte er, während er leicht und anmutig auf das aufgerissene Maul des PBRS zuflog, ob Mr. Harry mir den Druckanzug für meine Sammlung überlassen würde.

37. Kapitel

Während wir daran denken und darüber reden,
Sollten wir uns ihm nicht körperlich nähern,
sondern ihm fernbleiben.
Denn während unsere Gedanken um Sex kreisen,
haben wir ihn nicht wirklich in unserem Körper.

D. H. Lawrence, *›Laßt den Sex‹*

»Hast du ihn erfaßt?« fragte Xris.

Er starrte durch das Sichtfenster des PBRS und suchte nach Grant und dem Roboter. Harry hatte erklärt, man würde ihn mit bloßem Auge kaum erkennen können, doch Xris, mit seiner verbesserten Sicht, konnte ihn vielleicht erfassen.

»Ich kann sie nicht sehen. Nichts«, erklärte Xris.

»Keine Sorge«, beschwichtigte Harry, den Blick auf seine Kontrollen konzentriert, die Hände einsatzbereit darüber. »Ich sehe sie. Hab' sie. Ziel erfassen«, befahl er dem Schiffscomputer. »Und . . . Feuer!«

Keine Torpedos tauchten flammend in die Dunkelheit ein, kein tödliches Laserlicht schoß gleißend aus den Kanonen, statt dessen glitt ein unsichtbarer Magnetstrahl durch den Raum und brachte Leben, nicht den Tod, obwohl Harrys Befehle das Gegenteil zu verheißen schienen. Als erstes sichteten sie ein rotes Blinklicht, das sich schnell vergrößerte und sich dabei als Pilot entpuppte, der immer noch in seinen Sitz aus dem Claymore geschnallt war. Sie konnten Grants Gesicht erkennen, das durch den Helm verzerrt und mondförmig erschien.

Dann visierte Harry den zweiten Leuchtpunkt an und holte ihn näher. Der Roboter starrte aus traurigen Augen direkt vor sich in die Schwärze. Er glich einem verängstigten Kind, das sich auf einem viel zu schnell drehenden Karussell für Erwachsene wiederfindet.

Wenigstens wirkte er jetzt lammfromm. Xris hatte befürchtet, er würde den armen Jeffrey Grant angreifen.

»Wie lange noch?« fragte er.

»Etwa fünfzehn Minuten«, antwortete Harry. »Wir müssen die Sache langsam angehen. Wenn wir zu sehr hetzen, verlieren wir unter Umständen die Kontrolle und verteilen ihre Einzelteile über den gesamten Rumpf. Sobald wir sie sicher drin haben, nehme ich den Claymore in Schlepptau.«

»Ich gehe mal davon aus, daß der Flieger ziemlich hinüber ist.«

»Im Moment schon«, gab Harry zu. »Es fliegt sich ungemütlich ohne Cockpit. Aber das kriegt jede Konstruktions- und Reparaturstation wieder hin.«

»Für den entsprechenden Preis«, fügte Tycho düster hinzu. »Du kannst das Hinterteil unseres sogenannten Gewinns küssen, den wir bei dieser Sache gemacht hätten. Und was diesen Straßen ausknipsenden Roboter angeht – habt Ihr mal darüber nachgedacht, was mit dem intergalaktischen Handel passiert, wenn auch nur ein Wort von dieser Geschichte durchsickert? Ich besitze Aktienpakete von mehreren Haupthandelsgesellschaften ...«

»Die kannst du vergessen«, sagte Xris. »Davon abgesehen, Tycho, alter Freund, werden wir sowieso keinen Profit machen. Verbuche es einfach als glatten Verlust.«

Tycho stöhnte auf.

»Der Job ist erledigt, oder?« wollte Jamil wissen.

»Was unseren Teil anbelangt, ja. Tess«, Xris nickte ihr kurz zu, »hat sich mit der Admiralität in Verbindung gesetzt. Dieser Roboter ist bei weitem zu gefährlich, um ihn Harsch zu überlassen. Dieses Risiko wollen sie auf gar keinen Fall mehr eingehen. . Unsere Befehle lauten, den Robot umgehend auf die *King James II* zu bringen.«

Tess wirkte blaß und unglücklich. Sie hatte den Ellenbogen auf der Konsole und den Kopf in der Hand abgestützt. Die andere Hand, die auf ihrem Schenkel lag, war zu einer festen Faust geballt.

Jamil verspürte Mitleid und tätschelte ihre Schulter. »Die ganze Mühe und Arbeit den Bach runter, wette ich.«

»Monate«, seufzte Tess. Sie fuhr sich mit den Fingern durchs Haar und streifte es zurück. »Und wir bekommen keine zweite Chance. Oh, ich weiß, daß sie recht haben. Der Roboter ist verdammt gefährlich. Es war okay, solange wir glaubten, er würde nicht funktionieren. Aber jetzt, wo wir wissen, daß er arbeitet . . . daß er nicht nur arbeitet, sondern Straßen löscht . . . ach was, kümmert euch einfach nicht um mich.«

Sie hob die Schultern und schaute die anderen besorgt an. »Ich plappere nur so dahin. Ihr Männer habt den größeren Verlust. Das viele Geld, das euch durch die Lappen geht. Ich werde mit der Admiralität sprechen . . .«

»Nein, nein, das ist nicht weiter wichtig«, unterbrach Xris sie. Als er gewahr wurde, daß Tycho die gelbsüchtige Farbe annahm, die bei seiner Rasse einen plötzlichen Schockzustand signalisierte, fügte er hastig hinzu: »Ich meine, wir werden uns etwas Angemessenes überlegen. Vielleicht könnten wir die Flotte bitten, wenigstens unsere Reparaturen zu übernehmen.«

»Na, toll«, sagte Tycho.

»Ich gehe wieder zur Luftschleuse, um den Roboter in Empfang zu nehmen«, verkündete Dr. Quong. Seine Augen glänzten fiebrig, und seine Fingerspitzen trommelten aneinander. »Grant natürlich auch«, fügte er nachträglich hinzu.

»Kümmere dich bitte zuerst um deinen menschlichen Patienten. Okay, Doc?« sagte Xris.

»Was? Oh, sicher. Natürlich«, entgegnete Dr. Quong steif. »Die Sensoren melden, daß Mr. Grants Zustand sehr zufriedenstellend ist, wenn man in Betracht zieht, daß er nie für ein derart katastrophales Ereignis ausgebildet wurde. Sein Blutdruck ist leicht erhöht, sein Herzschlag ein wenig beschleunigt, aber insgesamt bewegt sich alles innerhalb vertretbarer Parameter. Ich werde ihm ein mildes Beruhigungsmittel verabreichen, das wird ihm helfen. Was den Roboter betrifft ...«, Quong wirkte gleichzeitig angespannt und eifrig, »was soll ich mit dem machen?«

»Wir müssen ihn abschalten«, erwiderte Tess müde. »Angesichts dessen, was wir miterlebt haben, halte ich ihn für durchaus fähig, die Kontrolle über dieses Schiff zu übernehmen.«

»Zur Zeit wirkt er eher passiv«, konstatierte Quong, der den Roboter und Grant auf ihrem Weg zur Schleuse am hinteren Ende des PBRS am Fenster vorübergleiten sah. »Dennoch werde ich sehr vorsichtig sein. Ich denke, ich weiß, wie ich ihn deaktivieren kann. Ich habe ein bißchen nachgeforscht und am Ende ein sehr nützliches Diagramm aufgetrieben.«

»Ich komme mit Ihnen«, bot Tess an. »Wo haben Sie das Bild des Roboters gefunden?«

»In der Encyclopedia«, antwortete Quong.

»Hab' ich doch gesagt!« Harry blickte triumphierend in die Runde.

Xris schnaubte verächtlich. Er folgte Tess und dem Doktor in den engen Gang hinaus.

»Geh schon mal vor, Doc. Ich möchte mich noch kurz mit Captain Strauss unterhalten.«

»Aber sicher doch«, schmunzelte Quong.

Am Ende des Ganges stieß der Doc mit Raoul und dem Kleinen zusammen, die auf dem Weg zur Brücke waren. Quong sprach mit leiser Stimme auf Raoul ein und wies mit dem Daumen über die Schulter.

Raoul bemerkte Xris und Tess. Er hob die Augenbrauen und lächelte verzückt. Dann ergriff er den Kleinen und riß ihn derartig rasch aus dem Gang, daß der Fedora plötzlich herrenlos in der Luft hing. Dann sank er zu Boden. Eine juwelenbesetzte, sorgfältig manikürte Hand erschien, hob den Fedora auf, wedelte damit kurz in Xris' Richtung und verschwand.

Tess mußte beinahe lächeln.

Xris hingegen knurrte und zog einen Dreher hervor. »Hast du Lust, auf den Abschlußball zu gehen?« fragte er Tess. »Mein Das hat mir die Schlüssel für den Schweber überlassen.«

Diesmal lächelte sie. »Ist schon okay. Ich verstehe. Deine Leute halten große Stücke auf dich, Xris. Und sie sind nicht die einzigen«, fügte sie leise hinzu. Ihre Finger verflochten sich mit den seinen.

Xris zog sie näher heran. »Dieses lausige Schlamassel von einem Auftrag ist so gut wie erledigt. Wir laden den Robot auf der *King James* ab, und damit hat sich's. Danach ... na ja, auf Moana treffen wir einen Freund. Kennst du den Planeten? Ein wahres Paradies ...«

»Der Flitterwochenplanet?« fragte Tess. »Ich hab' davon gehört, bin aber noch nie dort gewesen.«

»Ich würde dich gern mitnehmen«, sagte Xris. »Du hast mal was von ausstehendem Urlaub gesagt ...«

Als sie zu ihm aufsah, war ihre Miene gedankenvoll und ungewöhnlich ernst, beinahe grimmig. Ihre Hand drückte die seine fest. Eine kleine, steile Falte zog ihre Brauen zusammen. »Ich bin nicht sicher ... weiß du ... der Job ... er ist noch nicht ganz abgeschlossen. Xris, ich ...« Sie hielt inne und blickte ihn eindringlich an. Dann wurde ihr Ausdruck weicher, die Falte verschwand, und sie lächelte ihn an. Es war ein aufrichtiges, strahlendes Lächeln. »Es würde mir sehr gefallen. Ich würde dich auf jedem Planeten treffen, an jedem Ort, zu jeder Zeit. Es muß nicht gleich ein Paradies sein. Wir kommen auch so zurecht ...«

Xris beugte sich vor, um sie zu küssen, doch in diesem Moment steckte Harry den Kopf in den Gang. »Xris!« brüllte er so laut, daß man ihn bis zum anderen Ende des Schiffes hören konnte. »Oh«, grinste er, als er sie entdeckte. »Da bist du ja. Tut mir leid, wenn ich euch unterbrechen muß, aber die Admiralität ist in der Leitung. Sie möchte dich sprechen, nicht Captain Strauss. Ich glaube, es hat etwas zu tun mit ... ähm ... du weißt schon. Diesem adonischen Kreuzfahrtschiff.« Harry kniff ein Auge zu und nickte bedeutungsvoll. »Und unsere Passagiere werden jeden Moment an Bord kommen.«

»Das hört sich nach einer Privatunterhaltung an. Ich gehe zu Dr. Quong und helfe ihm«, erbot sich Tess. Sie ließ Xris' Hand los, und bevor er sie aufhalten konnte, war sie mit schnellen Schritten den Gang hinunter verschwunden.

Xris wandte sich um und betrat wieder die Brücke. Was, so fragte er sich, hätte sie ihm da *beinahe* anvertraut?

Eine Hand zupfte an seinem Ärmel. Xris drehte den Kopf und erblickte Raoul, der in einer Luke lungerte.

»Und?« verlangte Raoul zu wissen.

»Und was?« Xris starrte den Adonier wütend an, während er ihm die stille Botschaft sandte, lieber den Mund zu halten.

Derartige Feinheiten waren an Raoul verschwendet; er fuhr ungerührt fort: »Hast du ... na, du weißt schon.« Er begleitete seine Worte mit einem bedeutungsvollen Hüftschwung und entsprechenden Gesten, die ihn auf einigen der konservativeren Planeten dieser Galaxis sofort ins Gefängnis gebracht hätten.

»Das geht dich nichts an, du altes Waschweib«, stieß Xris zwischen zusammengebissenen Zähnen hervor. »Aber wenn du's genau wissen willst – ich habe exakt drei Minuten in einem engen Gang mit ihr verbracht ...«

Raoul zeigte sich wenig beeindruckt. »Einfallslos«, lautete sein Urteil, »und ein ausgesprochener Mangel an Fingerfertigkeit.«

»Xris!« Harrys Stimme hatte einen dringenden Unterton.

Xris schubste Raoul zur Seite und ging ins Cockpit.

»Ja, ja, ich bin ja schon da. Was ist los?«

Harry blickte auf. Sein normalerweise frisches und fröhliches Gesicht wirkte aufgedunsen und wies rote Flecken auf unnatürlicher blasser Haut auf. Er leckte sich nervös die Lippen.

Xris' Magen zog sich zusammen. »Was, zur Hölle, geht hier vor? Was stimmt nicht?«

»Es ist Darlene«, begann Harry und brach dann wieder ab, um sie zu räuspern. »Bevor wir ihn erwischt haben, hat der Roboter eine weitere Straße kollabieren lassen. Ihr Schiff, das Kreuzfahrtschiff ...«

Xris ließ sich in den Sessel des Kopiloten fallen. »Verbinde mich sofort mit dem Admiral.«

»Die wissen auch nichts mit Sicherheit, Xris«, erklärte Harry. »Darlene hat ihnen ihre Dateien über die nächsten Ziele des Roboters übermittelt, und ihre Straße war eines davon. Sie wußte es, Xris. Sie wußte es rechtzeitig genug, um den Kapitän zu warnen ...«

»Bist du dir ganz sicher?« wollte Xris wissen.

»Das ist es ja gerade, Xris.« Harry wirkte völlig am Ende. »Die Flotte hat keinen Kontakt mehr zu dem Schiff ... auch nicht zu Darlene ...«

»Verdammt! Mist! Verdammte Scheiße!« Xris wollte auf irgend etwas einschlagen, vorzugsweise auf sich selbst.

»Die ›Wenn nicht‹-Litanei begann wieder ihre quälende Runde in Xris' Gedanken. Wenn er nur nicht Sakuta getraut hätte. Wenn er nur niemals diesen lausigen Scheißjob angenommen hätte. Wenn er nur besser auf den Roboter aufgepaßt hätte. Wenn ... wenn ... wenn ...

Nichts davon konnte ihm jetzt helfen.

»Xris«, ertönte Dr. Quongs Stimme über Bordlautsprecher. »Ich habe Mr. Grant und den Roboter in meine Obhut genommen. Mr. Grant steht unter Schock, ist ansonsten aber unverletzt. Ich habe ihm ein leichtes Sedativum verabreicht und ihn dann ins Bett gesteckt. Was den Roboter angeht ...«

»Nimm ihn auseinander!« befahl Xris mit belegter Stimme.

»Ich ...«

»Du sollst das verdammte Ding abstellen!« Xris stieß unflätige Flüche aus. »Wenn du es nicht kannst oder willst, dann komme ich persönlich runter und knack' das Ding auf!«

»Das wird nicht nötig sein«, kam Quongs betont kühle Antwort. »Wie ich dir gerade mitteilen wollte, ist der Roboter nicht mehr funktionstüchtig. Mir ist nicht ganz klar, woran das liegt, aber es könnte mit dem Ausstieg zu tun haben. Grant sagt, es war eine ungemütliche Angelegenheit. Ich werde ihn natürlich gründlich untersuchen ...«

»Prima. Gut. Tu das, Doc«, antwortete Xris bitter.

»Was ist los, mein Freund? Du klingst so ...«

»Bevor wir ihn geschnappt haben, hat dieser verdammte Roboter noch eine Straße gelöscht. Diesmal befand sich ein Schiff darin. Ein adonisches Kreuzfahrtschiff ...«

»O Gott«, hörte er Tess leise im Hintergrund sagen.

»Ein adonisches Kreuzfahrtschiff.« Quong verstummte kurz; dann fragte er: »Hast du – oder irgend jemand sonst – von Darlene gehört?«

»Der Kontakt brach ab«, erwiderte Xris. »Aber es war ihr Schiff. Sie war an Bord.«

»Das wissen wir nicht mit Sicherheit«, begehrte Harry stur auf.

»Ich bin sofort oben, mein Freund«, sagte Quong.

»Nicht nötig, Doc. Mir geht es gut. Du bleibst besser da unten und sorgst dafür, daß der Roboter sich nicht rührt, weder jetzt noch in absehbarer Zukunft. – Xris Ende.«

Xris blieb schweigend sitzen. Jamil trat ein, dann Tycho. Beide hatten einen Teil der Unterhaltung mit angehört und wollten jetzt wissen, was genau passiert war. Harry klärte sie auf.

Xris spürte, wie sie ihn ansahen. Er bemerkte auch, daß sie mit ihm sprachen, hörte aber nicht hin.

Raoul kam herein, zusammen mit dem Kleinen. »Ist es wahr? Ich habe gerade mit Quong gesprochen. Wie gräßlich! Und Darlene?«

Jeder sah Xris an und bedeutete Raoul, den Mund zu halten. Nach einem weiteren ›Wie absolut gräßlich‹ gab Raoul nach.

Tess erreichte die Brücke, und alle drängten sich an die Schotts, um Platz für sie zu schaffen. Sie beugte sich vor. »Dr. Quong erzählte mir, du hattest einen Freund auf diesem Schiff. Oh, Xris, es tut mir so leid. So schrecklich leid.«

Xris beachtete auch Tess nicht. Sie wollte noch etwas hinzufügen, blickte dann aber zuerst die anderen an. Diese schüttelten die Köpfe. Daraufhin zog sie sich zurück.

Leise, aber vernehmlich befahl Xris: »Harry, ändere den Kurs.«

»Was?« Harry klang überrumpelt. »Den Kurs ändern? Was ist mit dem Roboter? Wir haben den Auftrag, ihn umgehendst auf der *King James* abzuliefern . . .«

»Zur Hölle mit dem Roboter«, stieß Xris heftig hervor und starrte erst Harry, dann die anderen finster an. »Bring uns dahin, wo diese Straße gewesen ist. Vielleicht gibt es Überlebende.«

Die anderen tauschten Blicke. Harry nagte auf der Unterlippe und starrte unglücklich auf seine Konsole. Tess wandte den Kopf ab, und der Kleine gab einen wimmernden Laut von sich. Raoul legte tröstend den Arm um seinen kleinen Freund. Jamil legte eine Hand auf Xris' Schulter.

»Xris, ich weiß, wie du dich fühlst. Aber du mußt dich den Tatsachen stellen.«

»Ich sagte ›ändere den Kurs‹«, wiederholte Xris gedämpft. Er mußte jetzt leise sprechen, oder er würde zu brüllen anfangen. Und wenn er brüllte, wären die anderen überzeugt, er hätte die Kontrolle verloren. Dabei wußte er sehr genau, was er tat. Bei Gott, er wußte, was zu tun war! Es mußt Überlebende geben. Es *würde* Überlebende geben. »Wir sind ein Schiff mit medizinischer Ausrüstung. Wir haben einen Arzt an Bord. Wir können Rettungskapseln andocken ...«

Keine Zeit. Die Zeit wäre zu knapp, um die Passagiere in die Rettungskapseln zu verfrachten. R-r-r-ratz fatz. Die eine Hälfte des Schiffes würde sich noch am Absprung befinden. Die andere Hälfte auf der anderen Seite.

»Ändere den Kurs«, wiederholte Xris zum zweitenmal. Dann sprang er auf, um Harry nötigenfalls aus dem Pilotensessel zu zerren.

»Aufhören. Sofort aufhören«, befahl Tess. Sie hatte eine Laspistole in der Hand und drückte sie Raoul an den Kopf. »Hände hoch. Na los! Du auch, Xris.«

»Igitt!« Raoul rümpfte die Nase. Sein Blick glitt zu der Pistole, die gegen seine Schläfe drückte. »Sie hat dieses Ding unter der Achsel getragen!«

»Ich sagte, du sollst stillhalten, Loti!« warnte Tess.

»Sie macht Ernst, Raoul«, knurrte Xris. »Halt still.«

So langsam wurde ihm einiges klar. Wenn er Recht hatte, stand er auf der Liste der größten Dummköpfe aller Zeiten ganz oben.

Raouls Augenlider flatterten. Er wand sich innerlich. »Bringt die Pistole mein Haar sehr durcheinander?«

Xris entschied, seine Theorie zu überprüfen. »Hör mal, Captain Strauss, ich weiß nicht, was bei dieser Sache für dich drin ist. Sind es die Streifen eines Oberst oder der Ruhm? Ist mir auch egal. Aber ...«

»Es hat nichts mit Ruhm und Ehre zu tun«, widersprach Tess. Sie hob die Schultern und lächelte. »Es geht ums Geld. Harry, laß die Finger oben. Bis auf Weiteres fliegt der Computer das Schiff. Ich habe den geänderten Kurs schon eingegeben.«

»Das war nicht nötig«, sagte Harry. »Der Kurs zur *King James* war bereits einprogrammiert. Hör doch, Xris, laß uns zuerst zur *King James* fliegen und den Roboter abladen. Dann können wir ...«

»Wir fliegen nicht zur *King James*«, erwiderte Xris.

»Xris, sie wird Raoul den Kopf abschießen ...«

»Sieh doch mal auf deine Instrumenten, Harry. Was sagen sie dir? Wie sieht unser Kurs aus?«

»Er ...« Harrys Stimme ging in einem erstaunten Gurgeln unter. »Es ist ... Höllenposten!« Er drehte sich um. »Die *King James II* befindet sich nicht am Höllenposten, Xris.«

»Das wissen wir, Harry. Jedenfalls die meisten von uns.«

»Die Flotte glaubt, daß ich für sie arbeite, Harry«, erklärte Tess. Sie hielt die Waffe weiter auf Raouls Kopf gerichtet. »Leider irrt sie sich. In Wahrheit arbeite ich für jemanden anderes.«

»Harsch«, bekräftige Xris. »Sie arbeitet für Harsch.«

»Aber sie trägt die Uniform der Flotte und alles ...« Harry brauchte wieder mal etwas länger, um dies alles zu verarbeiten.

»Schon mal von einem Doppelagenten gehört, mein Freund?«

»Oh.« Harry mußte blinzeln.

Xris, der die Luke sehen konnte, bemerkte eine Bewegung. Quong war auf dem Gang. Er hatte den ganzen Vorfall über Xris' Kommimplantant mitgehört. Der Doktor schlich auf leisen Sohlen und mit einer Laspistole in der Hand in Richtung Cockpit. Er würde sich von hinten an Tess heranschleichen.

Xris konnte den Doc sehen. Sein Plan war eindeutig. Xris blickte woanders hin, um Tess' Aufmerksamkeit nicht verfrüht auf den Korridor zu lenken.

»Auf diese Weise erfuhr Harsch von dem Roboter«,

erzählte er weiter in dem Versuch, Tess abzulenken. »Und daher wußte Tess auch, daß wir auf dem Wege nach Pandor waren. Harsch heuert uns an, um den Roboter zu stehlen. Derweil ist seine Agentin, Captain Strauss, auf Pandor postiert, um uns und die Flotte überwachen zu können. Sie entscheidet sich zum doppelten Spiel und berichtet der Admiralität von Harsch.« Er holte tief Luft.

»Alles läuft nach Plan. Tess hat Jamil und mich am Haken. Zur Hölle, wir sind auf sie hereingefallen wie ein Tonne Kuhscheiße in die Mistgrube. Wir sollten den Robot zu Harsch bringen. In den Roboter wurde eine Bombe und der Transmitter installiert. Ich nehme an, daß diese ›nicht funktionieren‹ werden. Darauf wirst du schon geachtet haben. Harsch bekommt den Roboter. Die Flotte kann nichts tun. Du rollst mit deinen wunderschönen blauen Augen und beteuerst dem Admiral, daß du keinen blassen Schimmer hast, was da schiefgegangen sein kann.« Wieder legte er eine Pause ein.

»He, oder wie wäre es mit dieser Idee? Du machst uns für alles verantwortlich. Erklärst uns zu Verrätern ... Wetten, das ist der Deal? Sogar jetzt noch. Und du gehst vollkommen sauber und angenehm parfümiert aus der ganzen Scheiße hervor, ist es nicht so? Wem wird die Flotte wohl eher Glauben schenken? Einer seiner eigenen Agenten? Oder uns? Wir haben doch sowieso schon jede Menge Ärger mit der Admiralität ...«

Quong, die Pistole auf sein Ziel gerichtet, schlich näher und näher. Er wagte noch nicht zu feuern, da Raoul im Weg war. Vielleicht hatte er auch Angst, völlig daneben zu zielen und ein tödliches Loch in das Frontfenster des Fliegers zu schießen.

»Sie hatte alles wirklich gut ausgetüftelt«, fuhr Xris fort. »Aber dann gingen einige Sachen schief. Ihr seid aufgetaucht. Das hat ihr einen ziemlichen Schrecken eingejagt. Captain Strauss macht sich nämlich Sorgen, daß wir sie hintergehen wollen. Sozusagen den Verräter verraten wollen. Und dann kommt auch noch Jeffrey Grant dazu. Der Roboter haut ab. Und jetzt sitzt du wirklich im Dreck, nicht wahr, Schwester? Wer gab dir den Befehl, dieses Schiff zu übernehmen und den Roboter zu verfolgen? Natürlich Harsch – du hattest ihm umgehend Meldung gemacht. Oder war es doch die Admiralität?«

»Nun, in diesem Fall waren beide derselben Meinung. Ich muß zugeben, für eine Weile entwickelten sich die Dinge ungewöhnlich interessant«, gab Tess zu. »Oh, und wo du gerade von der Bombe sprichst, die der Admiral Jamil übergab – habt Ihr in letzter Zeit überprüft, ob sie noch an ihrem Platz ist?«

Xris warf Jamil einen raschen, fragenden Blick zu.

Jamil zuckte hilflos mit den Schultern.

»Natürlich werdet ihr sie nicht mehr finden«, fuhr Tess ruhig fort. »Ich habe sie irgendwo in diesem Flieger versteckt. Die Explosion erfolgt in zwölf Stunden, das heißt, genau zu dem Zeitpunkt, an dem wir Höllenposten erreichen sollten. Ich bin die einzige, die die Explosion verhindern kann, da ich die einzige bin, die weiß, wo die Bombe versteckt ist. An Ihrer Stelle würde ich also nichts Heldenhaftes unternehmen, Doktor Quong«, fügte sie hinzu und warf einen Blick über die Schulter. »Ich schlage vor, Sie legen die Laspistole ab.«

Quong blickte beunruhigt zu Xris hinüber.

»Sie ist jetzt der Boß«, bestätigte Xris. »Tu, was sie sagt.«

»Du glaubst ihr?« Quongs Laspistole blieb unverändert auf Tess gerichtet.

»Glaubt ihr!« bettelte Raoul nachdrücklich. »Ist der Lauf fettig?«

»Ich glaube nicht, daß wir die Wahl haben«, gab Xris trocken zu bedenken. »Harry, was würde passieren, wenn die Bombe innerhalb dieses Fliegers detonieren würde?«

»Bevor oder nachdem wir dekomprimiert wurden?« knurrte Harry.

Quong hob die Schultern und warf Tess die Laspistole vor die Füße. »Sie hat mich total aufs Kreuz gelegt.«

»Da bist du nicht der einzige, Doc«, tröstete Xris, »wirklich nicht der einzige.«

Tess senkte die Pistole und gab Raouls Kopf frei. »Okay, Adonier. Du darfst gehen und deinen Lippenstift nachziehen.«

Jamil trat von einem Fuß auf den anderen. »Äh, entschuldigen Sie, Captain, aber ich müßte wirklich dringend aufs Klo.«

»Aber sicher.« Tess winkte ihm auffordernd zu. »Gehen Sie nur. Und vergessen Sie nicht, den Koffer zu überprüfen. Die Bombe ist nicht mehr drin.«

Jamil blickte zu Xris.

Xris zog einen Dreher aus der Tasche. »Nun geh schon.«

Mit einem wütenden Blick auf Tess verließ Jamil das Cockpit.

»Ihr habt doch nicht etwa angenommen, ich würde die nächsten zwölf Stunden hier herumsitzen und dem Adonier eine Knarre an den Kopf halten, oder?« fragte Tess amüsiert. »Ich benötige meinen Schönheitsschlaf.«

»Das kann ich mir vorstellen«, kam die sarkastische Bemerkung von Raoul. Er warf Xris einen vorwurfsvollen Blick zu. »Und das nach all der Mühe, die wir hatten ...«

Der Kleine trat Raoul gegen das Schienbein.

Raoul stöhnte auf und rieb sich das Bein.

Xris steckte sich den Dreher zwischen die Lippen und begann, darauf herumzukauen.

»Ich kann mich kaum noch erinnern, was ich an ihr gefunden habe.«

Tess hob die Pistole auf und schob sie sich unter den Gürtel. »Es tut mir aufrichtig leid, Xris. Ehrlich. Es war alles etwas anders geplant. Ihr hättet nie die Wahrheit erfahren. Aber erst taucht Grant mit dieser Maschine auf, von der wir nicht mal eine Ahnung hatten, daß noch ein Exemplar existierte! Dann haut der Roboter ab. Im Nachhinein betrachtet, war das alles gar nicht so ungünstig ...«

»Es hat für deinen Boß natürlich den Wert des Roboters erheblich erhöht«, bemerkte Xris.

»O ja. Und dann stellt sich auch noch heraus, daß der Robot funktionstüchtig ist ...«

»Indem er Straßen löscht. Junge, Junge, ich wette, dafür zahlt Harsch dir einen Extrabonus. Schade, daß es den ungefähr tausend Lauten auf dem Kreuzfahrtschiff nichts mehr nützen wird ...«

»Es tut mir leid, Xris«, wiederholte Tess ernsthaft. »Das mit deinem Freund tut mir wirklich sehr leid. Ich weiß, daß du mir nicht glauben wirst, aber ich habe nicht in jeder Hinsicht gelogen. Ich mag dich wirklich, Xris, und vielleicht, wenn diese Geschichte zu Ende ist, können wir ...«

Xris sagte nichts. Er starrte sie nur an, und Tess' Stimme erstarb. Dann senkte sie die Augen.

Jamil betrat wieder die Brücke. »Die Bombe ist weg«, berichtete er.

»Natürlich ist sie weg«, bestätigte Xris. »Selbst wenn sie nur bluffen sollte, wäre die Bombe nicht mehr da. Du kommst nicht zum FGD, wenn du dumme Fehler begehst ...« Er wendete sich plötzlich Raoul und dem Kleinen zu, die beide versuchten, sich leise durch die Tür zu verdrücken. »Wartet mal! Einen Moment!«

Er packte den Kleinen beim Kragen seines Regenmantels und zog ihn wieder herein.

»Was habt ihr mit ›all die Mühe, die wir uns gegeben haben‹ gemeint? Ich frage euch beide jetzt, was mit Tess los war. Ihr kanntet die Wahrheit! Verdammt noch mal! Ihr beide wußtet es und habt es mir nicht gesagt!«

»Schüttele ihn nicht so, Xris Cyborg!« rief Raoul besorgt und versuchte, seinen kleinen Freund zu retten. »Du wirst seine Verdauung ruinieren!«

»Überhaupt nichts wußten die!« widersprach Tess heftig. »Ich habe Harsch von Anfang an gesagt, daß der Gedankenverzerrer reine Geld- und Zeitverschwendung sei. Der kleine Stinker hier ist genausowenig ein Telepath wie dieser Träger hier. Ich habe ihn zwei-, dreimal getestet, aber er hat nie was mitgekriegt. Sie haben dich reingelegt, Xris. Es ist alles nur ein Trick. Und selbst davon habe ich schon weitaus bessere in den Nachtclubs von Laskar gesehen.«

Raoul schaute unter gesenkten Lidern zu Xris auf. Der Kleine warf den Kopf zurück und blinzelte unter seiner Fedorakrempe zu Xris hinauf.

O nein, dachte Xris, wer immer hier auch hereingelegt wurde, ich war es nicht. Die beiden kannten die Wahrheit über Tess. Sie haben es die ganze Zeit gewußt. Und sie haben kein einziges Wort darüber verlauten lassen, weil . . . weil . . .

. . . weil es so lange her ist, daß ich Sex hatte.

Eins mußte man Raoul lassen, er hatte unverrückbare Prioritäten. Sie mochten nicht unbedingt mit denen anderer Lebewesen in dieser Galaxis übereinstimmen, aber . . . was ein echter Adonier ist . . .

»Wir werden in ungefähr zwanzig Minuten in den Hyperraum springen«, verkündete Tess. »Zum Glück ist die Straße, die wir benötigen, noch vorhanden. Ich werde mich jetzt ein wenig hinlegen und schlage den Gentlemen vor, dasselbe zu tun. Ich bin sicher, Sie alle wollen sich von Ihrer besten Seite zeigen, wenn Sie Mr. Harsch gegenübertreten. Sie können Ihre Zeit natürlich auch damit verbringen, die Bombe zu suchen. Wenn Sie diese Beschäftigung vorziehen, werde ich Sie nicht daran hindern.« Xris setzte sich in den Sessel des Kopiloten. »Ich bleibe hier bei Harry und kontrolliere den Sprung. Ihr anderen legt euch am besten hin. Wie die Lady schon sagte – wir wollen uns von unserer besten Seite zeigen, wenn wir Mr. Harsch treffen.«

Er schob sich an Tess vorbei.

Sie hielt ihn am Arm fest, an seinem Pseudoarm. »Xris, ich wünschte . . .« Ihre Augen flehten ihn an. Um was? Verständnis? Mitleid?

Xris wandte sich ab.

Hinter ihm hörte er Raoul wimmern: »Ich kann einfach nicht begreifen, *wo* wir falsch gelegen haben.«

38. Kapitel

Zeige dich deinen Doppelagenten stets großzügig.

Sun-Tzu, *Die Kunst des Krieges*

Der Hyperraumflug zur Grenze war lang und öde. Alle waren angespannt. Der einzige Pluspunkt war – laut Jamil –, daß sie alle endlich fehlenden Schlaf nachholen konnten.

Jedenfalls alle, die zu schlafen vermochten.

Xris gehörte nicht dazu, und angesichts der Schatten unter Tess' Augen schlief sie entgegen ihrer Aussage auch nicht sonderlich friedlich.

Gut! Dachte Xris. Entsprechend seiner Laune und seiner Gefühle, die eines Macbeth würdig gewesen wären, hoffte er, sie von endloser Schlaflosigkeit gequält zu sehen.

Vielleicht machte sie sich darüber Gedanken, ob die Truppe sie im Schlaf überfallen würde? Nun, zumindest diese Sorge war überflüssig. Soviel hätte Xris ihr sagen können.

Nicht etwa, daß das Team untätig war. Alle hatten eine spezielle Aufgabe, und zumindest einer schien die seine gelöst zu haben.

»Ich muß mit dir reden«, flüsterte Harry und schob Xris in den Gang hinaus.

Xris nickte. »Wo ist Tess?«

»Wieder beim Roboter.«

»Und was treibt sie dort?« hakte Xris nach.

»Analysiert Grants Maschine. Als ich nachfragte, sagte sie, sie wolle herausfinden, wie die Maschine funktioniert, bevor sie sie ihrem Boß präsentiert.«

»Fein. Ruf die anderen zusammen. Wir treffen uns dann in der Kombüse.«

Harrys Gesicht wurde fröhlicher. »Mittagessen«, verkündete er zufrieden und eilte davon.

Als Xris die Kombüse betrat, waren alle um den Tisch versammelt. Raoul hatte noch mehr Sandwiches zubereitet, denen jedoch nur Harry zusprach.

»Nun, was gibt es?« fragte Xris.

Harry, der gerade herzhaft abgebissen hatte, begann hastig zu kauen, dann schluckte er. »Ich habe einen Computerscan nach der Bombe durchgeführt. Ich habe sie gefunden«, erklärte er triumphierend und biß wieder in sein Sandwich.

Xris beugte sich vor und riß es ihm aus den Händen. »Du kannst später essen. Wo ist die Bombe?«

»Sie befindet sich am Hauptträger des Bergungsdocks, im hinteren Drittel des Schiffes.«

»Diese Bombe hat dieselbe Größe wie Harrys Hirn«, bemerkte Jamil. »Wieviel Schaden würde sie anrichten, wenn sie tatsächlich hochgeht? Dieses Schiff wurde so gebaut, daß es Laserkanonen widerstehen kann ...«

Quong korrigierte ihn: »Die *Schilde* sind so ausgerichtet, daß sie Laserfeuer standhalten. Dazu sind sie ja da, um den Rumpf zu schützen. Doch selbst wenn die Bombe kaum schaden anrichten würde, befinden wir uns immer noch im Hyperraum. Das kleinste Loch würde uns zerreißen ...«

Xris kaute auf dem Stummel eines völlig durchweichten Drehers. »Okay, die Bombe haben wir also gefunden. Können wir sie entschärfen, Doc?«

»Nicht, ohne eine Detonation zu riskieren. Ich habe die Bombe untersucht, während sie sich in Jamils Besitz befand. Sie ist sehr ausgeklügelt und hochempfindlich. Sieh es ein, mein Freund, sie hat uns am Beutel, wie Tycho es ausdrücken würde.«

Xris spuckte den Dreher in den Müllschlucker. »Wie wär's damit? Wir lassen die Bombe hochgehen, mitsamt Flieger und allen Insassen, inklusive Roboter.«

Tess' Stimme erklang von hinten: »Das wäre eine wahrhaft edle Tat.« Sie stand im Türrahmen und betrachtete Xris mit ernstem Gesicht. »Aber du wirst es nicht tun.«

»Werde ich nicht, hm?« Xris fixierte sie. »Du meinst, ich hätte nicht genug Mumm? Oder daß die Jungs nicht mitmachen würden?«

»Tu es«, bekräftige Jamil kurz und bündig.

»Klar, mach es, Xris!« Harry wirkte grimmig.

Quong nickte kurz. »Ein angemessenes Opfer im Namen der Menschheit. Ich schließe mich an.«

Tycho nickte ebenfalls. »Meine Lebensversicherung ist abbezahlt, und der Sterbebonus ist steuergeschützt. Meine Familie würde einen guten Gewinn einheimsen.«

Raouls Augen schimmerten. »Ich habe mich schon oft gefragt, wie es wohl wäre, durch Gewaltanwendung zu Tode zu kommen. Und jetzt dies ... die pochende, erschreckende Erwartung, die aufsteigende Furcht und dann die Explosion ...«

Der Kleine ballte die Hände zu Fäusten und schlug diese hart aufeinander – eine Geste, die Xris vertraut war und ausdrückte, daß der Telepath nachdrücklich mit den anderen übereinstimmte.

Xris wandte sich wieder Tess zu. »Die Wahl ist gelaufen und ausgezählt, Schwester.«

Tess lehnte immer noch im Türrahmen, die Arme vor der Brust verschränkt. »Oh, natürlich würdet ihr die Bombe zünden. Da habe ich keinen Zweifel. Wenn Xris den Befehl gäbe, würdet ihr alles in die Luft jagen – euch, mich, den Roboter.« Sie schnappte mit den Fingern. »Ganz einfach so. Aber Xris wird den Befehl *nicht* geben.«

Das wußte Xris verflixt noch mal selber. Aber er wollte gern Tess' Begründung hören. »Und warum nicht?«

Sie schaute zu ihm herüber und lächelte. Kein überlegenes Lächeln, auch kein herablassendes, sondern ein richtiges Lächeln, ein echtes, warmes Lächeln. Ein liebevolles Lächeln.

»Weil es bedeuten würde, daß du aufgibst. Daß du zugibst, geschlagen zu sein. Und das würdest du niemals tun, nicht solange auch nur ein Atemzug deinen glänzenden Metallkörper belebt. Hab' ich recht?«

Xris zog einen neuen Dreher heraus. Er sagte nichts.

Tess spreizte die Hände. »Seht mal, Jungs, Nick Harsch ist Geschäftsmann. Er hat eine Abmachung getroffen, und er wird sich daran halten. Er kann euch schlimmstenfalls ein paar tausend Plastichips für die Verspätung abziehen. Auf der anderen Seite kann es genausogut sein, daß er euch einen Bonus zahlt, denn dieser Roboter ist mehr, als er sich jemals erträumt hat. Dann seid ihr schneller wieder auf dem Heimweg, als ihr dachtet – und das auch noch in der Gewißheit, daß eure Konten schwarze Zahlen aufweisen.«

»Und ein Roboter, der Straßen ausknipst, befindet sich in den Klauen der Corasianer.« Xris rollte den Dreher zwischen Daumen und Zeigefinger. »Ein Roboter, der bereits tausend Menschen auf dem Gewissen hat.«

»Das wissen wir nicht mit Sicherheit«, warf Harry ein.

Xris beachtete ihn nicht. »Es tut mir leid, Schwester. Geldzählen mag deine Methode sein, in Schlaf zu fallen, aber bei mir wirkt es leider nicht.«

Tess sah ihn gedankenvoll an. »Harsch hat dich unterschätzt. Ich glaube, mir ist derselbe Fehler unterlaufen.«

»Ein häufiger Fehler. Ist mir auch schon passiert, Schwester«, beschwichtigte Xris. »Ist nichts Besonderes.«

Tess' Gesicht rötete sich, dann hob sie die Schultern. »Was ich euch eigentlich sagen wollte ... ich war bei Jeffrey Grant. Er wird langsam wieder klar. Ich habe ihn darüber informiert, was im Augenblick los ist. Daß wir eine Bombe an Bord haben und auf dem Weg zu Harsch sind, um ihm den Roboter zu übergeben. Ich bin kein Arzt, aber ich bin der Meinung, daß Grant vielleicht noch ein Beruhigungsmittel benötigt. Tja, ich mache mich jetzt wieder an die Arbeit. Ihr *werdet* es mich doch wissen lassen, wenn ihr den Flieger in die Luft jagt, oder?« Sie wandte sich ab und stiefelte den Gang hinunter.

»Einfallsreich, energiegeladen, eine Expertin für Sprengstoff. Wißt ihr was?« Jamil blickte Tess mit gespielte Bewunderung hinterher. »Ich glaube, ich könnte diese Frau heiraten. Das heißt, wenn du sie nicht willst, Xris.«

»Was mich betrifft«, schaltete Quong sich kalt ein, »würde ich sie liebend gern durch die Luftschleuse befördern.«

»Doc«, fragte Harry, »gibt es eine Möglichkeit, den Roboter zu sabotieren? Ihn für die Corasianer nutzlos zu machen?«

»O ja«, entgegnete Quong. »Bringt mir die Bombe. Dann baue ich sie in dem Roboter ein und jage ihn damit hoch. Das ist der einzige Weg, ihn für die Corasianer nutzlos zu machen. Sie brauchen überhaupt nicht zu wissen, wie man mit Hilfe des Roboters Straßen einrichtet. Nicht mehr. Es reicht, daß sie wissen, wie man ihn dazu bringt, die Straßen kollabieren zu lassen.«

Er verließ die anderen, um nach seinem Patienten zu sehen.

Tycho schaltete seinen Translator ab, murmelte etwas, das niemand verstehen konnte, und folgte dem Doktor.

»Heißt das, wir werden den Flieger *nicht* in die Luft jagen?« fragte Harry.

»Ich vertraue darauf«, erwiderte Raoul. »Je mehr ich darüber nachdenke, desto mehr bin ich davon überzeugt, daß dieses katastrophale Ereignis meinen Tag völlig ruinieren würde. Und vom derzeitigen Zustand meiner Garderobe möchte ich gar nicht erst reden.« Er sah Xris an, und seine normalerweise abwenden Augen blickten plötzlich hellwach. »Ich könnte ihren Kaffee vergiften.«

»Und was würdest du mit der Bombe machen, die in etwa sechs Stunden detoniert? Sie ebenfalls vergiften?«

»Oh, daran hatte ich gar nicht gedacht. Na ja.« Raoul glättete vorsichtig sein Haar. »Deshalb bist du ja unser Anführer, Xris Cyborg, und ich bin nur als Dekoration dabei.«

Xris ging ins verlassene Cockpit, setzte sich und starrte in die leere Schwärze des Hyperraums.

Er sollte diesen Flieger tatsächlich in die Luft jagen, das war ihm klar. Sein Versagen zugeben. Zugeben, daß Tess und Harsch schlauer waren als er. Zugeben, daß er bei seinem eigenen Spiel verloren hatte.

Die Corasianer würden den Roboter bekommen. Sie würden ihn dazu benutzen, die Hyperraumstraßen zu vernichten und die Königliche Flotte auf Eis zu legen. Ganze Planeten wären isoliert, von allem abgeschnitten. Und die Corasianer würden sie einen nach dem anderen einsammeln. Er sollte diesen Flieger in die Luft jagen. Er wußte, daß er es tun müßte.

Das wirst du nicht tun, hörte er sie sagen.

Xris zog einen Dreher hervor und steckte ihn zwischen die Zähne. Diesmal steckte er ihn an und beobachtete, wie der Rauch langsam drehend von dem glühenden Ende aufstieg. Bis die stinkenden Schwaden vom Ventilationssystem aufgesogen waren, würde niemand das Cockpit betreten können. Aber er erwartete auch niemanden.

Sie hatte natürlich recht. Sie kannte ihn in- und auswendig. Ach, verdammt. Zur Hölle mit allem.

39. Kapitel

Locke sie mit Belohnungen, versorge sie gut, aber behalte sie auch stets im Auge. Auf diese Weise können Doppelagenten angeworben und benutzt werden.

Sun-Tzu, *Die Kunst des Krieges*

Das Schiff trat aus dem Hyperraum heraus in die Leere des Alls.

Die Grenze – der äußerste Sternenrand der Galaxis –

weist keine erkennbaren Unterschiede zum zivilisierten Inneren auf: Sie ist genauso schwarz, geschmückt mit Stecknadelköpfen aus Licht. Jene aber, die an der Grenze leben und arbeiten, werden dir berichten, daß es dort anders ist. Sie schwören dir, diese Andersartigkeit spüren zu können, ungeachtet dessen, ob sie sich auf einem Raumschiff, einem bewohnten Planeten oder einem Mond aufhalten. Es ist das Gefühl, im wahrsten Sinne des Wortes am Rande des Angrunds zu legen. Es ist das Wissen, sich fernab von allen anderen Lebensformen zu befinden, gleich welcher Art. Es ist eine Einsamkeit, die dich in den Wahnsinn treiben kann – oder dich süchtig macht.

Xris kannte die Grenze. In den ›alten Zeiten‹, als er sich einen Namen als Söldner machte, war es seine Gewohnheit gewesen, regelmäßig jenen Mond aufzusuchen, der als ›Höllenposten‹ bekannt war. Dort, im berüchtigten Café Exil, wickelte er seine Geschäfte ab. Xris gehörte dennoch nicht zu jenen, die der romantisierten Einsamkeit erlegen waren. Er hielt sich nur so lange auf Höllenposten auf, wie unbedingt nötig war, um Arbeit zu finden. Er war immer wieder froh, ins Innere zurückzukehren, in die Gefilde der atmenden, schnüffelnden, gurgelnden Menschen und Aliens. Er genoß die Knoten, Verdrehungen und Verwirrungen, diese Herausforderung des Lebens inmitten der wimmelnden Massen.

Im Augenblick allerdings mußte er sich eingestehen, daß er es vorzog, allein zu sein. Er hatte befürchtet, umzingelt zu werden. Es stelle sich heraus, daß weder Flieger noch Schiffe in Sicht waren.

Merkwürdig. Man konnte Höllenposten nicht unbedingt übervölkert nennen; aber normalerweise fanden sich immer ein paar Schiffe in der Umgebung. Das Café Exil zog eine kleine, aber getreue Kundschaft an.

»Wo ist denn nun dein Boß, Schwester?« fragte Xris, an Tess gewandt.

»Schwester«, wiederholte sie mit gerunzelter Stirn und

blickte ihn an. »Ist dir eigentlich klar, wie abschätzig sich das anhört?«

»Sicher doch. Wo ist dein Boß? Der Mond dort drüben ist Höllenposten. Landen wir, oder was?«

Tess drehte sich mit dem Sessel des Kopiloten, um aus dem Vorderfenster zu blicken. »Wir sollen Harsch an diesen Koordinaten treffen. Zu diesem Zeitpunkt werdet ihr eure weiteren Instruktionen erhalten.«

»Hier draußen ist aber niemand«, berichtete Harry, der trotz angelegentlichen Anstarrens seiner Instrumente weder Planeten, noch Flieger oder Schiffe ausmachen konnte.

»Hey«, sagte Jamil, »wir sind rechtzeitig gekommen. Wenn der Kunde es nicht schafft, dann scheiß drauf. Harry, laß uns den Flieger wenden, und ab nach Hause.«

»Das halte ich für *keine* gute Idee«, widersprach Tess.

»Er ist irgendwo da draußen«, vermutete Xris, »und checkt uns ab. Stimmt's, Schwester?«

Tess würdigte ihn keiner Antwort.

»Wir werden abgetastet«, meldete Harry fast im selben Augenblick. »Ziemlich starker Strahl.«

»Ich nehme an, dein Boß hat eine ausführliche Gebrauchsanleitung von dir bekommen«, bemerkte Xris.

»Bis hin zur letzten Schraube und Mutter«, bestätigte Tess.

»Beziehst du dich dabei auf mich oder das PBRS?« hakte Xris nach.

Tess warf ihm einen Blick zu. Der Streß hatte deutliche Spuren bei ihr hinterlassen. Bis sie seinen Blick bemerkte, hatte sie angespannt ins All gestarrt; ein Fingernagel tippte unablässig auf die Oberfläche der Konsole. Unvermittelt hielt sie inne und wandte sich wieder ab.

Wie aufschlußreich, dachte Xris. Wovor, zum Teufel, hat sie solche Angst? Schließlich bringt sie den ganzen Schinken nach Hause.

»Da draußen ist etwas«, meldete Harry mit einem merkwürdigen Unterton. »Die Sensoren erfassen es jetzt. Nach meinen Anzeigen handelt es sich ... Hölle, solche

Anzeigen habe ich noch nie gehabt. Was ... du liebe Scheiße!«

Dunkelheit verschluckte die Sterne, eine Dunkelheit, die wuchs und sich verfestigte, während sie gebannt zusahen. Ein riesiges Schiff, bar jeder Beleuchtung, umrundete langsam den Mond namens Höllenposten. Das konisch geformte Schiff kam in Sichtweite, in seiner Größe nur für die Instrumente erfaßbar; in den Augen der Betrachter hingegen schien die schwarze Masse, die den Himmel verdeckte, direkt der Hölle zu entsteigen.

Ein corasianisches Mutterschiff.

Das ist es also, dachte Xris und spürte den harten, kalten Knoten des Verlierers in seinem Magen. Tess bringt nicht nur einen Schinken nach Hause, sie treibt das ganze Schwein zur Schlachtbank.

Harry drehte sich um. Seine Augen waren so weit aufgerissen, daß sie aus den Höhlen zu rollen drohten. »Xris! Weißt du, was das ist? Ein corasianisches Mutter ...!«

»Ich weiß. Bring uns hier raus! Schnell!«

Harry war schon dabei. Die Motoren heulten auf; das PBRS buckelte und schwankte – und das war es auch schon.

»Traktorstrahl«, erklärte Harry. Seine Wangen glühten unnatürlich in seinem blassen Gesicht. »Sie haben uns.«

»Kannst du uns nicht loseisen?« brüllte Xris über das gequälte Heulen der Motoren hinweg.

»Ums Verrecken nicht!« brüllte Harry zurück.

Das PBRS war nicht mehr als eine Mücke, die versuchte, dem klebrigen Netz einer ungeheuren Spinne zu entkommen. »Stell die Motoren ab. Ich will nicht, daß sie ausbrennen.« Xris schaltete die Bordsprechanlage ein und beorderte alle zur Brücke. Sofort.

Tess hatte sich weder gerührt, noch ein Wort gesagt.

Xris ging zu ihr und packte sie an den Schultern. Dann drehte erden Stuhl heftig herum, stützte die Hände auf die Armlehnen und beugte sich vor, bis Tess sich kaum mehr rühren konnte.

»Du hast gewußt, daß sie auf uns warten?«

Sie saß kalt und steif vor ihm, den Kiefer so angespannt, daß die Muskeln hervortraten. Sie nickte knapp.

Xris gab sie frei und richtete sich auf.

»Sie rufen uns«, meldete Harry und schaltete auf Bordlautsprecher um.

»Seien Sie gegrüßt, Gentlemen«, erklang eine Stimme.

»Für alle diejenigen, die noch nicht das Vergnügen hatten, diesen Herrn kennenzulernen«, klärte Xris die anderen auf, »Dies ist Sakuta.«

»Nicht ganz richtig, Xris. Sakuta ist nur eine meiner Identitäten. Eine weitere ist Nick Harsch, und mit dem sprechen Sie jetzt. Ich gehe davon aus, daß Sie mir Professor Lasairions Roboter bringen. Gut gemacht, meine Herren, wirklich gut.«

»Tja, um es genau zu sagen, es war ein höllischer Job«, erklärte Xris, während er auf einem Dreher kaute. Er nahm ihn aus dem Mund und fügte hinzu: »Sie waren nicht ganz ehrlich zu uns. Es gibt da so einige kleine Details, die Sie uns mitzuteilen versäumten. Zum Beispiel, wieviel Ihre menschenfressenden Freunde Ihnen für einen echten Korridor-Roboter in erstklassigem, funktionstüchtigem Zustand zahlen. Ich vermute mal, der Abzug unserer Kosten fällt angesichts der Gewinne, die Sie machen, kaum ins Gewicht.«

»Worauf wollen Sie hinaus?«

Harsch klang amüsiert.

Xris schob sich den Dreher wieder zwischen die Lippen. »Wir wollen nur unseren fairen Anteil, mehr nicht. Machen Sie sich mit dem Gedanken vertraut, daß wir in gewisser Weise Partner sind.«

Tess blickte ihn mit unverhüllter Bewunderung an. Ein kleines Lächeln umspielte ihre Lippen.

»Captain Strauss hat mir versichert, Sie seien die Besten«, ließ Harsch sich vernehmen. »Deswegen habe ich Sie angeheuert. Ich engagiere immer nur die Besten. Auch Captain Strauss ist sehr beeindruckend, finden Sie nicht?«

»O ja«, preßte Xris zwischen den Zähnen hervor. »Zutiefst beeindruckend.«

Tess wandte sich ab und starrte durch das Frontfenster auf das corasianische Schiff.

»Ich habe mit dem Gedanken gespielt, Ihnen das Angebot zu machen, *meinem* Team beizutreten, aber Tess erzählte mir, daß man Ihnen nicht trauen kann. Sie hätten zu viele Anfälle von Anständigkeit.«

»O ja, die beeinflussen mein Gefühlsleben täglich auf das Heftigste«, bekannte Xris trocken. »Ich nehme an, das soll bedeuten, wir bekommen kein Extrageld?«

»Stimmt«, entgegnete Harsch. »Ich allerdings schon. Die Corasianer bezahlen mir einen Zusatzbonus ...«

»Lassen Sie mich raten ... für die Frischfleischlieferung?«

»Sie drücken sich etwas kraß aus, finde ich. Aber wenn Sie es unbedingt so bezeichnen möchten, ja.«

»Sagen Sie Ihren Freunden, sie sollen nicht übermäßig erstaunt sein, wenn ihnen dieses Mahl Verdauungsschwierigkeiten bereiten sollte. – Harry, schalte den Bastard ab.«

Harry unterbrach die Verbindung. Tess saß unbeweglich in ihrem Sessel.

»Was geht hier eigentlich vor?« Quongs Stimme drang laut aus dem Komm in Xris' Ohr. »Sagtest du da gerade etwas über ein corasianisches Mutterschiff?«

»Direkt vor unserer Haustür, Doc«, bestätigte Xris.

»Ein corasianisches Mutterschiff!« Quong fackelte nicht lange. »Wir müssen sofort von hier verschwinden!«

»Liebend gern, Doc«, entgegnete Xris. »Aber sie haben uns in ihrem Traktorstrahl. Tycho, hörst du mich?«

»Laut und deutlich, Xris. Habe ich das richtig übersetzt? Corasianer? Jene, die wir in meiner Sprache Leichenfresser nennen?«

»Nicht ganz korrekt«, berichtigte Xris trocken. »Wenn sie die Wahl haben, ziehen sie lebendes Fleisch vor. – Wie sieht das Waffenarsenal dieses Schiffes aus?«

Tess sprang auf. »Xris, du kannst nicht ...«

Er beachtete sie nicht, konzentrierte sich ganz auf Tycho.

»Militärischer Standard, wie nicht anders zu erwarten für dieses Schiff«, meldete dieser. »Vier Lasgewehre, vier 0,22-Dekawatt-Strahlengewehre, eine Betäubungsgranate und ein Vielzweckmesser.«

»Verteile alles«, wies Xris ihn an. »Jamil, geh und hilf Tycho, die Waffen auszugeben.«

»Xris, das ist Wahnsinn!« protestierte Tess. »Ihr habt keine Chance! Harsch hat seine eigenen Männer an Bord. Und Gott allein weiß, wie viele Corasianer . . .«

»Wir werden hineingezogen«, meldete Harry. »Alle Systeme sind abgeschaltet. Wie sieht dein Plan aus, Xris?«

»Ziemlich simpel«, erklärte Xris. »Sie werden das PBRS mit Hilfe des Traktorstrahls in das corasianische Mutterschiff befördern. Nachdem sie uns drinnen haben, müssen sie die Luke aufsprengen, um an uns heran zu kommen. Wir werden ihnen die Tür garantiert nicht öffnen. Sobald sie den Flieger betreten, eröffnen wir das Feuer.«

»Jau«, bekräftigte Harry eifrig. »Und dann?«

»Das war's, Harry. Das ist der Plan.«

»Das verstehe ich nicht, Xris. Wie sieht der Fluchtplan aus?«

Tess betrachtete ihn stumm und angespannt; ihre Hände krallten sich in die Rückenlehne des Sessels.

»Erinnerst du dich an die corasianische ›Fleischkammer‹, Harry? Damals, als wir diese Leute zu retten versuchten?«

»Du meinst, deine Frau?« fragte Harry. Er erinnerte sich und nickte langsam. »Ich glaube, ich verstehe jetzt, Xris. Wir schießen solange, bis sie uns töten.«

»Eine gute, knappe Zusammenfassung.« Xris horchte wieder auf das Komm. »Ja, Raoul, was gibt's?«

»Jamil hat uns gerade über die Lage aufgeklärt, mein Freund.« Raouls Stimme war ruhig. »Ich möchte dich nur wissen lassen, daß ich in der Bordapotheke gewisse

Substanzen entdeckt habe, die es mir ermöglichen, jedem einen Abschiedscocktail zu mixen.«

Xris wollte ihn gerade zurechtweisen, daß jetzt kaum der rechte Zeitpunkt für Martinis sei, als ihm aufging, was für Cocktails der Loti meinte.

»Danke, Raoul«, lehnte Xris ab. »Aber das ist nichts für mich. Auf diese Weise möchte ich nicht abtreten. Aber frag' ruhig die anderen.«

»Mach' ich, Xris. Du nimmst mir nicht übel, daß dies meine Art ...«, Raoul zögerte und fuhr dann fort: »Bei Schußwaffen bin ich ein hoffnungsloser Fall ...«

»Mach es so, wie du's für richtig hältst. Dasselbe gilt für alle anderen. Sag ihnen das.«

»Danke, Xris. Sag ihnen das.«

»Danke, Xris. Darf ich noch hinzufügen, daß es ein Vergnügen war, für dich zu arbeiten? Ein wesentlich größeres Vergnügen als für meinen früheren, verstorbenen Arbeitgeber Snaga Ohme. Der Kleine bittet mich, auch einen bewundernden Gefühlen Ausdruck zu verleihen und dir überdies mitzuteilen, daß wir uns in der Picknickecke des Parks wieder treffen. Ich bin mir nicht ganz sicher«, fügte Raoul mit ernster Stimme hinzu, »aber ich glaube, dies entspricht der Vorstellung seines Volkes vom Leben nach dem Tod.«

»Es war auch mir ein Vergnügen, mit dir zu arbeiten, Raoul«, antwortete Xris und stellte erstaunt fest, daß er die Wahrheit sagte. »Dasselbe gilt für den Kleinen. Es tut mir nur leid, daß ich euch alle mit hier reingerissen habe – Xris Ende.«

Ein lautes Klappern drang aus dem Inneren des Fliegers; hastige Hände hatten ein Strahlengewehr auf das Deckfallen lassen. Xris' Team erledigte die Arbeit wie immer schnell und effizient.

Es war ein Vergnügen, mit ihnen zu arbeiten, mit jedem von ihnen ...

Tess baute sich vor ihm auf. »Xris, das ist der falsche Weg! Bitte, hör mir zu ...«

Er streckte die Hand aus und tätschelte ihren Arm.

»Du kannst die Bombe hochgehen lassen, wann immer deinem wackeren kleinen Herzen der Sinn danach steht«, unterbrach er sie und ließ sie stehen.

Jeffrey Grant war verwirrt. Außerordentlich verwirrt.

Er war diesen Tumult nicht gewachsen. Seine Gefühle hatten noch nie derartige Turbulenzen erlebt. In einem Moment ganz oben, im nächsten wieder ganz unten, dann wieder himmelhochjauchzend, und gleich darauf Sturzflug in immer wilderen Spiralen. Zuerst war alles so aufregend gewesen, aber mittlerweile war Grant nur noch erschöpft und fühlte sich irgendwie leicht im Kopf. Wahrscheinlich von all diesen Spritzen, die ihm dieser Kerl, der sich Arzt nannte, verabreicht hatte.

Einer Sache allerdings war Grant sich ganz sicher – er würde keine Beruhigungsmittel mehr nehmen! Das Medikament trocknete ihm den Mund aus und ließ alles um ihn herum zu Gelee werden, durch das er mühsam hindurchwaten mußte.

Nachdem er zu dieser Entscheidung gekommen war, setzte Jeffrey Grant sich im Bett auf. Er befand sich auf der Krankenstation, zusammen mit dem Roboter, der auf einem Metalltisch lag. Noch etwas benommen, glitt Grant vom Bett herunter und taumelte unsicher über das Deck zu seinem Freund hinüber.

Ja, der Roboter war wie ein Freund für ihn – und gleichzeitig fühlte Grant sich deswegen schuldig. Denn dieser Roboter war unzweifelhaft ein Mörder. Ein Massenmörder.

Grant blickte traurig auf den Robot hinunter. Er lag auf dem Rücken; seine melancholischen Augen starrten blicklos an die Decke; seine Arme waren rund um ihn ausgebreitet oder baumelten über der Tischkante.

Einige Arme waren beschädigt. Keines seiner Lichter blinkte und der Roboter war stumm. Er war nicht angeschnallt gewesen, als die Explosion erfolgte. Grant hatte nicht gewußt, *wie* gewaltig die Explosion sein würde.

Ihre Wucht hatte den Robot durch die Decke katapultiert. Grant konnte sich schmerzlich das Krachen vorstellen, als die Arme gegen die Konsole knallten, das dumpfe Geräusch, als der Kopf auf das Stahlglas des Sichtfensters traf. Jetzt lag der Robot schlaff und leblos auf dem Tisch.

»Ich sollte glücklich darüber sein«, murmelte Grant. »Der Roboter wird niemanden mehr töten.«

Und ein Teil von ihm war auch glücklich darüber. Ein anderer Teil jedoch trauerte, und wieder ein anderer war wütend. Der Roboter hätte nie aufgestört werden dürfen. Er hätte weiter in Frieden ruhen und nicht so unheilig und ungesegnet von den Toten auferstehen sollen.

Grant war zudem wütend über die kalte und gefühllose Art, wie der Bordarzt an dem Robot herumgepiekt und gepuhlt hatte, während er seine Erkenntnisse unablässig in einen Rekorder diktierte und dabei von dem Roboter wie von irgendeiner Maschine sprach. Und dann hatte der Mann auch noch die Stirn gehabt, ihn auszulachen, als Grant vorsichtig vorschlug, den Roboter mit etwas mehr Respekt zu behandeln.

Daraufhin hatte der Doktor Grant eine weitere Injektion verabreicht, die ihn wieder in das Reich des Gelees schickte. Und die ganze Zeit hatten ihn die traurigen Augen des Roboters anklagend angesehen.

Jetzt kam Grant sich wie der Mörder vor. Er zog das Laken von seinem Bett und bedeckte damit sanft und respektvoll den Roboter.

»Sie«, ertönte eine Stimme hinter ihm. »Der Zivilist.«

Jeffrey Grant drehte sich besorgt und ein wenig ärgerlich um. Er dachte, daß er nach allem, was er durchgemacht hatte, doch etwas mehr verdient hätte.

Es war diese Frau, Captain Strauss.

Grant wurde sofort mißtrauisch. Er hielt nach dem Doktor Ausschau.

»Ich werde keine weiteren Injektionen mehr dulden«, erklärte Grant unmißverständlich.

»Gut«, antwortete Tess, die ihm gar nicht richtig zugehört hatte. Sie hatte den Raum in großer Eile betreten, war jetzt aber abrupt zum Stehen gekommen. Sie starrte Grant an, studierte ihn, maß ihn mit Blicken. Und es sah ganz so aus, als wäre sie nicht sehr glücklich über das, was sie da sah, denn sie hob die Hand an die gefurchte Stirn und rieb auf der Haut herum, als könnte sie auf diese Weise die Falten glätten.

Endlich sagte sie so etwas wie »Mmm« und trat weiter vor. Sie bewegte sich schnell und sicher wieder auf ihr Ziel zu. Sie öffnete ein Kabuff und nahm einen Gürtel mit zwei kleinen Kanistern heraus. Grant erkannte sie sofort: Granaten. Wahrscheinlich irgend so eine Art nuklearer Gerätschaft. Jedenfalls sahen sie beängstigend aus.

»Irgend etwas geht da oben vor, nicht wahr?« fragte Grant.

Als der Captain nur mit einem unverständlichen Laut reagierte, drängte Grant stärker: »Jemand hat etwas von Corasianern gesagt. Übergeben Sie den Roboter den Corasianern?«

»Nicht übergeben«, berichtigte Tess, die sich jetzt aufrichtete. Sie schaute ihn an. »Verkaufen wäre das passendere Wort. Wissen Sie«, fuhr sie fort, als Grant vor Schock und Entsetzen blaß wurde, »ich habe jetzt keine Zeit für Erklärungen. Hier wird bald etwas ziemlich Unangenehmes geschehen und ich möchte nicht, daß Sie dabei verletzt werden. Die anderen«, sie blickte über die Schulter in den Gang, aus dem Grant Stimmen hörte, die in angespannten, knappen Worten miteinander sprachen, »sind wegen des Geldes hier. Und ich, ich hänge auch mit drin, wenn auch aus anderen Gründen. Aber Sie ...«

Sie blickte Jeffrey Grant an, und ihr Gesichtsausdruck wurde weicher. Ihr Blick fiel auf den Roboter, der ausgebreitet auf seinem kalten Stahltisch lag. »Sie folgten einem Traum«, fuhr sie fort. »Ich nehme an, es ist edler, für einen Traum zu sterben als für Geld. Aber man ist genauso tot.« Ihr Blick, der jetzt suchend wirkte, glitt von dem Roboter durch die Krankenstation und blieb an einer schmalen Stahltür haften, als hätten ihre eigenen morbiden Gedanken ihn dorthin gelenkt.

In weißen Buchstaben stand dort LEICHENKAMMER zu lesen. »Bei Gott«, entfuhr es ihr. »Das ist es! Wissen Sie, was hier vor sich geht?«

»Nein! Ich weiß nicht, wie Sie auf den Gedanken kommen.«

»Okay, macht nichts. Ich erzähle es Ihnen. Die Corasianer sind dabei, das Schiff zu entern. Hunderte von Corasianern. Haben Sie jemals einen Corasianer zu Gesicht bekommen, Mr. Grant?«

Er hatte, aber nur in Vidspielen.

»Lassen Sie mich von ihnen erzählen«, fuhr Tess fort. »Sie bestehen fast ausschließlich aus einer Art von Energie, die wir nicht genau bestimmen können. Sie sehen aus wie Klumpen geschmolzener Lava; allerdings handelt es sich bei ihnen um intelligente Klumpen. Sie haben eine Vorleibe für Menschenfleisch und verzehren ihre Opfer langsam. Dabei beginnen sie an den Füßen und arbeiten sich dann nach oben. Die betroffenen Personen werden von einem gelatineartigen Feuer verzehrt. Es ist ein schrecklicher Tod, Mr. Grant. Deswegen bereiteten sich Xris ... ich meine, Captain Kergonan und die anderen drauf vor, bis zum Letzten zu kämpfen. Sie haben keine Hoffnung zu überleben. Sie *wollen* gar nicht überleben und diesem Feind in die Hände fallen. Ein Laserschuß in den Kopf ist wesentlich schmerzloser.«

»Wollen Sie ... wollen Sie mich denn erschießen?« fragte Jeffrey Grant und war überzeugt, daß dieses ganze Gerede nur diesem Zweck gedient hätte. Dann dachte er darüber nach, wie es wohl wäre, erschossen zu werden, doch er war so erschöpft, daß er kaum noch einen klaren Gedanken zu fassen vermochte.

»Ich werde Sie nicht erschießen«, beruhigte ihn Tess. »Ich gebe Ihnen statt dessen die Chance, Ihre Haut zu retten. Hinter dieser Tür befinden sich Röhre, die in die Schotts dieses Schiffes hineingebaut wurden. Diese Röhren sind dazu gedacht, Leichen aufzunehmen, sie aufzubewahren, bis eine Autopsie vorgenommen oder ein angemessenes Begräbnis arrangiert werden kann. Wenn Sie den Mut besitzen, Mr. Grant, können Sie sich in einer dieser Röhren verstecken. Ich bin mir ziemlich sicher, daß die Corasianer Sie dort nicht entdecken werden.«

»Ziemlich sicher. Sie können es also nicht garantieren ...« Jeffrey Grant starrte auf die Stahltür mit der Aufschrift LEICHENKAMMER. Der Gedanke, lebendig begraben zu werden, durchrieselte ihn wie ein eisiger Schauer.

»Ich kann überhaupt nichts garantieren, Mr. Grant«, entgegnete Tess angespannt. »Es liegt an Ihnen. Tja, ich muß jetzt zurück. Sie haben nicht mehr viel Zeit, Mr. Grant. Ich schlage vor, Sie entscheiden sich umgehend.«

Sie verließ den Raum, den Gürtel mit den Granaten in der Hand.

»Was werden *Sie* tun?« fragte Grant verwundert.

»Was ich tun muß«, erwiderte Tess und verschwand durch die Tür. Draußen stellte sie sicher, daß die Tür geschlossen und verriegelt war.

Jeffrey Grant öffnete die Tür der Leichenkammer und betrat einen sehr kleinen Raum. Ein sauberer Stapel von Säcken – offensichtlich zum Verstauen der Leichen – befand sich in einer Ecke und nahm bereits ein Drittel der Bodenfläche ein. Direkt vor ihm, über einer Verstrebung, waren drei kleine Luken, die mit einem Drehschloß verschlossen waren.

Grant berührte versuchsweise einen Knopf neben einer der Luken. Die Luke schwang auf. Er versuchte, etwas darin zu erkennen; dann kroch er hinein, um ein Gefühl dafür zu bekommen, wie er die nächste, unbestimmte Zeit verbringen müßte.

Es war kalt in der Röhre, und Grant stieg ein stechender Geruch in die Nase, wie von einem Desinfektionsmittel. Lang ausgestreckt, denn zum Hinsetzen war es zu niedrig (eine Aktivität, die von den Insassen der Leichenkammer im allgemeinen auch nicht mehr erwartet wurde), mußte Grant feststellen, daß es schwierig, wenn nicht sogar unmöglich war, die Luke von innen zu betätigen. Dies führte unausweichlich zu der Frage, wie er wieder herauskommen sollte. Ein Hebel mit dem Aufdruck NOTÖFFNUNG erwies sich als Antwort. Entweder hatten die Konstrukteure in weiser Voraussicht diese Möglichkeit für irrtümlich Eingeschlossene geschaffen, oder aber, was weitaus wahrscheinlicher war, es handelte sich um eine Standardvorschrift zum Schutz jener, die diese Röhren reinigen und desinfizieren mußten.

Jeffrey Grant kletterte wieder hinaus. Er öffnete die Tür der zweiten Röhre, schaute auch hier hinein und überdachte seine nächsten Schritte, als das Schiff plötzlich einen Sprung machte, heftig durchgeschüttelt wurde und sich unvorhergesehen absenkte, um schließlich mit einem ohrenbetäubenden Krach irgendwo aufzuschlagen. Das ganze Manöver brachte Grant aus dem Gleichgewicht, und er landete auf dem Stapel Säcke.

Offensichtlich war das PBRS gelandet. Natürlich hatte niemand es für nötig befunden, ihm vorher Bescheid zu geben, wann oder wo dies sein würde. »Ich bin ja auch nur der Zivilist«, brummelte Grant laut vor sich hin.

Er entschloß sich zu handeln. Er mochte nur ein Zivilist sein, aber dennoch wußte er, daß der Roboter niemals, unter keinen Umständen, in die Hände des Feindes fallen durfte.

Draußen vor der Tür hörte er Captain Kergonan irgend etwas von »Luke sprengen« brüllen.

Jeffrey Grant ergriff einen der Säcke, warf ihn sich über die Schulter und hastete zu dem Stahltisch, auf dem immer noch der Roboter ruhte.

»Sie werden die Luke sprengen!« brüllte Xris. Er konnte das metallische Geräusch hören, mit dem die Explosivstangen außen angebracht wurden. »Sind alle auf ihren Positionen?«

Er und Harry waren mit Strahlengewehren bewaffnet

und standen hinter einem der hinteren Träger in Deckung. Wenn die Luke aufflog, würden sie jeden, der sich hineinwagte, in einen blitzenden Tod schicken. Die anderen waren im gesamten PBRS verteilt. Jamil wartete darauf, die Sichtfenster zu sprengen. Tycho, ihr Scharfschütze, würde jeden ausschalten, der versuchte, den Flieger auf diesem Wege zu betreten. Daneben stand Bill Quong und hielt eine Pistole und die Betäubungsgranate in Händen. Letztere würde er dazwischenwerfen, sobald der Kampf die falsche Wendung zu nehmen drohte.

Raoul schlenderte mit einem Tablett voller Drinks an Xris vorüber. Er trug einen leuchtendorangenen Anzug mit weiten, fließenden Hosen und langen, ebenfalls fließenden Ärmeln. Der Ausschnitt stand weit offen und ließ die Schultern des Adoniers frei.

»Ich möchte nicht in Standardoliv begraben werden«, konstatierte Raoul im Vorbeigehen.

Xris hätte ihn darauf aufmerksam machen können, daß es zu keinem Begräbnis kommen würde, beschloß dann aber, die Bemerkung zu unterlassen. Ein leichter Liliengeruch hing in der Luft. »Jamil, Tycho, Quong – meldet euch!«

Stille. Irgendwas war eindeutig nicht in Ordnung.

Xris versuchte es noch einmal. »Jamil! Melde dich! Das ist ein Befehl!« Nichts.

»Tycho, kannst du bitte deinen Translator einschalten?« Keinerlei Entschuldigung von dem Chamäleon.

»Quong! Wo, zum Teufel, steckst du?«

Auch hier Stille.

Was ging denn jetzt schon wieder vor?

»Harry, halt die Stellung. Ich glaube, mein Komm hat den Geist aufgegeben. Ich muß nach . . .«

Er wandte sich um und sah Tess direkt vor sich stehen. Sie hielt eine Granate in die Höhe; dann warf Tess sie in die kleine Ecke, in der sie standen.

Die Granate blieb genau vor Xris' Füßen liegen.

»Ich rette dich!« brüllte Harry und warf sich mit dem Körper über die Granate.

»Harry, es ist eine ...« Ein gedämpftes *wumpf* war zu hören; dann folgte ein leiser, zischender Laut. Graugelber Rauch quoll unter Harrys Bauch hervor. Harry grunzte, und ein komischer Ausdruck zeigte sich auf seinem Gesicht. Er hob den Kopf.

»Betäubungsgranate«, sagte Xris.

»Jau, ich ...« Harry blinzelte, und sein Kopf knallte auf den Boden.

Tess setzte die Gasmaske auf und zündete die zweite Granate.

Xris versuchte, sein Gewehr zu heben und zu feuern, doch die Waffe fiel ihm aus der kraftlosen Hand. Er kippte vornüber, konnte sich mit den Händen auffangen und versuchte sich wieder aufzurichten, dem Gas und der Dunkelheit, die ihn einzuhüllen drohten, Widerstand zu leisten. Er verlor den Kampf, fiel zurück auf Deck und glaubte noch ganz entfernt Tess' gasmaskengedämpfte Stimme zu hören. »Tut mir leid, Xris.«

Was auch sonst.

40. Kapitel

Verfügst du nicht über Weisheit, solltest du keine Spione einsetzen. Bist du nicht gütig und gerecht, so solltest du keine Spione anwerben ... Es ist ein schwieriges, gefährliches Spiel!

Sun-Tzu, *Die Kunst des Krieges*

Xris erwachte in völliger Dunkelheit und betäubender Kälte. Hinter seinen Augen explodierte Schmerz. Einige Minuten lang waren seine Erinnerungen dankenswert nebelhaft; dann sah er wieder Tess mit der Gasgranate vor sich, hörte ihr: »Tut mir leid.« Er wußte jetzt, was passiert war und auch, wo er sich befand. Dunkel und kalt war es, fast wie in einem Kühlschrank. Genau wie in einem Kühlschrank. Xris lag in einer corasianischen ›Fleischkammer‹.

Er verhielt sich still und versuchte nachzudenken, bemühte sich, die Aktivitäten seines Gehirns in nützliche Bahnen zu zwingen, obwohl es sich am liebsten heulend in ein Loch verkrochen hätte. Der Schmerz war nur die Nachwirkung des Betäubungsgases und würde sich verflüchtigen. Die Niederlage, die seine Gedärme verkrampfte, und das sichere Wissen um das grauenhafte Schicksal, das ihn und seine Gefährten erwartete, würden bleiben. Xris wünschte sich vom Schöpfer nur noch eines, bevor er sich als ›Spezialität des Tages‹ auf der Menükarte der Corasianer wiederfand: Er wollte Tess in die Hände bekommen. Vor allem in die Hand mit der Schraubstockklammer.

In diesem Augenblick wurde ihm klar, daß er noch ein weiteres Problem hatte. Seine Hand war verschwunden.

»Scheiße!« Xris setzte sich auf.

»Xris ist aufgewacht«, ertönte eine Stimme in der Dunkelheit. Dem mechanischen Klang nach, mußte es Tycho sein.

Xris justierte sein kybernetisches Auge auf Infrarot und konnte nun zumindest die Körper seiner Freunde sehen.

Corasianer haben keine Augen und daher auch keinen Bedarf an Licht auf ihren Schiffen. Die Dunkelheit war vollkommen und undurchdringlich. Xris war glücklicher dran als seine Kameraden. Er konnte sie wenigstens mittels ihrer Körperwärme erkennen. Die anderen, denen Xris' verstärktes Sehvermögen fehlte, waren so blind, als hätte man ihnen die Augen ausgestochen.

Er zählte rasch durch. Zumindest waren sie vollzählig und am Leben, da ihre Körper Wärme abgaben. Xris fühlte sich besser. Nicht viel, aber immerhin.

»Wie geht es dir, mein Freund?« fragte Quong und

blickte in der Dunkelheit in die völlig falsche Richtung. »Hier drüben, Doc. Ich fühle mich prächtig, einfach wundervoll. Ausgesprochen ausgeruht. Kann mich nicht erinnern, jemals besser geschlafen zu haben. Wie fühlt ihr euch?«

»Ähnlich«, bemerkte Jamil leichthin. »Ich erwäge, ein bißchen joggen zu gehen.«

»Ich bin okay«, ließ Harry sich vernehmen. Er räusperte sich. »Äh, Xris, diese Sache mit der Granate . . .«

»Du hast mir das Leben gerettet, Harry«, unterbrach Xris ihn ernst und war plötzlich froh darüber, daß die Dunkelheit sein Lächeln verbarg. »Das heißt, du *hättest* es, wenn es eine Sprenggranate gewesen wäre. Trotzdem war das die mutigste Tat, die ich jemals gesehen habe. Das meine ich ernst, Harry. Ich schulde dir was.«

»Nö, tust du nicht, Xris.« Harry klang erfreut; wahrscheinlich war er rot geworden. »Du hast meine Haut viel öfter gerettet. Denk nicht mehr dran.«

Während ihrer Unterhaltung war Quong auf Xris zugekrochen. Er fuchtelte in der Dunkelheit herum, bis er ihn ertastet hatte.

»Glaubst du, daß dieser Ort hier verwanzt ist? Glaubst du, Harsch hört zu?« fragte er leise über ihr Kommimplantat.

»Würdest du anders handeln?« erwiderte Xris trocken. »Kann sogar sein, daß er uns jetzt noch hören kann. Sprich also leise. Sehr leise.« Lauter sagte er: »Sagt mal, weiß einer von euch Jungs, was mit meiner Hand passiert ist? Ich kann sie nicht finden.«

»Vielleicht hast du sie in deiner anderen Hose vergessen«, hörte er Raoul sagen. Dann folgte ein Ausbruch hysterischen Gelächters.

»Was ist denn mit dem los?« fragte Xris.

»So ist er schon, seit er aufgewacht ist. Ich fürchte, das Betäubungsgas hat sich mit einer anderen chemischen Substanz in seinem Blut vermischt. Der Kleine ist noch gar nicht zu sich gekommen. Genauer gesagt, driftet er immer wieder ab.«

»Diese Bastarde haben meine Hand mitgenommen, nicht wahr? Zum Glück war es nur die kosmetische. Erzähl weiter, Doc. Ich muß mal eben was überprüfen.«

Während Quong laut und langatmig seine Diagnose über den Zustand des Kleinen zum Besten gab, zog Xris sein Hosenbein hoch und öffnete leise seine Beinschiene. Er tastete darin herum und seufzte vor grimmiger Erleichterung. Seine Waffen- wie auch seine Werkzeughand befanden sich an Ort und Stelle, in trauter Gemeinsamkeit mit einer Ansammlung kleiner Raketen und anderer Hilfsmittel.

Quong beendete seinen Bericht. »Alles da?«

»Jau. So, Harry«, erhob Xris die Stimme, »wie wär's, wenn du uns noch ein bißchen über Professor Lasairion erzählen würdest?«

»Hä? Jetzt?«

Tycho, der neben ihm saß, stieß ihn in die Rippen.

»Was? O ja, natürlich. Einen Moment. Ich glaube, an das meiste erinnere ich mich noch. Mama sagte immer, ich hätte ein fotografisches Gedächtnis. Also, Professor Lasairion wurde im Jahre 2069 in Belfast, Irland auf der Erde geboren. Er war eines von zwölf Kinder . . .«

»Die Corasianer haben deine Hand mitgenommen«, erklärte Quong leise. »Ich kam gerade wieder zu mir, da sah ich, wie zwei von ihnen an dir herumhantierten. Zusammen mit den Taschenlampen der Kerle, die sie begleiteten, haben diese Klumpen den Ort hier sehr gemütlich ausgeleuchtet. Ich glaube, Harsch war dabei, und vier weitere Männer, die ich für seine persönliche Leibwache halte. *Nicht* zu vergessen, unsere charmante Freundin, Captain Strauss.«

»Gott möge sie entlohnen. Sie muß denen erzählt haben, daß ich ein Cyborg bin. Ich kann mich wahrscheinlich glücklich schätzen, daß sie mir nur ein Stück amputiert haben«, bemerkte Xris sarkastisch.

Quong schüttelte den Kopf. »Das ist nur eine Frage der Zeit, mein Freund. Wie ich der Diskussion mit Harsch entnehmen konnte, halten die Corasianer dich für das ideale Studienobjekt. Sie haben vor, deine Mechanik zu kopieren, um ihre eigenen Roboterkörper zu verfeinern. Die Corasianer wollten unverzüglich beginnen, an Ort und Stelle, aber Strauss sagte ihnen, sie sollten es lassen. Wenigstens zum gegebenen Zeitpunkt.«

»Das war richtig nett von ihr.« Xris verwandte ein paar Sekunden auf die Aussicht, seinen Körper ohne die Barmherzigkeit einer Betäubung auseinandergerissen zu bekommen. Die paar Sekunden reichten völlig aus. »Wofür wollte sie mich denn konservieren?« Er wedelte mit seiner verbliebenen Hand. »Abgesehen von meiner Tätigkeit als Sexspielzeug, natürlich.«

Quong grunzte. »Sieht so aus, als wollte Harsch dir noch ein paar Fragen über den Roboter stellen.«

»Tatsächlich? Welcher Art denn?«

»Na ja, wie wäre es mit: ›Wo ist er?‹«

Xris starrte die Infrarotumrisse seines Freundes an. Im Hintergrund vernahm er Harrys Stimme, der immer noch erzählte. »Der Professor besuchte für zwei Jahre die MIT, wurde dann aber rausgeschmissen, weil eine verbotene Substanz in seinem Besitz gefunden wurde ...«

»Oh, bitte, das ist zuviel!« Raoul krümmte sich vor Lachen.

Xris sagte vorsichtig: »Okay, ich geb's auf. *Wo* ist der Roboter?«

Quong hob die Schultern. »Keine Ahnung. Zum letztenmal hab' ich ihn in der Krankenstation gesehen. Hic war dabei, ihn zu sezieren – oh, entschuldige.« Er tätschelte mitfühlend Xris' Arm – jenen Arm, an dessen Ende jetzt die Hand fehlte. »Das ist mir so rausgerutscht. Jedenfalls befindet der Robot sich dort offensichtlich nicht mehr. Und wir vermissen noch jemanden.«

Xris ließ den Blick durch den Raum schweifen. Er zählte sechs sanft leuchtende Körper, seinen eigenen eingeschlossen. »Wen haben wir verloren?«

»Jeffrey Grant.«

»Verflixt. Den habe ich völlig vergessen. Wo ist er?«

»Jedenfalls nicht hier, soviel weiß ich. Und bisher hat

ihn niemand auch nur erwähnt. Niemand – verstehst du?«

»Du meinst Strauss?«

»Ja. Ich bin mir ziemlich sicher, daß sie ihn Harsch gegenüber nicht erwähnt hat. Ich habe die anderen angewiesen, ebenfalls den Mund zu halten. Nach dem, was ich mitbekommen habe, hat Strauss Harsch weis gemacht, daß der Roboter sich selbständig gemacht hätte.«

»Merkwürdig«, sagte Xris und versuchte, die Zusammenhänge zu verstehen. Es gelang ihm nicht. »Vielleicht hat Grant sie auf Eis gelegt und plant, nach Sakutas Abreise einen kleinen Extradeal zu machen. Obwohl ... das ergibt keinen Sinn. Meiner Meinung nach ist es das Risiko nicht wert. Aber was weiß ich schon. Hab' schließlich diesen ganzen verdammten Job lang nur im Dunkeln hantiert.«

»... verheiratet«, berichtete Harry noch immer. »Mit der Kernphysikerin Dr. Greta Jean Schnickbaum. Sie hatten keine Kinder. Sie sagten immer, ihre Roboter wären ihre Kinder ...«

»Vier Menschen.« Xris ging noch einmal Quongs Informationen durch. »Bewaffnet?«

»Bis an die Zähne. Die sind wandelnde Arsenale. Sieht so aus, als hätte jeder von ihnen einen Anti-Corasianer-Dämpfer ...«

»Was, zur Hölle, ist das?« verlangte Xris zu wissen.

»Dieses Gerät feuert einen Strahl umgekehrt polarisierter Energie ab und schließt sie damit sozusagen kurz. Nimm einmal an, du hättest eine Batterie ...«

»Nimm einmal an, ich habe keine. Was noch?«

»Jeder trägt mehrere großkalibrige Nadelgewehre, mit denen sie Plastikstahl durchschießen können.«

»Sieht ganz so aus, als würde Sakuta seinen corasianischen Gastgebern nicht völlig vertrauen.« Xris blickte auf sein Team. »Ich gehe davon aus, daß sie uns gefilzt haben, während wir schliefen. Wahrscheinlich haben sie dabei nichts übersehen, oder?

»Denen ist nichts entgangen«, bestätigte Quong

düster. »Sie haben mir sogar meinen kleinen Korkenzieher abgenommen, den ich immer in meiner Brieftasche zu tragen pflegte.«

»Diese Gewehre könnten uns sehr nützlich sein«, resümierte Xris gedankenvoll. »Brächte uns einen echten Vorteil ein.«

»Gegenüber etwa tausend Corasianern, die dieses Schiff bevölkern? Ich bewundere deine Vorstellung von Fairplay, mein Freund.«

Xris lächelte. »Immer noch besser, als die Corasianer mit Raouls hochhackigen Schuhen zu bewerfen.«

Quong ließ sich nicht beirren. »Dabei haben wir bisher noch nicht einmal in Betracht gezogen, daß wir in diesem ausstiegslosen Kühlfach untergebracht sind. Jamil konnte keine Tür finden.«

»Wird er auch nicht. Nicht in einer Fleischkammer. Die Corasianer schätzen es nicht, ihr Mittagessen vorher durch die Gänge jagen zu müssen. Es gibt nur einen Weg hinein, und das ist von außen.«

»Außerdem«, fuhr Quong fort, »bist du der einzige, der in diesem elenden Alptraum auch nur das Geringste sehen kann. Es könnte natürlich auch sein, daß der Kleine von Natur aus mit Infrarotsicht ausgestattet ist.«

»Und das waren die *guten* Nachrichten.« Xris klopfte den Doktor auf den Rücken. »Das mag ich so an dir, Doc. Diese optimistische Sichtweise des Lebens.«

»Ich halte es für meine Pflicht, die Schwierigkeiten, die einen erwarten, klar beim Namen zu nennen«, konstatierte Quong steif.

»Ich weiß, Doc, ich weiß«, lenkte Xris ein. »Es ist nur . . .«

Ein metallisches Geräusch an der Wand unterbrach ihn. »Wir bekommen Gesellschaft«, warnte Xris. »Doc, auf mein Signal hin überwältigt ihr sie. Gibt die Losung weiter.«

»Wen überwältigen?« wollte Quong wissen. »Und womit?«

»Ich habe meine Waffenhand«, erinnerte Xris ihn sanft.

»Oh, ja«, murmelte Quong. »Das ändert natürlich alles. Warum hast du das nicht gleich gesagt?«

»Und sag Jamil, er soll sie auf jeden Fall daran hindern, die Tür zu schließen!« befahl Xris.

Quong grunzte bestätigend und stolperte in die Dunkelheit, die Hände vor sich ausgestreckt, um den Weg zu ertasten. Er stieß gegen Tycho und flüsterte ihm Xris' Befehle zu. Tycho gab sie an Harry weiter. Die Sache machte schnell die Runde, jedenfalls, wenn man von Raouls unterdrücktem Gelächter ausging. Das Team stellte sich auf Armeslänge voneinander auf und streckten die Hände aus, um in Kontakt zu bleiben.

Ein kichernden Raoul schüttelte den Kleinen und stellte ihn auf die Füße.

Der Kopf des Kleinen kippte vornüber, und der Fedora fiel zu Boden. Raoul stieß ihm in die Rippen. Der Kleine hob abrupt den Kopf und blickte verschlafen um sich. Dann erreichte ihn offenbar der mentale Aufruhr der Gefährten, denn von einer Sekunde zur anderen wirkte er plötzlich hellwach und aufmerksam.

Xris blickte auf die Wand. Das Klopfen hielt an. Offensichtlich versuchte man – wenig erfolgreich – die Tür zu öffnen.

Die Corasianer sind davon besessen, menschlicher Technologie habhaft zu werden. Hauptsächlich, weil sie selbst so wenig Erfolg bei der Entwicklung hatten. Sie haben fast ihre gesamte Technik den menschlichen und nicht menschlichen Bewohnern der ihnen nächstgelegenen Milchstraße abgenommen. Da sie die auf diese Weise erworbene Technik zumeist nicht begriffen, versagte die Mechanik ziemlich häufig.

Xris' Erfahrungen hatten unglücklicherweise gezeigt, daß diese Mißgeschicke meistens nur primitive Vorrichtungen wie etwa den Öffnungsmechanismus einer Luke ereilten. Die corasianischen Waffen, die Teil ihrer Roboterkörper waren und mittels der Impulsenergie eines Computerhirns betrieben wurden, funktionierten stets einwandfrei.

Xris verstärkte sein Hörvermögen. Neben all dem Klopfen und Klappern konnte er jetzt eine fluchende Stimme ausmachen. Es handelte sich um eine menschliche Stimme, möglicherweise sogar die von Harsch. Sie war zu leise, als daß Xris ganz sicher hätte sein können. Auf jeden Fall klang die Stimme nicht sehr zufrieden.

Xris grinste. Harsch Lage wurde immer ungemütlicher. Er hatte versprochen, einen Korridor-Roboter zu liefern und sah sich jetzt mit der Möglichkeit konfrontiert, dieser feurigen Ansammlung menschenverschlingender Schleimklumpen erklären zu müssen, daß er sein Versprechen vielleicht gar nicht einhalten könnte. Harsch geriet bestimmt ins Schwitzen, nicht nur bildlich gesprochen. Kein Wunder, daß er keinen Schritt ohne seine Leibwächter tat. Und die waren bestimmt mehr auf ihre corasianischen Gastgeber fixiert, als auf eine traurige Schar unbewaffneter Gefangener. Von dieser Seite her würden die Bodyguards kaum einen Angriff befürchten.

Das war ihre Chance. Zugegeben, keine sonderlich große: Die Wachen waren gut bewaffnet, und sie würden nicht übermäßig lange brauchen, ihre Aufmerksamkeit und ihr Ziel neu auszurichten. Und dann waren da noch die Corasianer. Aber jede Chance, sogar eine so geringe wie diese, war immer noch besser als gar keine.

Xris riß den Ärmel von seinem kybernetischen Arm. Diesem folgte das Schaumfleisch, bis er seine Metallknochen, die Instrumente und die blinkenden Lichter völlig bloßgelegt hatte. Dann öffnete er die Klappe in seinem kybernetischen Bein, entnahm ihm die Waffenhand und schraubte sie an sein Handgelenk. Glücklicherweise waren die Bewegungen ihm so vertraut, daß er sie im Dunkeln ausführen konnte. Er fühlte, wie die Hand einrastete und begann mit der Feineinstellung. Ein grünes Licht blinkte auf – die Hand war funktionstüchtig.

Xris blickte sich um. Alle waren bereit. Er konnte jetzt mit ihnen reden; das Klopfen übertönte sogar seine Stimme.

»Ich habe meine Waffenhand angeschlossen. Auf mein

Signal hin überwältigt ihr die Wache, die euch am nächsten steht. Kümmert euch nicht um die Corasianer, die sind meine Sache. Vergeßt nicht, die Waffen der Wachen zu übernehmen. Jamil – was immer auch passiert, du darfst keinesfalls zulassen, daß sie die Tür wieder schließen. Klar?«

Er hörte einen zustimmenden Chor, unterlegt von einem hysterischen Schluckauf. Das Klopfen verstummte für einen Augenblick. Harsch, der jemanden beschimpfte, war jetzt laut und deutlich zu verstehen. Eine computerisierte Stimme entschuldigte sich mit Erklärungen. Die Stimme schepperte mechanisch und emotionslos und löste in Xris ein Schaudern aus, das langsam sein Rückgrat emporkroch.

Schon bald redeten diese Stimmen vielleicht über ihn, während er ausgestreckt auf einem Tisch lag. Die Corasianer würden ihn aufschlitzen und ihm die Eingeweide herausreißen ...

Xris schüttelte ärgerlich den Kopf. Was fiel ihm denn ein, ausgerechnet jetzt seiner Einbildung die Zügel schießen zu lassen!

Ein kleiner Körper huschte heran und klammerte sich an seine Knie. Erstaunt blickte Xris nach unten.

Der Kleine krallte sich in Xris' Hosenbeine und zerrte so aufgeregt daran, daß er sie beinahe herunterriß.

»Was, zum ...« Xris war angespannt. »Raoul, was zum Teufel ist mit ihm los? Hol ihn hier weg! Schnell! Die da draußen sind fast fertig mit der Tür! Sie werden jede Sekunde hier drinnen sein! Ich kann nicht schießen, wenn der Kleine weiter an mir herumzerrt!«

Raoul stolperte glucksend herüber, um seinen kleinen Freund zu holen. »Ich weiß ja, daß du Xris Cyborg sehr gern hast. Wir alle haben ihn gern. Aber jetzt ist weder der Ort noch die Zeit, um deinen Gefühlen ...«

Raoul verstummte. Er starrte den kleinen an, der immer noch eine Hand in Xris' Hose verkrallt hatte, während er mit der anderen wild gestikulierte.

»Oh, ich sehe!« rief Raoul verzückt. »Ich sehe! Du hattest tatsächlich die ganze Zeit recht, mein Freund!« Er wandte sich Xris zu. Der hätte schwören mögen, daß die Augen des Adoniers in der Dunkelheit rot glühten, ähnlich wie die einer Katze. »Der Kleine sagt, ich soll dir mitteilen, daß Tess für den Flottengeheimdienst arbeitet!«

»Das habe ich schon gewußt, verdammt noch mal!« brüllte Xris, der langsam überkochte. Das Klopfen hatte wieder begonnen, nur wurde es jetzt von einem unheilverkündenden Schaben begleitet, als würde irgendein Widerstand überwunden. »Nimm ihn mir endlich ab!«

»Wir bekommen Gesellschaft«, verkündete Jamil von einer Position nahe der Tür.

»Sie gibt nur vor, für den FGD zu arbeiten. In Wirklichkeit arbeitet sie für Harsch!« Xris war damit beschäftigt, die Hände des Kleinen aufzubiegen.

Raoul indessen vollführte eine Art entrückten Tanz. Er drehte Pirouetten auf den Zehenspitzen und schnippte mit den Fingern seiner hocherhobenen Arme, als hielt er Kastagnetten in den Händen. »Sie macht es für den FGD, macht es für Harsch, macht es für den FGD!« Er steigerte sich in eine Art Lied hinein. »Sie hat es auch für die Flotte gemahahacht!«

»Gute Güte! Der ist stoned bis unter die Schädeldecke!« murmelte Xris.

Er pflückte die Hände des Kleinen von seiner Hose und schubste den Empathen beiseite. Der Kleine stieß mit Raoul zusammen, und die beiden krachten zu Boden.

»Bleibt gefälligst da unten!« befahl Xris. »Und haltet euren dämlichen Köpfe unten, sonst werden sie euch noch weggeblasen!«

Der Kleine war verzweifelt bemüht, wieder auf die Füße zu kommen, verhedderte sich aber mit Raoul, der torkelnd dasselbe versuchte. Sie hatten nicht sehr viel Erfolg. Xris verbarg seine Hand, die jetzt ein Raketenwerfer war, eilig unter seine Uniformjacke. Er legte seinen guten Arm über den anderen, als schämte er sich, seine Behinderung sehen zu lassen.

Die Tür, im Augenblick nicht mehr als ein winziger Spalt in der Wand, begann aufzuschwingen. Ein abstoßendes rotes Licht sickerte hindurch, gefolgt von einer Hitzewelle.

Jamil, der sich flach an die Wand neben der Tür preßte, war jetzt deutlich zu erkennen. Als er durch die Öffnung blickte, glänzte der Schweiß auf seinem dunklen Gesicht. Er ob eine Hand in das rote Licht und streckte einen Finger empor. Das war Harsch. Ein zweiter Finger. Wahrscheinlich Tess. Vier Finger – die Leibwächter. Zwei weitere Finger – Corasianer.

Die Tür schwang weit auf, und die Corasianer walzten herein. Das Licht und die Hitze schwollen an.

Die Botschaft des Kleinen und ihre mögliche Interpretation durchzuckten Xris.

Macht es für den FGD, macht es für Harsch, macht es für den FGD!

Eine ... Dreifachagentin?

War so etwas möglich?

Aber ja! schrie etwas in Xris' Innerem hoffnungsfroh auf. Er zog es vor, die Stimme zu ignorieren, diesen emotionalen, irrationalen, verdammten romantischen Teil seines Selbst, der so sehr glauben wollte, daß Captain Strauss auf seiner Seite stand.

Xris traute diesem Teil seines Selbst nicht, und Tess traute er auch nicht. Er durfte ihr nicht trauen! Sein Leben und – was viel wichtiger war –, das Leben seiner Leute stand auf dem Spiel.

Die Tür öffnete sich weit genug, daß die Corasianer den Raum betreten konnten.

Orangefarbene Klumpen geschmolzenen Gelees, eingeschlossen in Plastikstahlkörper, die sich auf Rädern fortbewegten. Die Corasianer wirkten weniger gefährlich als vielmehr abstoßend. Jedenfalls, solange sie nicht aus ihren Roboterkisten tropften und man mit ansehen mußte, wie sie über einen Menschen hinwegquollen, das Fleisch von seinen Knochen brannten und es verzehrten ...

Den Corasianern folgte Harsch, seine Leibwächter dicht auf den Fersen. Tess kam als nächste herein. Xris hätte eigentlich Harsch und seine Bodyguards im Auge behalten und auf ihre Chance warten sollen, doch sein Blick suchte immer wieder Tess. Konnte er die Wahrheit an ihrem Gesicht ablesen?

Natürlich nicht. Sie war gut. Wirklich gut. Und zwar ungeachtet dessen, auf wessen Seite sie gerade stand. Sie weigerte sich, Xris anzusehen, hatte ihm nur einen kurzen Blick zugeworfen, um sich davon zu überzeugen, wo und in welchem Zustand er sich befand. Ihr Gesicht war wie aus Stein gehauen, hart und ohne jede Gefühlsregung. Ihre Augen waren so lichtlos wie der Korridor hinter ihr.

Xris verfluchte den Kleinen, verfluchte die Tatsache, daß er Zweifel in ihm gesät hatte. Xris hatte Tess töten wollen, und bis eben hätte er es mit reinem Gewissen getan, ohne Bedauern. Jetzt war er sich nicht mehr so sicher ...

Harsch hielt ein Strahlengewehr in der Hand. Er richtete es auf Xris. »Wo ist der Roboter?«

Xris zuckte mit den Schultern und rieb seinen verstümmelten Arm. »Ich weiß es nicht.«

»Das glaube ich Ihnen nicht.«

»Kann ich Ihnen nicht verdenken«, sagte Xris. »Ich glaube mir selbst auch nicht mehr. Trotzdem ist es die Wahrheit. Wir haben keine Ahnung, wo der Roboter ist.«

»Wir können Ihnen ja beim Suchen helfen«, bot Quong höflich an. »Wo haben Sie ihn denn zuletzt gesehen?«

»Haben Sie schon unter dem Bett nachgeschaut?« half Tycho aus.

»Die Herren versuchen, spaßig zu sein.« Harsch blickte sie der Reihe nach an. Eine Furche bildete sich auf der zuvor glatten Stirn. Ein Mundwinkel zuckte, eine Hand ballte er ständig zur Faust. Er war wütend ... und er hatte Angst.

»Sehr witzig. Unglücklicherweise geht meinen Kunden jeder Sinn für Humor ab. Sie werden langsam ungeduldig. Tess ...« Harsch trat zurück. »Du kennst diese Männer. Übernimm du die Sache.«

Tess hob ihre Laserpistole und zielte auf Quong. Sie blickte zu Xris hinüber. »Sag uns, wo der Roboter ist, oder dein Freund, der Doktor stirbt. Du hast fünf Sekunden. Ich zähle. Eins.«

Die Hand mit der Pistole war ruhig, zitterte nicht einen Augenblick. Ihre Augen waren leer.

Der Kleine hatte falsch gelegen.

»Zwei.«

Die Raketen auf Xris' Waffenhand waren nach einem eigenen Entwurf von ihm selbst entwickelt worden, speziell für den Einsatz gegen Corasianer. Er hatte sie patentieren lassen, sie an die Flotte verkauft und ein kleines Vermögen damit gemacht. Dieses Vermögen hatte es ihm erlaubt, sein Team zusammenzustellen. Mit einer dieser Raketen konnte er einen der Corasianer, Harsch und Tess gleichzeitig ausschalten. In dem Augenblick aber, in dem er seine kybernetische Hand hob und auf ihr Ziel richtete, würde Tess schießen. Quong wäre tot. Und es gab keine Möglichkeit, das zu verhindern.

»Drei.«

Dann waren da noch die vier Leibwächter und ein Corasianer. Den konnte Xris mit der zweiten Rakete ausschalten. Allerdings hätten die Leibwächter bis dahin die Situation erfaßt, und er wäre genauso tot.

»Vier.« Tess runzelte ungehalten die Stirn.

Quong stand ungerührt da. Er wußte, was auf dem Spiel stand. Harry wippte auf den Fußballen, bereit, sich auf den nächstbesten Leibwächter zu stürzen. Jamil stand immer noch bei der Tür, der einzige Fluchtweg für die Überlebenden. Raoul kam kichernd auf die Füße. Er stolperte und torkelte auf Harsch zu. Die Hände des Kleinen waren tief in den Taschen seines Regenmantels vergraben. Tychos Haut verfärbte sich rot ...

»Willst du mir immer noch nicht sagen, wo der Roboter ist?« fragte Tess, ohne Quong aus den Augen zu lassen.

Er mußte ihre Aufmerksamkeit auf sich lenken.

»Jetzt!« brüllte er und zerrte die Hand aus der Uniform. Dann sprang er vor.

Tess änderte ihr Ziel und feuerte.

Der Laserstrahl brannte ein präzises Loch in Harschs Hinterkopf und trat an der Stirn wieder aus.

Xris hatte noch nie jemanden so überrascht gesehen.

41. Kapitel

Verbleibe nie auf isoliertem Terrain.

Sun-Tzu, *Die Kunst des Krieges*

Harsch starb noch im Stehen, und sein aufklaffender Mund bildete ein genauso großes Loch wie jenes in einem Hinterkopf. Seine Leibwächter, die das Pistolenfeuer gehört hatten, drehten sich um, wollten feststellen, was da vorging. Als Harsch langsam zu Boden fiel, begriffen sie, daß ihr Job soeben überflüssig geworden war. Harsch brach langsam zusammen.

»Jetzt!« brüllte Xris erneut.

Harry warf sich mit Stiergebrüll auf sein Opfer und prallte mittschiffs auf. Die Waffe flog aus den Händen des Wächters und fiel auf das Deck. Tycho war bereits zur Stelle, um sie an sich zu nehmen. Er drehte sich um, feuerte und erwischte einen der Leibwächter, der auf Quong zielte.

Der dritte schwenkte soeben die Waffe, um Xris auszuschalten. Xris hoffte, daß jemand sich darum kümmern würde, denn er hatte in diesem Moment weitaus dringenderes zu erledigen. Direkt hinter Tess stand ein Corasianer.

»Strauss!« brüllte Xris in dem verzweifelten Bemühen, das flackernde Laserfeuer, das Winseln der Strahlengewehre und die Schreie der Verwundeten zu übertönen. »Runter! Runter mit dir!«

Tess ließ sich nach vorn zu Boden fallen und riß die Arme über den Kopf. Xris feuerte eine Granate ab, die den Corasianer mitten in seinem Roboterkopf traf. Der Kopf explodierte, und mit ihm wurde das Computerhirn, aber nicht der Corasianer zerstört. Der Plastikstahlkörper brach auf. Die feurige, tödliche Amöbenform kroch heraus und floß auf Tess zu.

Xris rannte hinüber. »Stirb, verdammt noch mal, stirb!« brüllte er den Corasianer hilflos an. Laserschüsse konnten den Corasianern nichts anhaben; es schien eher so, als würden sie die Energieschübe assimilieren. Xris' Granaten enthielten daher eine negative Ladung, die die Energie der Aliens umkehrte und sie damit ›abschaltete‹. Diesmal schien es allerdings nicht zu funktionieren. Der lavaähnliche Klumpen hatte Tess fast erreicht; er tastete nach ihrem Stiefel. Sie hielt immer noch den Kopf am Boden und konnte die Gefahr daher nicht sehen.

Xris hatte schon mit ansehen müssen, wie Corasianer Menschen töteten; er hatte erlebt, wie sie ihre Opfer entflammten, während sie sie verschlangen. Er würde noch einmal feuern müssen, auch wenn ihm dann nur vier Granaten blieben und sie noch einen langen Weg überstehen mußten. Er zielte sorgfältig.

Das rot-orange Glühen des Corasianers verblaßte. Er bewegte sich zwar noch, war aber eindeutig langsamer geworden. Der Klumpen verfärbte sich schwarz.

Xris erreichte Tess. Er packte sie grob an der Schulter und zog sie hinter sich, um seinen Körper zwischen sie und den sterbenden Corasianer zu bringen. Tess hob verwirrt den Kopf. Dann erblickte sie den Corasianern, holte scharf Luft und kroch, so schnell sie konnte, auf Händen und Knien außer Reichweite des Corasianers.

»Xris!« ertönte Jamils drängende, warnende Stimme.

Xris fuhr herum. Corasianer sind Teil eines gigantischen Kollektivbewußtseins und haben daher die Fähigkeit, sich in Sekundenschnelle zu verständigen. Der zweite Corasianer hatte anscheinend die zentrale Kontrolle alarmiert. Die Tür schloß sich langsam. Wenn sie erst einmal verriegelt war, gab es keinen Weg mehr nach draußen.

Jamil stand auf der Schwelle und versuchte, die Tür mit seinem Körper aufzuhalten. Unglücklicherweise handelte es sich um eine sehr massive, schwere Metalltür. Jamil würde nicht lange als Türöffner fungieren. Er würde sehr bald Gelee sein.

Xris feuerte eine zweite Granate auf den letzten Corasianer ab. Er zielte niedrig und traf ihn mitten in den massiven Körper. Das Geschoß explodierte im Moment des Aufpralls und reif nur einen Riß im Plastikstahlkörper hervor.

Tess befand sich direkt an Xris' Seite und feuerte ihr Lasgewehr ab. Der Kopf des Corasianers flog in die Luft. Die lavagleiche Larve innen war zwar noch am Leben, doch der Riß war nicht groß genug, und einer der Schüsse hatte den Öffnungsmechanismus zerstört. Für den Augenblick saß der Corasianer in der Falle.

Leider ging es Xris und Tess ebenso. Vor ihnen blitzte Laserfeuer auf und erleuchtete den dunklen Raum. Die beiden verbliebenen Leibwächter benutzten den Plastikstahlkörper des toten Corasianers als Deckung und lieferten sich ein Gefecht mit Quong, der hinter einem Träger kauerte, und Tycho, der flach auf dem Boden lag. Das Chamäleon war so dünn, daß es ein sehr schwieriges Ziel abgab, solange es den Kopf unten behielt. Die Sache stand unentschieden, doch Xris hatte keine Zeit für ein Unentschieden.

Harry setzte sein Gewicht im Kampf gegen die Tür ein – er war fest eingeklemmt – und für den Moment blieb die Tür offen. Jamil war verschwunden; höchstwahrscheinlich befand er sich draußen auf dem Korridor. Dort wurde das rote Glühen ständig intensiver.

Weitere Corasianer.

Xris fühle sich plötzlich sehr müde.

Warum dagegen ankämpfen? fragte er sich. Es wäre für alle Beteiligten viel leichter, wenn wir jetzt einfach aufgeben.

Tess zupfte an seinem Ärmel. Sie lehnte sich vor und rief: »Das Raumschiff! Das PBRS! Es befindet sich im Dock am Ende dieses Korridors!«

Xris blickte sie grimmig an. »Arbeitest du wirklich für die Flotte?«

»O ja.« Sie lächelte. »Möchtest du meinen Pensionsplan sehen?«

»Es wäre mir lieber, wenn du lange genug am Leben bleibst, um ihn genießen zu können. Das gilt auch für uns anderen. Du sagtest, das Schiff sei ganz in der Nähe?«

»Weniger als hundert Meter entfernt.«

»Das hast du alles im voraus so geplant?«

»Eigentlich nicht. Ich passe mich der jeweiligen gegebenen Lage an.«

»Großartig!« grunzte Xris. »Na ja, bisher hattest du den richtigen Instinkt. Wenn das hier vorbei ist, erinnere mich bitte daran, dich zu küssen.«

»Die Abmachung gilt!« Tess blinzelte in den Ruch und die Laserblitze. »Mein Plan funktioniert nur, wenn wir die Tür erreichen. Wie werden wir diese beiden los? Sieht so aus, als wollten sie sich hier niederlassen.«

Xris rejustierte seine Waffenhand auf Laserfeuer. »Ich werde versuchen, mich von hinten anzuschleichen. Du beschäftigst sie solange.«

»Nein, Xris!« rief Tess, »sie werden ...«

In dem Moment, als Xris sich bewegte, schaute einer der Leibwächter zu ihm herüber, legte an und feuerte sofort.

Xris warf sich flach zu Boden und fand Tess an seiner Seite. Der Schuß schnitt ein Stück aus dem Schott hinter ihnen.

»... dich bemerken«, beendete Tess ihren Satz. »Die Blitze spiegeln sich auf deinem Metallarm! Gar nicht zu reden von diesen reizenden kleinen Blinklichtern. Was ist mit deinen Anti-Corasianer-Granaten?«

»Ich hab' noch drei. Und die werden wir dringend brauchen, wenn wir hier raus sind.«

Ein weiterer Strahl bohrte sich über ihnen in das Schott. Wieder warf Tess sich zu Boden. »In Zeiten wie diesen wünschte ich mir, flachbrüstig zu sein!« Sie schüttelte den Kopf. »Sieh es mal so, Xris, wenn wir hier nicht lebend rauskommen, brauchen wir auch deine drei Granaten nicht mehr!«

Xris sah ein, daß sie recht hatte. Er zielte und wollte gerade abdrücken, als ein unterdrücktes Kichern und eine Hand auf seiner Schulter ihn unterbrachen.

»Entschuldige bitte, Freund Xris. Nicht schießen.« Raoul, der auf Händen und Knien hergekrochen war, deutete auf irgend etwas im Halbdunkel. »Sieh dir das bloß mal an. Hast du jemals etwas so Dummes gesehen? Er wird sich damit umbringen!« Über die Wangen des Lotis rollten Lachtränen.

Xris schaute genauer hin. Der Kleine hatte genau das getan, was Xris vorgehabt hatte. Mit wehenden Regenmantelschößen war er hinter die beiden Leibwächter gewieselt. Der Kleine war dabei nur zeitweise zu sehen. Immer wenn Laserfeuer aufblitzte, wurde sein kleiner Körper deutlich beleuchtet, danach versank er wieder in der Dunkelheit.

»Was, zur Hölle . . .«, entfuhr es Tess. »Er ist noch nicht einmal bewaffnet!« Sie wollte aufspringen.

»Warte!« Xris erwischte sie am Arm und riß sie wieder nach unten. Er brüllte so laut er konnte und hoffte, daß das Komm ihn verständlich übertragen würde. »Tycho! Quong! Feuert höher! Zielt auf die Decke!«

Der Kleine hatte seine Position direkt hinter den Leibwächtern eingenommen. Er griff in eine Tasche des Regenmantels, zog eine Art Stock heraus und führte diesen an den Mund.

Der Leibwächter, der sich völlig auf den Kampf vor ihm konzentrierte, spürte wahrscheinlich gar nichts.

Falls doch, ging er wohl davon aus, daß ein fliegender Metallsplitter ihn getroffen hätte. Es war aber keiner. Plötzlich verstummte das Feuer des Leibwächters.

Im nächsten Lichtblitz sah Xris den Mann zusammengesunken über seinem Gewehr liegen.

Der Kleine bewegte sich und kroch hinter den zweiten Leibwächter. Quong und Tycho hielten ihn weiter in Atem, obwohl er sich allmählich fragen mußte, was mit ihrer Treffsicherheit passiert war. Die Laserblitze trafen auf die Decke und ließen Funkenschauer niedersprühen.

Der Kleine vollführte dieselbe Bewegung – Hand an den Mund – mit demselben Ergebnis. Die Wache sackte vornüber und rührte sich nicht mehr.

»Was . . .?« fragte Tess verständnislos.

»Blasrohr. Giftpfeile. Na los, komm!«

Xris sprang auf die Füße und half Tess auf. Er ließ den Blick in die Runde schweifen, um die Situation zu erfassen. Das einzige licht in der Fleischkammer kam von dem gefangenen Corasianer, der verzweifelt in seinem Roboterkörper herumkroch. In dem roten Glühen konnte Xris Harry ausmachen, der immer noch in der Tür steckte. Jamil stand draußen und beobachtete das ständig näher kommende Glühen, das immer intensiver wurde. Tycho und Quong waren aufgestanden und auf dem Weg zur Tür. Xris wollte ebenfalls losgehen, erinnerte sich dann aber an etwas.

Er drehte sich um, faßte nach unten, packte Raoul und zog den Loti auf die Füße.

»Kannst du gehen?« wollte Xris wissen.

»Nein«, antwortete Raoul beschwingt. »Aber tanzen.«

»Na großartig! Dann tanz mal einen Walzer zur Tür! Und mach einen schnellen Walzer daraus, sonst endest du doch noch als Appetithäppchen.« Er schubste den taumelnden Raoul in Richtung Tür und winkte dem Kleinen zu, der bereits zu ihnen herüberhuschte, um sich seinem Freund anzuschließen.

»Ah!« rief Raoul und bückte sich rasch nach einem Gegenstand auf dem Boden. »Meine Handtasche!«

Er schlang den Riemen eines Dämpfers über seine Schulter.

Als er an Raouls Schießkünste dachte, war Xris' erster Gedanke, ihm die Waffe abzunehmen. Dann fiel ihm ein, daß dies ohne Kampf nicht möglich sein würde. Raoul reagierte sehr besitzergreifend, wenn es um seine Handtasche ging. Xris beließ es erst einmal dabei.

Er schloß sich den anderen Teammitgliedern an, die sich um Harry und die Tür gesammelt hatten.

»Unser Plan lautet wie folgt«, begann Xris.

»Wir haben einen *Plan*?« Quong war beeindruckt.

»Das PBRS befindet sich am Ende des Ganges, zur Linken.« Xris schaute fragend zu Tess hinüber, die bestätigend nickte. »Etwa hundert Meter entfernt. Wenn wir hier raus sind, rennt ihr um euer Leben.« Er hob seine Waffenhand. »Ich kümmere mich um unsre Deckung. Okay, Harry, du kannst jetzt aufhören.«

»Äh, da gibt es ein kleines Problem, Xris«, entgegnete Harry, dessen Gesicht vor Schweiß triefte und hochrot angelaufen war. »Ich stecke fest.«

»Fest?« Xris fluchte.

»Kannst du dich ein bißchen beeilen, Xris?« klagte Harry. »Ich kriege kaum noch Luft!«

»Sie kommen, Xris!« meldete Jamil aus dem Korridor. »Corasianer! Ich zähle ... vier, fünf ... vielleicht noch mehr dahinter.«

»Darauf kannst du wetten, daß da noch mehr kommen«, murmelte Xris. »Hast du die Türkontrollen entdecken können?«

»Jau. Aber das bringt nichts. Ich glaube, die Tür klemmt.«

Xris stemmte seinen kybernetischen Fuß gegen die hydraulische Metalltür und drückte fest dagegen.

Die Tür war schwer und bewegte sich keinen Millimeter. Harry keuchte und rang nach Luft. Laserfeuer erleuchtete den Gang. Die Entfernung war gering und wurde schnell kleiner.

»Gib mir einen von den Dämpfern!« rief Jamil.

Quong reichte ihn über Harrys Kopf durch die Öffnung. Jamil ergriff ihn, wirbelte herum und feuerte. Er zielte nicht auf die Corasianer, sondern auf die Stützstreben eines großen Metallrohres an der Decke.

Xris lehnte sich gegen den Türrahmen, stemmte den Fuß wieder gegen die Tür und schob mit aller batterie- und muskelerzeugter Kraft. Die Tür wehrte sich einen Augenblick; dann glitt sie so plötzlich auf, daß Xris auf dem Hintern landete.

Harry stolperte keuchend aus der Tür. Quong fing ihn auf und stützte ihn. Tycho warf sich mit spuckender Waffe hindurch und deckte Jamil. Dieser feuerte weiter auf die Verstrebungen.

Die Verstrebungen brachen, und das Rohr sackte an einer Stelle ab. Nach weiterem Feuer fiel es krachend herunter und versperrte den Gang zwischen ihnen und den Corasianern. Xris kam wieder auf die Füße.

»Los! Los!« schrie er. »Ich hab' den Kleinen!« Er nahm den Empathen unter den rechten Arm. »Folgt Tess!«

Tess rannte rufend und die Taschenlampe schwenkend den Gang entlang, so daß jeder sie in der Dunkelheit ausmachen konnte. Harry machte sich von Quong frei und rannte ebenfalls los. Quong ergriff statt dessen Raoul, der zu einem Tango übergegangen war, und schleppte ihn mit. Tycho und Jamil feuerten noch einmal; dann rannten auch sie in Richtung Landedeck.

Die Corasianer wurden durch das heruntergestürzte Rohr aufgehalten. Da ihre Roboterarme es bereits beiseite zu schieben begannen, war es aber nur ein Hindernis auf Zeit. Xris feuerte eine seiner Spezialgranaten mitten unter sie. Er hörte sie explodieren, drehte sich aber nicht um, um die Auswirkungen genauer zu verfolgen. Das rote Glühen hinter ihm wurde allerdings merklich schwächer.

Er rannte den Korridor hinunter. Die Corasianer eröffneten kurz das Feuer, zogen es dann aber doch vor, sich wieder um das Rohr zu kümmern. Xris hielt den Kleinen fest an sich gedrückt, der seinen Fedora ebenfalls fest mit beiden Händen umklammerte, und folgte dem Schein von Tess' Lampe. Der Rest der Truppe war bereits auf dem Landedeck verschwunden und kletterte wahrscheinlich gerade in das PBRS.

»Bei Gott«, entfuhr es Xris, »wir könnten es tatsächlich schaffen!«

Er rannte durch die Tür und prallte auf die Mitglieder seines Teams, die den Eingang verstopften.

»Was ist hier los?« fragte er. »Warum, zur Hölle, seid ihr noch nicht an Bord?«

»An Bord von was?« kreischte Tychos Translator.

»Xris, hier ist nichts«, erklärte Harry.

»Sie hat gelogen«, erklang Jamils grimmige Stimme.

»Und wir sind in einer Sackgasse gefangen«, schloß Quong.

»Ich möchte euch allen mitteilen, daß ich es nicht im mindesten amüsant finde. Ich finde das alles überhaupt nicht lustig!«

Raoul brach in lautes Schluchzen aus.

Xris schaltete die Nuklearlampe an seinem Arm ein und ließ den Strahl durch das Landedeck wandern.

Leer. Kein Raumschiff in Sicht.

42. Kapitel

Entwirf strategische Pläne für umzingelte Gebiete.

Sun-Tzu, *Die Kunst des Krieges*

Xris ließ den Kleinen zu Boden.

»Tycho, du und Jamil bewacht die Tür.«

Hinter ihm konnte Xris die Rohrbarrikade über das Deck schrammen hören. Er schnappte sich die Lampe aus Tess' widerstandslosem Griff und leuchtete sie voll an.

»Ich schwöre es, Xris! Ich schwöre, das PBRS war hier! Es müßte immer noch hier *sein*! Ich habe Jeffrey Grant an Bord gelassen und ...« Tess hielt inne und schlug die Hand vor den Mund. Ihre Augen weiteten sich in dämmernder Erkenntnis. »Du lieber Himmel! Grant! Er hat das Schiff gestohlen!«

»Schon wieder?« Harry schüttele den Kopf. »Dieser Mann ist eine echte Plage.«

»Xris, sie kommen!« rief Jamil.

Xris schaltete das blendend weiße Licht ab und versuchte nachzudenken. Es mußte einen anderen Weg geben ...

»Harschs Flieger«, fiel ihm ein. »Er hatte doch einen Flieger, oder? Wie ist er sonst an Bord dieses ...«

»Aber ja!« Tess hängte sich an ihn und warf ihn dabei fast um. »Ja! Harsch kam in einem Scimitar! Ich weiß, wo er ... ein Deck höher! Es gibt einen Zugang von hier aus, die Versorgungstür!«

Xris schaltete die Lampe wieder ein und leuchtete in die Dunkelheit. Er entdeckte einen primitiven Lift.

»Den können wir benutzen!« bestätigte Tess. »Los, kommt ...«

Sie wollte losrennen, als Xris sie aufhielt. »Warum, zum Teufel, sollte ich dir trauen?«

»Es gibt keinen logischen Grund«, antwortete Tess leise, »keinen einzigen. Außer ...«

Sie beendete den Satz nicht, sondern blickte zur Tür, an der Jamil und Tycho kauerten und in den Flur feuerten.

Außer – ergänzte Xris die unausgesprochenen Worte – daß du eigentlich keine andere Wahl hast.

Er gab das Kommando zum Abzug.

Etwas Großes, Metallenes klapperte über das Deck.

»In Deckung!« brüllte Xris. Er warf Tess nach hinten, indem er sie einfach hochhob und so weit schleuderte, wie er vermochte. Dann warf er sich zu Boden.

Die Explosion war grell, blendend, betäubend, lähmend. Sie hob Xris vom Boden, nur um ihn wieder hart darauf zurück zu schleudern. Schrapnelle sirrten durch die Luft. Ein dünner, durchdringender Schrei schien Xris' Kopf zerreißen zu wollen. Er schmerzte mehr als die Metallstückchen, die sich in sein Fleisch gruben.

Und dann war alles wieder dunkel und still – bis auf ein grauenvolles blubberndes Geräusch und ein Stöhnen aus einer anderen Ecke.

Xris versuchte die betäubende Wucht der Explosion abzuschütteln und zwang sich auf die Füße. Ein scharfer Lichtfinger stach in die Dunkelheit. Tess' Lampe lag ein paar Zentimeter neben seinem Fuß auf dem Boden. Er bückte sich danach und wurde von der plötzlichen Bewegung beinahe ohnmächtig. Er taumelte, riß sich zusammen, versuchte es noch einmal.

Nachdem Xris die Lampe aufgehoben hatte, ließ er den Strahl auf der Suche nach Tess durch den Raum wandern. Er fand sie auf Händen und Knien. Sie schüttelte benommen den Kopf, war aber am Leben. Xris führte seine Suche fort. Das Blubbern war verstummt; das Stöhnen jedoch war noch zu hören. Und draußen auf dem Gang pulsierte hell das rote Glühen.

Xris stand in der Tür des Landedecks, zielte auf das Glühen und feuerte eine weitere Granate ab. Noch eine war jetzt übrig.

Die Granate traf einen der Corasianer, die in der Mitte einer ganzen Gruppe standen. Vielleicht hatte dieser Corasianer weitere Handgranaten getragen, jedenfalls war die folgende Explosion bei weitem stärker als normal. Das rote Glühen flackerte auf und erstarb. Der Gang lag im Dunkeln.

Aber es würden weitere Corasianer kommen. Sobald ihnen klar wurde, daß hier unten immer noch Menschen am Leben waren, würden sogar Scharen von ihnen auftauchen.

»Meldet euch!« keuchte Xris. Er leckte seine Lippen und schmeckte Blut. In seiner Erinnerung konnte er immer noch diesen schrillen Schrei hören. »Wer wurde verletzt?«

»Xris! Bring die Lampe her! Hier drüben!«

Xris suchte sich einen Weg durch die Trümmer. Er stieß auf Jamil, der sich gegen ein Schott lehnte, das eine Bein ausgestreckt; und eine Blutlache schimmerte darunter. Xris leuchtete das Gesicht seines Freundes an.

»Alles in Ordnung?«

Jamils Gesicht war schweißüberströmt, aber er nickte und sagte: »Nicht ich, Xris. Nicht ich.« Seine Augen blickten zur Seite.

Xris folgte ihnen mit dem Licht. »Zur Hölle!« flüsterte er. »Sollen sie alle in die finstere Hölle verdammt sein!«

Er hockte sich hin und faßte nach Tychos Handgelenk, obwohl er bereits wußte, daß er nichts fühlen würde. Nicht bei einer solchen Wunde. Trotzdem hielt er Tychos schmalfingerige Hand weiter fest – sie war so ziemlich der einzige unversehrte Körperteil Tychos – und brüllte wild: »Doc!«

Er hörte ein Krachen, einen Fluch und dann Bill Quongs feste Stimme. »Halte das Licht bitte so, mein Freund, daß ich etwas sehen kann. Ich nütze dir wenig, wenn ich blind in der Gegend herumstapfe.«

Xris lenkte das Licht nur zu gern von der blutigen Masse fort, die einst Tycho gewesen war.

»Bist du schwer verletzt?« fragte er Jamil.

»Ein Schrapnellgeschoß hat mich am Bein erwischt. Ich werde in nächster Zeit wohl keinen Marathon laufen können, aber zum Gehen wird es reichen. Und du?«

Xris schaute an sich herab. Der Ärmel, der seinen guten Arm bedeckt hatte, war zerrissen und blutig. Im Moment fühlte er allerdings nichts.

»Ich bin okay. Wenn wir wieder Gesellschaft bekommen, begrüße sie gebührend.«

Grunzend drehte Jamil sich so um, daß er flach auf dem Bauch zu liegen kam, und zielte mit dem Dämpfer nach draußen.

»Granate«, sagte er.

»Jau«, bestätigte Xris und hielt das Licht ruhig. Er konnte Quong in der Dunkelheit sehen und Tess, die bei Raoul stehengeblieben war. »Wir hatten Glück. Was immer für eine Maschine das da war, sie hat den Druck zum größten Teil aufgehalten.«

»Tycho hatte kein Glück«, widersprach Jamil. »Strauss hat uns hier hereingeführt. Sie hat uns in eine Falle gelockt.«

»Ich höre die ganze Zeit Stimmen«, beschwerte Raoul sich weinerlich. »Jemand redet in meinem Kopf. Und diese kleine, mir unbekannte Person in dem Regenmantel umarmt mich ständig.« Er verstummte für einen Moment und fragte dann laut: »Wo bin ich hier? Und was tue ich hier? Warum kann ich mich nicht an meinen Namen erinnern?«

»Amnesie«, sagte Quong, der Xris fast erreicht hatte. »Er wurde am Kopf getroffen. Wir können nur hoffen, daß es ein vorübergehender Zustand ist.«

Xris seufzte innerlich. Selbst in besten Zeiten glich Raouls Kopf mehr einem Schmetterlingsnetz. Jetzt war das Netz zerrissen, und die Schmetterlinge flatterten unbeschwert herum. Nur Gott würde wissen, wo sie landeten.

Quong nahm die Lampe und strahle Tychos Leiche an. Er schüttelte den Kopf. »Hier kann ich nichts mehr tun, Xris. Unser Freund hat nicht mal mitbekommen, was ihn getroffen hat. Die Druckwelle hat ihn von hinten erwischt, wie du selber sehen kannst.«

Nein, das konnte Xris nicht. Von Tycho war nicht genug übriggeblieben, um vorn oder hinten erkennen zu können.

»Danke, Doc. Tu für Jamil, was du tun kannst. Wo, zum Teufel, steckt Harry?«

»Hier, Xris«, ertönte Harrys gequälte Stimme.

»Bist du verletzt?«

»Ich wurde im Hintern getroffen. Es fühlt sich an, als würde er brennen!«

»Solange es nicht deinen Denkprozeß beeinflußt . . .«

»Natürlich nicht, Xris«, erwiderte Harry. »Ich sagte doch wohl, daß ich in den Hintern getroffen wurde.«

»Das meinte ich ja. – Doc, wie geht es Jamil? Kann er gehen?«

»Der Wadenmuskel ist zerrissen. Er hat eine Menge Blut verloren und wird ziemliche Schmerzen haben. Und er braucht jemanden als Stütze. Wenn ich nur meine medizinische Ausrüstung ...«

»Wenn du deine medizinische Ausrüstung hättest, wären wir auf dem PBRS, und Tycho wäre nicht tot, und wir wären nicht gefangen wie die Ratten auf diesem verfluchten ...« Xris verstummte und holte tief Luft. Er langte in seine Tasche, um einen Dreher herauszuholen und stellte fest, daß seine Hand zitterte. Er riß sich zusammen und steckte sich den Dreher zwischen die Lippen. »Entschuldigt, Leute. Jamil, kannst du irgendwas sehen?«

»Rotes Licht. Wird intensiver.«

»Sie haben also ausgeknobelt, daß wir immer noch leben. Jedenfalls die meisten von uns. Harry, du hilfst Jamil. Hilf ihm auf und dort rüber.«

»Wer seid ihr alle?« Das war Raoul; seine Stimme klang verärgert. »Warum habt ihr mich an diesen gräßlichen Ort gebracht? Und warum weiß niemand von euch, wer ich bin?«

»Quong, stell Raoul ruhig. Sieh nach, ob er etwas in seinen Taschen hat, das ihn beruhigt ...«

»Drogen!« Raouls Stimme wurde schrill. »Seid ihr verrückt? Mein Körper ist ein Tempel ...«

Xris beobachtete den Ausbruch nicht und fuhr fort: »Wir haben einen Weg gefunden, von diesem Schiff herunterzukommen. Harsch ist in einem Scimitar hergekommen. Wir werden ihn für die Flucht benutzen. Tess kennt den Weg. Wir folgen ihr.«

Sie starren Xris an. Alle starrten ihn einfach nur an.

»Ich kenne den Weg.« Tess' Stimme klang angestrengt. »Ich glaube, wir können es schaffen.«

Niemand sagte etwas. Niemand bewegte sich.

»Ich gehe mit Tess«, verkündete Xris. »Der Rest kann uns begleiten oder hier bleiben. So einfach ist das.«

Harry half Jamil auf die Beine.

Jamil schlang einen Arm um Harrys breite Schultern und zog sich in die Höhe. Er versuchte, sein verletztes Bein fester auf das Deck zu stellen, verzog das Gesicht und grunzte.

»Hier entlang.« Tess hielt wieder die Lampe und führte die Gefährten tiefer in die Dunkelheit der Rampe.

Harry und Jamil blickten Xris an, als sie an ihm vorüberhumpelten.

»Tycho ging den leichten Weg«, grummelte Jamil aus einem Mundwinkel.

Xris antwortete nicht.

Quong und der Kleine, dessen Fedora das Zeitliche gesegnet hatte, dem es ansonsten aber gut zu gehen schien, versuchten Raoul in Bewegung zu bekommen. Sie hatten nicht viel Erfolg. »Mein Kopf tut weh. Meine Füße schmerzen. Ich bin müde. Ich will nirgendwo mehr hingehen . . .«

»Erzählt ihm, er sei in einem Einkaufszentrum«, riet Xris.

»Einkaufen?« Raoul wurde munterer. »Aber was ist denn mit der Beleuchtung passiert?«

Es brachte ihn auf jeden Fall in die Senkrechte und an Quongs Seite. Der Kleine trollte sich hinterher, schüttelte seinen zerfetzten Hut und rang die kleinen Hände.

Xris stand allein in der Dunkelheit neben Tycho. Er kniete neben dem Körper, der sich schnell abkühlte und kaum noch von Xris' Infrarotsicht wahrgenommen werden konnte. Xris hob die schlaffe, tote Hand.

Er versuchte, etwas zu sagen, räusperte sich und begann dann erneut. »Es tut mir leid, mein Freund. So leid.«

Er ließ die Hand fallen, die nicht mehr reagieren konnte. Xris stand auf und folgte den anderen.

43. Kapitel

Auf tödlichem Gelände ziehe in die Schlacht.

Sun-Tzu, *Die Kunst des Krieges*

Xris fand die anderen um eine große, in den Boden eingelassene Metallplatte versammelt. Tess lokalisierte die Kontrolltafel an der Wand, öffnete sie und bediente die Instrumente. Die Metallplatte zitterte, um sich dann mit einem Kreischen und dem saugenden Geräusch angezogener Luft aus dem Deck zu erheben.

»Beim Schöpfer!« stieß Quong hervor. »Pneumatik! Ein pneumatischer Lift!«

Die Corasianer in ihren auf Rädern laufenden Platikstahlkörpern waren nicht imstande, Leitern zu erklimmen. Das Landedeck hatte solche Lifts wahrscheinlich an jeder Wand und in jeder Ecke, um die Corasianer zu den hoch oben angebrachten Laufstegen zu befördern.

»Dort oben ist eine Zugangstür«, erklärte Tess. »Sie führt zum Landedeck auf der dritten Ebene, in der Sakuta gelandet ist.« Der Lift kam rumpelnd zum Stehen. »Hüpft rauf.«

»Damendessous, bitte«, bat Raoul höflich und betrat den Lift mit zierlichen Schritten. Der Eindruck wurde etwas durch seinen Kampf mit dem schweren und unhandlichen Dämpfer geschmälert. Schließlich bekam Raoul das Ding in den Griff, und die anderen hörten, wie er murmelte: »Was habe ich mir nur dabei gedacht, diese Ausführung zu wählen?«

Quong half dem Kleinen, zu seinem Freund zu gelangen. Harry stützte Jamil und stellte sich dann hinter ihm auf.

»Ich bediene die Kontrollen«, sagte Tess. »Geh schon zum Lift, Xris.«

»Ich warte hier mit dir«, erwiderte er.

»Hör mal, Xris, ich kann verstehen, daß du mir nicht traust ...«

»Wir bekommen bald Gesellschaft«, unterbrach er sie und schaltete das Licht an seiner Waffenhand ein, um damit die Kontrolltafel zu beleuchten. »Ich hab' noch eine Granate übrig. Gib Quong deine Lampe, hier unten reicht meine. Und jetzt laß endlich dieses Ding losfahren.«

Tess verkniff sich weitere Äußerungen und setzte den Aufzug in Bewegung. Er gehörte nicht gerade zu den schnellsten und machte zudem einen Höllenlärm. Das Team wurde von den Vibrationen durchgeschüttelt.

Xris wandte den Blick vom Lift zum Korridor außerhalb des Landedecks. Das rote Glühen war wieder sehr viel intensiver geworden.

Der Aufzug kam automatisch auf der richtigen Ebene zum Stehen. Xris, der nach oben schaute, konnte Quong erkennen, der die anderen von der Plattform und auf die Stege scheuchte. Er gab ein Lichtzeichen.

»Alles klar!« kam die Bestätigung.

»Gut«, erwiderte Xris über Komm. »Verhaltet euch ruhig. Wenn Raoul auch nur piep macht, verpaßt ihm eine.«

Tess hämmerte auf die Kontrollen, und der Lift bewegte sich kreischend abwärts.

Sie schaute über die Schulter. »Sie kommen näher.«

»Jau«, bestätigte Xris, der auf den Resten einer Drehers herumkaute. »Tycho wird sie für eine Weile aufhalten. Sie ziehen es vor, Nahrung zu sich zu nehmen, wann immer sie sich ihnen bietet. Und sie gehen davon aus, daß wir hier nicht rauskommen.« Er spuckte den nassen Klumpen auf den Boden. »Nur eine Frage. Wo ist der Roboter?«

Tess' Gesicht wirkte im grellen Lampenlicht totenblaß. Ihre Augen schimmerten feucht, und sie zuckte hilflos mit den Schultern. »Ich weiß es nicht. Ich hab' Grant geraten, sich zu verstecken. Hab' ihm gezeigt, wo ... Er muß auch den Roboter versteckt haben. Ich wollte nicht, daß er ... Ich hätte nie gedacht ... Der Roboter war so schwer ...«

»Unterm Strich: Die Corasianer haben ihn nicht.«

»Nein. Und es wäre besser, wenn es so bliebe. Xris, ich ...«

»Spar dir die Beichte«, unterbrach Xris sie. »Ich bin kein Priester.«

Tess brachte ein kleines Lächeln zustande und schüttelte den Kopf.

Der Aufzug befand sich fast wieder auf ihrer Ebene. Als er den Boden erreichte, kam er knirschend zum Stehen; dann stieg er wieder nach oben. Beide kletterten auf die Plattform. Der Aufzug holperte aufwärts, bewegte sich zögerlich mit wiederkehrenden Unterbrechungen. Die Plattform quietschte und schwankte.

»Dies ist einer der Moment, in denen ich mir wünsche, die Corasianer hätten einen etwas höheren technischen Standard erreicht.« Xris blickte über den Rand der Plattform und sah, daß das rote Glühen sich um irgend etwas in der Tür scharte. Der Gestank von brennendem Fleisch wurde durchdringend.

Tess keuchte und bedeckte dann Mund und Nase mit ihrer Hand.

»Sieh nicht hin«, sagte Xris und legte ihr den Arm um die Schultern.

Tess schloß die Augen und lehnte sich an ihn. »Es tut mir leid. Ich sollte daran gewöhnt sein ... habe es schon gesehen ...«

»Ich auch«, sagte Xris. »Es wird trotzdem nie leichter.«

Er versuchte, seinem eigenen Rat zu folgen und wegzuschauen, brachte es aber nicht fertig. So sah er zu, wie die roten Klumpen über Tycho flossen, bis der Rand der Plattform sie seinem Blickfeld entzog.

Der Lift erreichte den Steg. Quong war zur Stelle und half ihm von der Plattform. »Sie haben Tycho.«

»Ich weiß. Reich mir mal den Dämpfer rüber.«

Xris nahm das Gewehr entgegen, beugte sich über den

Steg und feuerte kurz auf die Liftkontrolle. Die Tafel zerbarst. Dieser Lift würde vorerst niemanden mehr befördern.

Xris schaute sich um. »Wo sind alle?«

»Jamil und Harry sind vorgegangen, um die Zugangstür zu überprüfen. Die Tür befindet sich am Ende dieses Stegs auf der linken Seite. Ich habe ihnen Raoul mitgegeben. Er ist auf der Suche nach einer neuen Handtasche, die besser zu seinen Schuhen paßt.«

Xris zog einen neuen Dreher heraus. »Und der Kleine?«

»Kümmert sich darum, daß Raoul nicht vom Steg kippt.«

Xris nickte. Tess war bereits auf dem Weg zu Jamil und Harry. Quong und Xris folgten ihr und sammelten unterwegs den saumseligen Raoul ein.

»Ich kann die Handtaschenabteilung nicht finden«, beschwerte er sich.

»Kannst du auch gar nicht«, sagte Xris. »Du bist in der Herrenabteilung.«

Raoul schüttelte sich. »Dreiteilige Polyester-Anzüge. Wie scheußlich.«

Das rote Glühen unter ihnen wurde wieder kräftiger. Ein Laserblitz traf den Steg unter ihren Füßen. Xris und Quong beschleunigten ihre Schritte und schleppten Raoul einfach mit. Der Kleine trottete hinterher, so schnell er konnte.

»Machen wir doch mal diese Tür auf, meine Herren«, sagte Xris knapp, als er das Ende des Stegs erreichte und stehenblieb. »Es wird etwas zu warm hier drin.«

Ein weiterer Schuß – diesmal schon dichter. Die Corasianer wurden besser.

»Okay«, sagte Harry. »Wir haben nur gewartet, bis alle hier sind. Für den Fall, daß auf der anderen Seite ein Empfangskomitee warten sollte.«

»Ich kann nichts hören«, meldete Jamil, der auf einem Bein an einem Schott lehnte, das Gewehr in Bereitschaft. »Aber das muß nicht viel heißen. Diese Tür ist mindestens fünfzehn Zentimeter dick. Übrigens, diese Dämpfer müssen nach etwa fünfzig Schüssen aufgeladen werden, also verschwendet keine Munition.«

Xris hob seine Waffenhand. »Ich habe noch eine Granate übrig. Öffnet die Tür, und dann springt zur Seite.«

Tess drückte die entsprechenden Knöpfe. Die Tür öffnete sich langsam und rumpelnd.

Kein rotes Glühen.

Xris sah vorsichtig nach draußen.

Dunkelheit. Er blickte angestrengt hinaus, konnte aber nichts erkennen. Er lauschte, konnte aber auch nichts hören. Sehr merkwürdig. Die Corasianer dort unten mußten ihren klumpigen Kameraden doch mitgeteilt haben, daß ihr Mittagessen auf dem besten Weg war, durch den Hinterausgang zu entschwinden.

Quong bemerkte: Ich habe zum Schöpfer gebetet. Vielleicht ist dies die Antwort darauf.«

Xris bedeutete Tess, ihm zu folgen. »Wo befindet sich der Flieger von hieraus?«

»Der Gang führt noch zwanzig Meter weiter, dann geht ein anderer rechts ab. Der Flieger befindet sich im Landedeck am Ende, ungefähr weitere dreißig Meter entfernt.« Sie schaute sich unsicher um. »Das gefällt mir nicht. Wo sind die?«

»Laut Doc haben sich Engel unserer Sache angenommen. Paß auf Heuschrecken und herunterfallende Frösche auf.«

»Hä?« Tess starrte ihn an.

Xris wandte sich der Gruppe zu. »Ich gehe als erster. Tess, du kommst gleich danach. Harry, du und Jamil, ihr geht als nächstes. Kleiner, du kümmerst dich um Raoul.«

Der Kleine nickte. Xris war nicht sicher, ob der Empath auf seine Worte oder seine Gedanken reagierte. Eigentlich war es egal. Der Kleine streckte die Hand aus, ergriff die von Raoul und hielt sie krampfhaft fest.

»Wir sehen uns jetzt die Accessoires an«, informierte Raoul ihn mit leiser Stimme.

»Quong, du deckst unseren Rückzug. Haltet alle die

Augen und Ohren offen«, warnte Xris und fügte dann grimmig hinzu: »Das geht mir alles zu leicht.«

Sie schlichen den Korridor hinunter. Xris schaltete sein Licht ein. Tess hatte ihre Lampe wieder in Besitz genommen und leuchtete ständig die Wände und den Boden vor ihnen ab. Harry und Jamil folgten. Jamil hinkte stark und stöhnte jedesmal auf, wenn sein verletztes Bein das Deck berührte.

Von seinem kleinen Freund mitgezerrt, beschwerte Raoul sich darüber, daß dies ein sehr merkwürdiges Einkaufszentrum sei, und wunderte sich so lautstark darüber, warum niemand das Licht anmachte, daß alle genervt mit den Zähnen knirschten. Quong deckte mit einsatzbereitem Dämpfer ihren Rücken.

An der Stelle, wo der nächste Gang abzweigte, hielten sie an und drückten sich flach an die Wände. Xris spähte vorsichtig um die Ecke.

Wieder Dunkelheit – dicht, undurchdringlich, segensreich.

Er und Tess leuchteten mit ihren Lampenstrahlen den Korridor ab, und da war das Landedeck mit weit geöffneten Türen.

Xris schüttelte den Kopf. »Das stinkt.«

»Du bist ein Mann von geringem Glauben, mein Freund«, beschwichtigte ihn Quong, der immer noch am Ende wachte und in den Korridor hinter ihnen blickte. »Akzeptiere das Geschenk deines Schöpfers. Schreite vertrauensvoll voran.«

Xris schritt voran, wenn auch mit wenig Vertrauen. Sein verstärktes Gehör machte seltsame Geräusche aus. Er versuchte sie einzuordnen. Summen, Surren, ab und zu ein Knarren oder ein Quietschen.

»Hörst du irgendwas?« fragte er Tess.

Sie schüttelte den Kopf. »Nein. Nichts. Du?«

»Ja. Wenn ich die Augen schließe, könnte ich schwören, wir wären umzing ...«

Xris wußte es. Er sah, vielmehr sah sie nicht: die Falle, in die soeben munter hineinmarschierten.

»Schilde! Undurchsichtige Schilde!« brüllte er. »Zurück!« Er hob den Arm und zielte.

Der Laserstrahl traf Xris an der linken Schulter, schleuderte ihn herum und warf ihn krachend zu Boden.

Tess ließ die Lampe fallen und kauerte sich neben ihn. Sie hob das Lasgewehr und erwiderte das Feuer. »Doc!« schrie sie.

Laserfeuer erfüllte den Korridor; Funken sprühten über ihnen.

»Ah«, verkündete Raoul hingerissen, »die Spielzeugabteilung.«

Der Kleine riß seinen Freund zu Boden.

Harry und Jamil suchten Deckung in Türrahmen und eröffneten das Feuer. Quong rannte nach vorn und kniete neben Xris nieder. »Nimm die Lampe«, befahl er Tess. »Hierher leuchten, auf seine Schulter.«

»An deinen Gebeten mußt du noch ein bißchen arbeiten, Doc!« grunzte Xris, als Docs Finger herumdrückten und preßten.

»Es war deine blasphemische Bemerkung über Frösche, die uns reingerissen hat.« Quong riß Xris die schwelende Uniform herunter. Harry und Jamil hielten ihr Sperrfeuer aufrecht. »Du wurdest in deinem stahlverstärkten Teil getroffen, mein Freund. Das sind wirklich gute Nachrichten.«

»Eher sehr schlechte«, entgegnete Xris bitter und setzte sich mit Tess' Hilfe auf. Er zeigte auf seinen kybernetischen Arm und die Waffenhand, die an seiner Seite herabhingen: totes, nutzloses Gewicht. »Was soll ich denn jetzt machen? Mit der verdammten Granate nach ihnen werfen?«

Laserfeuer zuckte dicht neben ihnen und ließ die Decke über ihnen explodieren. Tess warf die Arme um Xris und schirmte ihn ab. Quong ließ jede Vorsicht außer acht, stand auf und ließ eine tödliche Salve in die Richtung los, aus der der Schuß gekommen war. Er hörte nicht auf, bis seine Waffe leer war; dann warf er sie weg und kauerte sich wieder hin.

Jamil und Harry konzentrierten ihr Feuer auf dasselbe Ziel. Vom ende des Korridors erklang ein dumpfes Geräusch, dann ein Klappern, gefolgt von einem kurzen Lichtstrahl.

»Ich glaube, wir haben einen erwischt«, meldete Harry.

Ein Laserstrahl rasierte ihm beinahe den Kopf ab.

»Oder doch nicht.« Harry duckte sich wieder in seinen Türrahmen.

Xris blickte zu Tess, die immer noch auf ihm lag. »Du kannst deine Hände einfach nicht von mir lassen, was?« bemerkte er.

Tess setzte sich auf, strich sich das Haar aus der Stirn und versuchte auszusehen, als wäre nichts Besonders gewesen.

»Das ist dein durchschlagender Charme.« Sie blickte den Gang hinunter. »Da gerade die Rede von durchschlagend ist – ich finde, die zielen heute besonders schlecht. Mittlerweile müßten wir alle tot sein.«

»Die Schilde, die verhindern, daß wir die Corasianer sehen, hindern sie vielleicht genauso daran, uns zu sehen«, dozierte Quong. »Ihre Sensoren werden gestört. Ihr seht also, meine Gebete wurden doch erhört.«

Er hockte sich wieder neben Xris und besah sich den Schaden genauer. »Unglücklicherweise kann ich für den Arm nichts tun. Die Verbindungen zwischen dem Arm und deinem Hirn sind geschmolzen.«

»Aber die Waffenhand ist okay?« fragte Tess.

»Es scheint so, ja.«

»Kann die Granate auch manuell abgefeuert werden?«

»Wenn der gute Doc meine Hand abnimmt.«

»Dann schraub sie ab und zeig mir, wie sie funktioniert«, verlangte Tess.

Quong blickte fragend Xris an. Der nickte zustimmend.

»Mach schon, Doc.« Er brachte ein Lächeln zustande. »Ich würde meinen linken Arm dafür geben, diese Bastarde auszuschalten.«

»Xris, ich kann zwei ausmachen!« rief Jamil. »Einen links von der Tür, den anderen rechts. Aber mein Gewehr hat keinen Saft mehr.« Er warf den nutzlosen Dämpfer zu Boden.

»Meins auch nicht«, meldete Harry. »Ich nehme jetzt das Strahlengewehr.«

Quong ergriff Xris' Arm und drehte daran. Der Arm sprang aus der Schulter, und Tess nahm ihn an sich.

»Ich kann nichts sehen!« klagte sie. »Wo feuere ich sie ab?«

»Du kannst im Handgelenk eine kleine Erhebung spüren. Hast du sie?«

»Ich glaube ja.« Sie klang nicht sehr überzeugt.

»Drück sie nicht zu früh!« warnte Quong. »Erst, wenn du soweit bist.«

Tess nickte. Sie zielte mit dem Arm wie mit einem Gewehr und drückte ab.

Der Corasianer auf der rechten Seite wurde getroffen; sein undurchsichtiger Schild brach auf. Das rote Glühen schälte einen seiner Kameraden aus dem Dunkeln.

Harry konzentrierte das Feuer des Strahlengewehrs auf dieses neue Ziel. Ein Treffer ließ die Seite des Corasianers aufplatzen, ein zweiter sprengte ein großes Loch hinein. Der feurige Glibber begann herauszuquellen.

Tess rief: »Keine Laserschüsse mehr auf den Klumpen! Sie ernähren sich davon! Und ich habe keine Granaten mehr!«

Raoul und der Kleine lagen in der Mitte des Ganges auf dem Boden. Raoul versuchte dauernd den Kopf zu heben, und der Kleine drückte ihn genauso oft wieder hinunter. Xris, der zu ihnen hinüberschaute, erinnerte sich an den Dämpfer, den Raoul trug.

»Harry!« brüllte Xris und richtete die Lampe auf Raoul.

Harry sah den Dämpfer und sprang Kopf voran. Er landete auf dem Bauch, mit Raoul als Unterlage, der hysterisch kreischte und sein Gesicht in den Händen verbarg.

Harry riß die Waffe so heftig von Raouls Arm, daß er dem Adonier fast die Schulter auskugelte. Raoul. Stieß einen schrillen Schrei aus. Harry warf sich auf den Rücken und feuerte. Das Projektil grub sich in den glühenden Klumpen und explodierte. Das Glühen erstarb.

Xris leuchtete den Gang hinunter, konnte aber keine weiteren Corasianer ausmachen.

Raouls Stimme durchbrach die Stille. »Du Ungeheuer! Gib mir meine Handtasche zurück!«

»Welche Handtasche?« Harry war verwirrt.

»Diese!« Raoul versuchte, Harry den Dämpfer zu entwenden.

Harry stoppte ihn. »Überlaß sie mir noch eine Weile. Bitte. Ich geb' sie dir bestimmt zurück. Ich verspreche es. Läßt du mich vorgehen?«

Raoul schniefte. »Dann behalte sie eben. Ich konnte sowieso nichts darin wiederfinden.«

Harry ging mit feuerbereitem Dämpfer nach vorn. Die anderen folgten. Quong half Jamil. Tess und Xris sorgten für die Rückendeckung.

»Was ist mit deinem Arm?« fragte sie.

Er lag auf dem Boden und sah irgendwie sehr mitleiderregend aus.

Xris wurde an den Roboter mit den traurigen Augen erinnert.

Wir hauchen diesem Metall Leben ein, sagte er sich, Erfüllen wir es auch mit Geist und Seele? Verstehen wir die Definition von ›Leben‹ überhaupt richtig?

»Laß ihn!« befahl er, als sie sich bückte, um ihn aufzuheben. »Der Doc macht mir einen neuen.«

Sie folgten den anderen. Der Gang führte auf ein großes Hangardeck. Und dort stand ein Langstrecken-Scimitar.

»Harry, gib mir den Dämpfer«, befahl Xris. »Du gehst hinüber und machst das Ding startklar. Tess, du bewachst die Tür.«

Der Langstrecken-Scimitar, geformt wie die Klinge,

nach der er benannt war, war ein Kampfflieger. Er war kleiner als das PBRS und wesentlich schneller.

Harry erklomm die Leiter und öffnete die Luke. Dann verschwand er im Inneren.

Xris hielt Ausschau nach dem verräterischen Glühen der Corasianer. Über ihm, am anderen Ende des Hangars, konnte er ein schwaches Leuchten ausmachen.

Xris drehte sich um. »Beeilt euch! Sie kommen!«

Auf Quong gelehnt, hüpfte Jamil auf einem Bein in den Hangar. Er schaute die Leiter hinauf, die zur Einstiegsluke des Scimitars führte, und grunzte.

»Tut mir leid«, sagte Xris, »aber es ist der einzige Weg.«

»Ich weiß.« Jamil sammelte sich für einen Augenblick. Dann holte er tief Luft und machte sich an den Aufstieg.

Quong folgte ihm auf dem Fuße, assistierte und ermutigte ihn. »So ist es richtig. Verleg dein Gewicht auf das unverletzte Bein. Ich bin direkt hinter dir. Mach dir keine Sorgen, daß du abrutschen könntest. Denk nicht über den Schmerz nach. Verbanne ihn in einen hinteren Winkel deines Kopfes ...«

»Doc«, begann Jamil, hielt dann inne, lehnte sich schwer an die Flanke des Scimitars und keuchte vor Schmerz. »Halt den Mund.«

»So ist es richtig!« entgegnete Quong zustimmend. »Laß deine negativen Gefühle an mir aus.«

»Was ist denn da oben?« fragte Raoul mißtrauisch und blieb auf der Leiter stehen.

»Ein Café«, sagte Xris. »Es wurde wie ein Raumschiff gestaltet.«

»Wie ungewöhnlich«, bemerkte Raoul und kletterte hinter Quong die Leiter hinauf.

Der Kleine blickte nach oben, schüttelte den Kopf, stieß einen tiefen Seufzer aus und machte sich an den Aufstieg. Sein Regenmantel behinderte ihn dabei erheblich.

Tess stand mit feuerbereitem Strahlengewehr in der Tür.

»Es kommen weitere den Gang herauf«, berichtete sie Xris.

»Komm hierher!« befahl er. »Mach schon!«

Die zweite Aufforderung war überflüssig. Tess rannte zur Leiter und blieb neben ihm stehen, das Lasgewehr in der einen, Xris' Arm in der anderen Hand.

»Rauf«, sagte er.

Die Corasianer rollten über die Stege über dem Scimitar. Xris konnte das Quietschen ihrer Räder hören, das Surren der Motoren in ihren drehbaren Köpfen, die die Lasergewehre ausrichteten.

Er feuerte eine Salve aus dem Dämpfer ab, die allerdings eher dazu diente, die Corasianer auf Abstand zu halten. Er hatte wenig Aussicht, einen zu treffen.

»Beeilt euch!« rief er.

Jamil sackte zusammen und fiel fast von der Leiter. Quong hielt ihn fest und schrie um Hilfe. Harry tauchte aus der Luke auf und half Quong, Jamil in den Scimitar zu zerren.

»Live Entertainment«, konstatierte Raoul und sprang leichtfüßig in die Luke.

Hände streckten sich dem Kleinen entgegen, um ihn aufzufangen.

»Du bist die nächste«, wies Xris Tess an. »Ich decke dich.«

»Falsch«, erwiderte Tess. Sie nahm ihm den Dämpfer aus der Hand. »Du bist Zivilist und zudem verwundet.« Sie wies mit dem Kinn auf die Leiter. »Bewegen Sie Ihren Hintern da rauf, aber schnell, Mister.«

Sie drehte sich um und feuerte. Sie zielte wesentlich besser, als Xris es selbst mit sechs guten Armen gekonnt hätte. Sie traf einen Corasianer, der die Kontrolle verlor und vom Steg stürzte.

Xris kletterte unbeholfen die Leiter hoch. Es war schwierig mit einer Hand, aber er schaffte es.

»Tess!« schrie er und befürchtete für einen Augenblick, daß sie beabsichtigte, alles wieder gut zu machen, indem sie sich abschießen ließ.

Statt dessen warf sie den Dämpfer über die Schulter und hastete die Leiter hoch. Xris wartete.

»Geh!« Sie winkte ihn hinein.

Laserfeuer traf den Scimitar. Xris sprang die Luke hinunter. Tess kam kopfüber hinterher, umgeben von einem Funkenschauer. Er fing sie auf und hielt sie für einen kurzen Moment, aber dennoch lange genug fest, um ein Lächeln auszutauschen.

Xris machte sich auf den Weg zum Cockpit, doch Tess hielt ihn auf und schubste ihn sanft in einen Sessel des Passagierraumes. »Du kannst dort nichts tun. Jemand muß sich um deine Verletzung kümmern, und das kann der Doc nur, wenn du stillsitzt. Gib es zu, mein Lieber, ohne deinen Arm bist du nutzlos, und zudem ist die Hälfte deiner Systeme durchgeschmort.«

»Ich bin ein Kontrollfreak«, grinste er. »Mach dir keine Sorgen, ich werde nicht im Weg stehen.«

»Du bist hoffnungslos.« Tess hauchte ihm einen Kuß auf die Wange und lief dann ins Cockpit. Den Geräuschen nach zu urteilen, hatte Harry den Computer bereits davon überzeugt, daß er der zulässige, heutige Pilot sei, und hatte die manuelle Kontrolle übernommen. Die Motoren heulten auf. Tess setzte sich in den Sessel des Kopiloten. Xris lehnte sich dahinter an die Wand.

Jamil lag ohnmächtig in einer Hängematte, und Quong durchwühlte die medizinischen Vorräte des Fliegers.

Raoul warf ihm finstere Blicke zu. »Ober!« rief er schließlich.

Xris, Harry und Tess blickten außerhalb des Scimitars auf eine solide Stahlwand. Die Hangartore waren geschlossen und die Corasianer hatten wahrscheinlich nicht vor, diesen Zustand zu ändern.

»Hat jemand eine Idee?« fragte Tess.

Harry starrte die Kontrollen an. »Es sieht so aus, als hätte unser Freund Harsch diesen Scimitar mit einigen Extras ausstatten lassen. Paßt mal auf!«

Harry drückte einen Knopf auf der Konsole. Vier Plasmakanonen an jedem Flügel spuckten Feuer. Das Licht blendete so stark, daß alle gezwungen waren, die Augen zu bedecken.

»Haltet euch gut fest!« rief Harry. »Das kann ein bißchen rauh werden!«

Xris hielt sich an der Leiter fest.

»Ist das Tor offen?«

»Keine Ahnung!« entgegnete Harry. »Ich kann nichts sehen.«

Der Flieger schwankte und buckelte, schoß dann unvermittelt vorwärts. Xris, der wegen des gleißenden schmerzenden Lichts immer noch die Augen geschlossen hielt, konnte nur hoffen, daß dieser Ritt nicht der kürzeste ihres Lebens würde.

Das Licht verschwand, ohne daß der Flieger an einer unnachgiebigen Stahlwand zerschmettert wäre. Xris schlug die Augen auf und stemmte sich wieder in eine aufrechte Position.

»Mein Gott«, wisperte Tess. »Das war ... unglaublich.«

Der Flieger, umgeben von Millionen Metallsplittern, raste aus dem corasianischen Schiff. Die Kanonen hatten das Tor aufgesprengt, und der atmosphärische Druck erledigte den Rest, indem er den Flieger mitsamt allem anderen, das sich im Hangar befunden hatte, ins All hinauspustete.

»Wir haben's noch nicht ganz hinter uns gebracht«, grummelte Harry. Er korrigierte den Kurs und gab den Sprung in den Computer ein.

Dann kam alles abrupt zum Stillstand.

»Was, zur Hölle ...?«

»Verdammt! Ich dachte, der Druck hätte uns weit genug gepustet. Traktorstrahl! Ich komme nicht frei!« Harry blickte Xris über die Schulter an. »Ich fürchte, jetzt haben sie uns.«

»Dann sollen sie uns eben haben«, erwiderte Xris. »Ich bin zu müde. Es ist mir egal ...«

»Vielleicht haben sie uns doch nicht ...«, sagte Tess sanft. »Sieh nur!«

Weißgelbe Lichtbündel zischten aus dem Nichts heran, entsprangen einem Nirgendwo, das keiner von ihnen sehen konnte.

»Laskanonenfeuer«, sagte Harry.

Er blickte auf seine Instrumente und schaute dann etwas dümmlich auf Tess.

»Das ist die *King James II* da draußen.«

»Ja«, bestätigte Tess, »ich weiß. Sie haben etwas länger gebraucht, als ich erwartet hatte, aber . . .«

Der Scimitar raste auf einmal vorwärts. Harry konzentrierte sich sofort wieder auf seine Kontrollen. Er tauchte mit dem Flieger steil ab, um ihn unter das Laskanonenfeuer zu bringen.

»Der Traktorstrahl wurde abgeschaltet«, erklärte er überflüssigerweise.

Die bucklige Masse der *King James II* nahm ihnen die Sicht. Das riesige Schiff war umgeben von weiteren großen Kriegsschiffen, die alle unablässig auf das corasianische Mutterschiff feuerten.

Nichts hatte für Xris je zuvor so wunderschön ausgesehen.

44.
Kapitel

La vérité existe; on n'invente que le mesonge.
(›Die Wahrheit existiert, nur Lügen werden erfunden.‹)

George Braque, *Le jour et la nuit*

Kampfflieger, Kurzstrecken-Scimitars und Claymore-Bomber rasten Welle auf Welle vorüber und setzten Kurs auf das corasianische Mutterschiff. Die Corasianer zögerten, starteten dann einige ihrer eigenen Kampfflieger, nur um sie sofort wieder zurückzubeordern. Der Feind entschied sich für die Flucht.

Die *King James II*-Kampftruppe mit ihren sechs Kriegsschiffen, zwei Raumträgern und Hunderten von Kampffliegern würde dafür sorgen, daß es ihnen nicht gelang.

»Wir sind frei und außer Schußweite«, meldete Harry. »Wohin soll's gehen?« Er blickte sehnsüchtig den Fliegern hinterher, die sich jetzt zum Angriff formierten.

»Denk nicht mal dran!« befahl Xris ihm müde. »Bring uns zur *King James*.«

Tess sah sich nach Xris um. »Ist es in Ordnung, wenn ich das Komm benutze? Ich muß der Admiralität Bericht erstatten. Xris, ich werde ihnen von dir und deinem Team erzählen, wie du uns aus diesem Schiff herausbekommen hast. Ich werde dafür sorgen, daß ihr eine Auszeichnung erhaltet . . .«

Als sie seinen Gesichtsausdruck bemerkte, verstummte sie, biß sich auf die Lippen und senkte die Augen.

»Auszeichnungen!« Xris' Stimme klang bitter. »Laß sie ihre Orden an Tychos Mutter schicken, klar?«

Tess erwiderte nichts. Sie wandte sich ab und beugte sich über die Kommunikationsanlage.

Zugegeben, das war unter der Gürtellinie. Xris wußte, daß er sie verletzt hatte und daß sie es nicht verdiente; aber im Moment war ihm das ziemlich egal. Er fühlte sich rundum miserabel und sah nicht ein, warum es irgend jemandem besser ergehen sollte.

»Gute Nachrichten, Leute«, verkündete er, als er die Leiter zu dem winzigen Passagierraum des Scimitars hinaufkletterte. »Wir alle bekommen Orden.«

»Ich möchte einen schwarzen mit Spitzenbesatz«, meldete Raoul sich schläfrig zu Wort. Er schaukelte sanft in einer der Hängematten hin und her, die an Bord des Scimitars als Schlafstatt dienten. Der Kleine saß darunter auf einer Bank und überwachte sorgenvoll seinen Freund.

»Ich habe ihm ein Sedativ verabreicht«, berichtete

Quong. »Meiner Diagnose zufolge hat er eine leichte Gehirnerschütterung. Seine Erinnerung kehrt langsam zurück, aber er leidet immer noch unter Schwindel und Desorientierung.«

»Also fast sein Normalzustand, hm?« Xris versuchte mit einer Hand, seiner guten Hand, einen Dreher aus seinem Etui zu fummeln. Es gelang ihm, einen herauszuziehen, doch dabei entglitt ihm das Etui und fiel zu Boden. Er fluchte und holte aus, um ihm einen Tritt zu versetzen.

Quong ging dazwischen, hob das Etui auf und reichte es Xris.

»Ich sollte dir ebenfalls ein Beruhigungsmittel einflößen, mein Freund. Hast du Schmerzen?« Er untersuchte die zerfetzten Metallverstrebungen und die verschmorten Drahtenden, die aus Xris' Schulter ragten.

»Hölle, nein!« Xris biß hart auf den Dreher und zerteilte ihn beinahe in zwei Hälften. »Es tut nicht weh, Doc. Es ist schließlich nicht echt!«

»Ich habe nicht von deinem Arm gesprochen«, berichtigte Quong Xris sanft und reichte ihm einen Becher Kaffee.

Xris schüttelte den Kopf, nahm aber den Kaffee. »Diese Art Schmerz kann kein Beruhigungsmittel der Welt betäuben.«

Quong nickte verstehend und widmete sich wieder Jamil, der mit bandagiertem Bein in einer anderen Hängematte ruhte. Im Gegensatz zu Raoul war er allerdings hellwach.

»Junge, ich hab' vielleicht ein Händchen, was?« konstatierte Xris, der sich neben dem Kleinen auf die Bank setzte. »Wie hoch belaufen sich die Verluste für diesen Job? Ein Claymore, ein PBRS, ein straßenlöschender Roboter, ein Zivilist, mein Arm, dein Bein, Raouls Hirn und zwei Freunde.« Xris lehnte sich gegen das Schott hinter ihm und schloß die Augen. »Zwei Freunde.«

Er hob den Kaffeebecher. »Auf Darlene Rowan und Tycho.« Er nahm einen großzügigen Schluck Kaffee, stellte zu spät fest, daß er siedendheiß war, und verbrannte sich gehörig den Mund. Er ertrug es schweigend.

»Ich weiß nicht«, sagte Jamil nach einer Weile. »Ich denke, es war besser, daß Tycho sich auf diese Weise verabschiedet hat. Hätte er herausgefunden, wieviel Geld wir bei diesem Job versiebt haben – der Schock allein hätte ihn umgebracht.«

»Und wir wissen nicht mit Sicherheit, daß Darlene Rowan tot ist«, fügte Quong hinzu.

Xris schüttelte erneut den Kopf und hielt sich am abkühlenden Kaffeebecher fest. Der Kaffee schmeckte mehr und mehr nach Moder.

Tess kam die Leiter hinauf und schloß sich den anderen an. »Wie fühlst du dich?« fragte sie Jamil.

»Wundervoll. Es gibt nichts Besseres als ein kleines Schrapnell, das dir das Bein zerfetzt. Holst du mir bitte noch etwas Kaffee, Doc?«

Quong ging zur Kaffeemaschine hinüber und schenkte sich und Jamil eine Tasse ein. Durchgeschüttelt von den starken Emotionen im Raum, hatte der Kleine sich zu einem Ball zusammengerollt. Raoul schlief ein. Unten im Cockpit war Harry zu hören, der mit der *King James* sprach und Landegenehmigung erbat.

Tess hatte die Hände in die Hüften gestemmt und ließ den Blick über das Team schweifen. Dann schaute sie Xris an. »Okay. Ich sage es jetzt. Es tut mir leid, es tut mir sogar verdammt leid. Die Sache mit euren Freunden, meine ich.«

»Du brauchst dich nicht zu entschuldigen«, sagte Xris, »du hast nur deinen Job erledigt. Du hast getan, was du tun mußtest. Jedenfalls nehme ich das an.«

»Ich entschuldige mich nicht dafür, daß ich meine Arbeit getan habe«, entgegnete Tess. »Und du hast recht. Ich *tat*, was ich tun mußte. Ich habe Nick Harsch daran gehindert, weiter Technologie an die Corasianer zu verkaufen. Ich habe verhindert, daß er oder gar die corasianische Galaxis dieses Roboters habhaft werden. Wer von uns kann ermessen, wie viele Leben dadurch gerettet wurden?«

»Ich weiß nur, daß wir einige auf dem Weg dorthin verloren haben«,antwortete Xris.

»Hör endlich auf, dich zu beklagen! Okay, dieser Job war also nicht die leichte, bequeme Chance auf ein Vermögen, die ihr alle erwartet hatte. Der Söldnerberuf ist aber nun mal mit Risiken behaftet. Wenn du das nicht mehr ertragen kannst, wäre es wohl besser, daß du dir eine andere Arbeit suchst!«

Sie war wütend, so wütend, daß sie kein weiteres Wort mehr herausbekam. Auf ihren Wangen brannten zwei hektische rote Flecken, und ihre Augen blitzten. Sie drehte sich um und ging zur Leiter, um sich ins Cockpit zurückzuziehen.

»Tess«, hielt Xris sie auf. »Nur eine Frage.«

Sie blieb stehen, drehte sich aber nicht um und sah auch niemanden an. »Was?« fragte sie mit kalter Stimme.

»Warum hast du uns nicht die Wahrheit erzählt?«

»Wir hätten Ihnen geholfen, diesen Bastard zu erledigen«, bemerkte Jamil.

»Sie hätten nur höflich zu fragen brauchen«, fügte Quong hinzu.

Langsam drehte Tess sich zu ihnen um und schaute sie an, als hätte sie es mit einem unerträglichen Haufen von Idioten zu tun. »Euch die Wahrheit erzählen! Wie, zur Hölle, konnte ich das? Wie hätte ich euch trauen können?«

»Ah«, bemerkte Xris sarkastisch. »*Du* konntest *uns* nicht trauen! Jetzt verstehe ich. Und dies von einer Frau, die so viele Haken und Ösen hat, daß sie einen Gastvortrag über Fischereikunde halten könnte.«

Einer von Tess' Mundwinkeln begann zu zucken. Sie versuchte, wütend zu bleiben, doch es gelang ihr nicht. Statt dessen lachte sie leise. »Okay. Ich gebe zu, das hatte ich verdient. Ich werde euch alles berichten, einverstanden? Dann könnt ihr selbst urteilen.« Sie hielt kurz inne. »Dem Flottengeheimdienst waren Nick Harschs

Geschäfte mit den Corasianern seit Jahren bekannt, aber wie ich dir bereits erzählte, Xris, gelang es uns nicht, ihn zu fassen. Er hatte Verbindungen zu den obersten Ebenen der Flotte. Irgend jemand versorgte ihn mit allen Informationen Wir fanden heraus, wer es war, und zogen ihn aus dem Verkehr ... ganz leise und ohne Aufsehen. Offiziell nennt man es ›Frühpensionierung‹. Uns war klar, daß Harsch versuchen würde, einen neuen Kontakt aufzubauen. FGD wählte mich als geeignete Person aus. Also machte ich mich an die Arbeit. Ich verlor hohe Summen am Spieltisch und ließ verlauten, daß ich viel Geld benötigte, und zwar schnell, oder meine Karriere würde den Bach runtergehen.« Sie schaute in die Runde.

»Eine ganze Weile dachte der FGD, daß Harsch nicht anbeißen würde. Dann gelang es uns, eine seiner Lieferungen an die Corasianer aufzubringen und die Waffen zu konfiszieren. Harsch ging dabei einiges flöten. Kurz darauf nahm einer seiner Agenten Kontakt mit mir auf. Nach einigen Verhandlungen erklärte ich mich bereit, für ihn zu arbeiten. Ich erwies mich als wertvoll, indem ich ihn rechtzeitig vor einigen Razzien warnte. Das Problem dabei war, daß ich den Mann nie zu Gesicht bekam. Er ließ alles über Mittelsmänner ablaufen. Wir brauchten also ein Riesending, um ihn selbst herauszulocken.«

»Lasairions Roboter mit den traurigen Augen«, bemerkte Quong.

»Richtig. Es war wirklich perfekt. Die Pandoraner machten jede Menge Aufstand um den Robot. Die Admiralität reagierte prompt und tat, als wolle sie die Sache unter den Teppich kehren. Sicherheitsstufe Eins. Streng klassifiziert. DNA-Speicheltest-Akte. Natürlich sind diese Korridor-Roboter, wie Sie schon bemerkten, Dr. Quong, nicht so selten. Und sie sind darauf programmiert, nur auf Lasairion zu reagieren. Wir gingen also davon aus, daß keine allzu große Gefahr bestünde.«

»Ich kann einfach nicht glauben, daß Harsch das alles nicht gewußt haben soll«, warf Xris ein.

»Er war ein Schnäppchenmacher, ein Entrepreneur. Er

war wie einer dieser Gebrauchtschweberhändler, die einen Gravator nicht von einem Generator unterscheiden können. Aber mit seinen Kunden, da kannte er sich aus. Und mit ihren Wünschen. Als er den Corasianer von dem Roboter erzählte, wurden die ganz wild darauf, ihn in die Finger zu kriegen. Sie versprachen ihm im Gegenzug ein Leben im Luxus.«

Tess seufzte und strich sich mit den Händen durch das Haar.

»Und von da an begann der Ärger.«

»Kaffee?« fragte Quong und ging ihr einen Becher holen.

»Danke. Erst verlief alles genau nach Plan. Ich wurde Truppenoffizier Captain Strauss. Es gelang mir, auf Pandor stationiert zu werden, was allerdings recht leicht war, da die meisten Armeeangehörigen eher erpicht darauf sind, von Pandor *wegzukommen*. Niemand im Stützpunkt wußte, daß ich für den FGD arbeitete, nicht einmal der Oberst. Das war der geheimste Teil der Operation. Ich habe den Roboter dann selbst untersucht, und ich schwöre bei Gott«, Tess warf Xris ein schräges Grinsen zu, »daß der Robot funktionsuntüchtig war. Natürlich habe ich nicht gewagt, ihn anzutasten oder gar von der Stelle zu bewegen, jedenfalls noch nicht zu dem Zeitpunkt. Schließlich waren wir immer noch damit beschäftigt, die Pandoraner zu besänftigen. Aber elektronische Abtastungen und weitere Überprüfungen ergaben, daß er nicht funktionierte. Was, zum Teufel, habt ihr mit ihm angestellt?«

»Ich bin über ihn gestolpert, habe ihn angestoßen. Genau weiß ich es auch nicht.«

»Ein loser Kontakt«, bemerkte Quong, »oder ein Kurzschluß. Irgendwas, das bei einem Scan nicht erkannt wird.«

»Jedenfalls habe ich dann dem FGD Bericht erstattet, daß der Robot ungefährlich sei. Junge, habe ich mich da geirrt!« Tess seufzte und umschloß den Kaffeebecher fester, als wollte sie ihre Hände wärmen. »Wir gingen davon aus, daß Harsch *mich* anweisen würde, den Roboter zu stehlen. Wir hatten alles durchgeplant. Ich würde ihn schnappen, die Bombe plazieren und Harsch den Robot übergeben. Ich würde sicherstellen, daß ich ihn Harsch persönlich übergebe. Das sollte Teil der Abmachung sein. Ich würde mich ansonsten weigern, zu liefern. Damit erklärte er sich einverstanden. Wir wollten ihn natürlich lebend fassen, um ihn verhören zu können und herauszufinden, welche Geheimnisse er an den Feind verraten hatte. Sollte das nicht klappen, würde die Bombe dafür sorgen, daß er den Corasianern nie mehr etwas anderes verkaufen würde. Unglücklicherweise hatte Harsch andere Vorstellungen. Er wollte nicht, daß ich den Robot stehle, denn er befürchtete, ich könnte erwischt werden. Er sagte, er würde lieber jemanden anheuern, der das für ihn übernehmen würde. Er fragte mich, ob mir jemand geeignetes bekannt wäre.«

»Und du hast uns empfohlen«, warf Xris ein, dem langsam alles klar wurde.

»Der Lordadmiral hat euch empfohlen. Ich gab deinen Namen nur an Harsch weiter. Ihr wißt selbst, wie es von da an weiterging. Ich richtete es so ein, daß Jamil, ohne Verdacht zu erregen, auf die *King James II* gebracht werden konnte, und arrangierte außerdem, daß du, Xris, dich unbemerkt vom Stützpunkt entfernen konntest. Wäre alles nach Plan gelaufen, hätten du und Jamil die Bombe selbst in den Roboter eingesetzt und ihn danach auf Höllenposten an Harsch übergeben . . .«

»Und er verkauft den Robot und *uns* an die Corasianer.« Xris schüttelte den Kopf. »Richte dem Lordadmiral unseren Dank für die Empfehlung aus, aber sag ihm auch, daß wir es in Zukunft vorziehen, unsere Jobs selbst auszusuchen.«

»Ich glaube nicht, daß Harsch euch hintergehen wollte. Jedenfalls nicht am Anfang. Er war ein harter Geschäftsmann und konnte sehr genau einschätzen, wann er eine gute Sache am Laufen hatte. Aber dann lief nichts mehr nach Plan.«

»Ich verstehe aber immer noch nicht, warum Sie uns nicht einfach die ganze Wahrheit erzählt haben«, warf Jamil dazwischen, »statt uns nur Teile aufzutischen.«

»Na ja, zum einen wollte ich nicht meine Deckung verlieren. Wenn die Sache schiefging, würde der FGD mich mehr denn je als Kontakt zu Harsch benötigen. Und zum anderen – was, zum Teufel, sollte ich denn glauben, als euer ganzes verdammtes Team aufkreuzte? Vielleicht wart ihr ja dabei, Sakuta hereinzulegen; es konnte aber auch sein, daß ihr für ihn arbeitet. Es war möglich, daß ihr bis zur Hutkrempe selbst drinsteckt. Unter Umständen würdet ihr mir helfen; es könnte aber auch sein, daß ihr mich ausliefert. Wie sollte ich das wissen?«

»Du wußtest es«, widersprach Xris leise und starrte in seinen erkalteten Kaffee.

Tess setzte sich neben ihn und legte ihre Hand auf sein Knie. »Okay, *ich* wußte es. Und wäre es nur um mich, nur um mein Leben gegangen, hätte ich euch alles erzählt. Aber es ging um mehr, um sehr viel mehr. Alles um mich herum ging plötzlich schief. Als erstes funktioniert dieser Roboter entgegen aller Erwartung doch. Dann taucht Grant mit der Befehlsempfänger-Einheit des Professors auf. Als nächstes entkommt der Roboter und nimmt Grant mit. Bevor jemandem klar ist, was eigentlich vor sich geht, fängt dieser Roboter an, Straßen zu löschen, und zuletzt kriegt auch noch Harsch mit, was der Roboter treibt . . .«

»Von dir.«

»Nicht von mir. Offensichtlich hat er mehr als eine Quelle in der Flotte. Jedenfalls gibt er die Neuigkeit an die Corasianer weiter und erhöht den Preis. Die Corasianer sind so aufgeregt, daß sie sogar eines ihrer Mutterschiffe schicken, um den Robot persönlich in Empfang zu nehmen. Sie weisen Harsch an, ihnen den Robot direkt zum Schiff zu bringen. Harsch war darüber nicht begeistert; aber er hatte keine andere Wahl. Die Corasianer lassen Harsch wissen, daß sie sehr ungehalten wären, wenn er nicht liefern würde, und daß sie in dem Fall erwägen, einige unserer Außenposten zu überfallen. Was soll ich also tun?« appellierte Tess an die anderen. »Wenn die Flotte sich einmischt, um die Corasianer abzufangen, verlieren wir Harsch. Wenn wir den Roboter verlieren, geht Harsch uns ebenfalls durch die Lappen. Harsch bekommt Ärger mit den Corasianern, und die wiederum greifen unsere Außenposten an. Gott! Ich verbrachte schlaflose Nächte darüber, alles aufzudröseln.« Tess spreizte die Finger.

»Und dann ist plötzlich wieder alles in Ordnung! Wir fangen den Roboter ein, und ich denke, fein, die Mission kann weitergehen wie geplant. Alles läuft wie geschmiert und dann ...«, sie blickte Xris an, »kommst du auf den Dreh, die ganze Geschichte platzen zu lassen, um auf eine verdammte Rettungsoperation zu gehen!«

Xris saß stumm da und saugte den Geschmack aus den letzten aufgeweichten Dreherfibern in seinem Mund.

»Gut, ich bin also von Natur aus mißtrauisch«, gab Tess zu. »In meinem Geschäft hält einen das allerdings am Leben So fragte ich mich: Wolltest du wirklich alles hinschmeißen, um auf eine Mission zu gehen, deren Aussichtslosigkeit dir klar war, oder hattest du die Absicht, den Roboter selbst zu stehlen – jetzt, wo du wußtest, wie wertvoll er tatsächlich war? Alle meine Zweifel waren wieder da. Ich konnte nur eines tun: Harsch den Roboter bringen, und zwar schnell. Vielleicht war es ein Fehler, euch zu drohen, den Flieger in die Luft zu jagen. Vielleicht hätte ich euch statt dessen die Wahrheit erzählen sollen. Aber selbst wenn ich es jetzt noch einmal betrachte, kann ich nicht einsehen, an welchem Punkt ich eine andere Entscheidung hätte fällen können.«

»Da hat sie nicht ganz unrecht, Xris«, mischte Jamil sich ein. »'ne ganze Menge, von dem, was wir getan haben, war nicht gerade klug.«

»Ende gut, alles gut«, konstatierte Quong mit einem Achselzucken. »Harsch wird dem Feind nie wieder Technologie verkaufen. Und die Corasianer werden nicht in der Lage sein, Straßen einzurichten oder kollabieren zu lassen. Tycho starb für eine gute Sache. Er hat sich eine hohe Auszeichnung verdient.«

»Ich bin mir nicht so sicher, ob das auch für uns andere gilt eine Sache noch.« Xris hob den Kopf und blickte Tess an. »Als wir in das corasianische Mutterschiff geschleppt wurden, warum hast du uns da betäubt?«

»Weil ihr bis zum bitteren Ende kämpfen wollet. Das wußte ich. Und das konnte ich nicht zulassen. Zu diesem Zeitpunkt wurde mir nämlich klar, daß ihr auf meiner Seite wart. Soweit möglich, lag es in meiner Verantwortung, daß ihr da wieder lebend rauskamt. Ich dachte, einmal an Bord, hätten wir wenigstens eine Chance. Wie die Sache aussieht, habe ich mich auch da verrechnet.«

»Du hast Jeffrey Grant verloren.«

»Erst in letzter Minute. Ich weiß selbst nicht genau, warum ich es tat oder was ich mir davon erhoffte. Es war einfach ... er tat mir so leid. Er war unschuldig da reingezogen worden, ohne auch nur gefragt zu werden. Ich wußte, Harsch und die Corasianer würden an Bord des PBRS kommen, um den Roboter höchstpersönlich abzuholen. Und ich habe mir gedacht, wenn sie ihn erst mal in Händen haben, gehen sie wieder, ohne das Raumschiff genauer zu inspizieren.«

»Was hatten Sie denn mit ihm vor?« fragte Quong.

»Bevor ich das corasianische Mutterschiff betrat, übermittelte ich der *King James II* ein geheimes Signal, das ihnen unsere Position angab. Ich wußte, daß die Flotte unterwegs war und ging davon aus, daß Grant sich solange verstecken würde, bis ich zurückkam. Ich hatte allerdings nicht damit gerechnet, daß Jeffrey Grant nicht nur sich, sondern auch den Roboter versteckte.«

»Das also passierte mit ihm«, bemerkte Xris.

»Etwas anderes kann ich mir nicht vorstellen. Harsch war außer sich, als er ihn nicht finden konnte. Außer sich vor Wut und Angst. Ihm war klar, was die Corasianer mit ihm anstellen würden, wenn er mit leeren Händen vor ihnen stünde. Wenigstens gab es mir die Chance, Xris, euch eine Weile am Leben zu halten. Die Corasianer wollten dich auf der Stelle auseinandernehmen. Ich sagte Harsch, du hättest den Roboter versteckt. Also befahl er den Corasianern, dich solange am Leben zu lassen, bis er es aus dir heraus hatte«

»Wir verdanken Ihnen unser Leben, Captain«, sagte Quong förmlich und verbeugte sich vor Tess. »Ich, für meinen Teil, möchte Ihnen meinen Dank aussprechen.«

»Ich auch«, bekräftigte Jamil. »Wenn Xris dir nicht anbietet, dich an einen romantischen Ort zu entführen und dich am Meeresstrand bei Mondaufgang mit Champagner zu verwöhnen, dann laß es mich wissen.«

»Ihr schuldet mir nichts«, wehrte Tess mit hochrotem Kopf ab. »Ich habe diesen Job von Anfang an vermasselt. Wenn ihr alle nicht gewesen wärt, dann ...«

Xris nahm sich einen neuen Dreher. »Okay, dann sind wir quitt.«

»Xris!« brüllte Harry die Leiter herauf. »Eine Nachricht für dich. Von der Admiralität.«

Xris ging davon aus, daß es Dixter sein mußte, der seinen von Herzen kommenden Dank loswerden wollte. Allerdings war Xris nicht in der rechten Stimmung dafür. Er stand widerstrebend auf, ging an Tess und den anderen vorbei und begab sich zum Cockpit. Dort warf er sich in den Sessel des Kopiloten und wandte sich dem Komm zu.

»Xris hier«, meldete er sich.

Ein Gesicht erschien, doch es war nicht das zerfurchte, alternde Gesicht des Lordadmirals. Es war ...

»Darlene!« Xris atmete tief aus. Er sprang auf, beugte sich zum Schirm vor und berührte ihn, als könnte er Darlene berühren und sich auf diese Weise vergewissern, daß sie tatsächlich am Leben war.

»Hi, Xris«, begrüßte sie ihn. »Es tut gut, dich zu sehen.«

»Es tut verdammt gut, *dich* zu sehen!« erwiderte er inbrünstig. »Was ist passiert? Bist du okay?«

»Mir geht es gut, genau wie allen anderen an Bord. Wir sind nicht in den Hyperraum gesprungen und waren daher auch nicht in der Straße, die der Roboter kollabieren ließ. Aber das Schiff wurde durch die Explosion stark beschädigt, und die Kommunikation brach zusammen.«

»Explosion? Welche Explosion?«

»Als mein Fenster zerbrach.«

»Dein ...« Xris starrte sie an. »Was ...«

Darlene grinste. »Es ist eine lange Geschichte. Ich werde sie dir später erzählen. Der Captain will mich nicht so lange reden lassen. Ich sehe unter Arrest.«

»Arrest?« Xris verstand gar nichts mehr. »Hör mal, beantworte mir wenigstens eine Frage: Geht es dir wirklich gut?«

»Der Captain überstellt mich der Flotte. Bis dahin werde ich rund um die Uhr bewacht. Es geht mir wirklich gut, Xris. Ich sehe dich bald. Und grüße Klein-Harry und die anderen Kinder von mir.« Sie winkte ihm zu.

Ihr Bild verblaßte und wurde durch das breit grinsende Gesicht Mendaharin Tuscas ersetzt.

»Mach dir keine Sorgen, Xris«, beruhigte ihn Tusk. »Wir wissen, was los ist. Wir achten auf sie.«

»Danke, Tusk«, sagte Xris. »Und richte auch dem Lordadmiral meinen Dank aus.«

»Wir haben zu danken, Xris. Dir und deinem Team. Ach, bevor ich es vergesse, wir haben euren Claymore. Wir werden ihn Instandsetzen lassen und dann an euch zurückschicken. Und die Flotte wird sich bemühen, etwas Geld als Aufwandsentschädigung aufzutreiben.«

»Kannst du mir einen Gefallen tun, Tusk? Hast du von Tycho gehört? Schick seiner Familie das Geld. Ich lasse dir die Adresse zukommen.«

Tusk nickte. »Geht klar. Ich sehe euch an Bord, Xris.«

Der Schirm wurde dunkel.

Der Scimitar flog der riesigen *King James II* entgegen, und Harry übertrug die Kontrolle an den Computer, um den anderen die Neuigkeit zu überbringen.

Xris blieb allein zurück und sandte ein Dankgebet an wer auch immer zuhören mochte. Er nahm sich die Zeit, denselben schweigenden Zuhörer auch darum zu bitten, sich gut um Tycho zu kümmern.

Dann rief er nach oben: »Tess, kannst du mal für eine Sekunde zu mir kommen?«

Sie kletterte mit besorgter Miene zu ihm herunter. »Was ist los, Xris? Du klingst so ernsthaft.«

Er nahm ihre Hand in seine gute Hand, seine einzige Hand. »Hat Jamil recht? Schwärmst du für Champagner und von Mondlicht überflutete Strände?«

Tess lächelte und zuckte mit den Schultern. »Wenn ich ehrlich bin, stehe ich mehr auf Bier und billige Motels, aber ...«

Er nahm sie in die Arme – den Arm – und küßte sie.

Über ihnen stieß Jamil einen Pfiff aus, Harry gluckste, der Kleine stampfte mit den Füßen, Quong monierte ihr derbes Verhalten und Raoul, der kurz aufwachte, bat jemanden, ihm seinen Lippenstift zu bringen.

»Noch eine Frage«, sagte Xris, als er wieder sprechen konnte. »Was geschah mit Jeffrey Grant und dem Roboter?«

»Wir wissen es nicht genau«, antwortete Tess. »Wir hoffen, sie bald zu finden. Der Roboter ist jetzt immens wertvoll für uns. Zum erstenmal haben wir einen funktionstüchtigen Robot, und die Einheit des Professors noch dazu.«

»Wo liegt dann das Problem?« fragte Xris. »Findet Grant, und holt euch den Roboter wieder. Er wird nicht glücklich darüber sein, aber letztendlich ist er nur Zivilist.«

»Ich wünschte, es wäre so einfach.« Tess seufzte. »Weißt du, eine klitzekleine Lüge habe ich noch ausgelassen. Ich habe die Bombe nicht im PBRS installiert. Die Bombe, die Harry gefunden hat, war eine Attrappe. Die echte Bombe ist im Roboter.«

45.
Kapitel

Süß sind die Melodien, die erklingen, aber um wie vieles süßer noch sind jene, die nur das geistige Ohr vernimmt. So spielt denn auf, ihr sanften Flöten ...

John Keats, *Ode an eine Griechische Urne*

Jeffrey Grant entkam den Corasianern ohne großes Aufheben. Er setzte sich einfach in den Pilotensessel, befahl dem Computer, das PBRS zu starten, und flog davon. Dabei hatte er erwartet, daß auf ihn geschossen würde.

Nichts dergleichen geschah.

Dann rechnete Grant damit, von einem Traktorstrahl erfaßt zu werden.

Nichts dergleichen.

Das kollektive Hirn der Corasianer war auf andere, wesentlich wichtigere Dinge konzentriert – zum Beispiel die Frage, wo der Roboter sich aufhielt sowie das Wiedereinfangen einiger Fleischstücke von höchster Qualität. Das kollektive Hirn verschwendete seine Zeit nicht mit Jeffrey Grant.

Man könnte beinahe sagen, daß dies die Geschichte seines Lebens *per se* war.

Ein wenig erstaunt über die Leichtigkeit seiner Flucht und in der Erwartung, jede Sekunde von corasianischen Kampffliegern umzingelt zu werden, befahl Grant dem Computer nervös, die nächste Straße auszumachen und umgehend hineinzuspringen.

Der Computer fand die Straße, meldete daraufhin aber, daß ihre Benutzung derzeit unmöglich sei. Ein anderes Schiff oder ein Flieger benutzte sie gerade. Voller Angst, daß die Corasianer ihn doch noch einfangen könnten, flog Grant weiter und lokalisierte irgendwann die nächste Straße.

Diese war frei, und das OBRS sprang hinein.

Das Schiff in der ersten Straße war die *King James II*, aber das sollte Jeffrey Grant niemals erfahren.

Während des Hyperraumfluges zurück nach XIO, verbrachte Grant die Zeit damit, den Roboter auf Hochglanz zu polieren.

Kurz vor der Landung fiel Jeffrey Grant ein, daß die Leute von der Raumfliegervermietung es übel nehmen würden, daß ihm ihr Flieger abhanden gekommen war. Noch im Orbit seines Planeten stellte Grant den Kontakt zur Agentur her und versuchte, die Lage zu erklären.

»Ich hatte ihn auf Pandor abgestellt, wissen Sie, und ich habe ihn nur für einen Moment verlassen, um nachzusehen ...«

»Trant?« fragte eine junge Frau, »Jeremias Trant?«

»Grant«, berichtigte Jeffrey demütig, »Jeffrey Grant. Ich war nur für eine Minute weg ...«

»Ah, Mr. Grant! Kein Grund zur Sorge. Der von Ihnen gemietete Flieger wurde zurückgebracht.«

»Wurde er?« Grant fiel etwas verspätet ein, daß er lieber nicht so überrascht klingen sollte. »Ich meine ... wurde er also. War ja auch so abgesprochen. Freut mich zu hören. Ist ... ist alles in Ordnung?«

»Aber ja, Mr. Grant. Der Herr, der den Flieger zurückbrachte, meldete uns, daß Sie ihn nicht mehr benötigen würden, und bezahlte die volle Rechnung.«

Was sie Jeffrey Grant verschwieg, waren die näheren Umstände der Rückgabe. Der Pilot war mit einer Eskorte der Flotte gelandet, hatte seinen FGD-Ausweis gezückt und den Auftrag erteilt, ihn sofort zu verständigen, falls jemand mit Namen Jeffrey Grant auftauchen und nach dem gemieteten Flieger fragen sollte.

Daher war Jeffrey Grant erleichtert und beunruhigt zugleich. Er war erleichtert darüber, daß der Flieger zurück war, denn er hatte sich Sorgen gemacht, wie er den Verlust bezahlen sollte.

Diese unerwartete Rückgabe beunruhigte ihn. Er hatte das Gefühl, daß ihm jemand auf den Fersen saß.

Alle möglichen wirren Absichten und Fluchtpläne überfluteten sein Hirn und verursachten damit etwas, das bei den altmodischen, benzingetriebenen Fahrzeugen als ›Absaufen‹ bezeichnet wurde. Am Ende tat Grant genau das, was er von Anfang im Sinn gehabt hatte, seit er dem corasianischen Mutterschiff entkommen war. Er landete das PBRS auf einem Feld ungefähr fünfzig Kilometer von XIOs Hauptstadt entfernt.

Nach der Landung verpackte er den Roboter in seiner Kiste. Mit der Fernbedienung aktivierte er sodann dessen Antigravfelder und dirigierte die Kiste zur Luke des PBRS. Bevor er ging, verfaßte Jeffrey Grant eine kurze Nachricht an die Königliche Marine, in der er erklärte, daß er ihr Schiff keinesfalls habe stehlen wollen, entschuldigte sich und dankte der Flotte für alles, was sie für ihn und die Galaxis getan hatte. Er lege den Zettel auf die Befehlskonsole.

Dann machte Grant eine letzte Runde durch das Schiff, ergriff einen Aktenkoffer, den einer der Armeeoffiziere zurückgelassen hatte, und verließ das PBRS. Grant überzeugte sich, daß die Luke fest verschlossen war, und dirigierte dann – Aktentasche in der einen, Fernbedienung in der anderen Hand – den Roboter, der versteckt in seiner Kiste lag, über das Kornfeld hinaus auf die Hauptverkehrsroute.

Ein GravLaster nahm sie mit in die Stadt.

Jeffrey Grant saß am überfüllten Schreibtisch seines kleinen Museums und beschriftete sorgfältig ein Schild.

KORRIDOR-ROBOTER. UM 2180.
ERFUNDEN, ENTWICKELT UND GEBAUT
VON DR. COLIN LASAIRION.
BEI WEITEREN FRAGEN WENDEN SIE
SICH BITTE AN DEN KURATOR.

Grant hatte erst ein wenig gezögert, diesen letzten Satz hinzuzufügen, da er Fragen über Fragen von Touristen voraussah, aber er glaubte auch daran, daß es seine Pflicht sei, alles ihm mögliche zu tun, um die Bildung seiner Mitmenschen zu verbessern. Auf den unteren Rand des Schildes schrieb er in dicken Großbuchstaben:

BITTE NICHT BERÜHREN.

Er ließ die Tinte auf dem Schild trocknen; dann brachte er es neben dem Ausstellungsstück an.

Jeffrey Grant trat zurück. Er faltete die Hände und betrachtete stumm und stolz die Erfüllung seines Traumes.

Der Roboter mit den traurigen Augen stand an seinem neuen Ehrenplatz an der Wand, direkt gegenüber der Eingangstür des ruhigen, kleinen Museums. Die Maschine mit der Bezeichnung Kollimierte Befehlsempfänger-Einheit, die Grant bei seiner Ankunft unerklärlicherweise wieder vorgefunden hatte, stand neben dem Roboter. Das blaue Licht pulsierte nicht mehr, und auch das Summen war verstummt. Aber das beruhigende Licht des Schirmes – ein Licht, das Jeffrey Grant immer sehr attraktiv gefunden hatte – leuchtete hell.

Vielleicht war es der Winkel, in dem das Licht den Roboter von unten anstrahlte, der den wechselnden Ausdruck in den so menschlich wirkenden Augen hervorrief. Für Jeffrey Grant wirkten die Augen irgendwie glücklich. Entweder das, oder der Roboter, der nun von vertrauten Gegenständen seiner eigenen Zeit umgeben war, fühlte sich endlich zu Hause. Jeffrey Grant hoffte, daß letzteres der Fall sein möge.

Lange Zeit stand er da, in den Anblick seiner Ausstellung versunken. Dann drehte er einen der teleskopischen Arme des Roboters ein wenig, um einen besseren, lebenswirklicheren Eindruck zu erzielen. Schließlich staubte Grant alle anderen Objekte ab und stellte seine alten Bücher sauber auf.

Zuletzt ging er durch den Rest des Gebäudes, um nach möglichen neuen Mitbenutzern zu suchen, die eingezogen waren, während er fort war.

Doch es war niemand da. Es war Feiertag auf XIO, und das Gebäude war völlig leer.

Grant ging zurück ins Museum und wartete etwa eine Stunde, um zu sehen, ob vielleicht Touristen kämen.

Niemand kam. Die Straße lag wie immer verlassen da.

Grant schaute sich noch einmal um, um sich zu vergewissern, daß alles an seinem rechten Platz war.

Alles in Ordnung.

Er nahm die Aktentasche auf, trat aus der Tür und vergewisserte sich auch hier aufs genaueste, daß abgeschlossen war. Er ging die Straße hinunter, bis sein Haus in Sicht kam.

Etwas Ungewöhnliches trug sich dort zu. Polizeiwagen parkten mit pulsierenden Lichtern an der Vorderseite. Daneben standen einige teure Limojets ohne Kennzeichen. Grants Nachbarn hatten sich in seinem Vorgarten versammelt. Noch während er die Szene beobachtete, fuhr eine VidNews-Crew vor.

Jeffrey Grant setzte sich auf eine Bank an der Bushaltestelle. Oben an der Straße konnte er das Gebäude sehen, das sein Museum beherbergte. Unten, am Ende der Straße, konnte er sein Haus erblicken.

Jeffrey Grant öffnete den Aktenkoffer. Er langte hinein und drückte auf einen kleinen roten Knopf.

Die Explosion zerstörte die Vorderfront des Museums, ließ das gesamte Gebäude einstürzen und eine Wolke aus Staub und Schutt hundert Meter in den Himmel schießen. Die ungeheure Druckwelle ließ die Erde beben.

Männer in Uniform kamen aus Jeffrey Grants Haus gerannt. Köpfe drehten sich, und Finger zeigten auf die aufsteigende Rauchsäule. Die Nachbarn rannten hinter den Uniformierten her. Polizeisirenen heulten los. Die Wagen jagten an Jeffrey Grant vorüber.

Die teuren, kennzeichenlosen Limojets schossen in die Höhe und flogen an Jeffrey Grant vorüber.

Die Nachrichtencrew, die aus purem Zufall ihre Vidkamera auf den Ort der Zerstörung gehalten hatte, ging auf Live-Sendung. Die Crew raste an Jeffrey Grant vorüber.

Jeffrey Grants Nachbarn, die ihn zum größten Teil nicht kannten, rannten an ihm vorüber und beeilten sich, an den Ort der Katastrophe zu kommen.

Jeffrey Grant selbst saß auf der Bank der Bushaltestelle und erzählte einem kleinen Kind, das nach draußen gekommen war, um die Polizeiwagen zu sehen, glücklich und zufrieden von den wunderbaren Korridor-Robotern des Professor Lasairion.

ENDE

Band 23 173

Margaret Weis
Don Perrin

Die schwarze Garde

Deutsche Erstveröffentlichung

Einst war Xris ein menschlicher Top-Agent, doch Verrat in den eigenen Reihen läßt einen seiner Einsätze scheitern. Seitdem ist er ein halber Cyborg und kennt nur noch einen Gedanken: Rache an dem Verräter Dalin Rowan. Jahre später taucht Rowan wieder auf – als Frau. Und ganz unerwartet stellt sich für Xris und sein Team noch ein weiteres Problem: die Schwarze Garde, eine fanatische Gruppe, die durch Sabotageakte die Vorherrschaft der Erde wiederherstellen will. Plötzlich sieht Xris sich gezwungen, erneut mit seinem ältesten Feind zusammenzuarbeiten, um zu verhindern, daß die Welten der Menschen in die alte Anarchie zurückfallen ...

BASTEI LÜBBE

Sie erhalten diesen Band im Buchhandel, bei Ihrem Zeitschriftenhändler sowie im Bahnhofsbuchhandel.